DALE BROWN

Bruderkrieg

Buch

Als die Aktienmärkte zusammenbrechen und die gesamte US-Wirtschaft in eine tiefe Rezession fällt, ändert sich alles für den neu gewählten Präsidenten Kenneth Phoenix. Die Etats für Bildung, Verkehr und die nationale Sicherheit werden gekürzt – die Regierung kann die Sicherheit der Bürger nicht mehr garantieren. Immer mehr bewaffnete Zivilisten finden sich zusammen, um ihr Überleben zu sichern – darunter auch eine Gruppe, die sich »Ritter der Wahren Republik« nennt.

Ein schmutziger Kampf gegen die geschwächte Regierung beginnt. Die Männer der Nevada Civil Air Patrol unter der Leitung des ehemaligen Air-Force-Generals Patrick McLanahan und seines Sohnes Bradley nehmen den Kampf gegen die Terroristen auf, um ihre Landsleute zu schützen. Doch als die selbst ernannten »Ritter der Wahren Republik« eine Bombe in Reno zünden und Bradley in ein gefährliches Doppelspiel verstrickt wird, steht Patrick McLanahan plötzlich zwei Feinden gegenüber – den Terroristen und den eigenen Männern, denen er nicht mehr vertrauen kann …

Autor

Dale Brown wurde 1956 in Buffalo im US-Bundesstaat New York geboren und nahm bereits Flugstunden, bevor er seinen Führerschein machte. Er studierte an der Penn State University und schlug dann eine Laufbahn in der U.S. Air Force ein. Seit 1986 widmet er sich in erster Linie dem Schreiben. Als einer der erfolgreichsten US-Autoren landete er mit allen bisherigen Romanen auf der New-York-Times-Bestsellerliste. Dale Brown lebt in Nevada, wo er sich oft mit seiner eigenen Maschine in die Luft erhebt.

Von Dale Brown bei Blanvalet lieferbar:

Bruderkrieg (0149) – Phantomjäger (36733) –
Schattenkommando (38041) – Außer Kontrolle (38245) –
Friedensstifter (38292)

Dale Brown

Bruderkrieg

Thriller

Aus dem Englischen
von Caspar Holz

blanvalet

Die englische Originalausgabe erschien unter dem Titel
»A Time for Patriots« bei William Morrow, New York.

MIX
Papier aus verantwortungsvollen Quellen
FSC® C014496

Verlagsgruppe Random House FSC® N001967
Das FSC®-zertifizierte Papier *Holmen Book Cream*
für dieses Buch liefert Holmen Paper, Hallstavik, Schweden.

1. Auflage
Deutsche Erstausgabe Juli 2015 bei Blanvalet, einem Unternehmen
der Verlagsgruppe Random House GmbH, München

Umschlaggestaltung: Johannes Frick, Neusäß
Umschlagmotive: Shutterstock
Redaktion: Peter Thannisch
ue · Herstellung: sam
Satz: Buch-Werkstatt GmbH, Bad Aibling
Druck und Einband: GGP Media GmbH, Pößneck
Printed in Germany
ISBN: 978-3-7341-0149-6

Besuchen Sie uns auch auf www.facebook.com/blanvalet
und www.twitter.com/BlanvaletVerlag.
www.blanvalet.de

Dieser Roman ist den Freiwilligen gewidmet – all jenen, die ihrem Staat und ihren Mitbürgern auf tausenderlei unterschiedliche Weise dienen, ohne einen Gedanken an eine Belohnung. Es ist dies das höchste Geschenk an die Gesellschaft: das des selbstlosen Einsatzes.

PERSONEN DER HANDLUNG

U.S. Air Force Lieutenant-General Patrick McLanahan, (im Ruhestand), Einsatzpilot der Civil Air Patrol CAP (Civil Air Patrol - Zivile Luftpatrouille)
CAP Lieutenant Colonel Rob Spara, Battle Mountain CAP-Staffelkommandant
CAP Captain David Bellville, Staffelvizekommandant, Kadettenkommandant und Leiter der Bodeneinsatztruppen
Michael P. Fitzgerald, stellvertretender Leiter der Bodeneinsatztruppen
Cadet Captain Bradley James McLanahan, CAP (Civil Air Patrol - Zivile Luftpatrouille)
Cadet First Lieutenant Ron Spivey, Angehöriger der Bodeneinsatztruppen
Cadet Technical Sergeant Ralph Markham, Angehöriger der Bodeneinsatztruppen
Leo Slotnick, Einsatzscanner am Bildlesegerät der CAP
John de Carteret, Einsatzbeobachter der CAP
Kenneth Phoenix, Präsident der Vereinigten Staaten
Ann Page, Vizepräsidentin der Vereinigten Staaten
Jocelyn Caffery, Justizministerin der Vereinigten Staaten
Justin Fuller, Direktor des Federal Bureau of Investigation (FBI)
Special Agent Philip Chastain, FBI
Special Agent Cassandra Renaldo, Heimatschutzministerium

Agent Randolph Savoy, FBI, Pilot des CID (Cybernetic Infantry Device), des Kybernetischen Infanteriegeräts
Lieutenant Colonel Jason Richter, U.S. Army, CID-Techniker und Pilot
Charlie Turlock, CID-Technikerin und -Pilotin
Wayne Macomber, Tin-Man-Kommandosoldat
Brigadier-General Kurt »Buzz« Givens, Stützpunktkommandant, Joint Air Base Battle Mountain
Darrow Horton, ehemalige Justizministerin der Vereinigten Staaten
Timothy Dobson, Central Intelligence Agency (CIA)
Judah Andorsen, Rancher aus Nevada
Reverend Jeremiah Paulson, Oberhaupt der »Ritter der Wahren Republik«

WAFFEN UND AKRONYME

60-zu-1-Regel – Faustregel zur Bestimmung von Kursabweichungen bei der Flugnavigation: Demnach entspricht eine Abweichung von einer Meile nach einer Flugstrecke von 60 Meilen einer ungefähren Kursabweichung von 1°
AGL – *(Above Ground Level)* Höhe über Grund
AFRCC – *(Air Force Rescue Coordination Center)* Air-Force-Rettungsleitstelle
AM/PM – Fast-Food-Kette
AN/UWQ-1 – *Avenger (Rächer),* wahlweise bemanntes Gerät zur mobilen Luftverteidigung
ARCHER – *(Airborne Real-time Cueing Hyperspectral Enhanced Reconnaissance)* luftgestütztes bildgebendes System, von der CAP zur Unterstützung visueller Suchoperationen eingesetzt
ARF – *(Air Reserve Forces)* Reserveluftwaffenstreitkräfte der US-Armee
ASAP – *(as soon as possible)* so schnell wie möglich
ATC – *(Air Traffic Control)* Luftraumüberwachung
ATF – *(Alcohol, Tobacco and Firearms)* Sicherheitsbehörde der USA für Alkohol, Tabak, Schusswaffen und Sprengstoff
Avenger – mobiles, wahlweise bemanntes Luftverteidigungsfahrzeug, bestückt mit Wärme suchenden Boden-Luft-Raketen vom Typ Stinger sowie einem 20-Millimeter-Gatlinggeschütz
BAM – Luftfahrtkennung für Battle Mountain

Battle-Lab – Kampflabor; Testeinrichtung zur virtuellen Erprobung neuer Technologien und Lösungen im militärischen Bereich
Bekleidung Klasse B – leichte Bürouniform ohne Jacke
Beta-Einstellung – bei Turbo-Prop-Flugzeugen Vorstufe zu Schubumkehr
BJ – Blowjob
Branch Davidian – »Davidianischer Ast«, endzeitgläubige religiöse Splittergruppe, Abkömmlinge der Adventisten des Siebten Tages
C-57 Skytrain – hoch entwickeltes Nurflügel-Transportflugzeug
Cessna P210 Centurion – einmotoriges Leichtflugzeug mit Druckkabine
CFI – *(Certified Flight Instructor)* staatlich geprüfter Fluglehrer
C-Four-I – *(Command, Control, Communications, Computers and Intelligence)* Kommando, Überwachung, Kommunikation, Computer und Nachrichtenbeschaffung
Charlie – C wie Charlie (NATO-Buchstabiertafel)
Check-in-Anfrage – Anmeldung eines hereinkommenden Flugzeugs im Tower
Chief Counsel – oberster Berater und Justiziar
CID – *(Cybernetic Infantry Device)* Kybernetisches Infanteriegerät, bemannter Roboter
CO – *(Commanding Officer)* der Befehlshabende
Code drei – mit Blaulicht und Sirene (Streifenwagen)
Department of Wildlife – siehe Wildlife Department
Deputy – Hilfssheriff
DF – *(Direction Finding)* Funkpeilung
Dimenhydrinat – frei verkäufliches Mittel gegen Luftkrankheit

DME – *(Distance Measuring Equipment)* Entfernungsanzeige
DoD – *(Department of Defense)* US-Verteidigungsministerium
Double-Dip – Konjunkturverlauf, bei dem die Volkswirtschaft nach überstandener Rezession während der folgenden Aufschwungphase an Fahrt verliert und erneut in die Rezession abgleitet
DQ – *(Dairy Queen)* Fast-Food-Kette
EL – Einsatzleiter
ELT – *(Emergency Locator Transmitter)* nach Absturz eigenständig aktivierendes Notfunkfeuer zur Ortung von Flugzeugen
EMT – *(Emergency Medical Technician)* Rettungssanitäter
ETA – *(Estimated Time of Arrival)* voraussichtliche Ankunftszeit
EWO – *(Electronic Warfare Officer)* Offizier der elektronischen Kriegsführung
FAA – *(Federal Aviation Administration)* Bundesluftfahrtbehörde der USA
Feed – laufend aktualisiertes Daten- und Informationsformat
Flugbeobachtung – eigentlich: *Enroute Flight Advisory Service* (**EFAS**), liefert und sammelt Wetterinfos von Piloten während des Fluges
FRO – *(Flight Release Officer)* gibt sämtliche einen Flug betreffenden Daten durch
GA – *(General Aviation)* allgemeine Luftfahrt, im Wesentlichen Flugzeuge mit einem Gesamtgewicht von unter zwölftausend Tonnen
GED – *(General Education Diploma)* Diplom der allgemeinen Hochschulreife

G-loads/G-Kräfte – Gravitationskraft, bemisst das Vielfache der auf den menschlichen Körper wirkenden Schwerkraft
Golf – G wie Golf (NATO-Buchstabiertafel)
Go-Pack – tragbare medizinische Erstversorgungsausrüstung
GPS – *(Global Positioning System)* Satellitennavigationssystem
GUARD – Notfrequenz im Flugverkehr
Hacky Sack – mit Sand oder kleinen Metallkugeln gefüllter kleiner Stoffball für Jonglierkunststücke
Hazmat – *(Hazardous Materials)* Gefahrenstoffe
HRT – *(Hostage Rescue Team)* Spezialeinsatzkommando zur Geiselbefreiung
ICU – *(Incident Commander Utility)* Einsatzleiterprogramm
IFR – *(Instrument Flight Rules)* Instrumentenflugregeln
IMSAFE – *(Illness, Medicines, Stress, Alcohol, Fatigue, Eating/Hydration)* Krankheit, Medikamente, Stress, Alkohol, Müdigkeit, Nahrungs- und Flüsigkeitsaufnahme – Checkliste zur Überprüfung der Flugtauglichkeit von Besatzungsmitgliedern
I-O – Input-Output
Lima – L wie Lima (NATO-Buchstabiertafel)
L-Per – Gerät zur Peilung eines Funkfeuers
Medevac – medizinische Evakuierung
Medicaid – Gesundheitsprogramm für Bedürftige
MIA – *(Missing in Action)* vermisst
MRE – *(Meals Ready to Eat)* Fertiggerichte
MSL – *(Mean Sea Level)* Meeresspiegel (NN) Normalnull
Municipal – städtisch, Gemeinde
National Operations Center – Nationale Einsatzzentrale
Navaid – Navigationshilfe
NextGen – *(Next Generation)* GPS-gestütztes System zur Steuerung des Luftverkehrs

NORDO – *(No Radio)* Flugzeug, das seiner Kommunikationsfähigkeit beraubt ist

North American Aerospace Defense Command – zuständig für die Luftverteidigung der Vereinigten Staaten

Nomex – flammenresistente Faser (eingetragenes Warenzeichen)

NTSB – *(National Transport Safety Board)* US-Flugsicherheitsbehörde

OSI – *(Office of Special Investigations)* Sonderermittlungsbehörde der Air Force

OTM – *(Other than Mexicans)* nicht aus Mexiko stammende illegale Einwanderer

PDA – *(Personal Data Assistant)* elektronischer Organizer

PETN – Pentaerythrittrinitrat (Petrin), extrem leistungsstarker Sprengstoff

PIREPS – *(Pilot Reports)* Pilotenberichte zu Wetter- und Flugbedingungen

Predator – Raubtier (Bezeichnung für Drohnentyp)

PT – *(Physical Training)* Sport

PTSD – *(Post-Traumatic Stress Disorder)* posttraumatische Belastungsstörung

RDX – *(Research Department Explosive,* auch Hexogen, Cyclotrimethylentrinitramin, Cyclonit oder T4) wirkungsvoller Sprengstoff für industrielle und militärische Anwendungen

RPG – *(Rocket-Propelled Grenade)* Panzerfaust

RQ-15 Sparrowhawk – unbemanntes Aufklärungsflugzeug

RTB – *(Return to Basis)* Rückkehr zur Basis

SAR – *(Search and Rescue)* Suche und Rettung

Scopolamin – Medikament gegen Flugkrankheit

SIGMET – *(Significant Meteorological)* Bericht über möglicherweise riskante Wetterbedingungen

Sparrowhawk – Sperber (Bezeichnung für Drohnentyp)
Special Agent – Sonderermittler (des FBI)
SQTR – *(Specialty Qualification Training Board)* Ausbildungseinrichtung für Sonderqualifikationen
Suburban – großer, geländetauglicher SUV
SWAT – Sondereinsatzkommando der Polizei
Transponder – automatisches Antwortgerät, z. B. in Flugzeugen
triangulieren – über Dreiecksortung anpeilen
UAV – *(Unmanned Aerial Vehicle)* unbemanntes Flugzeug, Drohne
UHF – Ultrahochfrequenz
UHF GUARD freqency – Überwachungsfrequenz auf UHF für den Flugverkehr
Urban DF – Funkpeilung in Ballungsgebieten
U.S. Northern Command – eine der sechs regionalen Kommandozentralen der US-Streitkräfte
VFR – *(Visual Flight Rules)* Sichtflugregeln
VMC – *(Visual Meteorological Conditions)* Sichtwetterbedingungen
VoIP – *(Voice over Internet Protocol)* Möglichkeit, das Internet für Sprachkommunikation zu nutzen
Wilco – *(will comply)* Anweisungen werden befolgt
Wildlife Department – Fachbereich für geschützte Tier- und Pflanzenarten
WMIRS – *(Web-based Mission Information Reporting System)* internetgestütztes Berichtssystem der zivilen Luftüberwachung
XS-19A Midnight – einstufiges Raumfahrzeug zur Erreichung der Erdumlaufbahn
Zulu – Greenwichzeit, auch GMT

NACHRICHTEN AUS DER REALEN WELT – AUSZÜGE

EXTREMISTEN DROHEN GOUVERNEUREN: TRETET ZURÜCK, ODER IHR WERDET ABGESETZT. Einer Warnung des FBI zufolge könnten Drohbriefe Ausschreitungen provozieren – Devlin Barrett, Associated Press – 12. April 2010 – WASHINGTON – Das FBI warnt die Polizei landesweit, dass ein Aufruf regierungsfeindlicher Gruppen, Gouverneure ihres Amtes zu entheben, zu Ausschreitungen führen könnte.

Laut ihrer Website will eine Gruppe, die sich »Hüter der Freien Republiken« nennt, Amerika durch eine friedliche Auflösung von Teilen der Regierung »erneuern«. In Schreiben, die an die Gouverneure verschickt wurden, verlangen sie deren Rücktritt, andernfalls würden sie des Amtes enthoben …

Bis Mittwoch hatten mehr als dreißig Gouverneure solche Schreiben erhalten, die ankündigten, dass sie ihres Amtes enthoben würden, sofern sie nicht innerhalb von drei Tagen zurückträten, so eine interne Mitteilung von FBI und Heimatschutzministerium. Die Mitteilung liegt Associated Press vor …

… Das FBI bringt dieses Schreiben mit den sogenannten »unabhängigen Bürgern« in Zusammenhang, die mehrheitlich der Überzeugung sind, von sämtlichen Pflichten als

US-Bürger – etwa dem Zahlen von Steuern oder dem Besitz einer staatlichen Erlaubnis zum Führen eines Fahrzeugs – befreit zu sein. Einem Geheimdienstbericht zufolge ist eine kleine Anzahl dieser Personen bewaffnet und gewaltbereit.

Vergangenes Wochenende führte das FBI mehrere Razzien bei mutmaßlichen Angehörigen einer christlichen Miliz im Mittleren Westen durch, die angeblich die Ermordung von Polizeibeamten plante. Im Laufe des letzten Jahres hatten Agenten des FBI eine Zunahme der Internetkommunikation einer Reihe von nationalen Extremistengruppierungen beobachtet, denen möglicherweise auch radikale selbst ernannte Milizen, weiße Separatisten, extreme Bürgerrechtler und unabhängige Bürger angehören.

DIE MENSCHEN HINTER DER SUCHAKTION: Neueste Informationen über den Flugzeugabsturz in Nebraska (Krystle Kacner, KDLT, Sioux Falls, South Dakota, 27. November 2010): Anfang der Woche entdeckte die Zivile Luftpatrouille CAP ein vermisstes einmotoriges Flugzeug, das mit Ziel Omaha von Chamberlain aus gestartet war.

Das am Sonntagabend abgestürzte Flugzeug wurde im Nordosten Nebraskas gefunden. Bei dem Absturz kamen zwei der Insassen ums Leben. Vor dem Auffinden des Flugzeugs mussten jedoch zahlreiche Einsatzkräfte Schwerstarbeit leisten.

»Anfangs war es ein wenig nervenaufreibend, weil es mein erster Einsatz war, aber als ich dann hier eintraf und mit der Arbeit begann, die man von uns erwartete, bin ich gar nicht mehr zum Nachdenken gekommen, sondern habe nur noch gehandelt«, erklärte Cadet Chief Master Sergeant Elizabeth Foy.

Der Anruf erreichte Cadet Chief Master Sergeant Foy am

frühen Morgen, unmittelbar bevor sie zum Unterricht an der O'Gorman-Highschool aufbrach.

Kaum war sie im Hauptquartier der Zivilen Luftpatrouille CAP eingetroffen, als das, was sie während des Trainings gelernt hatte, die Kontrolle übernahm.

»Eile ist angesagt, Trödeln kommt nicht infrage. Als Teil des Bodenteams mussten wir die ganze Zeit über aus dem Fenster starren, um sicherzustellen, dass die Einsatzleiter auf Kurs blieben«, erklärte Foy.

»Richtig, ich bin erst im zweiten Jahr an der Highschool, aber trotzdem kann ich etwas bewirken, und das ist für mich eigentlich das Größte«, sagte Foy …

EINE WEITERE HELDENTAT DES NEVADA-GESCHWADERS! (gocivilairpatrol.com, 11. Dezember 2010): Herzlichen Glückwunsch allen Teilnehmern am Einsatz 10M0964A, der zur Auffindung eines vermissten Jägers in Lincoln County führte. Maschine N9459M mit dem Piloten Rick Parker und der aus Clyde Cooper und Bill Petersen bestehenden Besatzung entdeckte den 83-jährigen Mann und forderte einen Bodensuchtrupp des Sheriffs an. Der Mann wurde per Helikopter in eine medizinische Einrichtung verbracht.

An der Suchaktion waren insgesamt acht Mann Besatzung und zwei Flugzeuge beteiligt. Das AFRCC (Air Force Rescue Coordination Center, die Luftrettungseinsatzzentrale der Air Force) hat dem Nevada-Geschwader offiziell seinen zweiten erfolgreichen Rettungseinsatz in diesem Rechnungsjahr anvertraut.

PROLOG

Dies ist die Porzellanerde der Menschheit.
– John Dryden

ELKO, NEVADA
Sommer

»Schwere Gewitter auf Ihrer gesamten Flugstrecke«, begann der Wetterinstruktor der Flugdienststation der US-Bundesluftfahrtbehörde FAA. »Vertikale SIGMET Seven Charlie für Nevada, Idaho, Kalifornien und Utah. Schwere bis schwerste Gewitter auf einem einhundert Meilen langen Streifen fünfzig Meilen südöstlich von Battle Mountain, Nevada. Bewegt sich von zwo-zwo-neun bei fünfzehn Knoten, mit Spitzen oberhalb der Flughöhe bei drei-neun-null, inklusive starkem Regen, Hagel und starken Winden mit Böen von über fünfzig Knoten.«

Mann, schoss es dem jungen Piloten durch den Kopf, das war so ziemlich einer der übelsten Wetterberichte, die er je gehört hatte. Frank Post war ein Softwareentwickler aus Silicon Valley, Absolvent der Stanford University mit Auszeichnung und Privatpilot mit einer Freigabe für Instrumentenflüge und einer Flugzeit von etwas weniger als zweihundert Stunden, die meisten davon in seiner gebrauchten einmotorigen Cessna C-182R Skylane. Er sah zu seiner Frau hinüber, die neben ihm saß und immer noch diesen ungeduldigen Gesichtsausdruck hatte, mit dem er während der letzten anderthalb Tage hatte vorliebnehmen müssen.

»Wo befinden sich diese Gewitter jetzt?«, erkundigte sich Frank über Funk. Seine Frau Kara verdrehte die Augen und sah zum x-ten Mal an diesem Nachmittag auf ihre Uhr. Kara war im Immobiliengeschäft tätig gewesen, allerdings war der Immobilienmarkt im Zuge des gegenwärtigen wirtschaftlichen Niedergangs in Kalifornien nahezu vollständig zugrunde gegangen, weshalb sie gelegentlich für andere Immobilienmakler einsprang, meist indem sie juristischen Papierkram erledigte, Wohnungen vorbereitete und präsentierte. Etwas so Aufwendiges und Übertriebenes wie ein eigenes Flugzeug zu besitzen hatte ihr nie behagt, und sie hatte nur deshalb in diesen einwöchigen, kreuz und quer durch das ganze Land führenden Trip eingewilligt, weil man ihr hoch und heilig versprochen hatte, dass sie sowohl ihre Eltern in Kansas als auch Franks Familie in Nevada besuchen würden.

»Der Nordrand der Gewitterfront befindet sich ungefähr fünfzig Meilen südlich von Battle Mountain«, wiederholte der Instruktor.

Franks Miene hellte sich auf. Er trug die Position des Unwetters auf der Flugnavigationskarte ein, die er auf dem Schreibtisch im Flugplanungsraum liegen hatte, und zeichnete dann einen Pfeil, der die Bewegungsrichtung des Unwetters darstellte. Kara warf einen Blick darauf und schien erleichtert. »Demnach kann ich dem Unwetter hinter Elko davonfliegen«, meinte er, »und sobald der Instruktor mir durchgibt, dass die Gewitterstürme näher kommen, kann ich weiter nach Norden ausweichen und sie umfliegen.«

»Verfügen Sie über eine Ausrüstung zur Wetterumgehung und Erkennung?«

»Nein«, antwortete Frank.

»Wie sieht's mit NextGen aus?«

»Nein«, wiederholte er. NextGen oder Next Generation war das neue Luftverkehrssteuersystem, das die Datenlinks an Bord eines Flugzeugs benutzte, um seine über den GPS-Satelliten gewonnenen Positions-, Kurs- und Höhendaten an die Flugsicherung weiterzuleiten, anstatt sich eines bodengestützten Radars zu bedienen. NextGen war dafür ausgelegt, Reichweite und Effizienz der Luftraumüberwachung zu verbessern, ohne die blinden Flecken des Radars in höher gelegenem Gelände, aber es war teuer und in kleineren Maschinen der zivilen Luftfahrt noch für mehrere Jahre nicht vorgeschrieben.

»Die Radarerfassung in diesem Gebiet ist lückenhaft«, sagte der Instruktor. »Solange Sie nicht sehr hoch oder exakt entlangfliegen, kann es sein, dass Sie auf Ihrer Flugroute immer mal wieder von der Radarüberwachung verschwinden.« Unerwähnt blieb der Umstand, dass die Radareinrichtungen der Luftraumüberwachung für die Verfolgung von Flugzeugen, nicht des Wetters, ausgelegt waren. Obwohl die neueren digitalen Systeme besser waren als die herkömmlichen analogen, gehörte Wetterumgehung nicht zu den Kernkompetenzen eines Fluglotsen.

»Ich beabsichtige, mich genau an die Flugroute zu halten. Und für den Fall, dass ich höher gehen muss, hab ich Sauerstoff an Bord.« Seine Worte ließen Kara die Stirn runzeln. Sie hasste es, die kleinen gummiartigen Sauerstoffmasken anzulegen, die ihr Nase und Kehle austrockneten und unter denen sie Platzangst bekam.

»Roger«, sagte der Instruktor und setzte sein Briefing fort

mit Wetterbedingungen und Vorhersagen. Ihr Zielort auf diesem Flug war Sparks, Nevada, wo sie Karas Schwiegereltern besuchen wollten. Allerdings war eine Übernachtung in Carson City eingeplant, denn an der Selbstbedienungszapfsäule dort gab es billiges Benzin, fast zwei Dollar pro Gallone günstiger als in Reno. Die Vorhersage verhieß kühlere Temperaturen jenseits der Unwetterfront, der Himmel allerdings würde klar sein und der Wind aus Westen kommen, exakt parallel zur westöstlichen Rollbahn in Carson. Das war perfekt.

Anschließend las der Instruktor die Höhenwindvorhersagen ab, die nicht wesentlich besser waren als die Zusammenfassung der Radarüberwachung: kräftiger Wind aus Südsüdwest vor der Unwetterfront, wechselnd zu westlichen Winden dahinter, mit einer Vorhersage für leichte bis mittelschwere Turbulenzen oberhalb zwölftausend Fuß. Er schloss sein Briefing mit: »Kann ich Ihnen heute sonst noch irgendwie behilflich sein?«

»Ich würde gern weitermachen und mich eintragen«, sagte Frank. Kara lächelte, klatschte leise in die Hände, wandte sich dann zu ihrem Sohn Jeremy herum und sagte ihm, dass er seinen Zeichenblock und die Buntstifte einpacken sollte, die er über dem gesamten Fußboden des Flugplanungsraums verteilt hatte.

Einen längeren Moment blieb der Instruktor stumm. Offenbar konnte er nicht glauben, dass dieser Bursche in ein übel aussehendes Wetter starten würde. Andererseits war es nicht sein Job, einem Piloten vorzuschreiben, ob er fliegen solle oder nicht, sondern lediglich, ihm sämtliche verlangten Informationen zu geben. »Bleiben Sie auf Empfang, ich rufe die Flugplanseite auf … Okay, ich habe hier IFR, Cessna Zwo-Acht-Drei-Vier-Lima, ein Charlie eins-achtzig-zwo

Schrägstrich Golf, Abflug um zweiundzwanzig Uhr Zulu, Flugroute Battle Mountain, Lovelock, Carson City direkt auf zehntausend Fuß. Machen Sie weiter mit dem Rest.«

»Flugzeit zwo Komma fünf Stunden, keine Anmerkungen, Treibstoff für fünf Stunden an Bord, Ausweichflughafen ist Reno International.« Frank nannte noch seinen Namen, seine Adresse in San Carlos, Kalifornien, seine Handynummer und gab durch, dass drei Menschen an Bord sein würden, sowie die Farben seiner Maschine – weiß mit blauen Streifen.

»Ihr Flugplan ist eingetragen«, sagte der Instruktor, nachdem er alle Informationen in seinen Computer eingegeben und von den Computerservern der US-Bundesluftfahrtbehörde FAA die Mittelung »AKZEPTIERT« abgewartet hatte. »PIREPS über eins-zwo-zwo-Punkt-null werden nachdrücklich bestätigt. Ihnen einen sicheren … und *umsichtigen* Flug, Sir.« Es war klar, dass er mit seinen Worten den Piloten von seinem geplanten Flug abbringen wollte, ohne ihm gleich zu sagen: »Komm zur Vernunft, du Idiot, und lass deinen dämlichen Arsch am Boden.«

»Danke«, sagte Frank und hängte ein. Er wandte sich zu Kara herum. »Südlich unserer Flugstrecke gibt es eine Gewitterfront«, erklärte er ihr, während er rasch seine Karten und den Flugplan zusammenräumte. »Aber ich denke, wir können ihr ausweichen, denn sie bewegt sich ziemlich langsam. Sollte sie schneller heraufziehen, können wir sie weiter nördlich umgehen, und sollte das nicht möglich sein, kehren wir um und landen wieder hier in Elko.«

»Nein, das werden wir *nicht*«, sagte Kara entschieden. »Ich hab genug von diesem Kuhdorf hier. Zwei Tage wegen Unwettern hier festzusitzen – mir reicht's.«

»Ich finde, es ist ein nettes kleines Städtchen.«

»Außer dem McDonald's die Straße runter haben wir nichts davon gesehen«, sagte sie.

»Das Hotel war sauber, die Leute sind freundlich, und im Kasino gibt es eine Bowlingbahn und ein Kino.«

»Ich werde mich hüten, meinen Sohn in eines dieser Kasinos mitzunehmen. Es ist mir egal, ob sie dort ein Leben lang Eis und Kino umsonst anbieten.« Sie wandte sich herum zu ihrem Sohn. »Jeremy, ich hatte dich gebeten, deinen Kram zusammenzupacken. Wir fliegen … *endlich.*«

»Ich muss mal *cagada*«, sagte der Junge, das spanische Wort benutzend, sprang auf und flitzte los.

»Schon wieder?« Seine Mutter seufzte auf. »Hoffentlich hast du dir nichts eingefangen.«

»Ich werd schon mal die Maschine losmachen und beginne mit der Vorflugkontrolle«, sagte Frank. »Nehmt euch in Acht, wenn ihr draußen aufs Rollfeld kommt.«

Jeremy blieb über fünf Minuten weg. »Wo bleibst du denn so lange?«, fragte seine Mutter. »Hast du etwa wieder Durchfall?« Beschämt nickte der Junge. »Ich denke, der letzte Eisbecher bei McDonald's war keine so gute Idee. Vielleicht solltest du diesmal die Du-weißt-schon anziehen.«

»Ich ziehe keine Windeln an«, protestierte Jeremy. »Ich bin zehn.«

»Es ist eine Windel für Erwachsene«, sagte Kara. »Wenn du sie trägst, brauchst du nicht in dieses Tütendings zu pinkeln, und wenn irgendetwas schiefgeht, ist es leichter sauber zu machen.«

»Ich ziehe keine Windel an!«, beharrte Jeremy.

Frank kam zurück in den Flugplanungsraum und warf einen Blick auf den Zeichenblock und die Buntstifte, die immer noch auf dem Fußboden lagen. »Was ist hier los? Wieso seid ihr noch nicht fertig?«

»Jeremy hat eine Weile gebraucht auf der Toilette.«

»Hat's dich wieder erwischt, Kumpel?«, fragte Frank.

»Daaad …!«

»Also, in dem Fall solltest du die Hygieneunterwäsche anziehen, Kamerad«, sagte sein Vater und zwinkerte ihm zu.

»Du meinst die Windeln, Dad! Ich zieh keine Windeln an!«

»Astronauten tragen sie auch, und du möchtest doch Astronaut bei der Space Defense Force werden, oder?«

»Wenn ich einen vierstündigen Weltraumspaziergang mache, *dann* ziehe ich die an«, versprach Jeremy.

»Na schön, schon gut«, sagte Kara, die allmählich die Geduld verlor. »Und wenn du dir in die Unterwäsche machst, wollen wir hoffen, dass deine Großeltern nichts davon mitbekommen. Räum jetzt deine Sachen zusammen, und dann los!«

Es dauerte weitere fünf Minuten, bis Jeremy seine Sachen aufgeräumt hatte. Während er wartete, holte Frank sein iPhone aus der Tasche und rief eine App auf, mit der sich die NextRad-Radaraufnahmen herunterladen ließen. Sofort erkannte er die angekündigte Unwetterfront und stellte fest, dass sie sich weiter nördlich befand als vorausberechnet.

»Wie sieht es aus?«, wollte Kara wissen.

»Ziemlich scheußlich – wir werden sie auf jeden Fall nördlich umfliegen müssen«, antwortete ihr Mann. Er hatte es auf einmal ziemlich eilig und verzichtete auf seinen geplanten Toilettenbesuch. »Kommt jetzt, Leute, wir müssen los«, drängte er seine Familie. Kurz darauf waren sie auf dem Weg zum Flugzeug, die Hände des Jungen voller Buntstifte.

Draußen wurden sie von strahlendem Sonnenschein empfangen, eine willkommene Abwechslung nach den Gewittern und ständig die Richtung wechselnden Winden. Frank stellte fest, dass der Wind aus Südwesten kam und gelegentlich auffrischte, was einen Start bei leichten Querwinden bedeutete, jedoch nichts, was sich nicht bewerkstelligen ließe. Innerhalb von Minuten startete er den Motor der Cessna 182 Skylane, erhielt von der Elko-Bodenkontrolle seine Instrumentenflug- und Rollfeldfreigabe und war kurz darauf unterwegs. Er rollte durch ein paar größere Wasserlachen, ein wenig schneller, als er dies üblicherweise tat, um so schnell wie möglich abzuheben.

Niemand sonst befand sich auf der Platzrunde oder auf dem Rollfeld. Frank führte hastig einen Vorstartcheck der Zündmagneten durch und ging dann rasch den Rest der Checkliste durch. »Alle startbereit?«, fragte er über die Sprechanlage.

»Startklar, Dad!«, antwortete Jeremy begeistert.

»Ich bin so weit«, gab Kara zurück, die überprüfte, ob der Gurt ihres Sohnes auch straff saß.

»Und los geht's.« Frank drückte den Knopf des Mikrofons. »Elko-Tower, Cessna Zwo-Acht-Drei-Vier-Lima, Nummer eins, Startbahn zwo-drei, bereit zum Start«, gab er durch.

»Cessna Zwo-Acht-Drei-Vier-Lima, Elko-Tower, Startbahn zwo-drei für Start freigegeben.«

»Drei-Vier-Lima, Freigabe für Start erhalten, Startbahn zwo-drei.« Frank ließ die Cessna auf Startbahn 23 rollten, und anstatt die Bremsen festzustellen, den Motor bis zur Volllast hochzufahren und dann die Bremsen zu lösen, rollte er weiter, und als er auf Startbahnmittellinie einschwenkte, gab er Vollgas. Geschmeidig röhrte der Motor hoch bis zur Volllast, die viersitzige Cessna reagierte so quicklebendig wie eh und je und gewann rasch an Geschwindigkeit …

Da ertönte auf der linken Seite des Flugzeugs, wo der Reifen des linken Hauptfahrwerks war, ein scharfes Schlagen, das lauter und lauter wurde, je mehr die Maschine beschleunigte. »Was zum … Irgendwas stimmt nicht«, murmelte Frank und riss den Gashebel zurück in den Leerlauf.

»Was ist?«, fragte Kara, die Besorgnis in ihrer Stimme unüberhörbar. »Was ist denn los?«

»Warum halten wir an, Dad?«, wollte Jeremy wissen.

»Ruhe im Cockpit, Leute«, mahnte Frank. »Denkt dran, keine Gespräche bis zum Erreichen der Reiseflughöhe, außer in einem Notfall.« Er drückte den Mikroknopf. »Elko-Tower, Drei-Vier-Lima bricht Start ab, möglicherweise Reifenpanne.«

»Roger, Drei-Vier-Lima«, antwortete der Fluglotse im Tower. »Freigabe für Startabbruch, schwenken Sie an nächster Rollbahn rechts, und kontaktieren Sie Bodenkontrolle.«

»Drei-Vier-Lima, wilco.«

»He, Dad?«

»Ich sagte, keine Gespräche, Jeremy.«

»Aber, Dad …!«

»Das ist hoffentlich wichtig, Jeremy.«

»Ich glaub, es ist dein Sicherheitsgurt, Dad. Irgendwas hängt aus dem Flugzeug raus.«

Der Pilot sah aus seinem linken Seitenfenster, und tatsächlich, in seiner Hast hatte er vergessen, seinen Sicherheitsgurt anzulegen, und das Schnallenende hatte gegen die Seitenwand des Flugzeugs zu schlagen begonnen. Wie, zum Teufel, hatte er das nur übersehen können?

»Danke, Kumpel«, sagte Frank mit zerknirschter Stimme. »Gut aufgepasst.« Er rollte von der Startbahn, setzte sich mit der Bodenkontrolle in Verbindung und erhielt die Freigabe zur Rückkehr auf die Startposition. In der Vorlaufzone zog er den Gashebel zurück in den Leerlauf, zog den Griff der Feststellbremse, ließ Kara für alle Fälle die Fußbremsen an ihrem Satz Seitenruderpedale drücken – normalerweise warnte er sie, ihre Füße bloß von den Pedalen fernzuhalten, doch jetzt wollte er sie genau dort –, entriegelte die Tür und stieß sie auf. Wegen des sich drehenden Propellers erforderte es deutlich mehr Kraft, sie zu öffnen, als er gedacht hatte, und der Lärm war auch lauter als erwartet.

»Ich hoffe, das passiert mir nie wieder«, sagte Frank, nachdem er alles hereingeholt hatte. Er brauchte einen Moment, um zu verschnaufen – und merkte, dass allein die Aufregung, sich inmitten all dieses Lärms und heftigen Windes zu befinden, seinen Herzschlag hatte rasen lassen. »Die Jungs im Tower fanden das bestimmt zum Schreien komisch.« Er vergewisserte sich, dass er diesmal den Sicherheitsgurt angelegt hatte, und sah dann nach den Gurten der anderen. »Okay, alle startbereit?«

»Dad, ich muss auf die Toilette«, sagte Jeremy.

»*Was?*«, schrie Frank – und fühlte sich augenblicklich schlecht wegen seines Ausbruchs. »Aber du warst doch gerade erst!«

»Ich muss halt eben, Dad.«

»Wenn wir umkehren, können wir dann noch diese Unwetterfront umfliegen?«, fragte Kara. »Oder müssen wir dann eine weitere Nacht hier verbringen?«

»Schon möglich.«

»Dann müssen wir eben auf den Besuch bei meinen Eltern in Reno verzichten«, sagte Kara über die Cockpitsprechanlage. »Wir werden den Aufenthalt in Reno streichen und von Carson City aus direkt nach Hause fliegen.

Jeremy darf keinen Schultag verpassen, und ich habe keine Urlaubstage mehr.«

Anstatt ihr zu antworten, fragte Frank: »Geht's um Nummer eins oder um Nummer zwei?«

»Nummer eins«, sagte der Junge, doch hätte sein Vater sich herumgedreht und seinen Sohn angesehen, hätte er dessen leicht banger Miene entnommen, dass sich Nummer zwei womöglich ebenfalls ankündigte.

»Dann wirst du die Pinkeltüte nehmen«, entschied Frank. »Wir fliegen los. Halt es ein, solange du kannst.«

»Okay, Dad«, gab Jeremy kleinlaut zurück. Frank rief Elko-Tower, erhielt erneut die Startfreigabe, und Augenblicke später rollten sie abermals über die Startbahn. Diesmal war klein Schlagen zu hören, und auch sonst stimmte alles. Dann waren sie in der Luft.

Bis dreißig Minuten nach dem Start war der Himmel strahlend blau und sonnig, doch kurz darauf sah Frank es – eine schmutzig weiße, graue und braune Wolkenbank am Horizont. Er konnte den nördlichen Rand der Unwetterfront sehen, die sich aber weit rechts befand und nicht links, wie er gehofft hatte. Die Gewitterwolken türmten sich himmelwärts, und als er näher heranflog, hätte er schwören können, sie noch höher hinaufwallen zu sehen, erfüllt von genügend Wärme und genug Energie, um eine ganze Stadt zu versorgen.

»Salt-Lake-Zentrale, hier Cessna Zwei-Acht-Drei-Vier-Lima.«

»Drei-Vier-Lima, hier Salt-Lake-Zentrale – sprechen Sie.«

»Würde wegen der Wetterbedingungen gern eine Kursänderung von zwanzig Grad Nord vornehmen.«

»Kursänderung nach rechts genehmigt. Geben Sie durch, sobald Sie wieder im Direktanflug auf Winnemucca sind.«

»Drei-Vier-Lima, wilco.«

»Wieso drehen wir ab?«, fragte Kara.

»Um von diesen Wolkenzusammenballungen so weit weg wie möglich zu kommen«, erklärte ihr Frank. »Wenn wir jetzt abdrehen, sind wir nicht so weit ab vom Kurs, wenn wir sie passieren. Es handelt sich um ein sich ziemlich langsam bewegendes System, wir sollten ihm problemlos ausweichen können.«

»Drei-Vier-Lima, hier Salt-Lake-Zentrale … Äh, können Sie bestätigen, dass Sie nicht über Wettersichtungs- und Wetterausweichausrüstung verfügen?«, fragte der Fluglotse über Funk.

»Positiv, Drei-Vier-Lima verfügt nicht über Wetterausweichausrüstung«, gab Frank zu. Schon mehrfach hatte sich Frank während dieses Sommers gewünscht, der im Westen besonders gewitteraktiv zu sein schien, er hätte die zusätzlichen Kosten für ein tragbares Navigationsgerät nicht gescheut, mit dem sich via XM-Satellitenfunk die Wetter- und Radarbilder herunterladen ließen. Aber diese Ausrüstung war nicht vorgeschrieben, und er flog selten bei schlechtem Wetter oder nachts. Zudem war es erheblich teurer als das Gerät, das er angeschafft hatte, und die monatlichen Kosten waren astronomisch – schon jetzt war seine Frau stinksauer, welche Summen dieser ganze Flugzeugkram verschlang.

»Roger«, antwortete der Fluglotse. »Auf Ihrem neuen Steuerkurs abseits der Flugroute werden Sie höher fliegen müssen, um innerhalb der Radarerfassung zu bleiben. Cessna Drei-Vier-Lima, gehen Sie höher und bleiben Sie auf eins-zwo-tausend.«

»Verlasse eins-null-tausend, gehe auf eins-zwo-tausend«, antwortete Frank. Er schob die Mischungs- und Propellersteuerungen vor, erhöhte die Treibstoffzufuhr und setzte zu einem flachen Steigflug an.

»Müssen wir jetzt auf Sauerstoffzufuhr umschalten?«, fragte Kara.

»Nur, wenn du das Gefühl hast, du müsstest«, antwortete Frank. »Na, mach schon, hol die Masken heraus.« Die tragbare Sauerstoffflasche und die drei Masken befanden sich in einer Stofftasche hinter dem Pilotensitz. Diese zu öffnen und die Masken herauszunehmen war also kein Problem. Kara wischte sämtliche Masken innen mit einem alkoholgetränkten Tupfer ab, wobei sie darauf achtete, ihre eigene doppelt abzuwischen – sie fand immer, die Masken wären eine wahre Brutstätte für Keime.

Kaum hatten sie die elftausend Fuß passiert, setzten die Turbulenzen ein. Auf zehntausend Fuß hatten sie gelegentlich einen sachten Stoß verspürt, jetzt jedoch war es ein beharrlicher, unregelmäßiger leichter Wellenschlag mit hin und wieder einem mittelschweren Stoß, und je höher sie stiegen, desto schlimmer wurde es.

»Drei-Vier-Lima, hier Salt-Lake-Zentrale – wie ist Ihr Flug?«, erkundigte sich der Lotse, als sie bei zwölftausend Fuß in die Waagerechte einschwenkten.

»Leichte, gelegentlich mittelschwere Turbulenzen«, meldete Frank. »Wann kann ich wieder runtergehen auf zehntausend?«

»Nicht bis hinter Battle Mountain, Sir«, antwortete der Fluglotse.

»Kann ich auf zehn-fünf zusätzlich nach VFR fliegen?«

»Zusätzlich nach VFR« war eine Möglichkeit für Piloten auf IFR-Flug, auf Sichtflughöhen zu fliegen, vorausgesetzt, sie flogen nicht innerhalb der Wolken.

»Negativ, Drei-Vier-Lima, das liegt unterhalb meiner

Leitflughöhe in Ihrem derzeitigen Gebiet«, widersprach der Fluglotse. »Sie werden warten müssen, bis Sie den Anflugluftraum von Battle Mountain erreichen. Bleiben Sie weiter auf eins-zwo-tausend.«

»Bleibe auf eins-zwo-tausend, wilco«, antwortete Frank. Seine einzige andere Möglichkeit, den Turbulenzen zu entkommen und auf eine niedrigere Flughöhe zu gehen, war der Abbruch seines IFR-Flugplans, doch das wollte er nicht, solange er diese Gewitterfront nicht umflogen hatte – die Gebirgszüge in diesem Gebiet waren ziemlich hoch, und ohne Kontakt zu einer Bodenkontrolle war das ziemlich gefährlich.

»Dad, ich fühl mich nicht so toll«, sagte Jeremy. Sofort hatte seine Frau eine Kotztüte parat, öffnete sie und reichte sie ihrem Sohn.

Die Turbulenzen wurden immer heftiger, mittlerweile beständig mittelschwer, unterbrochen von gelegentlichen Stößen, die ihre Körper an den Schultergurten zerren ließen.

»Können wir diese Turbulenzen nicht irgendwie umfliegen?«, fragte Kara.

»In etwa zwanzig Minuten.«

»Zwanzig Minuten?«

»Fürchte ja.« Frank schaute aus dem linken Seitenfenster und stellte überrascht fest, wie nah er den Gewitterwolken war – vermutlich weniger als zwanzig Meilen, der empfohlene Mindestabstand. Zweifellos wurden die Turbulenzen durch einen Nebeneffekt des Gewitterambosses hervorgerufen, der von oben her auf sie niederging – ein solcher Nebeneffekt vermochte Hagelschlag und Eisregen über eine Entfernung von zwanzig Meilen zum Sturmzentrum oder mehr zu schleudern. »Diese Gewitter bewegen sich deutlich schneller als vorhergesagt.« Er warf einen Blick auf sein

GPS-Navigationsgerät – und tatsächlich, sie kämpften gegen einen Querwind von fünfzig Knoten an. Das Unwetter war im Begriff, sie einzuholen.

Einen Moment lang spielte Frank mit dem Gedanken, nach Elko zurückzukehren, aber das würde ihren Zeitplan vollends über den Haufen werfen. Wenn sie dann gezwungen waren, mehr als eine Nacht in Elko zu verbringen – und laut dem Wetterbericht würden am folgenden Tag die Gewitter zurückkehren und sich mehrere Tage festsetzen –, würde er sich für den Verlust der entsprechenden Arbeitszeit einen scharfen Verweis einhandeln. Er konnte einen regulären Flug von Elko nach Oakland nehmen, aber damit würde er noch mehr Geld verschwenden, zumal er dann auch einen solchen Flug zurück nach Elko nehmen musste, um sein Flugzeug abzuholen. Umkehren war eine Möglichkeit, aber keine sonderlich verlockende.

»Drei-Vier-Lima, hier Salt-Lake-Zentrale – fliegen Sie immer noch nach Sichtwetterbedingungen?«, erkundigte sich der Fluglotse.

»Hier Drei-Vier-Lima – positiv«, antwortete Frank. »Wir kriegen gerade leichten Regen.«

»Wie ist Ihr Flug?«

»Leichte bis gelegentlich mittelschwere Turbulenzen«, log Frank. Zutreffender wäre »anhaltende mittelschwere Turbulenzen« gewesen, mit inzwischen noch häufigeren Steigböen, die so heftig waren, dass er mit der Oberseite seines Headsets gegen den Kabinenhimmel stieß.

»Die nächstgelegene Gewitterzelle befindet sich für Sie auf zehn Uhr in fünfzehn Meilen«, meldete der Fluglotse. »Möglicherweise müssen Sie nach Südosten ausweichen, um sie zu umgehen.«

»Roger«, bestätigte Frank. »Können Sie mich um die Gewitterzellen herumleiten und mich von den Zellen fernhalten?«

»Drei-Vier-Lima, schwenken Sie links auf Steuerkurs eins-sieben-null, Leitvektordaten entsprechend den Wetterbedingungen, bleiben Sie auf eins-zwo-tausend. Freigabe für Ausweichkurs erteilt, um weiter nach Sichtwetterbedingungen zu fliegen – sofern möglich.«

»Hier Drei-Vier-Lima, bestätige Steuerkurs eins-sieben-null.« Sie hielten sich nun parallel zum Sturm, womit sie sich genau genommen von ihrem Ziel entfernten. Sollte ihm der Fluglotse dringend zu einer Umkehr nach Elko raten, dann wär's das gewesen. Eben das schien auch der Sturm zu wissen. Jetzt, da sie sich auf einem eindeutigen Umgehungskurs befanden, schien er erst richtig munter zu werden und verwandelte sich in die fauchende, hässliche Bestie, die er tatsächlich war, und heftete sich an ihre Fersen. Aber zuvor hatte er noch eine Überraschung für sie.

Frank war erleichtert, als er tatsächlich Risse in der Wolkenwand entdeckte, und beschloss, genau darauf zuzuhalten. »Ich kann auf der anderen Seite blauen Himmel ausmachen«, sagte er. »Da kommen wir durch.« Er versuchte, genau auf besagte Risse zuzusteuern, doch es kam ihm vor, als würde er seitwärtsfliegen. Die Turbulenzen wurden immer stärker. Er vernahm ein Piepen und sah ein gelbes Warnlicht aufleuchten – der Autopilot hatte sich abgeschaltet. Er packte das Steuerhorn fester und hatte Mühe, die Kontrolle zu behalten. Er war klug genug, das Flugzeug ein wenig nach oben und unten wandern zu lassen und nicht gegen die Auf- und Abwinde anzukämpfen.

»Drei-Vier-Lima, schwenken Sie links auf Steuerkurs eins-fünf-null, Leitvektor entsprechend den Wetterbedingungen, Freigabe für Höhenbereich eins-zwo-tausend bis eins-vier-tausend«, gab der Lotse über Funk durch. Schockiert erkannte Frank, dass er bei seinem vergeblichen Versuch, durch den Riss in der Gewitterfront zu steuern, genau nach Norden flog, und er konnte außer einer grauen Masse auch nichts mehr sehen. Die Turbulenzen waren ein wenig abgeebbt, dafür prasselte ein heftiger Regenguss mit kieselsteingroßen Hagelkörnern auf das Flugzeug. Er hatte keine Ahnung, wie seine Flughöhe war – es erforderte jeden Funken Konzentration, den Kurs beizubehalten und die Tragflächen halbwegs waagerecht zu halten.

Mit ein paar flüchtigen Blicken auf freien Himmel hatte ihn der Sturm angelockt, jetzt war sein Schlund dabei, sich zu schließen. »Salt Lake, hier Drei-Vier-Lima«, stieß Frank hervor. »Das sieht gar nicht gut aus. Ich muss hier raus.«

»Wie war das bitte, Drei-Vier-Lima?«

»Dad?«

»Nicht jetzt, Jeremy.«

»Drei-Vier-Lima, Luftstützpunkt Battle Mountain ist für Sie auf sechs Uhr, fünfundfünfzig Meilen. Schwenken Sie rechts auf Steuerkurs eins-sechs-null.«

»Dad?«

»Was ist denn, Jeremy?«

»Eis auf dem Pitotrohr!«

Frank sah hin und stellte fest, dass sowohl das Pitotrohr als auch die Vorderkanten beider Tragflächen mit einer Eisschicht überzogen waren. Es war Juli, und in Elko hatten bei ihrem Abflug über dreißig Grad geherrscht. Wie konnte da Eis entstehen? Frank schaltete die Pitotheizung ein, ging dann über in einen Rechtsschwenk …

… und plötzlich rissen ein Windstoß und eine Turbulenz die linke Tragfläche so abrupt und heftig nach oben, dass die Maschine ruckartig auf die Seite kippte. Frank hörte jemanden einen Schrei ausstoßen, womöglich sich selbst. Er mühte sich ab, die Tragflächen wieder in die Horizontale zu bringen, doch der künstliche Horizont schwankte unkontrollierbar hin und her, und die Neigungswinkelanzeige schien in einem scharfen Rechtsschwenk erstarrt. Die Nase schoss himmelwärts – oder möglicherweise auch Richtung Boden, mit Sicherheit hätte er das nicht zu sagen vermocht. Dass er am Steuerhorn zerrte und es drehte schien nicht das Geringste zu bewirken.

»Dad?«, fragte Jeremy.

»Nicht jetzt, Jeremy.«

»Aber Dad, deine Steuerkursanzeige, deine Neigungswinkel … Sieh doch, deine …«

»Ich sagte, nicht jetzt, Jeremy! Ich versuche, dieses Flugzeug zu fliegen.« Plötzlich fiel mehr Licht durch die Windschutzscheibe. Eine dünne Eisschicht verschleierte die Sicht nach draußen, aber er konnte wieder sehen.

Sie hatten die Gewitterfront hinter sich gelassen!

»Okay, okay, ich hab's!«, rief Frank über die Sprechanlage. »Wir haben's geschafft. Wir …«

In diesem Augenblick sah er, wie ihnen der Erdboden entgegenraste – sie befanden sich auf einem nahezu senkrechten trudelnden Sturzflug. Er richtete die Steuerung mittig aus, rammte das linke Seitenruder herein, schaffte es irgendwie, das Trudeln zu unterbinden, riss den Gashebel zurück und brachte die Nase fast in die Horizontale – kurz bevor das Flugzeug auf dem Erdboden aufschlug.

»Cessna Zwo-Acht-Drei-Vier-Lima, hier Salt-Lake-Zentrale!«, funkte der Fluglotse. »Haben Radarkontakt verloren! Empfangen Sie mich?« Er wartete ein paar Augenblicke und spürte, wie es ihm eiskalt über den Rücken rieselte, seine Kehle trocken wurde und sich die feinen Härchen in seinem Nacken aufstellten. »Drei-Vier-Lima, hier Salt-Lake-Zentrale – empfangen Sie mich?« Sein Vorgesetzter stand bereits neben ihm. »Scheiße, Bill«, sagte er. »Ich glaub, ich hab ihn verloren.«

»Salt-Lake-Zentrale, hier Flug United zwölf-siebzehn.«

»Flug United zwölf-siebzehn, hier Salt-Lake-Zentrale – sprechen Sie.«

»Wir empfangen ein ELT-Notfunkfeuersignal auf zwo-vier-drei-Komma-null«, meldete der Linienpilot.

Der Fluglotse fühlte, wie seine Unterlippe zu zittern begann. Diese UHF-Frequenz war der internationale Notfallkanal, auf dem das ELT, das Ortungsnotfunkfeuer eines Flugzeugs, sendete – und ELTs aktivierten sich automatisch nach einem Absturz. Eine Hand legte sich auf seine Schulter – es war die seines Vertreters, der gekommen war, ihn abzulösen, damit er von seinem Terminal wegkam, seine Kräfte sammeln und seinen Bericht machen konnte. »Verstanden, zwölf-siebzehn«, sagte er. »Danke.«

»Ich werde mich mit der Air Force in Verbindung setzen«, sagte sein Vorgesetzter.

»Nein, das übernehme ich«, sagte der Fluglotse. Er riss sich das Headset vom Kopf, stemmte sich aus seinem Stuhl hoch, griff zu dem Telefon zwischen seinem Platz und dem des zweiten Fluglotsen und drückte einen roten, mit *AFRCC* gekennzeichneten Knopf. Er holte tief Luft, während er auf die Freischaltung der Direktverbindung wartete.

»Rettungsleitstelle, Sergeant Goris«, meldete sich der diensthabende Fluglotse im AFRCC auf der Tyndall Air Force Base in Florida, die sämtliche Luft- und Seerettungseinsätze in der Vereinigten Staaten anordnete. »Empfangsbereit, Salt-Lake-Zentrale.«

»Hier spricht Adams, Salt-Lake-Zentrale. Haben Radarkontakt zu einer Cessna 182 verloren, fünf-fünf Meilen nordnordwestlich von Battle Mountain, Nevada, in einem Gebiet mit schweren Gewittern. Linienflug auf Flughöhe drei-fünf-null berichtet, sie empfangen UKW-ELT oberhalb dieses Bereichs.«

»Wir übernehmen, Salt Lake«, sagte der Mann am anderen Ende der Leitung. Im Hintergrund konnte der Fluglotse einen Alarm losgehen hören. »Farben, an Bord befindliche Treibstoffmenge, Name des Piloten, Seelen an Bord?«

Der Fluglotse riss den Streifen mit dem Flugplan aus seiner Halterung. »Weiß mit blauen Streifen, fünf Stunden, drei … drei Seelen an Bord«, las er mit stockender Stimme vom Datenstreifen des Flugplans ab.

»Roger, Salt Lake. Wann wird das Unwetter Ihrer Einschätzung nach aus dem Gebiet abziehen?«

»Es bewegt sich einigermaßen schnell und ist nicht sehr groß, nur lang«, sagte der Fluglotse. »In ungefähr einer Stunde.«

»Danke, Mr. Adams. Tut mir leid. Tyndall hat verstanden.«

LAGERHALLENKOMPLEX NAHE DES STÄDTISCHEN FLUGHAFENS LINCOLN, KALIFORNIEN

Zur selben Zeit

»Okay, Leute, folgendermaßen«, sagte der Special Agent in Charge des FBI, Gary Hardison. Er war umringt von zwei Agenten in Zivil, einem Team aus vier Beamten des Sondereinsatzkommandos des FBI und einem Team aus acht Bundesagenten des ATF, allesamt voll ausgestattet mit Panzerwesten und Schutzhelmen und bewaffnet mit Maschinenpistolen. »An diese Bande heranzukommen ist der krönende Abschluss von achtzehn Monaten verdeckter Arbeit. Passieren wird das alles in ungefähr einer Stunde.«

Hardison trat hinüber zu einer großen Schautafel mit einer Overheadprojektion von Satellitenaufnahmen des Ziels sowie handgezeichneten Diagrammen ihres Zugangsplans. »Hier ist der Hangar, wo sie den Austausch vornehmen wollen, in der Mitte der ersten Reihe, die der Rollbahn am nächsten liegt. Halten Sie die Augen offen nach Flugzeugen und Piloten auf dem Flughafengelände. Allerdings hatten wir stürmisches Wetter, weshalb der Flughafenmanager der Ansicht ist, dass es auf dem Gelände keine Piloten geben wird. Sicherheitshalber hat er bis auf unsere eigenen sämtliche Zugangskarten für die Flugsteige gesperrt, sie werden also das Flughafengelände nicht betreten können, bevor wir fertig sind. Wir haben dafür gesorgt, dass die anderen Hangars besetzt sind, die Identität der Besitzer ist überprüft worden, und der Flughafenmanager hat ihre Zugangskarten gesperrt, sodass sie nicht hineingelangen können. Im Zielhangar befindet sich ein einzelnes Flugzeug, eine doppelmotorige King Air 350, die die Verdächtigen für den Transport des Materials zu benutzen gedenken. Wir hatten den ganzen Abend eine unbemannte Predator-Drohne am Himmel, die nach Anzeichen dafür Ausschau gehalten hat, ob die Bande versucht, jemanden auf dem Dach zu postieren. Tun sie dies, werden wir alarmiert, und sollte es uns nicht gelingen, den Schützen auszuschalten, brechen wir das Ganze ab. Ich werde die Drohne von hier aus überwachen. Riley wird das elektrische Tor passieren, das unter Beobachtung durch die Bande stehen wird. Stricker folgt ihm in der Limousine. Sie werden durchfahren, sich selbst, die Limousine und den Lkw von den Wachen überprüfen lassen, dann bis zum Hangar weiterfahren. Ich gehe davon aus, dass sie wenigstens einen Mann bei Ihnen im Lkw und in der Limousine mitfahren und mindestens einen am Tor zurücklassen werden. Sobald sie die Freigabe zum Betreten des Geländes haben und sie am Hangar vorfahren, werden sie zunächst mit dem Bargeld hineingehen und dann die Schmuggler nach draußen zum Lkw begleiten, um sie das Material prüfen zu lassen. Sobald diese es für gut befunden haben und wir keine warnenden Piepser empfangen, schalten Sie die Burschen draußen vor dem Hangar aus, anschließend geben wir den Sondereinsatzkommandos von SWAT und ATF das Zeichen, woraufhin diese wie der Blitz zur Stelle sein werden, um den Hangar zu räumen.«

Hardison wies auf einen einzelnen Beamten in Uniform. »Für das SWAT-Team verantwortlich ist Captain Derek Coulter vom Sheriff's Department Yuba County«, fuhr der Special Agent in Charge fort. »Nachdem wir die Jungs draußen vor dem Hangar überwältigt haben und die Hubschrauber unterwegs sind, werden er und seine Männer anrücken, um den Flughafen zu sperren und die Startbahn, die Rollbahnen und Ausgänge abzuriegeln. Bis zur Verhaftung werden sie hier im Lagerhallenkomplex unsichtbar sein. Captain?«

»Wir haben sechs Fahrzeuge, die an der Abriegelung von Start- und Rollbahnen beteiligt sind, jeweils besetzt mit zwei Hilfssheriffs«, erklärte Coulter. »Zwei werden sich in der Nähe des Hangars befinden, in dem die Operation stattfindet, und das Nordende der Startbahn und die Hauptrollbahn abriegeln. Wir sind ständig auf Einsatzfrequenz, sollten Sie also Hilfe benötigen oder die Lage sich ändern, stehen wir bereit. Darüber hinaus haben wir nur wenige Minuten entfernt einen Hubschrauber bereitstehen. Meine Männer haben schon bei zahlreichen Gelegenheiten mit dem FBI zusammengearbeitet. Viel Glück.«

»Danke Ihnen, Derek«, sagte Hardison. »Des Weiteren: Die SWAT-Helikopter werden auf der Rollbahn vor dem Hangar aufsetzen, was für die im Innern des Hangars hoffentlich der erste Hinweis darauf sein wird, dass etwas im Busche ist. Das Hangartor dürfte geschlossen sein, links daneben gibt es eine einzelne Durchgangstür. Der Hangar verfügt über ein zwanzig Fuß hohes Dach mit jeder Menge Querstreben darunter. Sie alle, denken Sie daran, oben ebenso abzuklären wie rings um Sie her. Da drinnen herrscht ein ziemliches Durcheinander aus rollbaren Werkzeugkisten, Lampen, Hebezeugen und dergleichen. Also, Hess, Scott, Edwards und Caffery, lassen Sie besondere Vorsicht walten. Der Hangar verfügt über eine Toilette in der Südwestecke sowie, in der Nordostecke, über eine Einzimmerwohnung im ersten Stock. Das sind die wichtigen Bereiche, die es abzudecken gilt. Die Toilette hat keine Fenster. Harris und Vasquez, Sie werden um das Flugzeug herumgehen müssen, um das Klo abzudecken. Nehmen Sie sich vor Luftschläuchen und anderen Stolperfallen auf dem Fußboden in Acht. Außerdem weist das Dach der Toilettenräume eine ebene Fläche auf, die sie zum Verstauen von irgendwelchem Kram benutzen, also decken Sie dieses ebenfalls ab. Die Wohnung hat ein einzelnes Fenster, das den Hangar überblickt, aber kein Fenster in der Tür, also, Carter und Meredith, Sie sollten es demnach über die Treppe bis nach oben schaffen, während McGinty und Cromwell das Fenster von unten sichern. Hartmann und Benz, für Sie ist die King Air 350 reserviert. Eingangstür auf der linken Seite des Flugzeugs, dazu kleine Fenster, die sich öffnen lassen, auf der rechten und linken Seite des Cockpits, groß genug, um die Mündung einer Waffe durchzustecken, also seien Sie auf der Hut. Auf der rechten Seite des Flugzeugs gibt es einen Notausstieg, Sie sollten jedoch merken, wenn sie den rausprengen, um auf Sie zu schießen. Bleiben Sie hellwach. Sobald der Hangar geräumt ist, ziehen wir die Abteilung für Kriminaltechnik und gefährliche Materialien hinzu und fangen an, den Laden umzukrempeln.«

Hardison stellte sich den Fragen der Beamten, erhielt eine Aktualisierung über die Wetterbedingungen und den Status der Leute aus dem Sheriff's Department, machte einen Uhrenvergleich mit allen und entließ die Gruppen anschließend zu ihren eigenen Briefings und der Überprüfung ihrer Waffen und Ausrüstungen. Zur abgesprochenen Zeit begaben sich die Teams zu ihren Fahrzeugen, und die Operation lief an. In der weiträumigen Ladezone, zwischen langen Reihen leer stehender Lagerhäuser, standen vier Bell-Jet-Ranger-Helikopter, und die Jungs vom SWAT begannen diese zu besteigen.

Riley lenkte den fensterlosen Kastenwagen bis vor das eigentliche Zugangstor, gefolgt von Stricker in einer kleinen Limousine. Diesseits des Tors, unter einem Baum auf dem Flughafenparkplatz für Mietautos, stand ein einzelner Wagen. Als der FBI-Agent seine Scheinwerfer kurz aufblendete, stieg ein Mann mit Sonnenbrille, kariertem Hemd und einem weißen T-Shirt darunter sowie, dem Anschein nach, Cowboystiefeln aus dem innerhalb des Tors geparkten Wagen. Eine Waffe schien er nicht zu tragen, doch der FBI-Agent wusste, ein gewiefter Schütze vermochte ein halbes Dutzend Waffen unter dieser schlichten Kleidung zu verbergen.

Der Mann ging auf das Tor zu, bis er Stricker in der Limousine erkannte, und nickte dann nach hinten zu seinem Wagen. Der sprang an – Riley sah den zweiten Mann im Wagen nicht einmal, was ihn daran erinnerte, in der Nähe dieser Jungs hellwach zu bleiben. Der Wagen fuhr Richtung Tor, bis die Sensoren im Asphalt ausgelöst wurden und sich das Tor zu öffnen begann, setzte dann zurück, wendete und hielt nur wenige Meter entfernt an. Die Lieferwagen und die Limousine fuhren durch das Tor und warteten, bis dieses sich zu schließen begann.

Kaum tat es dies, stieg der Mann im karierten Hemd auf der Beifahrerseite aus dem Lieferwagen aus und überprüfte rasch die Ladezone. Im selben Augenblick stieg ein zweiter, bislang unbemerkter Mann auf der Beifahrerseite in die Limousine ein und befahl Stricker, den Kofferraum zu öffnen. Als er dies tat, erschien noch ein weiterer, bislang unsichtbar gebliebener Mann, überprüfte den Kofferraum, gab das Daumen-hoch-Zeichen und verschwand.

»Ihr Jungs seid gut – die sind wie aus dem Nichts aufgetaucht«, bemerkte Riley.

»Gehen wir«, meinte der erste Mann, ohne auf die Bemerkung einzugehen. »Höchstgeschwindigkeit zehn Meilen in der Stunde.«

Sie passierten die Selbstbedienungstankstation, überquerten das Flugvorfeld, fuhren dann Richtung Norden über eine Autozubringerstraße, vorbei an einer Reihe von Hangars. Weder andere Autos noch Flugzeuge waren zu sehen. Sie fuhren fast die gesamte Reihe entlang bis zum vorletzten Hangar und hielten dort. Der Fahrer des Führungsfahrzeugs holte ein Walkie-Talkie hervor und sprach hinein, und wenige Minuten darauf trat ein Mann aus dem Hangar, einen Koffer in der Hand.

»Auf die Sekunde pünktlich, Riley«, sagte der Mann, der aus dem Innern des Hangars gekommen war. »Das gefällt mir.«

»Sich zu verspäten ist ein Zeichen von Respektlosigkeit und schlechtes Geschäftsgebaren, Sullivan«, sagte Riley. Er wies mit einem Nicken auf den Koffer. »Ist das die gesamte Summe?«

»Die Hälfte«, sagte der Sullivan genannte Mann.

Rileys Augen wurden zu schmalen Schlitzen. »Was soll der Scheiß, Sullivan? Wir hatten nicht vereinbart, es aufzuteilen.«

»Ich will zuerst die Behälter draußen überprüfen.« Sullivan griff in seine Jacke und holte ein kleines, an einen überdimensionierten Garagentoröffner erinnerndes Gerät hervor. »Bestehen Sie, bekommt Ihr Freund hier das Geld. Wir fahren den Lieferwagen in den Hangar, um die Behälter mit dem größeren Gerät zu überprüfen, und wenn mit denen alles stimmt, können Sie sich mit dem Rest davonmachen.«

Riley zögerte, schüttelte dann den Kopf. »Schaffen Sie Ihr größeres Gerät hierher, nach draußen.«

»Würde zu viel Aufmerksamkeit erregen«. Der Mann nickte dem zweiten verdeckten Ermittler zu und warf den Koffer zu ihm hinüber. »Überprüf ihn.«

Stricker trug den Koffer zu seinem Wagen und öffnete ihn. Im Innern befanden sich Dutzende Geldbündel, größtenteils Hunderter. Er ließ einige Stapel am Daumen vorbeischnellen, um sich zu vergewissern, dass sie nicht mit Papierschnipsel aufgefüllt waren, und zählte die Bündel dann rasch durch. Jedes enthielt 10 000 Dollar, alles in allem also etwa 150 000 Dollar.

Stricker klappte den Koffer zu und stieg aus seinem Wagen. »Die Hälfte der Gesamtsumme.«

»Tja, ist doch einen Blick wert, was?«, fragte Sullivan, ein Lächeln auf den Lippen.

»Das ist alles, was Sie dafür kriegen«, meinte Riley, »einen Blick. Wenn Sie den Lieferwagen in den Hangar fahren wollen, kostet Sie das weitere hundertfünfzig. Larry wird das Geld verwahren, während Sie die Behälter untersuchen.«

Sullivan wies mit einem Nicken auf den zweiten verdeckten Ermittler. »Sie vertrauen ihm dreihunderttausend Dollar an?«

»Stricker weiß, wenn er mich bescheißt, ist sein Leben keinen Pfifferling mehr wert«, gab Riley zurück. »Also los.«

Jetzt war es an Sullivan zu zögern, dennoch nickte er. »Tun wir's.« Er ging zum Lieferwagen und öffnete die seitliche Schiebetür. Drinnen befanden sich vier große, knapp einen Meter hohe Stahlzylinder mit einem Durchmesser von etwa vierzig Zentimetern. Er nickte. »Es sind die echten, keine selbst gebastelten Container?«

»Ich bin doch nicht so verrückt, mit von Amateuren zusammengeschraubten Containern herumzufahren«, sagte Riley. »Sind Sie mit der Handhabung vertraut?«

»Nein, aber mein Mitarbeiter Carl.« Sullivan sprach in ein Walkie-Talkie, und wenige Minuten darauf trat ein Mann aus dem Hangar. Das Gehen bereitete ihm Mühe, sein Haar war schütter und fehlte stellenweise ganz, und eines seiner Augen schien getrübt. Er nahm den Detektor von Sullivan entgegen und untersuchte die Metallbehälter. »Carl war fünfzehn Jahre Pilot für das Energieministerium«, erklärte Sullivan. »Er hat dieses Zeug in allen möglichen Flugzeugtypen kreuz und quer durch die Vereinigten Staaten geflogen. Ein Zwischenfall, und sie hätten ihn gefeuert – bei Streichung sämtlicher Bezüge. Drei Jahre später fand er heraus, dass er Leukämie hat.«

Der Carl genannte Mann schaltete das Gerät ein, wartete, bis es sich initialisiert hatte, und warf dann einen Blick auf das Display. »Keine Lecks.«

»Jede Behörde verfügt heutzutage über Strahlendetektoren«, sagte der verdeckte Ermittler. »Ich werde nicht durch die Gegend fahren und darauf warten, dass mich irgendein Provinztölpel hochnimmt.«

Carl untersuchte den ersten Metallbehälter, tippte dann Befehle in die kleine, seitlich an dem großen Metallbehälter befindliche Tastatur. Ein Motor öffnete eine mächtige stählerne Verschlussklappe, und dahinter erschien ein winziges Sichtfenster in der Seite des Metallbehälters. Carl hob den Detektor an und hielt ihn an das offene Fenster.

»Sollte er nicht Abstand zum Fenster halten?«, meinte Riley.

»Carl weiß, dass ihn ein paar Dosen mehr auch nicht schneller umbringen«, sagte Sullivan. »Carl?«

»Betateilchen sowie Gammastrahlung … ziemlich hohe Werte.« Carl schloss das Fenster.

»Das ist das Iridium-192«, sagte Riley. »Die Halbwertszeit dieses Zeugs ist recht kurz, aber Sie sagten, das sei okay.« Sullivan nickte, behielt aber Carl weiter im Blick, während dieser arbeitete.

Carl überprüfte einen weiteren Metallbehälter. »Ausschließlich Gammastrahlung. Sehr hohe Werte.«

»Kobalt-60«, bemerkte Riley.

Carl prüfte den dritten Metallbehälter. »Neutronen, Protonen, Betateilchen und Gammastrahlen. Plutonium-239.« Zu guter Letzt prüfte er den vierten. »Alphateilchen, Betateilchen und Uran. Neptunium.« Er schloss das Fenster, wankte zurück zu Sullivan und gab ihm seinen Detektor zurück. »Das Prüfgerät drinnen wird uns die genauen Mengen und Werte verraten, Sir.«

»Danke, Carl«, sagte Sullivan und fasste ihn im Vorübergehen am Arm. »Machen Sie sich bereit, okay?«

»In Ordnung, Sir.«

»Neptunium-237, wie bestellt«, sagte Riley. »Jetzt das restliche Geld, und Sie können das Zeug in Ihren Hangar schaffen lassen. Mein Mann Stricker wird das gesamte Geld durchzählen, zu unserem Treffpunkt rausfahren, und ich werde hierbleiben, bis Sie die Behälter abgenommen haben.«

»Abgemacht«, sagte Sullivan. Er sprach erneut ins Funkgerät, und ein weiterer Mann brachte einen zweiten Koffer heraus. Stricker zählte sämtliche Geldscheine durch, sorgfältig diesmal, nickte zustimmend und fuhr los. Sullivan gab per Funk den Befehl, das Hangartor zu öffnen.

Als sich die Prüfklappe am ersten Atommüllcontainer öffnete, ermittelte das Strahlendosimeter an Bord der unbemannten, auf einem hohen Rundkurs kreisenden Predator-Drohne die freigesetzte Strahlung und sendete ein Alarmsignal an die Kommandozentrale im Lagerhallenkomplex in der Nähe des Flughafens. »Das Siegel am ersten Metallbehälter ist aufgebrochen worden«, sagte Hardison zu seinem Assistant Special Agent in Charge. »Lassen Sie sie starten.«

Der ASAC ging nach draußen und gab dem Leiter des Einsatzkommandos das Zeichen, sich für den Start bereit zu machen, und die Helikopterpiloten starteten die Motoren.

In diesem Augenblick bog ein Streifenwagen des Yuba

County Sheriff's Department in die Einfahrt des Lagerhallenkomplexes, in dem die vier Helikopter versteckt gehalten wurden. Der ASAC sah auf seine Uhr und fragte sich, was der Sheriff wohl wollte. Etwa dreißig Meter von der vorderen Helikopterreihe entfernt hielt der Streifenwagen, und ein Mann in Anzug und mit Krawatte und Sonnenbrille stieg aus, holte seine Dienstmarke hervor und klemmte sie in die obere Tasche seines Jacketts, sodass der siebenzackige Sheriffstern deutlich zu sehen war.

Der ASAC war dem Sheriff noch nie begegnet, der Neuankömmling zeigte den Piloten aber das Daumen-hoch-Zeichen, als er auf den Assistant Special Agent in Charge zutrat. »Sheriff Adamson?«, fragte dieser.

»Nein«, gab der Mann zurück, holte eine Maschinenpistole unter seinem Jackett hervor und schoss dem ASAC drei Mal in die Brust. Unmittelbar darauf entnahm er seinem Jackett ein kleines Gerät, drückte einen Knopf und betrat die Lagerhalle. Zwei Sekunden später explodierte auf dem Rücksitz des Polizeistreifenwagens ein selbst gebauter 300-Pfund-Sprengsatz. Die erste Helikopterreihe verschwand inmitten eines Feuerballs, dieser erfasste auch die zweite Reihe, und innerhalb von Sekundenbruchteilen waren alle vier Helikopter zerstört und zwölf SWAT-Beamte ums Leben gekommen.

Im Laufschritt begab sich der Mann zur Tür des Büros, das als Kommandostelle diente, und ließ sich genau in dem Moment auf ein Knie fallen, als Hardison mit gezogener Waffe herausgestürzt kam, um zu sehen, was die horrende Explosion draußen verursacht hatte. Seine kugelsichere Weste rettete Hardison, die Wucht der in seiner Brust einschlagenden Kugel riss ihn jedoch zu Boden. Ruhig blickte der Mann auf ihn herab und schoss ihm zweimal in den Kopf, machte dann kehrt und ging nach draußen.

Das Hangartor hatte sich fast schon weit genug geöffnet, um den Lieferwagen hineinzufahren, als Riley einen gepanzerten SWAT-Suburban des Yuba County Sheriff's Department bemerkte, der die Rollbahn entlang auf sie zugerast kam. Mist, schoss es ihm durch den Kopf, sie sind zu *früh!* Wo, zum Teufel, bleiben die Helikopter?

Das Fahrzeug kam mit quietschenden Reifen vor dem Hangar zum Stehen, und zwei Beamte in schwarzen Kampfanzügen und mit Kevlarhelmen sprangen heraus, während aus dem hinteren Teil des Wagens ein Mann ausstieg, *zwei Geldkoffer in den Händen!*

»He!«, rief Riley und hob, sich ergebend, die Hände. »Was, zum Teufel, soll …?« In diesem Moment vernahm er die Explosion aus der Richtung des Lagerhauskomplexes sowie das Kreischen von zerfetzendem Metall und begriff – noch ehe der Fahrer des Suburban eine Pistole aus seinem Holster riss, zielte und dem FBI-Agenten drei Kugeln ins Gesicht schoss –, dass die Operation gescheitert war.

»Berichten Sie«, sagte der Mann namens Sullivan.

»Die SWAT-Teams sind ausgeschaltet«, erklärte der Fahrer. »Die Fahrzeuge des Sheriff's Department wurden so platziert, dass sie den Zugang zum Flughafen so gut wie irgend möglich versperren, und die Teams Bravo und Charlie melden sich bei ihren Nacheinsatz-Sammelpunkten. Keine Verluste.«

»Ausgezeichnet«, sagte Sullivan. »Hervorragende Arbeit. Helfen Sie dem Alphateam, die Metallbehälter an Bord des Flugzeugs zu schaffen und zu sichern, und melden Sie sich anschließend bei Ihren Sammelpunkten.«

»Jawohl, *Sir.*« Im Laufschritt begaben sich die drei Männer in den Hangar, wo die Atommüllbehälter bereits mit einem Gabelstapler abgeladen wurden. Sullivan folgte ihnen nach drinnen und sah Carl, der gerade in eine Flugnavigationskarte vertieft war. Sullivan fiel Carls blasse, schweißnasse Haut auf, und dass seine Hände zitterten, während er einen Schluck Wasser trank. »Alles in Ordnung mit Ihnen, Carl?«, erkundigt er sich.

»Komme bestens zurecht«, antwortete Carl. »Gerade vor ein paar Minuten habe ich die letzten Medikamente eingenommen – damit werde ich die nächsten Stunden überstehen. Lange genug.«

Sullivan nickte. »Sie sind ein wahrer Patriot, Carl«, sagte er. »Ein echter Held.«

»Vielen Dank, Sir.« Carl tippte auf die Navigationskarte. »In dem Tal hier werde ich auf jeder Flughöhe in permanentem Radarkontakt stehen – das lässt sich unmöglich vermeiden«, erklärte er. »Aber sobald ich über die Sierra hinweg bin, werden sie mich verlieren. Ich arbeite mich von Kamm zu Kamm nach Süden vor, ändere mehrfach den Kurs, halte mich von den Ballungsgebieten fern und begebe mich zu der Landepiste, um die drei Metallbehälter auszuladen und Treibstoff aufzunehmen.«

»Ausgezeichnet«, sagte Sullivan. »Sie haben diese Operation hervorragend geplant.«

»Es war mir ein Vergnügen, Sir«, erwiderte Carl. »Und auch die Einsatzkommandos haben ausnahmslos hervorragende Arbeit geleistet.«

»Haben sie, dank Ihrer Inspiration.«

»Vielen Dank, Sir.« Carl nahm Haltung an und salutierte. »Es war mir eine Ehre, Ihnen zu dienen, Sir«, sagte er.

Sullivan erwiderte seine militärische Ehrenbezeugung.

»Nicht mir, Carl – wir dienen der Wahren Republik«, sagte er. Als er den Piloten umarmte, konnte er das Zittern spüren, das Carls ganzen schmächtigen Körper ergriffen hatte. Die Ärzte hatten ihm keine sechs Monate mehr gegeben, dann würde ihn die Leukämie dahinraffen; sein beidseitiger grauer Star würde ihn noch vorher seines Augenlichts berauben. »Gut gemacht, Soldat. Weiter so.«

»Für die Wahre Republik, Sir«, sagte Carl, faltete seine Karten zusammen und begab sich zur King Air.

Lange bevor die ersten Einheiten von FBI und Polizei am Flughafen eintrafen, war die King Air beladen und – auf östlichem Kurs bei niedriger Flughöhe – in der Luft. Unterdessen zerstreuten sich die Männer am Flughafen in alle Himmelsrichtungen – mit Autos, Motorrädern und sogar Booten – und flohen, um in sicheren Häusern, die über das gesamte Gebiet verteilt waren, den Einbruch der Nacht abzuwarten.

KAPITEL 1

Viele, höre ich, verachten diese Männer,
weil sie so wenige waren. Wann waren die Guten und
die Mutigen jemals in der Überzahl?
– Henry David Thoreau

BATTLE MOUNTAIN, NEVADA
Zur selben Zeit

Die Unwetter der jüngsten Vergangenheit hatten den Garten – sofern man ihren kleinen Flecken aus Erde, Gras und Steinen denn als Garten bezeichnen konnte – in eine matschige, grün eingefärbte Sumpflandschaft verwandelt. Die ungepflasterten Straßen, festgewalzt vom Auto- und Baustellenverkehr, befanden sich in etwas besserem Zustand, doch auch sie nass und matschig.

Es hätte das vom Krieg geschundene Irak oder Afghanistan sein können, oder irgendein entlegenes chinesisches Dorf. Stattdessen handelte es sich um eine vergleichsweise neue Trabantensiedlung der Gemeinde Battle Mountain im zentralen Norden Nevadas.

Battle Mountain war nicht mehr als eine kleine Ansammlung von Lagerhäusern, Geschäften, Saloons und Bordellen und hatte sein Dasein als unbedeutendes Eisenbahnbetriebswerk und Bergarbeiterlager im zentralen Norden des

Nachbürgerkriegs-Nevada begonnen. Obwohl es mittlerweile Regierungssitz von Lander County war, hatte es die Gemeinde nie geschafft, sich die offiziellen Rechte als Stadt oder Ortschaft, ja nicht einmal als Dorf zu sichern. Selbst als ganz in der Nähe die Interstate gebaut worden war und die US-Armee vor der Ortschaft eine Ausbildungsbasis für B-17-Bomberbesatzungen eingerichtet hatte, entwickelte sich die Gemeinde nicht weit über ihre Vergangenheit als Bergarbeitersiedlung und Weghindernis hinaus.

Und das war es auch, was Bradley James McLanahan über Battle Mountain dachte – nur ein weiteres Hindernis auf *seinem* Weg.

Gerade mal einen Monat nach seinem achtzehnten Geburtstag hatte der wie seine Mutter ziemlich groß gewachsene, dabei wie sein Vater kräftige und blauäugige Brad – niemand, der nicht scharf auf Ärger war, nannte ihn bei seinem vollen Vornamen, mit Ausnahme seines Vaters – wie alle Air-Force-Sprösslinge seinen Anteil an Ortswechseln und schauderhaften Versetzungen abbekommen. Obwohl selbst anderer Meinung, hatte er es, verglichen mit den Kindern einiger anderer Offiziere, eigentlich noch ganz gut getroffen, denn in den achtzehn Jahren, die sein Vater, Air Force Lieutenant-General Patrick McLanahan, im Militärdienst verbracht hatte, war er nur ein paar Mal umgezogen. Seiner Meinung nach jedoch war Battle Mountain ein allzu harter Ausgleich für die geringere Zahl an Ortswechseln und Versetzungen.

Den größten Teil des Vormittags war Brad dazu verdammt gewesen, sich die Zeit mit Computerspielen zu vertreiben und darauf zu warten, dass die höllischen Gewitterstürme vorüberzogen, und jetzt, da sich der Regen gelegt hatte und die Sonne herauskam, wollte er einfach nur noch *raus.* Er traf seinen Dad in dessen winziger Kombination aus Schlafzimmer und Büro an. »Dad, kann ich mir den Wagen ausliehen?«, fragte er noch in der Tür.

»Kommt darauf an«, antwortete sein Vater, ohne sich nach ihm umzudrehen. Patrick, die eine Hand erhoben, während seine Finger sich bewegten, als gebe er etwas über eine Tastatur ein, schien aus dem Fenster seines Schlafzimmers zu starren. Brad wusste – was er aber niemandem erzählen durfte –, dass sein Vater keinen Monitor benötigte, da die Computerbilder auf winzige, in die Speziallinsen seiner Augen integrierte Monitore übertragen wurden, sodass diese Bilder für ihn so groß wie auf einem hochauflösenden 27-Zoll-Monitor schienen. Die Eingabe erfolgte über eine »virtuelle« Tastatur, die er ebenfalls aufzurufen vermochte. Während seiner Jahre bei der Air Force war sein Vater Versuchskaninchen für eine ganze Reihe solcher Hightechspielereien gewesen. »Küche?«

»Blitzblank, Spülmaschine ausgeräumt.«

»Badezimmer?«

»Mein üblicher Tag fürs Bad ist Sonntag. In Ordnung, wenn ich das morgen mache?«

»Okay. Schlafzimmer?«

»Aufgeräumt, Bett gemacht.«

»Wohnzimmer?«

»Vorzeigbar.«

Sein Vater bedachte ihn mit einem Blick und versuchte zu ergründen, was genau das bedeutete. »Vielleicht sollten wir uns das mal ansehen.«

»Na schön.« Brad sah, wie die blauen Augen seines Dads hin und her zuckten, als er durch einen einfachen Blick die Ausloggen-Befehle auf seinem virtuellen Bildschirm betätigte. Er folgte seinem Dad durch den schmalen Flur. Patrick warf kurz einen Blick in Brads Schlafzimmer auf der anderen Flurseite, nickte anerkennend, ging dann weiter, vorbei an der kleinen Kammer im Flur, in der sich Waschmaschine und Trockner befanden, an der Küche mit Essbereich und schließlich ins Wohnzimmer. Die McLanahans bewohnten einen doppelt breiten Wohnwagen – gerade mal halb so groß wie ihre letzte Bleibe in Henderson, Nevada, in der Nähe von Las Vegas, aber verglichen mit denen vieler ihrer Nachbarn war dieser geräumig, fast schon pompös.

Mit düsterer Miene registrierte Patrick einen Stoß Zeitschriften und Reklamesendungen, die sich auf dem Wohnzimmertisch stapelten. »Dieser Kram gehört aussortiert, entsorgt oder weggeworfen«, sagte er.

»Es sind Gias Sachen, Dad«, sagte Brad.

Sein Dad nickte versonnen. Gia Cazzotto war die Freundin seines Vaters – oder seine ehemalige Freundin, eine Durchgedrehte oder Alkoholikerin, er wusste es selbst nicht recht. Sie war nach einem Notausstieg aus einem EB-1C-Vampire-Bomberflugzeug, das letztes Jahr von russischen Kampfjets über dem Arabischen Meer angegriffen worden war, aus medizinischen Gründen aus der Air Force ausgeschieden.

Nachdem sie von ihren Verletzungen genesen war, war Gia nach Washington geschickt worden, um sich dort für ihr Verhalten unmittelbar vor dem Abschuss zu verantworten. Die Anklagepunkte lauteten: Angriff auf ein Flugzeug und dessen Besatzung über internationalen Gewässern und damit einhergehende Körperverletzung, Beschädigung eines nicht an Kampfhandlungen beteiligten Schiffs, Auslösen eines internationalen Zwischenfalls, Befehlsverweigerung und Vernachlässigung ihrer Pflichten. Patrick hatte sie begleitet, um ihr zur Seite zu stehen und zu ihren Gunsten auszusagen, was ihm jedoch verwehrt worden war, da er selbst unter Anklage stand. Von einem Militärgericht war sie für schuldig befunden und zu einer dreijährigen Haftstrafe, einer Degradierung zum Second Lieutenant – sie war Full Colonel gewesen und hatte eine Hightechbombereinheit in Südkalifornien befehligt – sowie zur unehrenhaften Entlassung aus dem Dienst verurteilt worden. Sie wurde schon wenige Stunden nach seiner Amtsübernahme von Präsident Kenneth Phoenix begnadigt, die unehrenhafte Entlassung aber blieb bestehen.

Danach war Gia nie mehr ganz dieselbe gewesen, erinnerte sich Brad. Sie war reizbar, aufbrausend, ruhelos und in sich gekehrt. Die Anklagepunkte gegen seinen Vater wurden auf Veranlassung des Präsidenten fallen gelassen, was sie nur noch zorniger zu machen schien. Der Präsident hätte auch sie umfassend begnadigen können, was er jedoch nicht tat – mit der Begründung, dass er nicht guten Gewissens ein Gerichtsurteil aufheben könne, selbst wenn er persönlich der Meinung sei, sie habe im besten Interesse der Vereinigten Staaten gehandelt. Das erregte ihren Zorn noch mehr.

Als sein Vater seinen Job in Battle Mountain annahm, hatte sie bei der Einrichtung des Wohnwagens geholfen und auf Brad aufgepasst, während sein Vater bei der Arbeit war, doch war es, anders als noch in Henderson, absolut kein Vergnügen, sie um sich zu haben. Sie begann zu trinken – gute Sachen zunächst, Spitzen-Cabernet-Sauvignons aus dem Napa Valley –, Brad durfte stets einen kleinen Schluck probieren – dann, als das Geld allmählich knapp wurde und sie ihren Job verlor, was immer am billigsten war. Kurze Zeit darauf begann sie abzutauchen, zunächst für ein paar Tage, dann mehrere Wochen am Stück. Nun war fraglich, ob sie jemals wiederkommen würde.

»Tut mir leid. Mach dir deswegen keine Gedanken«, sagte Patrick und straffte die Schultern. Mit einem Nicken wies er auf den Schreibtisch mit der Schublade, in der sich sämtliche Schlüssel befanden. »Solltest du tanken müssen, weißt du, was zu tun ist. Halt dich an die Geschwindigkeitsbegrenzungen. Und auf der Interstate wird nicht gefahren. Hast du Geld?«

»Ja.«

Patrick nickte. Verdammt, dachte er, sein Sohn war erwachsen, stand fast auf eigenen Füßen. Wie, um alles in der Welt, würde sich das Leben in diesem Wohnwagen ohne ihn anfühlen? »Ruf an, falls irgendetwas ist.«

»Ich weiß, ich weiß. Mach ich«, sagte Brad. »Danke.«

Wie alle seine Freunde hatte Brad seinen Lernführerschein auf den Tag genau mit fünfzehneinhalb Jahren ausgehändigt bekommen, denn in einem abgelegenen Flecken wie Battle Mountain war ein Auto gleichbedeutend mit echter Freiheit. Der nächste Ort von nennenswerter Größe war Elko, mehr als siebzig Meilen entfernt und, sofern man nicht auf hartes Querfeldeinfahren im Gelände stand, nur über die Interstate zu erreichen. Das wussten auch die Cops, weshalb sie den Jungs, die nachts fuhren oder die Interstate benutzten – was Fahrern mit Lernführerschein untersagt war – gern mal eine Geldstrafe aufbrummten.

Als Brad zur Tür hinausstürzte, klingelte das Telefon. Niemand, mit dem er in diesem Augenblick hätte sprechen wollen, benutzte den Festnetzanschluss. Je eher er also wegkam, desto besser. Er hatte es schon bis zum Auto geschafft und öffnete gerade die Fahrertür, als er die Eingangstür des Wohnwagens aufgehen hörte und sein Dad rief: »Brad!«

»Ich muss los, Dad!« Verflixt, wer rief ihn bloß an einem Samstagnachmittag auf der Privatnummer an? Alle seine

Freunde benutzten seine Handynummer. »Ich treffe mich mit Ron, und er muss …«

»Rückruf von der Staffel«, sagte Patrick. »Aktuell. Für alle. Zweiundsiebzig Stunden.«

Die machten so was.

Alle Gedanken an Ungebundenheit verflogen. Mit seinen Freunden abhängen, herumfahren, Computerspiele spielen … Alles nicht übel, aber ziemlich lahm verglichen *damit.*

Patrick und Brad rannten in den Wohnwagen zurück und kamen innerhalb weniger Augenblicke wieder aus ihren Schlafzimmern hervor, in völlig verändertem Aufzug. Patrick trug einen graugrünen Fliegeroverall und schwarze Lederstiefel. Auf dem schwarzledernen Namensschild über seiner linken Brusttasche mit den Flügeln der Civil Air Patrol standen in der einen Ecke sein Name, die Buchstaben CAP sowie sein Rang in der Civil Air Patrol, *COL* (obwohl Patrick als Lieutenant-General aus der Air Force ausgeschieden war, war Colonel der höchste für ihn erlangbare Rang in der Civil Air Patrol, sofern er sich keine Beförderungspunkte verdiente), und in der anderen die Abzeichen der CAP und der Nevadastaffel. Brad trug einen Tarnkampfanzug mit blau-weißen Namensstreifen, mit der Aufschrift *MCLANAHAN* auf der einen Seite und *CIVIL AIR PATROL* auf der anderen, dazu eine grüne Kappe im Tarnmuster, eine orangefarbene Sicherheitsweste sowie schwarze Kampfstiefel aus Leder. Beide trugen einen Rucksack mit zusätzlicher Ausrüstung, Brad dazu noch eine kleinere Tasche an seinem Webgürtel. »Startklar, Großer?«, fragte Patrick.

»Startklar.« Wie die kostümierten Helden Batman und Robin zu ihrem Batmobil, rannten die beiden zu Patricks viertürigem Jeep Wrangler und fuhren los.

Der Wrangler bewältigte die morastigen Straßen ohne Mühe. Die Trabantensiedlung war eine Siedlung aus provisorischen Unterkünften, die man im Zuge der Erweiterung des nahe gelegenen Luftwaffenstützpunkts angelegt hatte. Zumindest war sie als Provisorium *gedacht* gewesen, bis der ebenso plötzliche wie dramatische wirtschaftliche Niedergang und die Reaktion des Präsidenten auf die Krise die Wohnwagen zur Dauerlösung gemacht hatten. Die Straßen waren nach wie vor ungepflastert, und die Hälfte der Trailer stand mittlerweile leer.

Man brauchte etwa fünf Minuten, bis man wieder auf asphaltierte Straßen gelangte, und weitere zehn, ehe man die äußere Umgrenzung des Flugplatzes erreichte. Diese bestand aus einem einfachen Schild und einem Maschendrahtzaun, eher dazu gedacht, Steppenroller und Kojoten fernzuhalten, sowie einem unbemannten Wachtor. Aber sowohl Patrick als auch Brad wussten, dass ihre Identitäten bereits aus der Ferne erfasst und ihre Bewegungen sorgfältig von den Hightechsicherheitssensoren verfolgt wurden. Die Joint Air Base Battle Mountain sah kaum anders aus als das sie umgebende wüstenartige Hochland, doch Äußerlichkeiten waren in dieser Gegend trügerisch.

Die mittlerweile Joint Air Base Battle Mountain genannte Einrichtung hatte eine bunte Vergangenheit, die der Öffentlichkeit weitgehend unbekannt war oder der dieser bestenfalls gleichgültig gegenüberstand. Angefangen hatte sie 1942 als Tuscarora Army Air Corps Field für die Ausbildung von Bomber- und Jagdbomberbesatzungen für den Einsatz im Zweiten Weltkrieg. Nach Kriegsende wurde der Flugplatz dem Lander County überschrieben und Teile des Regierungsgeländes südlich des Flugfeldes an Minengesellschaften verkauft. Ein paar Betriebe sowie ein Luftfahrtmuseum versuchten auf dem abgelegenen Flugplatz Fuß zu fassen, aber im einsamen zentralen Norden Nevadas gab es einfach nicht genug Arbeit, und so versank der Flugplatz in einen Dämmerschlaf.

Doch die unterirdischen Hebewerke, Gebäude, Eisenbahnstrecken, Netzverteiler und Belüftungssysteme, die rings um den Flugplatz aus dem Boden schossen, waren zu keiner Zeit für Bergarbeiter gedacht gewesen: Insgeheim legte die US-Regierung ein weitläufiges unterirdisches Höhlensystem unter der Tuscarora Army Air Corps Base an. Die Einrichtung war als Kommandozentrale einer wiederhergestellten Regierung gedacht, ein Stützpunkt fernab der Ballungszentren, an den sich die führenden Köpfe der US-Regierung und des Militärs zurückziehen und einen Angriff russischer oder chinesischer Atomraketen aussitzen konnten. Nach dem Ende eines solchen Angriffs hätten die Amtsträger in Battle Mountain per Funk Handlungsanweisungen an die Überlebenden ausgegeben und mit den Bergungs- und Erneuerungsarbeiten für die Bevölkerung des Westens der Vereinigten Staaten begonnen.

Die Einrichtung war das Nonplusultra an Fünfzigerjahretechnologie: Sie erzeugte ihre eigene Energie, Frischluft und Wasser, sie war dafür gebaut, allem außer einem Volltreffer mit einem nuklearen Ein-Megatonnen-Gefechtskopf standzuhalten, rühmte sich sogar eines unterirdischen Hangars mit Hebewerken, die Flugzeuge bis zu einer Größe von B-52-Bombern unterirdisch in Sicherheit zu bringen vermochten. Der Stützpunkt lag so abgeschieden, dass die meisten Bergarbeiter und Rancher von seiner Existenz gar nichts mitbekamen.

Mit dem Ende des Kalten Krieges wurde Battle Mountain

jedoch stillgelegt – bis die Einrichtung Anfang des einundzwanzigsten Jahrhunderts von General Patrick McLanahan als Hauptquartier einer neuen hoch technisierten und Air Battle Force genannten Luftangriffseinheit reaktiviert wurde. Besagte Air Battle Force umfasste einige der geheimsten und erstaunlichsten Gerätschaften für den Luftkampf, die je gebaut worden waren: Zweihundert-Tonnen-Bomber mit dem Radarquerschnitt eines winzigen Insekts, mit Lasern ausgerüstete Bomber, die ballistische Raketen und Satelliten auf niedriger Erdumlaufbahn abzuschießen vermochten, und sogar Mehrfachstaffeln unbemannter Bomber, die überschallschnelle Kampfeinsätze um den halben Erdball fliegen konnten. Gleichwohl blieb die kleine Gemeinde und ihr unterirdischer Stützpunkt vom Rest der Welt nahezu unbemerkt …

Jedenfalls bis zum Amerikanischen Holocaust, als die Vereinigten Staaten von mehreren Wellen russischer Bomberflugzeuge angegriffen worden waren, die überschallschnelle, mit Nukleargefechtsköpfen bestückte Raketen abfeuerten. Nahezu die gesamte amerikanische Langstreckenbomberflotte und über die Hälfte des amerikanischen Interkontinentalraketenarsenals war innerhalb von Stunden vernichtet worden. Die kleine, in Battle Mountain stationierte und von Patrick McLanahan geführte Flotte von Hightechbombern überlebte jedoch und bildete die Speerspitze des amerikanischen Gegenangriffs, der den größten Teil der bodengestützten russischen interkontinentalen Atomraketen zerstörte und das Gleichgewicht der Nuklearstreitkräfte zwischen beiden Ländern wiederherstellte.

Battle Mountain ging aus der schrecklichen Tragödie des Amerikanischen Holocausts als Zentrum für amerikanische atemluftgestützte strategische Kampfeinsätze hervor.

Sämtliche schweren amerikanischen Bomber, Flugzeuge für das Erfassen von Informationen und luftgestützten Feuerleitstände, die den Angriff überstanden hatten, wurden nach Battle Mountain verlegt, woraufhin dort eine wachsende Flotte aus unbemannten Langstreckenkampfdrohnen entstand. Der Stützpunkt wurde sogar zum Bereitstellungsraum für Amerikas Flotte von bemannten wie unbemannten Raumfahrzeugen – Flugzeuge, die wie konventionelle Flugzeuge starten und landen konnten, sich gleichzeitig aber auch auf eine niedrige Erdumlaufbahn zu katapultieren vermochten.

Selbst während der umfassenden, 2008 einsetzenden weltweiten wirtschaftlichen Rezession wuchs Battle Mountain weiter, wenngleich die umliegende Gemeinde davon kaum etwas mitbekam. Wegen seiner Abgeschiedenheit und der spottbilligen Lebenskosten dort wurden weltweit zahlreiche Stützpunkte geschlossen und nach Battle Mountain verlegt. Binnen Kurzem wurde die Battle Mountain Air Reserve Base in JAB (Joint Air Base) Battle Mountain umbenannt und beherbergte Lufteinheiten von sämtlichen Militärdiensten, der Air Reserve Forces, der CIA und sogar der Space Defense Force, der Verteidigungsstreitkräfte für Angriffe aus dem All.

Doch dann kam es im Dezember 2012 zum wirtschaftlichen Zusammenbruch, und alles änderte sich.

Der frisch gewählte Präsident Kenneth Phoenix, politisch angeschlagen nach einem harten und polarisierenden Wahlkampf, der faktisch ein weiteres Mal zur Ernennung eines Präsidenten durch das Oberste Verfassungsgericht der Vereinigten Staaten geführt hatte, ordnete sowohl eine Reihe von massiven Steuersenkungen als auch Einschnitte bei sämtlichen staatlichen Leistungen an. Derartige

Streichungen durch die Regierung hatte es seit der Thomas-Thorn-Administration nicht mehr gegeben: Ganze Fachbereiche im Ministeriumsrang wie Bildung, Handel, Transportwesen, Energie und Veteranen wurden mit anderen Abteilungen zusammengefasst oder ganz geschlossen, sämtliche Aufwendungen für Hilfsprogramme wurden um die Hälfte gekürzt oder vollends gestrichen, amerikanische Militäreinheiten, ja selbst ganze Stützpunkte weltweit verschwanden praktisch über Nacht. Trotz lautstarken Protests sowohl seitens der politischen Linken wie der Rechten hatte der Kongress keine Wahl und hatte den einschneidenden Austeritätsmaßnahmen zugestimmt.

Auch die Joint Air Base Battle Mountain blieb nicht verschont. Sämtliche Flugzeuge des einst so geschäftigen Stützpunkts wurden in den Status einer Hangarkönigin versetzt, standen also nur für die Ersatzteilentnahme zur Verfügung, wurden anderen Stützpunkten zugewiesen oder eingemottet. Die meisten als flugtauglich eingelagerten Flugzeuge wurden nicht einmal richtig eingemottet, sondern einfach auf Hebezügen aufgebockt und vor Ort in Schrumpffolie verpackt, um sie vor Sonneneinstrahlung und Sandstürmen zu schützen. Die Bautätigkeit auf dem Stützpunkt wurde eingestellt, fast, so schien es, mit halb eingeschlagenen Nägeln, zur Hälfte ausgegossenen Betonstützen und Straßen, die unvermittelt in Staubwegen endeten oder mit Baugerät übersät waren, das einfach fallen gelassen oder abgeschaltet und aufgegeben worden war. Der Stützpunkt schien vollkommen verwaist bis auf die Sicherheitspatrouillen, und bei den meisten, die man davon zu Gesicht bekam, handelte es sich um unbemannte Roboterfahrzeuge, die auf Sicherheitsverstöße reagierten, die elektronische Sensoren entdeckt hatten.

Patrick und Brad passierten das halb fertige Gebäude des Hauptquartiers der Space Defense Force. Seit der Einfahrt auf den Stützpunkt waren sie an gerade mal einer Handvoll Personen vorbeigekommen. »Mann, das sieht … verdammt verlassen aus hier, Dad«, meinte Brad. »Werden sie diese Gebäude niemals zu Ende bauen?«

»Im Augenblick sind die Haushaltskassen leer«, sagte Patrick. Er wies mit einem Nicken auf mehrere in der Nähe aufgestellte Wohnwagen. »Die werden fürs Erste genügen.« Vorausgesetzt, die Space Defense Force übersteht den wirtschaftlichen Niedergang, fügte er im Stillen hinzu. Präsident Phoenix unterstützte sie nach Kräften, aber wie jedes andere Regierungsprogramm auch war ihr Budget um wenigstens fünfzig Prozent zusammengestrichen worden.

»Battle Mountains Wahrzeichen: der Trailer«, sagte Brad.

Wegen der starken Flugtätigkeit vor dem Zusammenbruch im Jahr 2012 war der Ausbau des Park- und Servicebereichs für die Flugzeuge hier weiter vorangeschritten als auf dem restlichen Stützpunkt. Vor jedem der großen Hangars standen nur ein oder zwei Flugzeuge geparkt, die übrigen befanden sich entweder in den Hangars, wo sie ausgeschlachtet wurden, oder, in Schrumpffolie verpackt, auf dem südlichen Flugvorfeld. Die am häufigsten eingesetzten fliegenden Einheiten waren die RQ-4-Global-Hawk-Aufklärungsflugzeuge, die von der Beal Air Force Base in Marysville, Kalifornien, hierherverlegt worden waren, sowie die drei Air Force E-4Bs mit luftgestützten Feuerleitständen des National Airborne Operations Center, die, neben den luftgestützten Mercury-Feuerleitständen für seegestützte Raketen der Navy, nach dem Amerikanischen Holocaust ihre Rund-um-die-Uhr-Einsätze wieder aufgenommen hatten.

Patrick steuerte die ältere, westliche Seite des Flugvorfeldes an, parkte vor einem großen würfelförmigen Hangar, dann holten er und Brad ihre Ausrüstung heraus und begaben sich nach drinnen. Man teilte sich den Hangar mit verschiedenen nicht militärischen Organisationen, vom Lander County Sheriff's Department bis hin zum Nevada Wildlife Department, weshalb drinnen eine Ansammlung von Starrflügel- und Drehflügelflugzeugen geparkt stand. An einem großen Tisch im Innern des Hangars trafen sie zwei Männer an, die topografische Karten studierten. Einer trug einen Nomex-Fliegeroverall im typischen Grün der Air Force, ähnlich dem von Patrick, der andere einen Tarnkampfanzug für Arbeitseinsätze mit einer orangefarbenen Weste über der Jacke. Sie blickten auf, als Patrick und Brad zu ihnen herüberkamen.

»Die McLanahans, wie üblich stets die Ersten«, begrüßte sie der Mann im Fliegeroverall, Civil Air Patrol Lieutenant Colonel Rob Spara. Spara war ein Kiowa-Scout-Helikopterpilot der Army im Ruhestand und hatte eine Ausbildungsstaffel für Helikopter unter sich gehabt, bevor er aus dem Dienst ausgeschieden war. Jetzt hatte er eine Reihe von Jobs, die mit Helikoptern zu tun hatten, und machte alles, angefangen beim Transport von Skifahrern in den frischen Pulverschnee auf den Berggipfeln bis hin zu Luftrettungseinsätzen und Wartungs- und Reparaturarbeiten. Er begrüßte Patrick mit Handschlag und reichte ihm dann ein Klemmbrett mit einem Dienstplan. »Sie sind der erste Pilot, der hier eintrifft, Sir.« Auch wenn man sich innerhalb der Staffel nur selten an Diensträngen orientierte, sprach jeder Patrick mit »General« oder »Sir« an. »Haben Sie Lust, heute die 182 zu fliegen?«

»Unbedingt«, erwiderte Patrick wie aus der Pistole geschossen. Er beendete seinen Eintrag, und Brad trug sich ein.

»Gut«, sagte der zweite Mann, CAP-Captain David Bellville. Bellville war der Vizekommandant der Staffel sowie der Kadettenkommandant, seit zehn Jahren bei der CAP und seit zwanzig Mitglied der U.S. Air Force sowie Arzthelfer. »Ich werde Ihr FRO auf diesem Flug sein. Ich werde Sie in das ICU eintragen und mich direkt an Ihre Besatzung wenden, sobald Sie mit dem Vorflugcheck fertig sind.« Das ICU, das Einsatzleiterprogramm, war das computergestützte Dateneingabesystem der CAP, das eine Menge des bei der Air Force vorgeschriebenen Papierkrams überflüssig machte.

»Ich würde gern als Scanner fliegen, Sir«, sagte Brad.

»Du weißt, dass du dafür nicht alt genug bist«, sagte Spara.

»Aber ich hab das gesamte Ausbildungsprogramm absolviert und …«

»Und du weißt, wie ich darüber denke, wenn Vater und Sohn zusammen fliegen«, fiel Spara ihm ins Wort. »Kommt es zu einem Unfall, wäre es eine noch größere Tragödie.«

»Kann ich dann die Funkpeilung im Bodenteam übernehmen, Sir?«

Spara hatte sich wieder seinem Einsatzplan zugewandt und schien über die Frage ein wenig pikiert. »Das erste Gruppenbriefing findet in dreißig Minuten statt, Brad.«

»Ich könnte mit der Inspektion des L-Per anfangen.«

Spara schien ihn gar nicht gehört zu haben.

»Ich hab noch etwas Zeit, und bei der letzten Übung hab ich die Navigation erledigt. Ich kann …«

»Wir versuchen hier zu arbeiten, Brad«, sagte Spara. Er zögerte, nickte dann. »Wir werden dich an das DF setzen.

Geh und mach die Vorflugkontrolle dafür.« Er warf Patrick einen kurzen Blick zu, worauf dieser nickte und Brad zum Geräteraum folgte.

Als Brad die Tür entriegelte, sagte Patrick: »Ich weiß, du kannst es nicht erwarten, Großer. Trotzdem solltest du den Staffelkommandeur nicht so bedrängen. Er wird die Aufgabenzuteilung für alle beim Gruppenbriefing bekannt geben. Er hat gar keine Zeit, jeden in der Einheit persönlich anzusprechen.«

»*Deine* Aufgabenzuteilung hat er dir bereits mitgeteilt«, sagte Brad.

»Ich denke, Brad, das hat er aus Höflichkeit getan«, entgegnete Patrick. »Ich hab ihn nicht darum gebeten, als Einsatzpilot fliegen zu dürfen.«

»Aus Höflichkeit, weil du ein General im Ruhestand bist?«

»Vermutlich.« Patrick bemerkte einen leicht verärgerten Gesichtsausdruck bei seinem Sohn. »Was?«

»Nichts.«

»Raus mit der Sprache.« Immer noch Schweigen. »Es gefällt dir nicht, dass ich in die CAP eingetreten bin, hab ich recht?«, fragte Patrick. Brad funkelte ihn wütend an. »Ich hab dir doch erklärt, das hab ich nicht bloß getan, um ein Auge auf dich zu haben.«

»Warum dann?«

»Weil ich Flieger bin und in der Air Force war. Und als wir nach Battle Mountain beordert wurden und du von der Staffel in Henderson in diese Staffel versetzt worden bist, dachte ich, es würde Spaß machen. Und das tut es ja auch. Außerdem gebe ich mit meiner freiwilligen Meldung der Allgemeinheit etwas zurück.«

»Es war mein Hobby, nicht deins.«

»Ich kann also nicht dasselbe Hobby haben wie du?«

»Es ist ja nicht bloß, dass du ein General bist. Es ist, weil du Flieger bist«, sagte Brad. »Der Befehlshabende betrachtet Kadetten und Bodenpersonal von oben herab.«

»Das stimmt nicht«, sagte Patrick. »Er ist Pilot, aber außerdem ein Army-Mann im Ruhestand. Während seiner ganzen Karriere hat er Bodentruppen zur Seite gestanden. Aber das ist es gar nicht, was dir zu schaffen macht, stimmt's?« Schweigen. »Wäre es dir lieber, ich würde nicht der Civil Air Patrol angehören? Gewöhn dich dran. Ich werde nicht den Dienst quittieren, es sei denn, die Arbeit nimmt wirklich zu, und das scheint in der nächsten Zeit unwahrscheinlich.« Immer noch Schweigen. Patrick runzelte die Stirn, fragte dann geradeheraus: »Was macht dir so zu schaffen, Brad?«

Brad blickte auf, sah sich um, holte tief Luft und sagte: »Gar nichts.«

»Komm schon, Brad, was ist los?«

»Es ist nichts, Dad«, sagte Brad. Er holte das L-Per-Funkpeilgerät aus dem Raum. »Ich muss los.«

»Na schön«, sagte Patrick bedrückt. Es war nicht das erste Mal, dass sie dieses Gespräch zu führen versucht hatten, ging es ihm durch den Kopf, und jedes Mal endete es auf die gleiche Weise.

Brad beendete die Überprüfung des Funkpeilgeräts und trug es dann zusammen mit seiner Ausrüstung hinüber in die Nähe des Allradtransporters, bereit für Inspektion und Boarding. Inzwischen waren weitere Mitglieder der Staffel eingetroffen, und er hatte Gelegenheit, ein Schwätzchen mit seinen Freunden zu halten, während sie auf das Gruppenbriefing warteten. Allzu viele Staffelangehörige befanden sich noch nicht im Hangar – wer in Battle Mountain wohnte, ergriff zum Wochenende gewöhnlich die Flucht nach Elko, Reno, Lake Tahoe, Salt Lake City oder zu den entlegenen Wüstencampingplätzen, die es überall in der Gegend gab. Falls nötig, würden später, für Folge- und Unterstützungseinsätze, weitere hinzukommen.

Ron Spivey war etwas jünger als Brad und würde wie dieser in Kürze die letzte Klasse der Highschool besuchen.

»Hey, Ron«, begrüßte ihn Brad, als sie einander sahen. »Wo hast du gesteckt, als der Aufruf kam?«

»Hatte Marina gerade ein Eis bei DQ gekauft, und wir waren auf dem Weg nach draußen, um ein bisschen im Gelände herumzufahren«, sagte Ron. Er war Quarterback und Kapitän der Footballmannschaft, in der auch Brad spielte, größer als Brad, aber nicht ganz so muskulös, mit großen Händen, einem schmalen Gesicht, das wegen seines mächtigen Footballspielerhalses noch dünner wirkte, und eng stehenden Augen.

»War sie sauer?«, wollte Brad wissen.

Seine anfängliche Miene verriet Brad, dass sie es war, doch Ron tat es mit einem Achselzucken ab. »Wen interessiert's? Wenn sie an mir herumnörgeln wollte, hätte sie das im Rückspiegel tun können. Was sie tunlichst vermieden hat. Weißt du schon, worum es geht?«

»Nordwestlich von hier ist ein Flugzeug abgestürzt«, sagte Brad. »Ich wette, sie teilen uns einem schnellen Eingreiftrupp zu.«

»Vielleicht kriegen wir ja Verunglückte zu sehen.«

»Du bist doch krank.«

»Ist doch besser als diese Strohpuppen, die sie bei den Bergungs- und Rettungsübungen verwenden.«

Einige Augenblicke darauf kam ein anderer junger Bursche auf sie zu, blieb vor Bad stehen und salutierte. »Cadet Sergeant Markham bereit zur Meldung, Sir«, sagte er. Er war fünfzehn, sah aber eher aus wie zehn mit seinem rundlichen Gesicht und Körper, einer für sein sommersprossiges Gesicht viel zu kleinen Nase und den großen grünen Augen.

Brad erwiderte den militärischen Gruß. »Drinnen brauchst du nicht zu grüßen, Ralph«, sagte er, »und du musst mir auch nicht Meldung machen. Du berichtest dem IC, dem Einsatzleiter oder wem immer, der uns einträgt.«

»Tut mir leid, Sir«, sagte Markham.

»Und entschuldige dich auch nicht. Hast du dich eingetragen?«

»Ja, Sir.«

»Und das ›Sir‹ kannst du dir mir gegenüber auch sparen, es sei denn, wir sind in Formation«, sagte Brad. Er wusste jedoch, dass Markham Gefallen an den militärischen Umgangsformen fand und nicht damit aufhören würde. »Womöglich teilen sie uns zusammen für einen schnellen Eingreiftrupp ein. Hast du deine 72er-Ausrüstung vollständig beisammen?«

»Jawohl, Si… Brad«, sagte Ralph. »Drüben beim Wagen, bereit für die Überprüfung.«

»Wer ist näher dran an Stufe eins?«, fragte Brad die anderen. Er wandte sich herum zu Ron. »Hast du bei der letzten Übung deinen Fortgeschrittenenkurs in Erster Hilfe absolviert?«

»Nein, ich war zu spät reingekommen, also haben sie mich auf dem Stützpunkt an den Funk gesetzt.«

»Dann sieh zu, dass du Bellville oder Fitzgerald bittest, dich als Ersten Sanitäter einzuteilen, damit du eine Unterschrift bekommst und die praktische Prüfung ablegen kannst«, sagte Brad. »Geht das für dich in Ordnung, Ralph?«

»Ich hab meinen Fortgeschrittenenkurs schon absolviert, Sir«, sagte er stolz.

»Ausgezeichnet«, sagte Brad. »Die praktische Prüfung auch?«

»Mr. Fitzgerald hat sie mir letzte Woche abgenommen.«

»Was brauchst du also noch für Stufe eins?«

»Radarverfolgung und Funkpeilung, Sir.«

»Sie meinten, sie würden ein ELT-Signal empfangen«, sagte Brad. »Deswegen haben sie mich an die Funkpeilung gesetzt, und da würde ich auch gern bleiben, um auszuhelfen, falls sie mich brauchen. Sollten wir aber zu Fuß unterwegs sein, lass ich dich eine Liniensuche organisieren und uns durch ein paar Abläufe der Radarverfolgung führen. Denk dran, drück alles, was du siehst, für die anderen im Team in Worten aus, und mach jede Menge Fotos und Zeichnungen. Falls du die Genehmigung bekommst, werden wir selbst ein paar Übungen zur Radarverfolgung durchführen und dich auf deine praktische Prüfung vorbereiten. Die DF-Erlaubnis wird bis zum nächsten echten Einsatz oder der nächsten Übung kommenden Monat warten müssen, es sei denn, du schaffst es zum Sommercamp der California-Staffel in zwei Wochen.«

»Geht nicht«, meinte Ralph. »Ich hab einen Ferienkurs.«

»Mist«, sagte Brad. Ralph war mit Begeisterung bei der Sache und liebte die Herausforderungen der Civil Air Patrol, aber seine Auswertungsleistungen waren mehrere Stufen schlechter als die seiner Klassenkameraden, und er benötigte deutlich mehr Zeit für die einfachsten Auswertungsaufgaben. »Kein Problem. Die Materie beherrschst du – wir müssen dich nur noch ein wenig üben lassen und brauchen einen Älteren, der ein Auge auf dich hat. Dann kriegst du, ehe du dichs versiehst, deine Beförderung zum

Private First Class, und die Funkpeilung in Ballungsgebieten machst du auch mit links. Möglicherweise bist du dann bereit für eine Beförderung zum Offiziersanwärter.«

Ralph schien beinahe zu platzen vor Stolz.

Brad wandte sich herum zu Ron. »Du musst dich ein bisschen ins Zeug legen und ein paar Unterschriften einholen, Cap. Wie lange bist du jetzt Private Second Class? Ein Jahr?«

»He, BJ, ich hab zu tun, ja?«, fauchte Ron gereizt. Brads Miene versteinerte. Ron Spivey war vermutlich der Einzige, der sich diesen abwertenden Spitznamen erlauben konnte, und das auch nur, wenn er ihn *äußerst* sparsam einsetzte. »Ich hab zwei miese Teilzeitjobs, die echt scheiße sind …«

»Pass auf, was du in Gegenwart der jüngeren und älteren Kadetten von dir gibst, Mann.«

»… zweimal täglich Footballtraining«, fuhr Ron fort, Brads Einwurf ignorierend, »und dazu eine Freundin, die glaubt, ich bin ihr persönlicher Chauffeur und Geldautomat. Ich mach das alles, sobald ich Zeit dafür hab.«

»Ich werde dir helfen, Ron, aber du musst die Zeit einhalten«, sagte Brad. »Sobald das hier vorbei ist, gehen wir online, dann werf ich einen Blick in deine SQTR-Akte, und dann überlegen wir …«

»Ich sagte doch, ich mach das alles, sobald ich die Zeit finde, McLanahan«, sagte Ron, machte auf dem Absatz kehrt und ging.

Ein paar Minuten darauf nahmen alle eingetroffenen älteren Staffelmitglieder und Kadetten rings um den Konferenztisch Platz. »Danke, dass Sie alle so rasch gekommen sind«, begrüßte sie Rob Spara. Er nahm einen Uhrenvergleich vor, dann begann er: »Dies ist ein echter Such- und Bergungseinsatz. Vor ungefähr vierzig Minuten wurde die

Rettungsleitstelle der Air Force von der Flugsicherungszentrale Salt Lake City benachrichtigt, dass eine Cessna 182 mit drei Seelen an Bord vom Radar verschwunden und vermutlich in einem schweren Gewitter abgestürzt ist. Eine in der Nähe fliegende Linienmaschine hat etwa fünfundfünfzig Meilen nordwestlich von hier über die UHF-GUARD-Frequenz ein Notortungs- und Peilsignal aufgefangen. Die Air Force hat daraufhin die nationale Einsatzzentrale der CAP informiert, die wiederum hat das Hauptquartier der Nevada-Staffel angerufen, und deren Colonel hat mich zum Einsatzleiter bestimmt.

Die Gewitterfront ist abgezogen, und wir gehen von klarem Himmel und böigen Winden im Bergungsgebiet aus«, fuhr Spara fort. »Mehrere Linienflugzeuge haben das ELT aufgefangen, und anhand des schwächer werden Signals hat die Flugsicherung eine einigermaßen brauchbare Triangulation vornehmen können. Der Plan sieht vor, mit der 182 eine Rastersuche an der von den Linienmaschinen angegebenen Position zu beginnen. Leider handelt es sich bei dem ELT um einen alten Sender, der weder von Satelliten empfangen wird noch seine Position sendet, wir werden also eine Suche nach alter Schule durchführen müssen. General McLanahan wird der Einsatzpilot sein, mit de Carteret als Beobachter und Slotnick als Scanner.

Da wir ein ELT-Signal haben und es möglicherweise mit einem weitgehend unbeschädigten Flugzeug mit Überlebenden zu tun haben, werde ich sofort einen schnellen Eingreiftrupp zusammenstellen«, sprach Spara weiter. »Bellville wird Leiter des Bodenteams sein, mit Fitzgerald als stellvertretendem Einsatzleiter, Fahrer und Verbindungsmann, McLanahan als DF sowie Spivey und Markham als Sanitäter. Repeater Set-up wird Romeo-17 sein.«

Alle machten sich Notizen auf ihren Briefingkarten. Das Repeaternetzwerk – eine Reihe von UKW-Funktürmen auf verschiedenen Berggipfeln überall in den entlegenen Gebieten Nevadas, Kaliforniens, Oregons, Washingtons, Colorados, Montanas, Wyomings, Idahos und Utahs – würde es dem Einsatzleiter ermöglichen, gleichzeitig mit den Luft- und Bodeneinheiten zu kommunizieren, und das selbst in einem abgelegenen Gebiet und ohne Sichtverbindung.

»Denken Sie daran, Ihre Sanitätsausrüstung und Vorräte für drei Verunglückte mitzunehmen. Leider wird das GA-8 ARCHER gerade einer Hundert-Stunden-Inspektion unterzogen, es ist also erst Dienstag wieder verfügbar. Ich hoffe allerdings, das Zielobjekt vorher zu finden.«

ARCHER stand für *airborne real-time cueing hyperspectral enhanced reconnaissance* (luftgestütztes bildgebendes System in Echtzeit zur Unterstützung visueller Suchoperationen). Es war der weltweit aufwendigste nicht militärische luftgestützte Bodensensor und imstande, fünfzig unterschiedliche Wellenlängen elektromagnetischer Energie auf einem einzigen Überflug zu erfassen. Er vermochte winzige Metallteile zu erkennen, aufgewühltes Erdreich und sogar verschütteten Treibstoff. Nachts konnte ARCHER nicht eingesetzt werden, auch hatte es Schwierigkeiten, dichte Bewaldung oder Tiefschnee zu durchdringen. Aber in den Wüstengebieten der westlichen Vereinigten Staaten war es der ideale Sensor, um die Suche nach abgestürzten Flugzeugen zu unterstützen. Wegen seiner Einsatzmöglichkeiten wurde ARCHER, montiert auf einer einmotorigen Gippsland GA-8 Airvan australischer Herstellung, recht häufig von anderen CAP-Staffeln ausgeliehen. Es war so oft in der Luft, dass es ungefähr einmal alle drei Monate einer Hundert-Stunden-Inspektion unterzogen wurde.

»Unsere Cessna 206 befindet sich auf dem Rückweg von Las Vegas«, fuhr Spara fort, »und sollte, falls nötig, morgen zur Verfügung stehen. Elko und Reno geben Warnmeldungen aus, aber ich habe nicht gehört, dass sie Hilfsflugzeuge verfügbar hätten. Fürs Erste sind wir also auf uns selbst gestellt. Die forensische Untersuchung der Handysignale hat noch nichts ergeben.«

Die Civil Air Patrol hatte die Möglichkeit, die Handysignale einer Person zu triangulieren, selbst wenn deren Handy nicht in Gebrauch war, um besagte Person zu orten; je nach Anzahl der benutzten Mobilfunkmasten konnte die Position bis auf wenige Meilen bestimmt werden.

»Fragen?« Er wartete einige Augenblicke, sagte dann: »Führen Sie Ihre Einsatz- und Truppbriefings durch, und brechen Sie dann auf. Viel Glück und Waidmannsheil.«

Die Luft- und Bodenteams kamen für ein gemeinsames Briefing zusammen. »Fußend auf den ungefähren Positionen überfliegender Flugzeuge, die uns von der Flugsicherung übermittelt wurden, hat der Einsatzleiter Raster SFO 448 für die Suche ausgewählt«, begann Bellville und wies auf eine topografische Karte, über die man Hunderte durchnummerierter Rechtecke gelegt hatte. »Ich schlage vor, wir beginnen in der Südwestecke des Gitternetzes. Unser Plan sieht vor, auf der Interstate Richtung Westen bis zur Ausfahrt 234 zu fahren, dann Richtung Norden über den Grayson Highway, Richtung Norden auf der Andorsen Road, anschließend bei der Andorsen Ranch weiter querfeldein. Bis zu unserem Eintreffen dort wird die 182 das Zielobjekt hoffentlich entdeckt haben. Fid?«

»Die Familie Andorsen hat uns bereits die Erlaubnis erteilt, jederzeit ihr Land zu betreten«, antwortete Michael Fitzgerald, der zwar nur stellvertretender Teamleiter, aber ein sehr erfahrener Naturbursche aus der Wüste Nevadas war. Fitzgerald, im Außendienst des Nevada Wildlife Department sowie als Feuerwehrmann tätig, war ein groß gewachsener, stattlicher Bursche mit langem Haar und Schnurrbart, dessen äußere Erscheinung eindeutig nichts Militärisches hatte – was er genoss. »Ich hab die Tore deutlich auf meinen Karten eingetragen. Wir haben insofern Schwein, als das Planquadrat vergleichsweise flach ist, wobei die Ostflanke des Adam Peak in der Nordwestecke das einzige höher gelegene Gebiet ist, über das wir uns Gedanken machen müssen. Ich hoffe nur, der Boden ist nicht allzu aufgeweicht.«

Patrick machte sich ein paar Notizen und überprüfte seine Flugnavigationskarte, auf der das gleiche Linienraster eingetragen war wie auf der für das Briefing verwendeten topografischen Karte, und nickte dann. »Klingt gut, Fid«, sagte er. »Wir gehen von Südosten rein in das Planquadrat und versuchen das ELT anzusteuern. Wenn wir Glück haben, sendet es noch. Wenn nicht, nehmen wir eine Kontursuche am Adam Peak vor und fliegen dann im Planquadrat einen Parallelsuchkurs mit einem Streckenabstand von einer halben Meile und einer Flughöhe von eintausend Fuß über Grund. Je nach Sonneneinstrahlwinkel werde ich entlang einer Nord-Süd-Linie fliegen und darauf hoffen, dass wir ein paar brauchbare Schattenkontraste einfangen. Ich weiß, dass unser Zielobjekt eine Cessna 182 ist – irgendwelche Einzelheiten zu unseren drei Passagieren?«

»Der Telefonist am Stützpunkt in Reno meinte, es hätten sich zwei Erwachsene und ein kleiner Junge an Bord der Maschine befunden«, sagte Bellville.

Patrick kam nicht umhin, zu seinem Sohn hinüberzuschauen, und Brad erwiderte seinen Blick mit besorgter

Miene. Sie waren viele Jahre zusammen geflogen – Patrick war Fluglehrer, aber in diesen wirtschaftlich harten Zeiten war Brad für gewöhnlich sein einziger Schüler –, und die Vorstellung, Brad bei einem Flugzeugabsturz zu verlieren, war zu schrecklich, um auch nur daran zu denken.

»Wenn das ELT noch in Betrieb ist«, sagte Patrick, schluckte trocken und schüttelte den Gedanken ab, Brad könnte sich in einer solchen Lage befinden, »dann haben sie den Absturz möglicherweise überlebt und versuchen vielleicht, uns ein Zeichen zu geben. Ich habe ein gutes Gefühl bei dieser Sache, Leute.«

»Ganz meinerseits, Sir«, sagte Bellville. Er und Patrick tauschten weitere Informationen aus und überprüften noch einmal die Kanäle und Diagramme des Funk-Repeaters, sodass sie miteinander kommunizieren konnten und im Fall einer Sichtung die gleichen Bezugspunkte hatten, dann gaben sie sich die Hand. »Viel Glück, Sir.«

»Ihnen auch, Dave«, sagte Patrick, und die Luft- und Bodenteams gingen auseinander, um ihre jeweiligen Team-Briefings durchzuführen.

»Noch ein paar Überlegungen, dann sitzen wir auf«, wandte sich Fitzgerald an die Mitglieder des Bodenteams. »Wenn ich mir das Zielgebiet ansehe, könnten die Gewitter das Schwemmland unpassierbar gemacht haben. Ich hoffe aber, dass der Boden wieder einigermaßen getrocknet ist, wenn wir vor Ort eintreffen. Es ist relativ flach dort, möglicherweise aber werden wir ein paar tiefe Wasserrinnen durchqueren müssen. Auf jeden Fall gilt es, schnell voranzukommen, um möglichen Überlebenden zu helfen. Wir werden so weit hineinfahren, wie es geht, aber machen Sie sich auf einen strammen Fußmarsch gefasst.«

Bellville warf einen Blick auf die Datenkarte, die Spara

ihm gegeben hatte. »Wir halten Ausschau nach einer Cessna 182 mit blau-weißen Streifen. Das ist der gleiche Flugzeugtyp wie die Three-Double-Echo, in der Sie alle, wie ich weiß, bereits geflogen sind«, fuhr er fort. »Drei Personen an Bord. Der Flug kam ursprünglich aus Elko mit Kurs auf Carson City, möglicherweise hat die Maschine noch jede Menge Treibstoff in den Tanks, nehmen Sie sich also vor Benzin und offenem Feuer in Acht.«

Bellville unterbrach sich und sah hinüber zu Spivey und Markham, den beiden jüngsten Mitgliedern des Bodenteams. Spivey war siebzehn und ein wenig jünger als Brad, und Markham fünfzehn. »Jungs, lasst mich und Fid zuerst an die Unfallstelle, einverstanden? Ich weiß, ihr habt schon an echten Einsätzen teilgenommen, aber ihr habt noch nie zuvor Unfallopfer gesehen, stimmt's?« Die beiden Kadetten nickten und machten große Augen. »Ich weiß, ihr Jungs seid umfassend ausgebildet für Rettungsdiensteinsätze, Erste Hilfe und Außendiensteinsätze, aber die Bergung von Opfern eines Flugzeugabsturzes ist eine völlig andere Geschichte. Ihr müsst euch auf ziemlich scheußliche Anblicke gefasst machen. Ich hab weder die Absicht, euch mit Gewalt von der Unfallstelle fernzuhalten, noch euch an der Ausübung eurer Aufgaben zu hindern, aber ich werde euch dieses Grauen auch nicht aufzwingen. Lasst uns alte Hasen die Unfallstelle zuerst in Augenschein nehmen, einverstanden?« Die beiden jungen Kadetten nickten stumm, nicht aber Brad. »Gut. Macht eure Rucksäcke bereit, und dann lasst uns aufbrechen.«

Brad wünschte sich, er wäre alt genug, um als Beobachter oder Scanner zu fliegen, doch als sie sich auf die Abnahme vorbereiteten, stieg allmählich seine Anspannung. Er wollte endlich aufbrechen und die Verunglückten finden. Es stimmte schon, die Jungs von der Luftrettung heimsten den ganzen Ruhm ein, aber letztendlich waren es die Bodenteams, die den Kontakt herstellten und den Opfern halfen.

Jedes Teammitglied hatte einen zehn Kilo schweren, auf einem Tragegestell sitzenden Rucksack, Zweiundsiebzig-Stunden-Pack genannt, mit einer sorgfältig zusammengestellten Liste von Gegenständen für einen drei Nächte währenden Feldlageraufenthalt – mehr war für Kadetten nicht erlaubt –, inklusive Schlafsäcken und Isomatten, einer zusätzlichen Kampfanzuggarnitur, Fertiggerichtesets für fünf Mahlzeiten sowie anderen Utensilien einer Standardcampingausrüstung. Auf jedem Rucksack war ein Zehn-Liter-Wasserbehälter angebracht, mit einem vorn an der Uniform befestigten Trinkschlauch. Außerdem führten sie eine Gürteltasche mit einer persönlichen Erste-Hilfe-Ausrüstung und anderen wichtigen Dingen mit, an die sie herankommen konnten, ohne den Rucksack durchwühlen zu müssen: Handschuhe, Schutzbrille, einen Kompass, Karten, eine Stirnlampe, Sonnenschutz und dergleichen mehr. Nach Überprüfen ihrer Ausrüstung machten sie eine Bestandsaufnahme der anderen Gegenstände, die sie im Transporter mitnehmen würden, darunter Zelte, Packs mit abgefülltem Wasser, weitere Notrationen sowie eine Kochausrüstung. Das Sanitäterteam überprüfte die Instrumentensätze und weitere Ausrüstung, darunter Schienen für Knochenbrüche, Sets zur Behandlung von Verbrennungen, Tragen und Verbandsmaterial, und die dienstälteren Mitglieder checkten ihre Funkgeräte, Karten, tragbaren GPS-Empfänger und Batterien.

Brad war für die DF, die Funkpeilungsausrüstung, verantwortlich und musste Bellville nachweisen, dass sie einwandfrei funktionierte. Bei der DF, auch L-Per genannt, handelte es sich um einen VHF- und UHF-Funkempfänger mit einer länglichen, auf einem sechs Fuß hohen Mast montierten Richtantenne, die entweder auf einem Fahrzeug montiert oder, falls sie zu Fuß reingehen mussten, mithilfe eines speziellen Gurtsystems getragen werden konnte. Der Empfänger fing das elektronische Funkfeuer eines abgestürzten oder abgeschossenen Flugzeugs auf und wies den Weg dorthin, indem er dessen Signalstärke beim Drehen der Antenne anzeigte. Das Gerät wurde mit zwei Neunvoltbatterien betrieben; Brad vergewisserte sich, dass er eine ausreichende Anzahl Reserve dabeihatte. Es gab nichts Schlimmeres, als ein Team meilenweit in die Wüste hineinzuführen, und dann ging einem kurz vor Erreichen des Ziels der Saft aus.

Nachdem Bellville die Ausrüstung aller abgenommen hatte, wurde alles im Heck des zehnsitzigen blau-weißen Allradtransporters verstaut, und das Team stieg ein. Der Transporter verfügte über ein spezielles FM-Funkgerät, betrieben über das Repeater-Netzwerk der Civil Air Patrol, das alle auf diesem Kanal befindlichen Teams einband, einschließlich der Luft-, Boden- und Basiseinheiten, sowie einen Mobiltelefonverstärker, der weit entfernte Handysignale heranholen konnte, um eine Verwendung von Handys fernab der Zivilisation zu ermöglichen.

Der Bodeneinsatz war angelaufen.

Zur selben Zeit stand Patrick mit der blau-weißen Cessna 182R und den anderen Mitgliedern seiner Crew – Leo Slotnick und John de Carteret – am Eingang des Hangars. Leo, Mitte dreißig, ehemaliger Pilot für Luftbetankungsflugzeuge bei der U.S. Air Force, war gegenwärtig Sergeant der Nevada Highway Patrol und gehörte der Battle-Mountain-Staffel erst seit fünf Monaten an. John de Carteret war das genaue Gegenteil: Mit Anfang sechzig war er Captain der US-Küstenwache im Ruhestand sowie – zusammen mit seiner Frau Janet, ebenfalls aus der Küstenwache ausgeschieden und als Freiwillige der CAP beigetreten – Mitinhaber einer Tankstelle mit Minimarkt in einer direkt an der Interstate gelegenen Ortschaft. Er gehörte der Civil Air Patrol an, seit er elf Jahre zuvor nach Battle Mountain gekommen war, und war für zahlreiche Besonderheiten der Notfalldienste sowohl in der Luft als auch am Boden ausgebildet. Obwohl Pilot, zog er den Job als Einsatzbeobachter sowie als Kopilot und Einsatzkommandant vor. Slotnick hatte die Möglichkeit, sich – sobald er einige weitere echte oder Übungseinsätze als Einsatzscanner absolviert und eine weitere Flugprüfung abgelegt hatte – zum Einsatzpiloten zu qualifizieren.

Rob Spara kam herüber, mehrere Formulare in der Hand. »Flugfreigabe, Gewichts- und Ausgleichsdaten.« An die gesamte Besatzung gewandt, fragte er: »Und, wie fühlen sich alle heute? Keiner dabei, der so früh an einem heißen Samstagnachmittag Bierdosen aufknackt?«

»Ein paar Stunden später, und es hätte durchaus sein können«, gestand Leo.

»Keiner gestern Abend spät ins Bett gekommen, keine Antiallergiemedikamente?«

»Spät ins Bett heißt für mich acht Uhr abends, Rob«, sagte John.

»Zu dir komme ich gleich, John«, sagte Spara. Der »IMSAFE«-Check – das stand für *illness, medicines, stress, alcohol, fatigue, eating/hydration* (Krankheit, Medikamente, Stress, Alkohol, Müdigkeit, Nahrungs- und Flüssigkeitsaufnahme) – war ein vorgeschriebenes Element des Briefings, um die Flugeignung jedes Besatzungsmitglieds sicherzustellen. Da keiner von ihnen Alarmbereitschaft gehabt hatte und sie alle einen normalen Lebenswandel pflegten, mussten bei einem plötzlichen Aufbruch zu einem Flugeinsatz sowohl der Flugzeugkommandeur als auch der Offizier der Flugfreigabe feststellen, ob alle flugbereit waren. »Was ist mit Ihnen, General?«

»Ich fühle mich gut, nehme keine Medikamente, habe nicht getrunken«, antwortete Patrick. »Im Übrigen geht es hier auf dem Stützpunkt so gemächlich zu, dass ich unmöglich gestresst sein kann.«

»Gut.« Spara tippte ein paar Eingaben in sein Blackberry, wartete ein paar Augenblicke, dann: »Freigabe erteilt. Viel Glück.« Er notierte die Freigabenummer auf dem entsprechenden Formular. »Dann bis später im Funk.«

Patrick öffnete die Wartungsprotokolle des Flugzeugs. »Also, die letzte Besatzung meldet, sie hätten das Flugzeug bis zum Strich aufgetankt, Treibstoff haben wir also reichlich. Offensichtliche Missstände … lockere Armstütze des Kopiloten … und das hinterste Fenster links hat einen Riss. Sagen Sie mir Bescheid, wenn es Ihrer Meinung nach so schlimm ist, dass man nicht durchschauen kann, Leo.«

»Wird gemacht, Sir.«

»Keine weiteren Defekte.« Patrick füllte das Protokollformular mit dem Datenmaterial aus dem Flugfreigabeformular aus, schloss es, nahm sich dann die Einsatzbriefing-Karte, die er vom Einsatz- und Planungsoffizier erhalten hatte. »Okay, Leute, wir fliegen direkt in den südöstlichen Winkel von Planquadrat SFO 448, wo wir hoffentlich ein paar ELT-Peilungen empfangen. Flughöhe tausend Fuß über Grund, was in diesem Gebiet ungefähr fünftausendfünfhundert Fuß über Normalnull entspricht. Dreißig Minuten hin, dreißig zurück, bleiben uns drei Stunden vor

Ort bei einer Treibstoffreserve von einer Stunde. Ich hoffe, so lange werden wir nicht benötigen. Möglicherweise haben wir bei der Rückkehr noch genug Tageslicht, um aufzutanken und erneut zu starten. Wegen der durchziehenden Gewitterfront könnte es einige Turbulenzen geben, lassen Sie mich also wissen, wenn jemandem schlecht wird. Das Gelände ist eben bis auf Adam Peak, die Sicht gut, und bei einem Streckenabstand von einer halben Meile haben wir eine Aufspürwahrscheinlichkeit von fünfundachtzig Prozent. Also packen wir's an. Fragen?« Leo und John schüttelten den Kopf. »Gut. Ich werde eine Vorflugkontrolle am Flugzeug durchführen. Ihr macht eine Vorflugkontrolle bei den Funkgeräten, der Kamera und der DF, übertragt die Einsatzstunden des Flugzeugs in das Logbuch und in die Einsatzformulare und macht einen ordentlichen Check der Funkverbindungen mit Einsatzleiter und Bodenteam.«

Patrick streifte ein Paar feuerfeste Nomex-Handschuhe über und begann, eine plastikbeschichtete Prüfliste benutzend, bei der viersitzigen Cessna mit der Vorflugkontrolle. Wenige Minuten später kam John zu ihm. »Kommunikation ist gut«, sagte er, »und die DF ist so weit in Ordnung.«

»Mit anderen Worten, sie ist praktisch unbrauchbar«, meinte Patrick trocken.

»Wenn Sie schlecht über die DF reden, wird sie das mitbekommen und sich danebenbenehmen«, witzelte John zurück. »Ich dachte, 406-Megahertz-Satelliten-ELTs wären auf allen Flugzeugen Vorschrift.«

»Sind sie«, sagte Patrick. »Aber mittlerweile wird an allen Ecken und Enden gespart, um die Kosten zu senken, und ELTs gehören zu den Dingen, von denen man annimmt, dass man sie niemals braucht. Wahrscheinlich wollte der

Eigentümer abwarten, bis sein ELT-Batteriewechsel fällig war, ehe er ein neues anschafft.«

»Na, hoffentlich funktioniert es noch lange genug, bis wir einen brauchbaren Steuerkurs erhalten«, sagte John. Er nickte Patrick zu. »Ich bin immer wieder verblüfft, Sie arbeiten zu sehen, Patrick.«

»Wieso?«

»Sie sind doch der Mann, der all das schwere Gerät geflogen hat, von B-52ern bis hin zu Raumschiffen«, sagte John, »und jetzt sind Sie hier und machen eine Vorflugkontrolle bei einem Flugzeug, das vermutlich weniger Gewicht auf die Waage bringt als die Bombenschachtklappen einer B-52, und außerdem benutzen Sie eine Checkliste auf Papier. Vermutlich könnten Sie die Vorflugkontrolle bei einer Cessna 182 sogar mit verbundenen Augen durchführen.«

»Könnte ich wahrscheinlich«, sagte Patrick, »aber wenn ich alles zu wissen glaube, ist wohl der Zeitpunkt gekommen, das Fliegen dranzugeben.«

»Auch wieder wahr.« John zögerte einen Moment, dann bemerkte er: »Ich … ich bin nicht sicher, ob ich Ihnen das bereits gesagt habe, Patrick, und wenn ja, bitte ich um Verzeihung, aber …«

»Was?«

»Ich kann einfach nicht glauben, dass Sie hier sind«, sagte John, einen Ausdruck unverhohlenen Staunens im Gesicht. »Ich meine, Sie sind Patrick McLanahan. *Der* Patrick McLanahan. Eben noch, so scheint es, führen Sie in einem Vergeltungsschlag für den Amerikanischen Holocaust eine Bomberstaffel gegen Russland, anschließend sind Sie an Bord einer Raumstation, als Nächstes verhindern Sie den Ausbruch eines größeren Krieges zwischen der Türkei und Amerika – und nur wenig später sind Sie in Battle Mountain, Nevada, wo Sie Cessnas 182 und 206 für die Civil Air Patrol fliegen. Bei allem gebührenden Respekt, Sir … Was, zum Teufel, tun Sie hier? Ich meine *hier?*«

»Das hab ich der Staffel gleich bei meinem Eintritt erklärt, John«, begann Patrick. »Ich bin aus der Air Force ausgeschieden …«

»Soll heißen, man hat Sie dazu *gezwungen*, aus dem Dienst auszuscheiden.«

»Mit seiner Unterstützung für mich und seinem Widerstand gegen Präsident Gardner, als dieser mich wegen der Zwischenfälle in Aden und auf der Insel Socotra strafrechtlich verfolgen wollte, hat Präsident Phoenix sein politisches Überleben aufs Spiel gesetzt«, sagte Patrick. »Ich hatte das Gefühl, keine Wahl zu haben, als auszuscheiden. Präsident Gardner entschied sich dennoch, mich und die anderen zu belangen. Ich hatte Glück: Der Fall war noch nicht vor Gericht gegangen, als Präsident Phoenix seinen Amtseid ablegte, und er hat mich begnadigt.«

»So viel Glück war den anderen nicht beschieden.«

»Ich weiß«, sagte Patrick düster. »Das Leben einer Menge guter Leute wurde wegen der von mir erteilten Befehle völlig auf den Kopf gestellt, auch wenn keiner von ihnen im Gefängnis gelandet ist.« Er straffte die Schultern. »Na gut, konzentrieren wir uns wieder auf unseren Job, John.«

»Warten Sie«, sagte der pensionierte Beamte der Küstenwache ruhig und legte Patrick eine Hand auf den Arm. »Sie haben noch immer nicht meine Frage beantwortet: Warum ausgerechnet *hier?*«

»Hab ich doch erklärt. Battle Mountain ist nach wie vor eine hochwichtige Anlage, als Bomber- und Drohnenstützpunkt, Weltraumbahnhof und streitkräfteübergreifende Luftwaffeneinrichtung. Es wurde auf Teilzeitstatus herabgestuft, allerdings hat niemand das Geld für einen umfassenden Betreuerstab in seinem Budget. Ich bin mit Battle Mountain sowie sämtlichen Aktivitäten von Air Force und Space Defense Force hier vertraut, die Highschool bietet ein gutes Footballprogramm für meinen Sohn, und es gefällt ihm, der Civil Air Patrol anzugehören. Aber am wichtigsten ist wahrscheinlich: Ich kann für einen Dollar im Jahr arbeiten und ziemlich gut von meiner Pension, den Vergütungen aus dem Wohnungsprogramm der Regierung und meinen Aufwandsentschädigungen leben. Ich leite einen kleinen Betreuerstab, halte die Netzwerke und Kommunikationssysteme am Laufen, sorge dafür, dass die Lichter zumindest nicht ganz ausgehen und helfe bei den wenigen Einsätzen, die wir von hier aus fliegen, bis sich die Wirtschaft wieder erholt und wir mit dem Wiederaufbau der Streitkräfte beginnen können. So einfach ist das.«

Johns Miene blieb skeptisch, beinahe ungläubig, und er schien Patrick weiter ausfragen zu wollen, doch dessen Gesichtsausdruck ließ ihn davon Abstand nehmen. »Tja, General«, sagte er, »es erfüllt mich jedenfalls mit Stolz und Freude, dass Sie hier sind.« Er berührte das silberne Adlerabzeichen auf seiner linken Schulter. »Und ich bedaure, dass Sie anstelle von Sternen einen Vogel tragen müssen. Angesichts Ihrer Verdienste für unser Land erscheint mir das wie ein Affront.«

»Man hat mir den Rang und die Stellung eines Lieutenant-Generals ehrenhalber angeboten – ich habe abgelehnt«, sagte Patrick. »Ich muss mit meinen Leuten arbeiten, John, schlicht und einfach. Ich wollte fliegen, nicht irgendwelche Reden halten und mich mit Politikern fotografieren lassen, die nur davon schwafeln, sie würden uns und unsere Aufgabe unterstützen. Mit drei Sternen auf der

Schulter könnte ich nicht für die CAP fliegen. Schluss damit, Beobachter. Da sind Leute abgestürzt, die uns womöglich brauchen. Beenden wir das Geplauder.« John tätschelte seinen Arm und überließ ihn wieder seinem Vorflugcheck.

Ein paar Minuten darauf kletterte die Besatzung an Bord. Patrick stieg als Erster ein, kletterte auf den linken vorderen Pilotensitz und schob seinen Sitz dann nach vorn, sodass Leo sich in den Sitz links hinten zwängen konnte. Leo hatte eine Fliegertasche mit Karten, seinem eigenen persönlichen Headset und anderen Ausrüstungsgegenständen dabei, dazu eine weitere gepolsterte Stofftasche mit einer digitalen Teleskopkamera für die Aufnahme von Bildern für den Upload zur nationalen Einsatzzentrale der Civil Air Patrol, sobald ihr Einsatz beendet war. John stieg als Letzter ein und schnallte sich an. »Bereit, John?«, fragte Patrick.

»Bereit«, antwortete dieser und nahm aus einer Tasche neben seinem rechten Bein eine beschichtete Prüflistenkarte. »Vorflugkontrolle abgeschlossen. Besatzungsbriefing.«

»Sitz- und Schultergurte angelegt während des gesamten Fluges«, zitierte Patrick aus dem Gedächtnis. »Feuerlöscher befindet sich hier oben zwischen den Vordersitzen. Steriles Cockpit in Flughafenzone und Planquadrat – keine unnötigen Gespräche. Evakuierungsbefehl lautet: Leo als Erster raus auf links. Dann John auf rechts, dann ich selbst, und ich schnappe mir auch die Überlebensausrüstung, sofern die Maschine nicht brennt. Denkt daran, als Notausstieg könnt ihr die Windschutzscheibe heraussprengen, und die hintere Gepäckraumtür ist unverriegelt; ihr könnt also über den Rücksitz klettern und, falls erforderlich, auf diesem Weg aussteigen. Fragen?« Er wartete keine Antwort ab, er wusste, seine Mannschaft war erfahren genug, dass *sie auch ihn* hätten briefen können. Sie gingen weiter die Prüfliste durch, starteten den Motor des Flugzeugs, schalteten den Funk und die Navigationssysteme ein, und Minuten später rollten sie zum Start.

Es war eine ziemliche Strecke bis zur Vorlaufzone, einem ausgedehnten Bereich des Rollfelds, wo kleine Flugzeuge aus dem Weg rollen konnten, um für andere Flugzeuge Platz zu machen, während der Pilot seine Vorflugkontrolle beendete. Patrick ging die letzten Motorprüfungen und Punkte des Vorstartchecks durch. Dann fuhr er den Motor der Cessna hoch bis zum Startschub, strapazierte den Motor, bis er unrund zu laufen begann, reicherte das Gemisch an, bis die Zylinderkopftemperatur um 125 Grad sank, und zog dann den Gashebel nach hinten. Unterdessen gab John ihre Eintrittskoordinaten für das Planquadrat in das Satellitennavigationssystem des Flugzeugs ein, das Patrick nach dem Start die Flugrichtung vorgeben würde.

»Startbriefing«, begann Patrick. »John, Sie bestätigen mir die Motoreninstrumente. Leo, Sie achten auf Verkehr. Motorversagen während Startanlaufs: Gas auf Leerlauf, maximale Bremsverzögerung nach Bedarf, Landeklappen aufgestellt, Motor sichern. Motorversagen nach Start, aber weniger als eintausend Fuß über Grund: trimmen für fünfundsiebzig Knoten, Landeklappen voll ausgefahren, Motor sichern, Landung geradeaus. Falls oberhalb von eintausend Fuß, versuchen wir eine Rückkehr zur Startbahn, allerdings haben wir jede Menge besserer Optionen für eine Außenlandung. Sollte das Flugzeug zu Bruch gehen, gehört es der Versicherungsgesellschaft, nicht uns. Irgendwelche Fragen?« Niemand antwortete. »Alle bereit?«

»Beobachter bereit.«

»Scanner bereit.«

»Und los geht's.« Patrick rollte vor bis an die Haltelinie der Rollbahn, erhielt vom Battle-Mountain-Tower – eigentlich eine Reihe von Kameras und Sensoren rings um das Flugfeld, die von Fluglotsen drinnen per Monitor überwacht wurden – die Startfreigabe, rollte auf die lange, verstärkte Betonstartbahn und führte den Start durch. Die Startbahn war so lang, dass er zwei Starts und Landungen hätte absolvieren können, ohne Gefahr zu laufen, dass ihm der Beton ausging.

»CAP 2722 gestartet«, meldete John über FM-Funk.

»Stützpunkt Battle Mountain, Roger«, antwortete Spara.

EINE ENTLEGENE SALZEBENE IN DER WÜSTE ZENTRALNEVADAS
Kurze Zeit später

Die Landung auf der harten Salzoberfläche der Wüste war eine der übelsten, die die Arbeiter je gesehen hatten, und sie waren sich sicher, dass sich das große zweimotorige Flugzeug entweder überschlagen oder auf der Salzebene unbeherrschbar seitlich ausscheren würde. Dem Piloten gelang es jedoch, es im Griff zu behalten, und kurz darauf rollte die King Air über den zehn Zentimeter tiefen Alkalistaub auf den Abladepunkt zu.

»Dachte schon, du würdest ganz bestimmt ein Tänzchen mit ihr hinlegen, Carl«, meinte einer von ihnen, nachdem er an Bord der King Air geklettert war und sich bis ins Cockpit vorgearbeitet hatte. Die Motoren liefen noch im Leerlauf, und eine weiße Staubwolke wehte in das Flugzeug. »Aber du hast's noch immer drauf. Ich hätte dich warnen sollen, dass die Winde hier verrücktspielen, aber ich wollte nicht …«

Der Mann hielt inne, und ein Frösteln rieselte ihm über die Wirbelsäule. Der Pilot mit Namen Carl kauerte zusammengesunken über dem Bedienungshandrad, immer noch festgegurtet in seinem Sitz, der mit blutigem Durchfall, Urin und Erbrochenem bedeckt war. Im ersten Moment dachte er, Carl wäre tot – doch dann sah er ihn wenige Augenblicke darauf den Kopf heben und nach hinten blicken. »Carl«, sagte der Mann. »Du siehst beschissen aus, Mann.«

»Komisch«, keuchte Carl. Er hustete noch mehr blutiges Zeug hervor, lächelte und richtete sich auf. »Ich fühle mich irre, nicht beschissen.«

»Wirst du's schaffen, Carl?«, erkundigte sich der Mann. »Der Commander meint, wir sollten alle Metallbehälter ausladen, falls du denkst, du schaffst es nicht.«

»Ich werd schon wieder«, keuchte Carl. Er wischte sich den Mund ab, betrachtete die blutige Sauerei, die seine Beine, den Fußboden, den Sitz und den größten Teil seiner Instrumententafel bedeckte, und schüttelte dann den Kopf. »Einfach großartig. Ein richtig gutes Frühstück, und alles für die Katz.«

»Soll ich das wegwischen, Carl?«

»Scheiß drauf«, sagte Carl. »Spielt eh keine Rolle.« Er schien wegzudämmern, fuhr dann mit einem Ruck wieder hoch, blickte um sich, wie um seine Orientierung wiederzuerlangen, und drehte sich dann herum zu seinem Kameraden. »Hast du 'nen Schluck Whiskey, Joe?«, fragte er.

»Ich dachte, beim Fliegen darf man nichts trinken«, sagte Joe und dachte im selben Moment: Wie idiotisch, in einem Moment wie diesem die FAA-Vorschriften zu zitieren. Und noch bevor Carl seine Bitte wiederholen konnte, nickte er. »Kriegst du, Carl. Bleib sitzen und entspann dich.«

Ungefähr zehn Minuten später kehrte der Arbeiter namens Joe mit einer Plastikfeldflasche ins Cockpit zurück. Hinter ihm hantierte ein weiterer Arbeiter mit einem der Metallbehälter. »Hier, bitte, Carl«, sagte Joe. »Ein Schluck Black Jack für dich.«

Carl nahm die Feldflasche und trank – das meiste lief ihm aus dem Mund, aber er schien es entweder nicht zu bemerken, oder es scherte ihn nicht.

»Wir haben auch schon die Ladung für dich hier oben.« Joe warf einen Knarren-Ringschlüssel auf den Kopilotensitz und sagte dann besorgt: »Ich … wenn nötig, kann ich ein paar Schrauben losdrehen.«

Carl betrachtete Joes angespanntes Gesicht und schüttelte den Kopf. »Wär sinnlos, wenn wir beide abgeknallt würden, Joe. Ich krieg das schon hin.« Er streckte eine mit Erbrochenem bedeckte Hand vor. »Danke, Bruder. Für die Wahre Republik.«

Einen Herzschlag lang zögerte Joe, dann überwand er sein ungutes Gefühl und ergriff Carls Hand. »Viel Glück, Carl. Für die Wahre Republik. Wir sehen uns in Asgard, Bruder.« Er machte kehrt, kletterte aus dem Flugzeug, schloss die Tür und verriegelte sie augenblicklich.

Mehrere Minuten lang saß Carl im Cockpit, starrte auf den Fußboden und versuchte sich ins Gedächtnis zu rufen, was er zu tun hatte. Dann erinnerte ihn ein Blick auf den großen Behälter aus Stahl und Beton an die Aufgabe, die ihm bevorstand.

Auf dem am Steuerhorn angebrachten Hand-GPS-Navigationssystem rief er Flugplan neun auf, eben jenen Flugplan, den er eigenhändig ausgearbeitet und während der vergangenen Wochen für diesen Einsatz optimiert hatte. Er hatte ihn mehrfach auf dem Flugsimulator eines Desktopcomputers durchgeprobt und dabei sogar Echtwelt-Satellitenaufnahmen und dreidimensionale Fotos auf Straßenniveau verwendet, um von den letzten Augenblicken des Fluges eine möglichst detaillierte Vorschau zu erhalten. Doch das war gewesen, bevor die in seinem Körper wütende Krankheit sein Augenlicht, seine Lunge und das Nervensystem zu zerstören begonnen hatte, und er fragte sich, ob ihm nach all der Schwerstarbeit noch die Kraft blieb zu tun, was zu tun war. Es wäre so einfach, so friedlich, ging es ihm durch den Kopf, einfach sein Pflicht- und Verantwortungsgefühl sausen zu lassen, den entsetzlichen Tod, der ihm auferlegt worden war, hinzunehmen und das Unausweichliche geschehen zu lassen.

Doch dann, als sein Mut sank und er fast schon aufgegeben hätte, sah er aus dem Cockpitfenster. Einer der Soldaten hatte eine amerikanische Flagge in die Salzebene hinausgetragen, sodass er Windstärke und -richtung sehen konnte. Er langte hinter den Sitz des Kopiloten und holte seine eigene Flagge hervor: die Flagge der Ritter der Wahren Republik von Amerika. Auch dies eine Fahne mit Sternen und Streifen, allerdings mit der eingerollten Schlange des Gadsden-Banners im Streifenfeld, der ursprünglichen, von Christopher Gadsden, dem Offizier der Armee South Carolinas, erdachten Fahne, die später vom Marine und Navy Corps des kolonialen Amerikas übernommen worden war. Doch statt einer zusammengerollten Wüstenschlange, die wie auf der Gadsden-Fahne warnend mit ihren Klappern rasselte, um andere auf Distanz zu halten, zeigte die Fahne der Wahren Republik von Amerika die Klapperschlange beim Angriff. Die Symbolik war klar: Wer diese Fahne trug, warnte seine Feinde nicht davor, sich ihm entgegenzustellen, sondern schlug als Erster zu.

Die Leute, für die er arbeitete, waren keine Mitglieder der

Ritter der Wahren Republik von Amerika, dennoch war klar, dass sie die Ideen und Visionen teilten, und er stellte ihnen sein fliegerisches Können gerne zur Verfügung. Überall im Westen gab es ganze Armeen von Männern und Frauen, ja sogar Kindern, die bereit waren, ihre Freiheit und sogar ihr Leben für die Fahne der Ritter zu riskieren und zu tun, was immer nötig war, um eine komatöse amerikanische Öffentlichkeit aufzuwecken und sie vor der Gefahr jener Bürokraten und Politiker zu warnen, die für mehr Regierung und höhere Besteuerung eintraten und im Begriff waren, das Land in Grund und Boden zu wirtschaften. Doch jemand musste die Fahne auch in die Schlacht tragen.

Diese Fahne war etwas Besonderes: Er hatte sie aus altem Uniformstoff gefertigt. Die Vorstellung, sie mit seinem Blut und seinem Erbrochenen zu verunreinigen, war ihm zuwider, andererseits würde eine in die Schlacht getragene Fahne selbstverständlich mit dem Schmutz der Schlacht besudelt werden. Wichtig war nicht, dafür zu sorgen, dass die Fahne unbefleckt blieb, sondern dass die Welt und insbesondere der Feind die Fahne in der vordersten Reihe einer zornigen Armee erblickte. Das war seine Mission: Die Fahne der Ritter der Wahren Republik von Amerika in die nächste und größte Schlacht zu tragen.

Er startete den rechten Motor der King Air, betätigte die Bedienelemente eher routinemäßig aus dem Gedächtnis und nach Gefühl als durch Hinsehen und rollte über die Salzebene. Sogar die Winde schienen mitzuspielen, denn sie erstarben genau in diesem Moment, weshalb er beschloss, direkt nordöstlich auf sein Ziel zuzuhalten. Er vergewisserte sich, dass er nicht irgendwelche Bremsen betätigte und das Bugrad in den Sand setzte, und zog das Steuerhorn dann mit zitternden Fingern ganz zurück bis an seinen Bauch. Das Bugrad löste sich knackend aus der Salzebene und half, die Turbo-Prop-Maschine zu beschleunigen. Kaum hatte die King Air mit der für den Aufstieg günstigsten Eigengeschwindigkeit abgehoben, drückte Carl die Nase nach vorn und flog, getragen von den vom Boden zurückgeworfenen Verwirbelungen an den Flügelspitzen, im Bodeneffektflug wenige Fuß über der Salzebene dahin.

Er fuhr das Fahrwerk ein, blieb im Bodeneffektflug, bis er Steiggeschwindigkeit erreicht hatte, zog dann schrittweise die Nase hoch und führte einen normalen Steigflug durch.

Seine Mission lief. Möglicherweise war es seine letzte Mission. Aber, so ermahnte er sich, es war die erste im Namen der Ritter der Wahren Republik von Amerika.

NORDWESTLICH VON BATTLE MOUNTAIN, NEVADA
Zur selben Zeit

»Wir haben Glück, ich empfange noch immer ein ELT«, sagte John de Carteret über die Sprechanlage. Er hatte das L-Tronics-Notsignalortungsgerät so eingestellt, dass es sowohl nach VHF- als auch nach UHF-Bakensignalen suchte, und beobachtete einen winzigen, über dem Blendschutz angebrachten Zeiger. Das GPS-Navigationsgerät – ein älteres, seit mehreren Jahren nicht mehr aktualisiertes Modell, dessen wesentliche CAP-Daten aber noch immer Gültigkeit hatten – zeigte eine Reihe Rechtecke, versehen mit Zahlen, die ihre Planquadratkennung bezeichneten. »Zehn Meilen bis zum Eintrittspunkt in das Planquadrat.«

»Gute Sache«, sagte Patrick. Er drückte auf den Sendeknopf an seinem Steuerhorn und sagte: »Battle-Mountain-Basis, CAP 2722 auf Romeo-siebzehn, fünf Minuten bis

Eintritt Planquadrat, empfangen noch immer ELT. Wollen Sie, dass wir Zielflug beginnen oder bis zum Eintrittspunkt weiterfliegen? Over.«

»CAP 2722, Battle-Mountain-Basis, beginnen Sie Zielflug sofort«, funkte Rob Spara zurück. »Ich möchte auf keinen Fall das Signal verlieren. Wir loggen Sie genau jetzt und mit Einschwenken auf ELT-Kurs im Planquadrat ein.«

»CAP 2722 – Roger«, sagte Patrick und über die Sprechanlage: »Gehe runter auf 55 hundert, Besatzung, Landeklappen auf zehn, fünfzehn Zoll«, erklärte er laut zur allgemeinen Information die Schubkraft- und Flugsteuerungseinstellungen. »Holen wir sie uns, John.«

»Verstanden«, sagte John. »Rechts, fünfzehn Grad.« Er übertrug die Sichtanzeigen von Breitengrad und Längengrad vom GPS-Empfangsgerät, markierte die Koordinaten auf ihrer Flugnavigationskarte, las, nachdem Patrick ausgependelt hatte, den magnetischen Steuerkurs vom Kompass ab, glich den magnetischen Steuerkurs mit der Windrose eines nahe gelegenen Navaid-Funkkompasses ab und trug eine Linie auf seiner Karte ein. Dies war die erste Suchpeilung – ihr Ziel befand sich irgendwo entlang der Linie auf der Karte.

Leider war das ELT-Signal nicht sonderlich stark, und die Richtungsnadel weigerte sich, stabil zu bleiben. Patrick nahm einige Kurskorrekturen vor und versuchte den Mittelwert der Richtungsangaben zu erkennen. Dann schüttelte er frustriert den Kopf. »Ich krieg einfach keine saubere Peilung. Versuchen wir's mit einer Tragflächenschatten-Peilung. Mal sehen, ob wir damit einen Steuerkurs bekommen.« Er flog eine leichte Rechtskurve, bis Leo auf der Linken das Zeichen »frei von Verkehr« gab, und sagte dann: »Schwenke nach links.«

»Links frei«, sagte Leo.

Patrick setzte zu einem Linksschwenk mit fünfzehn Grad Schräglage an, woraufhin alle auf das PING! … PING! … PING! des Notfallfunkfeuers lauschten. Unmittelbar vor Vollendung des Kreises brach das Signal ab, doch als sie den Schwenk fortsetzten, war das Signal wieder zu hören. Die Tragfläche der Cessna verhinderte, dass das Signal die oben auf dem Flugzeug angebrachte Antenne erreichte, sicheres Zeichen dafür, dass sich das ELT beim Ausbleiben des Signals irgendwo jenseits der rechten Tragfläche befand. »Hab es«, meldete John. »Peilung null-fünf-null.«

»Verstanden«, sagte Patrick. »Null-fünf-null.« Er schwenkte auf diesen Kurs ein, und beide, sowohl John als auch Leo, blickten suchend aus ihren Fenstern. John tippte die GPS-Koordinaten ein, markierte die Stelle auf seiner Karte, dann zog er eine der Tragflächenpeilung entsprechende Linie bis zum ELT. »Holen wir uns diesen Burschen, Leute.«

Aber als sie sich nach zehn Minuten auf diesem Kurs dem Rand des Planquadrats näherten, hatten sie noch nichts gesehen. »Ich schwenke nach Süden, und wir versuchen es mit einer weiteren Tragflächenschatten-Peilung, bevor das ELT endgültig erlischt«, sagte Patrick. »Gehe jetzt auf Geradeausflug.« Ein paar Minuten flog er auf südlichem Kurs, dann machten sie einen weiteren Kreisflug.

Wieder wurde das Signal schwächer – sehr viel schneller diesmal, was darauf hinwies, dass die Batterie des ELT bald leer sein würde –, und John berechnete einen anderen Kurs: »Jetzt erhalte ich einen Steuerkurs drei-null-null zum ELT, Patrick«, sagte er. An der Stelle, wo sich seine beiden Steuerkurslinien schnitten, zeichnete er einen großen Kreis auf seiner Flugnavigationskarte ein. »Es befindet sich hier, plus/minus fünf Meilen.«

»Klingt ganz wie die Himmelsnavigation während meiner Jugendzeit in der B-52«, meinte Patrick, während er zu einem Schwenk auf den neuen Steuerkurs ansetzte. »Wenn ich mich damals, nachdem ich eine Stunde lang Sextanteneinstellungen am Himmel vorgenommen hatte, innerhalb von vier Meilen zum tatsächlichen Standort befand, galt ich schon als ›Staffelkönig‹.«

»Himmelsnavigation?«, fragte Leo. »Sie meinen, Navigation anhand von Sonne, Mond und Sternen? Wollen Sie mich auf den Arm nehmen?«

»Lange vor den Zeiten des GPS sind wir weltweit Bomber mit nichts weiter als einem kalibrierten, in einem Loch im Dach des Bombers oder Tankflugzeugs steckenden Teleskops, himmlischen Vorausberechnungstabellen, einer Armbanduhr und einem Kompass geflogen«, erklärte Patrick. »Gerade mal zwei Generationen nach Sir Francis Drake und seiner Weltumseglung und eine Generation nach Curtis LeMay, der im Zweiten Weltkrieg Hunderte von Bombern quer über den Atlantik gelotst hat. Die Idee war, sich seinem Ziel so weit zu nähern, dass man es sehen konnte – zumindest auf dem Radar, wenn man denn eins hatte und es funktionierte. Das Gleiche machen wir auch jetzt. Wir übertragen die Koordinaten aus der Mitte dieses Kreises und lassen den schnellen Eingreiftrupp diesen Kurs einschlagen.«

»Schneller Eingreiftrupp Battle Mountain hat Koordinaten verstanden«, funkte Bellville, nachdem John die Koordinaten über den FM-Repeaterkanal weitergegeben hatte. »Sieht so aus, als befände es sich am Südostrand der Andorsen-Ranch. Können Sie dort anrufen und für uns die Erlaubnis einholen, das Land zu betreten, Basis?«

»Roger«, antwortete Spara.

»Diesmal finden wir ihn«, sagte Slotnick, als sie auf den neuen Steuerkurs eingeschwenkt waren. Leo startete eine Reihe optischer Scans; er begann am oberen Rand des Fensters, aus dem er schaute, ging dann weiter nach unten, den Suchvorgang immer wieder kurz unterbrechend, ehe er erneut am oberen Fensterrand begann, allerdings ein kleines Stück in Flugrichtung verschoben. Diese Art der Suche, bei der man kurz zum Boden schaute und den Suchvorgang dabei unterbrach, war die beste Möglichkeit zum Erkennen eines Zielobjekts, da bei einer ununterbrochenen Suche das menschliche Gehirn feine Einzelheiten des Geländes selbsttätig ergänzte, sodass wichtige Details, wie etwa Trümmerteile, übersehen werden konnten.

Doch nach dreißigminütiger Suche in beiden von ihnen berechneten Richtungen spürte Patrick Slotnicks wachsende Frustration. »Wie sieht's aus, Leo?«, erkundigte er sich.

»Fehlanzeige. Die Sicht ist klar, es gibt weder Vegetation noch sonst etwas, das die Sicht behindert. Trotzdem sehe ich nichts – keinen Rauch, keinen aufgewühlten Erdboden, gar nichts.«

»Wir verlieren das ELT«, sagte John. »Der Zeiger der DF springt nur noch hin und her. Vielleicht sollten wir zur Mitte des Planquadrats fliegen und von dort aus weitersuchen.«

»Ich bin noch nicht bereit aufzugeben, John«, sagte Patrick. »Ich denke, wir hatten eine gute Position. Ein besserer Anhaltspunkt war nicht zu bekommen. Wie kommen Sie da hinten klar, Leo? Brauchen Sie schon eine Pause?«

»Fünf Minuten wären nicht schlecht«, antwortete Slotnick und rieb sich die Augen.

»Ich werde eine sich nach rechts ausweitende Rastersuche um den Schnittpunkt dieser beiden Peilungen beginnen«, sagte Patrick. »Die haben Sie, John.«

John programmierte den GPS-Empfänger mit den Anfangskoordinaten sowie einem sich nach rechts ausweitenden Rastersuchschema und begann dann mit seiner Suche aus dem rechten Fenster, während Patrick auf Gegenkurs ging und mit flachen Rechtskurven das Rastersuchschema zu fliegen begann. Patrick war gezwungen, die Schwenks flacher zu fliegen, da die abgesenkte rechte Tragfläche John sonst die Sicht aus seinem Fenster genommen hätte.

Unterdessen näherte sich das Bodenteam dem ursprünglichen Bezugspunkt der Suche. Das Gelände war morastig, aber befahrbar, sofern man Allradantrieb hatte. »Okay, Leute, wir nähern uns jetzt dem ursprünglichen Kreuzungspunkt«, sagte David Bellville zu den anderen im Transporter. »Das Luftteam meldet, das ELT-Signal wird schwächer und ist möglicherweise nicht mehr verlässlich. Wir werden also weiter auf den Kreuzungspunkt zuhalten und uns bereit machen zu reagieren, falls das Luftteam Kontakt herstellt. Während der Wartezeit werden wir Ausschau halten nach Hinweise auf einen Absturz. Also, Sonnenschutz auflegen und bereit machen für einen strammen und anstrengenden Fußmarsch.«

Just in diesem Augenblick hörten sie über den Repeaterfunk: »Schneller Eingreiftrupp Battle Mountain, hier CAP 2722 – beginnen jetzt Rundkurs über möglicher Sichtung des Zielobjekts, stand by.« Einen Augenblick darauf las John die geografischen Daten vom GPS-Navigationsgerät des Flugzeugs ab.

Bellville vermerkte die Koordinaten auf seiner Karte des Gebiets. »Ungefähr sieben Meilen nordöstlich«, sagte er. »Die Andorsen-Ranch. Haben wir eine Dauererlaubnis für das Betreten seines Landes, oder müssen wir ihn vorher telefonisch benachrichtigen?«

»Dauergenehmigung liegt vor«, bestätigte Fitzgerald. »Er hat früher schon angeboten, uns ein paar seiner Rancharbeiter zur Verfügung zu stellen – auf den Mann ist Verlass. Wollen Sie in dieser Richtung vorgehen?«

»Bestätige«, sagte Bellville. Er sah auf seinen tragbaren GPS-Empfänger. »Benötigen Sie einen Kurs zum nächsten Tor, Fid?«

»Ich kenne diese Wüste wie meine Westentasche, Dave, dafür brauche ich kein dämliches GPS.«

Worauf Bellville nur den Kopf schüttelte. Er wusste nie, wann Fitzgerald scherzte und wann nicht.

Mehrere Minuten später erreichten sie das auf Fitzgeralds Karte vermerkte Tor, nur um es mit einem Vorhängeschloss verschlossen vorzufinden. »Es ist abgeschlossen!«, rief Fitzgerald. »Seit wann verriegelt Andorsen seine abgelegenen Tore?«

Bellville las das große, neben dem Tor aufgestellte Schild. »Das ist nicht einfach bloß ein ›Durchgang verboten‹-Schild – unbefugten Eindringlingen droht er mit Anwendung von tödlicher Gewalt! Was geht hier vor?«

»Keine Ahnung, aber die CAP ist kein unbefugter Eindringling«, sagte Fitzgerald. »Wir sind im Besitz einer Dauererlaubnis für das Betreten seines Grundstücks. Brechen wir das Schloss auf, und dann nichts wie weiter.«

»Wir können nicht einfach Schlösser aufbrechen, Fid, wie Sie sehr wohl wissen«, widersprach Bellville. »Andererseits haben wir tatsächlich eine Dauererlaubnis. Ich denke also, wenn wir über das Tor klettern und zu Fuß reingehen, geht das in Ordnung. Vielleicht können wir Battle Mountain bitten, die Andorsens anzurufen, damit sie einem von ihren Arbeitern erlauben, uns zur Absturzstelle zu fahren.«

»Ich würde Mr. Andorsen lieber ein neues Schloss kaufen«, knurrte Fitzgerald. Doch dann wandte er sich zu den Kadetten auf dem Rücksitz herum. »Sieht so aus, als würden wir zu Fuß reingehen, Leute. Also Beeilung.«

»Den Querneigungswinkel einen Tick flacher, Patrick … Gut, genau so«, sagte John. Mit einem Fettstift hatte er einen Kreis auf das Fenster gemalt und lenkte Patrick Rundkurs über seine Sichtung, sodass das Zielobjekt, das er vor Augen hatte, innerhalb des Kreises blieb. Unterdessen hatte Leo einen Feldstecher hervorgeholt und suchte in kurzen Zyklen das Gelände vor dem rechten Fenster ab, wobei er darauf achtete, keinen Schwindelanfall zu erleiden. »Ich kann es immer noch nicht genau erkennen, aber es ist eindeutig nicht natürlichen Ursprungs.«

»Ich werde einen Rundkurs festlegen«, sagte Patrick. »Merken Sie sich ein paar Details im Umfeld, für den Fall, dass wir Schwierigkeiten haben, es wiederzufinden.«

»Roger.«

»CAP 2722, hier schneller Eingreiftrupp Battle Mountain, haben das Tor jetzt hinter uns gelassen und sind unterwegs zum Kontaktpunkt«, funkte Fitzgerald. »Wir mussten zu Fuß reingehen, weil das Tor abgeschlossen ist, haben also noch ungefähr dreißig Minuten bis zum Ziel. Was haben Sie?«

»Wir versuchen noch immer, es zu identifizieren, schneller Eingreiftrupp«, funkte Patrick zurück.

»Sagen Sie Slotnick, er soll es mit der Analyse nicht übertreiben und einfach Meldung machen«, erwiderte Fitzgerald ungeduldig. »Der erste Eindruck ist immer der beste. Ist es ein Absturz oder nicht?«

»Leo?«

»Sieht aus wie ein verlassener Pick-up oder irgendein

Farmgerät, nicht wie ein Flugzeug.« Leo ließ den Feldstecher sinken, damit sich seine Augen erholten, und konzentrierte sich erneut. »Können Sie tiefer gehen, Patrick?«

»Klar. Ich werde auf einen linken Kreiskurs wechseln. John, nehmen Sie die Augen vom Ziel, und helfen Sie mir mit den Daten zu Flughöhe und Eigengeschwindigkeit. Außerdem haben Sie die Funkgeräte. Geben Sie durch, dass wir runtergehen auf fünfhundert über Grund und uns das Ganze näher ansehen.«

»Roger«, sagte John. Über den Repeater funkte er: »Battle-Mountain-Basis, hier CAP 2722 – verlassen Flughöhe eintausend über Grund und gehen runter auf fünfhundert für näheren Blick auf Zielobjekt.«

»Roger, 2722«, funkte Spara zurück. »Geben Sie durch, sobald Sie wieder auf Patrouillenflughöhe gehen.«

»Wilco.«

Patrick begann einen flachen Sinkflug und wechselte dabei die Richtung seines Kreiskurses. Ab und zu warf er einen kurzen Blick auf das, worüber er derzeit kreiste, während er gleichzeitig seinen Querneigungswinkel, die Flughöhe und die Eigengeschwindigkeit im Auge behielt. »Immer noch schwer zu sagen«, meinte er, »aber ich denke, Sie könnten recht haben, Leo. Ich glaube nicht, dass es ein Flugzeug ist.«

»Ich würde vermuten, dass unser Zielobjekt nicht so zerstört wäre, wenn das ELT noch funktioniert«, sagte Leo.

»Wecken Sie keine falschen Erwartungen«, riet Patrick. »Wir sind auf der Suche nach *Hinweisen* auf ein abgestürztes Flugzeug, nicht nach einem abgestürzten Flugzeug. Entscheiden Sie nicht vorschnell, wie diese auszusehen haben. Abgestürzte Flugzeuge sehen meistens nicht wie Flugzeuge aus.«

»Roger.« Leo nutzte seine teleskopische Digitalkamera, um sich die Stelle eingehend anzusehen. »Das sieht aus wie eine alte Heuballenpresse, mit Teilen einer Abdeckplane drum herum«, sagte er. »Wir können wieder auf Patrouillenflughöhe gehen, Patrick.«

»Roger«, sagte dieser. »John, melden Sie, dass wir …«

»Bleiben Sie dran«, rief Leo unvermittelt. »Ich hab etwas aufblitzen sehen – wie eine Reflexion auf einer Windschutzscheibe! Möglicher Kontakt mit Zielobjekt auf acht Uhr!«

»Behalten Sie das im Blick, Leo.« Patrick mahnte sich, sich nicht aus der Ruhe bringen zu lassen – bei jedem Einsatz kam es zu Dutzenden von falschen Sichtungen. »Ich werde einen flachen Linksschwenk fliegen und bleibe auf fünfhundert.«

Leo hatte Mühe, das Zielobjekt durch das linke hintere Fenster im Blick zu behalten. »Es befindet sich ungefähr fünfzig Meter südlich der Heuballenpresse. Ich konzentriere mich auf die Heuballenpresse«, sagte er. »Es liegt auf der linken Seite. Flügel Fehlanzeige, aber Cockpit und Kabine scheinen in recht gutem Zustand. Verdammt, ich glaube, wir haben es!«

»Jetzt beruhigen sich alle wieder«, sagte Patrick. »Halten wir die Augen offen und machen weiter unseren Job, bis wir eine Kreisbahn um das Zielobjekt festgelegt haben. John …«

»Ich hab's«, sagte John. Über den Repeater funkte er: »Battle-Mountain-Basis, hier CAP 2722 – beginnen Flugmanöver, um möglichen Zielkontakt zu untersuchen, bleiben auf fünfhundert über Grund.«

»Roger, 2722.«

»Schneller Eingreiftrupp Battle Mountain, verstanden,

haben 2722 in Sicht über dem Horizont«, funkte Bellville. »Sind noch etwa zwanzig Minuten entfernt.«

Einige Minuten darauf hatte Patrick seine Kreisbahn um ein blau-weißes Leichtflugzeug eingerichtet. Dessen Unterseite war arg zerbeult, so als hätte es bei hoher Sinkgeschwindigkeit eine Bauchlandung hingelegt, Fahrwerk und Tragflächen waren verschwunden, und kurz darauf sahen sie, dass auch Motor und Propeller vom Rumpf abgerissen worden waren. »Geben Sie's durch, John«, sagte Patrick. »Gute Arbeit, Leo.«

»War mir ein Vergnügen, Sir.« Über den Repeater funkte John: »Battle-Mountain-Basis, CAP 2722 hat Kontakt zu Zielobjekt, Rumpf eines blau-weißen Leichtflugzeugs, Fahrgestell, Motor, Propeller und Tragflächen fehlen. Keinerlei Anzeichen für Feuer. Bislang auch keinerlei Hinweis auf Personen.«

»Ich sehe jemanden«, sagte Leo, während er Fotos schoss. Es war ein entsetzlicher Anblick: Ein Körper ragte halb aus der rechten Seite der Windschutzscheibe heraus, abgeknickt in einem überaus unnatürlichen Winkel parallel zur rechten Seite des Rumpfes. »Ich sehe einen Verunglückten, der aus der Windschutzscheibe ragt.«

John gab es über Funk durch.

»Basis, hier schneller Eingreiftrupp – haben Teil einer Tragfläche gefunden«, funkte Fitzgerald wenige Minuten darauf. Sie passierten gerade das zerbeulte Stück Aluminium. »Markieren die Position. Befinden uns zehn Minuten entfernt. Haben Opfermeldung empfangen.«

»Okay, Leute, ihr habt's gehört«, sagte David Bellville, als er haltmachte, um sich an seine Kadetten zu wenden und sie verschnaufen zu lassen. Jedes Teammitglied trug sein

Zweiundsiebzig-Stunden-Pack auf dem Rücken, Brad und Ron die Stofftasche mit dem medizinischen Gerät, während Ralph und Michael das Wasser und die Campingausrüstung trugen. Alle gossen sich augenblicklich Wasser über den Kopf, während David seine Ansprache hielt. »Wir haben es mit wenigstens einem Verunglückten zu tun. Als Erstes werden Fid und ich die Absturzstelle nach Überlebenden absuchen. Falls es welche gibt, werden wir euch dazukommen lassen, anschließend werdet ihr mit größter Sorgfalt um die Verunglückten herumarbeiten müssen. Gibt es keine Überlebenden, werden wir die Absturzstelle fotografieren und anschließend bis zum Eintreffen von Rettungshubschrauber und Sheriff darüber sprechen, was wir dort sehen. Niemand braucht sich in die Nähe der Verunglückten zu begeben, sofern er dies nicht will …«

»Wenn ihr es aber tut, werdet ihr eine Menge dabei lernen, und es wird euch bei euren künftigen Aufgaben hilfreich sein«, fiel Fitzgerald ihm ins Wort. »Zwingen werden wir euch nicht, aber bleibt als Team zusammen.« Mit einem Blick bat Bellville Fitzgerald, den Mund zu halten, sagte aber nichts. Sein Gesichtsausdruck war Fitzgerald nicht entgangen. »Die beiden sind Stufe zwei, und McLanahan sogar Stufe eins. Man erwartet von ihnen, dass sie als Team vor Ort gehen und dortbleiben.« Wieder enthielt sich Bellville eines Kommentars. Im Grunde war er mit Fitzgerald einer Meinung, andererseits verlangten die Bestimmungen der Civil Air Patrol von niemandem, schon gar nicht von Kadetten, in die Nähe einer Absturzstelle mit Verunglückten zu gehen.

Nach ein paar Minuten setzten sie ihren Weg in Richtung der in der Ferne kreisenden Cessna fort.

Bald darauf erreichten sie die Absturzstelle. Brad war

überrascht, wie aufgeräumt es dort aussah. Kein Feuer nach dem Aufschlag, kein wallender Rauch, kein großer Krater im Boden, lediglich ein blau-weißes Stück übel zugerichteten Aluminiums, das in der Wüste lag, nicht etwa, als wäre es vom Himmel gefallen, sondern als hätte es jemand dorthin geschleppt und ausrangiert. Augenblicke später jedoch konnten auch sie die aus der Windschutzscheibe herausragende Person auszumachen.

»Oh Mann«, entfuhr es Ralph leise.

»Sieht aus, als sei sie durch die Windschutzscheibe geschleudert worden und wurde dann vom Sog erfasst und, immer noch im Glas festhängend, nach hinten weggeknickt«, sagte Ron. »Übel. Scheint auch noch 'ne junge Frau zu sein – es hat ihr sämtliche Kleider vom Leib gerissen.«

»Lass gut sein, Ron«, sagte Brad ruhig, als er Ralphs weit aufgerissene Augen sah – und sein Gesicht, aus dem fast alle Farbe gewichen war. »Mach dich nützlich und schieß ein paar Fotos von der Absturzstelle.« Als Ron loszog, wandte er sich an Ralph. »Du kannst hier hinten warten, Ralph.«

»N-nein, ich möchte helfen«, sagte der jüngere Kadett. »Ich bereite die medizinische Ausrüstung vor, für alle Fälle.«

»Gute Idee«, sagte Brad. »Trink genug und achte auf den Funk.«

»Jawohl, Sir.«

Brad schnappte sich seinen Fotoapparat und näherte sich dem Flugzeug. Wie er jetzt sah, war es tatsächlich eine Frau, die dort aus der Windschutzscheibe ragte, allerdings war sie durch den Absturz so übel zerschunden und so über und über mit Erde und Sand bedeckt, dass sie kaum noch als menschliches Wesen zu erkennen war.

»McLanahan …«, begann Bellville.

»Mit geht's gut, Sir«, sagte Brad. »Spivey macht Fotos, und Markham ist hinten beim Transporter und lädt die medizinische Ausrüstung aus.«

Bellville nickte und erteilte ihm damit die stumme Erlaubnis zu bleiben.

»Gut gemacht, McLanahan«, sagte Fitzgerald. »Das gehört zum Job.« Er setzte seine sorgfältige Untersuchung des Flugzeugs fort. »Unten drunter kann ich den Piloten erkennen«, sagte er. »Sieht aus, als wäre er zerquetscht worden.« Er beugte sich vor, um genauer hinzusehen. »Ich hab schon schlimmer aussehende Unfallopfer gesehen, die noch am Leben waren, aber soweit ich erkennen kann, hat der hier keinen Kopf mehr.«

Brad beschloss, auf der rechten Seite des Rumpfes zu bleiben. Er wollte helfen, versuchte er sich einzureden, sofern der Verunglückte diese Hilfe noch brauchte, was auf diesen hier offenkundig nicht zutraf. In Wirklichkeit aber, gestand er sich schließlich ein, wollte er sich nur den Anblick eines zerschmetterten menschlichen Körpers ersparen. Der Anblick der toten Frau, die aus der Windschutzscheibe ragte, war auch grauenhaft, sie machte ihm aber keine Angst, sie tat ihm nur leid.

»Sehen Sie da drinnen irgendwo den Abschaltknopf des ELT, Brad?«, fragte Bellville.

»Augenblick, Sir.« Brad verrenkte sich, um hinter den vorderen Passagiersitz blicken zu können, der aus seiner Schiene gerissen war, und ließ den Blick suchend über das Armaturenbrett gleiten. Die meisten neueren Flugzeuge hatten einen manuellen Schalter für das Aktivieren und Deaktivieren des ELT. »Sehen kann ich keinen, Sir, aber die linke Seite des Armaturenbretts ist ziemlich zerstört.« Mit einem bangen Gefühl warf er einen Blick in den hinteren

Teil des Flugzeugs, in der Erwartung eines weiteren schauderhaften Anblicks. Doch der blieb ihm erspart. »Sir?«

»Ja, Brad?«

»Die dritte Person fehlt.«

»Was?«, fragte Fitzgerald.

»Der dritte Passagier fehlt, Sir.«

Fitzgerald sah Bellville an. Der wandte sich herum zu Brad. Brad verstand seinen stummen Befehl sofort. »Sergeant Markham!«, rief er.

»Sir?«, antwortete Markham wie aus der Pistole geschossen.

»Suchen Sie das Gelände rings um das Flugzeug nach Fußspuren eines Kindes ab, und organisieren Sie sofort eine Reihensuche.«

Es gab eine kurze Verzögerung, doch wenige Augenblicke darauf hörte er Markham antworten: »Jawohl, Sir!« Dann kam Markham herbeigetrabt. Sorgfältig darauf bedacht, dem Flugzeug nicht näher zu kommen als unbedingt nötig, blieb er stehen und machte den Eindruck, als wüsste er nicht, was er als Nächstes tun sollte.

»Du weißt genau, was zu tun ist, Ralph«, sagte Brad mit leiser Stimme, sodass die älteren Teammitglieder nicht mithören konnten. »Denk nach, fass dann in Worte, was du tun musst«, sagte er, ein wenig lauter jetzt. »Ein Kind wird vermisst. Erklär mir, wie du vorzugehen gedenkst.«

Ralph schien noch immer verwirrt, dann aber schien sich dieser Zustand allmählich zu legen. »Lieutenant Spivey!«, rief er.

»Was willst du, Markham?«, rief Ron von der anderen Seite der Absturzstelle.

»Be-bereiten Sie ein Go-Pack für eine Reihensuche vor«, ordnete Ralph eher schwächlich an. »Hal-halten Sie sich fern von den …«

»Ich kann kein Wort verstehen, was du da verdammt noch mal stammelst, Marky.«

Ralph warf Brad einen nach Hilfe heischenden Blick zu, doch der blieb stumm. Er erwiderte bloß den Blick und machte ihm auf diese Weise wortlos klar, dass er das Kommando übernehmen solle, und zwar ein bisschen plötzlich. »Ich … Lieutenant, ich möchte, dass Sie …«

»Ich hab zu tun hier drüben, Marky!«, rief Spivey. »Geh mir jetzt nicht auf die Nerven, ja?«

Brad sah zu Bellville, der den Kopf schüttelte und ihm damit wortlos mittelte, dass er das Kommando übernehmen und die Suche auf den Weg bringen sollte. Doch gerade als Brad ansetzen wollte, etwas zu sagen, schüttelte Ralph den Kopf, sah hinüber zu Spivey, blies seine Lunge bis an die Grenze ihres Fassungsvermögens auf und brüllte: »Lieutenant Spivey! Bereiten Sie ein Go-Pack und eine Trage für eine Reihensuche vor! *Jetzt sofort!* Und verwischen Sie bloß keine Spuren an meiner Absturzstelle!«

»Was?«

»Sie haben gehört, was er gesagt hat, Lieutenant«, sagte Brad laut. »Dies ist eine echte Reihensuche nach einem vermissten Jungen. Das Kommando hat Sergeant Markham.«

Ron stand immer noch da, verwirrt. Schließlich ging Brad zu ihm hinüber und sagte ungeduldig und mit gesenkter Stimme: »Himmel, Ron, hast du irgendeine größere Betriebsstörung? Ralph versucht gerade, eine Reihensuche zu organisieren, um das dritte Unfallopfer zu finden – und damit er seine Spurensuche abhaken kann. Die Vorgesetzten warten. Mach jetzt endlich, ja? Das hier ist keine Übung.«

Allmählich schien es Ron zu dämmern. Er nickte in Brads Richtung und sagte dann: »Klar, wieso haben Sie das nicht gleich gesagt, Sergeant? Ich geh und hol das medizinische Notfallpack.«

»Na schön, Sergeant, wir haben schon genug Zeit verschwendet«, sagte Brad. »Raus mit der Sprache. Was sehen Sie?«

»Augenblick, Sir«, sagte Ralph. Rasch suchte er den Boden mit seinen Blicken ab, beginnend an der Tür auf der rechten Seite. »Dem weichen Sandboden nach ist das Flugzeug offensichtlich eine längere Strecke gerutscht. Ich sehe Ihre Fußstapfen neben der Tür ... und ein paar kleinere, von weichen Sohlen, nicht Kampfstiefeln, und die sind nicht so tief eingedrückt. Könnten die Fußabdrücke eines Kindes sein.« Er besah sich das Gelände. »Sie ... sie führen zu der Verunglückten in der Windschutzscheibe, nah heran, aber vielleicht nicht ganz bis auf Reichweite. Dann ...« Er blickte sich um, der Panik nahe. »Die Abdrücke sind verschwunden. Ich sehe sie nicht mehr. Ich hab ihn verloren.«

Es war offensichtlich, dass Ralph kurz vor einem leichten Panikanfall stand. »Immer mit der Ruhe, Ralph«, sagte Brad. »Sie können sich nicht einfach in Luft aufgelöst haben. Was denkt der Junge jetzt gerade? Versetz dich in seine Situation.« Er konnte sehen, wie sich Ralphs Augen entsetzt weiteten und seine Unterlippe leicht zu beben begann. »Fass es in Worte. Wir sind keine Gedankenleser.« Der junge Kadett zögerte, hatte vor seinem inneren Auge noch immer ein von ihm selbst geschaffenes Bild des Grauens. »Du kannst das, Ralph.«

»N-nein, kann ich nicht«, widersprach der.

Brad nickte. »Schon gut, Ralph. Dies ist eine echte Situation, und eine schlimme obendrein. Mach dir keinen Kopf. Ron, du übernimmst Ralphs Platz und führst die Suche durch.«

Spivey wollte schon vortreten, da sagte der jüngere Kadett: »Nein … nicht, ich werde es tun, Sir.«

»Bist du sicher?«, fragte Brad.

Ralph musterte Brad vorsichtig, nickte dann und richtete den Blick in die Ferne. »Er … er hat gerade eben seine tote Mutter gesehen«, sagte er nach kurzem Schweigen mit leiser Stimme. Er schloss die Augen, atmete einmal tief durch und tauchte noch einmal in das Bild des Flugzeugabsturzes ein, das sich vor seinem inneren Auge zusammenfügte. »Wahrscheinlich hat er auch schon seinen toten Vater gesehen. Hat ihn vielleicht wiederzubeleben versucht, dann gemerkt, dass er tot war. Zuerst hat er seine Mutter gar nicht wiedererkannt, er weiß aber, dass ihr etwas Fürchterliches zugestoßen ist. Er ist aus dem Flugzeug herausgeklettert. Jetzt kann er seine Mutter sehen – oder das, was von ihr übrig ist. Er ist verängstigt und allein, um ihn herum nichts als Tod. Sie sind … vom Himmel gewischt worden – vom Engel des Todes –, aber er hat irgendwie überlebt und … fragt sich jetzt, wie? Wieso? Wieso war es mir vergönnt, zu überleben …?«

»Himmelherrgott, Ralph!«, rief Ron gereizt. »Wir wollen jetzt doch nicht mit *Twilight* anfangen, okay?«

Brad hob die Hand, um seinen Freund zum Schweigen zu bringen. Er wandte sich zu Ralph. »Was siehst du außerdem noch, Ralph? Was passiert?«

»Er ist nicht beim Flugzeug geblieben«, sagte Markham mit seltsamer Stimme. »Wieso wollte er nicht bleiben? Das Flugzeug war nicht in Brand geraten, und von den Farmgeräten einmal abgesehen gibt es nirgendwo in Sichtweite ein Anzeichen von Zivilisation. Seine Eltern sind tot, aber es sind immer noch seine Eltern. Warum ist er nicht geblieben? Warum …?« Ralph schluckte, und Brad sah eine Träne über seine Wange laufen. »Er glaubt, es ist seine Schuld, dass seine Eltern tot sind«, sagte er kraftlos. »Er läuft weg, weil er Angst hat und … und nicht gefunden werden will.«

»Was?«

»Er denkt, es ist *seine* Schuld«, wiederholte Ralph. »Er ist überzeugt, dass er Ärger bekommen wird, dass man ihn womöglich verhaftet und ins Gefängnis sperrt, wenn man ihn findet. Also ist er weggelaufen und … versteckt sich jetzt.«

»Was für ein Haufen Blödsinn«, spottete Ron.

»Wir brauchen eine Richtung, Ralph«, sagte Brad, nachdem er Ron einen weiteren »Klappe halten«-Blick zugeworfen hatte.

Ralph suchte den Erdboden erneut ab, mal zuckte sein Kopf hierhin, mal dorthin, und Brand fand, dass er einem Golden Retriever auf der Jagd nach einer kaum wahrnehmbaren Witterung ähnelte. Schließlich richtete Ralph den Blick nach Westen, fort von der Heuballenpresse, und streckte seine Arme zu den Seiten hin aus. »Hier entlang, Sir«, sagte er. »Fort von Absturzstelle und Zivilisation.«

»Sagen Sie, was Sie vorhaben, Sergeant«, ermunterte Brad ihn noch einmal.

»Reihe alle auf gleicher Höhe, sechs Schritte auseinander«, rief Ralph. Er nahm seinen Kompass heraus und peilte einen fernen Berggipfel an. »Ausgangspeilung wird sein zwo-sechs-null.«

»Also los«, sagte Bellville. Sie bildeten eine Reihe mit Brad in der Mitte.

»Geben Sie eine Meldung an das Luftteam durch, Sir«, sagte Ralph. »Wir haben es möglicherweise mit einem Überlebenden zu tun, der nicht gefunden werden will, was die Sache erschweren dürfte.«

»Gute Entscheidung«, sagte Bellville, beeindruckt von der Vorgehensweise und dem wachsenden Selbstvertrauen des jungen Kadetten. Er nahm sein FM-Funkgerät. »CAP 2722 und Battle-Mountain-Basis, hier schneller Eingreiftrupp Battle Mountain – beginnen jetzt mit einer Reihensuche nach der dritten Seele, einem kleinen Jungen. Wir glauben, er ist weggelaufen und versteckt sich möglicherweise vor uns. Ausgangskurs von der Absturzstelle ist zwo-sechs-null.«

»Wie sicher sind Sie hinsichtlich dieses Kurses, schneller Eingreiftrupp?«, funkte Spara vom Stützpunkt.

Bellville warf Ralph einen Blick zu, lächelte dann und antwortete: »Sehr sicher.«

»Sehr gut, machen Sie weiter«, funkte Spara. »CAP 2722, schlage vor, Sie starten eine erweiterte Quadratsuche, nur für den Fall, dass dies kein guter Kurs ist.«

»2722 hat verstanden«, funkte Patrick aus der am Himmel kreisenden Cessna. John programmierte das bordeigene GPS, um die Suche von der Absturzstelle aus zu starten. Sie würde einem von der Absturzstelle ausgehenden quadratförmigen Suchschema folgen, dessen Teilstrecken nach Vollendung jeweils um eine bestimmte Distanz erweitert würden.

Am Boden rückte das Suchteam unterdessen Richtung Westen vor, wobei sie ungefähr auf einer Linie blieben und den Erdboden sorgfältig mit den Augen absuchten. Nach etwa einhundert Metern rief Ron: »Ich sehe einen Turnschuh, und er sieht halbwegs sauber aus. Was sagt ihr dazu? Marky hat richtig vermutet.«

»War ein guter Einfall«, sagte Brad.

»Ist es ein linker oder ein rechter Turnschuh?«, wollte Ralph wissen.

»Was, zum Teufel, sollte das für einen Unterschied ausmachen?«, fragte Ron.

»Er wird den anderen Fuß schonen, was bedeutet, dass er anfangen wird, in eben diese Richtung abzuschwenken«, erklärte Ralph. »Mit dem rechten Fuß wird er größere Schritte machen, was heißt, dass er nach links hinüberziehen wird.«

»Wo hast du denn das her, Marky?«, ätzte Ron. »Von einer Cornflakespackung oder aus einem Comicheft?«

Ralph schien gekränkt und erwiderte nichts, was Brad bewog, ihm sofort zur Seite zu springen, obwohl er von dieser Theorie auch noch nichts gehört hatte. »Klingt vernünftig. Also, welcher ist es, Ron?«

»Der linke, o du großer, vom Glück verwöhnter weißer Spurenleser«, gab Ron zurück.

»Ändern Sie die Suchrichtung zehn Grad nach links«, sagte Ralph. »Neuer Kurs zwo-fünf-null. Sir, geben Sie dem Suchflugzeug per Funk durch, dass wir einen Gegenstand des Überlebenden gefunden haben, den Suchkurs auf zwo-fünf-null ändern und empfehlen, eine Kriechlinien-Suche entlang dieser Linie zu starten.« Bei dieser Art der Suche flog man – ausgehend vom Fundort des Turnschuhs – in einer Entfernung von einer Meile zu beiden Seiten an der Suchstrecke auf und ab.

»Roger, Sergeant«, sagte Bellville, nachdem er leicht verblüfft genickt hatte, und lächelte.

»Hervorragende Arbeit, Leute«, sagte Patrick über Funk. Über die interne Sprechanlage sagte er: »Wir wechseln zu Kriechlinien-Suche, eine Meile zu beiden Seiten der Spur im Abstand von einer Viertelmeile. Das Bodenteam hat einen Turnschuh an der von ihnen ausgewählten Strecke gefunden.«

John programmierte das GPS auf das neue Suchschema um. Eine Kriechlinien-Suche bestand aus einer Abfolge von senkrecht zur Suchpeilung verlaufenden Schwenks, die, ausgehend von einem bekannten Punkt wie der Absturzstelle, einer Straße oder Rollbahn entlang der Suchpeilung geflogen wurden – nützlich, sofern die Fahr- oder Bewegungsrichtung eines Zielobjekts bekannt war.

»Fitzgerald ist heute in Bestform«, lautete Leos Kommentar.

»Nicht Fid – Cadet Sergeant Markham leitet diese Suche«, sagte Patrick.

»Meinen Sie etwa den kleinen Marky?«

»Und ob!«, sagte Patrick. »Er tut vielleicht manchmal ein bisschen verhuscht, aber eigentlich ist er blitzgescheit. In ein paar Jahren, das sage ich voraus, leitet der kleine Marky womöglich diese Staffel.«

RENO-TAHOE INTERNATIONAL AIRPORT

Zur selben Zeit

»Cactus-Zwo-Null-Drei-Drei, Anflugkontrolle Reno, Roger«, funkte der Fluglotse, nachdem er die Check-in-Anfrage eines hereinkommenden Passagierflugzeugs erhalten hatte. »Gehen Sie runter und bleiben Sie auf eins-drei-tausend Fuß, Reno Altimeter auf drei-null-null-eins. Hereinkommender VFR-Verkehr nach Reno von Ihnen aus auf acht Uhr, Entfernung sechs Meilen, nur Primärziel. Außerdem habe ich noch keinen Sprechkontakt, ich werde Sie also fürs Erste etwas weiter oben lassen müssen.«

»Drei-drei, passiere siebzehn und gehe runter auf dreizehn«, antwortete der Erste Offizier des Passagierflugzeugs. »Kontakt negativ bezüglich Verkehr.«

Der Fluglotse tippte auf eine Taste seiner Bedienkonsole, der ihn augenblicklich mit den Fluglotsen von Oakland Central verband: »Oakland, hier Anflugkontrolle Reno – habe vor mir Primärziel, fünfzehn Meilen südöstlich von Mustang. Macht ungefähr zwo-sechzig. Hat er gerade mit Ihnen gesprochen, und ich habe die Übergabe verpasst?«

»Stand by, Reno«, antwortete der andere Fluglotse. Einen Augenblick darauf: »Negativ, Reno, alle haben eingecheckt.«

»Verstanden, danke, JT«, sagte der Fluglotse in Reno. Er drückte einen Knopf, um seinen Vorgesetzten zu rufen, und einen Augenblick darauf kam sein Schichtführer herüber und stöpselte sein Headset in die Bedienkonsole ein. Der Lotse wies auf seinen Monitor. »Ted, dieser Bursche dort hält geradewegs auf die Rollbahn zu und weigert sich, mit irgendjemandem zu sprechen. Ich werde den Flug aus Südwesten auf eine Warteschleife über Mustang legen und die anderen hereinkommenden GA-Flüge zurückhalten müssen, bis er durch ist.«

»Haben Sie versucht, ihn per Klartext und über GUARD anzuweisen, höher zu gehen?«, wollte der Schichtführer wissen.

»Das wäre mein nächster Schritt gewesen.« Der Fluglotse tippte auf eine Taste seiner Bedienkonsole, die es ihm erlaubte, sowohl auf der ihm zugewiesenen Frequenz als auch auf den UHF- und VHF-GUARD-Frequenzen zu sprechen. »Flugzeug auf Anflugkorridor eins-fünf-null Grad und fünfzehn DME von Mustang, Eigengeschwindigkeit zwo-sechs-null, Kurs zwo-acht-null, hier spricht Reno-Anflugkontrolle über GUARD«, funkte er. »Wenn Sie mich hören, gehen Sie auf Steuerkurs eins-acht-null, um Reno Luftraum Class-C fernzubleiben, und kontaktieren Sie mich auf diesem Kanal, oder schalten Sie um auf eins-eins-neun-Komma-zwo. Sie haben Verkehr auf Ihrer Zweiuhrposition, Entfernung weniger als vier Meilen.«

Keine Antwort. Er wiederholte die Anweisungen mehrere Male, während er den übrigen Verkehr von dem nicht identifizierten Flugzeug fortlenkte.

»Keine Antwort, Ted«, erklärte der Fluglotse seinem Schichtführer. »Er wird genau durch den Class-C-Luftraum fliegen.«

»Sind alle anderen aus dem Weg?«

»Ja.«

»Was wird er Ihrer Meinung nach tun?«

»Es handelt sich entweder um einen NORDO oder einen Hilfspiloten«, antwortete der Fluglotse. NORDO bedeutete »no radio«, also »funklos«, mit anderen Worten, der Pilot war außerstande, sich per Funk mit irgendjemandem zu verständigen, und »Hilfspilot« war die allgemeine Sprachregelung für den Fall, dass jemand anderes als der eigentliche Pilot das Flugzeug steuerte. »Ich würde wetten, sobald er die Rollbahnen von Reno oder Stead erblickt, wird er eine Landung versuchen, oder er wird einfach kreisen, um zu entscheiden, wie er vorgehen will.«

»Das ist gar nicht gut«, meinte der Schichtführer. »Er könnte uns den Betrieb für Stunden lahmlegen.« Er drückte einen Knopf auf der Bedienkonsole. »Tower, TF, wir haben einen hereinkommenden NORDO, ungefähr elf Meilen südöstlich.«

»Haben ihn im Sucher«, erwiderte der Fluglotse des Reno-Towers. »Er ist auf siebentausendachthundert gleichbleibend, unmittelbar südöstlich von Dayton Valley.«

»Wir verzeichnen eine Eigengeschwindigkeit von zweifünfzig Knoten.«

»Dito hier oben.«

»Okay, ich hab den Flugverkehr aus Südosten angewiesen, über Mustang zu kreisen, und werde alle anderen hereinkommenden vom Class-C-Luftraum fernhalten, bis dieser Bursche sich entweder meldet oder durchrauscht«, sagte der Fluglotse der Anflugkontrolle. »Ich hoffe, dass er eine Rollbahn sieht und die Gelegenheit nutzt.«

»Ich werde das Absturznotprogramm hier und in Stead aktivieren, nur für alle Fälle«, sagte der Fluglotse im Tower. »Das könnte eine ziemliche Sauerei werden.«

Für die letzten Minuten seines Einsatzes verließ sich Carl auf den Autopiloten und seine umfassenden Probedurchläufe, denn sein Sehvermögen war nahezu völlig erloschen, und die Krämpfe in seinem Bauch und Rücken machten es so gut wie unmöglich, sich auf das Fliegen zu konzentrieren. Während der vergangenen Monate war er eben diese Strecke hundert Mal geflogen, wobei er PC-Flugsimulatoren und Google Earth benutzt hatte, um das Gelände und etwaige Hindernisse zu studieren.

Nachdem er die Berge rings um Virginia City südöstlich von Reno verlassen hatte, begann Carl einen langsamen Sinkflug bis hinunter auf viertausend Fuß, gerade mal einhundert Fuß über den Truckee Meadows. Während er die Flugaufgaben einstweilen dem Autopiloten überließ, benutzte er einen Aufsetzschraubenschlüssel, um mit dem Lösen der Schrauben oben auf dem großen Kanister im Mittelgang zu beginnen. Offenbar hatte das Bodenpersonal sie bereits gelockert, denn sie ließen sich leichter drehen als erwartet. Der Deckel wurde von einem Dutzend Schrauben gehalten. Er schaffte es, die Hälfte von ihnen zu entfernen, bevor er gezwungen war, seine volle Aufmerksamkeit dem Fliegen zu widmen.

Jetzt waren es nur noch Sekunden …

»Ach du heilige Scheiße!«, entfuhr es dem Fluglotsen im Tower, und er zog unwillkürlich den Kopf ein, als die King Air vorüberraste und den Kontrolltower auf einer Flughöhe nicht höher als die Kuppel des Towers selbst um weniger als hundert Meter verfehlte. Sie befand sich in einer leichten Linkskurve und manövrierte so, dass sie einen gewissen Abstand vom Kontrolltower und auch vom Grand-Sierra-Resort-Kasino unmittelbar nördlich des Flugfeldes einhielt. »Hat der Pilot den Verstand verloren?« Der Lotse griff zu dem mit *ABSTURZ* beschrifteten Telefonhörer. »Flugzeug überfliegt Flugfeld auf ungefähr einhundert Fuß über Grund, Kurs Nordwest bei zweihundert Knoten, Fahrgestell und Landeklappen eingezogen. Er hat den Tower um weniger als ein paar hundert Fuß verfehlt! Jemand soll Polizei und Feuerwehr benachrichtigen. Wenn der Kerl nicht höher geht, wird er mitten in der Innenstand von Reno runterkommen.«

Nachdem er den Kontrolltower, das Grand-Sierra-Resort und das Peppermill-Kasino passiert hatte, gab es rings um ihn her bis zum Erreichen seines Ziels keine weiteren Hindernisse mehr. Den Deckel auf dem Kanister hatte er so weit gelockert, wie ihm dies möglich war, und es fühlte sich an, als würde ihm ein Gegenstand, der sich wie eine heiße Glühbirne anfühlte, unmittelbar rechts neben sein Gesicht gehalten.

Der Einsatz hätte nicht besser laufen können. Alle seine Vorflugvorbereitungen, seine Analysen, sein sorgfältiges Abwägen aller denkbaren Schwierigkeiten garantierten den Erfolg. Nachdem eine Reihe übler Gewitter gedroht hatte, die Mission scheitern zu lassen, spielte nun auch das Wetter mit. Selbst der alte Autopilot in seinem Vogel funktionierte. Der Herr leitete ihn wahrhaftig, indem er seine Mission mit prächtigem Wetter und funktionierenden Bauteilen unterstützte und er ihn lange genug leben ließ, um seine Mission bis zum Ende zu begleiten.

Das Ziel war in Sichtweite. Es war das erste hohe Gebäude, auf das er auf diesem Kurs im Stadtzentrum von Reno stoßen würde. Er würde also keine anderen Gebäude umfliegen müssen, zudem war es dank seiner unverkennbar geschwungenen Form leicht auszumachen. Die Koordinaten, die er in das GPS eingegeben und während der vergangenen Monate mehrfach verfeinert, nachgemessen und dreifach überprüft hatte, stimmten haargenau, dennoch legte er seine Hände auf das Steuerhorn – nicht etwa, um irgendwelche Fehler auszugleichen, sondern um die winzigen, vom Autopiloten vorgenommenen Korrekturen am Steuerkurs des Flugzeugs spüren zu können …

… und dann bemerkte er im Winkel seiner vom grauen Star getrübten Augen das blinkende gelbe »AP«-Lämpchen auf dem Armaturenbrett und begriff, dass sich der Autopilot abgeschaltet hatte!

Er konnte sich nicht erinnern, es selbst getan zu haben. Aber wie, in aller Welt, hatte das Flugzeug eigenständig so präzise Kurs halten können? Er war nicht in der Verfassung, sich aufrecht hinzusetzen, geschweige denn ein Flugzeug zu fliegen!

Es war, als hätte Gott höchstselbst die Steuerung seiner Kriegswaffe übernommen. Dies war ein Zeichen, ein Zeichen dafür, dass seine Mission von Gott gesegnet, ja geweiht war. Der Krieg hatte begonnen, und Gott stand auf ihrer Seite.

Eine letzte Pflicht. Er schaltete um auf die Frequenz des Reno-Kontrolltowers, drückte den XMIT-Knopf und sagte: »Lebt in Freiheit oder sterbt. Der Herr hat gesprochen.«

NORDWESTLICH VON BATTLE MOUNTAIN, NEVADA
Zur selben Zeit

Sie waren etwa zweihundert Meter in der neuen Richtung weitergegangen, ohne auf irgendwelche weiteren Hinweise zu stoßen. »Was meinst du, Marky?«, rief Ron Spivey. »Wir haben nichts gefunden. Wir hätten auf der ursprünglichen Fährte bleiben sollen. Jetzt müssen wir noch mal von vorn anfangen.«

Brad sah Ralph Markham an. »Sergeant?«

Ralph schien unschlüssig, allerdings nur für einen Moment. »Noch hundert Meter weiter«, sagte er, und Ron stöhnte. Ralph nahm im Kopf rasch ein paar Berechnungen vor. »Dann schwenken wir nach rechts auf drei-vier-null, gehen … gehen vierzig Schritte, begeben uns dann wieder auf eins-sieben-null und suchen weiter bis zurück zur Absturzstelle.«

»Woher, zum Teufel, nimmst du das eigentlich alles, Marky?«, wollte Ron wissen. »Wieso müssen wir das alles tun?«

»Er führt uns auf die Gegenrichtung zum ursprünglichen Suchkurs«, erklärte Brad mit einem Lächeln. »Die Sechzig-zu-eins-Regel. Wir gehen sechshundert Fuß geradeaus und ändern den Kurs um zehn Grad, demnach haben wir unsere Marschrichtung um einhundert Fuß – oder etwa vierzig

Schritte – verschoben. Ralphs Plan sollte uns genau zu der Stelle auf dem ursprünglichen Suchkurs zurückführen, wo wir den Turnschuh gefunden haben.«

»Und wieso machen wir das dann nicht einfach?«, wollte Ron wissen.

»Weil ich noch einhundert Meter in dieser Richtung weitersuchen will«, sagte Ralph. »In Reihe ausrichten und dann los.«

Ron verdrehte die Augen, tat aber wie ihm geheißen.

Die Schinderei auf dem feuchten, unebenen Untergrund begann Brad ein wenig zu ermüden, und er spürte, dass er in seinem ungeschützten Nacken einen Sonnenbrand bekam. Das Gelände wurde ein wenig hügeliger, und sie gelangten nun zu einem breiten Schwemmgebiet, durch das ein dünnes, von den letzten Unwettern übrig gebliebenes Rinnsal floss. Diese letzten einhundert Meter würden härter werden als die zweihundert davor.

»Schlage vor, wir richten uns jetzt neu aus, ehe wir noch dieses Schwemmgebiet durchqueren müssen«, sagte Ron.

»Ist doch halb so wild«, entgegnete Ralph. »Nur noch sechzig Meter weiter.«

Ron murmelte etwas Unverständliches, stapfte aber weiter geradeaus.

Alle paar Augenblicke sah Brad hoch zu dem Suchflugzeug über ihren Köpfen. Er stand so kurz davor, im Rang aufzusteigen und diese Maschine zu fliegen, dass er es fast spüren konnte. Die Arbeit im Bodenteam war okay, aber wo er eigentlich hingehörte, das war …

Gerade als er die Böschung zum Schwemmgebiet hinunterkletterte und sich nach der besten Stelle für die Überquerung des Wasserlaufs umschaute, bewog ihn etwas, sich umzudrehen – und dort, halb von der Uferböschung verschüttet, bedeckt mit Staub, Morast und Insekten, lag ein kleiner Junge!

RENO, NEVADA
Kurze Zeit später

»Wir stehen hier am Schauplatz eines schrecklichen Flugzeugabsturzes am Bruce R. Thompson United States Courthouse und am Federal Building im Stadtzentrum von Reno«, begann die Reporterin. »Bei dem Absturz, der sich vor etwa fünfzehn Minuten ereignet hat, handelt es sich um das schlimmste Flugzeugunglück in der Geschichte der Stadt Reno. Bei mir ist mein Kameramann Jerry Fleck, der Ihnen die Bilder von der sich hier abspielenden Tragödie liefert.«

Die Kamera schwenkte auf die Südostfassade des Gebäudes. Noch immer schlugen dichter Rauch und Flammen aus dem Loch im Hochhaus, und das gesamte Gebäude schien von der Kamera wegzukippen. »Wie Sie sehen, ist das Flugzeug nahezu genau in der Mitte des zehnstöckigen Hochhauses hier auf dem 400er-Block der South Virginia Street eingeschlagen«, fuhr die Reporterin fort. »Wir wissen nicht, wer der Pilot war, wie viele Passagiere an Bord waren oder welcher Flugzeugtyp es war, der in das Gebäude eingeschlagen ist. Aber einige Augenzeugen berichten, es habe sich um eine Turbo-Prop-Maschine mittlerer Größe gehandelt, wie sie hauptsächlich von kleineren Fluggesellschaften eingesetzt wird. Wir haben bereits bei den Fluglotsen am Reno-Tahoe International Airport nachgefragt, um in Erfahrung zu bringen, ob sie Kontakt zu dem Piloten hatten und was diesen fürchterlichen Unfall verursacht haben könnte.

Wie man uns mitteilte, hat die Feuerwehr ihren Alarm auf Stufe fünf heraufgesetzt. Anscheinend hat das Flugzeug das Gebäude nicht vollständig durchschlagen, vielmehr wurden durch die Wucht des Aufpralls dessen Nord- und Nordwestfassade herausgesprengt, wodurch sich Feuer und Trümmerteile bis zum Bürokomplex der Bank of America auf der anderen Seite der Virginia Street, dem Bürogebäude der US-Bank jenseits der Liberty Street und bis zu den Anwohnern und Schaulustigen unten in den Straßen verteilt haben. Glücklicherweise befand sich wegen des Wochenendes der größte Teil der dort Arbeitenden nicht im Gebäude. Die Polizei hat die Straßen zwei Blocks weit in allen Richtungen abgesperrt und bittet, die Innenstadt unbedingt zu meiden, um die Kräfte von Polizei und Feuerwehr, das Rettungspersonal und die Ermittlungsbeamten nicht bei ihrer Arbeit zu behindern.«

Die Reporterin berührte den Empfänger in ihrem Ohr, um besser verstehen zu können, und sagte dann atemlos: »Soeben erhalte ich von meinem Produzenten im Sendewagen, John Ramos, die Information, dass laut einem Sprecher der FAA-Luftverkehrsüberwachung eine Beech King Air, also ein mittelgroßes Turbo-Prop-Zivilflugzeug, vor wenigen Minuten den Flughafen mit hoher Geschwindigkeit und in sehr niedriger Höhe überflogen hat. Es muss sich um die gleiche Maschine gehandelt haben, die in das Thompson Federal Building eingeschlagen ist. Seitens der FAA gibt es keinerlei Spekulationen darüber, ob das Flugzeug auf dem Flughafen zu landen versucht und der Pilot die Orientierung verloren hat oder ob es sich um eine vorsätzliche Tat handelte. Es ist einfach zu früh, um …«

Die Reporterin brach ab und lauschte abermals, während die Kamera von ihr fortschwenkte und das zerstörte Gebäude heranzoomte. Aus dem Off hörte man sie flüstern: »Was soll das heißen, wir ziehen hier ab? Wir sind zwei Blocks entfernt – es ist hier sicher! Wir sind … John? John?« Einen Moment darauf rannte ein Mann mit aufgesetzten Kopfhörern zu der Reporterin und zerrte sie fort, wobei er kurz vor die Kameralinse geriet. »John, was in aller Welt tun Sie da? Ich bin auf Sendung!«

»Weiß ich«, sagte der Mann. »Wir verschwinden von hier, jetzt sofort! Jerry, pack alles zusammen!«

»Ich werde nirgendwo hingehen!«, zischte die Reporterin verärgert. »Das ist die Story meines Lebens! Ich bleibe so lange hier, bis …«

Während er sie zum Sendewagen der Crew zerrte, flüsterte der Produzent der Reporterin etwas ins Ohr.

»Was? Was haben Sie da gesagt, John?«

»Radioaktivität«, sagte er laut.

»Was …?«

Der Produzent schnappte sich das Mikrofon. »Ermittler des U.S. Secret Service haben an der Absturzstelle hohe Werte von Radioaktivität gemessen«, sagte er. »Das Flugzeug, das in das Thompson Federal Building gestürzt ist, hatte irgendeine Art nuklearer Vorrichtung oder Waffe an Bord. Derzeit wird der gesamte Innenstadtbereich von Reno evakuiert.«

KAPITEL 2

Jugend ist durch und durch ein Experiment.
– Robert Louis Stevenson

NORDWESTLICH VON BATTLE MOUNTAIN, NEVADA
Zur selben Zeit

»Heilige Scheiße … Kontakt! Kontakt! Hier drüben!«, rief Brad aufgeregt.

Der Junge, der zusammengekauert auf der Uferböschung des Schwemmgebiets lag, ließ einen Laut vernehmen, der eine Kombination aus Heulen, Schreien und Stöhnen war, und versuchte aufzuspringen. Brad eilte zu ihm hinüber. »Ruhig, Junge, ruhig«, sagte er. »Ich bin von der Civil Air Patrol. Wir sind hier, um dich nach Hause zu bringen.«

»Nein! Nicht! Ich hab kein Zuhause! Ich hab *niemanden* mehr!«, brüllte der Junge mit heiserer, brechender Stimme.

Brad ging daran, dem Jungen Ameisen und Käfer von Gesicht und Armen abzuwischen, als Fitzgerald und Bellville herbeigeeilt kamen. Sein Kopf und Gesicht waren mit einer Mischung aus Sand und Blut bedeckt, seine Lippen und Augen geschwollen und voller Blasen, beide Füße nackt und übel zerschnitten, und er schien sich den rechten Arm gebrochen zu haben. »Sie sind hier, um mich zu verhaften! Gehen Sie weg!«

»Niemand wird dich verhaften«, sagte Brad. Er holte eine Flasche Wasser hervor und begann, es über seinen Kopf zu gießen, versuchte, den entsetzlichen Dreck von seinem zerschundenen, sonnenverbrannten Gesicht abzuwaschen. »Wir werden dich von hier fortbringen.«

»Battle-Mountain-Basis und CAP 2722, hier schneller Eingreiftrupp – haben dritte Person gefunden, und sie *lebt*«, gab Bellville freudig über Funk durch. Er wandte sich herum zu Markham. »Ausgezeichnete Arbeit, Ralph.«

Er nahm seinen GPS-Empfänger heraus und begann mit der Eingabe der geografischen Koordinaten ihres Standorts, um sie an die Ersthelfer weiterzuleiten, und wandte sich dann an die anderen: »Kommt schon, Leute, ihr habt hier ein Unglücksopfer, das Erste Hilfe benötigt. An die Arbeit. Helfen wir ihm, bis Rettungshubschrauber und Sheriff eintreffen.«

»Die Kadetten leisten hervorragende Arbeit, ich denke, sie können diesem Überlebenden bestens helfen«, sagte Fitzgerald mit einem seltenen Lächeln im Gesicht. »Spivey, Markham, an die Arbeit, und helfen Sie McLanahan.«

Die Kadetten streiften Einweghandschuhe über und holten ihre Erste-Hilfe-Pakete hervor. »Zuerst eure Einschätzung, Leute«, sagte Brad. »Womit haben wir es zu tun?«

»Er ist ziemlich übel zugerichtet«, sagte Ron. »Sieht aus wie eine abgesoffene Ratte.«

»Wirklich hilfreich, Ron«, sagte Brad. »Ralph?«

»Atemwege sind frei, er atmet, hat aber irgendwo eine Blutung«, ging Ralph die wichtigsten Punkte der Ersten Hilfe durch: Atemwege, Atmung und Blutkreislauf. Er fing oben an und begann mit der Untersuchung des Kopfes. »Wie heißt du?«, fragte er den Jungen. Der antwortete nicht, sondern sah Ralph erleichtert an. »Kannst du mir deinen Namen nennen?«

»J-Jeremy«, stammelte der Junge schließlich. »Jeremy Post.«

»Hi, Jeremy, ich bin Ralph.« Während er sich an ihm zu schaffen machte, wies er mit einem Nicken über die Schulter zu den anderen. »Das da ist Brad, das da Ron, und die Älteren sind David und Michael. Wir sind bei der Civil Air Patrol aus Battle Mountain, und wir sind hier, um dir zu helfen. Ich werde mir jetzt deinen Kopf ansehen. Sag mir, ob das wehtut.« Jeremy sagte nichts, zuckte auf Ralphs Drücken aber zusammen. »Möglicherweise Schädelbruch in der Stirnpartie.« Ralph holte eine Taschenlampe hervor und überprüfte Jeremys Augen. »Linke Pupille ist vergrößert und zeigt keine Reaktion. Verdacht auf Gehirnerschütterung.« Er lächelte Jeremy an. »Du bist verletzt, Jeremy, aber du musst ein ziemlich zäher Bursche sein, wenn du den ganzen Weg bis hierher ohne deine Turnschuhe geschafft hast. Wir werden dich in ein Krankhaus bringen, dort können die Ärzte einen Blick auf dich werfen.«

»Ich will nicht ins Krankenhaus.«

»Kann ich dir nicht verdenken, Jeremy, ich mag Krankenhäuser auch nicht«, sagte Brad. »Aber du bist ziemlich schwer verletzt. Wir werden dafür sorgen, dass sie dich wieder gesund machen.« Jeremy fing an zu schluchzen. »Keine Sorge, Jeremy. Das wird schon wieder.«

»Aber meine Familie … Meine Mum und mein Dad …«

Brad nickte und fasste den Jungen an der Schulter, während Ralph, dankbar für das ablenkende Gespräch, seine Untersuchung fortsetzte. »Wir werden dafür sorgen, dass man sich angemessen um sie kümmert, Jeremy«, sagte Brad.

»Sie sind tot, stimmt's?«, fragte Jeremy leise.

»Ja«, sagte Brad. Er erinnerte sich, was Ralph zu Beginn

der Suche gesagt hatte, und fügte hinzu: »Aber das ist nicht deine Schuld.«

»Ich hätte nicht dazwischenreden sollen«, sagte Jeremy. »Ich hätte den Mund halten sollen. Mein Dad meinte immer zu mir, dass ich zu bestimmten Zeiten während des Flugs nicht reden soll, aber ich hab's doch getan, und wir sind abgestürzt. Es *ist* meine Schuld.«

»Nein, ist es nicht«, sagte Brad. Ralph hatte recht, erkannte Brad: Jeremy gab sich die Schuld an dem Absturz, und er hatte solche Angst, dafür bestraft zu werden, dass er in der Hoffnung, niemals gefunden zu werden, quer durch die Wüste fortgelaufen war. »Das Wetter während des Flugs war ziemlich übel, stimmt's?«

»Ja.«

»Was wolltest du deinem Dad denn sagen?«

»Dass … dass der Kompass herumgewirbelt ist und die Kugel ganz auf der rechten Seite war«, sagte Jeremy. »Ich konnte den Flughöhenanzeiger sehen, und der kreiste immer herum. Wir sind getrudelt, aber mein Dad war zu beschäftigt, um es zu bemerken. Also hab ich versucht, ihn darauf aufmerksam zu machen.«

Brad lächelte. »Bist du Pilot?«

»Ich bin noch zu jung«, sagte Jeremy, »Aber später möchte ich Pilot werden. Mein Dad lässt mich immer mitfliegen, außerdem hab ich mir jede Menge seiner Flugtrainingsvideos angeschaut und mit dem Flugsimulator auf seinem Computer gespielt.«

»Was bedeutet, dass du fast ein Pilot bist«, sagte Brad. »Ich bin auch beinahe Pilot.«

»Wirklich? Bist du schon allein geflogen?«

»Noch nicht, aber hoffentlich bald«, sagte Brad. »Also, weißt du, was ich denke? Ich denke, deine Warnung hat deinem Dad geholfen, er hat das Trudeln bemerkt und konnte noch rechtzeitig eine kontrollierte Bruchlandung durchführen.«

»Aber meine Mum und mein Dad sind tot.«

»Ja«, sagte Brad mit sanfter, aber ernster Stimme, »aber er hat das Flugzeug gerade noch rechtzeitig gerettet, um dich zu retten, oder?«

Jeremy ließ den Kopf sinken und nickte, fing dann leise an zu weinen. Brad fand, dass jetzt genug über seine toten Eltern gesprochen worden war, also sah er hinüber zu Ralph. »Bist du fertig, Ralph?«

»Ja, Sir«, antwortete der. »Mögliche Gehirnerschütterung, möglicher Bruch der Stirn, rechter Arm gebrochen, mehrfache Prellungen und Fleischwunden am ganzen Körper. Er ist dehydriert, hat einen Sonnenbrand und Insektenstiche.« Er lächelte Jeremy an. »Aber er ist ein zähes Kerlchen, so viel steht mal fest. Er würde einen guten CAP-Kadetten abgeben.«

Bellville machte sich Notizen. »Gute Arbeit, Ralph«, sagte er. »Ich geb's durch und aktualisiere die geschätzte Ankunftszeit des Rettungshubschraubers.«

»Schaffen wir Jeremy aus dem Schwemmgebiet irgendwohin, wo er vor der Sonne geschützt ist«, schlug Fitzgerald vor. »Dann suchen wir einen Landeplatz für den Hubschrauber.«

Bellville drückte die Mikrotaste seines tragbaren kombinierten Verstärkers und FM-Sende-Empfangsgeräts. »Battle-Mountain-Basis, hier schneller Eingreiftrupp – ich habe einen Bericht für die hereinkommenden Rettungssanitäter. Erbitte außerdem geschätzte Ankunftszeit für Rettungshubschrauber.«

»Stand by, schneller Eingreiftrupp«, antwortete Spara.

»Schneller Eingreiftrupp, hier CAP 2722«, funkte Patrick.

»Erhalten soeben Anweisung von der FAA, augenblicklich zu landen!«

»Landen? Wozu denn das?«

»Ihr werdet's nicht glauben, Leute, aber sie sind im Begriff, den *gesamten* Luftraum über den Vereinigten Staaten zu räumen – die FAA erteilt *allen* Flugzeugen die Anweisung zu landen!«, rief Patrick. »Alle Flugzeuge müssen sich innerhalb von fünfzehn Minuten am Boden befinden, oder sie laufen Gefahr, abgefangen zu werden!«

»Klingt wie eine verdammte Wiederholung vom 11. September!«, meinte Fitzgerald. Die Kadetten machten ausdruckslose Gesichter. Sie waren noch jung gewesen, als sich der islamistische Terrorangriff vom 11. September ereignet hatte. Obwohl sie alle Videoaufnahmen von den einstürzenden Türmen des World Trade Center, des Lochs im Pentagon, der Absturzstelle von Flug 93 der United Airlines in Shanksville, Pennsylvania, gesehen hatten, fehlte ihnen das rechte Verständnis für das tatsächliche Entsetzen, welches das Land an diesem Tag und noch für mehrere Monate danach ergriffen hatte.

»Das Geschwader spricht mit der FAA und dem National Operations Center«, funkte Spara. »Es besteht die Möglichkeit, dass sie für Flüge der CAP und in medizinischen Notfällen eine Ausnahme machen.« Doch einige Minuten drauf kam die gar nicht so gute Nachricht: »Keine Ausnahmen bis zur vollständigen Räumung des Luftraums, anschließend wird die FAA nur Flüge nach IFR-Flugplänen freigeben«, sagte Spara. »Dort draußen herrscht Chaos. Besser, wir halten uns an deren Anweisungen, ehe noch Kampfflugzeuge aufsteigen. RTB sofort, Patrick.«

»Zum Teufel damit, Sir«, gab Patrick zurück. »Wir haben da draußen mitten im Nirgendwo einen Überlebenden und einen schnellen Eingreiftrupp, und in ein paar Stunden ist es dunkel.« Er überlegte einen Moment. »Ich werde auf der unbefestigten Piste der Andorsens landen und mir von denen helfen lassen.«

»Wir haben Andorsen anzurufen versucht, wegen einer Erlaubnis, auf sein Land zu fahren – es ist niemand drangegangen.«

»Dann werde ich dort landen, irgendein Fahrzeug auftreiben und ihn persönlich benachrichtigen.«

»Das können Sie nicht machen, Patrick«, sagte Spara. »Bis es der Sheriff und ein Krankenwagen bis dort draußen schaffen, wird der schnelle Eingreiftrupp schon zurechtkommen. RTB – *jetzt gleich.*«

»Ich werde es vor Ablauf der Frist nicht bis zurück nach Battle Mountain schaffen, Rob«, wandte Patrick ein. »Die nächste Landepiste ist die Andorsen-Ranch. Auf die nehme ich jetzt Kurs.«

»Negativ, McLanahan«, widersprach Spara. »Rückkehr zur Basis. Wir werden die Luftraumüberwachung über Ihren Zielort und die geschätzte Ankunftszeit unterrichten.«

Patrick langte nach oben und schaltete den FM-Funk ab. »Verdammter FM«, sagte er über die Bordsprechanlage. »Das Ding ist so alt, dass es ständig ausfällt, ausgerechnet wenn man es wirklich braucht.« Er sah sich nach John und Leo um. »Richtig?«

John schaute nach hinten zu Leo, wandte sich dann zu Patrick herum und zuckte mit den Schultern. »Eben schien es noch perfekt zu funktionieren, und dann auf einmal – Peng – war es tot.«

»Und das ist noch nicht alles«, sagte Leo. »Ich hör ganz deutlich, dass der Motor plötzlich ein wenig unrund läuft.«

»Ich wollte es gerade erwähnen«, sagte John grinsend.

»Tja, dann sollten wir dieses Ding besser runterbringen und nachsehen.« Patrick sah sich draußen nach seinen Orientierungspunkten um und ging dann in einen Rechtsschwenk über. »Ich hab die Piste der Andorsen-Ranch in Sichtweite. Ich denke, wir sollten sofort dort runtergehen. Und während wir dort auf weitere Unterstützung warten, können wir dem Bodenteam helfen.«

»Klingt nach einem ausgezeichneten Plan, Sir«, sagte Leo.

John klopfte Patrick auf die Schulter, lächelte, nickte dann. »Das ist der Patrick McLanahan, von dem ich immer hab reden hören«, sagte er. »Mac is back, wie's scheint.«

Nachdem er die Piste im Tiefflug überflogen hatte, um nach etwaigen Hindernissen Ausschau zu halten – es war die mit Abstand schnuckeligste Landepiste, die irgendeiner von ihnen je gesehen hatte, so untadelig, eben und schnurgerade wie eine Landebahn aus Asphalt –, brachte Patrick die Cessna nach unten. Er hielt den Schub aufrecht und das Steuerhorn nach hinten gezogen, ohne dabei abzubremsen, damit sich das Bugrad nicht in die Erde bohrte. So rollte er hinüber zu dem neben zwei Treibstofftanks und einem Lagergebäude mit Zapfsäulen gelegenen Parkbereich. Neben der Treibstoffanlage gab es eine halbmeilenlange Teerstraße, die zu einem Gebäude führte. Das schien das Haupthaus zu sein. Auf der anderen Seite der Teerstraße befand sich ein Flugzeughangar.

»Einen netten kleinen Flugplatz hat Andorsen hier«, bemerkte John.

»Andorsen besitzt einen Großteil des nicht der Regierung gehörenden Landes im Norden von Nevada«, sagte Leo. »Wahrscheinlich hat er ein halbes Dutzend solcher privaten Landepisten, über den ganzen Staat verteilt. Sie mögen unbefestigt sein, sind aber für einen Geschäftsjet ausgelegt. Sind Sie ihm mal begegnet? Toller Bursche. Schmeißt ständig Partys und Benefizveranstaltungen für die Gesetzeshüter.«

Patrick kletterte aus dem Flugzeug und sah sich um. Er entdeckte ein Fahrrad, das gleich neben dem Gebäude mit den Zapfsäulen lehnte. »Bin so schnell wie möglich wieder zurück«, sagte er und strampelte Richtung Haupthaus.

Dabei handelte es sich um ein eindrucksvolles einstöckiges Gebäude mit einer gemütlich aussehenden und ganz um das Haus herumreichenden Veranda inmitten eines angelegten Wüstengartens. Daran angrenzend gab es eine Dreifachgarage, neben der ein Pick-up stand. Das Haus lag verlassen, bis auf zwei Hunde, die ihm entgegenkamen, ihn beschnupperten, entschieden, dass er keine Bedrohung darstellte, und sich wieder trollten, um sich ein Schattenplätzchen zu suchen. Patrick klopfte an die Haustür und wartete auf eine Reaktion – nichts. Er spähte durch ein Fenster in die Garage und sah drinnen einen Hummer SUV stehen, des Weiteren eine aufgemotzte Harley Davidson Road King sowie eine Harley Davidson Softail DeLuxe, beide trotz der Tatsache, dass man hier mitten in der Wüste war, in einem picobello Zustand. Die Garage war abgeschlossen. Also ging Patrick zum Pick-up hinüber, fand diesen unverschlossen – und die Schlüssel hinter der Sonnenblende auf der Fahrerseite. Perfekt. Er zog das Formblatt 104 Einsatzbriefingkarte aus der Brusttasche seines Fliegeroveralls, schrieb die Nummer der Battle-Mountain-Fliegerstaffel darauf und klemmte es in die Eingangstür des Hauses. Dann ließ er den Pick-up an und fuhr zurück zur Landepiste.

»Niemand zu Hause?«, fragte Leo.

»Nein«, sagte Patrick, »aber ich wette, er hat Überwachungskameras überall auf dem Gelände. Ich gehe also davon aus, dass in Kürze jemand vorbeischaut. Ich habe mein Formblatt 104 in seiner Haustür stecken lassen. Schnappt euch die Überlebensausrüstung und eure Flugtaschen, und dann los.«

Sie holten die fünfundzwanzig Pfund schwere Überlebensausrüstung und ihr persönliches Fluggepäck aus dem Flugzeug und dazu sämtliche von ihnen im Cockpit mitgeführten Wasserflaschen. Patrick fand einige Befestigungsseile und sicherte das Flugzeug, dann kletterten sie in den Pick-up. Patrick übernahm das Steuer. Alle drei Besatzungsmitglieder hatten kleine tragbare GPS-Empfänger in ihrem Fluggepäck, es war für sie also ein Leichtes, über die Eingabe der Koordinaten des Bodenteams sowohl eine Richtung als auch die Entfernung zu erhalten. Sie fuhren los, quer durch die Wüste.

Die holprige, staubige Fahrstrecke betrug nicht einmal fünfzehn Meilen, kostete sie aber fast eine Stunde. Es wurde bereits dunkel und deutlich kühler, als sie bei dem Bodenteam eintrafen. Zu Patricks Überraschung kam Bradley, kaum war er aus dem Pick-up gestiegen, zu dem Pick-up gelaufen und umarmte seinen Vater. »Dad!«, rief er. »Du hier!«

Patrick erwiderte seine herzliche Begrüßung. Es war ziemlich lange her, dass sie einander so umarmt hatten. »Ich bin froh, dass es dir gut geht, Brad«, sagte er mit gesenkter Stimme. Er betrachtete das sonnenverbrannte, staubverschmierte Gesicht seines Sohnes und lächelte, weil ihm auffiel, wie viel größer und erwachsener er wirkte, seit sie erst wenige Stunden zuvor auf dem Stützpunkt miteinander gesprochen hatten. »Du hattest wirklich deinen großen Tag, hab ich recht? Meinen Glückwunsch, dass ihr den Überlebenden gefunden habt.«

»Colonel Spara ist stinksauer auf dich«, sagte Brad mit breitem Grinsen. »Ich glaub, er hat sein Geschimpfe im Funk erst vor wenigen Minuten eingestellt.«

»Ich kann doch meinen Sohn nicht hier draußen in der Wüste sitzen lassen«, erklärte Patrick. »Der Colonel ist verrückt, wenn er geglaubt hat, ich würde einfach zum Stützpunkt zurückfliegen und dich hier zurücklassen.« Sie gingen zu Bellville und Fitzgerald. Die Kadetten hatten zwei Kuppelzelte errichtet. Bei seiner Ankunft waren sie noch mit dem Verspeisen von selbst erhitzenden Fertiggerichten beschäftigt gewesen, doch jetzt kamen sie aufgeregt zu den Neuankömmlingen herübergelaufen. Der Überlebende, Kopf und Gesicht bandagiert, lag unter einer silbernen Rettungsdecke auf einer Trage.

»*Das* ist der Überlebende?«, fragte Patrick erstaunt, nachdem er David Bellville die Hand gegeben hatte. »Und der Sheriff hat sich noch nicht blicken lassen?«

»Nein, und wir haben keine Ahnung, weshalb er sich verspätet«, antwortete Bellville. »Ich kann gar nicht glauben, dass Sie hier draußen gelandet sind, Sir.«

»*Ich* schon«, sagte Fitzgerald, trat zu Patrick und schüttelte ihm begeistert die Hand. »Wie üblich katzbuckeln die verdammten Kommandeure, ohne die tatsächliche Lage am Boden zu berücksichtigen. Bloß dieser Mann hier nicht!« Er knuffte Patrick gegen die Schulter, fest genug, dass er leicht zur Seite wankte. »Das ist Patrick McLanahan, der verdammte Kerl, der den Russen nach dem Amerikanischen Holocaust in den Allerwertesten getreten hat. Der lässt seine Kameraden nicht im Stich. Der jagt die ganzen Vorschriften zum Teufel und kümmert sich um seine Truppen.« Er wandte sich herum zu Spivey und Markham und zeigte mit dem Daumen auf Patrick. »Der Mann ist ein wahrer Kriegsheld, Jungs, schreibt euch das hinter die Ohren!«

»Danke, Fid«, sagte Patrick. »Wie geht es dem Überlebenden, Dave?«

Bellville wandte sich herum zu Markham. »Ralph?«

»Sein Name ist Jeremy, Sir. Zustand der gleiche wie zuvor gemeldet. Wir lassen ihn schlafen, aber als Vorsichtsmaßnahme wecken wir ihn wegen seiner möglichen Gehirnerschütterung ungefähr jede Stunde auf. Er ist wach und ansprechbar. Gegessen hat er nichts, aber ein wenig Wasser getrunken.«

Patrick war überaus beeindruckt und wünschte sich, mehr Zeit mit den Kadetten zu verbringen, als er dies normalerweise tat. Dieser Kadett war außergewöhnlich aufgeweckt. »Danke, Ralph«, sagte er. »Gute Meldung.«

»Vielen Dank, Sir«, sagte Ralph. »Ich geh jetzt wieder zurück und habe ein Auge auf ihn.« Erneut war Patrick beeindruckt.

Bellville hielt seinen tragbaren FM-Sendeempfänger in die Höhe. »Der Colonel möchte Sie sprechen, Sir.«

Patrick nickte und entfernte sich ein Stück von der Gruppe, ehe er die Mikrotaste drückte. »McLanahan hier.«

»McLanahan, ich werde Sie in den Hintern treten, sobald Sie hierher zurückkommen, und es ist mir egal, ob Sie ein Drei-Sterne-General im Ruhestand sind«, polterte Spara los. »Haben Sie den Repeater etwa absichtlich abgeschaltet?«

»Irgendetwas war damit, Rob. Wir können das besprechen, sobald ich zurück bin.«

»Sie haben Ihre Flugfreigabe übertreten und sind unerlaubt anderswo runtergegangen.«

»Sowohl Leo als auch John meinten gehört zu haben, dass der Motor unrund lief. Ich habe eine vorsorgliche Landung auf dem nächsten erreichbaren Flugfeld durchgeführt. Außerdem habe ich die Erlaubnis, anderswo zu landen, solange meine Besatzung unverändert bleibt.«

»Nein, haben Sie nicht! Nicht während eines echten Einsatzes!«, brüllte Spara. »Und überhaupt – ist der Motor tatsächlich unrund gelaufen? Der gottverdammte Einsatzpilot sind *Sie,* nicht Leo!«

»Wir können das unter vier Augen besprechen, Rob.«

»Menschenskind«, stöhnte Spara. »In dem Moment, als Sie auf Andorsens Ranch aufgesetzt sind, muss Ihnen doch klar gewesen sein, dass Sie fällig sind, oder etwa nicht? Sofern es sich nicht um einen Notfall handelt, hätten Sie, sobald man Ihnen während eines echten Einsatzes die Flugfreigabe entzieht, das Flugzeug ebenso gut klauen können.«

»Wir hatten Anweisung von der FAA, augenblicklich zu landen«, sagte Patrick. »Hätte ich das nicht getan und stattdessen versucht, nach Battle Mountain zurückzukehren, hätte ich riskiert, abgefangen und abgeschossen zu werden. Ich finde, meine Entscheidung war absolut korrekt. Sie nicht?«

»Das liegt nicht in meinem Ermessensspielraum, das bleibt dem Regional Commander, eventuell dem National Commander oder sogar der Air Force überlassen«, entgegnete Spara. »Vermutlich werden sie uns bei der CAP alle miteinander achtkantig rausschmeißen.«

»Mir geht es bestens, ebenso der Besatzung, dem Bodenteam, Jeremy, dem Überlebenden, und auch dem Flugzeug«, sagte Patrick bissig, »vielen Dank der Nachfrage, Rob.«

»Verdammt, Sie Hurens…«, setzte Spara an – ehe er zu glucksen begann. Einen Augenblick darauf sagte er: »Na schön, Sie Teufelskerl. Ich bin froh, dass Sie alle wohlauf sind.«

»Danke. Was ist eigentlich mit dem Sheriff's Department?«

»Weiß ich immer noch nicht«, erklärte Spara und seufzte. »Dort erklärt man mir jetzt schon zum wiederholten Mal, dass sie jemanden losgeschickt hätten, aber mehr auch nicht.«

»Ich hab einen von Andorsens Pick-ups hier.«

»Ein Fahrzeug haben Sie auch noch gestohlen? Großartig.« Spara klang noch erschöpfter als zuvor. »Na ja, ebenso gut kann ich mich mit einem Knall verabschieden. Wie lange haben Sie mit dem Wagen bis zum Bodenteam gebraucht?«

»Ungefähr eine Stunde.«

»Es wird bald dunkel. Wir bleiben beim ursprünglichen Plan: Sie campieren heute Nacht dort draußen und warten auf den Sheriff und den Krankenwagen beziehungsweise Rettungshubschrauber.«

»Was ist überhaupt passiert? Wieso sperrt die FAA den Luftraum?«

»Man fasst es nicht, Patrick. Wie es aussieht, hat ein Terrorist ein mit Kernmaterial beladenes Flugzeug in das Regierungsgebäude in Reno gesteuert.«

»Kernmaterial?«

»Zurzeit wird gerade die Evakuierung von einhunderttausend Einwohnern der Stadt angeordnet«, fuhr Spara fort. »Der Innenstadtbereich ist bereits vollständig geräumt.«

»War es eine Bombe?«

»Mittlerweile kommen die ersten Meldungen rein, dass es sich möglicherweise nur um eine große Menge geringhaltig radioaktiven Abfalls aus dem medizinischen Bereich gehandelt haben könnte«, antwortete Spara. »Aber so recht mag das noch niemand glauben. Man sieht Fernsehbilder von Tausenden Menschen, die wie von Sinnen die Flucht ergreifen – zu Fuß oder voller Panik mit durchgedrücktem Gaspedal in ihren Autos, bis hin nach Las Vegas oder Sacramento. Es ist im ganzen Land das Gleiche: Die Menschen fliehen aus Städten, in denen es Regierungsgebäude gibt.«

»Mein Gott …« Patrick dachte an seine Familie in Sacramento, an Freunde in Las Vegas und Houston und an die Kollegen in Washington – bis ihm, ganz egoistisch, klar wurde, wie froh er sein durfte, dass er und Bradley draußen mitten im Nirgendwo im zentralen Norden Nevadas festsaßen.

»Ich gehe davon aus, dass sich die Panik rasch wieder legt, sofern es keine weiteren Angriffe gibt«, sagte Spara. »Ich nehme an, dass man, sobald der Flughafen wieder offen ist, die CAP mit den Überwachungs-, Transport- und SAR-Einsätzen rings um Reno beauftragen wird. Im Augenblick aber rührt ihr euch nicht von der Stelle und wartet auf Hilfe. Sagen Sie mir Bescheid, sobald der Sheriff eintrifft. Und verstoßen Sie nach Möglichkeit heute Abend gegen keine weiteren Vorschriften mehr, okay, General? Battle-Mountain-Basis out.«

Patrick begab sich wieder zurück zu den anderen und gab Bellville das Sendeempfangsgerät zurück. »Ziemlich unglaublich, was?«, bemerkte Bellville. »Ich habe Leo und John informiert. Sonst noch was?«

»Es heißt, es habe sich um eine große Menge radioaktiven Abfalls aus der Medizin gehandelt, nicht um eine Bombe«, unterrichtete Patrick die gesamte Gruppe, »aber der Luftraum ist nach wie vor gesperrt. Die Menschen überall im Land sind in Panik.«

»Genau das, den Leuten eine Höllenangst einjagen, beabsichtigen die Angreifer«, war Fitzgerald überzeugt.

»Tja, das ist ihnen gelungen«, meinte Bellville. »Irgendwelche Planänderungen?«

»Nicht, bevor der Sheriff eintrifft«, sagte Patrick. »Bis Tagesanbruch gönnen wir uns eine Übernachtung unter freiem Himmel.«

Bellville nickte. »Wenn bis dahin kein Krankenwagen oder Rettungshubschrauber eingetroffen ist, bringen wir Jeremy in dem Pick-up ins nächste Krankenhaus. Bis dahin sollten wir Verbindung zu Andorsen aufgenommen haben. Wir werden ihn bitten, uns zu helfen, unseren Transporter herzuschaffen, damit wir das Bodenteam zum Stützpunkt zurückbringen können. Sobald der Luftraum wieder offen ist, können Sie dann die 182 nach Battle Mountain zurückfliegen.«

»Klingt nach einem guten Plan.«

»Dann wirst du heute Nacht mit uns im Freien übernachten, Dad?«, fragte Brad aufgeregt. »Das ist die erste Übernachtung unter freiem Himmel mit der CAP, stimmt's?«

»Die erste überhaupt, abgesehen vom Überlebenstraining bei der Air Force und den ein oder zwei Malen im Garten hinterm Haus, als ich noch ein Junge war«, sagte Patrick. »Ich werde im Transporter schlafen.«

»Ach was, Dad, du musst unbedingt mit uns unter den Sternen schlafen«, sagte Brad freudig. »Du wirst begeistert sein. Du kannst uns Geschichten über deine vielen Einsätze erzählen.«

»Okay, schon gut«, sagte Patrick. »Aber es sollte besser nicht regnen.«

Es gab Gewitter in diesem Gebiet, mit gewaltigen, den Horizont erhellenden Blitzen und gelegentlichem Donnergrollen, das quer durch die Wüste hallte. Aber an diesem Abend herrschte ein klarer Himmel und ungewöhnlich lauer Wind. Bis beinahe Mitternacht gab Patrick Geschichten zum Besten, während die Übrigen ihre Fertiggerichte aßen und Wasser tranken und kaum ein Wort von sich gaben. Selbst Jeremy, der auf seiner Trage ab und zu geweckt wurde, hörte dann jedes Mal gespannt zu.

Schließlich erklärte Bellville das Geschichtenerzählen für beendet und organisierte das Lager für die Nacht. Er richtete Schlafbereiche ein, eine Latrine, die Lagergrenze und teilte die nächtlichen Wachen ein. Ihre gesamten Lebensmittel und alles andere, was Tiere anlocken könnte, wurden im Innern des Transporters verstaut. Die Kadetten übernahmen die ersten einstündigen Wachen und patrouillierten mit ihren Stirnleuchten und Taschenlampen das Gelände rings um das Lager, um neugierige Kojoten und Wärme suchende Schlangen fernzuhalten. Alle anderen schliefen unter freiem Himmel, mit Ausnahme Jeremys, der in eines der Zelte verlegt wurde, wobei Ralph sich hartnäckig weigerte, seinem Patienten von der Seite zu weichen.

Die erste Lagergrenzpatrouille hatte Brad übernommen. Als seine Schicht vorbei war, ging er hinüber zu Ron. »Aufwachen, Ron«, flüsterte er.

»Ich schlaf gar nicht.«

»Dann hoch mit dir, du Idiot. Wachpatrouille. Um nullzweihundert weckst du Mr. de Carteret.«

»Schon klar, weiß Bescheid«, sagte Ron. Er schälte sich aus seinem Schlafsack, fand seine Stiefel und Stirnlampe und kam mühsam auf die Beine.

»Lass deinen Schlafsack nicht so offen liegen«, mahnte Brad. »Sonst hast du bei deiner Rückkehr Wüstenkäfer und Echsen da drin.«

»Schon klar, weiß Bescheid«, wiederholte Ron gereizt. »Wollte ihn gerade zuziehen. Leg du dich einfach hin, Arschloch.« Er schloss den Reißverschluss, schaltete seine Stirnlampe und seine Taschenlampe ein und übernahm von Brad das tragbare FM-Funkgerät.

»Vergiss nicht die Check-ins um fünfzehn nach und fünfzehn vor …«

»Himmel, McLanahan, ich bin nicht so ein Trottel wie Marky«, zischte Ron. »Lass es gut sein, okay?« Dann stapfte er davon.

Brad ging zu seinem Vater, der unter seinem auseinandergefalteten Schlafsack schlief, zog seine Stiefel aus, wobei er vorsorglich ein paar Reservesocken hineinstopfte, um zu verhindern, dass Käfer und Schlangen hineinkrochen, und kniete sich dann auf den Boden. Zu seiner Überraschung fühlte er seine Isomatte unter den Knien. »Schläfst du, Dad?«, flüsterte er.

»Nein«, gab Patrick ebenfalls flüsternd zurück.

Brad legte sich hin, setzte sich dann noch einmal auf. »Wieso schläfst du nicht auf der Isomatte, Dad?«

»Hab ich für dich aufgehoben. Sie ist zu klein für uns beide.«

Brad lachte leise. »Aber du bist ein alter Mann, und der Untergrund ist ziemlich steinig.«

»Ich bin kein alter Mann, du Jungspund, und der Untergrund ist gerade recht.«

Brad kicherte und machte es sich dann unter seinem Schlafsack bequem. Nach ein paar Minuten flüsterte er: »Hat sich das nach dem 11. September auch so angefühlt, Dad? Man hat Angst, weiß aber nicht recht, warum?«

»Ja«, antwortete Patrick ernst. »Und nach dem Amerikanischen Holocaust auch. Kein Mensch wusste, was kommen würde oder wo und wann der nächste Angriff erfolgen würde. Weitaus schlimmer war der Holocaust. Noch Wochen danach schliefen alle in Kellern und Luftschutzräumen, selbst noch nach den … Gegenangriffen.« Er hielt inne, dann sagte er: »Eine Menge schlafloser Nächte waren das.«

Brad sprach es nicht laut aus, dachte aber: *Deinen* Gegenangriffen, denen, die du geplant hast, und die unter deiner Leitung stattgefunden haben. Doch alles, was er sagte, war: »Gute Nacht, Dad.«

»Gute Nacht, Großer.«

Da Patrick die Cessna flog und der höchstrangige Offizier war, übernahm er als Letzter eine Wachschicht, damit er den meisten Schlaf bekam. David Bellville berührte ihn an der Schulter. »Es ist Zeit, Sir«, sagte er. »Haben Sie ein wenig geschlafen?«

»Alles in allem vielleicht eine Stunde.«

»Das wäre dann alles in allem eine Stunde mehr als ich«, entgegnete Bellville. »Ich hab Verwandte in der Nähe von Reno wohnen.«

»Ich weiß«, sagte Patrick. »Ich bin sicher, Rob erkundigt sich bereits. Irgendwelche Neuigkeiten?«

»Der arme Jeremy weint ab und zu im Schlaf, und Fid schnarcht vor sich hin wie ein alter Spürhund.« Er reichte Patrick das tragbare FM-Funkgerät. »Ansonsten alles bestens. Um sechs wecken wir die anderen.«

»Roger.« Patrick setzte seine Stirnlampe auf, stattete der Latrinengrube einen Besuch ab und begab sich dann auf seinen Patrouillengang. Dabei verhielt er sich so, als ob er einer erweiterte Quadratsuche flöge: Beginnend in der Mitte des Lagers sah er zuerst nach allen Kadetten und anschließend nach Ralph und Jeremy, die dankenswerterweise beide schliefen. Dann kontrollierte er alle Ranghöheren, sah nach dem Vorratsversteck bei John im Führerhaus des Transporters und machte sich dann auf seinen Rundgang um die Lagergrenze, wobei er seine Taschenlampe auf jedes Gebüsch, Erdloch, jeden Felsen, in jede Spalte richtete, um jegliches Getier zu verscheuchen.

Die Schicht verging im Handumdrehen. Der Sternenhimmel versetzte ihn in Erstaunen. Nie zuvor hatte Patrick so viele Sternschnuppen gesehen. Jeweils um fünfzehn Minuten vor und nach der vollen Stunde gab er mit einem kurzen Anruf auf der Battle Mountain Base die Meldung »Keine Vorkommnisse« durch, so wie er dies auf jedem Einsatz und bei jeder Übung tat. Mit dem Ende seiner Wachschicht zog auch rasch die Dämmerung auf, und der Himmel im Osten erstrahlte in Rot und Orange. Es stimmte schon, er war wegen eines Unglücksfalles hier, aber die Gelegenheit, diesen unglaublich schönen Anblick mitzuerleben, war …

Da sah er etwas am heller werdenden Horizont: Es war ein Jeep Wrangler mit offenem Verdeck und ausgehängten Türen sowie zwei Männern auf den Vordersitzen, beide augenscheinlich mit Militärgewehren bewaffnet! Bis zu ihrem Feldlager waren es nicht mehr als vierzig Meter! Wie, in aller Welt, war es möglich, dass die Burschen so nah hatten herankommen können, ohne dass irgendjemand sie gehört hatte?

Patrick beschloss, der Sache auf den Grund zu gehen, und ging auf das Fahrzeug zu. Als er sich ihnen näherte, blickten die beiden Männer zu keinem Zeitpunkt in seine Richtung, sondern starrten unverwandt geradeaus, selbst als er seine Taschenlampe in ihre Gesichter richtete. »Wer sind Sie?«, fragte er. Keine Antwort. Patrick erblickte die Aufschrift ANDORSEN & SÖHNE seitlich auf der Motorhaube. »Arbeiten Sie für Andorsen?«

Immer noch ohne Patrick eines Blickes zu würdigen, erwiderte der Mann auf dem Beifahrersitz: »Mr. Andorsen wird in Kürze hier sein und mit Ihnen sprechen.« Patrick konnte im Jeep mehrere Funkgeräte ausmachen, darunter sogar einen Scanner für den Polizeifunk und ein VHF-Funkgerät für den Flugverkehr. Auch konnte er erkennen, dass es sich bei den Suchern auf ihren AR-15-Gewehren um teleskopische Restlicht-Zielfernrohre für Scharfschützen handelte, die das Sternenlicht so weit verstärkten, dass man auch in tiefster Nacht sehen konnte. »Mit Eindringlingen und Dieben reden wir nicht.«

Patrick entschied, dass diese Burschen wohl kaum irgendwelche Fragen beantworten würden, also ging er zum Lager zurück und weckte die älteren Mitglieder seines Teams. »Wir haben Besuch.«

»Was?«, donnerte Fitzgerald. Er folgte Patricks ausgestrecktem Arm mit dem Blick. »Diese Typen da drüben haben uns beobachtet, und sie sind *bewaffnet?* Die knöpfe ich mir vor!«

»Negativ, Fid«, widersprach Bellville. »Sie bleiben, wo Sie sind, holen die Kadetten aus den Federn und lassen sie packen.« Fid wandte sich herum und funkelte wütend in die Richtung der Neuankömmlinge.

»Sie meinten, Andorsen werde in Kürze hier draußen sein«, sagte Patrick.

»Und weiter?«

»Nichts. Sie waren nicht eben gesprächig – oder freundlich.«

»Ein weiterer Jeep, südlich von hier«, sagte Leo und ließ

einen Feldstecher sinken. »Etwas besser versteckt als die anderen.«

»Wie's scheint, hat Judah uns die ganze Nacht beobachten lassen«, meinte John.

»Judah?«

»Judah Andorsen«, erläuterte John. »Rancher in der vierten Generation hier draußen. Guter Kunde von mir im Laden. Kenne ihn schon seit Jahren.« Er verstummte, dann: »Ich frage mich, wieso er nicht hergekommen ist.«

»Oder wieso er uns nicht dem Sheriff gemeldet hat und der Sheriff nicht hier ist«, ergänzte Patrick. »Glaubt ihr, Andorsen hat vor, die Angelegenheit selbst in die Hand zu nehmen?«

»Das werden wir schon bald herausfinden«, sagte Bellville. »Ich höre nämlich einen Hubschrauber.«

Und tatsächlich, eine Minute darauf näherte sich ein Bell-JetRanger-Helikopter im Tiefflug und wirbelte eine Staubwolke auf, als er nur wenige Meter entfernt vom Jeep landete. Ein breitschultriger Mann schälte sich aus dem aufgewirbelten Sand hervor und ging, flankiert von einem der Männer aus dem Jeep, ein Gewehr quer vor der Brust, mit energischen Schritten auf das Lager zu.

Wenige Schritte von den CAP-Mitgliedern entfernt brüllte er über das verklingende Getöse des Turbinenmotors des Helikopters hinweg: »Wer, zum Teufel, ist McLanahan? Ich will wissen, wer von Ihnen McLanahan ist!«

»Ich bin McLanahan«, antwortete Patrick.

»Sie glauben also, Sie könnten einen meiner Trucks stehlen und *das hier* als eine Art Schuldschein zurücklassen?« Der Mann fuchtelte mit dem CAP-Formular 104 herum, das Patrick an die Haustür der Ranch geheftet hatte. Er trug eine lederne Fliegerjacke, Jeans, Cowboystiefel und lederne

Arbeitshandschuhe. »Ich hab Neuigkeiten für Sie, Freundchen. Auf meinem Land, hier draußen in Nevada, tun wir so was nicht. Ich finde, es ist an der Zeit, Ihnen ein wenig bodenständigen Respekt für …« Im Näherkommen sah er die anderen der Gruppe und erstarrte. »John? Sind *Sie* das?«

»Guten Morgen, Judah«, erwiderte John, ein Lächeln auf den Lippen. »Sie sind ziemlich in Fahrt heute Morgen, was?«

»Sie gehören zu dieser Bande von Dieben, John? Ist mit Ihnen alles in Ordnung? Was haben Sie da überhaupt an?«

»Einen Fliegeroverall, Judah«, sagte John. »Ich bin Einsatzbeobachter für die Civil Air Patrol. Wir sind hier im Einsatz.«

»Ein Einsatz? Civil Air Patrol? Also, jetzt begreif ich gar nichts …« Er nahm die Gruppe genauer in Augenschein, und erneut stutzte er. »Trooper Slotnick?«

»'n Morgen, Mr. Andorsen«, sagte Leo.

»Was, zum Teufel, geht hier draußen vor?«, fragte Andorsen. »Sind Sie im Begriff, eine Verhaftung vorzunehmen, Trooper? Wieso haben Sie nicht angerufen und …«

»Meine Einsatzbasis hat während der letzten achtzehn Stunden versucht, Verbindung zu Ihnen aufzunehmen, Sir«, sagte Bellville.

»Wer sind denn *Sie?*«

»David Bellville, Leiter des Bodenteams der Civil Air Patrol. Wir befinden uns auf einem Such- und Rettungseinsatz.«

Andorsen schien ein wenig zu entspannen. »Ja, richtig … das abgestürzte Flugzeug, das wir gesehen haben«, sagte er und nickte. »Sie sind auf der Suche nach diesem Flugzeug? Das liegt ungefähr dreihundert Meter zurück in dieser Richtung.«

»Das Flugzeug haben wir gefunden«, sagte Bellville. »Wir sind hier draußen, weil wir nach einem Überlebenden gesucht haben.«

»Einen Überlebenden? Von *dem* Flugzeug? Nie im Leben.«

»Würde es Ihnen etwas ausmachen, Ihre Lautstärke etwas herunterzufahren, Andorsen?«, bat ihn Fitzgerald unwirsch. Er stieß einen Daumen nach hinten in Richtung von Jeremys Zelt. »Der *Überlebende* schläft gerade.«

Andorsen, offenbar nicht gewohnt, dass man so mit ihm sprach, bedachte Fitzgerald zuerst mit einem finsteren Blick, dann nickte er und wandte sich McLanahan zu. »Sie sind mit diesem Flugzeug auf meiner Piste gelandet?«

»Richtig.«

»Und haben meinen Pick-up gestohlen?«

»Ich habe Ihren Truck nicht gestohlen. Ich hab ihn ausgeliehen, um Kontakt zum Bodenteam aufzunehmen und es zu unterstützen. Das Formular habe ich zurückgelassen, damit Sie bei unserer Einsatzbasis anrufen und man Ihnen erklären kann, was hier geschieht.«

»Auf meinem Grund und Boden ziehe ich es vor, persönlich darüber informiert zu werden, was mit meinem Eigentum geschieht«, sagte Andorsen. »Und hier draußen entscheide *ich,* was Diebstahl ist und was nicht.« Er besah sich Patrick ein wenig genauer, warf dann einen Blick auf das Formular. »Wie war, sagten Sie, gleich noch Ihr Name?«

»McLanahan.«

»Ungewöhnlicher Name«, meinte er. Andorsen las den Namen und die Informationen auf dem Formular, dann Patricks ledernes Namensschild auf seinem Fliegeroverall. »*Patrick* McLanahan? Aber Sie bekleiden den Rang eines Colonels. Der echte Patrick McLanahan war ein Drei-Sterne-General der Air Force.«

»Bei der CAP bin ich Colonel«, sagte Patrick.

Vor Verblüffung weiteten sich Andorsens Augen mehr und mehr. »Sie sind General *Patrick McLanahan?* Sagen Sie bloß!«, stieß er hervor.

»Der einzig wahre, Judah«, bemerkte John. »Er hat sich freiwillig zur Battle-Mountain-Staffel gemeldet, genau wie wir alle. Das da drüben ist sein Sohn.«

»Ich glaub es nicht!«, keuchte Andorsen und streckte die Hand aus. »Es ist mir eine Ehre, Sie auf meiner Ranch zu begrüßen, Sir, eine echte Ehre.« Patrick reichte auch ihm die Hand, die Andorsen begeistert schüttelte. »Tut mir leid, dass ich Sie so angefahren habe, Sir, aber wegen des wirtschaftlichen Niedergangs und allem haben wir es hier zurzeit mit einer Menge Eindringlinge und Diebe zu tun. Der Sheriff tut, was immer er kann, aber das ist ein weites Land, die Ranch ist groß, zudem wurde sein Department bis an die Schmerzgrenze zusammengestrichen …« Er schwenkte eine Hand vor seinem Gesicht und meinte dann: »Ich muss mich entschuldigen, Sir, ich plappere. Möchten Sie, dass jemand ins Krankenhaus geflogen wird? Wenn Sie ihn in den Hubschrauber schaffen, flieg ich ihn selbst. Ansonsten lasse ich die Jungs am Haus den Hummer herbringen.«

»Ich denke, im Hubschrauber wird er besser aufgehoben sein«, sagte Bellville. »John, Leo, macht ihn bereit.« Sie eilten davon.

»Sie sind hier draußen also auf einem Such- und Rettungseinsatz, finden die Absturzstelle, und dann spüren Sie auch noch einen Überlebenden auf, der sich von der Absturzstelle entfernt hat«, sagte Andorsen. »Bemerkenswerte Leistung. Ich bin stolz auf euch, Männer. Und dann seid ihr auch noch *Freiwillige.* Was das Ganze noch bemerkenswerter macht. Ich habe stets an den Freiwilligengeist geglaubt, an Menschen, die nicht erwarten, für den Dienst an der Allgemeinheit und an ihrem Land bezahlt zu werden. Wirklich bemerkenswert.« Kopfschüttelnd, ein Lächeln auf den Lippen, betrachtete er jeden Einzelnen von ihnen. »Was kann ich sonst noch für Sie tun?«

»Unser Transporter steht gleich neben ihrem Tor Nummer 23 geparkt«, sagte Fitzgerald. »Das Tor war abgeschlossen.«

»Ich sagte ja bereits, während der letzten paar Jahre hatten wir hier jede Menge Eindringlinge«, murrte Andorsen. »Sogar ein paar Viehdiebe vor einer Weile.«

»Und Sie ziehen es vor, sich selbst um die zu kümmern, anstatt den Sheriff zu rufen?«, fragte Fid.

Andorsen nickte.

»Scheint mir die richtige Methode zu sein.«

»Darauf können Sie Ihren Arsch verwetten«, sagte Andorsen. Er betrachtete Fid von Kopf bis Fuß. »Kenne ich Sie?«

»Ich war schon viele Male auf Ihrer Ranch – bei Feuerübungen im offenen Gelände der Boden- und Luftteams des Department of Wildlife«, sagte Fitzgerald. »Sie waren überaus großzügig mit Ihrer Zeit und beim Bereitstellen von Helfern und haben außerdem sowohl Hilfskräfte als auch Land für die Zeltlager der CAP-Kadetten zur Verfügung gestellt. Ich habe Ihre sämtlichen Zufahrtstore auf der Karte markiert.«

»War mir ein Vergnügen«, sagte Andorsen mit anerkennendem Nicken. »Brauchen Sie und Ihre Jungs eine Mitfahrgelegenheit zu Ihrem Transporter?«

»Gern, Sir.«

»Nehmen Sie den Pick-up. Meine Jungs werden sich Ihnen anschließen und jeden mitnehmen, der nicht mehr reinpasst, und den Pick-up anschließend zurückfahren. Vermutlich werden Sie jemanden brauchen, der bei Ihrem Überlebenden bleibt, sobald wir ihn am Krankenhaus abgesetzt haben.« Er wandte sich herum zu Patrick. »Es wäre mir eine Ehre, wenn Sie mit mir fliegen würden, General. Ich würde gern ein wenig mit Ihnen plaudern und Ihnen meine Ranch zeigen, bevor Sie wieder abfliegen.«

»Im Augenblick sitzen wir fest«, sagte Patrick.

»Sie sitzen fest? Das Flugzeug ist beschädigt?«

»Die FAA hat ein landesweites Startverbot für sämtliche Flüge erteilt«, erklärte Bellville. »Wegen des Flugzeugabsturzes in Reno.« Andorsen sah ihn fragend an. »Dieses Flugzeug mit radioaktivem Material an Bord, das in das Regierungsgebäude in Reno gestürzt ist.«

»Radioaktives Material? Wollen Sie mich auf den Arm nehmen?«, versetzte Andorsen.

»Sie haben nicht davon gehört?«

»Mein Guter, meine Ranch ist über vierzehntausend Quadratmeilen groß und erstreckt sich über fünf Nevada-Countys«, sagte Andorsen. »Ich habe eintausend Getreidefelder, fünfzigtausend Stück Vieh, betreibe elf Minen und beschäftige zweitausend Arbeiter. Ich arbeite achtzehn Stunden am Tag, und zwar jeden Tag, und bin jeden Tag mindestens drei Stunden in der Luft. Ich hab keine Zeit zum Fernsehen.« Er machte ein besorgtes Gesicht. »Aber ich unterhalte Büros in Reno, die mich hätten alarmieren sollen.« Er sah, wie John und Leo den verletzten Jeremy zu zweit zum Helikopter trugen, dicht gefolgt von Ralph. »Ist das der Überlebende? Der Kleine hat verdammtes Glück gehabt. Na gut, gehen wir.«

»Ich werde bei Jeremy bleiben, bis der nächste Angehörige oder jemand vom Jugendamt auftaucht«, entschied Bellville. »Fid, Sie fahren mit den Kadetten zurück zum Stützpunkt.«

»Kann ich bei Jeremy bleiben, Sir?«, fragte Ralph.

»Fürchte nein, Ralph«, sagte Bellville. Obwohl offenkundig niedergeschlagen, willigte Ralph mit einem Nicken ein. An Andorsen gewandt, erklärte Bellville: »Kadett Markham hier hat das Bodensuchteam geradewegs zu dem Überlebenden geführt, außerdem hat er ihn von Anfang an medizinisch versorgt.«

»Wieso darf er dann nicht mitfliegen?«, wollte Andorsen wissen. »Ich hab reichlich Platz.«

»Weil wir, sofern es sich nicht um einen Notfall handelt, immer mindestens zwei Erwachsene in Begleitung mindestens zweier Kadetten lassen müssen«, erläuterte Bellville. »So ist es in den Haftungs- und Kinderschutzregeln vorgeschrieben.« Andorsen nickte und enthielt sich einer Bemerkung. »Patrick, brauchen Sie John oder Leo, um die 182 nach Battle Mountain zurückzufliegen? Ich brauche einen von ihnen bei Fid und den Kadetten.«

»Ich werde Leo mitnehmen und ihm den Steuerknüppel eine Zeit lang überlassen«, sagte Patrick. Die eifrige Miene Brads, der ebenfalls scharf auf ein wenig Zeit am Steuerknüppel oder doch zumindest eine Mitfluggelegenheit im Flugzeug war, entging ihm nicht, aber dies war nicht der rechte Augenblick.

»Dann wird John zusammen mit Fid und den Kadetten im Transporter zum Stützpunkt zurückfahren«, entschied Bellville. Patrick nickte. »Ich werde das jetzt alles durchgeben.«

Der Flug bis Battle Mountain dauerte eine halbe Stunde. Dort landete Andorsen höchstpersönlich auf einem nahezu leeren Parkplatz gleich neben dem kleinen Battle-Mountain-Krankenhaus. Er hatte die Situation über Funk geschildert, und so warteten draußen bereits eine Krankenschwester und ein Sanitäter mit einer mobilen Krankenliege. Vorsichtig legten sie Jeremy darauf und schnallten ihn fest, während Bellville ausstieg. Er schüttelte Patrick und Leo die Hand. »Wir sehen uns am Stützpunkt.«

»Roger«, sagte Patrick. Er und Leo blieben beim Helikopter, während Andorsen die Krankenschwester und den Sanitäter ins Krankenhausgebäude begleitete. Weiteres Krankenhauspersonal kam zur Tür, um ihn zu begrüßen.

»Der Mann ist beliebt«, lautete Patricks Kommentar.

»Haben Sie schon den Namen des Krankenhauses bemerkt?«, fragte Leo. Patrick ließ den Blick schweifen, bis er das Schild fand, auf dem zu lesen war: ANDERS G. ANDORSEN MEMORIAL HOSPITAL. »Judahs Großvater«, erklärte Leo, ehe Patrick Gelegenheit hatte zu fragen. »Die Andorsens haben ihren Namen auf den meisten öffentlichen Gebäuden im gesamten zentralen Norden Nevadas verewigt.«

»Da hab ich jahrelang hier gearbeitet, und das ist mir nie aufgefallen«, sagte Patrick.

»Genau wie die meisten Leute hier draußen keine Ahnung hatten, was das Militär auf diesem abgelegenen Stützpunkt so treibt«, meinte Leo. »Das hat sich selbst bis jetzt noch nicht geändert. Da lebt hier, mitten in unserer kleinen Ortschaft, der größte Kriegsgeneral seit Norman Schwarzkopf, und niemand ahnt auch nur etwas.« Er betrachtete Patricks ausdruckslose, entrückte Miene und lächelte. »Damit meinte ich Sie, Sir.«

»Danke, Leo«, sagte Patrick. »Im Augenblick ist mir nicht sonderlich heldenhaft zumute.«

Wenige Augenblicke darauf kam Andorsen wieder heraus und kletterte in den JetRanger, und Patrick und Leo mussten sich beeilen, um zu ihm aufzuschließen. »Wie es scheint, wird der arme Junge da drinnen gut versorgt«, sagte Andorsen. »Lassen Sie mich Ihnen jetzt die Ranch zeigen, anschließend nehmen wir im Haus ein Frühstück zu uns.«

»Haben nicht alle Flugzeuge noch Startverbot, Sir?«, fragte Leo.

»Ich bin sicher, für lokale Flüge unterhalb von eintausend Fuß über Grund gilt das nicht, Trooper«, sagte Andorsen. »Hier, in der tiefsten Provinz, werden keine Abfangjäger umherfliegen, die werden über den großen Städten kreisen. Wir werden schon klarkommen.« Er startete den Motor und hob ab. »Dieser Bellville scheint mir bestens organisiert zu sein«, bemerkte Andorsen. »Und dieser Fitzgerald ebenfalls. Ich werde euch irgendwann einmal einen Besuch abstatten und mir ansehen müssen, was ihr da eigentlich treibt.«

»Das wäre großartig, Sir«, meinte Patrick.

»Nennen Sie mich bitte Judah, General.«

»Nur, wenn Sie mich Patrick nennen.«

»Es wäre mir eine Ehre, Patrick.«

»Vielen Dank.« Wie Patrick bemerkte, flogen sie auf direktem Weg Richtung Joint Air Base Battle Mountain, deren überwachter Luftraum sich vom Boden bis zu einer Höhe von fünftausend Fuß über Grund zehn Meilen weit in sämtliche Richtungen erstreckte. »Sie sollten besser vorsichtig sein mit dem Class-C-Luftraum«, sagte Patrick. »Haben Sie die Frequenz für die Anflugkontrolle oder den Tower zur Hand?«

»Die Jungs im Tower kennen meinen Hubschrauber«,

sagte Andorsen, »und solange ich mich von den Anflugkorridoren fernhalte, sind wir auf der sicheren Seite.«

Beide, sowohl Patrick als auch Leo, sahen zum Kontrolltower in der Ferne hinüber und konnten die abwechselnd roten und grünen Lasersignale der Fluglotsen im fernen Videotower deutlich sehen, die besagten: ACHTUNG ÄUSSERSTE VORSICHT. »Ich sehe rote und grüne Lasersignale vom Tower, Sir«, bemerkte Leo. »Besser, Sie halten sich vom Stützpunkt fern.«

»Überrascht mich überhaupt nicht bei diesem ganzen Mist in Reno«, sagte Andorsen leichthin. Er drehte leicht nach Osten ab, würde aber immer noch die Zehnmeilenzone überfliegen. »Ich kann nicht glauben, dass ich mit *dem* Patrick McLanahan fliege. Wie lange sind Sie schon in der Gegend, Patrick?«

»Beinahe sechs Monate auf diesem Posten«, antwortete Patrick, während er den Himmel gewissenhaft nach Flugzeugen absuchte und abermals einen nervösen Blick zurück zu den Warnlichtern am Stützpunkt warf. Er wusste, dass Battle Mountain über hochkomplexe Luftverteidigungssysteme verfügte, war allerdings nicht mit ihrem Status vertraut, weshalb er vermutete, dass sie mit Beginn des Truppenabzugs deaktiviert worden waren. »Davor hatte ich bereits zwei Jahre als Kommandeur des Stützpunkts hier verbracht.«

»Dann wissen Sie natürlich von dem unterirdischen Hangar auf dem Stützpunkt.«

»Natürlich.«

»Dieses Projekt hat mein Großvater ins Leben gerufen, müssen Sie wissen«, erklärte Andorsen stolz, »und zu Ende gebracht hat es mein Vater. Wir waren stets eine Bergarbeiterfamilie. Aus meiner Familie können alle unter- wie überirdisch leben und arbeiten. Als Junge wurde ich viele Male durch den Komplex geführt – selbstverständlich war ich zum Stillschweigen vergattert. Damals war die Bedrohung durch Kommunisten und Saboteure auch so groß, dass ich viel zu sehr Angst hatte, auch nur daran zu denken, meinen Freunden davon zu erzählen. Er galt damals als eines der acht technischen Weltwunder der Neuzeit.«

»Ich konnte es gar nicht glauben, als ich das erste Mal hindurchgeführt wurde«, gestand Patrick. »Es verblüfft mich noch immer, dass wir imstande sind, B-52-Bomber dort unten zu parken.«

»Und was machen Sie jetzt dort, Patrick?«, wollte Andorsen wissen.

»Offiziell bin ich Lieutenant-General der Reserve und führe das Kommando über die Space Defense Force«, antwortete Patrick, »auch wenn die Space Defense Force in Wahrheit gar nicht mehr existiert und die geplante Nachrüstung bei den Systemen für die Weltraumverteidigung auf Eis gelegt wurden. Faktisch bin ich ein Verwalter. Kommt es zu einem Störfall, bin ich vor Ort, um sicherzustellen, dass die Basis zur Unterstützung von Flugzeugen und Flugzeugeinsätzen bereit ist, sobald ein echter Kommandant mit seiner Stützpunktbesatzung eintrifft.«

Andorsen musterte ihn stirnrunzelnd. »Sie, ein *Verwalter? Sie?* Wieso sind Sie nicht unterwegs und halten Vorträge oder sind Berater irgendeiner Privatfirma, die sich in der Landesverteidigung engagiert? Dabei könnten Sie ordentlich was verdienen.«

»Möglicherweise werde ich genau das später tun«, sagte Patrick, »aber wenn die Space Defense Force während der Rezessionsphase darniederliegt, ist ihr Überleben womöglich gefährdet, sobald sich die allgemeine Lage wieder erholt. Sie benötigt jemanden, der für sie eintritt. Was ich im Rahmen meines Pensionsanspruchs gern zu tun bereit bin.«

»Sie werden nicht einmal dafür *bezahlt?*«, fragte Andorsen ungläubig. Er schüttelte den Kopf. »Wie krank ist das denn? General Patrick McLanahan arbeitet *unentgeltlich?* Ich fass es nicht.«

Danach plauderte Andorsen über die Landmarken und Besonderheiten seiner Ranch und flog mal hier, mal dorthin. Patrick hörte zu, aber sein Blick war auf das VHF-Funkgerät gerichtet. Es juckte ihn in den Fingern, auf die Frequenz des Battle-Mountain-Towers umzuschalten, auf die Anflugkontrolle von Battle Mountain oder den Notfunkkanal GUARD. Andorsen hatte das Funkgerät auf irgendeine Frequenz eingestellt, mit der Patrick nichts anfangen konnte.

»Und dort ist unsere Mine Freedom-3«, fuhr Andorsen fort. Die Mine bestand aus einer riesigen Tagebaugrube mit einer Fläche von mehreren Hundert Morgen und mehreren Hundert Fuß Tiefe. »Mein Ururgroßvater hat sie damals nach der Jahrhundertwende eröffnet. Damals fand er größtenteils Kupfer, aber im Laufe der Zeit haben wir ein bisschen von allem dort gefunden: Silber, Blei, Bauxit, sogar eine bescheidene Menge Gold. Sehen Sie, da drüben können Sie erkennen ...«

Patrick hielt es nicht länger aus. »Wenn es Ihnen nichts ausmacht, Judah, werde ich Ihren Kanal 2 jetzt auf GUARD umschalten«, sagte er, während er die Funkfrequenzen wechselte und auf dem Audiobedienfeld den richtigen Knopf wählte, die Frequenz nachzuverfolgen. »Jetzt, da alles drunter und drüber geht, möchte ich gern wissen, was über GUARD gesendet wird. Sie haben hoffentlich nichts dagegen.«

»Nein, nein, nur zu. Stellen Sie ein, was immer Sie wollen«, sagte Andorsen leicht verwirrt. »Lassen Sie mir nur Kanal 1, damit ich, falls nötig, mit meinen Leuten sprechen kann.«

»Geht in Ordnung.« Patrick wechselte die Frequenzen, drückte den COM2-Knopf auf dem Audiobedienfeld, und augenblicklich hörten sie: »… fünfzehn Meilen südlich der Joint Air Base Battle Mountain! Achtung, Warnung! Sie haben während eines Luftverteidigungsnotfalls überwachten Luftraum verletzt. Wiederhole: Unidentifizierter Helikopter neun Meilen nördlich der Joint Air Base Battle Mountain, Sie haben während eines nationalen Luftverteidigungsnotfalls überwachten Luftraum verletzt! Sie haben Anweisung, den Class-C-Luftraum sofort zu verlassen und umgehend Verbindung mit der Battle-Mountain-Anflugkontrolle auf GUARD oder auf eins-zwo-sechs-Komma-vier aufzunehmen. Warnung: Bei Verbleib im Class-C-Luftraum können Sie abgefangen und ohne Vorwarnung abgeschossen werden. Nicht identifizierter Helikopter, antworten Sie augenblicklich auf beliebigem Kanal!«

»Die meinen uns!«, entfuhr es Leo.

»Was, zum Teufel, machen die denn da für einen Aufstand?«, rief Andorsen aus. »Sie wissen doch, dass ich es bin.«

»In einem Luftverteidigungsnotfall spielt das keine Rolle, Judah«, erklärte Patrick. »Gut möglich, dass man für den Fall weiterer Angriffe in diesem Gebiet Abfangjäger nach Battle Mountain verlegt hat. Lassen Sie mich mit denen sprechen.«

»Von mir aus«, meinte Andorsen gereizt. »Bitte.«

Patrick schaltete das Audiopaneel rasch um auf COM2, drückte die Mikrotaste seines Steuerknüppels und sagte: »Anflugkontrolle Battle Mountain, hier Sierra-Alpha-Sieben an Bord des JetRanger Eins-Juliet-Alpha auf GUARD, fünfzehn Meilen südlich von JAB Battle Mountain. Ich war zuvor Einsatzpilot von CAP 2722, der gestern gestartet ist. Erbitte Erlaubnis für Landung bei CAP-Hangar.«

»Was soll dieser Unsinn mit Sierra-Alpha?«, wollte Andorsen wissen.

»Mein Rufzeichen auf dem Stützpunkt. Ich hoffe, dass ich damit die Situation entspannen kann«, erwiderte Patrick.

Andorsen schnaubte und schüttelte den Kopf, sagte aber nichts.

»Negativ, Eins-Juliet-Alpha, negativ«, antwortete der Fluglotse verärgert. Er wies Patrick an, auf seine gewohnte VHF-Frequenz umzuschalten, um die Notfrequenz freizumachen, dann sagte er: »Sie haben Anweisung, dem Class-C-Luftraum fernzubleiben und augenblicklich zu landen. Bestätigen Sie.«

»Schön, schön, na gut«, murrte Andorsen. Er schwenkte den Helikopter nach Nordwesten. »Fliegen wir zurück zum Haus.«

»Das ist ungefähr zwanzig Minuten entfernt, Judah.« Patrick sah sich rasch draußen um und wies dann nach links. »Der Parkplatz des Rastplatzes dort drüben sieht aus, als würde er gerade nicht benutzt. Dort können Sie landen.«

»Ich lande auf keinem Parkplatz!«, sagte Andorsen. »Ich entferne mich vom Stützpunkt, wir haben Funkverbindung aufgenommen, und meine Ranch ist weniger als zwanzig Minuten entfernt. Ich bedrohe niemanden.« Er schaltete kurzerhand um auf COM2. »Hören Sie, Anflugkontrolle, hier ist Judah Andorsen an Bord von Eins-Juliet-Alpha. Wir fliegen jetzt auf direktem Weg zurück zu meiner Ranch. Ich habe der CAP bei einem Bergungseinsatz geholfen, also werden Sie mal nicht gleich so gift…«

In diesem Augenblick vernahmen sie ein gewaltiges Rauschen, und der Helikopter wurde am Himmel hin und her geworfen wie ein Blatt im Wind. Als Andorsen das Flugzeug endlich wieder unter Kontrolle hatte, war sofort ersichtlich, was die Verwirbelung verursacht hatte, denn dieses Etwas hatte sie nur um knappe einhundert Meter verfehlt: ein F-16C Fighting Falcon der Air Force, der jetzt in einer steilen Kurve unmittelbar vor ihnen eindrehte. »Was zum Teufel …?«

»Das diente lediglich dazu, unsere Aufmerksamkeit zu erregen.« Patrick schaltete vom COM1 auf den VHF-Kanal GUARD um. »Air Force F-16, hier Eins-Juliet-Alpha auf VHF GUARD, bitte kommen.«

»JetRanger Eins-Juliet-Alpha, hier Saber-Eins-Sieben, Air Force F-16 auf GUARD«, kam die Antwort. »Schwenken Sie links auf Steuerkurs zwo-sechs-null. Sie haben Anweisung, auf Valmy Municipal Airport zu landen.«

»Ich denke nicht daran, in Valmy zu landen – der Platz ist seit zwanzig Jahren außer Betrieb!«, erregte sich Andorsen. »Das ist das blanke Nichts dort draußen.«

»Judah, sie sollten besser auf besagten Steuerkurs gehen«, mahnte ihn Patrick. »Wenn wir nicht reagieren, wird er Feuererlaubnis erhalten.«

»Feuererlaubnis? Soll das heißen, er schießt mich ab?« Andorsen schüttelte den Kopf, schwenkte aber auf den Kurs ein.

Erleichtert schaltete Patrick wieder auf COM1. »Saber-Eins-Sieben, hier JetRanger Eins-Juliet-Alpha – erbitte Erlaubnis für Landung auf privater Landepiste des Besitzers auf vier Uhr, Entfernung vierzig Meilen. Werden Class-C-Luftraum meiden.«

»Negativ, Eins-Juliet-Alpha«, antwortete der Pilot des

Abfangjägers. »Sie werden wie vorgegeben landen und das Eintreffen der Ordnungskräfte abwarten. Starten Sie nicht. Ich werde über Ihnen kreisen und erhalte möglicherweise Anweisung, bei Startversuch ohne Warnung auf Sie zu feuern. Bleiben Sie auf dieser Frequenz.«

»Also, das ist ja wohl der größte Haufen Bullshit, der mir je zu Ohren gekommen ist!«, donnerte Andorsen. »Was meint er denn mit ›Ordnungskräfte‹? Was, in aller Welt, hab ich denn angestellt?«

»Eigentlich sollten wir überhaupt nicht in der Luft sein, Judah«, erklärte Patrick. »Seien Sie unbesorgt – wenn sie erst einmal herausgefunden haben, wer wir sind, werden sie uns gehen lassen, sobald der Notfall beendet ist.«

»Ich hab nicht die Absicht, so lange zu warten«, sagte Andorsen. Er schaltete COM2 wieder um auf seine persönliche Frequenz. »Teddy, hier spricht Judah.«

»Empfange Sie klar und deutlich, Sir«, erfolgte die Antwort augenblicklich und bei bemerkenswert klarer Übertragung.

»Ich sitze im JetRanger«, sagte Andorsen. »Ein Abfangjäger der Air Force will mich zwingen, auf dem alten Flugfeld in Valmy zu landen. Schicken Sie ein paar der Jungs dorthin. Und sagen Sie auch Cunnigham, er soll uns dort draußen treffen. Möglicherweise versucht man uns zu verhaften, unter Umständen durch die Highway Patrol oder durch den Sheriff vom Humboldt County, noch ehe die Feds dort eintrudeln.«

»Verstanden, Sir, ich sag ihm Bescheid.«

Andorsen nickte. »Die halten sich für eine heiße Nummer, weil sie einen Abfangjäger haben?«, blaffte er über die Cockpitsprechanlage. »Dann wollen wir sie mal überraschen.«

Nachdem er das menschenleere Gelände eine Weile überflogen und den am wenigsten unkrautüberwucherten Bereich ausgewählt hatte, ließ Andorsen den JetRanger genervt inmitten von umherwirbelnden Steppenrollern niedergehen, schaltete den Motor ab und stieg aus. Der Lärm des F-16 über ihren Köpfen ließ ihn mürrisch das Gesicht verziehen. »Dreckskerl«, murmelte er. »Abgefangen von der gottverdammten Air Force, dabei hab ich noch nicht mal gefrühstückt.«

Patrick holte sein Handy hervor. Hier, in diesem entlegenen Gebiet, meilenweit entfernt von Battle Mountain, gab es keinen Mobiltelefonempfang, aber Internetzugang hatte er, dank des Netzwerks mobiler Breitbandsatelliten der Space Defense Force, die für den größten Teil der nördlichen Hemisphäre einen Hochgeschwindigkeitsinternetzugang bereitstellte. »Brad, Patrick hier«, sagte er, nachdem er via VoIP eine Verbindung mit dem CAP-Stützpunkt in Battle Mountain hergestellt hatte.

»Wo sind Sie?«, wollte Spara sofort wissen. »Sie haben ein Check-in verpasst.«

»Wir begleiten Judah Andorsen«, erläuterte er. »Er wollte in seinem Helikopter zu seiner Ranch zurückfliegen, nachdem er den Überlebenden und Dave am Krankenhaus in Battle Mountain abgesetzt hatte.«

»Er ist *geflogen?* Der gesamte nationale Luftraum ist außer für Rettungs- und Ordnungskräfte immer noch gesperrt. Von wem hat er bloß die Genehmigung?«

»Von niemandem.«

»Dann sind Sie jetzt auf seiner Ranch?«

»Nicht ganz. Wir wurden von einem F-16 abgefangen, und man befahl uns, auf dem Flugplatz in Valmy zu landen.«

»In Valmy gibt es einen Flugplatz?«

»Wurde aufgegeben. Mit uns ist alles in Ordnung, allerdings haben wir Anweisung, auf die Ordnungskräfte zu warten. Der F-16 kreist über uns, um sicherzustellen, dass wir nicht von hier verschwinden.«

»Großartig«, sagte Spara mit einem Seufzen. »Ich werde die Sache an das National Operations Center weiterleiten und dort bitten, dem FBI zu erklären, dass Andorsen der Civil Air Patrol geholfen hat. Das könnte aber ein Weilchen dauern. Gut möglich, dass Sie für eine Zeit im Kittchen landen. Für den Fall, dass Sie in Gewahrsam genommen werden …«

»Ich weiß«, sagte Patrick. »Nichts angeben außer Name, Adresse und Sozialversicherungsnummer. Sich über alles andere ausschweigen. Das National Operations Center anrufen. Die Nummer steht auf meiner ID-Karte.«

»Korrekt. Erinnern Sie Leo daran. Vielleicht kann er bei der Highway Patrol ein paar Strippen ziehen.«

»Ich denke, die werden auf jede Weise mit dem FBI kooperieren wollen«, vermutete Patrick. »Versuche, in Verbindung zu bleiben.« Er steckte das Handy weg. »Haben Sie das mitbekommen, Leo? Falls man uns in Gewahrsam nimmt, beantworten wir keine Fragen, es sei denn, ein von der CAP bestellter Anwalt ist anwesend.«

»Das werden die nicht wagen«, knurrte Andorsen.

»Das FBI wird auf dem Kriegspfad sein, Judah«, warnte Patrick. »Eben erst hat ein Selbstmordattentäter ihre Büros mit einer schmutzigen Bombe angegriffen. Ich würde mich nicht mit den Jungs anlegen, bis sich die Gemüter wieder beruhigt haben. Sobald sie begreifen, dass wir keine Terroristen sind, wird jeder schnellstmöglich die Lautstärke herunterfahren, aber zunächst könnte die Lage angespannt sein.«

Ungefähr ein halbe Stunde später sahen sie erst und hörten dann ein Fahrzeug mit Blaulicht und Sirene die Interstate 80 entlangrasen. Kurz darauf bog es ab und raste in südlicher Richtung über die Nebenstraße zum aufgegebenen Flugplatz. Es war ein Streifenwagen des Humboldt County Sheriff's Department. Ungefähr zwanzig Meter vor dem Chopper hielt er an, und ein einzelner Hilfssheriff sprang heraus. »Sie da, alle drei!«, rief er. »Die Hände nach oben und herumdrehen!«

»Jetzt warten Sie verdammt noch mal einen Augenblick, Deputy!«, brüllte Andorsen.

»Machen Sie schon, *sofort!*«, rief der Deputy und legte die Hand auf die Dienstwaffe an seiner Hüfte.

Patrick und Leo taten, wie ihnen befohlen. »Tun Sie's, Mr. Andorsen«, sagte Leo. »Ohne Diskussionen.«

Andorsen warf sich bereits wieder in die Brust, um erneut loszubrüllen, schüttelte dann aber den Kopf, hob die Hände und drehte sich um. Patrick fiel auf, dass seine Arme zitterten. Andorsen warf ihm einen Blick zu und meinte: »Alte Schulterverletzung aus Vietnam.« Er hob die Stimme und sagte laut: »Lange kann ich meine Arme so nicht in die Höhe halten, Deputy.«

Der ignorierte ihn. »Der Mann am nächsten beim Helikopter, kommen Sie fünf Schritte auf mich zu – rückwärts«, rief er mit lauter Stimme.

Leo tat es und sagte dann: »Ich bin Officer der Nevada Highway Patrol. Meine ID-Karte befindet sich in meiner rechten Hosentasche.«

»Sind Sie bewaffnet?«

»Ich bin heute mit der Civil Air Patrol unterwegs. Die CAP ist niemals bewaffnet.«

»Ich hab gefragt, sind Sie bewaffnet?«, wiederholte der Hilfssheriff.

»Nein.«

»Hände hinter den Kopf, die Finger verschränkt.« Leo gehorchte. »Auf die Knie, die Knöchel gekreuzt.« Wieder gehorchte Leo, und der Hilfssheriff legte ihm Handschellen an und brachte ihn dann zu seinem Streifenwagen. Auf eben diese Weise verfuhr er auch mit Patrick und setzte beide Männer auf den Rücksitz.

»Sie sind verrückt, Freundchen, wenn Sie erwarten, dass ich auf die Knie gehe«, brummte Andorsen stinksauer, als sich der Hilfssheriff ihm näherte. »Meine Knie sind so alt, die werden zerbrechen wie Zunder. Außerdem kann ich meine Arme nicht länger nach oben halten – allmählich nehmen die Schmerzen überhand.«

»Ich werde Ihnen aufhelfen, Sir«, sagte der Hilfssheriff. »Hände hinter Ihren Kopf, die Finger verschr…«

Patrick ahnte, was geschehen würde: Die Hände zu Fäusten geballt, wirbelte Andorsen herum und traf den Hilfssheriff seitlich gegen den Kopf. Der Deputy musste es ebenfalls vorausgeahnt haben, denn beinahe gelang es ihm, unter dem Schwinger wegzutauchen, sodass ihn der Hieb nur streifte.

»Ich sagte doch, Junge, ich kann die Arme nicht länger nach oben halten!«, brüllte Andorsen.

Von einem Augenblick zum nächsten hielt der Hilfssheriff seine halb automatische SIG Sauer P226 in der Hand. »Keine Bewegung!«, schrie er, die Pistole auf Andorsens Brust gerichtet. »Rumdrehen und auf den Boden!«

»Und ich sagte, ich kann nicht einfach so runtergehen – das schmerzt zu sehr«, knurrte Andorsen, die Hände mit den Handflächen nach vorn vorgestreckt, ohne sie jedoch hochzunehmen. »Mein Name ist Judah Andorsen. Gehen Sie an Ihr verdammtes Funkgerät, und sagen Sie Ihrem Boss, dass …«

Der Hilfssheriff packte die Vorderseite von Andorsens Jacke und zog, und als dieser Widerstand leisten wollte und in die Gegenrichtung zog, stellte der Hilfssheriff ein Bein zwischen die von Andorsen, hakte seinen Fuß hinter Andorsens Ferse und brachte ihn zu Fall. Sofort stemmte er ein Knie in dessen Rücken, stieß seine Dienstpistole zurück ins Holster, packte Andorsens Handgelenk und ließ die Handschellen zuschnappen.

»Meldung, Wagen fünf«, gab er mit seinem tragbaren Funkgeräts durch – schwer atmend, wenn auch eher vor Aufregung und wegen des Adrenalinschubs. »Drei Personen in Gewahrsam, Flugplatz Valmy. Benachrichtigen Sie das FBI …«

In diesem Augenblick brauste ein schwarzer sechssitziger Pick-up mit Doppelhinterachse über die Staubstraße auf den Hilfssheriff zu, gefolgt von einer Cadillac-Limousine. Der Dreiachser kam mit kreischenden Bremsen und in einer Staubwolke neben dem Streifenwagen zum Stehen, die Türen flogen auf, und sechs Männer sprangen heraus und eilten auf den Hilfssheriff zu.

»Keine Bewegung!«, rief der mit lauter Stimme. Er ging neben Andorsen auf die Knie und legte erneut seine Hand auf die Dienstwaffe. »Humboldt County Sheriff's Department bei einer Festnahme! Sie alle, zurück in Ihren Truck – sofort!«

Die sechs Männer blieben stehen, wichen aber nicht zurück. »Wir sind's, Mr. Andorsen«, sagte einer der Männer. »Was wollen Sie, dass wir tun?«

»Ziehen Sie sich zurück, Teddy«, sagte Andorsen in den Staub. Augenblicklich wichen die sechs Männer im Rückwärtsgang zurück zu ihrem Pick-up, ohne den Blick auch nur einen Moment von dem Hilfssheriff und ihrem Boss zu lösen.

»Meldung, Wagen fünf, erbitte Unterstützung am Flugplatz Valmy«, gab der Hilfssheriff über Funk durch.

»Verdammt, was bilden sich diese Burschen bloß ein?«, murrte Leo auf dem Rücksitz des Streifenwagens. »Wollen die etwa versuchen …«

»Heilige Scheiße!«, presste Patrick zwischen zusammengebissenen Zähnen hervor. Er schaute hinüber zum Pick-up – und sah, dass AR-15-Sturmgewehre mit Scharfschützen-Zielfernrohren aus dem Innern des Pick-ups herausgereicht wurden. »Diese Typen sind bewaffnet!«

»Das ist gar nicht gut«, sagte Leo leise.

Patrick überlegte eine Sekunde, dann rief er laut: »Judah, hier General Patrick McLanahan! Befehlen Sie Ihren Männern, die Waffen niederzulegen!«

Der Hilfssheriff sprang auf, rannte um die Nase des Helikopters herum, zog seine Waffe, richtete diese auf die sechs Männer und brüllte: »Ich will Ihre Hände sehen! Sofort!«

Im Nu schwärmten die sechs Männer auseinander und ließen sich im Abstand von gut sechs Metern zueinander zu Boden fallen. Patrick zählte vier AR-15-Gewehre, die auf den Hilfssheriff gerichtet waren. Diese Typen machten ihm einen durch und durch professionellen Eindruck.

»Schätze, jetzt sind Sie an der Reihe, Ihre Waffe fallen zu lassen, Deputy!«, rief der Mann namens Teddy.

KAPITEL 3

Ginge man einfach davon aus, dass dies
eine harte Welt ist, es würde alles sehr vereinfachen.
– Louis D. Brandeis, Richter am
Obersten US-Bundesgericht

VALMY, NEVADA

»Haben die den Verstand verloren?«, sagte Leo. »Sie bedrohen den Stellvertreter eines Sheriffs mit Schusswaffen!«

Unterdessen war der Cadillac am Schauplatz des Geschehens eingetroffen, und ein einzelner klein gewachsener Mann mit Halbglatze und im Geschäftsanzug schritt zum Helikopter, wobei er sich das Jackett auszog.

»Bleiben Sie stehen!«, rief der Hilfssheriff.

Der Neuankömmling ließ sein Jackett zu Boden fallen und hob die Hände. »Ich bin unbewaffnet, Deputy«, sagte er mit bemerkenswert ruhiger Stimme. »Mein Name ist Harold Cunningham, und ich bin Mr. Andorsens Anwalt und Berater.« Er sah hoch zu seiner rechten Hand, in der er ein Handy hielt. »Ich erwarte jeden Augenblick einen Anruf von Sheriff Martinez, einen von Bezirksstaatsanwalt Cauldwell und einen von Landrat Blane. Sie, Deputy, werden einen Anruf vom Sheriff bekommen, der Ihnen erklären wird, was hier los ist.«

»Bleiben Sie einfach, wo Sie sind, und halten Sie Ihre Hände so, dass ich sie sehen kann!«, rief der Hilfssheriff.

»Wagen fünf«, kam es aus dem tragbaren Funkgerät des Hilfssheriffs.

Der tippte auf den Mikroknopf an seiner linken Schulter: »Meldung, Wagen fünf – drei Personen in Gewahrsam, sieben bedrohen mich mit vorgehaltenen Schusswaffen, wiederhole: *sieben*. Erbitte augenblicklich Unterstützung, Code drei.« Seine Stimme klang spürbar verängstigt.

»Fünf, hier Sheriff Martinez«, erklang eine andere Stimme aus dem Funkgerät. »Entspannen Sie sich, Mark. Das Ganze ist eine Riesenverwechslung seitens der Leute vom FBI. Das ist Judah Andorsen, den Sie da festgenommen haben.«

»Sir, ich werde von vier Männern mit Gewehren und zweien mit Handfeuerwaffen bedroht«, gab der Hilfssheriff über Funk an die ihm offenkundig bekannte Person zurück.

»Das sind Mr. Andorsens Sicherheitsleute«, antwortete Martinez. »Die Beamten der Bundespolizei haben alle glauben gemacht, dass wir es mit Terroristen zu tun haben, die in Humboldt County Amok laufen. Entspannen Sie sich einfach.«

»Werd ich tun, Sir, sobald diese Dreckskerle die Waffen sinken lassen«, funkte der Hilfssheriff namens Mark zurück.

»Bin schon auf dem Weg zu Ihnen, Junge«, funkte Martinez. »Bis zu meinem Eintreffen tun Sie einfach gar nichts.«

In den nächsten neunzig Minuten, während der Tag heißer und heißer wurde und sich rings um sie her Gewitter zusammenbrauten, Sandmonstern gleich, die sich über dem hoch gelegenen Wüstengebiet erhoben, trafen immer mehr Fahrzeuge ein. Kaum war ein neues Fahrzeug angekommen, wählte der Mann namens Cunningham eine weitere Nummer, worauf wiederum andere Fahrzeuge heranrauschten. Binnen Kurzem erschienen zwei Special Agents des FBI und übernahmen das Kommando am Schauplatz des Geschehens. Mittlerweile waren Andorsens Männer wieder auf den Beinen und hatten sich rings um den Helikopter zu ihrem Boss gesellt, die Waffen entweder in den Holstern oder locker über der Schulter. Die FBI-Agenten standen mit erhobenen Waffen bei ihrem Wagen. »Hier spricht das FBI!«, rief einer von ihnen. »Sie alle, Waffen fallen lassen und die Hände über den Kopf!«

»Bedaure, Special Agent Chastain«, sagte der Mann namens Cunningham, »aber ich erwarte einen Anruf vom Bezirksstaatsanwalt sowie dem Bundesanwalt in Reno. Er wird Ihnen das alles hier erklären.«

»Woher weiß dieser Cunningham seinen Namen?«, fragte Patrick mit gesenkter Stimme. Er und Leo saßen, noch immer in Handschellen, nach wie vor auf dem Rücksitz des mittlerweile brütend heißen Streifenwagens. »Bislang hat sich doch keiner der beiden FBI-Agenten ausgewiesen, oder?«

»Das ist seltsam«, meinte auch Leo. »Bis auf den Gouverneur von Nevada und den Präsidenten der Vereinigten Staaten haben die so ziemlich alle hier draußen versammelt.«

»Ich sagte, lassen Sie die Waffen fallen und nehmen Sie die Hände hoch!«, wiederholte der Special Agent. Die Szene hatte etwas Surreales für Patrick: Der Sheriff vom Humboldt County mitsamt mehrerer Deputys, der Bezirksstaatsanwalt, ein Landrat, ein hochrangiger Beamter der Nevada Highway Patrol und jemand aus dem Büro des

Generalstaatsanwalts des Staates Nevada, dazu Andorsens bewaffnete Angestellte – sie alle umstanden Andorsens Helikopter, während sich ihnen zwei Agenten des FBI entgegenstellten! Die Beamten in Andorsens Begleitung, stellte Patrick schockiert fest, verhafteten nicht nur niemanden, sie beschützten ihn ganz offen und schirmten ihn von Ordnungskräften des Bundesstaates ab!

»Sie müssten jetzt jeden Augenblick einen Anruf aus Washington oder dem Bezirksgericht des Staates Nevada erhalten«, rief Cunningham herüber. »Damit sollte sich dieser unangenehme Zwischenfall augenblicklich klären.«

»Sie alle, ich warne Sie – lassen Sie die Waffen fallen, und nehmen Sie die Hände hoch!«, wiederholte der Agent mit Namen Chastain. Es war jedoch deutlich zu erkennen, dass er irritiert war. Offenbar spürte er, wie sein Handy in der Anzugjacke vibrierte.

»Macht schon, Männer – legt eure Waffen nieder, damit Agent Chastain dort seinen Anruf entgegennehmen kann«, sagte Andorsen, ein breites Grinsen im Gesicht. Sofort legten seine Männer ihre Waffen auf dem Boden ab, und zwar so, dass die Agenten des FBI sie deutlich sehen konnten. »Ich wette, dass es ein echt wichtiger Anruf ist. Und was uns betrifft, seien Sie ganz unbesorgt, Junge – wir werden keinen Finger rühren.«

Da jetzt der andere Agent das seltsame Grüppchen in Schach hielt, fischte Agent Chastain sein Handy aus der Jacketttasche – und alle konnten sehen, wie ihm der Unterkiefer herunterfiel, als er die Anrufererkennung las. »Chastain«, meldete er sich. »Bitte sprechen Sie, Sir ... Richtig, ich habe die Leitung bei dem Zwischenfall hier ... Wegen der Verletzung des Luftraums und der ... Verzeihen Sie, Sir ... Sie sagen, es habe gar keine Luftraumverletzung vorgelegen, weil der Luftraum in diesem Gebiet wegen des Such- und Bergungseinsatzes der Civil Air Patrol freigegeben worden sei?« Patrick sah, wie Andorsens Grinsen noch breiter wurde. »Aber Sir, mir hat man mitgeteilt, der gesamte nationale Luftraum sei immer noch gesperrt und … Wie bitte, Sir? Verstehe … Der gesamte Luftraum mit Ausnahme dieses speziellen Gebiets. Dann hat also zu keiner Zeit ein Verstoß vorgelegen, obwohl die Militärfluglotsen in Battle Mountain … Jawohl, Sir … Ja, selbstverständlich … Jawohl, Sir, sofort.«

Abrupt endete das Gespräch. Special Agent Chastain wandte sich halb herum zu seinem Partner, sagte etwas mit leiser Stimme und schob Augenblicke später seine Waffe zurück ins Holster.

»Tut mir leid, das Missverständnis, Sir«, sagte Chastain. »Schönen Tag noch.« Und dann, einfach so, stiegen die beiden Agenten des FBI in ihren Wagen und fuhren davon.

»Tja, ich bin froh, dass das geregelt ist«, sagte Andorsen, während seine Männer ihre Waffen wieder an sich nahmen und zu ihrem Pick-up zurückgingen. »Deputy, würde es Ihnen was ausmachen, meinen Freunden die Handschellen abzunehmen?«

Der Hilfssheriff beeilte sich, dem nachzukommen, und schließlich kamen Patrick und Leo, sich die wunden Handgelenke reibend, zum Helikopter zurück.

»Ich entschuldige mich für das Durcheinander, Leute, aber jetzt ist alles wieder in Ordnung«, sagte Andorsen. Er wandte sich den Offiziellen hinter sich zu. »Ich werde diese Herrschaften jetzt zu einem kleinen Treffen drüben auf der Ranch fliegen. Wenn es Ihnen nichts ausmacht, Patrick, werde ich den Deputy bitten, Sie zur Ranch zu fahren, damit Sie Ihr Flugzeug abholen können. Und seien Sie unbesorgt wegen des Luftraums – jetzt sollten Sie keine weiteren Schwierigkeiten haben.« Er hielt ihm die Hand hin, und Patrick ergriff sie und schüttelte sie. »Es war mir eine aufrichtige Ehre, Sie kennenzulernen, General, eine aufrichtige Ehre. Also bis später.« Er gab auch Leo die Hand, dann bot er den neben ihm stehenden Vertretern von Bezirk und Bundesstaat Plätze in seinem Helikopter an.

Patrick und Leo holten ihre Fliegertaschen und gingen dann in stummer Verwirrung zurück zu eben jenem Streifenwagen, in dem sie während der vergangenen zwei Stunden gesessen hatten. Weder sie noch der Stellvertreter des Sheriffs sagten etwas auf der neunzigminütigen Fahrt zurück zu Andorsens Landepiste. Der Helikopter war bereits dort, als sie dort anlangten, und eine Reihe offiziell aussehender Fahrzeuge standen vor dem Ranchhaus.

»Was war das eigentlich eben gerade?«, fragte Patrick endlich, nachdem man sie neben der CAP Cessna 182 abgesetzt hatte.

»Dass Andorsen in Nevada ein großer Name ist, war mir bekannt«, sagte Leo. »Nur war mir nie klar, *wie* groß. Man ruft den Sheriff, doch sein Mann ruft den Bezirksstaatsanwalt von Nevada an. Das FBI kreuzt auf, doch er hat den Justizminister in der Kurzwahl. Es hatte den Anschein, als hätte dieser Special Agent seine gesamte Karriere vor dem inneren Augen vorbeiziehen sehen.«

Verwirrt den Kopf schüttelnd, fischte Patrick sein Handy hervor und rief im Battle Mountain Headquarter an. Spara ging dran. »Rob, tut mir leid, dass ich den Check-in verpasst habe, aber …«

»Kommen Sie einfach hierher zurück, Patrick!«, fiel ihm Spara ins Wort. »Keine Flugfreigabe, kein professionelles Pilotenzeugs, keine Sondererlaubnis – kommen Sie einfach hierher zurück, so schnell wie möglich. Der Class-C-Luftraum gehört voll und ganz Ihnen. Verdammt, so ziemlich der gesamte Luftraum über dem Norden Nevadas gehört Ihnen.«

»Was ist eigentlich los?«

»Das Telefon hat praktisch nicht mehr aufgehört zu klingeln heute Morgen, und als Nächstes erwarte ich, dass mich der verdammte Präsident anruft«, sagte Spara. »Ihr neuer Kumpel Andorsen ist ein Mann mit allerbesten Verbindungen, und das ist noch zurückhaltend ausgedrückt. Kommen Sie zurück, schnellstmöglich.« Damit beendete er die Verbindung.

Die Merkwürdigkeiten setzten sich fort, nachdem Patrick von der Staubpiste gestartet war. Der Abfangjäger F-16C Fighting Falcon war verschwunden, allerdings hatte ein Nevada-Air-HH-60-Pave-Hawk-Helikopter der Nationalgarde seinen Platz eingenommen, der sich nun an der linken Seite der Cessna in Position brachte. Sein Pilot reagierte auf keinerlei Anrufe, weder auf GUARD noch auf irgendwelchen Frequenzen der Anflugkontrolle. Patrick erhielt die Freigabe für die sofortige Landung in Battle Mountain und wurde angewiesen, die Frequenzen nicht zu wechseln, nicht einmal nach der Landung. Sicherheitsfahrzeuge des Stützpunkts – darunter ein AN/UWQ-1 Avenger, ein unbemanntes Luftverteidigungs- und Bodensicherheitsfahrzeug, und ein fahrerloser Humvee, bestückt mit acht Wärme suchenden Raketen sowie einem radargelenkten Maschinengewehr Kaliber 50 – eskortierten die Cessna zum Hangar der Civil Air Patrol.

Es schien, als sei die gesamte Staffel angetreten, um Patrick und Leo zu begrüßen. Rob Spara stand neben der linken Einstiegsluke, als Patrick aus der Cessna kletterte. »Um das Parken des Flugzeugs brauchen Sie sich nicht zu kümmern, Patrick«, begrüßte er ihn. »Die wollen eine Einsatznachbesprechung, jetzt gleich.«

»Wer sind ›die‹?«, wollte Patrick wissen.

»Verdammt, General, tauchen Sie Ihren Löffel einfach zehn Mal in die Buchstabensuppe, und Sie erhalten zehn verschiedene Antworten«, sagte Spara. »Derzeit ist hier jede erdenkliche Behörde vertreten, sogar mehrere, von denen ich noch nie gehört habe. Ich nehme an, das sind die, die *Sie* ins Leben gerufen haben.«

Piloten der Air-Force-Sicherheitskräfte am Stützpunkt hielten die Menge rings um Patrick und Leo zurück, Bradley jedoch gelang es, sich aus der Gruppe der Staffelmitglieder zu lösen. Zum zweiten Mal an diesem Tag kam Patrick in den Genuss einer unerwarteten Umarmung seines Sohnes. »He, Großer«, sagte er. »Du hast es sicher zurückgeschafft.« Etwas Besseres fiel ihm nicht ein.

»Ich bin froh, dass du wieder da bist, Dad.« Brad schloss seinen Vater fest in die Arme, hielt ihn ein paar kostbare Sekunden lang fest, dann ließ er ihn los und sagte, ganz außer Atem: »Sie haben uns zuerst in den Pausenraum gesetzt und uns mit niemandem sprechen lassen. Dann haben sie uns rausgelassen, aber wir durften den Hangar nicht verlassen. Anschließend mussten wir zurück in den Pausenraum, und sie haben uns die Handys abgenommen. Überall laufen diese merkwürdigen Kerle rum, die in ihren Ärmel sprechen. Mann, hier drehen alle vollkommen durch!«

»Die Lage ist angespannt, Großer«, sagte Patrick. »Gerade eben hat es einen größeren Terroranschlag gegeben.«

»Aber was haben wir damit zu tun?«, fragte Brad. »Die tun so, als wären wir darin verwickelt.«

»Das ist reiner Zufall«, sagte Patrick. »Reno liegt ganz in

der Nähe, es gab da eine Verletzung des gesperrten Luftraums, und wir haben nicht ganz so reagiert, wie die es wollten.«

»Was?«

»Schon gut«, sagte Patrick. »Du bist wieder zu Hause, ich bin wieder zu Hause, niemand wurde verletzt, Suche und Bergung waren erfolgreich. Das ist das Wichtigste. Lass mich jetzt ganz kurz mit diesen Leuten sprechen, und dann fahren wir heim.«

In dem kleinen Pausenraum befanden sich sechs Männer und eine Frau, und auf den Arbeitsplatten standen Laptops aufgereiht. Patrick, Leo und Rob hatten den Raum kaum betreten, als die Männer sie zu filzen begannen, und das alles andere als sanft. Zu Patricks Überraschung war der leitende Agent derselbe, der auf dem verlassenen Flugplatz in Valmy das Sagen gehabt hatte. Bei der Frau handelte es sich um eine überaus attraktive Agentin, die Patrick noch nie zuvor gesehen hatte.

»Ich bin Special Agent Philip Chastain, FBI«, stellte sich der leitende Agent vor und arbeitete weiter an seinem Laptop, während die Untersuchung andauerte. Er war groß, wirkte jung und hatte dichtes schwarzes Haar und ein kantiges Kinn. Patrick fand, dass er wie ein Hollywoodschauspieler aussah, der einen FBI-Agenten darstellte. Chastain wies mit einem Stift auf seine Kollegen. »Das sind Special Agent Brady und Agent Renaldo vom Heimatschutzministerium. Leeren Sie Ihre Taschen hier auf dem Tresen aus.«

Patrick und Leo taten, wie ihnen geheißen. Als Erstes überprüfte Chastain Patricks Papiere, gab dann weitere Befehle in seinen Laptop ein. Als daraufhin verschiedene Informationen erschienen, konnte Patrick einen Anflug von Erstaunen in Chastains Mine sehen. »General Patrick

McLanahan.« Den anderen Anwesenden fiel der Unterkiefer nach unten, und ihre Augen weiteten sich vor Überraschung.

Rasch schüttelte Chastain sein Erstaunen ab und setzte eine überaus ernste Miene auf. »Von Ihnen beiden wurden Video- und Audioaufzeichnungen gemacht. Wie kamen Sie dazu, in diesem Helikopter Richtung Stützpunkt zu fliegen?«

»Wollen Sie mir nicht erst einmal meine Rechte vorlesen, Agent Chastain?«, fragte Patrick.

»Angesichts der Geschehnisse gestern in Reno und der Schwere Ihrer Verstöße hatte ich angenommen, dass Sie auf Ihre Rechte verzichten, sie einem Anwalt übertragen, in vollem Umfang mit uns kooperieren und meine Fragen beantworten.«

»Dann war Ihre Annahme falsch, Agent Chastain.«

»Alle anderen haben die Fragen beantwortet, selbst Ihr Sohn und die anderen Mitglieder des Bodenteams.«

»Ich werde meinen Sohn ermahnen, in Abwesenheit seines Vaters nicht mit Beamten der Ordnungskräfte zu sprechen«, sagte Patrick mit gesenkter Stimme, wobei er Chastain direkt in die Augen sah. »Und Ihnen rate ich dringend, nicht mehr mit ihm zu sprechen, es sei denn, ich bin dabei. Er ist noch minderjährig.«

»Sie stecken in ernsthaften Schwierigkeiten, General«, sagte Chastain und erwiderte Patricks warnenden Blick. »An Ihrer Stelle würde ich auf Drohungen weitgehend verzichten und stattdessen kooperieren.«

»Bitten Sie meine Anwältin her und lassen Sie mich mit ihr sprechen«, sagte Patrick. »Anschließend werde ich kooperieren. Aber ich will meine Anwältin sehen.«

»Wir haben den Justiziar der Civil Air Patrol in der Leitung«, sagte Chastain, wobei er auf einen Telefonapparat mit blinkendem Lämpchen wies. »Er hat sämtliche Mitglieder Ihrer Staffel ermächtigt, mit uns zu sprechen.«

»Das ist schön, trotzdem möchte ich zuerst meine Anwältin sprechen.«

»Diese Einstellung, die Sie hier an den Tag legen, überrascht mich doch sehr, General.« Chastain musterte Patrick argwöhnisch und schüttelte dann konsterniert den Kopf. »Ich bin davon ausgegangen, Sie würden alles in Ihrer Macht Stehende tun, um die Ermittlung voranzubringen. Stattdessen scheinen Sie diese nach Kräften zu behindern.«

»Ich verlange meine Anwältin«, erwiderte Patrick stur.

Chastain warf der Frau neben ihm einen Blick zu, schüttelte dann erneut den Kopf und überflog Leos Ausweispapiere. »Na schön«, sagte er resigniert nach mehreren Minuten. »Sie und Trooper Slotnick werden bis zum Eintreffen Ihrer Anwältin unter Arrest gestellt.« Der Agent namens Brady, der Patrick und Leo durchsucht hatte, forderte sie auf, sich herumzudrehen und die Hände hinter den Rücken zu nehmen, und schon wurden sie zum zweiten Mal an diesem Tag mit Handschellen gefesselt. »Sie werden beschuldigt, den Anordnungen eines ausführenden Beamten des Heimatschutzministeriums nicht Folge geleistet zu haben sowie des unerlaubten Eindringens in gesperrten Luftraum.« Chastains Finger verharrte zögernd über der Tastatur seines Laptops. »Wie lautet der Name Ihrer Anwältin?«

»Darrow Horton.«

Chastain sah von seinem Laptop auf, und sämtliche Agenten blickten abermals erstaunt in die Runde. »Darrow Horton?«

»Sie haben von ihr gehört?«

»Sie meinen die *ehemalige Justizministerin* Darrow Horton?«

»Eben die. Brauchen Sie ihre Telefonnummer? Ihr Büro in Washington liegt nur ein paar Blocks vom Justizministerium entfernt.«

Chastain nickte seinen Mitarbeitern zu, eine stumme Aufforderung, die Handschellen abzunehmen. »Natürlich«, sagte er. »Sie hat Sie vertreten, als die Gardner-Administration Sie wegen eines Angriffsbefehls gegen Nichtkombattanten, Befehlsverweigerung und Pflichtversäumnis angeklagt hat, nicht wahr?«

»Ich verlange meine Anwältin«, wiederholte Patrick.

Chastain lächelte. »Zäher Bursche. Schade nur, dass diese Harte-Kerl-Nummer Sie blind dafür macht, wie tief Sie in der Scheiße stecken.« Er senkte den Blick wieder auf seinen Laptop. »Fürs Erste sind keine Anrufe erlaubt, aber wir werden Miss Horton für Sie kontaktieren. Sie können gehen.« Danach wandte er sich an Leo. »Trooper Slotnick, ich hoffe doch, Sie erweisen sich als kooperativer als der General.«

»Ich verlange meinen Anwalt«, sagte Leo und zwinkerte Patrick zu, der an ihm vorbeiging.

Im Hangar traf Patrick sich erneut mit David Bellville und Michael Fitzgerald. »Das ging aber flott«, bemerkte Rob. »Wir waren sehr viel länger drin.«

»Ich habe mich geweigert, irgendwelche Fragen zu beantworten, und meine Anwältin verlangt«, sagte Patrick. »Danach konnten sie nicht viel mehr tun, als mich zu verhaften.«

»Gut gemacht, General«, sagte Fitzgerald. »Ich habe ihnen ebenfalls erklärt, sie könnten mich mal, bis ich mit einem Anwalt sprechen kann. Anschließend waren sie nicht mehr übermäßig daran interessiert, mit mir zu reden. Und das war auch gut so, da ich keinen blassen Schimmer habe, woher ich einen Anwalt nehmen soll.«

»Ich weiß nicht, ob das eine so gute Idee war, Patrick«, meinte Spara hingegen besorgt. »Ich habe mit dem CAP-Anwalt aus dem Hauptquartier gesprochen, und der rät allen, in vollem Umfang zu kooperieren.«

»Für die CAP mag das vorteilhaft sein, aber nicht notwendigerweise für Sie«, sagte Patrick. »Ich werde es meiner Anwältin überlassen, das alles zu klären.«

»Sofern man uns überhaupt jemanden anrufen lässt«, meinte Bellville. »Wie lange können sie uns festhalten, so isoliert von der Außenwelt? Sie haben uns die Handys abgenommen und sogar die staffeleigenen Computer.«

»Es hieß, wir dürften keine Handys benutzen«, sagte Patrick. »Mal sehen, was sich machen lässt.«

Er winkte Brad, ihm zu folgen, und begab sich dann in eine abgelegene und so weit wie irgend möglich vom Pausenraum entfernte Ecke des Hangars.

»Halt nach den Jungs Ausschau, die in ihre Ärmel sprechen«, wies er seinen Sohn an. Er hob seine rechte Hand und aktivierte sein persönliches Satelliteninternetportal, seine in die synthetischen Linsen eingebauten Monitore und seine virtuelle Tastatur.

Sein erster VoIP-Anruf galt Darrow Horton in Washington. »Patrick!«, sagte Darrow aufgeregt. Darrow – so benannt nach dem berühmten Liberalisten und Strafverteidiger Clarence Darrow, einem entfernten Verwandten von ihr – war ein wenig älter als Patrick, groß gewachsen und schlank, mit langem dunklem Haar und funkelnden blauen Augen. Sie war eine begeisterte Anhängerin jeglichen Freiluftsports und zudem eine brillante Anwältin. Zurzeit saß sie unter freiem Himmel an einem skypefähigen Laptop, also nicht in ihrem Washingtoner Büro. »Seit diesem Terrorangriff in Reno geht es hier ziemlich hektisch zu. Trotzdem nett, von Ihnen zu hören. Ich wünschte, ich könnte Sie sehen. Funktioniert Ihre Webcam nicht?«

»Hi, Darrow«, sagte Patrick. Er sprach ihren Namen »Darra« aus, wie in North Carolina üblich, woher sie ursprünglich stammte. »Nein, ich sitze … zurzeit an einem anderen Gerät. Der Anruf ist dienstlich.«

»Oh, verstehe«, sagte Darrow. »Was haben Sie wieder angestellt?«

»Ich bin hier in Battle Mountain, Nevada«, erläuterte Patrick. »Ich war während der landesweiten Flugraumsperre in der Luft unterwegs und werde im Augenblick festgehalten.«

»Autsch«, sagte Darrow. »Heimatschutz – das wird hart werden, bis sich die Dinge wieder beruhigt haben, wenn es überhaupt dazu kommt. Wo liegt Battle Mountain?«

»Im zentralen Norden Nevadas.«

»Gut. Ich mach gerade Urlaub oben in Friday Harbour, Washington. Wird also nicht lange dauern, bis ich bei Ihnen bin. Wer hat Sie festgesetzt? Die FAA? Das Heimatschutzministerium? Grenzschutz?«

»Das FBI.«

»Und noch einmal autsch.« Er konnte förmlich sehen, wie sie grübelte und Strategien entwickelte. Dann sagte sie: »Okay, ich werde meine Mitarbeiter unten in D.C. auf den Fall ansetzen, und ich werde mir einen Wagen besorgen und mich auf den Weg zu Ihnen machen. In ein paar Tagen sollte ich dort sein. Was, in aller Welt, gibt es überhaupt dort in Battle Mountain, Nevada?«

»Das, was von der Space Defense Force noch übrig ist – und meinen Sohn.«

»Wie macht sich Bradley?«

»Er und sein Einsatzteam der Civil Air Patrol haben gestern den Überlebenden eines Flugzeugabsturzes geborgen«, berichtete Patrick voller Stolz. »Er wächst allmählich zu einem jungen Mann heran. Sie werden ihn nicht mehr wiedererkennen, wenn Sie ihn sehen.«

»Und Gia?«

»MIA«, sagte Patrick. »Missing in Action.«

»Wieder einmal?«

Patrick war sich nicht sicher, er fand jedoch, dass Darrow nicht wirklich besorgt oder mitfühlend klang. Sie verbrachte ebenso viel Zeit auf Kanutrips und Kletterexpeditionen wie im Gerichtssaal – Patrick kannte nur wenige Männer, die es mit ihr aufnehmen konnten, und er war sich nicht einmal sicher, ob er dazugehörte. Schwäche, weder bei sich selbst noch bei anderen, konnte Darrow nicht ausstehen. Für ihr Empfinden hatte Gia Cazzotto ein wenig zu schnell anderen die Schuld für ihren Niedergang gegeben und damit dem Ansehen aller Frauen geschadet. Bei Männern lag die Sache anders. Patrick hatte stets das Gefühl, dass Darrow gar nicht auf der Suche nach einem Mann war, der mit ihr mithalten konnte, sondern nach einem, dessen Stärken auf anderen Gebieten lagen.

»Tut mir leid. Wir werden Gelegenheit haben, uns zu unterhalten, sobald ich bei Ihnen bin.«

»Danke. Freue mich schon darauf, Sie zu sehen.«

»Dad?« Brad berührte seinen Vater an der Schulter. »Es kommt jemand.«

»Ich muss Schluss machen, Darrow. Danke Ihnen.« Er beendete das Gespräch und wandte sich herum.

Es war die weibliche Agentin, die im Pausenraum bei Chastain gewesen war. Als sie näher kam, straffte sich Patrick. Sie war ein wenig größer als er, wahrscheinlich zehn

Jahre jünger, hatte langes schwarzes Haar und einen durchtrainierten Körper. Bekleidet war sie mit einem dunkelgrauen Anzug und einer cremefarbenen Bluse unter dem Jackett, die ihre Brüste äußerst vorteilhaft zur Geltung brachte. Ihre Augen waren schmal, und ihr Blick wirkte neugierig, während sie den Hangar durchquerte, doch als sie Patrick sah, setzte sie augenblicklich ein freundliches Lächeln auf.

Patrick hielt ihr die Hand hin, als sie auf ihn zutrat. »Wir wurden einander noch nicht vorgestellt«, sagte er. »Patrick.«

»Jeder hier weiß, wer Sie sind, Sir«, sagte sie, ergriff seine Hand und schüttelte sie mit festem Griff. »Special Agent Cassandra Renaldo, US-Heimatschutzministerium, Abteilung Terrorbekämpfung. Alle nennen mich Cassie.«

Patrick lächelte, als sie seine Hand losließ. »Muss Ihre Schusshand sein«, sagte er und schüttelte in gespieltem Schmerz den Kopf.

»Verzeihung«, sagte sie und verdrehte die Augen. »Ich verbringe zu viel Zeit in Gegenwart von männlichen Kollegen, die das andauernd mit mir machen.«

»Mein Sohn, Brad«, sagte Patrick und legte seinem Sohn eine Hand auf die Schulter.

Auch sie gaben einander die Hand, und sie bemerkte ihn sofort: diesen für Heranwachsende typischen Ausdruck völliger Verknalltheit. Brad McLanahan war verliebt. Sie bedachte ihn mit einem strahlenden Lächeln und einem anerkennenden Blick. »Sie sind auch bei der Civil Air Patrol?«, erkundigte sie sich mit einem bewundernden Blick auf seinen Tarnkampfanzug. »Ich denke, für einen jungen Mann ist das sehr aufregend.«

Brad erwiderte nichts, sondern starrte sie weiter an, wobei sein Blick immer wieder zu ihrem Dekolleté glitt.

Cassandra bedachte ihn erneut mit einem anerkennenden Lächeln, dann wandte sie sich wieder Patrick zu. »Sie beide arbeiten zusammen? Wie cool ist das denn?«

»Agent Renaldo …«

»Cassie, bitte«, sagte sie, dann machte sie ein zerknirschtes Gesicht. »Ganz ehrlich, Patrick, ich werde Sie nicht zu überreden versuchen, mit mir zu sprechen …« Sie zeigte ihm ein durchtriebenes Lächeln, ehe sie hinzufügte: »Auch wenn man mich *tatsächlich* hergeschickt hat, um Sie noch einmal zu fragen, ob Sie nicht doch mit uns reden möchten.«

»Ich verlange zuerst meine Anwältin, Cassandra.«

»Ich hab denen erklärt, dass Sie genau das sagen würden. Trotzdem musste ich Sie wenigstens fragen.« Achselzuckend fügte sie hinzu: »Außerdem wollte ich Sie *wirklich* kennenlernen. Ich konnte es gar nicht glauben, als Agent Chastain Ihre Daten aufrief. Wir dachten, es wär ein Versehen.«

Patrick lächelte, nickte, sagte aber nichts.

Cassandra bedachte ihn und Brad mit einem gespielt unterwürfigen Blick, dann sagte sie: »Also, das war demnach ein kleines Vater-Sohn-Gespräch hier, ja?« Keine Reaktion. »Wie ich hörte, Brad, haben Sie den Verunglückten eines Flugzeugabsturzes gefunden, und zwar lebend. Meinen Glückwunsch.«

»Danke«, sagte Brad. Er straffte seine Schultern und fügte hinzu: »Mein Team und ich haben ihn gefunden. Ich war der Leiter des Kadetteneinsatzteams.«

»Donnerwetter. Sie sind ein Held. Was für eine tolle Geschichte.« Sie wandte sich wieder an Patrick. »Bestimmt sind Sie sehr stolz auf ihn, Sir.«

»Ich möchte mit meiner Anw…«

Cassandra hob abwehrend die Hände. »Tut mir leid,

Patrick, wirklich – ich möchte Sie nicht drängen oder Sie überreden, mit uns zu sprechen. Ich … ich wollte Sie wirklich kennenlernen. Sie sind für viele von uns ein Held.« Sie reichte ihm abermals die Hand. »Ich hoffe, wenn das alles vorbei ist, treffen wir uns noch einmal wieder.« Sie schenkte ihm ein flüchtiges Lächeln, während er ihr die Hand schüttelte, dann nickte sie respektvoll. Sie reichte Brad die Hand. »Hat mich sehr gefreut, Sie kennenzulernen, Cadet McLanahan.«

»Nennen Sie mich Brad«, beeilte er sich zu sagen. Eine Aufforderung, die Patrick zwar erstaunt blinzeln ließ, doch er sagte nichts.

»Also gut, werd ich machen, Brad. Und Sie können mich Cassie nennen.« Sie schenkte ihm ein letztes Lächeln, wandte sich dann herum und ging zurück zum Pausenraum.

»He, die war aber nett«, sagte Brad, nachdem Renaldo weg war.

»Wenn du meinst«, entgegnete Patrick ausweichend.

Zögernd sah Brad zu seinem Vater. »Findest du sie etwa nicht nett? Ich finde sie ganz prima.«

»Ich kenne sie überhaupt nicht, Brad«, sagte Patrick. »Ich habe heute Morgen eine Unmenge von Leuten seltsame Dinge sagen hören und tun sehen und hab einfach noch nicht das Gefühl, dass ich irgendjemandem trauen kann.« Er drehte sich wieder herum zur Wand und ging erneut online, während sein Sohn ihm den Rücken freihielt – weshalb er nicht bemerkte, dass Brad Cassandra Renaldo mit den Blicken folgte, während sie den Hangar durchquerte.

Als Renaldo zu den anderen im Pausenraum zurückkehrte, leerte Chastain gerade eine weitere Tasse Kaffee. »Und?«, fragte er.

»Wie ich mir dachte, er bleibt dabei«, sagte Renaldo. »Kein Wort ohne seine Anwältin.«

»Lassen Sie etwa nach, Renaldo?«, scherzte Brady.

»Mein Job ist es, Extremisten aufzuspüren, nicht Verdächtigen zuzuzwinkern und vor ihnen mit dem Arsch zu wackeln«, entgegnete Renaldo scharf, dann wandte sie sich wieder Chastain zu. »Ich bin nach wie vor nicht überzeugt, dass er mit irgendwelchen extremistischen Gruppierungen zusammenarbeitet, Sir.«

»Diese Erkenntnis nehmen Sie woher?«

»Im Augenblick ist es noch ein Bauchgefühl«, räumte Renaldo ein. »Außerdem ist er Patrick McLanahan. Letztes Jahr dachte noch jeder, er würde für das Amt des Präsidenten kandidieren.«

»David Duke hat ebenfalls kandidiert«, sagte Chastain. »Es gibt jede Menge Extremistengruppen, die einen McLanahan mit offenen Armen als Leitfigur willkommen heißen würden, wenn nicht gar als geistiges Aushängeschild.«

»Als eine Art amerikanischen Osama bin Laden«, warf Agent Brady ein.

»Sie vergleichen Patrick McLanahan mit Osama bin Laden, Brady? Sind Sie noch recht bei Trost?«, rief Renaldo. »Sir, ich bin nicht der Meinung, dass wir unsere Ermittlungen einstellen sollten, aber mein Gefühl sagt mir, dass er nichts mit der Sache zu tun hat.«

»Bei mir schrillen sofort die Alarmglocken, wenn sich jemand gleich als Erstes hinter seinem Anwalt verschanzt, Renaldo«, entgegnete Chastain. »Der Mann hat die Hölle durchgemacht, als er Gardners Anklage abwehren musste. Gut möglich, dass er sauer auf die Regierung ist, weil sie ihn auf den Posten in diesem Drecksloch versetzt haben.

Wenn ein Desaster wie in Reno passiert, kooperiert so gut wie jeder, nur McLanahan nicht. Und was, in aller Welt, tut er überhaupt hier draußen in Battle Mountain, mitten im Nirgendwo? Hier gibt es nichts, nur ein paar Gebäude, eine Rumpfbesatzung, kaum Flugzeuge. Verdammt, diese Space Defense Force existiert praktisch nicht mehr. Und wieso ist McLanahan hier draußen rumgeflogen, obwohl er doch wusste, dass der Luftraum gesperrt ist? Das ergibt alles keinen Sinn.«

»Geflogen ist nicht McLanahan, sondern Andorsen«, erinnerte Renaldo. »Ich kann es kaum erwarten, mich mal mit *ihm* zu unterhalten.«

»Der Mann hat Gespräche mit Investoren geführt, seit er nach Hause zurückgeflogen ist«, sagte Chastain. »Er gibt Erklärungen gegenüber jedem ab. Bislang hält er allen Überprüfungen stand. Der Mann ist kooperativ, was weitaus mehr ist, als ich von McLanahan behaupten kann.«

»Also, ich jedenfalls glaube nicht, dass McLanahan sich äußern wird, bevor seine Anwältin aufkreuzt.«

»Die hat sich bereits bei uns gemeldet«, sagte Chastain. »Keine Ahnung, wie ein Anwaltsbüro aus D.C. Wind davon bekommen hat, dass wir einen ihrer Klienten in Nevada festhalten. Allerdings haben wir bereits Anweisung aus Washington, McLanahan entweder unter Anklage zu stellen oder ihn laufen zu lassen.«

»Ich dachte, ich würde McLanahan in einer Ecke zusammen mit seinem Sohn an einem Laptop arbeiten sehen, doch als ich das überprüfen wollte, war da kein Laptop«, sagte Renaldo. Sie überlegte einen Moment, dann sagte sie: »McLanahans Sohn.«

»Was ist mit ihm?«

Als Renaldo nicht sofort antwortete, lächelte Brady und

nickte. »An den alten Herrn sind Sie nicht rangekommen. Also haben Sie sich an seinen minderjährigen Sohn rangemacht?« Er lachte amüsiert. »Das ist die Renaldo, wie ich sie kenne und liebe!«

»Ich hab es nicht auf den Sohn abgesehen – sondern er auf mich.«

»Dann steht er also auf ältere Frauen«, sagte Brady. Renaldo kratzte sich mit erhobenem Mittelfinger an der Nasenspitze. »Nur ist der Junge gar nicht mit dem Vater geflogen.«

»Wenn der alte Herr in einer Beziehung zu irgendwelchen Extremistengruppen steht, könnte uns der Junge das womöglich bestätigen«, meinte Chastain. »Es ist ausgeschlossen, dass McLanahan Sie auch nur in die Nähe seines Sohnes lässt, und wenn wir ihn verhaften, wird er seinen Sohn dazu vergattern, den Mund zu halten. Sie werden sich bei anderer Gelegenheit an den Sohn ranmachen müssen.«

»Kein Problem«, sagte Renaldo. »In der Zwischenzeit möchte ich es auch mal bei diesem flotten Trooper Slotnick probieren. Überlassen Sie mir die Briefe von seinem Boss und seiner Gewerkschaft, vielleicht spricht er ja dann mit mir darüber, was McLanahan da draußen gemacht hat.«

Chastain reichte ihr eine Mappe mit verschiedenen Faxen unterschiedlicher Behörden und Gerichte, in denen alle Mitarbeiter zur Zusammenarbeit mit FBI und Heimatschutzministerium angehalten wurden.

»Vielleicht gelingt es mir wenigstens, etwas mehr über ihn in Erfahrung zu bringen, was ich später verwenden kann«, meinte Renaldo.

»Nicht umsonst nennt man Sie die ›Schwarze Witwe‹«, sagte Brady. »Macht Spaß, jemandem zuzusehen, der seine Arbeit liebt.«

»Das Einzige, was ich mehr hasse als Klugscheißer wie

Sie, Brady, sind Extremisten und Terroristen«, sagte Cassandra Renaldo. »Und ganz in der Nähe, in dieser Dreckswüste, gibt es Terroristen – ich kann sie riechen. Und sollte sich herausstellen, dass ein ehemaliger Nationalheld wie Patrick McLanahan zu ihnen gehört, werde ich auch seinen Arsch in ein Hochsicherheitsgefängnis verfrachten, und zwar so schnell ich nur irgend kann.«

THOMPSON FEDERAL BUILDING, RENO, NEVADA
Am nächsten Tag

Noch immer quoll Rauch aus dem getroffenen Thompson Federal Building sowie aus in seiner Nähe gelegenen Gebäuden, und nach wie vor konnten sich Ermittlungsbeamten und Suchtrupps in Schutzanzügen nur bis auf drei Querstraßen der Absturzstelle nähern, während andere Ersthelfer wegen der anhaltenden Radioaktivität auf eine Distanz von sechs Querstraßen gehalten wurden.

In der Stille der frühen Morgenstunden überflog ein V-22-Osprey-Kipprotorflugzeug die Absturzstelle im Flugzeugmodus, wechselte dann in Helikoptermodus und kreuzte langsamer über dem Gebiet. Minuten später, während des dritten Überflugs über das Gebäude bei einhundert Fuß über Grund und dreißig Knoten, öffnete sich die hintere Frachtrampe, und zwei Gestalten ließen sich herausfallen.

Die Gestalten landeten aufrecht etwa einen halben Block voneinander entfernt vor dem Verwaltungsgebäude. Sie wirkten humanoid, waren etwa vier Meter groß und von mittelgrauer Farbe. Rumpf und Schultern waren überdimensioniert, ihre Arme und Beine jedoch wenig mehr als hydraulische Kolben, und ihr Kopf war eine dunkle Niedrigprofilkuppel mit hinter dielektrischen Rundumsicherheitsfenstern verborgenen Sensorgruppen. Beide führten jeweils zwei große Taschen mit sich.

»CID eins am Boden«, gab Lieutenant Colonel Jason Richter, der den ersten Roboter steuerte, über Funk durch. Bei dem Roboter mit der Bezeichnung CID oder Cybernetic Infantry Device, also Kybernetisches Infanteriegerät, handelte es sich um einen bemannten Roboter, der es seinem Piloten ermöglichte, Aufgaben und Tätigkeiten auszuführen, die denen eines großen gepanzerten Kampffahrzeugs entsprachen. »Bestätigt.«

»Zwei«, antwortete Charlie Turlock, die das zweite CID steuerte. Sie sah hoch zu dem klaffenden Loch in dem Gebäude, wo die King Air eingeschlagen war. »Mein Gott.«

»Strahlenwerte niedriger als gemeldet«, sagte Richter. »Unsere Zeit vor Ort sollte etwa eine Stunde betragen. Dann mal los.«

Sie näherten sich dem Hintereingang des Gebäudes, und Jason trat die verstärkte Tür ein. Der Sicherheitsbereich war nach wie vor intakt, er konnte jedoch sehen, dass die darüberliegenden Fußböden eingebrochen waren und das Treppenhaus jenseits des Sicherheitsbereichs unpassierbar war. »Hier komme ich nicht weiter«, gab er über Funk durch.

»Dann von außen?«, schlug Turlock vor.

»Du willst doch nur die Fassade hochklettern, um anzugeben«, sagte Richter.

»Verdammt richtig«, antwortete Turlock. »Mir nach.«

Draußen vor dem Gebäude suchte sie nach der besten Route hinauf zum Loch. Dann langte sie einfach nach oben und kletterte wie auf einer Leiter Stockwerk für Stockwerk an der Fassade des zerstörten Gebäudes empor, indem sie ihre gepanzerten Hände und Füße durch rissige Wände und zerborstene Fensterscheiben stieß. Im neunten Stock, wo sich der Unterrand des Lochs befand, durchschlug sie so mühelos Wände und Fensterscheiben, als würde sie Spinnweben beiseitewischen, und kletterte nach drinnen.

»Wie es scheint, hat das Flugzeug das Gebäude fast vollständig durchschlagen und ist dann durch einige Stockwerke nach unten gerutscht«, funkte Turlock. »Strahlenwerte sind deutlich höher hier oben – gut möglich, dass mir nur noch weitere dreißig Minuten bleiben.«

»Anschließend können wir wechseln.«

»Roger.« Turlock machte sich daran, die Verwüstung rings um sich herum zu scannen. Die rechte Tragflächenspitze der King Air hatte eine Treppenhauswand in voller Länge aufgeschlitzt, und in einem der Büros stieß Turlock auf eine halb verkohlte junge Frau, die noch immer an einem Empfangstresen saß. »Ein Todesopfer gefunden. Ich richte jetzt die Schlaufe ein.« Sie entnahm ihrer Tasche eine Schlaufe, Seile und einen Flaschenzug, befestigte den Flaschenzug an einem Stützbalken, führte das Seil hindurch, barg den Leichnam der jungen Frau, legte sie in die Schlaufe und ließ sie hinab zu Richter. Der trug sie hinüber zu den mit Schutzanzügen bekleideten Rettungskräften außerhalb der Absperrung, während Turlock die Schlaufe wieder hochzog.

Ohne auf eine weitere Leiche zu stoßen, tastete sie sich vorsichtig das zerstörte Treppenhaus hinab und dann über eine weggebrochene Decke bis zu der Stelle, wo der ausgebrannte Rumpf der King Air lag. »Bin jetzt am Flugzeug«, funkte sie. »Strahlenwerte sehr hoch. Werde einen Blick hineinwerfen und dann wahrscheinlich das Gebäude verlassen müssen.«

»Roger«, sagte Richter. Er betrachtete einen Videofeed von Turlocks CID-Einheit. »Sei vorsichtig. Der Deckenboden sieht ziemlich instabil aus.«

»Ja, Dad«, antwortete Turlock. Es gelang ihr, über die linke Rumpfseite nach oben zu klettern. Die Eingangstür war teilweise aus den Angeln gerissen, das Glas im gesamten Flugzeug größtenteils zersplittert und die Kabine rußig und zerschmolzen. Das Cockpit allerdings war überraschenderweise in besserem Zustand. »He, scheint, als hätten wir Glück. Ich glaub, der Pilot ist noch hier drin und weitgehend unversehrt! Vielleicht schaff ich es, ihn rauszubekommen … oder zumindest Teile von ihm. Stand by, ich werd jetzt die Tür öffnen.« Turlock packte die Einstiegsluke mit ihren Panzerhänden und zog. Die Tür löste sich – und dann wälzte sich der gesamte Rumpf nach links hinüber und sackte um etwa einen Meter ab. Turlock konnte sich gerade noch herauswinden, sonst wäre sie zwischen Rumpf und der zerstörten Betondecke eingeklemmt worden.

»Alles okay, Charlie?«, fragte Richter.

»Ja, aber jetzt ist der Einstieg blockiert«, antwortete Turlock. »Ich werde jetzt noch einen Versuch unternehmen, dann muss ich hier raus.« Sie bewegte sich vorwärts, bis sie sich oberhalb der Windschutzscheibe des Cockpits befand. Der Pilot war kaum noch als menschlich zu erkennen, war schlimm verbrannt und halb zerquetscht worden. Aber … »Der Pilot hat einen feuersicheren Fliegeranzug getragen, darum ist der Oberkörper weitgehend unversehrt. Schauen wir mal, ob ich ihn herauszerren kann.« Zunächst benutzte Turlock ihre kräftigen gepanzerten Finger wie eine hydraulische Rettungsschere, dann langte sie durch die Windschutzscheibe, packte den Pilotensitz und das, was darauf festgeschnallt saß, und zog …

… und während sie dies tat, fingen Flugzeugrumpf und zerstörtes Gebäude wie ein zorniger Löwe an zu brüllen, und der Boden gab nach. Das Flugzeug fiel zwei Stockwerke senkrecht in die Tiefe, glitt dann sechs Meter nach vorn, durchbrach die Fassade des Verwaltungsgebäudes und stürzte die verbleibenden sechs Stockwerke hinab auf die Straße.

»Charlie!«, schrie Richter. Jedes Erg Energie seiner CID-Einheit nutzend, raste er herum zur Vorderseite des Gebäudes.

Das Flugzeug lag unter einem Haufen Schutt begraben. Sofort begann Richter, sich hindurchzuwühlen. Er schleuderte Betonbrocken und Stahlteile in alle Richtungen, bis er sich zu dem Flugzeug vorgearbeitete hatte. Der Rumpf lag auf dem Dach – Turlock war nirgends zu sehen und ihr Videofeed dunkel.

Richter stieß seine superhydraulischen Hände und Arme durch die Unterseite der Flugzeugnase und riss Stahl- und Aluminiumteile heraus. Innerhalb von Sekunden hatte er sich durch die gesamte linke Seite des Flugzeugs geschnitten und die gesamte Nasenpartie abgerissen und fand Turlocks CID unter den Überresten des Cockpits. »Himmel, Charlie, kannst du mich hören? Charlie …?«

»Ich … es geht mir gut«, antwortete Turlock mehrere angespannte Augenblicke später. »Donnerwetter, was für ein Trip!« Sie brachte sich in eine sitzende Haltung. Richter entfernte weitere Trümmerteile von ihren Beinen und versuchte ihr aufzuhelfen, doch sie hielt ihn zurück. »Warte … oh, igitt!«

»Was, zum Teufel, ist das, Charlie?«

»Das ist der Pilot.«

»Der Pilot?«

Mit einer Handbewegung wies Turlock auf die zähe Masse, die fast die gesamte Vorderseite ihrer CID-Einheit bedeckte. »Das hier«, sagte sie. »Das ist der Beweis, den wir gesucht haben.« Sie entfernte einen Fetzen des feuersicheren Fliegeroveralls von ihrer gepanzerten Brust. »Wie es aussieht, wird man für *seine* DNA bei *mir* einen Abstrich nehmen müssen.«

KAPITEL 4

Ich glaube, nicht Veränderung,
sondern vielmehr Versagen erzeugt Stress.
– Bob Stearns

WEISSES HAUS, WASHINGTON D. C.
Später am selben Tag

Kenneth Phoenix, der Präsident der Vereinigten Staaten von Amerika, betrat mit energischen Schritten den Presseinformationsraum, gefolgt von Vizepräsidentin Ann Page sowie dem Direktor des Federal Bureau of Investigation, Justin Fuller. Überrascht sprangen die im Raum versammelten Reporter auf – niemand hatte ihnen mitgeteilt, dass der Präsident bei der täglichen Pressekonferenz persönlich anwesend sein würde.

»Guten Tag, meine Damen und Herren«, begann Phoenix. »Bitte nehmen Sie Platz.« Der Präsident war gerade mal neunundvierzig Jahre alt, groß gewachsen und auf handfeste Art gut aussehend. Jedoch hatte das vergangene Jahr seine Spuren bei ihm hinterlassen, und er wirkte deutlich älter. Ken Phoenix' Karriere als ehemaliger Anwalt des Marine Corps, Justizminister und Vizepräsident der Vereinigten Staaten war – gelinde gesagt – eine Abfolge von Herausforderungen gewesen. Er war stets in der Lage gewesen, sie zu meistern, doch leicht war es für ihn und seine Familie nie gewesen, und er war längst noch nicht am Ende dieses steinigen Weges angelangt.

»Ich weiß, man hat Ihnen gesagt, Vizepräsidentin Page und ich würden uns bis zum endgültigen Abschluss der Untersuchung hinsichtlich des Angriffs in Reno an geheimen Orten aufhalten«, begann Phoenix. »Doch das war nicht der Fall. Wir mussten unverzüglich reagieren, und obwohl wir über ausgezeichnete Notfalleinrichtungen im ganzen Land verfügen, haben Vizepräsidentin Page – die, wie Sie wissen, mir sowohl als Stabschefin als auch als nationale Sicherheitsberaterin und Pressesprecherin dient – und ich uns entschieden, in Washington zu bleiben. Lassen Sie mich Ihnen die neuesten Informationen geben, die ich soeben vom Chef des FBI erhalten habe. Aufgrund seiner eigenen Ermittlungen und weil es keine weiteren Angriffe gegeben hat, empfiehlt das FBI dem U.S. Northern Command des Heimatschutzministeriums, das für die Landverteidigung der Vereinigten Staaten zuständig ist, und dem North American Aerospace Defense Command, zuständig für die Luftverteidigung der Vereinigten Staaten und Kanadas, dass der Luftraum über den Vereinigten Staaten wieder geöffnet wird, allerdings unter strikten Einschränkungen. Sämtliche Flugzeuge dürfen ausschließlich nach am Boden eingereichten Flugplänen fliegen. Jedes nicht auf einem Flugplan aufgeführte Flugzeug kann ohne Vorwarnung durch boden- oder luftgestützte Luftverteidigungseinheiten abgeschossen werden. Diese Einschränkungen werden im Verlauf der Ermittlungen gelockert werden, allerdings stimme ich mit dem Direktor des FBI überein, dass wir äußerste Vorsicht walten lassen müssen.«

Kenneth Phoenix machte eine kurze Pause, dann fuhr

er fort: »Bei dem an der Absturzstelle in Reno festgestellten radioaktiven Material handelt es sich um Iridium-192, das sowohl bei medizinischen Röntgenaufnahmen als auch in Einrichtungen für industrielle Prüfverfahren verwendet wird. Es war keine Atombombe. Ich wiederhole: Es war *keine* Atombombe. Iridium-192 ist in Industrie und Medizin vergleichsweise weit verbreitet und hat eine nur kurze Halbwertszeit. Mit anderen Worten: Seine Toxizität nimmt innerhalb von Tagen ab, und die entsprechenden Dekontaminierungsverfahren sind gebräuchlich und bestens bekannt. Die Herkunft des Materials konnte eindeutig bestimmt werden. Es handelt sich um Teile einer Lieferung radioaktiven Materials, das dem FBI gestern Morgen von mutmaßlichen Terroristen gestohlen wurde.«

Im Raum brach blankes Chaos aus, als sämtliche Reporter aufsprangen und jeder eine Frage anzubringen versuchten. Phoenix hob abwehrend die Hände und sprach mit leiser Stimme, was die Reporter zwang, sich wieder zu beruhigen, wollten sie die Ausführungen des Präsidenten hören. »Es war meine persönliche Entscheidung, dass dieser Diebstahl geheim gehalten wurde, um eine Panik zu vermeiden. Das Material wurde bei einem fehlgeschlagenen Undercovereinsatz des FBI nördlich von Sacramento, Kalifornien, gestohlen. Dabei kamen mehrere FBI-Agenten und Hilfssheriffs ums Leben.«

Eine Woge aus Entsetzen und Fassungslosigkeit schwappte durch den Raum.

»FBI-Chef Fuller hat mich über diesen Vorfall unterrichtet und mir einen Plan für die Ermittlungen und die Festnahme bekannter Terroristenführer vorgelegt, dem ich zugestimmt habe. Leider konnten keine Verhaftungen mehr vorgenommen werden, die den Angriff auf das Regierungsgebäude in Reno, Nevada, hätten verhindern können. Ich möchte dem amerikanischen Volk versichern, dass ich mich in Washington befinde und in ständigem Kontakt mit dem FBI und anderen Strafverfolgungsbehörden im ganzen Land stehe und dass die Fahndung nach den Terroristen, die diesen abscheulichen Angriff durchgeführt haben, bereits angelaufen ist. Derzeit lässt sich unmöglich sagen, ob es zu weiteren Angriffen kommen wird, aber es wurde noch mehr Material gestohlen, und wir gehen davon aus, dass die Terroristen es zu benutzen beabsichtigen. Wir werden alles in unserer Macht Stehende tun, um sie daran zu hindern.«

Als ihn die Reporter, die Hände erhoben, mit Fragen bedrängten, winkte der Präsident ab. »Ich werde im Augenblick keine Fragen beantworten. Eins möchte ich jedoch noch anmerken, ehe ich wieder an die Arbeit gehe. Aufgrund meiner anfänglichen Befürchtung, eine Panik auszulösen, wollte ich verhindern, dass Informationen an die Öffentlichkeit gelangen, ehe unsere Ermittlungen weiter fortgeschritten sind. Jetzt ist mir bewusst, dass dies ein Fehler war. Anstatt mich zu sorgen, das amerikanische Volk könnte in Panik verfallen, hätte ich mich seiner Unterstützung beim Aufspüren dieser Terroristen versichern sollen. Deshalb verlange ich von allen Amerikanern Folgendes, jetzt und auch in der Zeit nach der Ergreifung der Terroristen: Seien Sie wachsam, geben Sie stets acht, und seien Sie misstrauisch. Hätte ich die Informationen über den Diebstahl früher an die Öffentlichkeit gegeben, hätten die Terroristen möglicherweise rechtzeitig dingfest gemacht werden können. Machen Sie also nicht den gleichen Fehler wie ich. Benachrichtigen Sie Polizei und FBI, sobald Sie Verdacht schöpfen. Fürchten Sie weder Voreingenommenheit, Diskriminierung noch Paranoia. Das wäre im Augenblick alles. Vizepräsidentin Page und Direktor Fuller werden jetzt einige Fragen beantworten, allerdings nur kurz, da es auch für sie reichlich Arbeit gibt. Ich danke Ihnen.«

Damit verließ der Präsident das Podium und begab sich ins Oval Office.

Wegen der Kürzungen auf allen Regierungsebenen im Anschluss an die schwere Double-Dip-Rezession 2012 war der Westflügel des Weißen Hauses dieser Tage ein deutlich ruhigerer Ort als noch während der Administrationen von Martindale und Gardner, unter denen Phoenix zuvor gedient hatte: keine Angestellten, die ständig im Oval Office ein und aus gingen, keine schrillenden Telefone, keine Schlangen von Regierungsbeamten, die auf das nächste Meeting warteten. Tatsächlich war das Oval Office wieder ein Ort der Ruhe.

Ken Phoenix zog sein Jackett aus, hängte es auf den Kleiderständer hinter der Tür seines privaten Arbeitszimmers, schenkte sich einen Becher Kaffee ein und schaltete die vier verdeckten, hochauflösenden Wandbildschirme des Oval Office ein – es war niemand mehr da, der ihm diese kleinen Handreichungen abgenommen hätte.

Auf einem Satellitennachrichtenkanal war das Pressebriefing von Vizepräsidentin Page und FBI-Chef Fuller zu sehen. Offenbar wollte Ann die Veranstaltung, wie zuvor abgesprochen, schnellstmöglich zu Ende bringen. Auf einem anderen Bildschirm war die Suche der beiden bemannten CID-Roboter nach Überlebenden in den Trümmern des Thompson Federal Building in Reno zu sehen. Der Präsident zuckte zusammen, als er das in die Tiefe stürzende Flugzeug sah, an dessen Vorderseite sich einer der Roboter klammerte, und atmete dann erleichtert auf, als gezeigt wurde, wie der zweite Roboter den ersten, der offenbar unverletzt war, unter den Trümmern hervorzog. Obwohl er die Aufnahme bereits ein halbes Dutzend Mal gesehen hatte, reagierte er jedes Mal wieder auf die gleiche Weise.

Minuten später klopfte es an der Tür des Oval Office, und einen Augenblick darauf kamen Ann und Justin herein. »Ich weiß, Direktor, Sie hätten gern eine etwas ausführlichere Pressekonferenz abgehalten«, sagte Ann, als sie den Raum betraten. »Aber glauben Sie mir, weniger ist mehr. Warten wir, bis wir gute Nachrichten zu vermelden haben.«

»Ich gebe ihr recht, Justin«, sagte Phoenix, den Blick auf die Bildschirme gerichtet.

»Wenn ich einen Vorschlag machen dürfte, Mr. President«, sagte Ann. »Sie sollten nicht so sehr darauf bedacht sein, sich für die von Ihnen getroffenen Entscheidungen zu entschuldigen. Sie haben die taktische Entscheidung getroffen, keine Informationen über den FBI-Einsatz und das gestohlene Material an die Öffentlichkeit zu geben. Sie konnten unmöglich wissen, dass das gestohlene Material schon so kurz nach dem Diebstahl zum Einsatz kommen würde, und Sie wissen auch nicht, ob Beobachtungen und Meldungen aus dem Volk, ganz gleich, wie frühzeitig oder korrekt, den Anschlag hätten verhindern können. Es gibt nichts, wofür Sie sich entschuldigen müssten. Letztendlich liefern Sie nur Ihren Kritikern Material.«

»Ich denke, in Zeiten wie diesen erwartet das amerikanische Volk Ehrlichkeit und Aufrichtigkeit von seiner Führung«, widersprach Phoenix. »Meinen Kritiker scheint es keine Mühe zu bereiten, Artikel über mich zu schreiben, ob mit meiner Hilfe oder ohne sie.« Nichtsdestotrotz gab er

Ann mit einem Nicken zu verstehen, dass er ihre Empfehlung nachvollziehen konnte – was diese schweigend honorierte –, dann wies er auf die Monitore. »Mann, diese Aufnahme von den beiden Robotern in Aktion kann ich mir gar nicht oft genug ansehen«, sagte er. »Ich wünschte, wir könnten uns eine komplette Brigade von denen leisten.«

»Welche Aufnahme ist das, Sir?«, wollte FBI-Direktor Justin Fuller wissen. Er war seit fünfundzwanzig Jahren beim FBI und hatte einen Hintergrund, der dem von Phoenix sehr ähnlich war: Ehemals US-Marinesoldat, hatte er seinen Abschluss in Rechtswissenschaften gemacht, ehe er zum FBI gegangen war. Er betrachtete den Flachbildfernseher an der Wand des Oval Office, der normalerweise hinter einem Gemälde verborgen war. »Oh, die CID-Robotereinheiten. Ganz recht, Sir, erstaunliche Technologie.«

»Sie hätten beinahe die Türken im Irak aufgehalten, und gerade mal zwei von ihnen haben diesen russischen Stützpunkt im Jemen zerstört«, sagte Phoenix. »Aber ich denke, die beiden in Reno sind die einzigen, die noch übrig sind.« Er drehte sich um und schüttelte Fuller die Hand. Obwohl ein paar Jahre älter, wirkte Fuller deutlich jünger als der Präsident. Phoenix bat Fuller mit einer Handbewegung, Platz zu nehmen, schaltete die Fernseher stumm und nahm seinen Platz an der Stirnseite des Gesprächsbereichs ein, wo Ann bereits Platz genommen hatte. »Na schön, Justin, wie ist der letzte Stand der Ermittlungen zum Anschlag in Reno?«

»Soeben ist ein weiterer HRT-Beamter seinen Verletzungen erlegen«, antwortete Fuller düster. »Fünfzehn Jahre beim FBI. Zweifacher Familienvater.«

»Mein Gott«, entfuhr es der Vizepräsidentin. Ann Page, Physikerin, Ingenieurin und ehemalige Astronautin, war

Anfang sechzig und hatte zwei Amtszeiten als Senatorin in Kalifornien hinter sich. Im abgespeckten Weißen Haus der Phoenix-Administration bekleidete sie das Amt der Stabschefin und nationalen Sicherheitsberaterin und versah obendrein noch ihre Pflichten als Vizepräsidentin. »Was für ein unglaublich dreister und brutaler Angriff. Gibt es schon Verdächtige, Direktor Fuller?«

»Derzeit haben wir eine Reihe von Extremistengruppen im Westen im Visier«, sagte Fuller. »Der Pilot dieser King Air hat einen Funkspruch an den Kontrolltower in Reno abgesetzt und sich dabei der Formulierungen ›lebt in Freiheit oder sterbt‹ und ›der Herr hat gesprochen‹ bedient. Im Augenblick prüfen wir, ob sie mit bestimmten Gruppierungen in Zusammenhang gebracht werden können. Die Flugrichtung und das Zielobjekt werden ebenfalls mit einbezogen. Die Bergungsteams haben bei der Absturzstelle außerdem eine selbst genähte Fahne gefunden, die zu einer bekannten Extremistengruppe gehört.«

»Wer sind diese Leute?«

»Sie nennen sich Ritter der Wahren Republik, Sir«, sagte Fuller. »Sie haben ihren Sitz in einem ziemlich abgelegenen Teil Nordwest-Nevadas, in der Nähe der Ortschaft Gerlach. Angeführt werden sie von einem Geistlichen namens Reverend Jeremiah Paulson. Es handelt sich um eine bunt zusammengewürfelte Truppe aus Veteranen, Bikern, Farmern, Naturburschen, Minenarbeitern und sogar Indianern. Sie geben vor, eine Gemeinschaft gleich gesinnter, sogenannter unabhängiger Bürger zu sein, die jede Einmischung von Bundes-, Staats- und Bezirksregierungen in lokale Angelegenheiten ablehnen. Wir haben ein paar Verhaftungen vorgenommen und durchsuchen derzeit Grundstücke einzelner Mitglieder, bislang jedoch ohne

Ergebnis. Paulson wurde befragt, aber die Gemeinschaft ist so kleinteilig organisiert, dass man dort sehr wenig über die terroristische Seite der Organisation weiß. Aber irgendwann wird irgendjemand, der einen Angehörigen in Reno verloren hat oder sich vor den führenden Köpfen fürchtet, etwas ausplaudern.«

»Das klingt nicht eben vielversprechend, Direktor«, bemerkte Phoenix.

»Eine solche Gruppe zu unterwandern braucht Zeit, Sir«, sagte Fuller, »und allein in den Staaten des Westens gibt es Hunderte davon. Die meisten sind sehr klein und abgekapselt und neigen in keiner Weise zu Gewaltanwendung. Diese hingegen scheint offenbar den Beweis führen zu wollen, dass sie über den Willen und die Mittel verfügen, es mit der Bundesregierung aufzunehmen. Wir sind ihnen schon seit Monaten auf den Fersen. Wie haben Videoaufnahmen von Waffen- und Sprengstoffkäufen und waren kurz davor, sie hochzunehmen, als sie sich plötzlich nach großen Mengen radioaktiven Materials erkundigt haben. Also beschlossen wir, mit den Festnahmen noch zu warten. Wir sind dieses Risiko ganz bewusst eingegangen – in der Hoffnung, weitere Mitglieder oder Gesinnungsgenossen dranzukriegen und weitere Komplotte aufzudecken. Der Plan ist nach hinten losgegangen.«

»Können Sie diese Burschen nicht noch dingfest machen?«

»Vielleicht, Ma'am. Allerdings haben sie sich in alle Himmelsrichtungen verstreut.«

»Und diese Gruppe?«, fragte Ann. »Genügen die Beweise, um sie zu zerschlagen?«

Fuller breitete die Hände aus. »Was diese Ritter anbelangt, stehen wir praktisch noch am Anfang, Ma'am. Es hat mehrere Monate gedauert, einen Informanten nahe genug heranzubekommen, um den Deal mit dem radioaktiven Material durchzuziehen, und der ist jetzt tot. Und die lokalen Ordnungskräfte haben schlicht Angst, denn diese Gruppierung hat Macht und Einfluss. Das Sheriffbüro hat an besagtem Morgen mehr Männer verloren als das FBI. Vier Helikopter wurden zerstört und zwölf Beamte getötet.«

»Gott«, sagte Phoenix kaum vernehmbar und rieb sich resigniert die Schläfen. »Und das alles wegen meiner Austeritätsprogramme für die Wirtschaft. Die Menschen haben keine Arbeit, und die Regierung tut wenig bis gar nichts, um ihnen zu helfen. Also rotten sie sich zusammen, um das Wenige, das sie noch haben, miteinander zu teilen. Und wenn sie das Gefühl haben, von der Regierung nicht ausreichend beschützt zu werden, greifen sie zu Gewalt.«

Ann sah den FBI-Direktor an und erteilte ihm mit einem Nicken einen stummen Befehl. Fuller bemerkte es und sagte zu Phoenix: »Wenn weiter nichts ist, Sir, werde ich jetzt wieder an die Arbeit gehen.«

»Natürlich, Justin, natürlich.« Phoenix erhob sich und schüttelte Fuller die Hand. »Lassen Sie mich wissen, wann die Bestattung Ihrer Agenten stattfindet. Ich würde ihr gern beiwohnen.«

»Selbstverständlich, Sir.«

»Welch ein Verlust, den er da erlitten hat«, murmelte Phoenix düster, nachdem der Chef des FBI gegangen war. »Muss niederschmetternd für ihn gewesen sein.«

»Ich mache mir mehr Sorgen um Sie, Ken«, gestand Ann unverblümt. »Sie geben sich selbst die Schuld für das, was diese Gruppe von durchgeknallten Spinnern da gestern getan hat? Haben Sie den Verstand verloren?«

Die Bemerkung seiner Vizepräsidentin ließ ihn weit die

Augen öffnen. »Vor Inkrafttreten meiner Austeritätsprogramme gab es diese Extremistengruppen nicht, Ann …«

»Aber natürlich gab es sie, Ken«, ereiferte sich Ann. »Nur waren die staatlichen Behörden schärfer hinter ihnen her, wobei sie Billionen von Dollar verpulvert haben. Ihre Programme, Ihre Entscheidungen, Ihre Führerschaft hat den zerstörerischen finanziellen Praktiken, die örtliche, staatliche und bundesstaatliche Regierungen in Grund und Boden gewirtschaftet haben, ein Ende gemacht. Weniger Regierung. Flächendeckende Ausgabenkürzungen. Flächendeckende Steuereinsparungen. Keine Bürgschaften mehr für unnütze Institutionen oder größenwahnsinnige Vorhaben. All das war gut für das Land. Die Vernünftigen dort draußen haben jetzt wieder echte Hoffnung. Aber es wird immer Verrückte und Extremisten geben, die nur die anhaltende Arbeitslosigkeit und Ungleichheit zwischen den Reichen und den Habenichtsen sehen und daraus den Schluss ziehen, dass die Regierung untätig ist und sie das Gesetz selbst in die Hand nehmen müssen. Denen kann man weder gut zureden, noch darf man sie zu verstehen versuchen. Und ganz gewiss dürfen Sie sich nicht die Schuld für deren Mordtaten geben. Sie können nur eins tun – alle Ihnen zur Verfügung stehenden Mittel einsetzen, um diesen Mördern Einhalt zu gebieten.«

Sie ging hinüber zu Phoenix und legte ihm sanft eine Hand auf die Schulter – eine unerwartet freundliche Geste, wie Phoenix voller Argwohn bemerkte. Wie um seine Skepsis zu bestätigen, fuhr sie gleich darauf scharf fort: »Also reißen Sie sich zusammen. Schluss mit dieser Verzagtheit, Ken. Ich kenne Sie gut genug, um zu wissen, dass das nicht Ihrem Wesen entspricht. Als ehemalige Justizministerin weiß ich auch, dass Sie den Exekutivorganen im Allgemeinen und dem FBI im Besonderen nahestehen. Dennoch dürfen Sie sich durch den Tod dieser Polizisten nicht davon abhalten lassen zu führen. Ich will nicht sehen, wie Sie sich in Selbstmitleid ergehen, Mr. President. Ich will sehen, dass Sie *handeln.*«

Er blickte ihr geradewegs in die Augen und sah, wie ernst es ihr war. Also nickte er und sagte: »Manchmal bedauere ich, dass ich Ihnen die Erlaubnis gegeben habe, jederzeit offen, ehrlich und unverblümt mit mir zu sprechen, Ann … Aber dies ist kein solcher Moment.«

Erfreut über seine Reaktion, versetzte sie ihm einen Schlag seitlich gegen die Schulter.

Phoenix kehrte an seinen Schreibtisch zurück. »Wir müssen dem FBI alle Mittel an die Hand geben, die sie dort brauchen. Wenn Fuller es mit Hunderten von über den ganzen Westen verstreuten Extremistengruppen zu tun hat, wird er Drohnen benötigen, Überwachungsgerät, Sensoroperatoren … All das Zeug, das wir im Irak zur Überwachung der Grenze eingesetzt haben.«

»Ich bin sicher, Air Force und Army würden das FBI dabei nur zu gern unterstützen«, sagte Ann. »Ich werde ein Treffen einberufen und es in die Wege leiten.«

»Da war doch dieser private Auftragnehmer des Verteidigungsministeriums, dieser Dr. Jon Masters«, erinnerte sich Phoenix. »Er verfügte damals über die Ausrüstung für eine präzise Überwachung eines mehrere Hunderttausend Quadratmeilen weiten Geländes im Irak, und das von einem einzigen Flugzeug aus. Finden Sie heraus, ob er helfen kann. Ich bin nicht sicher, ob es noch Gelder im Budget gibt, um ihn zu bezahlen, aber vielleicht ist er ja bereit, seinem Land auch so zu helfen.«

Ann nickte und machte sich einige Notizen auf ihrem

elektronischen Organizer. Während sie dies tat, wurde die Aufmerksamkeit des Präsidenten wieder auf die Bildschirme gelenkt, von denen einer nach wie vor die unglaublichen Aktivitäten der CIDs an der Absturzstelle in Reno zeigte.

»Ann, ich möchte, dass Sie sich mit dem Justizministerium und dem Generalstaatsanwalt in Verbindung setzen und in einer bestimmten Angelegenheit einen Gerichtsentscheid erwirken.«

»Bezüglich welcher Angelegenheit, Mr. President?« Als er nicht sofort antwortete, wandte sich Ann zu ihm herum und folgte seinem Blick zu den Bildschirmen. »Die Roboter? Was ist mit denen?«

»Ich weiß, dass sie im Mittleren Osten und in Afghanistan im Einsatz waren, aber wissen Sie noch, wann sie das letzte Mal in der Vereinigten Staaten eingesetzt wurden?«

»Natürlich. In San Diego, während der Inkraftsetzung des Identifizierungsprogramms für ausländische Arbeitnehmer. Man befürchtete, wegen des Nanotransponder-Identifikationssystems würde es auf beiden Seiten der Grenze zu Massenaufständen und Gewalt kommen, also wurden die Roboter rings um die Stadt stationiert.«

»Und?«

»Es war ein Albtraum, was dann passiert ist«, sagte Ann. »Die Menschen hatten mehr Angst vor den Robotern als vor den Randalierern.« Gedankenversunken hielt sie inne, dann sagte sie: »Ich bin mir nicht sicher, ob der damalige Präsident eine Verfügung erlassen hat, die ihren Einsatz innerhalb der Vereinigten Staaten untersagt, aber ich weiß noch, dass das Geschrei, das sich anschließend gegen sie erhoben hat, ziemlich laut war. Warum?«

»Das FBI benötigt Hilfe im Kampf gegen diese Extremistengruppen«, sagte Phoenix. »Das Budget des FBI wurde, wie alle anderen auch, um fünfzig Prozent gekürzt, und diese Ritter-Gruppe scheint schwerer bewaffnet zu sein als das FBI und über sehr gute Verbindungen zu verfügen. Vielleicht sollten wir dem FBI zusätzliche Feuerkraft zur Verfügung stellen. Warum nur Drohnen und Sensoren?«

»Sie wollen die Roboter dem FBI überlassen?«, fragte Ann skeptisch. Sie dachte über die Idee nach, wobei ihr Gesichtsausdruck eine entschiedene Ablehnung anzuzeigen schien. Doch nach ein paar Augenblicken nickte sie. »Wir schicken sie in den Westen, in die entlegeneren Gebiete Nordkaliforniens und Nevadas …«

»Wenn sie in die Städte gehen, können sie dort humanitäre Hilfsdienste leisten, so wie sie es im Fernsehen tun«, sagte Phoenix. »Ich denke, den meisten Leuten gefällt es, wie diese Dinger das Gebäude durchsuchen. Ich jedenfalls kann mir diese Aufnahmen gar nicht oft genug ansehen. Ich war absolut verblüfft, als einer dieser Roboter aus diesem Trümmerhaufen geklettert ist und einfach fortgegangen ist, als wäre er zuvor in einen Heuhaufen gefallen. Aber solange sie nicht wirklich benötigt werden, setzen wir sie nur draußen auf dem Land ein, weit abseits der Ballungszentren. Sie verfügen über außergewöhnliche Schnelligkeit und Wendigkeit.«

»Aber keine Waffen«, wandte Ann ein. »Ich glaube, was die Leute bei diesem Einsatz in San Diego am meisten hat ausflippen lassen, waren diese Waffenaufsätze, die sie trugen. Sie führten damals genügend Maschinengewehre und Raketenstartgeräte mit, um es mit einer ganzen Panzerstaffel aufzunehmen, und da haben es die Leute mit der Angst gekriegt.«

Phoenix machte ein gequältes Gesicht. »Ich möchte denen wirklich nicht die Hände binden, Ann«, sagte er nach einem Moment des Nachdenkens. »Ich denke, am besten überlässt man das einer Ermessensentscheidung des Einsatzkommandanten. Wenn er sich mit Gefahren wie hoch entwickelten Waffensystemen oder schmutzigen Bomben konfrontiert sieht, sollten die Roboter entsprechend bewaffnet sein.«

»Das könnte sowohl dem Kongress als auch dem amerikanischen Volk schwer zu verkaufen sein«, bemerkte Ann. »Aber nach dem Angriff in Reno ist man vielleicht aufgeschlossener dafür, dem FBI und dem Heimatschutzministerium zusätzliches Gerät zur Verfügung zu stellen.«

»Ich denke, die Roboter würden weniger Aufsehen erregen als Army oder Air Force.«

»Ich werde einen Vorschlag ausarbeiten und ihn der Führungsriege im Kongress zukommen lassen«, kündigte Ann an. »Natürlich werden sie den dort so zurechtfrisieren, dass es klingt, als wäre es deren Idee gewesen.«

»Soll mir recht sein.«

»Wo wir gerade von Reno und der Aufhebung der Luftraumsperre sprechen … Direktor Fuller hat mir eine interessante Pikanterie in die Hände gespielt«, sagte Ann mit einem listigen Lächeln. »Am Morgen nach dem Angriff hat es östlich von Reno eine Verletzung des Luftraums gegeben.«

»Tatsächlich?«, fragte der Präsident. »Denkt er, es hat etwas mit dem Angriff in Reno zu tun?«

»Nein, obwohl die Ermittlungen noch nicht abgeschlossen sind. Aber raten Sie mal, wer daran beteiligt war?«

Phoenix schüttelte den Kopf. Er wusste, dass Ann Page solche Rätselspielchen verhasst waren. Dass sie sich ihm gegenüber selbst eins erlaubte, ließ ihn aufhorchen.

»Patrick McLanahan«, sagte sie.

»Patrick? Sie machen Witze! Was, zum Teufel, ist da passiert?«

»Offenbar ist unser Freund Pilot bei der in Battle Mountain, Nevada, stationierten Civil Air Patrol, und war an einer Suchaktion nach einem vermissten Flugzeug beteiligt, als der Anschlag in Reno passierte«, erläuterte Ann. »Patricks Sohn ist dort ebenfalls Mitglied, er war sogar Teil des Bodenteams, das das verschollene Flugzeug entdeckt und einen Passagier geborgen hat. Es war überall in den landesweiten Nachrichten heute Morgen.«

»Unglaublich! Für den kleinen Bradley ist das gut – obwohl er wohl gar nicht mehr so klein ist. Aber wie kam es dazu, dass Patrick den Luftraum verletzt hat?«

»Der Besitzer des Landes, auf dem die Bergungsaktion stattfand, hat den Überlebenden ins Krankenhaus geflogen, und anschließend sind sie aufs Geratewohl über dem Gebiet ganz in der Nähe des Militärstützpunkts umhergeflogen.«

»Klingt nicht wie etwas, das Patrick tun würde.«

»War es auch nicht. Bei dem Piloten des Helikopters handelt es sich um einen supertollen und großkotzigen Rancher, dem – vermute ich mal – halb Nevada gehört.«

»Spielt doch keine Rolle. Heimatschutz und womöglich gar das Justizministerium werden diesen Kerl das Fürchten lehren.«

»Laut Fuller haben sie das auch versucht, nur hat dieser Rancher mehr Freunde an höchster Stelle als Billy Graham«, sagte Ann. »Fuller sagte, selbst Justizminister Caffery habe einen Anruf erhalten. Weil Patrick und dieser Farmer an einer Bergungs- und Rettungsaktion der Civil Air Patrol beteiligt gewesen waren, haben alle einen Rückzieher gemacht, im Hintergrund aber laufen die Ermittlungen weiter.«

Phoenix nickte zuerst und schüttelte dann amüsiert den Kopf. »Ich dachte, Patrick würde einfach den Dienst quittieren und es da draußen ruhig angehen lassen. Ich hätte wissen müssen, dass er auf irgendeine Weise aktiv bleibt und weiter bei der Fliegerei mitmischt. Der Mann wird sich niemals ändern.«

»Hier in Washington könnte ich ihn jedenfalls gebrauchen, Sir«, meinte Ann. »Er ist der einzige noch verbliebene Befürworter der Space Defense Force, zudem geht da dieses Gerücht, dem Kongress liege ein Gesetz zur Entscheidung vor, das eine erneute Aufstockung des Verteidigungshaushalts vorsieht.«

»Sie haben freie Hand«, sagte der Präsident. »Ich bin sicher, wenn er da draußen in Nevada allein für seinen Lebensunterhalt arbeitet, wird er bereit sein, dasselbe auch in Washington zu tun. Außerdem wird Battle Mountain nächstes Jahr geschlossen, wenn ich mich nicht irre. Alles wird zur Fallon Naval Air Station rübertransportiert.«

»Ist diese … Geschichte, in die er verwickelt war, immer noch ein Thema?«, wollte Ann wissen.

»Leider ja. Und das wird vermutlich auch so bleiben, bis der russische Präsident Truznyew aus dem Amt geschieden ist.« Patrick McLanahan war Leiter einer geheimen, nicht von der Regierung gestützten Militäroperation gewesen, in deren Verlauf russische Kommando- und Weltraumeinsatztruppen in Afrika und dem Mittleren Osten angegriffen worden waren, und seit dieser Zeit hatten die Central Intelligence Agency und das Federal Bureau of Investigation mehrfach vermutlich von Truznyew geschickte Killerkommandos abgefangen, die McLanahan hatten liquidieren sollen. »CIA und FBI behaupten nach wie vor, ein Killerkommando sei leichter zu entdecken, solange er abgeschieden lebt. Aber wir können ihn beschützen. Ich wünschte nur, wir könnten ihn auch angemessen bezahlen, nur leider sind die Kassen leer.«

»Ich werde ein Plätzchen für ihn finden«, sagte Ann. »Wahrscheinlich wird er vor Ort bleiben wollen, bis Bradley die Highschool abgeschlossen hat, also bis nächsten Sommer.«

»Geben Sie ihm in der Zwischenzeit etwas zu tun. Bis der Wirtschaftsumschwung kommt, benötige ich einen Zehnjahresplan für Weltraum- und Langstreckenbomber-Streitkräfte, und er ist der Mann, der sie für mich ausarbeiten soll.«

»Wird erledigt.« Sie sah den Präsidenten an, musterte ihn recht intensiv und sagte dann: »Ich bewundere Sie für Ihr Festhalten an diesem strikten Austeritätsprogramm, Mr. President. Aber wenn ich ganz ehrlich sein soll, Sir, der Druck scheint Ihnen zuzusetzen. Kommen Sie überhaupt zum Schlafen?«

»Ein paar Stunden pro Nacht, mehr hab ich seit meiner Zeit im Corps nie gebraucht.«

»Versuchen Sie zu verhindern, dass der Druck Ihnen zu sehr an die Nieren geht, Sir«, riet Ann. »Die von Ihnen eingeführten Programme *funktionieren.* Die Arbeitslosigkeit ist noch immer hoch, aber sie sinkt. Es gibt Gerüchte, dass Moodys die Triple-A-Bonitätsbewertung für die USA wiederherstellen will, und die Zahlen der Handelsbilanz sehen ausgezeichnet aus.«

»Das liegt daran, dass der Dollar so schlecht steht wie nie zuvor in der Geschichte, Verbrauchsgüter spottbillig sind und niemand irgendetwas von China oder Russland kauft, solange sie ihre Aufrüstung weiter vorantreiben«, sagte der Präsident. »Ich weiß, Ihr Plan wird funktionieren, Ann, und ich weiß auch, dass die Leute unvernünftig schnell Ergebnisse sehen wollen. Aber dann sehe ich all das Leid da draußen und denke, wenn ich die Ausgabenkontrolle nur ein wenig lockere, könnte ich so manches davon lindern. Die Kürzungen bei Medicare und der Sozialversicherung um ein paar Prozentpunkte abmildern, das Einkommensniveau der Antragsteller für Medicaid ein wenig anheben, den Bundesstaaten ein paar Dollars mehr überlassen, damit sie zusätzliche Polizisten und Lehrer einstellen können …«

»Und wir beide wissen, was dann passieren wird, Sir. Sie werden immer mehr verlangen, und wir wären gezwungen, noch mehr Geld zu leihen und zu drucken, und die Abwärtsspirale würde wieder ganz von vorn beginnen. Wir bewegen uns in die richtige Richtung, Sir. Es gibt Entbehrungen derzeit, auf lange Sicht aber werden Ihre Pläne allen zugutekommen. Wir müssen diese Sache unbedingt durchziehen.«

»Selbst wenn wir dadurch weitere Terrorgruppen wie diese ›Ritter der Wahren Republik‹ heranzüchten?«

»Ich würde sagen, die Rezession hat dazu beigetragen, ein Klima zu schaffen, in dem diese Extremisten gedeihen, Sir«, sagte Ann. »Aber sie haben auch vorher schon existiert, und es wird sie immer geben, ob wir nun eine Blütezeit haben oder eine Rezession. Wir müssen dem amerikanischen Volk zeigen, dass wir Extremismus, gleich welcher Art und aus welchem Grund auch immer, niemals tolerieren werden. Ich werde mich umgehend an die Arbeit machen, in den nächsten ein, zwei Tagen den Gesetzgebungsvorschlag für die Army, die Air Force und das Sky-Masters-Rechtshilfepaket skizzieren, wir gehen ihn gemeinsam durch, und ich lege ihn sofort den führenden Köpfen im Kongress vor. So kurz nach dem Angriff in Reno glaube ich nicht, dass wir auf übermäßig viel Widerstand stoßen werden – nicht einmal von Gardner und seinen Speichelleckern.«

»Joseph Gardner …« Phoenix entfuhr ein entnervter Stoßseufzer. »Was ist eigentlich aus der Regel geworden, dass es ehemaligen Präsidenten nicht zusteht, den gegenwärtigen Präsidenten zu kritisieren?«

»Ist aus der Mode gekommen, Mr. President, zusammen mit CDs und frei empfangbarem Fernsehen«, sagte Ann mit einem ironischen Lächeln. Dann wurde sie wieder ernst, das Lächeln erlosch, und sie sagte: »Was wir vorschlagen werden, ist eine bedeutende antiterroristische Offensive gegen amerikanische Mitbürger, Sir. Wir reden hier über den Einsatz von mit Amerikanern bemannten Robotern und Drohnen gegen unsere eigenen Leute.«

»Das ist mir klar, Ann, aber …«

»Ich wollte nur deutlich sein, Sir«, fiel ihm Ann ins Wort. »In dieser Angelegenheit gilt es, hart und geschlossen zu bleiben. Ganz sicher wird es nicht populär sein, nicht im Mindesten. Wir werden uns einer Menge Kritik aussetzen, teils sogar berechtigt, dass wir im Begriff sind, einen Staat zu schaffen, in dem das Militär die Öffentlichkeit überwacht und kontrolliert. Das wird vielen nicht gefallen. Aber um weiteren Zwischenfällen wie in Reno vorzubeugen, wird dies meiner Meinung nach unvermeidbar sein.«

Sie hielt inne und sah Phoenix direkt in die Augen, ehe sie hinzufügte: »Wenn Sie von der Richtigkeit dessen nicht überzeugt sind, Mr. President, dann sollten Sie das jetzt sagen und mir befehlen, es abzublasen. Wir verwerfen es und lassen uns etwas anderes einfallen.«

»Ganz offen, Ann«, sagte Phoenix, nachdem er mehrere Augenblicke lang nachgedacht hatte. »Mir ist nicht ganz wohl bei der Sache.«

Enttäuscht ließ Ann die Schultern sacken, doch gleich darauf straffte sie ihre Haltung wieder und sagte: »In Ordnung, Sir. Dann lassen Sie uns …«

»Nein, ich will damit nicht sagen, wir sollten es *nicht* tun«, fiel Phoenix ihr ins Wort. »Es *gefällt* mir nicht, andererseits will ich diesem gewaltbereiten Extremismus ein Ende machen, und das *jetzt.* Ich werde diese Dreckskerle mit allen mir zur Verfügung stehenden Mitteln zur Strecke bringen, selbst mithilfe des Militärs. Entwerfen Sie diesen Gesetzgebungsvorschlag, und lassen Sie uns ihn sofort auf den Weg bringen – ehe noch mehr entwendete Metallbehälter mit radioaktivem Material in Regierungsgebäuden landen.«

AN DER GRENZE VON ARIZONA, 30 MEILEN SÜDÖSTLICH VON YUMA, ARIZONA

Mehrere Tage später

»Keine Bewegung!«, rief der Beamte der US-Grenzpatrouille auf Spanisch über die Lautsprecheranlage seines Vans. Sein Partner richtete einen starken Suchscheinwerfer auf die Gesichter der Migranten vor ihnen und blendete sie. »Hier spricht die Grenzpatrouille der Vereinigten Staaten. Lassen Sie Ihre gesamte Habe fallen, und nehmen Sie die Hände hoch!«

Die Gruppe aus etwa zwanzig illegalen Einwanderern befand sich acht Meilen nördlich der Grenze, die mitten durch die Yuma-Wüste verlief, und der nächste legale Grenzübergang war fünfundzwanzig Meilen entfernt in

San Luis. Sie alle taten, wie ihnen befohlen, langsam und vorsichtig, ohne ein Gefühl von Furcht oder Verärgerung. Keiner geriet in Panik oder ergriff die Flucht. Offenbar hatte die Gruppe Erfahrung darin, festgenommen zu werden. Das jedenfalls ging den beiden Beamten durch den Kopf.

Die Wirtschaft mochte darniederliegen, und deutlich weniger Mexikaner überquerten illegal die Grenze, weil es weniger Jobs in den Vereinigten Staaten gab. Dennoch kamen sie. Und obwohl man den Etat für die Grenzpatrouille zusammengestrichen hatte und ein Großteil der Technik, auf die sie angewiesen waren, entweder dem Verfall überlassen oder einfach nicht mehr eingesetzt wurde, wurden die »Illegalen« nach wie vor aufgegriffen.

Die Mexikaner hatten mehrere Eingallonenbehälter mit Wasser dabei, die sie an um den Hals geschlungenen Stricken trugen, dazu Rucksäcke, Müllbeutel und was immer sie sonst für den Transport ihrer Habseligkeiten hatten auftreiben können. Altersmäßig reichte es von Teenagern bis hin zu Sechzigjährigen, es waren sowohl Männer wie Frauen, und die meisten schienen bei einigermaßen guter Gesundheit, was wohl auch nötig war, wenn man diese gefährliche Grenze unter derart widrigen Umständen überquerte, erst recht im Sommer.

»Yuma, hier Wagen achtzehn, haben soeben eine zwanzigköpfige Gruppe abgefangen«, gab der Beamte über Funk durch. »Erbitte zusätzliche Transportmittel.«

»Sieht so aus, als würden wir endlich wieder halbwegs vernünftige Infodaten reinbekommen«, sagte der zweite Grenzbeamte. »Sie waren exakt dort, wo man es uns angegeben hat.«

»Ja, aber denk dran, sie hatten uns auch angegeben, dass wir möglicherweise auf weitere OTMs stoßen«, sagte der erste Beamte. »Stellen wir fest, ob dies die Gruppe ist, die sie gemeint haben.« In der letzten Zeit hatten sie auf diesen Kontrollfahrten eine Menge OTMs gesehen – das waren »nicht mexikanische Migranten« –, einige kamen von so weit her, etwa aus China oder Afrika.

Während die Scheinwerfer noch immer in die Gesichter der Migranten schienen, wiesen die Beamten sie an, sich von ihrer Habe zu entfernen – nur eine Flasche Wasser pro Kopf durften sie behalten – und sich voneinander getrennt hinzusetzen. Alle gehorchten schweigend. Da ein Versuch, zwanzig Migranten in Handschellen zu legen und zu durchsuchen, für lediglich zwei Beamte zu gefährlich war, war es besser, das Eintreffen ihrer Verstärkung abzuwarten, also gingen sie mit ihren Gewehren auf und ab, um sie zu beaufsichtigen.

Der erste Beamte blieb vor einem der Migranten stehen. Die meisten von ihnen sahen die Beamten hin und wieder an, dieser jedoch schien bewusst die ganze Zeit fortzusehen. Irgendetwas schien mit ihm nicht zu stimmen. Er war Mitte dreißig, hatte einen Bartwuchs von mehreren Tagen, und doch wirkte er irgendwie fehl am Platz. Viele Migranten trugen selbst im Sommer Strickmützen – nachts konnten die Temperaturen in der Wüste um fast zwanzig Grad unter die Tageshöchsttemperatur fallen – und mehrere Kleider übereinander, schon damit sie sie nicht zu tragen brauchten. Aber dieser hier sah … *anders* aus als jemand, der *versuchte,* wie ein Migrant auszusehen.

»Jim, ich werd mit dem hier mal ein wenig plaudern«, sagte der erste Beamte.

»Was gibt's denn?«

»Nur 'n Gefühl. Ist vielleicht 'n OTM.« Er wandte sich an den Mann und sagte auf Spanisch: »Stehen Sie auf, Sir.«

Der Mann blickte auf und zeigte auf seine Brust, und als der Beamte nickte, tat er, wie ihm geheißen. »Umdrehen und Hände hinter den Rücken.«

»Warte auf die Verstärkung, Pete.«

»Nur den einen hier.« Er war der Erfahrenere der beiden, weshalb der andere Beamte nicht widersprach. Allerdings rasselte er mit dem Patronengurt an seiner Schrotflinte, um den anderen klarzumachen, dass er sie im Auge hatte.

Der Beamte namens Pete holte einen Satz Plastikhandschellen hervor und fesselte die Handgelenke des Migranten. »Entspannen Sie sich einfach, Sir«, sagte er auf Spanisch. »Wie lautet Ihr …«

Alles, was er sah, war eine undeutliche Bewegung, und plötzlich fühlte er unmittelbar unter seiner Nase eine Hand gegen sein Gesicht stoßen. Er versuchte noch zu schreien, doch heraus kam nur ein blutiges Röcheln. Dann spürte er einen Handkantenschlag an seinem Hals … und danach gar nichts mehr.

»Keine Bewegung!«, rief der zweite Beamte, wirbelte herum und richtete die Schrotflinte aus der Hüfte auf den Migranten. Doch mit verblüffender Schnelligkeit waren drei weitere Migranten auf den Beinen, rissen ihm das Schrotgewehr hoch und stießen den Beamten zu Boden. Rasch nahmen sie die Waffen des Beamten an sich …

… und auf ein Nicken des ersten Migranten schossen sie jedem der am Boden liegenden Beamten in den Kopf.

»Noch zwanzig Meilen bis zum Abholpunkt«, sagte der Anführer des Killerkommandos auf Russisch. »Ich weiß nicht, wie weit das andere Fahrzeug der Grenzpatrouille entfernt ist, aber wenn sie von Yuma kommen, sollten wir keine Probleme kriegen. Am Abholpunkt teilen wir uns auf und treffen uns dann wie abgesprochen. Auf geht's.«

Die vier Auftragskiller nahmen ihre Rucksäcke und stiegen nacheinander in den Transporter der Grenzpatrouille. Bevor sie losfuhren, aktivierte einer von ihnen ein kleines Gerät, um das GPS-Peilsignal des Transporters zu stören.

JOINT AIR BASE BATTLE MOUNTAIN
Mehrere Tage später

Es war wirklich erstaunlich, das mit anzusehen, dachte Patrick. Ein Zweihunderttonnen-Flugzeug, das mit der Eleganz eines Leichtluftschiffs durch die Luft zu gleiten schien. Bei dem C-57 Skytrain II – so benannt nach der Militärversion der Douglas DC-3, die im Zweiten Weltkrieg zu Ruhm und Ehren gelangt war – handelte es sich um ein Nurflügel-Transportflugzeug, das dem B-2A-Spirit-Tarnkappenbomber ähnelte, aber über eine dickere, bauchigere Mittelpartie verfügte und dessen drei Mantelstromtriebwerke mit Pylonen über der hinteren Rumpfpartie montiert waren. Ursprünglich als getarntes Startflugzeug für Cruise-Missiles sowie als Flugzeug für die Wiederbetankung in der Luft entwickelt, konnte es durch das Zuladen verschiedener Einsatzmodule in seine beiden großen inneren Frachträume an unterschiedliche Einsatzerfordernisse angepasst werden.

Der Skytrain rollte über die kürzeste Landebahn von Battle Mountain, kam binnen sechshundert Metern zum Stehen und schwenkte auf die erste Rollbahn ein. Die Maschine hatte hoch entwickelte Motoren und eine lernfähige Flügeltechnologie. Winzige computergesteuerte Mikrostellmotoren verwandelten nahezu die gesamte Außenhaut von Rumpf und Tragflächen in eine Konstruktion zur Erzeugung von Auftrieb oder zur Vergrößerung des Luftwiderstands. So vermochte dieses riesige Flugzeug bei voller Zuladung sowohl mit fast doppelter Schallgeschwindigkeit als auch halb so langsam wie jedes andere Flugzeug dieser Größe zu fliegen.

Die gewaltige Maschine rollte direkt in einen leer stehenden Hangar, dessen Türen sich hinter ihm schlossen, kaum dass die Triebwerke heruntergefahren waren. Patrick parkte auf dem ihm zugeteilten Platz auf dem Flugvorfeld neben dem Hangar und wartete drinnen, an der Einstiegsluke im Bauch des Skytrain.

»Patrick! Mensch, lange nicht gesehen!«, rief Jonathan Masters, als er die Einstiegsleiter des Flugzeugs hinabkletterte. Jon Masters war Chefingenieur bei Sky Masters Inc., die hoch technisierte Militärsysteme entwickelte, so etwa einen Großteil der im C-57 verwendeten Technik. Gerade mal ein paar Jahre jünger als Patrick, sah Jon Masters noch immer aus wie ein leicht punkiger zwanzigjähriger Senkrechtstarter: groß gewachsen, spindeldürr, mit ungekämmtem Haar und schlaksiger Körperhaltung. Er begrüßte Patrick mit dem gleichen kaltfischigen Händedruck, der Patrick stets zum Schmunzeln brachte – es war, als würde Jon diesen schlaffen Händedruck ganz bewusst einsetzen, damit sein Gegenüber sich unwohl fühlte, selbst wenn es sich um einen langjährigen Kollegen handelte. »Wie ist es Ihnen ergangen, mein Freund?«

»Nicht schlecht, gar nicht schlecht«, sagte Patrick. »Wie läuft das Geschäft?«

»Ob Sie's glauben oder nicht, ich schlage mich irgendwie durch. Jede Menge aufgekündigter Verträge, wie bei allen anderen auch, allerdings stehen wir bei einigen anderen Projekten in Verhandlung mit der Regierung und werden uns sicherlich noch eine Weile über Wasser halten können.« Er tätschelte die glatte, nahtlose Kohlenstofffaser-Außenhaut des C-57. »Man hat uns Mittel für die Fertigstellung der beiden ›Loser‹ zur Verfügung gestellt, und womöglich erhalten wir auch noch die Beträge für den Bau von einigen weiteren Exemplaren, vorausgesetzt, es gelingt uns, die volle Einsatztauglichkeit einiger weiterer Einsatzmodule nachzuweisen.«

»Dann ist dies also gar kein Loser mehr, richtig?«, fragte Patrick. Jon hatte den C-57 ›Loser‹ – ›Verlierer‹ – getauft, weil er den Wettbewerb um die nächste Generation von Bomberflugzeugen der Air Force verloren hatte. Der war allerdings letztendlich ohnehin eingestellt worden. »Er hat überdauert, weil es sich um ein vielseitig einsetzbares Design handelt.«

»Wir könnten Sie unten in Las Vegas noch immer gut gebrauchen, mein Freund«, sagte Jon. »Dort würden Sie fliegen, statt tatenlos auf Ihrem Hintern herumzusitzen. In weniger als einem Jahr macht dieser Laden dicht. Bei der Air Force ist tatsächlich wieder von Bombern die Rede, und ich weiß, dass Sie sich mehr als nur ein wenig für diese Dinge interessieren. Außerdem könnte ich Ihnen womöglich etwas geben, von dem Sie in den letzten paar Jahren vermutlich nur wenig gesehen haben: Geld.«

Ehe Patrick etwas darauf erwidern konnte, entstieg dem C-57 eine weitere Person, und Patrick wandte sich herum, um diese zu begrüßen. »Willkommen in Battle Mountain, Colonel«, sagte er.

»Vielen Dank, Sir«, erwiderte Army Lieutenant Colonel Jason Richter und schüttelte Patrick die Hand, einen überraschten Ausdruck im Gesicht. Richter war einen ganzen Kopf größer und zwanzig Jahre jünger als Patrick, austrainiert und sportlich und auf rätselhafte Weise gut aussehend, trat höchst selbstsicher auf und hatte die dazugehörige Haltung. »Man hat mir gar nicht gesagt, dass Sie Teil dieses Projekts sein würden.«

»Bin ich auch nicht«, sagte Patrick, »aber man hat mir gestattet, den Park- und Servicebereich zu betreten, sobald gewisse Sondermaschinen für Lufteinsätze hereinkommen, und dazu gehört eben auch Jons Ungetüm hier. Außerdem kennen der Doc und ich uns schon sehr lange.«

»Patrick!«, rief eine Frauenstimme freudig. Eine junge, ranke und schlanke rotblonde Frau sprang aus dem Bauch des Skytrain und wäre fast in Patricks Armen gelandet. »O mein *Gott,* die alte Truppe ist wieder beisammen! Wie schön, Sie wiederzusehen!«

»Ganz meinerseits, Charlie«, sagte Patrick. Charlie Turlock – es war ihr richtiger Vorname, kein Spitzname – war lange Zeit Jason Richters Konstrukteursassistentin im Army Infantry Transformational Battle Lab gewesen, einer Einrichtung, in der Ausrüstung für Infanteriesoldaten entwickelt wurde, vor allem auf dem Gebiet der Robotertechnik. Charlie hatte die Army verlassen, um bei Jon Masters anzufangen, Jason hingegen hatte sich für einen Verbleib in der Armee entschieden. »Hatten Sie einen angenehmen Flug?«

»Sehr angenehm, bis ich ins Cockpit geschlendert bin und festgestellt habe, dass niemand dieses Flugzeug fliegt!«, empörte sich Charlie. »Ein Flugzeug von dieser Größe, und kein Mensch fliegt es? Das ist doch verrückt! Danach brauchte ich erst mal einen Drink.«

»Das ist der Trend der Zukunft, Charlie«, sagte Patrick. »Transport, Aufklärung, Beobachtung, Ablenkung der feindlichen Luftabwehr, Nachschub, strategische Langstreckenangriffe – alles unbemannt. Die Hälfte aller hier startenden und landenden Flugzeuge sind heutzutage unbemannt, und mittlerweile graduiert das Militär mehr Piloten für unbemannte Flugzeuge als für bemannte. Sie suchen ganz dringend weitere Piloten und Sensoroperatoren, vor allem jetzt, in Zeiten der Kürzungen im Militärhaushalt. Mit seiner Entwicklung von unbemannten Systemen ist Jon schon seit Jahren richtungweisend, aber das Tempo zieht eindeutig an. Haben Sie irgendwelche neuen Ideen entwickelt, sollten Sie die so schnell wie irgend möglich ins System einspeisen. Tun Sie es nicht, tut es ein anderer.«

»He, von irgendeinem alten Pensionär müssen wir uns keine Ratschläge über Forschung oder Produktentwicklung anhören«, scherzte Jon Masters. »Aus irgendeinem Grund hat der große Patrick McLanahan entschieden, sich aus dem richtigen Leben zu verabschieden und sich selbst und seinen unendlich viel klügeren Sohn an den Arsch der Welt zu verbannen – was früher, glaube ich, die inoffizielle Bezeichnung von Battle Mountain war, richtig?«

»Machen Sie mir meine Stadt nicht schlecht, Jon«, mahnte Patrick.

»Sieh an, wen haben wir denn hier?«, ließ sich eine weitere Stimme vernehmen, und Wayne »Whack« Macomber kam aus dem Skytrain zum Vorschein. »Der berühmte, geheimnisumwitterte General.« Whack, ehemaliger Footballstar und Kommandosoldat der Air Force für Spezialeinsätze, überragte die anderen. Seinem Gesicht waren noch immer die Narben von der Gefangennahme und brutalen Befragung durch das *Glavnoye Razvedyvatel'noye Upravleniye* oder kurz GRU, den russischen Militärnachrichtendienst, vom Jahr zuvor anzusehen, und er hinkte leicht beim Gehen.

Sie gaben sich die Hand. »Wie geht es Ihnen, Whack?«, erkundigte sich Patrick nicht ohne Sorge.

»Besser«, antwortete Whack. »Danke für die häufigen Besuche.« Whack hatte mehrere Monate im Krankenhaus gelegen, um sich von der Tortur zu erholen, und Patrick hatte zugesehen, dass er ihn wenigstens einmal pro Woche besuchte. Die Kosten für Krankenhausaufenthalt und Reha hatte seine frühere private Sicherheitsfirma übernommen. »Dachte, ich schließe mich bei dieser Geschichte Charlie und Richter an. Zu Hause rumzuhängen und außer Reha nichts zu tun, da wird man ja verrückt.«

»Haben Sie eine dieser Tin-Man-Einheiten mitgebracht?«

»Na klar«, sagte Whack. »Masters will nach wie vor ein paar von denen an die Regierung verkaufen, und sofern es dort gewünscht ist, werde ich sie vorführen.«

»Freut mich, Sie wieder gesund und munter zu sehen«, sagte Patrick. Er wandte sich herum zu Jason und Charlie. »In diesem Hangar hier ist alles für Sie vorbereitet – alles, worum Sie gebeten haben, steht bereit. Sollten Sie Hilfe bei der Unterbringung benötigen, fragen Sie einfach. Derzeit sind die Trailer allerdings das Beste, was wir haben. Der Stützpunkt wird mit jedem Tag ein bisschen kleiner. Hier waren mal über sechstausend Mann stationiert, jetzt sind wir auf unter eintausend zusammengeschrumpft. Aber noch immer sind wir …«

»Ich denke, von hier an kann ich übernehmen, General«, sagte eine Stimme hinter Patrick. Er wandte sich herum und sah, wie sich die FBI Special Agents Chastain und Renaldo sowie die anderen Beamten der Bundesbehörde näherten. »Danke, dass Sie das Flugzeug geparkt haben.«

»Das ist mein Job.« Und an Jon und die anderen gewandt, sagte Patrick: »Falls Sie mich brauchen, ich bin nur einen

Anruf entfernt, und falls Sie später den Ort unsicher machen wollen …«

»Ich denke, wir werden die nächsten Abende sehr beschäftigt sein, General«, warf Chastain ein. »Danke für das Angebot.« Seine Körpersprache und sein Ton legten eindeutig nahe, dass es für Patrick an der Zeit war, sich zu entfernen, was er dann auch tat.

Nachdem er gegangen war, sagte Chastain zu Masters und Richter: »Außer in seiner offiziellen Funktion wird der Mann hier nicht mehr herumhängen.«

»Er ist ein guter Freund, Agent Chastain«, sagte Jon. »Im Übrigen bin ich mit geheimen Programmen vertraut. Seien Sie versichert, wollte der General in dieses Programm eingebunden werden, könnte er dies mit einem einzigen Telefonanruf erreichen.«

»Das bezweifele ich sehr. Jedenfalls solange ich das Sagen habe.«

»Sehe ich ebenso«, murmelte Richter ätzend.

»Wäre aber vielleicht besser, *er* hätte das Sagen«, murrte Jon und bedachte Richter mit verärgertem Gesichtsausdruck. Es war das erste Mal, dass er mit dem talentierten Armeetechniker zusammenarbeitete. »Wie oft haben Sie schon ein CID gesteuert? Patrick hat darin schon mehrere Kampfeinsätze absolviert.«

Chastain überging Jons Bemerkungen. »Sehen wir uns mal einen von Ihren Robotern an«, sagte er.

Jon kletterte in das Innere des C-57, und einen Augenblick darauf öffnete sich die linke Frachtluke, und ein Behälter wurde herabgelassen. Gleichzeitig wurden die Fahrwerkstreben ausgefahren, die es ermöglichten, den Behälter sogleich unter dem Flugzeug hervorzuziehen.

Richter ging hinüber zu dem Behälter und entriegelte die

Klappe, dann zogen er und Charlie ein seltsam aussehendes graues Objekt daraus hervor, das ein wenig größer als ein Kühlschrank war. Chastain fiel auf, dass es den beiden trotz der Größe keine Mühe bereitete, es zu tragen. Das Objekt glich einem Konglomerat aus mehreren Dutzend Kästen verschiedener Abmessungen und Formen, die aufs Geratewohl miteinander verbunden und übereinandergestapelt waren.

»*Das* ist es?«, fragte Chastain. »Es muss erst noch montiert werden?«

»Nicht ganz«, sagte Charlie. Sie wandte sich zu dem Kasten herum, den sie soeben geholfen hatte auszuladen. »CID eins, einsatzbereit machen.«

Urplötzlich schien das Objekt zum Leben zu erwachen. Einer nach dem anderen verschoben sich die Kästen, klappten weitere Einzelteile aus, verschoben sich erneut, falten sich wieder ineinander, nur um sich abermals zu verschieben und zügig zu einem vier Meter großen Roboter zu werden. Als der Ausklappvorgang beendet war, nahm er eine Art gebückter Kauerhaltung ein, etwa wie ein Jäger, der sich an einem Lagerfeuer wärmt.

»Das Kybernetische Infanteriegerät oder CID, Version fünf«, stellte Richter es vor. »Wir haben ihn ein wenig größer und die Panzerung stärker und leichter gemacht, das Gewicht aber um zehn Prozent verringert und den Druck in dem mikrohydraulischen System vergrößert, um die Kraft und Leistungsfähigkeit der Stellmotoren zu erhöhen, sowie die Sensoreinheit stark verkleinert und optimiert. Die Batterielebensdauer wurde ebenfalls leicht verbessert, und …«

»Das Verkaufsgesülze können Sie sich sparen, Colonel«, fiel Chastain ihm ins Wort. »Lassen Sie sehen, wie er arbeitet.«

Richter nickte Charlie zu, die, beinahe glucksend vor Aufregung, sagte: »CID eins, Piloteneinstieg.« Auf das Kommando hin richtete sich der Roboter auf, beugte sich vor, das rechte Beine gerade nach hinten gestreckt, und fuhr auch die Arme nach hinten aus. Gleichzeitig öffnete sich eine Einstiegsluke in seinem Rücken. Charlie kletterte hinauf, wobei sie das Bein wie eine Rampe und die Arme als Geländer benutzte. Dann kniete sie unmittelbar vor der Einstiegsluke im Rücken des Roboters nieder und begann mit dem Einstieg: die Beine zuerst, gefolgt von den Armen und schließlich dem Kopf. Als sie ganz drinnen war, schloss sich die Luke. Mehrere Augenblicke lang geschah gar nichts …

… dann plötzlich erhob sich der Roboter und hüpfte auf und nieder, rollte mit den Schultern und machte mit seinen gewaltigen Armen und geballten Fäusten Schattenboxen, wie ein sich aufwärmender Fighter, der kurz davor war, in den Ring zu steigen. Chastain konnte nicht glauben, wie fließend und menschenähnlich die Bewegungen waren. Er hatte nichts gemein mit irgendeinem der anderen Roboter, die er jemals gesehen hatte.

»Ziemlich cool, oder?«, sagte eine elektronisch generierte Stimme. Die Ausdrucksweise entsprach der Turlocks, die Stimme ganz entschieden nicht. »Wie gefalle ich Ihnen jetzt, Agent Chastain?«

»Verblüffend«, meine Chastain. »Wie kommt es, dass sie … äh … er sich so bewegt?«

»Tausende mikrohydraulische Stellmotoren, betrieben bei erhöhtem Druck, sodass sie wie Muskeln und Bänder an multiaxialen Gelenken funktionieren und dabei unter Verwendung hoch entwickelter Prozessoren auf haptische Steuerbefehle reagieren«, sagte Richter.

Chastain bedachte Richter, der den Special Agent des FBI offenkundig vorzuführen versuchte, mit einem finsteren Blick.

»Ein konventioneller Roboter würde vermutlich einen oder zwei große hydraulische Stellmotoren benutzen, um ein Glied entlang einer Achse zu bewegen – rauf oder runter, rechts oder links, vor oder zurück«, fuhr Richter fort. »Die Gliedmaßen dieses CID sind an Gelenken befestigt, die untereinander mit starken mikrohydraulischen Stellmotoren verbunden sind und völlig anders funktionieren als die menschliche Muskulatur. Der CID-Roboter verfügt über eine so große Zahl dieser Stellmotoren, dass sich einige seiner Gliedmaßen auf eine für den Menschen völlig untypische Weise bewegen können.«

Um dies zu demonstrieren, ließ Charlie den unteren Teil des linken CID-Beins in einem vollständigen Kreis rotieren.

»Und wie stark ist er?«, wollte einer der anderen Agenten wissen.

»Finden wir's heraus«, sagte Charlie. Sie ging hinüber zur C-57 Skytrain und platzierte die Hände vorsichtig unter die Mitte der linken Tragfläche.

»Machen Sie mir mein Flugzeug nicht kaputt, Charlie«, mahnte Jon Masters.

»Dies ist der Ansatzpunkt für das Hebewerk, Jon, keine Sorge«, sagte Charlie. Augenblicke später konnten sie alle sehen, wie Charlie das Flugzeug ungefähr zehn Zentimeter anhob, bevor sie es vorsichtig wieder herunterließ. »Er hat etwa zwanzigtausend Pfund angezeigt, ehe ich eine Überlastwarnung erhielt.«

»Er hat gerade *zehn Tonnen* angehoben?«, stieß der FBI-Agent hervor.

Charlie kam unter der Tragfläche hervor. »Wie wär's, wenn ich jetzt einen Teil dieser Kraft nach unten lenke?« Der CID-Roboter ging leicht in die Hocke, schnellte dann etwa fünfzehn Meter in die Höhe und klammerte sich oben an die Stahlträger. »He, ich glaub, ich kann von hier oben mein Haus sehen!«, scherzte sie, bevor sie sich wieder auf den Betonboden fallen ließ.

»Das CID hat Stürze aus einem Flugzeug aus einer Höhe von mehr als sechzig Metern und mit einer Eigengeschwindigkeit von zweihundert Knoten überstanden«, erklärte Richter. »Die vorherige Version hat Panzerfaustgranaten und sogar Treffern aus einer 30-Millimeter-Kanone standgehalten. Es kann bis zu einer Tiefe von dreißig Metern unter Wasser und für eine gewisse Zeit in chemisch, biologisch und sogar radioaktiv verseuchter Umgebung operieren. Seine Effektivität lässt sich mit Einsatzmodulen steigern, die verschiedene Waffensysteme, Sensoren und sogar Drohnen enthalten. Es kann …«

»Unter gar keinen Umständen Waffen«, unterbrach ihn Chastain entschieden. »Direktor Fuller hat dies mit aller Deutlichkeit klargemacht, und ich stimme mit ihm in dieser Frage überein: Der Roboter darf nicht mit Waffen, gleich welcher Art, ausgerüstet werden. Eigentlich will ich ihn überhaupt nicht in der Öffentlichkeit sehen, es sei denn, er ist an einer realen Operation gegen bewaffnete Extremisten und Terroristen beteiligt und es wurde entschieden, dass unsere Möglichkeiten den ihren womöglich nicht überlegen sind. Soweit es mich betrifft, dient er als schweres Hebewerkzeug, und das wär's auch schon.«

»Sie machen einen großen Fehler, Agent Chastain, aber es ist Ihre Entscheidung«, sagte Richter. Er nickte Richtung Roboter, und innerhalb weniger Minuten war Charlie ausgestiegen. Dann faltete sich das CID wieder zusammen. »Der Roboter verfügt über Tausende hoch entwickelter Fähigkeiten, die mühelos …«

»Richter, tun Sie sich selbst und mir einen großen Gefallen und halten Sie den Mund«, fiel Chastain ihm erneut ins Wort. »Ich brauche Ihren Roboter nicht. Das FBI kann selbst Verbrechen untersuchen und Verhaftungen vornehmen, und sollten wir irgendwelche fremden Dienste in Anspruch nehmen müssen, werden diese unmittelbar durch das FBI kontrolliert und überwacht und haben lediglich unterstützende Funktion.«

Er sah Macomber an. »Sie sind Macomber?« Whack nickte und musterte Chastain mit finsterer Miene. »Sie sind mit diesem anderen Apparat hier, dieser elektronischen Rüstung oder was immer es ist, vertraut?«

»Wir nennen es Tin Man«, sagte Jon. »Eine Panzerung, die …«

»Masters, Sie können es einfach nicht lassen, hab ich recht?«, unterbrach ihn Chastain abermals. Herablassend musterte er Whack. »Ich glaube nicht, dass wir den überhaupt benötigen werden, sofern der Roboter wie angekündigt funktioniert.« Er betrachtete die zusammengefaltete CID-Einheit. »Unter normalen Umständen dulde ich nicht, dass militärisches Gerät bei einer FBI-Ermittlung zum Einsatz kommt. Aber angesichts des freigesetzten radioaktiven Materials werde ich eine Ausnahme machen.« Er gab einem der Agenten hinter ihm ein Zeichen. »Aus diesem Grund werden Sie Special Agent Brady in der Bedienung des CID unterweisen.«

Sowohl Richter als auch Turlock musterten Brady. »Er ist ein bisschen füllig für das CID«, sagte Charlie mit einem unverblümten Blick auf Bradys Hüftumfang. »Dürfte ziemlich eng werden.« Sie wies auf Renaldo. »Sie würde sehr viel besser hineinpassen.«

»Sie ist beim Heimatschutz, nicht beim FBI«, sagte Chastain und besah sich die anderen Agenten. »Savoy, treten Sie vor, in die Mitte.« Einer der Agenten stellte sich neben Brady. Er war deutlich schlanker, ungefähr einen Kopf kleiner und zehn Jahre jünger als Brady und trug eine randlose Brille, die ihn wie einen Mittelklässler aussehen ließ. »Sie werden sich in der Bedienung des Roboters unterweisen lassen.«

»Ich bin C-Four-I, Sir«, sagte Savoy mit einem besorgten Blick auf den zusammengeklappten Roboter. »Ich bin für Kommunikationstechnik und Computer zuständig, von Robotern verstehe ich nichts.«

»Sie sind hier der Technikfreak, also werden Sie den Umgang mit dem Ding lernen. Außerdem dürfen Sie dann mit Miss Turlock hier zusammenarbeiten.« Savoy bedachte Charlie mit einem Nicken und einem breiten Grinsen. Chastain wandte sich an Jon. »Also, wie war das mit den Drohnen, Masters?«

»Wir können sie heute Abend in der Luft haben«, sagte Jon. »Bei den unbemannten Flugzeugen der Sparrowhawk-Serie handelt es sich um kleine und leichte, aber überaus leistungsfähige …«

»Sparrowhawk? Wollen Sie mich auf den Arm nehmen?«, fragte Chastain voller Hohn. »Ich dachte, ich würde Predators bekommen. Ich wurde jahrelang für den Einsatz von Predators ausgebildet.«

»Predators? Wollen *Sie mich* auf den Arm nehmen?« Jon rollte mit den Augen. »Predators waren *vor fünf Jahren* eine heiße Nummer. Ja, sie waren die Wegbereiter. Aber mittlerweile ist die technische Entwicklung weit darüber hinaus.« Chastains Gesichtsausdruck verriet Jon, dass er ihm nicht ganz glaubte. »Sky Masters Inc. produziert die nächste Generation von unbemannten Fluggeräten – kleiner, leichter, einfacher einzusetzen und zu bedienen, autonomer …«

»Ich bin nicht interessiert an Ihrem Verkaufsgewäsch«, wetterte Chastain. »Entweder Sie erklären mir, womit ich es hier zu tun habe, oder Sie schaffen mir das Zeug aus den Augen und aus dem Weg, damit ich meinen Job erledigen kann.«

»Mit Vergnügen, Special Agent«, sagte Jon. »Der Sparrowhawk ist konzipiert für die Überwachung mit hochauflösendem Bildmaterial bei mittlerer Flughöhe und für Langstreckeneinsätze bei maximaler Flugzeit. Er ist klein, einfach in der Programmierung und bei der Flugplanerstellung sowie allwettertauglich. Sie werden begeistert sein.«

»Ich verlange nichts weiter, als dass er dort ist, wo ich ihn haben will, und das beobachtet, was ich will, dass er beobachtet«, sagte Chastain. »Lassen Sie es mich wissen, wenn er startklar ist.«

»Wir können heute Abend zu einem Testflug starten, und startklar für Patrouillenflüge ist er morgen früh.«

Die Auskunft ließ Chastain verblüfft blinzeln. Offenkundig hatte er nicht erwartet, dass sie so schnell bereit sein würden, und war unsicher, ob er Masters glauben sollte. »Wir werden ja sehen. Halten Sie mich auf dem Laufenden.« Er machte auf dem Absatz kehrt und ging, gefolgt von den anderen Agenten – mit Ausnahme von Savoy, der bei Charlie zurückblieb.

»Also …«, begann Savoy verlegen. »Ich … ich denke, ich bin bereit loszulegen, schätze ich. Haben Sie ein Handbuch oder ein Übungsvideo, das ich benutzen kann?«

»Das Wichtigste zuerst«, sagte Charlie. »Ich muss Ihren Vornamen wissen.«

Einen Augenblick lang schien dem FBI-Agenten gar nicht wohl in seiner Haut, dann antwortete er: »Randolph.«

»Randolph?«, fragte Jon.

»Wie nennen Ihre Freunde Sie, Randolph?«, fragte Charlie.

»Randolph.« Er sah, wie die Umstehenden immer breiter grinsten. »Haben Sie ein Problem damit?«

»Ach wo«, sagte Charlie und unterdrückte ihr Kichern. »Dann also Randolph. Sind Sie verheiratet? Alleinstehend?«

»Was hat das mit der Ausbildung an dem Roboter zu tun?«

»Wir sind hier eine kleine und ziemlich verschworene Gemeinschaft, Randolph«, sagte Charlie. »Wir wissen gern Bescheid über die Leute, die abgestellt sind, um mit uns zusammenzuarbeiten.«

»Werde ich dann auch alles über Sie erfahren?«

»Na klar. Fragen Sie nur.«

Skeptisch betrachtete Savoy die anderen, dann sagte er nach einem ärgerlichen Seufzen: »Wegen dieser Übungshandbücher und Videos, Miss Turlock …?«

Charlie warf Jon und Jason einen Blick zu, zuckte dann mit den Schultern, legte einen Arm um Savoys Schultern und drehte ihn zu der zusammengeklappten CID-Einheit herum. »Wir benutzen keine albernen Handbücher oder Videos wie in den guten alten Zeiten, Randolph. Wir glauben an Ausbildung am Arbeitsplatz. CID vier, Piloteneinstieg«, sagte sie, und augenblicklich nahm der Roboter die Einstiegshaltung ein. »Wenn Sie tatsächlich der Technikfreak Ihrer Einheit sind, sollten Sie die Bedienung des CID in … etwa einem Tag draufhaben.«

»In *einem* Tag?«

»Nur, wenn Sie gut aufpassen«, fügte Charlie augenzwinkernd hinzu. »Sonst könnte es auch zwei Tage dauern. Würden wir allerdings in einen Kampfeinsatz gehen, könnten noch ein oder zwei zusätzliche Tage hinzukommen, um alles zu lernen. Aber da Sie keine Waffeneinsatzmodule verwenden wollen, sollten Sie das alles bis morgen um diese Zeit abgehakt haben.«

Sie wies auf die offene Einstiegsluke auf der Rückseite der Einheit. »Dann also rauf mit Ihnen, Randolph, fangen wir an.«

KAPITEL 5

Es kommt der Moment, da muss man aufhören,
den Motor aufheulen zu lassen, und einen Gang einlegen.
– David J. Mahoney

JOINT AIR BASE BATTLE MOUNTAIN

Einige Tage später

Ron Spivey, bekleidet mit einem Footballtrikot, Shorts, Laufschuhen und mit einem Rucksack auf dem Rücken, betrat mit weiten Schritten den Hangar der Civil Air Patrol, wo er Bradley McLanahan und Ralph Markham an einem Tisch antraf. Ralph trug einen CAP-Arbeitsanzug mit Tarnmuster, Brad hingegen erblickte er zum ersten Mal in einem grünen Nomex-Fliegeroverall, wie man ihn bei der Air Force trug. Sie hatten einen Stoß Handbücher auf dem Tisch liegen, zusammen mit einigen Anmeldeformularen. »Wo, zum Teufel, hast du gesteckt, McLanahan?«, rief Ron, während er auf den Tisch zuhielt. »Du bist der Einzige aus der Abwehrtruppe, der nicht zum Training erschienen ist.«

»Ich hab's dir doch erklärt, Ron. Ich hab's nicht geschafft, weil ich meinen ersten Flug als Einsatzscanner bekomme«, erklärte Brad. »Wegen des Luftrettungseinsatzes haben wir eine Einsatznummer ›A‹ erhalten, ich werde also einen echten Einsatz fliegen dürfen.«

Ein mit »A« gekennzeichneter Einsatz wurde von der Air Force für eine spezielle Aufgabe zugewiesen und auch bezahlt.

»Ja, richtig, ist dein Geburtstag heute. Herzlichen Glückwunsch«, bemerkte Ron tonlos. »Du darfst also mit dem richtigen Flugtraining als Scanner anfangen. Und wieso bist du dann nicht schon in der Luft?«

»Ich warte darauf, gebrieft zu werden. Ich dachte, ich helfe Ralph mit seinem Lesepensum für den Ferienkurs.«

»Und wieso liest Marky seinen Kram nicht selbst?«

»Du weißt doch, dass er ein bisschen Schwierigkeiten mit dem Lesen hat«, sagte Brad. »Aber wenn man es ihm erst vorliest und es dann zusammen mit ihm durchgeht, kapiert er's ziemlich schnell.«

»Wir alle hätten gern jemand, der uns an die Hand nimmt«, sagte Ron sarkastisch. »Aber du bist immer noch Kokapitän des Footballteams, also hast du ein gottverdammtes Vorbild zu sein. Bis die Footballtrainingssaison anfängt, hast du fünf Meilen pro Tag zu absolvieren, plus Zwischensprints, dazu noch eine Stunde Kraftraum. Ohne Ausflüchte. Und wir trainieren als verdammtes Team. Wenn du nicht aufkreuzt, werden andere das auch nicht tun, und in Kürze macht jeder seinen eigenen Scheiß und stellt seinen eigenen sogenannten Trainingsplan zusammen, und der ist dann bloß noch für den Arsch.«

»Weiß ich«, sagte Brad. »Ich werde auch wieder kommen. Aber einen A-Einsatz wollte ich mir nicht entgehen lassen.«

»Schön, aber krieg das alles endlich auf die Reihe, denn das eine ist ebenso wichtig wie das andere«, sagte Ron sauer. »Ich war beim Training, jetzt bin ich hier, und heute Abend stehe ich auf der FedEx-Rampe in Reno, um Flugzeuge zu be- und entladen, und danach werde ich im AM/

PM draußen in Elko sein und darauf hoffen, dass ich nicht überfallen werde und die Besoffenen nicht die Zapfsäulen anzünden.«

»Du hast auch noch einen Job im AM/PM in Elko? Du hast *zwei* Nachtjobs?«

»Der Freund meiner Mutter kennt da jemanden …«, sagte Ron. »Spielt keine Rolle. Wenn ich das schaffe, kannst du's verdammt noch mal auch. Krieg einfach deinen Hintern hoch und tu, was du versprochen hast, oder geh mir verdammt aus dem Weg.« Damit stapfte er davon.

»Wow, der war echt sauer«, bemerkte Ralph.

»War mir gar nicht aufgefallen, dass er so viel arbeitet«, murmelte Brad. »Wahrscheinlich ist er fix und fertig, nach dem ganzen Weg hinaus bis Elko und zurück. Er hat auch noch einen Teilzeitjob im Walmart, jedenfalls bis die Schule wieder anfängt.«

»Warum arbeitet er so viel?«

»Er hilft zu Hause aus, schätze ich«, antwortete Brad. »Er spricht nicht viel darüber, jetzt, wo sein Dad verschwunden ist und alles. Außerdem weiß ich, dass er gern mit seiner Freundin ausgeht.«

»Ich werd mir nie 'ne Freundin anschaffen«, verkündete Ralph.

»Das sagst du jetzt, aber in einem Jahr sieht das ganz anders aus«, war Brad überzeugt.

»*Du* hast doch auch keine. Du bist Pilot und spielst in der Footballmannschaft, aber eine Freundin hast du nicht.«

»Ich hab Freunde, die zufälligerweise Mädchen sind.« Brad war überrascht, wie unsicher er sich auf einmal fühlte. »Aber … ich weiß auch nicht. Es gibt viele Gründe. Jungs aus dem Spezialeinsatzteam sind bei den Mädchen eben nicht so beliebt wie sie Quarterbacks und Linebackers. Privatflieger bin ich noch nicht, ich kann sie also nicht im Flugzeug mitnehmen. Und ich bin noch ziemlich neu in der Schule und … Ich weiß nicht, mit Mädchen ausgehen steht auf meiner List im Moment nicht sehr weit oben. Ich denke eher ans College und an ein Stipendium.«

Ralph seufzte. »Ich wünschte, ich könnte aufs College.«

»Kannst du doch. Wir müssen bloß ein bisschen an deinem Lesen arbeiten. Du bist doch ein schlaues Kerlchen. Du lernst bloß nicht so schnell wie andere.«

»Ich werd jedes Jahr in der Schule getestet. Die sagen, ich bin wie ein Viertklässler.«

»Ja, verglichen mit anderen Schülern an der Schule«, sagte Brad. »Aber wie viele Kids kennst du, die all diese Erste-Hilfe-, Orientierungs- und Feldforschungssachen hinkriegen? Wie viele Kids können sich ein verzwicktes Videospiel für Erwachsene nehmen und haben innerhalb von ein paar Stunden raus, wie es mit links zu schaffen ist? Verdammt, wie viele Kids kennst du, die auch nur eine Ahnung haben, was die 60-zu-1-Regel bedeutet?«

»Aber das ist einfach.«

»War es aber nicht, als du angefangen hast. Ich weiß noch, wie ich dir Landnavigation beigebracht habe und wie man Karte und Kompass liest. Du hast anfangs überhaupt nichts begriffen. Du lernst eben eher visuell.«

»Was heißt das?«

»Es fällt dir leichter, etwas durch Zuschauen und Nacheifern zu lernen, statt in einem Buch darüber zu lesen oder dir einen Vortrag darüber anzuhören«, erklärte Brad. »Wochenlang haben wir versucht, dir im Unterricht das Kartenlesen beizubringen, und du hast nichts kapiert und wolltest sogar mehrmals aufgeben. Aber als wir dich einmal nach draußen mitgenommen haben, konntest du dir die Karte anhand der tatsächlichen Geländemerkmale bildlich vorstellen, und als du dann noch einen Kompass in der Hand hattest und ihn im Gelände auf die Karte gelegt hast, hat es plötzlich klick gemacht. Genauso verhält es sich doch mit Videospielen und Computern. Du kannst eine Woche in der Bedienungsanleitung lesen und begreifst nichts, aber sobald wir dich vor Tastatur und Bildschirm setzen und dich einfach machen lassen, hast du den Bogen in Kürze raus.«

»Aber Spiele und Computer sind einfach«, wiederholte Ralph. »Wieso ist die Schule dann so schwer?«

»Weil die traditionelle Schule noch genau so funktioniert wie bei den alten Griechen vor Tausenden von Jahren«, sagte Brad. »Man sitzt in der Klasse, hört sich Vorträge an und liest Bücher. Aber das ist nicht immer die beste Lernmethode. Oder glaubst du etwa, die Jungs der Paiute-Indianer haben das Jagen in einem Klassenzimmer gelernt? Die Krieger haben die jungen Burschen nach draußen in die Berge mitgenommen und ihnen gezeigt, wie man Elche und Dickhornschafe jagt. Und wenn sie versagt haben, haben sie nicht etwa eine Sechs gekriegt, sondern der Stamm hatte nichts zu essen. Man muss ausprobieren, was die beste Methode ist, jemandem etwas beizubringen, und das ist nicht immer das Klassenzimmer. Kommt auf den Schüler und den Unterrichtsstoff an, schätze ich.«

Ralph nickte. »Ich erinnere mich noch an die Landnavigationskurse, die du gegeben hast. Die waren die Voraussetzung für das Lernen im Gelände. Von den Prüfungen hab ich keine einzige bestanden.«

»Stimmt, hast du nicht.«

»Und wieso durfte ich dann raus ins Gelände?«

»Weil ich trotzdem die Anmeldung unterschrieben habe.«

»Und wieso?«

»Weil ich so ein Gefühl hatte, du würdest den Stoff begreifen, wenn wir dich einfach nach draußen mitnehmen und es dir zeigen«, sagte Brad. »Ich bin auch so eine Art visueller Lerner. Zum Beispiel das Fliegen: Durch das Zeug in der Klasse kann ich mich irgendwie durchwursteln und bestehe so gerade eben die Prüfungen, aber übers Fliegen lerne ich eigentlich überhaupt nichts, solange ich nicht ans Steuerruder darf. Dann aber ergibt das ganze Zeug aus dem Klassenzimmer plötzlich einen Sinn. Hättest du es im Gelände nicht kapiert, wäre ich zum Staffelkommandanten gegangen und hätte ihm erklärt, was ich getan habe. Aber du hast es ja kapiert.«

Ralph schwieg ein paar Augenblicke, dann fragte er: »Also, wenn du auch so ein visueller Lerner bist, wieso willst du dann auf ein herkömmliches College?«

Brad öffnete den Mund, um etwas zu erwidern ... und erkannte dann, dass er keine Antwort darauf wusste. Doch glücklicherweise kam genau in diesem Moment Jon Masters an den Tisch. »He, da ist ja das Geburtstagskind!«, begrüßte der ihn überschwänglich.

Brad stand auf und reichte ihm die Hand. Jon ergriff sie, wirbelte ihn dann herum und versetzte ihm achtzehn Klapse sowie einen letzten härteren, um ihm Glück zu wünschen. »Ich bin noch nicht zu alt und du noch nicht zu groß, als dass ich dir nicht richtig zum Geburtstag gratulieren könnte!«

»Danke, Onkel Jon«, sagte Brad. »Onkel Jon, das ist Kadett Markham. Ralph, darf ich bekannt machen – Dr. Jon Masters.«

»Du bist der, der die Suche geleitet und den Überlebenden von diesem Flugzeugabsturz behandelt hat? Freut mich sehr, dich kennenzulernen.« Sie gaben sich die Hand. »Wie ich höre, bist du hier der große Videospielexperte.«

»Ich bin ein visueller Lerner, Sir«, erklärte Ralph voller Stolz.

»Verstehe«, sagte Jon. »Na, ich hoffe, wo ich schon mal hier bin, kann ich dir ein paar Sachen zeigen, die möglicherweise genau dein Fall sind.«

»Was zum Beispiel, Onkel Jon?«, fragte Brad.

Jon legte einen Finger an seine Lippen und zwinkerte ihm zu. »All diesen höchst geheimen, nur bei Bedarf zugänglich zu machenden Unfug ... Na, du weißt schon, was ich meine. Ich könnte es dir sagen, aber dann müsste ich dich anschließend erschießen.«

»Wirklich?« Ralph erschrak.

»Nein, natürlich nicht, Ralph, ich sag das bloß gern«, schmunzelte Jon. »Aber eigentlich bin ich hier, um dir mitzuteilen, Brad, dass dein Lufteinsatz heute Nachmittag gestrichen wurde.« Brad ließ die Schultern hängen. »Ich fühle mich schlecht deswegen, weil mein Kram was damit zu tun hat, und ich weiß, dass dies dein erster Einsatz als Mann am hinteren Fenster sein sollte, der nach irgendwelchen Dingen Ausschau hält.«

»Einsatzscanner.«

»Genau. Aber sozusagen als Wiedergutmachung habe ich dir ein Geschenk mitgebracht. Ich hab es deinem Dad gegeben.«

»Danke!«, rief Brad aufgeregt. Jon Masters Geschenke waren stets irgendwelche seltsamen, höchst ungewöhnlichen und einzigartigen Hightechspielereien. »Und wann bekomme ich es?«

»Sobald sich dein Dad vom Computer loseisen kann, was vermutlich nicht vor deinem dreißigsten Geburtstag der

Fall sein wird«, sagte Jon. »Warum zeigt ihr mir in der Zwischenzeit nicht euer Flugzeug der Civil Air Patrol?«

»Na klar!« Brad lief zum Kommunikationsraum und holte die Schlüssel für das Flugzeug. Dann begleiteten ihn Jon und Ralph zur draußen abgestellten Cessna 182. »Dies ist eine Cessna 182R Skylane, erbaut 1984«, begann Brad voller Stolz, als sie auf das rot-weiß-blaue Flugzeug zugingen. »Es handelt sich um einen viersitzigen einmotorigen Ein- und Hochdecker, konstruiert größtenteils aus Aluminium mit einigen Fiberglaselementen. Angetrieben wird die Maschine von einem Zweihundertdreissig-PS-Saugkolbenmotor. Sie hat ein Gesamtgewicht von ungefähr anderthalb Tonnen, eine Reisegeschwindigkeit von einhundertvierzig Knoten und verfügt über eine Höchstflugdauer von ungefähr vier Stunden bei einer Treibstoffreserve für eine Stunde.«

»Saugkolbenmotor? Einhundertvierzig Knoten?«, wiederholte Masters ungläubig. »Wer benutzt heutzutage noch Kolbenmotoren? Sie fliegt mit Flugbenzin? Ich dachte, es gäbe gar keine Flugzeuge mehr, die Flugbenzin saufen! Außerdem habe ich ein unbemanntes Flugzeug, das sich in einem Rucksack transportieren lässt und doppelt so schnell fliegt!«

»Für einen Bergungseinsatz ist die 182 recht gut geeignet, Onkel Jon. Bei klarem Wetter, auf Kurzstrecken mit kurzer Einsatzdauer, auf Bergungs- und Sucheinsätzen bei geringen Fluggeschwindigkeiten und niedriger Flughöhe kann sie von zivilen Freiwilligen geflogen werden«, erläuterte Brad. »Wir haben andere Flugzeuge für andere Einsätze. Die Civil Air Patrol ist der weltweit größte Einzelunternehmer für 182er und besitzt eine Flotte von mehr als fünfhundert Stück.«

»Eine Flotte von Dinosauriern, wenn du mich fragst«, sagte Jon. »Dieses Flugzeug ist fast dreißig Jahre alt!«

»Sobald die Flugzeugzellen der älteren Exemplare ein gewisses Zeitlimit erreicht haben, wird die Flotte mit neuen Maschinen aufgestockt«, entgegnete Brad. »Vorgesehen war, dass wir noch dieses Jahr eine 182er-Turbo mit Glascockpit erhalten. Wegen der schlechten wirtschaftlichen Lage und all der Kürzungen wurde die aber gestrichen. Vielleicht bekommen wir sie ja, wenn die Rezession vorbei ist.«

»Oder vielleicht etwas Besseres«, meinte Jon nachdenklich.

»Etwas Besseres als eine zuverlässige 182 gibt es nicht, außer eben einer 182er-Turbo mit Glascockpit.« Brad entriegelte die Tür auf der Pilotenseite und öffnete von innen die Tür auf der Passagierseite. »Wir verwenden immer noch die Originalinstrumente.«

»Du lieber Himmel, ich seh's!«, entfuhr es Jon mit erstaunt aufgerissenen Augen, als er den Blick über die ausgeblichene Plastikinstrumententafel schweifen ließ. »Ich weiß gar nicht mehr, wann ich das letzte Mal runde Druckanzeigen gesehen habe!« Er wies auf das GPS-Gerät. »Menschenskind, die Firma, die diese GPS-Geräte hergestellt hat, ist schon seit fünfzehn Jahren nicht mehr im Geschäft! Und … ist das etwa ein FM-Simplex-Funkgerät?«

»Das Funkgerät arbeitet sowohl im Ein- als auch im Mehrkanalbetrieb«, erläuterte Brad. »Die CAP unterhält landesweit etwa fünfhundert Relaisstationen, um die Kommunikation in einem weiten Gebiet und in schwierigem Gelände zu ermöglichen – oder aber für den Fall, dass die konventionellen Kommunikationswege via Telefon und Internet lahmgelegt sind.«

»Donnerwetter. Mir war gar nicht klar, dass ihr euern Job mit solch … veraltetem Gerät macht«, stieß Jon hervor. »Schätze, euer Hauptarbeitsgerät ist das alte Mark-One-Sichtgerät, was?«

»Wir verfügen über eine Gippsland GA-8 mit dem hyperspektralen ARCHER-Sensor – das vermutlich modernste Hightechflugzeug der gesamten Flotte«, erklärte Brad. »Drüben, in der Vegas-Staffel, konnten sie Digitalaufnahmen von den Flugzeugen aus via Satellit übertragen, aber hier machen wir das nicht.«

»Wäre aber wirklich nicht schwer«, meinte Jon. Brad merkte immer sofort, wenn sein Onkel gedanklich mit einem Problem befasst war. Es war genau wie bei seinem Dad: Sie bekamen dann diesen versonnenen Blick, so als würden sie durch alles hindurch auf ihren Arbeitstisch im Labor oder ihren PC starren, in Gedanken bereits beim Experimentieren und Planen. »Der Sendeempfänger wiegt weniger als ein Lunchpaket. Sogar ein Zweiwege-Sprach-, Daten- und Texttransfer ist möglich.«

»Das wäre schon cool«, meinte Ralph.

»Sieh an, vakuumbetriebene gyroskopische Anzeigen … Kreiselkompass … Vergaservorwärmung … Mein Gott, ein L-Tronics-Model-LA-Peilgerät«, murmelte Jon ungläubig. »Die wurden in Santa Barbara, Kalifornien, gebaut, von Hand und praktisch nur von einem einzigen Burschen, Jahre ist das her. Er war mein persönlicher Held. Der Mann hat mit seinen Geräten praktisch das Land verändert.«

»Meistens funktioniert das Zeug recht ordentlich«, sagte Brad. »Und das Flugzeug fliegt sich großartig.«

»Du hast es schon geflogen?«

»Darauf kannst du wetten«, entgegnete Brad. »Ralph auch. Jeder CAP-Kadett bekommt fünf motorgetriebene und fünf Gleitorientierungsflüge. Das ist Teil des Luftfahrtausbildungsprogramms der CAP. Starts und Landungen dürfen wir mit den Flugzeugen der CAP nicht durchführen, aber Steilkurven-, Strömungsabriss- und Langsamflüge habe ich schon absolviert.«

»Mir war gar nicht bewusst, dass die CAP das alles mit diesen Flugzeugen macht«, sagte Jon. »Ich hab noch nie darüber nachgedacht. Und, wann wirst du einen von diesen heißen Öfen fliegen, Brad?«

»Noch eine ganze Weile nicht«, erklärte Brad. »Ich werde eine Ausbildung als Einsatzscanner machen, zwei Flüge unter Aufsicht absolvieren, und dann folgt eine Ausbildung als Einsatzbeobachter. In der Zwischenzeit muss ich meinen privaten Pilotenschein machen und einhundertfünfzig Flugstunden als verantwortlicher Pilot absolvieren. Anschließend kann ich mich dann auf eine CAP-Formular-5-Flugprüfung vorbereiten, die etwa der alljährlichen Tauglichkeitsprüfung für Piloten entspricht. Hab ich die bestanden, erhalte ich zwei Flüge mit Crew unter Aufsicht auf dem linken Sitz, gefolgt von einer CAP-Formular-9-Bewertung.«

»Du lieber Himmel, klingt ja schlimmer als bei der Air Force«, bemerkte Jon. »Die lassen einen durch so manchen Reifen springen, was?«

»Ich werde zwei andere Crewmitglieder in einem Flugzeug der Air Force auf einem von der Air Force zugewiesenen Einsatz fliegen – die wollen, dass wir absolut auf dem neuesten Stand sind«, sagte Brad. »Mit durch irgendwelche Reifen springen hat das überhaupt nichts zu tun.«

»Du hörst dich genauso an wie dein Vater. Wo wir vom Teufel sprechen, da kommt er gerade.« Jon schüttelte Patrick die Hand, als der auf die Cessna zutrat. »Brad war gerade dabei, mir diese Hightechmaschine zu erläutern. Sind Sie sicher, dass das Fliegen eines dieser Dinger Ihre in die

Jahre gekommenen fliegerischen Fertigkeiten nicht auf eine zu harte Probe stellt?«

»Jon, selbst *Sie* könnten eins von diesen Dingern fliegen«, entgegnete Patrick lachend. »Wie geht es dir, Ralph?«

»Ausgezeichnet, Sir. Brad hat mir gerade bei meiner Lektüre geholfen.«

»Nett von dir, Brad. Wie geht es Jeremy?«

»Er wurde aus dem Krankenhaus zu seinen Großeltern in Sparks entlassen, Sir«, sagte Ralph. Patrick wusste das bereits, aber sicherlich kannte der Junge weitere Einzelheiten. »Er ist auf dem Weg der Besserung und hat sich über die Aufnahme bei der CAP erkundigt.«

»Ich bin sicher, er würde einen großartigen Kadetten abgeben«, sagte Patrick. »Also, Jungs. Seid ihr hier fertig?«

»Jawohl, Sir.«

»Dann habe ich – Onkel Jon sei Dank – eine Geburtstagsüberraschung für meinen Sohn«, sagte Patrick. »Dein erster Flug als Scanner wurde leider gestrichen, aber ich denke, ich hab etwas anderes, das dir gefallen wird. Steig erst mal aus deinem Fliegeroverall.«

Die Augen leuchtend vor freudiger Erwartung, schloss Brad die Cessna ab, steckte die Schlüssel ein und kam im Handumdrehen in Zivilkleidung zurück.

»Fahr uns hinüber zum Hangar.« Patrick warf ihm die Schlüssel des Wrangler zu.

Im Gesicht ein Dauerlächeln, fuhr Brad hinüber zur anderen Seite des Stützpunkts, wo die Zivilflugzeuge standen.

»Werden wir fliegen, Dad?«, fragte er aufgeregt, nachdem er den Wagen neben Patricks Hangar geparkt hatte.

»Werden wir«, sagte Patrick. »Dr. Masters steht heute für sein Sonderprojekt der Luftraum rings um den Stützpunkt zur Verfügung. Da er den aber in den nächsten zwei Stunden nicht nutzen wird, hat er uns eine Nutzungserlaubnis beschafft. Ein Überlandflug wird es allerdings nicht werden. Wir müssen innerhalb eines Dreißigmeilenradius um den Stützpunkt bleiben, aber ein paar Flug- und Landemanöver wirst du unterbringen können.«

»Prima!«, rief Brad. Dann legte sich ein Schatten über sein strahlendes Gesicht. »Aber … ich kann es mir nicht leisten, die 210 zu fliegen, bei Weitem nicht. Ebenso gern würde ich die 172 fliegen.« Brad hatte für seinen Pilotenschein auf einer Cessna 172 Skyhawk geübt, hatte Geld gespart und Gelegenheitsjobs im Ort und am Stützpunkt angenommen, um den Treibstoff und die Flugstunden zu bezahlen. Sein Fluglehrer war Patrick.

»Das ist die zweite Überraschung«, sagte Patrick. »Dr. Masters übernimmt die Rechnung für diesen Flug. Herzlichen Glückwunsch zum Geburtstag.«

»Ist ja Wahnsinn!«, rief Brad. »Vielen Dank, Onkel Jon!« Brad musste seine Begeisterung etwas bremsen und – wie sein Vater es ihm eingetrichtert hatte – sein Pilotenhirn einschalten, als er sich anschickte, den Hangar aufzuschließen und die turbinengetriebene Cessna P210 Centurion flugbereit zu machen.

Patrick hatte sein Flugzeug von einer Aerostar mit Doppelturbinenantrieb zu einem einmotorigen, allerdings nicht minder hoch technisierten Flugzeug zurückgebaut. Dank Jon Masters' Frickelei hatte dieses einmotorige, mit einem Druckcockpit ausgestattete Flugzeug ein hoch entwickeltes Turbo-Prop-Triebwerk, welches das Flugzeug auf eine Höchstgeschwindigkeit von über dreihundert Meilen in der Stunde beschleunigte, und das über eine Entfernung von 1500 nautischen Meilen und bei einer Flughöhe von bis zu 25 000 Fuß. Es war mit zwei elektronischen Breitbild-Flugkontrollanzeigen ausgestattet, doppelten GPS-Navigationsgeräten, einem NextGen-Datenlink für Wetter- und Verkehrsinformationen, seitlichen Steuerhebeln, Einhebelmotorsteuerung sowie jeder Menge weiterer Ausstattungsdetails und Nachrüstungen. Sein hochmodernes elektronisches Zündsystem ermöglichte es ihm, jeden gerade verfügbaren Flüssigtreibstoff zu verbrennen, von Autobenzin bis hin zu modernstem Biotreibstoff.

»Ich werde dich alles allein machen lassen«, erklärte Patrick. »Ich möchte sehen, ob du eingerostet bist. Lass dir Zeit.«

»Jawohl, *Sir!*«

Patrick schaute zu, wie Brad das Flugzeug aus dem Hangar schleppte, den Jeep hineinfuhr und anschließend mit der Vorflugkontrolle begann.

Die äußere Vorflugkontrolle bestand größtenteils im Entleeren der zahlreichen Treibstofftanks und Sammelbehälter, um diese auf Wasser und Verunreinigungen zu untersuchen, zu überprüfen, ob die Steuersysteme sich ungehindert bewegen ließen, und alles auf Anzeichen von Lecks und Beschädigungen zu checken.

Nachdem Brad seine Arbeit beendet hatte, kletterte Patrick auf den vorderen Passagiersitz, und Brad nahm auf dem Pilotensitz Platz, nachdem er die Einstiegstür geschlossen und fest verriegelt hatte.

Die innere Vorflugkontrolle war sogar noch unkomplizierter: Das meiste übernahmen, unter Brads wachsamen Blicken, die Computer. Das Anlassen des Motors war absolut simpel: Man legte den Batterieschalter um, gab auf dem Touchscreen der elektronischen Steuerung den Befehl zum Motorstart ein, behielt die Motoranzeigen im Blick und achtete auf jegliche nicht vom Computer erfassten Unregelmäßigkeiten während des Warmstarts.

Innerhalb von Minuten waren sie in der Luft.

»Die drei gefährlichsten Arten des Strömungsabrisses, die dir passieren können«, erläuterte Patrick, kaum dass sie ihre Betriebsflughöhe erreicht hatten, »sind ein Strömungsabriss beim Landeanflug, ein Strömungsabriss unmittelbar nach dem Start sowie ein Strömungsabriss während einer Platzrunde. Das werden wir als Erstes üben.«

»Roger«, sagte Brad. »Sichtungsschwenk, zuerst links.« Er führte einen Sichtungsschwenk nach links und rechts durch, um sich zu vergewissern, dass der sie umgebende Luftraum frei von anderem Verkehr war, dann sagte er: »Simuliere Strömungsabriss beim Landeanflug. Landeklappen auf zehn, anschließend das Fahrwerk. Sobald die Eigengeschwindigkeit sinkt, gehe ich auf die Landeeinstellung. Landeklappen auf zwanzig … Landeklappen auf dreißig. Schub zurücknehmen, Nase weiterhin oben …« Ein paar Augenblicke darauf erklang die Warnsirene für den Strömungsabriss, und sie verspürten das erste Rumpeln unruhiger Luftverwirbelungen über den Tragflächen, Anzeichen eines drohenden Strömungsabrisses.

»Abfangen«, sagte Patrick in dem Moment, als er das Gefühl hatte, die Maschine sei im Begriff, über die Nase abzukippen. Brad lockerte den Gegendruck auf den seitlichen Steuerhebel und gab Vollgas. Als das Flugzeug die Startgeschwindigkeit erreichte, zog er das Fahrwerk und die erste Aussparung der Landeklappen ein und wartete ab, bis ihm eine positive Steigrate angezeigt wurde.

»Gute Arbeit – minimaler Höhenverlust, Nase waagerecht, Steigwinkel positiv«, sagte Patrick, nachdem Brad den Strömungsabriss vollständig abgefangen hatte. »Als Nächstes Strömungsabriss unmittelbar nach dem Start.«

Wie schon zuvor, erklärte Brad laut, was er tat, und simulierte einen Strömungsabriss direkt nach dem Abheben.

Die dritte Übung war ein Strömungsabriss während des Einschwenkens auf eine Platzrunde.

»Sehr gut«, sagte Patrick, nachdem auch die letzte Übung erfolgreich verlaufen war. »Denk daran, die Steuerung immer mittig und die Nase gerade zu halten, sobald du dich einem Strömungsabriss näherst. Ein Strömungsabriss bei einer abgesenkten Tragfläche hat ein Trudeln zur Folge, und auf Trudeln reagiert die P210 alles andere als gutmütig.«

»Verstanden, Dad.«

»Gut. Gehen wir ein paar Landungen durch. Dieses Flugzeug verfügt über Beta-Einstellung und Schubumkehr, aber das alles wollen wir nicht benutzen. Behalt einfach deine Luftgeschwindigkeit im Blick. Konfiguration normal, dann Landeklappen auf halb, anschließend Landeklappen ganz ausfahren. Beobachte deine Sinkgeschwindigkeit bei jeder Landeklappeneinstellung. Danach gehen wir rüber auf die andere Rollbahn und führen eine Seitenwindlandung durch.«

Solange die Winde parallel zur Landebahn wehten, waren Brads Landemanöver sehr gut. Als sie jedoch die Landebahn wechselten, wurde es schwieriger. Brad war nie ein großer Freund von Seitenwindlandungen gewesen. Die Cessna P210 Centurion hatte ein dünnes Rohrfahrwerk mit kleinen Reifen, was bei Querwinden einen Flughafenlandeanflug in Schrägdrift erforderlich machte. Bei einem solchen Manöver ließ man das Flugzeug bis unmittelbar vor dem Aufsetzen schräg zur Landebahn driften, warf dann das Steuerruder herum und ging auf diese Weise unvermittelt in einen Landeanflug mit einseitig abgesenkten Tragflächen über, wobei man die Räder mithilfe des Steuerruders parallel zur Mittellinie der Landebahn hielt, um übermäßige Querkräfte auf das Fahrwerk zu vermeiden – und dies alles unmittelbar vor dem Aufsetzen.

Brad hatte Mühe abzuschätzen, wann er die Schrägdrift abbrechen sollte, sodass es sich beim Aufsetzen anfühlte, als würde das Flugzeug seitlich über den Rand der Landebahn hinausschießen. Patrick war bereit, Gas- und Steuerhebel zu übernehmen, Brad gelang es jedoch, das Flugzeug auf der Landebahn zu halten.

»Gut abgefangen«, bemerkte Patrick, als sie von der Landebahn rollten. »Aber halt die Nase mit mehr Trimm oben, um die Landefluglage beizubehalten, und sei aggressiver bei deiner Handhabung des Seitenruders. Jetzt lass uns zurückrollen, einen Seitenwindstart durchführen und anschließend eine weitere Seitenwindlandung. Als Übungseinheit dürfte dir das erst einmal reichen. Verbalisiere alles, was du tust.«

Nach Erhalt der Startfreigabe sagte Brad: »Okay, Seitenwindstart. Ich habe reichlich Schub und Landebahn, ich werde also auf die Landeklappen verzichten.«

»Dabei würde sich das Flugzeug bei höherer Geschwindigkeit noch am Boden befinden, was normalerweise schlecht für Fahrwerk und Reifen ist«, sagte Patrick. »Erklär mir, warum du auf die Landeklappen verzichtest.«

»Weil das Flugzeug bei Verwendung der Landeklappen dazu neigt, sich wie eine Wetterfahne in den Wind zu drehen, was das Ausrichten mit dem Seitenruder erschwert. Außerdem wird die zusätzliche Geschwindigkeit die Beherrschung erleichtern.«

»Genau«, sagte Patrick. »Nun ist der Seitenwind nicht so stark. Wenn du also wolltest, könntest du die Landeklappen auf zehn Grad stellen. Allerdings liegst du insofern richtig, als dass wir über reichlich Landebahn und Schub verfügen. Bitte, weiter.«

»Da die Winde von links kommen, werde ich den Startvorgang auf der rechten Seite der Landebahn beginnen und auf die gegenüberliegende Ecke zuhalten, sodass der Seitenwindfaktor abgemildert wird«, fuhr Brad fort. »Notfallverhalten gebrieft wie zuvor: Motorversagen vor dem Start bedeutet Schub auf Leerlauf und Bremsen nach Bedarf, um auf der Bahn zu bleiben; Motorversagen nach dem Start, aber unterhalb von fünfhundert Fuß bedeutet: beste Gleitgeschwindigkeit bei achtzig Knoten und voll ausgefahrenen Landeklappen, Landung genau geradeaus bei minimalen Richtungskorrekturen zum Ausweichen vor Hindernissen; Motorversagen oberhalb von fünfhundert Fuß bedeutet: beste Gleitgeschwindigkeit, Versuch einer Rückkehr zur Landebahn, Fahrwerk und Landeklappen ausfahren, sobald Landebahn erreicht.«

»Gut«, sagte Patrick. »Denk daran, Querruder voll in den Wind stellen, bis dein Seitenruder Wirkung zeigt.«

Brad führte den Start durch, sorgfältig darauf bedacht, feste Einstellungen erst für das Querruder und anschließend das Seitenruder einzugeben, um die Ausrichtung auf die Landebahn beizubehalten.

»Guter Start«, lobte Patrick, nachdem Brad den Schwenk auf die Seitenwindrichtung durchgeführt hatte. »Dann wollen wir doch mal sehen, wie du dich bei der Landung machst. Behalte die vollständige Kontrolle über die Ruderpedale bei.«

Patrick konnte spüren, dass Brad bei der Trimmung des Neigungswinkels und der Seitenruderpedale tatsächlich aggressiver vorging, als er, sich an der Rollbahn ausrichtend, seinen Driftwinkel festlegte, Landeklappen und Fahrwerk ausfuhr und sich der Landebahn näherte. Patrick war bereit, das Steuer zu übernehmen, sobald er das Gefühl hatte, dass etwas schieflief, doch Brad reagierte gut auf jede Windveränderung, auf jede Flughöhenkorrektur. Als der Zeitpunkt gekommen war, sich auszurichten und das Ruder herumzuwerfen, verlief dies nahezu ereignislos – Brad drückte das rechte Seitenruder kräftig herein, um das Flugzeug an der Mittellinie der Rollbahn auszurichten, senkte die linke Tragfläche in den Wind, um den Seitenwind auszugleichen, und bewegte ganz leicht den Steuerhebel, um die Nase vorsichtig anzuheben. Als die Warnsirene für den Strömungsabriss erklang, berührte das Hauptfahrwerk auch schon die Landebahn mit einem befriedigenden doppelten Quietschen von Gummi auf Beton. Er gab ein winziges bisschen mehr Schub, damit er genügend Eigengeschwindigkeit hatte, um das Bugfahrwerk sanft auf die Rollbahn gleiten und nicht aufgrund zu geringer Geschwindigkeit hart aufsetzen zu lassen.

»Ausgezeichnete Arbeit«, sagte Patrick, nachdem sie die Landebahn hinter sich gelassen hatten. »Du hattest das Flugzeug im Griff. Gedanklich warst du immer einen Schritt voraus, anstatt nur zu reagieren. Wie hat es sich angefühlt?«

»Großartig«, sagte Brad. »Ich denke, allmählich gewöhne ich mich an Seitenwindlandungen. Sonst war ich dabei immer ungeheuer nervös.«

»Was auf so ziemlich jeden Piloten auf der Welt zutrifft«, meinte Patrick. »Kein Mensch mag Seitenwindlandungen oder -starts, und viele Unfälle bei Start und Landung passieren, sobald Querwinde im Spiel sind. Es erfordert einfach Übung. Hast du genug für heute?«

»Ach was, nein«, sagte Brad. »Ich wünschte, wir könnten irgendwo hinfliegen. Drehen wir noch eine Runde.«

»Ich habe leider noch etwas zu erledigen, und wer nicht auf einem IFR-Flugplan fliegt, unterliegt ausnahmslos der eingeschränkten Flugerlaubnis. Rollen wir zurück zum Schuppen.«

Brad stellte die Centurion vor dem Hangar ab, und nachdem er die Checkliste für die Außerbetriebnahme durchgegangen war, kletterte er, dicht gefolgt von seinem Vater, nach draußen.

»Und, wie hat er sich geschlagen?«, wollte Jon Masters wissen.

»Die Seitenwindlandung musste er noch einmal wiederholen«, sagte Patrick, »aber beim zweiten Mal hat er seine Sache gut gemacht. Davon abgesehen ist er startklar.«

»Daran habe ich nie gezweifelt«, meinte Jon. »Wenn Sie einverstanden sind, ich bin bereit.«

»Vielen Dank, Jon«, sagte Patrick. Er wandte sich an seinen Sohn. »Und jetzt wieder rein mit dir, Großer. Drei Landungen mitsamt einem kompletten Stopp dazwischen, anschließend bringst du sie rein.«

NYE COUNTY VERWALTUNGSBÜROS UND NEBENSTELLE DES SOUTH-AREA-SHERIFFBÜROS, PAHRUMP, NEVADA
Zur selben Zeit

Der Lieferwagen des Expresszustelldienstes bog links in den Kittihawk Drive ein und traf dort auf einen Bauarbeitertrupp mitsamt Bulldozer, der soeben dabei war, ein Meter hohe Absperrblöcke am Straßenrand in Position zu hieven. Der Lieferwagen musste anhalten, um den Bulldozer vorbeizulassen. Der Fahrer schob die Fahrertür auf und fragte einen in der Nähe stehenden Arbeiter: »Was läuft denn hier?«

»Das County sperrt die Kittihawk und die Vaqueros sowie den Parkplatz vor dem Gebäude der Bezirksverwaltung ab«, antwortete der Straßenarbeiter. »Zusätzliche Sicherheitsmaßnahme, schätze ich. Vor einem weiteren gottverdammten Flugzeug wird das allerdings niemanden schützen.«

»Na, wer will denn schon die Bezirksverwaltung in Pahrump attackieren?«, fragte der Lieferwagenfahrer. Der Arbeiter zuckte bloß mit den Achseln. »Und wo werde ich jetzt meine Lieferung los?«

»Erst mal können Sie weiterfahren, hintenrum bis zur Laderampe, die Straßen dort haben wir noch nicht abgesperrt«, sagte der Arbeiter. »Später dann wird das unbebaute Grundstück drüben auf der anderen Seite als Parkplatz eingerichtet. Mit den Lieferungen kenn ich mich nicht aus. Wahrscheinlich werden die überprüft, bevor man sie reinlässt.«

Sobald die Straße frei war, fuhr der Lieferant weiter, bog rechts in die Vaqueros ein, dann ein weiteres Mal nach rechts in den mit ANLIEFERUNGEN markierten Parkbereich. Er zeigte einem Sicherheitsbediensteten seinen Lieferschein, ließ ihn anschließend einen Blick in seinen Wagen werfen und wies auf mehrere große Kartons und eine große Lattenkiste. »Kopierer, Papier und Büromöbel.«

»Ich dachte, wir hätten 'ne Wirtschaftsflaute«, murrte der Wachmann. »Wer hat denn Geld für all das Zeug? Das Sicherheitspersonal wird um die Hälfte zusammengestrichen, und irgend so ein Anzugheini kriegt nagelneues Material für sein Büro?« Der Wachmann zeichnete den Lieferschein ab. »Ab morgen werdet ihr Jungs drüben, gegenüber dem Parkplatz vor dem Haus auf dem Freigelände, parken müssen – für die Überprüfung.«

»Hab's schon gehört. Ich werd's weitersagen.«

Der Wachmann gab dem Fahrer den Lieferschein zurück, und der fuhr weiter zu einer leeren Parkbucht vor der Laderampe. Er nahm sein elektronisches Klemmbrett mit nach drinnen zur Annahmestelle. Er war gerade bis zum Fenster der Angestellten dort vorgedrungen, als sie eine elektronische Sirene vernahmen, gefolgt von den Worten: »FEUERALARM WURDE AUSGELÖST: BITTE VERLASSEN SIE AUGENBLICKLICH DAS GEBÄUDE DURCH DEN HAUPTEINGANG!« Daraufhin folgte die Botschaft noch einmal auf Spanisch.

»Was war denn das?«, wollte der Fahrer wissen.

»Passiert hier ungefähr einmal pro Woche«, nörgelte die Angestellte an der Annahmestelle. »Irgendjemand ist stinksauer, weil ihm gekündigt oder die Arbeitszeit gekürzt wurde, also löst er einen Feueralarm aus oder gibt eine telefonische Bombendrohung ab.«

»Sie machen Witze!«

»Leider nein. Kommen Sie mit.«

»Wieso gehen wir nicht hier raus?«, wollte der Fahrer wissen und zeigte hinüber zur Laderampe.

»Der Sicherheitsdienst will, dass alle vorn rausgehen, damit die Leute durchgezählt und ihre Personalien überprüft werden können. Haben Sie Ihre Autoschlüssel in der Zündung stecken lassen?« Der Fahrer nickte. »Wenn es sich um einen echten Alarm handelt, wird die Feuerwehr den Wagen wegfahren.« Sie sah auf ihre Uhr. »War sowieso Zeit für meine Zigarettenpause.«

Der Lieferwagenfahrer folgte ihr durch enge Flure. Die führten zum zentralen Innenhof, von dem aus weitere Abteilungen abzweigten. Niemand schien es sonderlich eilig zu haben oder gar in Panik zu geraten. Der Fahrer bemerkte uniformierte Gerichtsdiener, die einige Männer in Handschellen nach draußen führten.

»Ich werde mich jetzt mit meiner Freundin aus dem Sheriffbüro treffen«, sagte die Sekretärin. Sie wies auf eine Wand aus Glastüren. »Gehen Sie einfach geradeaus durch diese Türen. Jemand wird Ihnen erklären, wohin Sie dann gehen müssen.«

Der Parkplatz füllte sich mit Angestellten, die sich in kleinen Gruppen zusammenfanden. Unterdessen hatte ein Angestellter des Sicherheitsdienstes in der Mitte der freien Fläche einen Checkpoint eingerichtet und schrie die Leute an, sie sollten sich anstellen, damit man ihre Personalien überprüfen könne. Der Lieferwagenfahrer nahm seinen Firmenausweis heraus und klemmte ihn an die Brusttasche seiner Uniform. Niemand schien gewillt, lange Schlange zu stehen – offenkundig erwartete jeder, dass der Alarm jeden Moment aufgehoben wurde –, deshalb ging es zügig voran. Nach gerade mal ein paar Minuten Wartezeit war er als Nächster an der Reihe. »Sie haben etwas angeliefert?«, fragte der Mann des Sicherheitsdienstes.

»Ja«, sagte der Fahrer.

Der Wachmann blickte kurz auf seinen Ausweis, sah dann den Fahrer an und nickte. Irgendetwas jedoch erregte seine Aufmerksamkeit, und er strich mit dem Finger über den Rand des auf dem Ausweis klebenden Fotos. Dabei löste sich das Foto von dem Ansteckausweis!

»Warten Sie mal – ist das *Ihr* Firmenausweis?«, fragte der Sicherheitsbedienstete.

Der Fahrer schüttelte den Kopf und erwiderte: »Nein, ist es nicht!«

Und im selben Moment hob er die linke Hand mit einem kleinen Apparat darin und drückte den Knopf.

Es gab einen grellen Blitz, gefolgt von einem ohrenbetäubenden Knall, der den Boden erzittern ließ.

Leute liefen schreiend in alle Himmelsrichtungen auseinander, als sich auf der Rückseite des Verwaltungsgebäudes ein riesiger Feuerball ausbreitete, der sich in eine gewaltige schwarze Wolke aus Rauch und Trümmerteilen verwandelte.

JOINT AIR BASE BATTLE MOUNTAIN, NEVADA

Zur selben Zeit

Brad McLanahans Gesicht verwandelte sich in eine Maske völliger Fassungslosigkeit. »Wa… *was?*«, stammelte er.

»Zeit für einen Alleinflug, mein Sohn«, sagte sein Vater voller Zuversicht. »Du bist mehr als bereit, also nichts wie ran. Ich werde am Funkgerät sein, für den Fall, dass du mich brauchst.« Patrick hatte ein wenig mehr Begeisterung erwartet, doch Brad schien wie vor den Kopf gestoßen. »Alles in Ordnung mit dir, Großer?«

»S-sicher«, sagte Brad. »Drei Landungen. Hab verstanden.« Zögernd begab er sich zurück zur Centurion und sah sich einen Moment lang drinnen um, ehe er hineinkletterte. Patrick lauschte darauf, dass die Einstiegstür vollständig verriegelt wurde, dann hielt er Ausschau nach heraushängenden Sicherheitsgurten. Anschließend wartete er, dass die Stroboskope anliefen und der Anlasser hochgefahren wurde, Brad jedoch saß einfach nur da. Schließlich ging Patrick hinüber zum Notausstiegsfenster auf der Passagierseite. Brad, nach wie vor denselben leeren Ausdruck im Gesicht, langte hinüber und schob es auf. »Was ist, Dad?«, fragte er halblaut.

»Alles klar, Brad?«

»Ich … schätze schon«, sagte Brad. »Ich finde nur … das Cockpit wirkt so viel größer, wenn niemand sonst drin sitzt.«

»Du schaffst das, Brad«, sagte Patrick. »Du bist jetzt der verantwortliche Pilot. Mach alles so, wie du es eben getan hast, und alles wird gut. Denk dran, was ich gesagt habe: Sobald du dich in die Nähe des Flugzeugs begibst, schalte dein Pilotenhirn ein, bis du die Hangartür nach Abschalten des Flugzeugs wieder hinter dir absperrst. Okay?«

Brad nickte, blickte dann an seinem Vater vorbei, hinüber zu den anderen. »Schauen dir mir etwa alle zu?«

»Gewöhn dich einfach schon mal daran: Piloten beobachten ständig ihre Kollegen, und einer kritisiert den anderen. Versuch nicht darüber nachzudenken. Flieg das Flugzeug so, wie ich weiß, dass du es kannst. Schalte dein Gehirn in den Modus ›verantwortlicher Pilot‹. Ich wünsch dir was.« Patrick schloss das Fenster und blieb kurz stehen, um sich zu vergewissern, dass Brad es von innen verriegelte, dann trat er zurück.

Wieder dauerte es ein paar längere Augenblicke, doch schließlich langte Brad nach oben, nahm die Checkliste zur Hand, und allmählich begann seine Nervosität abzuflauen. Das Überfliegen der einzelnen Punkte auf der Checkliste, das anschließende Berühren des richtigen Schalters, Hebel oder der Richtanzeige half ihm, sich wieder in die routinemäßigen Abläufe des Fliegens einzufinden, und wenig später hatte er vergessen, dass dies sein erster Alleinflug und er ganz auf sich gestellt war …

… bis er bereit war loszurollen. Er war so daran gewöhnt, sich vorzubeugen und um seinen Vater herumzublicken, wenn er aus dem rechten Fenster schauen wollte, dass er sich, als er es jetzt tat und merkte, dass dies nicht nötig war, erneut seines Alleinseins bewusst wurde. Er wischte sich die verschwitzten Handflächen an seiner Jeans ab.

»Centurion Zwo-Neun-Bravo-Mike, Battle-Mountain-Bodenkontrolle.«

Ein paar Augenblicke lang konnte Brad den Mikroknopf nicht finden, schließlich aber schaffte er es, ihn zu drücken. »Hier Neun-Bravo-Mike, bitte kommen.«

»Nachricht von Sierra-Alpha-Sieben: Rollen Sie vor bis Startbahn, oder parken Sie Flugzeug.«

Brad blickte aus dem Fenster und sah seinen Dad, der ihm mit seinem Handy zuwinkte. Die anderen, die bei ihm waren, hatten ein Grinsen im Gesicht, machten aber dennoch einen leicht besorgten Eindruck – alle, mit Ausnahme von Ralph, der Brad beide emporgereckten Daumen zeigte.

»Ich kann das, verdammt«, sagte er laut zu sich selbst. »Ich weiß, was ich tue. Ich weiß, was ich tue.« Er holte tief Luft, tippte dann erneut auf das Mikro. »Verstanden, Bodenkontrolle – Centurion Zwo-Neun-Bravo-Mike bereit zum Anrollen von südlichen Hangars mit Information Tango.«

»Neun-Bravo-Mike, Information Uniform auf aktuellem Stand, Winde drei-zwo-null auf acht, Höhenmesser drei-null-eins-null«, gab der Lotse der Bodenkontrolle durch. Brad hatte vergessen, die Daten des automatischen Terminalinfosystems einzuholen. »Zwo-Neun-Bravo-Mike hat Freigabe, bis Startbahn drei-null vorzurollen.«

»R-roger«, antwortete Brad nervös. »Vorrollen bis Startbahn drei-null, Neun-Bravo-Mike.« Er wischte sich abermals die schweißnassen Handflächen an den Hosenbeinen ab, schaltete die Rollscheinwerfer ein, löste die Feststellbremse und rollte an.

Es war ein langer und einsamer Weg bis zur Rollbahn, auch wenn er dies schon Dutzende Male gemacht hatte. Brad musste sich bewusst ermahnen, die Beta- und Niedrigschubeinstellungen zu benutzen, um nicht ständig auf die Bremsen zu tippen. Alles schien lauter, jeder Stoß, jedes Wanken war Anlass zur Besorgnis. Was war das für ein Vibrieren? War das Rattern vorn vom Bugfahrwerk normal? Er ertappte sich dabei, die elektronischen Anzeigen Millimeter für Millimeter nach Anzeichen eines Problems abzusuchen, nur um plötzlich festzustellen, dass er viel zu weit seitlich von der Führungslinie ausscherte.

»Reiß dich zusammen, Blödmann«, ermahnte er sich. »Du bist der verdammte Pilot. Dann sei es auch oder stell das Flugzeug ab. Wenn du anrollst, konzentrier dich aufs Anrollen, anstatt dich im Cockpit umzuschauen. Sei der Pilot oder stell das Flugzeug ab.«

Er rollte bis zur Vorlaufzone und schloss die VORSTARTCHECKLISTE ab. Er konnte nicht glauben, wie nervös er war: Er hatte doch tatsächlich vergessen, was als Nächstes zu tun war! Die Checkliste sprang weiter zu den Positionen »NACH DEM START«, nur, was musste er *jetzt tun?* »Vielleicht bin ich doch noch nicht so weit …«

In diesem Augenblick schreckte ihn eine verschwommene Bewegung genau vor ihm auf. Ein XS-19A Midnight, ein einstufiger Raumgleiter, der zur Landung in Battle Mountain hereinkam!

Der Midnight-Raumgleiter war das unglaublichste Flugzeug überhaupt: Es konnte von nahezu jedem Flugplatz weltweit starten oder dort landen und vermochte sich, sobald es nach dem Start einmal wiederbetankt war, eigenständig auf eine Erdumlaufbahn zu katapultieren. Er konnte Passagiere oder Versorgungsgüter zu oder von der

Armstrong-Raumstation transportieren, den Planeten in gerade mal ein paar Stunden umrunden, Satelliten auf einer Umlaufbahn aussetzen oder von dort bergen und sogar Abfangraketen gegen Satelliten und zur Raketenabwehr sowie Bodenangriffswaffen abfeuern.

Das ist es, was ich tun möchte, sagte sich Brad, einen Raumgleiter fliegen. Ich will zu Einsätzen auf den Raumstationen ausrücken, die Erde in einer Höhe von Hunderten von Meilen umrunden, den Planeten in weniger als zwei Stunden umfliegen und mein Land mit aus dem Weltraum abgefeuerten Waffen verteidigen …

… Der erste Schritt auf dem Weg dorthin war es, drei Starts und drei Landungen zu absolvieren, als Alleinflieger in dieser winzigen, auf Luftatmung ausgelegten Cessna Centurion.

Und dann, einfach so, fiel alles an seinen Platz. Er wechselte die Funkfrequenzen auf dem rechten Multifunktionsdisplay, so wie er es immer tat, und sagte: »Battle Mountain Tower, hier Centurion Zwo-Neun-Bravo-Mike, startbereit auf Startbahn drei-null, bleibe auf Platzrunde.« Als er die Freigabe erhielt, löste Brad die Feststellbremse, räumte das Anflugende der Startbahn, rollte an und absolvierte seinen ersten Solostart.

Ehe er sichs versah, lagen die drei Starts und drei Landungen hinter ihm, und nachdem er ein »Gut gemacht, neuer Solopilot!« vom Fluglotsen aus dem Tower bestätigt hatte, ließ er die Centurion zum Hangar zurückrollen. Als er das Flugzeug heruntergefahren und gesichert hatte, begrüßten ihn sein Vater und die anderen mit Beifall. Dann, kaum hatte er sich ein paar Schritte von dem Flugzeug entfernt, kamen die anderen herbeigelaufen und überschütteten ihn mit Wasser aus Plastikflaschen, und sein Vater riss ihm seinen halben Hemdrücken ab. »Schließlich brauch ich irgendwas, worauf ich über deinen ersten Soloflug schreiben kann«, sagte er. »Ein Opfer, das jeder neue verantwortliche Pilot bringt. Meinen Glückwunsch, Brad.«

Unter dem anhaltenden Applaus der anderen schloss Brad seinen Vater fest in die Arme. »Ich war mir unsicher, ob ich es schaffen würde«, gestand er. »Ich wusste nicht einmal mehr, was zu tun war, nachdem ich mit der Checkliste fertig war. Aber dann sah ich den Midnight hereinkommen, direkt vor mir, und alles fiel mir wieder ein.«

»Das hast du gut gemacht, Junge«, sagte Patrick. »Ehe du dichs versiehst, wirst du einen Midnight fliegen. Dein Onkel Jon wird für den Rest deiner Flugausbildung bei uns einsteigen, und zwar bis zu deinem Prüfungsflug. Bis du deine Überland- und Nachtflüge absolvieren darfst und du deine Instrumentenzeit bekommst, wirst du genug Flugstunden auf dem Buckel haben, um die Prüfung abzulegen. Und da ich soeben meine Zulassung als anerkannter Prüfer der FAA auf der Turbinenversion der P210 erhalten habe, werde ich es sein, der deinen Prüfflug abnimmt.«

»*Wahnsinn!*«

»Ich werde zehn Mal strenger sein als jeder andere Checkpilot«, sagte Patrick mit einem Lächeln, »aber ich weiß, dass du es schaffen wirst, und dann hast du deine Fluglizenz in der Tasche. Jetzt bist du erst mal für das Abstellen des Flugzeugs verantwortlich, ich muss nämlich rüber auf die andere Seite des Stützpunkts und herausfinden, weshalb der Midnight hier gelandet ist. Noch einmal meinen Glückwunsch, Junge.«

Er verließ die Feier nur ungern, aber das plötzliche Auftauchen des XS-19 war unvorhergesehen.

»Sierra-Alpha-Sieben, Alpha«, vernahm er über seinen subkutan eingesetzten Sendeempfänger. Der war ein Überbleibsel aus seiner Zeit beim streng geheimen High Technology Aerospace Weapons Center auf der Elliot Air Force Base; obgleich für weltweite Zweiwegekommunikation geeignet, wurde er dieser Tage hauptsächlich für normale UHF- und VHF-Funkübertragungen verwendet. »Alpha« war der Stützpunktkommandant auf der Joint Air Base Battle Mountain, Air Force Brigadier-General Kurt »Buzz« Givens, ein ehemaliger Bombernavigator und Stabsoffizier, als Patrick noch Kommandant des Stützpunkts war.

»Sprechen Sie, Alpha«, antwortete Patrick.

»Ich werde ›ihn‹ in Uniform unterbringen.« Beide Männer wussten ganz genau, wovon die Rede war.

»Roger«, antwortete Patrick. »Ich würde ihn gern sehen und mich mit der Besatzung treffen.«

»Genehmigt.« Es gab sechs sichere überirdische Flugzeughangars, der gesicherte Bereich »Uniform« allerdings befand sich zwanzig Meter unter der Erdoberfläche. Der unterirdische Bereich zur Einlagerung und Wartung von Flugzeugen – groß genug für mehrere B52-Bomber vom Typ Stratofortress – war ein Überbleibsel aus den Zeiten des Kalten Krieges in Battle Mountain.

Patrick fuhr zu dem sicheren Flugzeughangar. Soeben hatte der XS-19 Midnight Anweisung erhalten, in einem der großen Flugzeugschutzbauten zu parken, und so folgte Patrick ihm nach drinnen und parkte gleich daneben. Einige wenige Flugzeugabfertiger und Wartungsoffiziere standen wartend bereit, um der Crew zur Hand zu gehen, allerdings durfte noch mehrere Minuten lang niemand in die Nähe des Raumgleiters, da die Außenhaut noch viel zu heiß war, um sie zu berühren – der Midnight war erst wenige Minuten zuvor mit einer Fluggeschwindigkeit von mehreren tausend Meilen pro Stunde wieder in die Erdatmosphäre eingetreten. Selbst die ultrakalten Moleküle der oberen Luftschichten hatten sich wie Milliarden von Metallteilchen, die über eine raue Fläche schrammten, verhalten und die Außenhaut aus Carbonverbundstoff rot glühend erhitzt.

Der Fußboden des Flugzeugschutzbaus war eigentlich ein gigantisches Hebewerk. Sobald dies gefahrlos möglich war, wurde der Midnight-Raumgleiter mit Ketten gesichert, und das Raumschiff, Patricks Wrangler sowie die Flugzeugabfertiger wurden unter die Erde herabgelassen. Für die sechs Stockwerke wurden zwölf Minuten benötigt, schließlich jedoch langten sie auf dem Boden an.

»He, General!«, hörte Patrick eine Stimme rufen. Die Einstiegsluke des Raumgleitercockpits hatte sich geöffnet, und in der Öffnung erschien Hunter »Boomer« Noble, Vizepräsident der Entwicklungsabteilung bei Sky Masters Inc. Mit seinen nicht einmal dreißig Jahren, seinem gemeingefährlich guten Aussehen, einer Körpergröße, die die der meisten Astronauten übertraf, und stets umgeben von einer Aura aus überdurchschnittlicher Begeisterungsfähigkeit und Humor, gehörte Boomer zu einer Generation von jungen idealistischen und kreativen Träumern, die keine Grenzen kannten und mit denen sich Jon Masters bei Sky Masters nur zu gern umgab. Er trug einen der neueren elektronischen Elastomer-Arbeitsanzüge (kurz EEAA), einen den Körper eng umschließenden Dress, der den Körper mithilfe elektronisch gesteuerter Hohlfasern unter Druck setzte, anstatt des traditionellen unförmigen Raumanzugs, der sich für diesen Zweck komprimierter Atemluft bediente. »Ich hab bereits gehört, Sie wären wieder hier auf BAM! Wie geht's Ihnen, Sir?«

»Ich schlage mich so durch, Boomer, ich schlage mich so durch«, antwortete Patrick. Sie waren gezwungen, sich über eine gewisse Entfernung zu unterhalten, da der Raumgleiter immer noch zu heiß war, um eine Treppe anzulegen. »Wie war der Flug?«

»Großartig – bis auf den Zieleinlauf.«

»Was ist passiert?«

»Haben Sie's noch nicht gehört? Es ist vor gerade mal zwanzig, dreißig Minuten geschehen.«

»Ich war draußen, bin mit Bradley geflogen. Er hat heute seinen ersten Soloflug absolviert.«

»Der kleine Bradley? Meinen Glückwunsch. Aber haben Sie nicht gehört, was passiert ist?«

»Nein.« Plötzlich verspürte Patrick ein schmerzliches Gefühl des Verlusts. Allmählich war er es mehr als leid, nicht mehr dazuzugehören.

»Es hat einen weiteren Terrorangriff auf ein Regierungsgebäude in Nevada gegeben«, erzählte Boomer. »Das Verwaltungsbüro von Nye County in Pahrump. Eine Autobombe. Einundzwanzig Personen wurden getötet. Sämtliche Flüge nach und von Las Vegas, Nellis, Henderson und sogar bis in das entfernte Riverside wurden umgeleitet. Aus diesem Grund bin ich hier.«

Patrick war wie vom Donner gerührt. »Hat man radioaktives Material gefunden?«, wollte er wissen.

»Allerdings. Was genau, weiß ich nicht, aber offenbar ist es deutlich garstiger als das Zeug, das in Reno benutzt wurde.«

Patricks Sendeempfänger fiepte. »Sierra-Alpha-Sieben«, meldete er sich.

»Hier Alpha«, funkte Kurt Givens. »Gizmo und Nutcracker verlangen eine Freigabe des Luftraums und wollen eine sofortige Starterlaubnis.« »Gizmo« war Jon Masters' Rufzeichen und »Nutcracker« das von Special Agent Chastain, ausgesucht von Patrick höchstpersönlich. »Ist ›er‹ in Sicherheit?«

»Positiv«, gab Patrick zurück.

»Roger. Sorgen Sie dafür, dass die Centurion weiß, dass ihre Luftraumfreigabe beendet ist. Alpha Ende.«

Patrick rief auf Bradleys Handy an, um sicherzustellen, dass das Flugzeug bereits wieder gelandet war. War es, und Bradley war – im Kampfanzug – bereits wieder bei der Staffel der Civil Air Patrol, wo er ein Briefing zu dem neuerlichen Terrorangriff erwartete.

Patrick wandte sich wieder an Boomer, der sich mittlerweile auf dem Parkdeck zu ihm gesellt hatte. »Jon und das FBI haben die volle Verfügungsgewalt über den Class-C-Luftraum und werden ihn sperren. Mit anderen Worten: Für die unmittelbare Zukunft sind Sie unser Gast.«

»Ich habe nichts dagegen«, sagte Boomer. Er wies auf die junge Frau, die neben ihm stand. »An Gonzo erinnern Sie sich doch, oder?«

»Sie meinen Major Faulkner? Selbstverständlich.« Patrick streckte die Hand aus.

Jessica Faulkner gehörte zu den erfahreneren Astronauten in der U.S. Space Defense Force. Die zierliche Rothaarige mit den grünen Augen, Marine-Corps-Kampfpilotin auf einem F-35 Lightning II, bevor dieses Programm gestrichen worden war, trug ebenfalls einen EEAA, der ihre Rundungen in der Tat sehr vorteilhaft zur Geltung brachte.

Sie gaben sich die Hand. »Wie geht's Ihnen, Major? Oder muss ich mittlerweile Colonel sagen?«

»Ich bin vor ein paar Monaten in den Vorruhestand getreten, Sir«, sagte Jessica. »Jetzt arbeite ich für Sky Masters

Inc. Das sind praktisch die Einzigen, die die Raumgleiter fliegen.«

»Nun, meinen Glückwunsch zu Ihrem Ausscheiden aus dem Dienst und Ihrem neuen Job«, sagte Patrick. »Mensch, Boomer, gibt es überhaupt noch jemanden aus der Space Defense Force, den Jon nicht angeheuert hat?«

»Nur Sie, Sir«, sagte Boomer. »Ist Ihnen bekannt, warum man den Class-C-Luftraum gesperrt hat, General?«

»Nein, aber ich schätze, ich möchte es auch gar nicht wissen«, sagte Patrick. »Ich nehme an, es hat etwas mit dem zu tun, was immer Jon im Skytrain mitgebracht hat.«

»Das ist allein schon deswegen ein Geheimnis, weil das FBI darin verstrickt ist. Ginge es nach mir, würden wir es ganz offen sagen«, erklärte Boomer. »Das Weiße Haus hat dem FBI für das Aufspüren von Terroristen ein paar von Jons modernsten unbemannten Überwachungsflugzeugen sowie zwei CIDs überlassen. Und der am meisten qualifizierte Mann für den Einsatz von Drohnen und CIDs steht direkt neben mir, Sir. Wieso sind Sie nicht mit von der Partie?«

»Das werde ich Ihnen verraten, sobald es sicher ist, das zu tun«, entgegnete Patrick.

»Es gibt also noch einen anderen Grund, weshalb Sie sich entschieden haben, nach Nirgendwo, Nevada, umzuziehen und auf die Überreste der Space Defense Force aufzupassen?«

»Behalten Sie das für sich.« Mit einem Nicken wies Patrick auf den XS-19-Midnight-Raumgleiter. »Und, macht der Jet Ihnen Spaß?«

»Mann, Sie sind hier draußen wirklich weit ab vom Schuss, hab ich recht, Sir?« Boomer wandte sich zu Jessica. »He, Gonzo, wie wär's, wenn Sie aus dem EEAA steigen, und wir treffen uns mit Ihnen in ein paar Minuten?«

»Klar, Boomer.« Jessica hatte schon verstanden: Sie sollte verschwinden, weil sich die Erwachsenen unterhalten wollten. »War nett, Sie wiederzusehen, Sir.« Sie bedachte Boomer mit einem warnenden Funkeln, enthielt sich aber einer Bemerkung, machte kehrt und begab sich außer Hörweite.

»Aufgewecktes Mädel«, bemerkte Patrick.

»Jon stellt nur die Schlauen ein.« Boomers Gesicht nahm einen deutlich ernsteren Ausdruck an. »Jon hält Sie über die Geschehnisse in der Firma nicht auf dem Laufenden, hab ich recht, Sir? Sie unterliegen noch immer der höchsten Geheimhaltungsstufe, richtig?«

»Das ist richtig, aber solange ich etwas nicht wirklich wissen muss, bin ich nicht berechtigt, gebrieft zu werden«, sagte Patrick.

»Wie es den Regeln der Air Force und des Verteidigungsministeriums entspricht. Was ich meinte, sind die Firmenregeln.«

»Ich arbeite nicht für Sky Masters«, erklärte Patrick. »Und überhaupt, was macht das für einen Unterschied? Sky Masters ist einer der großen privaten Auftragnehmer bei der Landesverteidigung. Also sollten sie sich auch an die DoD-Richtlinien für die operationelle Sicherheit halten.«

»Bei Programmen des DoD, richtig, Sir«, sagte Boomer. »Aber mal angenommen, dies ist gar kein DoD-Programm.«

»Ich kann Ihnen nicht ganz folgen, Boomer.«

Boomer überlegte einen Augenblick und wies dann mit einem Nicken auf den Frachtraum. »Gehen wir doch näher ran und werfen einen Blick darauf, Sir.«

»Bin ich befugt?«

»So weit es mich betrifft, ja«, sagte Boomer. »Verdammt,

es war schließlich *Ihre* Idee – aber den ganzen Ruhm hat selbstverständlich Jon eingeheimst.«

Boomer stieg die Einstiegstreppe hoch, und Patrick folgte ihm. Um das Abziehen der Restwärme vom Wiedereintritt zu erleichtern, waren die Frachtraumluken oben auf dem Rumpf des Midnight geöffnet. Boomer kletterte auf den Rumpf und wies ins Innere des Frachtraums. »Gedacht war es als verkleinertes Testmuster für nicht wiederverwendbare Startraketen. Allerdings hat es so gut funktioniert, dass Jon mich gebeten hat, das gesamte Angebot umzuformulieren und es für den Einsatz im Raumgleiter vorzuschlagen. Erinnern Sie sich noch an das Projekt ›Serviceman‹, das Sie entwickelt haben?«

»*Was?*«, entfuhr es Patrick, als er überrascht in den Frachtraum hineinspähte. Was er dort sah, erinnerte an einen großen silbernen Propangastank, mit Steuerdüsen an beiden Enden sowie zwei sichtbaren Greifarmen auf der Oberseite. »Das ist Serviceman?«

»Das, Sir, ist ein Hundert-Millionen-Dollar-Auftrag – nicht der Air Force, nicht der Space Defense Force, sondern der Navy – über den Bau von drei Vorführeinheiten eines autonomen wiederverwendbaren Systems für die Wiederbetankung und Wiederaufrüstung von Satelliten sowie das Einsammeln von Weltraumschrott – eben jenes System, dass *Sie* angeregt haben, als Sie noch für Sky Masters arbeiteten«, erklärte Boomer mit steinerner Miene.

»Davon wusste ich überhaupt nichts«, sagte Patrick.

»Jon erhielt den Auftrag keine sechs Monate nach Ihrem Ausscheiden aus der Firma. Ich glaube, Joseph Gardner ist schuld, dass es ein Navy-Projekt geworden ist – und der Umstand, dass Sie, wäre es ein Projekt der Air Force geworden, früher Wind davon bekommen hätten.«

»Ich?«

Boomer nickte ernst. »Ja … oder auch von dem Bonus über 2,75 Millionen Dollar, der dem Entwicklungsteam zusteht, in diesem Falle *Ihnen*.«

Patrick sah hoch zu Boomer, der seinen Blick mit todernster Miene erwiderte. »Ihr Name taucht nirgendwo auf, weder in dem Projektvorschlag noch in den Entwurfsspezifikationen. Aber wir beide wissen, dass Sie die Idee entwickelt haben. Wo das Geld abgeblieben ist, weiß ich nicht, ich bezweifle allerdings, dass Sie etwas davon gesehen haben, richtig?« Patrick schwieg, was Boomer als Antwort genügte. »Sollte dies in das Stadium der endgültigen Entwicklung gehen, wäre dies nach meiner Einschätzung ein Zwei-Milliarden-Dollar-Auftrag über fünf Jahre. Das wären dann weitere *fünfzig Millionen Dollar*, wenn ich mich nicht irre. Und das tue ich nicht. Und sollte die Regierung das System nicht kaufen und wir uns entscheiden, unser eigenes Service- und Weltraumschrott-Einsammelsystem für andere Länder oder Gesellschaften bereitzustellen, könnte dies noch um ein Vielfaches mehr wert sein.«

»Aber das ist kein Bargeld, Boomer. Für gewöhnlich wird das gleich wieder in die Firma investiert«, wandte Patrick ein.

»Stimmt, Sir«, sagte Boomer. »Die meisten von uns nehmen sich einen kleinen Teil davon, bezahlen ihre Steuern und lassen sich den Rest in Anteilen oder Anteilsoptionen auszahlen – in der Hoffnung, dass die Kapitalertragssteuern wie derzeit bei null bleiben. Hat Jon Ihnen irgendetwas in der Art angeboten?« Patrick schwieg. »Das dachte ich mir, Sir.«

»Es reicht«, sagte Patrick und hob eine Hand. »Jon und ich sind Freunde, und das schon seit vielen Jahren. Er nervt mich schon seit Jahren damit, zu Sky Masters zurückzukommen. Vielleicht hatte er ja die Absicht, es dann zur Sprache zu bringen. Vielleicht hat er, in dem Wissen, dass ich so handeln würde, das Geld auch in die Firma reinvestiert oder gedacht, es sollte besser nicht in meinen Händen sein, während ich einige juristische Fragen mit der Regierung zu klären hatte.«

Boomer ließ den Kopf sinken und nickte.

Patrick warf noch einen Blick auf die Vorrichtung im Frachtraum des Midnight, ehe er sich zurück zur Leiter begab. »Sichern Sie diesen Frachtraum, Boomer«, sagte er, bereits auf dem Weg nach unten, »und dann lassen Sie uns herausfinden, was, zur Hölle, oben vor sich geht.«

Zur selben Zeit

»Menschenskind, Masters, sagten Sie nicht, wir würden dieses Ding noch heute Morgen in der Luft haben!«, rief Special Agent Chastain, als er mit ausgreifenden Schritten in den Hangar kam. »Was gibt es denn *jetzt wieder* für eine Verzögerung?«

»Gar keine, wir sind startklar«, erwiderte Jon voller Eifer. Er war sichtlich beunruhigt, weil sein erster Flug weit hinter dem Zeitplan lag. Er gab seiner Bodencrew ein Handzeichen, worauf einer von ihnen den Schalter zum Öffnen der Hangartore drückte. Im Innern es Hangars stand, auf einem spindeldürren Fahrwerk, ein ungewöhnlich aussehendes Fahrzeug. Als sich die Hangartore öffneten, gab Jon ein weiteres Signal, worauf sich die Mitglieder der Bodencrew daranmachten, das Fahrzeug ins Freie zu ziehen.

Während sie es nach vorn bewegten, durchlief das Vehikel

einen Umwandlungsprozess: Zu beiden Seiten des Rumpfes entfalteten sich Tragflächen, aus dem Inneren jeder Tragfläche klappte ein Turbo-Prop-Triebwerk aus, dessen Propellerblätter auseinanderklappten, während die Tragflächen zu ihrer vollen Spannweite ausgefahren wurden. In weniger als zwei Minuten war aus dem unansehnlichen Fahrzeug ein Kipprotorflugzeug geworden. Doch anders als bei anderen Kipprotorflugzeugen saßen seine Triebwerke nicht an den Tragflächenenden, vielmehr waren die Turbodieselmotoren der RQ-15 Sparrowhawk auf drehbaren Lafetten montiert, welche die inneren und äußeren Teile der Tragflächen miteinander verbanden, was dem Sparrowhawk eine weitaus größere Spannweite verlieh. Die Triebwerke verharrten in einem 45-Grad-Winkel gekippt, was verhinderte, dass die Propeller mit dem Boden in Berührung kamen.

»Wurde auch Zeit«, sagte Chastain. »Endlich sieht es wie ein richtiges gottverdammtes Flugzeug aus.«

»Es verfügt über eine doppelt so lange Höchstflugdauer und eine doppelt so große Nutzlast wie eine Predator oder Reaper, bei gleicher Luftgeschwindigkeit«, erläuterte Jon. »Wenn nötig, kann es in der Luft stehen, was die Drohnen der ersten Generation noch nicht konnten. Außerdem muss es nicht zerlegt werden, wenn man es in einem Fracht…«

»Sie schaffen es einfach nicht, Ihren aalglatten Handelsvertreterjargon abzuschalten, hab ich recht, Masters?«, sagte Chastain. »Bringen Sie das verdammte Ding einfach in die Luft, ja?«

»Gehen wir hinüber in den Kontrollraum«, sagte Jon. Er und Chastain begaben sich in den »Kontrollraum« – einen Schreibtisch, auf dem man drei Laptops mit großem Bildschirm bereitgestellt hatte, umstellt von Trennwänden, um das Umgebungslicht fernzuhalten. »Alles wird über diese Touchscreen-Laptops ausgeführt«, erläuterte Jon. »Der Sparrowhawk wurde bereits mit den Roll- und Startbahnen des Flugplatzes programmiert, sodass er sich eigenständig zu der für den Start geeigneten Startbahn begeben wird. Nach der Steigphase berühren Sie einfach die Karte auf dem Bildschirm des Laptops, und schon zeigt er Ihnen an, wohin es geht. Pilot oder Flugplan sind überflüssig. Sehen Sie ein Ziel, das Sie sich näher anschauen möchten, befehlen Sie ihm einfach über eine Berührung der Darstellung auf dem Bildschirm, darüber zu kreisen oder in der Luft stehen zu bleiben.«

»Jetzt bringen Sie es schon in die Luft«, drängte Chastain gereizt. »Ich will jede Menge Bildmaterial über diese Ritter, um herauszufinden, ob wir sie mit diesem neuerlichen Angriff in Verbindung bringen können.«

Jon nickte seinen Technikern zu, und Augenblicke später liefen die Turbodieselmotoren an, und der Sparrowhawk rollte los.

Als er die lange Rollbahn zur zugewiesenen Startbahn entlangrollte, schüttelte Chastain den Kopf. »Warum, zum Teufel, müssen Sie dieses Ding bis ganz ans Ende der Startbahn rollen lassen? Wenn es, wie Sie sagen, in der Luft stehen kann, wieso lassen Sie es nicht vom Fleck weg starten?«

»Weil es für sämtliche Roll- und Startbahnen programmiert ist und …« Doch dann blickte er in Chastains ungeduldiges Gesicht und sagte zu seinem Techniker: »Haben Sie jetzt genug Rollbahn, Jeff?«

»Denke ja, Jon.«

Jon überprüfte die Triebwerksanzeigen, um sich zu vergewissern, dass die Motoren ihre Betriebstemperatur erreicht hatten, dann sagte er: »Starten Sie es von der Rollbahn aus, Jeff. Bringen wir den Einsatz auf den Weg.«

Der Techniker ließ den Sparrowhawk anhalten und gab über die Tastatur des mittleren Laptops Steuerbefehle ein. Einige Augenblicke darauf war der Sparrowhawk in der Luft. Er benötigte ein wenig mehr Piste als gedacht – sie erhaschten einen flüchtigen Blick auf die blauen Rollbahnmarkierungslichter, die das Bugfahrwerk nur um wenige Fuß verfehlte.

BEIM HANGAR DER CIVIL AIR PATROL
Zur selben Zeit

Michael Fitzgerald war gerade dabei, die Funkgeräte hinten im neben dem Hangar geparkten Trailer zu prüfen, als er eine dröhnende Stimme sagen hörte: »Also, jetzt sieh sich einer doch all dieses hochgezüchtete Technikzeug an!« Er wandte sich herum und erblickte niemand anderen als Judah Andorsen, gekleidet genau wie bei ihrer ersten Begegnung: mit lederner Fliegerjacke, Arbeitshandschuhen, Stiefeln und Cowboyhut.

»Mr. Andorsen«, sagte Fitzgerald überrascht. Er kletterte aus dem Wohnwagen, und sie gaben sich die Hand. »Wie geht es Ihnen heute, Sir?«

»Einfach ausgezeichnet … äh, Fitzgerald war der Name, richtig?«

»Genau, Sir. Michael Fitzgerald. Was führt Sie nach hier draußen?«

»Ich hab gerade eine weitere Unterredung mit den Leuten vom Heimatschutz hinter mir, darunter auch mit einer übereifrigen und ziemlich unverschämten Agentin, von der ich mich den ganzen Tag lang filzen lassen würde, wenn Sie verstehen, was ich meine.«

»Cassandra Renaldo. Mich hat sie keines Blickes gewürdigt.«

»Renaldo … Genau, die meine ich.«

»Ich habe ihr und ihren Freunden vom FBI erklärt, bevor ich nicht einen Anwalt hinzugezogen hätte, könnten sie mir den haarigen Buckel runterrutschen«, sagte Fitzgerald.

»Ich weiß schon, ohne Anwalt sollte ich eigentlich gar nicht mit FBI-Agenten sprechen, aber was soll's? Ich hab nichts zu verbergen, also hab ich einfach … *Heiliger Strohsack!* Was, zum Teufel, ist denn das?«

Fitzgerald wandte sich herum, um Andorsens überraschtem Blick zu folgen, und sah den Sparrowhawk über das Flugfeld hinwegfliegen. »Ich persönlich kenne mich nicht aus mit Flugzeugen, Sir, aber Sie müssen sich nur lange genug hier herumreiben, dann kriegen sie alle möglichen zu sehen.«

»Scheint unbemannt zu sein. Ich sehe gar kein Cockpit an dem Ding!«

»Vermutlich handelt es sich um eine Überwachungsdrohne, etwa vergleichbar mit einer wirklich großen Predator«, erklärte Fitzgerald. »Hier draußen werden eine Menge Drohnen eingesetzt. Ich kann mich allerdings nicht erinnern, diese dort schon einmal gesehen zu haben.« Er wies mit dem Finger in Richtung eines der mit einem hohen Stacheldrahtzaun umgebenen Hangars in der Ferne. »Kam wohl aus einem der Hangars dort drüben in der Sperrzone, denke ich.«

»Ist das wahr?« Andorsen folgte dem Sparrowhawk mit dem Blick, bis er nicht mehr zu sehen war, schüttelte dann den Kopf und richtete sein Augenmerk auf den Trailer. »Und, was haben Sie da drinnen alles?«

»Dies hier ist unser CAP-Trailer für die Kommunikationstechnik«, erklärte Fitzgerald. »Es ist ein zehn Meter langer Wohnanhänger für Sattelschlepper, den wir zu einem mobilen Einsatzbefehlsstand umgebaut haben.« Er ging hinein. »Dies hier ist ein Hochfrequenzfunkgerät, bei diesen beiden hier handelt es sich um taktische VHF-Basisstationen, und dies ist eine VHF-Basisstation für den Flugfunk, und das ist ein Computerterminal, das wir mit dem weltweiten Satelliteninternet verlinken können. Darüber hinaus können wir mehrere tragbare Funkgeräte mitführen. Im vorderen Teil des Trailers gibt es eine Bordküche, eine Latrine, Kojen sowie einen kleinen Planungsbereich, groß genug für zwei Personen. Für die Funkgeräte ist auf dem Dach eine Dreißigfußantenne montiert, des Weiteren sind wir imstande, Satellitenübertragungen zu empfangen. Wir haben ausreichend Trinkwasser und genügend Stromaggregate, Propangas, Vorräte und Grauwassertanks, um zwei Mann völlig autark bis zu einer Woche zu versorgen. Wir können praktisch mit jeder lokalen, staatlichen oder Bundesbehörde in Verbindung treten, und das selbst bei einem Stromausfall.« Fitzgerald klopfte auf eine Plakette aus Holz und Messing, die an der Trennwand über dem Schreibtisch befestigt war. »Tatsächlich, Sir, haben wir diesen Trailer *Ihnen* zu verdanken. Sie haben ihn vor ein paar Jahren der Civil Air Patrol gespendet.«

»Was Sie nicht sagen!«, rief Andorsen. »Wenn Sie in mein Alter kommen, vergessen Sie so einiges. Freut mich, wenn ich helfen kann.« Ein paar Augenblicke lang schwieg er, dann sagte er: »Sie verbringen eine Menge Zeit bei der Civil Air Patrol, hab ich recht?«

»Derzeit noch mehr als sonst«, sagte Fitzgerald gedrückt. »Mir ist vom Department of Wildlife gekündigt worden.«

»Tut mir leid, das zu hören, mein Junge.«

»Es hieß, der Grund wären ›Budgetkürzungen‹, aber ich bin sicher, das FBI hat sich bei meinem Boss beschwert, ich würde mich weigern, ihre Fragen zu beantworten, und ihm nahegelegt, mich rauszuschmeißen«, sagte Fitzgerald voller Bitterkeit. »Und jetzt, da ich mir keinen Anwalt leisten kann, glaubt man beim FBI wohl, ich würde reden. Die können mich mal.« Er vergrub die Hände in den Hosentaschen. »Diese verdammten Feds. So was wie persönliche Freiheit oder Persönlichkeitsrechte interessieren die einen Dreck. Die wollen bloß Antworten, also tun sie einfach, was immer ihnen in den Sinn kommt, und scheiß auf die Verfassung. Ich hatte beim Wildlife Department weniger als ein Jahr bis zu meiner Pensionierung. Jetzt bin ich erledigt. Ich hab keine Ersparnisse und dank der Feds auch keine Rente mehr.«

»Klingt, als könnten Sie gegen das Department of Forestry einen Rechtsanspruch geltend machen, mein Junge«, sagte Andorsen. Er nahm seine Brieftasche heraus und reichte Fitzgerald eine Karte. »Rufen Sie diese Nummer an. Ich habe einen Rechtshilfefonds für Rancher aus Nevada und Kalifornien eingerichtet, um ihnen zu helfen, ihr Land zu behalten, für den Fall, dass sie zwangsvollstreckt werden oder der Staat oder der Bezirk wegen ausstehender Grundsteuern hinter ihnen her ist. Ich bin sicher, dort kann man Ihnen helfen, und falls nicht, Ihnen wenigstens ein paar hilfreiche Tipps geben.«

»Vielen Dank, Sir«, sagte Fitzgerald und starrte voller Ehrfurcht auf die Visitenkarte. »Ich weiß das sehr zu schätzen.«

»Ist mir ein Vergnügen, mein Junge. In diesen schweren Zeiten müssen wir hier zusammenstehen, insbesondere wenn die Regierung meint, uns einfach unterbuttern zu können.«

»Verdammt richtig«, sagte Fitzgerald.

»Und sollte sich das Department of Forestry Ihnen gegenüber nicht anständig verhalten«, sagte Andorsen, »werden meine Leute mir davon berichten. Gut möglich, dass ich für jemanden mit Ihrem Können eine Stelle in meinem Betrieb habe.«

»Ich soll für *Sie* arbeiten?«

»Ich kann Ihnen nichts versprechen«, sagte Andorsen und hob warnend eine Hand, »aber Sie scheinen mir ein aufrechter Bursche zu sein, der einen klaren Blick für das hat, was wichtig ist. Die Regierung soll sich raushalten. Die Dinge, auf die es ankommt, muss man selbst in die Hand nehmen. Sie haben sich freiwillig für die Civil Air Patrol gemeldet, während sich die meisten arbeitslosen Burschen entweder herumtreiben, irgendwo einbrechen, ihre Frauen, Kinder oder Freundinnen schlagen oder sich um den Verstand saufen. Ihre Einstellung gefällt mir, und ich versuche mich mit Menschen zu umgeben, die diese zupackende Einstellung haben.«

»Richtig, Sir, ist genau mein Ding«, sagte Fitzgerald. »Zum Teufel mit der Regierung. Wer hart arbeitet, ist auch imstande, sich gut um seine Familie und Gemeinschaft zu kümmern.«

»Amen«, sagte Andorsen. »He, Fid, ich muss los. War nett, mit Ihnen zu plaudern.« Er schüttelte Fitzgerald die Hand. »Rufen Sie meine Leute an. Die werden Ihnen helfen. Und danke, dass Sie diese Arbeit für die Civil Air Patrol machen. Verdammt coole Geschichte.«

KAPITEL 6

In der Natur gibt es nur wenige
eindeutige Abgrenzungen.
– A. R. Ammons

Zur selben Zeit

Als der Sparrowhawk auf seinen Kurs einschwenkte, deutete Chastain auf einen Punkt auf dem Bildschirm des linken Laptops. Dort war eine Flugnavigationskarte mit detailliert wiedergegebenen Orientierungspunkten dargestellt – Straßen, Überlandleitungen, Geländeformationen sowie kulturelle Merkmale. »Zoomen Sie da mal näher ran«, sagte er.

Der Techniker tat dies, und Chastain wies auf ein winziges Quadrat am Fuß eines Gebirgszuges, das schlicht mit *Ranch* gekennzeichnet war.

»Dies unterliegt strengster Geheimhaltung«, erklärte er. »Das ist die Ranch, von der ich Bilder haben will.«

Der Techniker drückte eine Funktionstaste des mittleren Laptops und tippte auf den linken Bildschirm, worauf eine magentafarbene Linie anzeigte, dass der Kurs des Sparrowhawk festgelegt war.

»In den vergangenen anderthalb Jahren haben die Ritter diese Ranch beträchtlich erweitert. Angefangen haben sie mit zwei Familien und einem halben Dutzend Helfer, die dort lebten. Derzeit sind es sechzig Familien und beinahe einhundert Arbeitskräfte. Fast jede Woche kommen zwei oder drei weitere Familien hinzu.«

»Was tun sie dort?«, wollte Jon wissen.

»Es funktioniert wie in einer Kommune«, sagte Chastain. »Was immer sie an Einkommen erwirtschaften, landet in einer gemeinsamen Kasse. Die einzelnen Mitglieder bringen ihre Talente sowie ihre körperliche Arbeit im Tausch für Lebensmittel und Wasser ein. Die Rancharbeiter treten gleichzeitig als Sicherheitspersonal auf. Mehrere von ihnen sind ehemalige Militärangehörige, weshalb wir davon ausgehen, dass sie über die nötigen Kenntnisse für diese Angriffe verfügen.«

»Um den Sparrowhawk von dem Luftkorridor fernzuhalten, werden wir den Rundkurs ein wenig nach Nordwesten oder Südosten verschieben müssen, Jon«, bemerkte der Techniker mit Namen Jeff. Nachdenklich betrachtete er einen Augenblick lang die Flugnavigationskarte. »Ungefähr vier Meilen Richtung Südosten, bei einem von Nordosten nach Südosten verlaufenden Rundkurs, das sieht am günstigsten aus.«

Jon nickte. »Dann tun Sie das und …«

»Negativ, Masters«, fiel Chastain ihm ins Wort. »Ich will einen Rundkurs genau mittig über dem Gelände.«

»Das können wir nicht machen, Agent Chastain«, widersprach Jon und wies auf die Navigationskarte. »Das Gelände liegt fast exakt unter diesem Victor-Flugkorridor.«

»Was, zum Teufel, soll das sein?«

»Das ist ein elektronisch kartografierter Korridor, den Piloten auf einer Flughöhe unterhalb von achtzehntausend Fuß benutzen«, erklärte Jon, »und der Funk- und Navigationshilfeempfang auf oder oberhalb bestimmter Flughöhen gewährleistet.«

»Und?«

»Für ein unbemanntes Flugzeug, das nicht nach anderen Flugzeugen Ausschau halten kann, ist die Benutzung eines solchen Korridors riskant«, sagte Jon. »Wir haben uns soeben um vier Meilen verschoben, von der Mitte des Korridors nach außerhalb. Was kein Problem darstellt, der Sparrowhawk ist imstande, das gesamte Gelände beim Durchfliegen einer Teilstrecke mühelos aus dieser Distanz einzuscannen. Anschließend wechseln wir hinüber auf die andere Seite des Korridors und scannen es aus der anderen Richtung ein, um auf diese Weise …«

»Das ist Bockmist, Masters«, schnauzte Chastain. »Ich will, dass er direkt *über* dem Gelände kreist.«

»Das wäre nicht sicher.«

»Das interessiert mich einen Scheißdreck, Masters«, sagte Chastain. »Zunächst einmal dürfte da draußen gar kein anderes Flugzeug unterwegs sein, es sei denn, es fliegt nach einem genehmigten Flugplan.«

»Das ist so nicht richtig«, sagte Jon. »Nur Flugzeuge, die innerhalb eines kontrollierten Luftraums der Klassen Alpha, Bravo oder Charlie fliegen oder sich diesen beim Transit auf fünfzig Meilen nähern, müssen auf den IFR-Flugplänen aufgeführt sein. Wenn sie unter achtzehntausend Fuß und weder in noch in der Nähe von kontrolliertem Luftraum fliegen, können sie das ganz legal tun, wo immer es ihnen beliebt.«

Chastain wies auf den rechten Laptop, auf dem ein Radarschirmbild des Luftverkehrs zu sehen war, ganz ähnlich dem des Systems der Flugsicherung. »Sollte uns das hier nicht anzeigen, ob es andere Flugzeuge in dem Bereich gibt?«

»Das hier«, sagte Jon, »zeigt uns ausschließlich die Flugzeuge an, die sich auf dem IFR-Flugplan befinden oder sich des Beratungsservice der Flugverfolgung bedienen. Falls es da draußen noch weitere Flugzeuge gibt, die sich nicht des Radarservice der FAA bedienen, sehen wir sie nicht.«

»Sollten diese Flugzeuge nicht über Funkfeuer oder dergleichen verfügen, um andere Flugzeuge zu orten?«

»Auf einige trifft das zu, aber wahrscheinlich nicht auf kleine Leichtflugzeuge oder leichte Sportflugzeuge, die nicht in kontrolliertem Luftraum fliegen«, sagte Jon. »Abgesehen davon senden diese Funkfeuer für die Ortung eine Anfrage an die anderen Flugzeuge, und Sie haben die Abschaltung des Transponders des Sparrowhawk angeordnet.«

»Weil *Sie* mir erklärt haben, jeder am Boden könnte ein überfliegendes Flugzeug anhand dieses Funkfeuers im Internet identifizieren, ja, sogar mit einer Handykamera.«

»Richtig.«

»Also werde ich den Teufel tun und die Position der Drohne mit einem Funkfeuer preisgeben – nur aufgrund des absolut unwahrscheinlichen Falls hin, dass sich ein anderes Flugzeug auf exakt derselben Position und Flughöhe befindet«, wetterte Chastain. »Dadurch würden die Ritter mit Sicherheit gewarnt, dass sie unter Beobachtung stehen. Außerdem sind die Piloten gehalten, nach anderen Flugzeugen Ausschau zu halten, richtig? Wie stehen überhaupt die Chancen für eine Kollision zweier Flugzeuge?«

»Jedenfalls bedeutend größer, wenn sich die Drohne auf einem Flugkorridor unterhalb von achtzehntausend Fuß befindet«, sagte Jon. »Das versuche ich Ihnen ja die ganze Zeit klarzumachen: Wenn Sie den Sparrowhawk genau in dem Flugkorridor platzieren, erhöhen sich die Chancen für eine Katastrophe erheblich. Bewegen Sie ihn dagegen nur wenige Meilen davon fort, sinkt die Möglichkeit zwar nicht auf null, aber die Chancen stehen sehr, sehr viel günstiger.«

»Mit anderen Worten, selbst wenn wir das Funkfeuer einschalten und die Drohne verschieben, kann sie immer noch von einem anderen Flugzeug getroffen werden?«

»Unwahrscheinlich, aber … ja, das wäre mögl…«

»Ich glaube, Masters, das Risiko, dass etwas passiert, ist bedeutend niedriger, als Sie mir weismachen wollen«, unterbrach ihn Chastain. »Die Drohne befindet sich da draußen mitten im Nirgendwo, mehr als einhundert Meilen von der nächsten Stadt entfernt. Wegen der beschissenen wirtschaftlichen Lage fliegt ohnehin kaum jemand, und selbst wenn, ist die Wahrscheinlichkeit, dass sich zwei Flugzeuge zur selben Zeit am selben Punkt befinden, astronomisch klein. Leute wie Sie, die den ganzen lieben langen Tag nur Sicherheit, Sicherheit, Sicherheit jammern, treiben Leute wie mich, die versuchen, ihren Job zu tun, *zum Wahnsinn.* Jetzt stellen Sie Ihr verdammtes Genörgel ein, und kreisen Sie über dem Gelände.«

Jon gab sich schließlich geschlagen und bedeutete Jeff mit einem Nicken, den Sparrowhawk über dem Gelände kreisen zu lassen. »Legen Sie die Flughöhe auf siebzehntausend Fuß«, wies er seinen Techniker an. »Wenn sie sich auf einem IRF-Flugplan befinden, dürften sie auf entweder sechzehn- oder siebzehntausend fliegen, wir sollten sie also auf dem FAA-Feed sehen können.«

»Ist das nicht zu hoch?«, wollte Chastain wissen. »Ich will detailgenaues Bildmaterial von diesem Gelände.«

»Die Sensoren des Sparrowhawk sind optimiert für zehntausend Fuß über Grund, das entspricht fünfzehntausend Fuß über dem durchschnittlichen Meeresspiegel«, sagte Jon. »Aber die Auflösung ist völlig in Ordnung bei …«

»Dann legen Sie die verdammte Drohne auf fünfzehntausend«, wetterte Chastain. »Warum, zum Teufel, wollen Sie sie höher fliegen lassen?«

»Weil …« Er wollte sagen: *weil es sicherer ist,* doch ganz offensichtlich hatte Chastain mit »Sicherheit« nicht viel am Hut. Jon wandte sich an Jeff: »Legen Sie den Sparrowhawk auf fünfzehntausend, und lassen Sie uns die Zentralen in Oakland, Seattle und Salt Lake über die Flughöhenänderung benachrichtigen.«

»Sie wollen *was?*«, fragte Chastain.

»Wir koordinieren sämtliche Flugbewegungen mit den Flugsicherungszentralen in Seattle, Oakland und Salt Lake«, erklärte Jon. »Ohne uns vorab zu benachrichtigen, werden diese Informationen von dort nicht weitergegeben, aber mitteilen müssen wir es ihnen. Den größten Teil des Primärzielverkehrs können sie auf dem Radar erkennen, daher …«

»Primärzielverkehr?«

»Radarrückmeldungen, die keine Transponderdaten wie Flughöhen- und Identifizierungscodes enthalten. Es ist wichtig, dass wir uns mit ihnen abstimmen. Wenn sie in Funkkontakt mit anderem Verkehr stehen, können sie diesen über die Position des Sparrowhawk informieren und ihm so helfen, der Drohne aus dem Weg zu gehen.«

»Schön, schön«, sagte Chastain herablassend. »Solange sie sich nicht einmischen.«

Das Ganze war unglaublich riskant, dennoch erteilte Jon die Anweisungen, den Sparrowhawk auf fünfzehntausend Fuß zu bringen, und rief dann bei den Flugsicherungseinrichtungen in Sacramento und Salt Lake City an, um sie über den Rundkurs des Sparrowhawk zu unterrichten.

Im Laufe des Tages gelang es Jon, ein wenig zu entspannen. Wie es aussah, würde Chastain womöglich recht behalten: Im Bereich des Rundkurses des Sparrowhawk gab es so gut wie keinen Verkehr. Nur ein Mal waren sie gezwungen, die Drohne aus dem Korridor herauszusteuern, wegen eines Businessjets, der sich im Anflug auf Reno befand, und die beiden Flugzeuge passierten einander, ohne dass die Besatzung des Businessjets eine Kursänderung vornehmen musste, um der Drohne auszuweichen.

Sie erhielten ausgezeichnetes Bildmaterial von der gesamten Wüstenanlage der Verdächtigen, und die war in der Tat überaus beeindruckend. Das Ganze erinnerte an eine mittelalterliche Stadt: Kornfelder und Obstgärten in den Randbereichen, innerhalb davon Viehhöfe und Wartungsgebäude, als Nächstes eine Vielzahl unterschiedlicher Wohneinheiten von Blockhütten bis hin zu Zelten, gefolgt von einem hohen Maschendrahtzaun mit Steinfundament, der das Hauptgelände umgab. Im Innern des Hauptgeländes gab es mehrere Wohnhäuser, Scheunen, Depots, Vorratstanks sowie einen Versammlungsbereich unter freiem Himmel, groß genug für vielleicht fünfhundert Personen. Sie sahen mehrere kleine Schuppen, bei denen zahlreiche Personen ein und aus gingen, weitaus mehr, als es ihrer Größe entsprach – es musste sich um Eingänge zu einer unterirdischen Anlage handeln.

»Sämtliche Aktivitäten dort werden von unseren Computern aufgezeichnet und analysiert«, sagte Jon. »Mit der Zeit werden die Computer dann die Aktivitäten zu bestimmten Zeiten an verschiedenen Orten miteinander abgleichen. Sollten sich dabei irgendwelche Veränderungen zeigen – eine plötzliche Bereitstellung von Fahrzeugen etwa oder eine außergewöhnliche Bewegung großer Personengruppen –, werden die Computer uns darauf aufmerksam machen.«

»So was machen meine Agenten schon seit Jahrzehnten, Masters – man nennt es ›Polizeiarbeit‹«, sagte Chastain herablassend, während er an seinem Kaffee nippte und dabei aufmerksam die Monitore beobachtete. »Schon wieder Ihr Verkaufsgesülze. Falls es Ihnen nichts ausmacht – wir versuchen hier zu arbeiten.«

Jon hob kapitulierend die Hände und ging.

ANDORSEN PARK, BATTLE MOUNTAIN
Später am selben Nachmittag

So ist das also, von einem extremen Höhenflug herunterzukommen, dachte Bradley. Heute Morgen noch habe ich allein ein hochmodernes Turbo-Prop-Flugzeug geflogen, und jetzt schrubbe ich Toiletten für sechs Dollar die Stunde und bin auch noch dankbar dafür.

Brad schnappte sich sein Reinigungszeug und verließ die Herrentoilette auf dem Picknickplatz des Stadtparks. Es war noch immer sehr warm, daher war der Park menschenleer, kurz vor Sonnenuntergang jedoch würden die Menschen herkommen, um zu grillen oder abzuhängen. Neben seinen Jobs als Parkwart und Mädchen für alles war Brad auch so eine Art Teilzeitparkwächter: Gab es irgendwelche Probleme, sei es mit Drogen, Alkohol oder Prostitution, war es seine Aufgabe, die Polizei zu rufen. Ansonsten bestand sein Job darin, die Toiletten und Urinale sauber zu halten, die Mülleimer zu leeren und die Parkbänke abzuwischen.

Nachdem er mit der Herrentoilette fertig war, wollte er die Damentoilette schrubben, also stellte er auf seinem Weg dorthin sämtliche »Reinigungsarbeiten«- und »Vorsicht – Rutschgefahr«-Schilder auf.

Er hatte gerade ein paar Minuten gearbeitet, als er eine Stimme sagen hörte: »He, dich kenn ich doch.« Er drehte sich um und merkte, dass er mit Special Agent Cassandra Renaldo vom Heimatschutzministerium allein in den Toilettenräumen war.

»Hallo«, antwortete Brad. Himmel, dachte er, sie sieht schärfer aus denn je. »Das ist … aber eine Überraschung.«

»Sieh an, Kadett Bradley James McLanahan, der Held des Bergungsteams der Civil Air Patrol«, sagte Renaldo. »Dass ich dich hier treffe. Erinnerst du dich an mich? Ich bin Cassandra. Cassandra Renaldo.«

O ja, verdammt, natürlich erinnere ich mich, dachte er und starrte erneut auf ihre Brüste. Selbst von der anderen Seite des Toilettenraums aus konnte er sehen, wie sich ihre harten Brustwarzen unter der dünnen Bluse abzeichneten. »Ich arbeite hier«, war alles, was er hervorbrachte, begleitet von einem trockenen Schlucken.

»Tatsächlich?«

»Bloß stundenweise.«

»Nun, ich finde, das ist sehr tüchtig von dir«, sagte Renaldo. »Was für ein merkwürdiger Zufall. Ich war gerade wegen einer Mitarbeiterkonferenz morgen früh unterwegs nach Salt Lake City und hatte den Stützpunkt … du weißt schon, in aller Eile verlassen, da sah ich plötzlich den Park und beschloss, kurz haltzumachen. Ich habe an dich gedacht. Ich dachte, was für ein eindrucksvoller junger Mann du doch bist. Und plötzlich – Peng! – stehst du leibhaftig vor mir, ganz allein. Da hab ich aber Glück.«

»Mh-hm«, gab Brad nur zur Antwort.

»Ich finde es wirklich unglaublich, dass junge Männer wie du sich aufraffen, sich bei der Civil Air Patrol ausbilden zu lassen, und all die Arbeit dort zu leisten. Die ganze

Welt befindet sich im Wandel, und junge Männer wie du übernehmen eine führende Rolle bei der Verteidigung ihres Landes und beim Schutz von Menschenleben. Du bist wirklich unglaublich, Bradley. Ich bin dir sehr dankbar für das, was du leistest.«

»Aber gern.« Mehr als zwei oder drei Worte am Stück schien er nicht mehr über die Lippen bringen zu können.

»Also«, sagte Renaldo und legte ihre Hände aneinander, »bist du … hier bald fertig?«

»Oh!«, machte Brad, und sein Blick fiel auf die Scheuerbürste und die Handschuhe an seinen Händen, so als hätte er ganz vergessen, dass er sie trug. »Ich werd jetzt hier fertig machen und dann … warten, bis … Sie wissen schon …«

»Okay.« Er war schon auf dem Weg zur Tür, als sie ihren Arm ausstreckte und ihn zurückhielt. »Brad? Ich darf dich doch Brad nennen?«

»S-sicher.«

»Und du kannst mich Cassie nennen.« Sie senkte den Blick. »Ich muss dir ein Geständnis machen.«

»W-was denn?«

»Ich bin nicht zufällig auf dem Weg nach Salt Lake City hier vorbeigekommen«, sagte Renaldo, sah ihm dabei in die Augen und holte tief Luft, was ihre Brüste nur noch deutlicher hervortreten ließ. »Ich wusste, dass du hier sein würdest.«

»Ja, wirklich? Wieso?«

»Es ist mein Job, solche Dinge herauszufinden«, sagte sie. »Aber die Sache ist die … Ich habe das nicht nur aus beruflichen Gründen herausgefunden, sondern weil ich dich wiedersehen wollte.« Wieder senkte sie den Blick. »Ich könnte meinen Job verlieren, wenn jemand dahinterkäme.«

»Dahinterkäme? Was meinen Sie?«

»Dass ich … mich von dir angezogen fühle«, sagte Renaldo. »Du bist ein schwer arbeitender, engagierter Junge, und …« Sie legte ihm eine Hand auf die Brust. »Und du siehst auch noch gut aus und hast diesen strammen, jungen Körper. Du machst mich schlicht und einfach an. Ich weiß, ich könnte meine Arbeit verlieren, wenn jemand dahinterkommt, dass ich dir hierher gefolgt bin, aber das ist mir im Augenblick egal. Übrigens ist mir nicht entgangen, wie du mich am ersten Tag im Hangar angestarrt hast. Ich hab mich geschmeichelt gefühlt. Was mich umso schärfer auf dich macht.« Sie trat einen Schritt auf ihn zu. »Brad … Darf ich dich küssen?« Er konnte nur dastehen und schwitzen. »Ich weiß, du bist gerade heute achtzehn geworden, also bist du jetzt ein erwachsener Mann, und das macht mich noch mehr an. Ich liebe kräftige junge Männer.«

Dann berührte sie ganz sachte seine Lippen mit den ihren, während sich ihre Nippel gegen seine Brust drückten.

»Ich weiß, du hast bestimmt ganz weiche Lippen«, murmelte sie. »Durchtrainierte Jungs haben immer weiche Lippen.« Die Augen noch immer geschlossen, wich sie ein Stück zurück und schmunzelte, als sie sie wieder öffnete und Brad starr wie eine Statue vor sich stehen sah. Sie drückte ihm eine Visitenkarte in die Hand.

»Ruf mich irgendwann auf meinem Handy an, wenn wir … ungestört sein können«, sagte sie. »Und bitte, Brad, kein Wort darüber, zu niemandem. Meine Karriere hängt von deiner Verschwiegenheit ab.« Und damit drehte sie sich um und ging hinaus.

Brad, immer noch wie erstarrt, stand da, bis er Renaldos Wagentür zuschlagen und den Motor starten hörte … und als er wieder imstande war, sich von der Stelle zu rühren, stellte er fest, dass seine Beine weich und nachgiebig wie Strohhalme waren.

Wie, in aller Welt, ging es ihm nach einem langen, atemlosen Moment durch den Kopf, soll ich heute noch irgendetwas auf die Reihe bekommen? Alles Blut war in seine untere Körperhälfte gesackt.

JOINT AIR BASE BATTLE MOUNTAIN
Vier Tage später

»Würde sagen, das war ein überaus erfolgreicher Ersteinsatz«, sagte Jon Masters. Soeben hatte er die erste ferngelenkte Sparrowhawk-Drohne zum Stützpunkt zurückbeordert, und die zweite war auf dem Weg, den Beobachtungsrundkurs zu übernehmen. »Beinahe fünf Tage am Stück auf Station, und wir haben massenhaft verwertbares Datenmaterial über die Abläufe auf diesem Gelände gewonnen.«

»Trotzdem wissen wir nicht mehr als noch vor fünf Tagen«, murrte Special Agent Chastain.

»Wir wissen sehr viel mehr«, sagte Jon. »Sobald es in diesen Abläufen zu einer relevanten Veränderung kommt, werden wir umgehend davon erfahren und können zur weiteren Beobachtung einen Sparrowhawk starten. Der Computer wird uns jede Veränderung melden, die Anzahl der Bewohner, neue Fahrzeuge, größere Zusammenkünfte, die Errichtung neuer Gebäude und zusätzlicher Befestigungsanlagen, ja selbst etwaige Temperaturveränderungen in einzelnen Gebäuden.«

»Ich wünschte, wir könnten dort unten einzelne Personen identifizieren«, sagte der Agent namens Brady.

»Bei einigen unserer ferngelenkten Flugzeuge arbeiten

wir bereits an der Möglichkeit zur Gesichtserkennung«, erwiderte Jon. »Eine Höhe von zehntausend Fuß und direkt von oben, das ist für eine Gesichtsaufnahme keine gute Position. Auf einer niedrigeren Flughöhe und bei etwas seitlichem Abstand hätte ein unbemanntes Flugzeug allerdings einen besseren Blickwinkel auf ein Gesicht. Danach geht es nur noch um einen biometrischen Abgleich durch den Computer – dergleichen machen wir schon seit Jahren.«

»Sie haben's ständig mit Ihrem verdammten Verkaufsgesülze, Masters«, blaffte Chastain. »Wir dagegen sitzen hier vier gottverdammte Tage herum und haben noch nichts gesehen, was uns bei unseren Ermittlungen weiterhelfen würde.« Er betrachtete die Laptopbildschirme. »Wenn wir die Drohne tiefer fliegen lassen, würden wir bei diesen Aufnahmen eine bessere Auflösung erhalten, richtig?«

»Die Sensoren sind für zehntausend Fuß über Grund optimiert«, entgegnete Jon. »Die Auflösung wird stets besser sein, je tiefer Sie gehen, normalerweise aber streben wir die bestmögliche Auflösung bei einer größeren, nicht einer geringeren Flughöhe an. Je weiter Sie runtergehen, desto größer die Wahrscheinlichkeit, dass Ihre Zielperson das Flugzeug bemerkt. Darüber hinaus haben wir Probleme mit der Datenübertragung und mit Interferenzen von lokalen Radio- und TV-Ausstrahlungen, ganz zu schweigen davon, dass wir über die Geländebeschaffenheit sowie das Vermeiden von Hindernissen nachdenken müssten.«

»Was Sie ›normalerweise‹ tun, Masters, interessiert mich nicht«, sagte Chastain. »Mich interessieren nur Ergebnisse. Fliegen Sie die Drohne auf zehntausend Fuß.«

»Aber … das ist weniger als eine Meile über Grund«, gab Jon zu bedenken. »Die meisten Menschen können ein großes Flugzeug recht mühelos erkennen, wenn es sich weniger als eine Meile über dem Boden befindet.«

»Nein, können sie nicht.«

»Zudem entsprechen zehntausend der minimalen Reiseflughöhe auf dem Victor-113-Flugkorridor«, schaltete sich Jeff, der Techniker der Flugkontrolle, ein. »Jedes Kleinflugzeug, das die Route in südwestlicher Richtung benutzt, würde sich für zehntausend Fuß entscheiden.«

»Wir haben die Drohne jetzt seit fünf gottverdammten Tagen mitten in diesem Korridor fliegen lassen und mussten sie … wie oft verschieben? Zweimal?«, wandte Chastain ein. »Und selbst wenn wir die Drohne nicht verschoben hätten, wäre sie vom anderen Luftverkehr meilenweit entfernt geblieben. Da oben gibt es keinen Verkehr, um den wir uns den Kopf zerbrechen müssten. Lassen Sie sie auf elftausend gehen.«

»Das würde sie genau auf die Flughöhe bringen, die der nordostwärts fliegende Verkehr benutzt«, sagte Jeff.

»Dann legen Sie noch fünfhundert Fuß drauf. Oder sechshundert, ist mir völlig egal. *Tun* Sie's einfach!«, fauchte Chastain. »Ich bin die Diskussionen mit euch Eierköpfen leid. Wechseln Sie die Flughöhe, und zwar jetzt sofort, oder ich schlage Washington vor, dass wir den Job hier von jemand anderem machen lassen.«

Jon nickte Jeff zu, der auf seinem Laptop die Steuerbefehle eingab.

»Wann tritt die erste Drohne wieder in unseren Luftraum ein?«

»In ungefähr zwanzig Minuten.«

»Sorgen Sie dafür, dass der Luftraum erneut gesperrt wird, und fliegen Sie das Ding so, dass es die bewohnten Gebiete meidet«, ordnete Chastain an. »Wir werden sie bis zum

Einbruch der Dunkelheit innerhalb des überwachten Luftraums kreisen lassen, anschließend holen wir sie runter.«

Für den Rundkurs des Sparrowhawk wählte Jeff North Peak aus, ungefähr fünfzehn Meilen westlich von Battle Mountain und abseits aller Flugrouten, und schaltete wohlweislich das Funkfeuer seines Sendeempfängers ein, um der Flugsicherung das Fernhalten anderer Flugzeuge zu erleichtern. Jon nahm Verbindung zur Luftverkehrskontrolle auf, um sie vor dem unbemannten Flugzeug zu warnen.

Die Zeit verstrich weitgehend so wie auch schon während der vergangenen vier Tage. Da jetzt beide Sparrowhawks in der Luft waren, konnte Charlie Turlock das Innere des Hangars während der Tagesstunden nutzen, um Agent Randolph im Umgang mit dem CID-Roboter auszubilden. Nachts trainierten sie unter freiem Himmel. Wie sie erwartet hatte, lernte er sehr schnell. Wayne Macomber schaute zu, blieb aber meistens für sich, während er mithilfe von Gummibändern sein Rehaprogramm durchzog.

Am Ende ihrer letzten Übungsstunde wandte sich Charlie an Savoy: »Irgendwelche Fragen, Randolph?«

»Nein, keine«, sagte er. »Sie hatten recht. Es ist ziemlich einfach, diese Dinger zu steuern, es funktioniert weitgehend intuitiv.« Kopfschüttelnd sahen die anderen Ermittler herüber, während sich die beiden riesigen Humanoiden mittels elektronisch generierter Stimmen unterhielten, wie zwei Freunde, die sich gerade auf der Straße über den Weg gelaufen waren.

»Der Grundgedanke war, CID-Roboter an junge, qualifizierte Soldaten frisch aus der Grundausbildung auszugeben. Darum müssen sie einfach zu bedienen sein«, sagte Charlie. »Eine völlig andere Geschichte ist die Gefechtsausbildung. Der Basiskurs dauert zwei Monate, dazu jeweils zwei weitere Wochen für jeden Waffenrückenaufsatz, plus Zeit auf dem Schießplatz. Würden wir über die entsprechenden Mittel verfügen, könnten wir eine Armee von CIDs aufstellen.« Sie schritt hinüber zum Lagercontainer, kletterte aus dem CID, löste dann den Funktionsablauf zum Einklappen und Verstauen aus, und Savoy tat es ihr nach. »Schätze, jetzt werden wir abwarten müssen, was sie auf dem Gelände der Ritter finden.«

Das Bildmaterial vom zweiten, auf der niedrigeren Flughöhe kreisenden Sparrowhawk war tatsächlich sehr viel besser, und jetzt drängten sich die FBI-Agenten um den Breitbild-Laptop, um das Gelände genau in Augenschein zu nehmen. »Sehen Sie, was diese Typen da drinnen für schwere Waffen haben«, sagte Agent Brady und wies auf den Bildschirm. »Da gibt es mindestens vier Maschinengewehrtrupps.«

»Sieht aus, als würden sie sich auf etwas vorbereiten«, meinte Chastain. »Könnte sein, dass wir die Roboter doch benötigen ...« Just in diesem Augenblick erlosch das Bild. »Was ist passiert?«

»Ich sagte Ihnen doch, das könnte passieren«, sagte Jon Masters. »Eine niedrigere Flughöhe bedeutet auch mehr Interferenzen.« Sie warteten, doch das Bild kam nicht wieder.

»Möglicherweise haben wir ein Problem, Jon. Ich empfange keine Flugdaten mehr von Sparrowhawk zwei«, sagte Jeff. »Vielleicht haben wir die Satellitenverbindung verloren.«

»Was, zum Teufel, bedeutet das, Masters?«, fragte Chastain voller Ungeduld.

»Ist keine große Sache«, sagte Jon. »Er wird über dem Gebiet kreisen, bis die Satellitenverbindung wiederhergestellt ist. Geschieht das nicht innerhalb der nächsten zwei

Stunden, ist er darauf programmiert, zum Flughafen zurückzukehren.«

»Schicken Sie die andere Drohne noch einmal über das Gelände«, forderte Chastain. »Die Ritter machten den Anschein, als würden sie sich auf irgendetwas vorbereiten. Ich muss wissen, was da vorgeht.«

»Er wird oberhalb von zehntausend fliegen müssen.«

»Aber die Aufnahmen auf zehntausend waren doch ausgezeichnet«, sagte Chastain.

»Wir wissen nicht, wo sich der zweite Sparrowhawk befindet«, sagte Jon. »Wir können beide nicht auf derselben Flughöhe fliegen lassen.«

»Dann gehen Sie auf neuntausend.«

»Das sind gerade mal viertausend Fuß über Grund!«

»Interessiert mich nicht. Tun Sie's einfach.«

»Er kann nicht mehr sehr lange auf Station bleiben«, erinnerte sie Jeff. »Er ist bereits seit vier Tagen in der Luft.«

»Wie lange kann er noch bleiben?«

Jeff wandte sich dem Bildschirm mit den Flugdaten des ersten Sparrowhawk zu … dann fiel ihm überrascht der Unterkiefer herunter. »Äh, Jon …?« Jon schaute hin … und sah, dass die Flugdaten des ersten Sparrowhawk ebenfalls erloschen waren!

»Was, zum Teufel, ist da passiert?«

»Nicht jetzt, Chastain«, sagte Jon, schob Jeff beiseite und begann, fieberhaft Steuerbefehle in den Laptop einzutippen. Er wartete ein paar Augenblicke und schlug dann verzweifelt auf den Arbeitstisch. »Schaffen Sie Bidwell und Henderson dorthin, sie sollen die Satellitenverbindung und Netzwerkkonnektivität überprüfen – *jetzt!*«, brüllte er und stieß einen Finger Richtung Jeff. »Wenn sie keinen Fehler finden, lassen Sie sie die Computerschnittstellen fest mit der Satellitenverbindung und der Antenne verkabeln, und veranlassen Sie, dass sie die Netzwerk- und Fehlersuchprogramme durchlaufen lassen, bevor sie die Software erneut initialisieren. Rufen Sie Vegas an, und veranlassen Sie, dass sie die gesamte Mannschaft dort in Bereitschaft halten … Nein, besser noch, Sie lassen sie das gesamte Sparrowhawk-Team hierherschicken.«

»Was geht hier vor, Masters?«

»Wir haben die Verbindung zu beiden Sparrowhawks verloren«, sagte Jon, den Blick starr und vollkommen fassungslos auf die leeren Datenanzeigemonitore gerichtet. »Einen zu verlieren ist schon schlimm, kommt aber gelegentlich vor – beide zu verlieren, und das auch noch gleichzeitig, ist eine verdammte Katastrophe.« Er sah auf seine Uhr. »Uns bleiben zwei Stunden, bis sie zum Flugplatz zurückkehren werden. Sorgen Sie dafür, dass der Luftraum frei ist. Ich spreche mit der Flugsicherung und finde heraus, ob sie irgendeinen der beiden auf dem Primärradar haben.«

Die nächsten beiden Stunden vergingen in hektischer Betriebsamkeit, drinnen im Hangar und auch draußen. Als der Zeitpunkt ihrer Rückkehr näher rückte, fuhr Patrick mit Jon und Special Agent Chastain im Transporter des Flugplatzes hinaus zu jenem Teil der Rollbahn, der dem Anflugende der Landebahn am nächsten gelegen war. Dort suchten sie den Himmel nach den Sparrowhawks ab. Die Sonne war noch nicht untergegangen, trotzdem war der Himmel im Osten bereits so dunkel, dass ein Flugzeug unmöglich zu erkennen war, es sei denn, Positionslichter und Landescheinwerfer waren eingeschaltet. »Was haben sie bei der Flugsicherung gesagt, Jon?«, erkundigte sich Patrick.

»Das geht Sie nichts an, McLanahan«, knurrte Chastain, während er den Himmel mit einem Feldstecher absuchte.

Jon ließ den seinen sinken, warf Patrick einen Blick zu und schüttelte den Kopf.

»Wie lange noch, Masters?«, fragte der Special Agent des FBI.

»Jeden Augenblick.«

Chastains Handy dudelte. »Chastain.« Er hörte einige Augenblicke zu, wobei seine Augen mit jedem Moment größer wurden. »Oh, *Scheiße.* Ich bin sofort da ... Treiben Sie einen Fernseher auf.«

»In meinem Büro«, sagte Patrick.

»Was ist passiert?«, wollte Jon wissen.

Zuerst wollte Chastain in Patricks Gegenwart nicht damit herausrücken, entschied dann aber, dass der es ohnehin erfahren würde: »Vor dem Gelände der Ritter stehen Nachrichtencrews«, sagte er. »Die Drohne ist abgestürzt.«

»Was ...?«

»Da draußen liegen auch noch Wrackteile eines anderen Flugzeugs. Es heißt, es habe eine Kollision in der Luft gegeben«, sagte Chastain. »Es läuft überall in den verdammten Nachrichten.«

Im Eiltempo fuhren sie zurück zu Patricks Büro und schalteten den Fernseher ein. Sie erwarteten Bilder der abgestürzten Drohne zu sehen, stattdessen jedoch blickten sie auf ein Gelände, bei dem es sich offenbar um eine ausgedehnte Fläche verbrannten Wüstenbodens unmittelbar südlich einer mehrspurigen Schnellstraße handelte, dem Anschein nach der Interstate 80. »Was ist denn *das?* Berichten die etwa von einem Buschfeuer?«, fragte Chastain.

Die Erklärung ergab sich unmittelbar darauf. In der eingeblendeten Schrift am unteren Bildschirmrand war zu lesen: *Absturzstelle des zweiten unbemannten Flugzeugs bei Battle Mountain, Nevada.*

»Was, zum Teufel …!«

»*Beide* Sparrowhawks abgestürzt?«, entfuhr es Jon Masters fassungslos und mit leiser, beinahe wimmernder Stimme. »Mein Gott …«

Im Nu hatte Chastain sein Handy in der Hand. »Ich will, dass diese Absturzstellen abgesperrt und sämtliche Nachrichtenhubschrauber ferngehalten werden.«

»Ich muss da hin«, sagte Jon tonlos, die Augen ungläubig und verzweifelt geweitet. »Ich muss herausfinden, was da passiert ist.«

»Sie werden nirgendwo hingehen, Masters«, sagte Chastain. »Die Operation ist nach wie vor streng geheim.« Dann sprach er in sein Handy. »Jordan, hier Chastain. Ich will …« Er verstummte, hörte zu, und die Adern auf seiner Stirn traten hervor. Er stieß einen Finger Richtung Patrick, dann Richtung Tür – ein stummer Befehl, den Raum zu verlassen. Nachdem Patrick gegangen war, schrie Chastain: »Lassen Sie Spezialeinsatzkommandos vier und fünf ihren Kram zusammenpacken und zu dem Gelände rausfahren – *sofort!* Ich werde veranlassen, dass Los Angeles und Seattle ihre Teams schicken.«

»Was ist passiert?«, wollte Jon wissen.

»Diese verdammten Ritter sind im Begriff, Teile der Drohne auf ihr Gelände zu schleppen«, sagte Chastain. »Und die Nachrichtenteams begleiten sie nach drinnen. Sie sagen, sie gehen davon aus, dass die Regierung mit Gewalt reagieren wird, und dass sie sich verteidigen werden.«

»Soll das heißen, sie sind im Begriff, meinen Sparrowhawk zu stehlen?«, stieß Jon hervor.

»Hören Sie endlich mit Ihren gottverdammten Drohnen auf, Masters!«, fuhr Chastain ihn an. »Das sind Beweismittel, und die werde ich mir ausnahmslos zurückholen, verlassen Sie sich darauf.«

»Schicken Sie die Kybernetischen Infanteriegeräte rein«, schlug Jon vor. »Die Roboter werden sie da rausholen.«

Chastain überlegte einen Moment, tippte dann eine Kurzwahl in sein Handy. »Richter, ich werde Sie und Savoy für einen Einsatz briefen. Wir treffen uns am Bedienpult für die Drohnen. In fünfzehn Minuten brechen wir auf – per Helikopter.«

Sie fuhren zurück zu ihrem Hangar, wo sie im Kontrollzentrum des Sparrowhawk zu Jason Richter, Charlie Turlock, Wayne Macomber und FBI-Agent Randolph Savoy stießen. »Gehen Sie zu den letzten Aufnahmen von dem Gelände zurück«, ordnete Chastain an. Er wartete, bis die richtigen Bilder auf dem Display erschienen. »Na schön, das hier ist die Stelle, wo die Drohne abgestürzt ist, ungefähr zweihundert Meter außerhalb des eingezäunten Bereichs, am Rand eines der beiden Kornfelder.« Er wies auf die Maschinengewehrtrupps. »Hier, an dieser Stelle sind die Terroristen im Begriff, Maschinengewehrnester einzurichten, im Schutz dieser außerhalb der Umzäunung liegenden Gebäude. Es ist über zwei Stunden her, dass diese Aufnahmen gemacht wurden, wir müssen also davon ausgehen, dass sie einige dieser Nester verlegt haben, näher an die Absturzstelle heran.« Er wandte sich an Richter. »Können Sie das Wrack vom Gelände herunterschleppen?«

»Können wir bestimmt«, sagte Jason. »Aber wenn die Terroristen mit Maschinengewehren bewaffnet sind, würde das bedeuten, dass wir in eine Kampfzone hineingehen. Randolph ist dafür nicht ausgebildet, und Verteidigungswaffen besitzen wir nicht. Charlie und ich werden diesen Einsatz durchführen.«

»Sie *dürfen überhaupt keine* Waffen mitführen, Richter« sagte Chastain. »Dies ist in erster Linie eine Operation des FBI. Also wird Savoy gehen. Genau dafür ist er ausgebildet worden.«

»Lassen Sie mich reingehen«, bat Whack.

»Machen Sie, dass Sie hier rauskommen, Macomber, das betrifft Sie nicht«, fauchte Chastain. Whack wich einen Schritt zurück. Chastain war kurz davor, ihm zu befehlen, den Raum zu verlassen, doch ein Blick auf Whacks finstere Miene ließ ihn den Entschluss fassen, sich einfach herumzudrehen und ihn zu ignorieren.

»Ich werde im zweiten CID sein«, sagte Charlie. »Randolph und ich haben die ganze Zeit zusammengearbeitet.«

Jason ließ sich das einen Augenblick durch den Kopf gehen, nickte dann.

»Ich möchte nicht, dass Sie in Kampfhandlungen mit diesen Leuten verwickelt werden«, wandte sich Chastain an Charlie. »Was ich wissen will, ist: Sind die Roboter imstande, Sie so weit gegen Maschinengewehrfeuer zu schützen, dass Sie dort reingehen und das Wrack vom Gelände schleppen können, damit diesen Terroristen nicht alles in die Hände fällt?«

Charlie, den Blick nachdenklich auf die erstarrten Bilder des Sparrowhawk gerichtet, überlegte ein paar Augenblicke. »Was sind das für Maschinengewehre, Whack?«

»Dem Aussehen nach handelt es sich um M60-Maschinengewehre«, sagte er. »Ich sehe noch ein paar andere, bei denen es sich um M16er handeln könnte oder möglicherweise um AR-18er auf einem Zweibein.«

»Also, Turlock?«, drängte Chastain.

Charlie drehte sich herum zu Savoy, einen sorgenvollen Ausdruck im Gesicht. »Die CIDs halten Beschuss mit 5.56- und 7.62-Millimeter-Geschossen aus jeder Entfernung stand, selbst bei Dauerfeuer. Verletzen können sie Sie nicht, dennoch werden Sie die *spüren.* Das kann wirklich sehr verwirrend, geradezu desorientierend sein, etwa so, als würde Ihr Kopf von Insekten oder Fledermäusen umschwirrt. Sie müssen …«

»Ich schaffe das, Charlie«, sagte Savoy. »Gehen wir.«

»Sollte es sich um ein schwereres Kaliber handeln, etwa ein Kaliber 50 oder 20 Millimeter, könnte auf kurze Entfernung und unter Dauerbeschuss eine Muskelverbindung oder ein Sensor beschädigt werden, insbesondere bei Treffern am Kopf«, fuhr Charlie fort. »Falls sie noch schwerere Waffen einsetzen – und Ihre Sensoren werden Sie auf Waffengröße, Feuerrichtung und Entfernung hinweisen –, werden Sie Ihren vorderen Sensor mit den Unterarmen schützen müssen. Sobald Sie schweres Dauerfeuer spüren, müssen Sie sich augenblicklich entfernen. Die Sensoren des Roboters werden Sie darüber unterrichten, ob Sie gefährlichem Beschuss ausgesetzt sind … Verflixt, wir haben praktisch überhaupt noch nicht über die Warnsichtanzeigen für Sensoren und Helm gesprochen …«

»Ich bin mit ihrer Funktionsweise einigermaßen vertraut«, sagte Savoy. »Ich bin startklar.«

»Über ein Absetzen per Helikopter haben wir noch gar nicht gesprochen.« Sie wandte sich an Chastain. »Wir können das unmöglich machen, Chastain. Er ist noch nicht so weit.«

»Ich *bin startklar*«, wiederholte Savoy.

Charlie warf Savoy erneut einen sorgenvollen Blick zu, nickte aber. »Ich werde in Ihrer unmittelbaren Nähe sein«, erklärte sie. »Sobald Sie von mehreren Maschinengewehrnestern unter Beschuss genommen werden, nehmen Sie am besten die Beine in die Hand.«

»Verstanden, Charlie«, sagte Savoy. »Gehen wir.«

Charlie nickte Chastain zu. »Gehen wir.«

Während Charlie und Savoy in ihre CIDs kletterten, wurde ein UH-60-Black-Hawk-Helikopter der Nationalgarde zum Hangar herübergeflogen. Bei dem UH-60 handelte es sich um einen Langstrecken-Rettungshubschrauber mit einem außen liegenden Treibstofftank rechts und links, montiert auf einer kurzen Aufhängung oberhalb der Einstiegstüren, sowie schützenden Kufen rund um die Fahrwerksreifen. Jetzt, da der Helikopter dicht über dem Boden in der Luft stand, zeigte Charlie Savoy, wo genau sich Savoy an der Aufhängung festhalten musste. »Sie können einen Abstand zum Fahrwerk halten«, teilte sie ihm über Funk mit, »aber quetschen Sie die Aufhängung nicht zu stark, denn Sie würden sie glatt abtrennen. Halten Sie sich an dieser Querstrebe der Aufhängung fest, schließen Sie die Finger, und lassen Sie sie geschlossen. Aber nicht zudrücken.«

Minuten später waren sie in der Luft, und noch im Augenblick des Abhebens vernahm Charlie auf der anderen Seite des Helikopters ein lautes metallisches Reißen. »Randolph? Alles in Ordnung?«

»Hab die Aufhängung möglicherweise ein bisschen zu fest gepackt«, gestand er.

»Haben Sie das mitbekommen, Pilot?«, funkte Charlie. »Möglicherweise verlieren Sie den linken Treibstofftank.«

»Sie sind beide leer«, funkte der Pilot zurück.

»Roger«, sagte Charlie. »Wenn Sie spüren, dass er sich löst, Randolph, lassen Sie ihn einfach von Ihrem Rücken abprallen.« Sie zögerte einen Moment, fügte dann hinzu:

»Und sollten Sie herunterfallen … tja, dann guten Flug bis unten. Den Aufprall sollten Sie überstehen.«

»Sollte?«

Es war ein kurzer Flug bis zum Gelände der Ritter. Aus einer Höhe von einhundert Fuß über Grund und einer Entfernung von zwei Meilen war die Absturzstelle des Sparrowhawk für Charlie mithilfe ihrer teleskopischen bildgebenden Infrarotsensoren mühelos zu erkennen. Die Bewohner hatten die Unglücksstelle mit mehreren Pick-ups umstellt, in deren Scheinwerferlicht Arbeiter Wrackteile aus den Trümmern hervorzogen und sie auf die Lastwagen warfen.

»Basis, wie es aussieht, haben sie praktisch das gesamte Wrack. Wir kommen zu spät«, gab Charlie durch. »Rund um die Absturzstelle gibt es vier Pick-ups voller Trümmerteile, allem Anschein nach voll beladen und startklar, um zurückzufahren. Ich empfehle, dass wir …«

In diesem Augenblick gewahrte Charlie einen länglichen, dünnen gelben Feuerstoß, der wenige Dutzend Meter westlich rhythmisch aufflammte, gefolgt von einem weiteren, mehrere Meter nördlich. »Bodenfeuer!«, rief sie. »Stehen unter Beschuss durch schweres Maschinengewehrfeuer! Pilot, nach rechts ausbrechen!« Der Blackhawk vollführte bei sechzig Grad Schräglage einen scharfen Rechtsschwenk …

… und während er dies tat, brach aufgrund der starken G-Kräfte die linke Treibstofftankaufhängung, und Savoy verschwand in der Dunkelheit.

»Wir haben Savoy verloren!«, brüllte Charlie, löste ihren Griff von der linken Aufhängung und ließ sich fallen.

Die Landung auf dem Wüstenboden gehörte nicht zu ihren besten, denn als sie losließ, hatte der Helikopter sich inmitten eines heftigen Schwenks befunden. Sie rollte und rutschte etwa zwanzig Meter weit über den festgepackten Sand und Staub, ehe sie wieder auf ihre gepanzerten Beine kam. Sie ging tief in die Hocke und suchte das Gebiet mit den Augen ab. Die Maschinengewehre feuerten noch immer in den nächtlichen Himmel. Sekunden später orteten ihre elektronischen Sensoren Savoy, gerade mal fünfzig Meter entfernt. Sie eilte zu ihm hin. Er lag Gesicht voran auf dem Boden, regungslos, Arme und Beine in unnatürlichem Winkel von sich gestreckt.

»Habe Savoy gefunden«, gab Charlie über Funk durch. »Können Sie mich hören, Randolph? Verdammt, er scheint verletzt.« Keine Reaktion. Sie überprüfte seine physiologischen Anzeigen. »Er lebt, ist aber nicht bei Bewusstsein.« Sie schulterte ihn im Rettungstragegriff, sah sich dann um. Mehrere Pick-ups hielten von Westen her auf sie zu, deren Frontscheinwerfer bei der rasanten Fahrt quer durch die Wüste wild auf und ab tanzten. »Sie sind hinter mir her. Werde mich in östlicher Richtung von diesen Kerlen entfernen.«

Sie war gerade losgelaufen, als ihre Sensoren einen Stoß schweren Maschinengewehrfeuers auf ihrer Rüstung registrierten. »Diese Dreckskerle haben auf einem dieser Pick-ups ein schweres Maschinengewehr montiert!«, gab sie über Funk durch. »Könnte Kaliber 50 sein!« Dafür, dass sie rannte und die Pick-ups kreuz und quer durch das Gelände holperten, waren die Feuerstöße recht gut gezielt – diese Typen waren recht passable Schützen, und Savoy, auf Charlies Schultern, bekam den größten Teil der Treffer ab. »Sie holen auf«, funkte sie. »Diese Kerle fahren wie die Verrückten.«

»Wir haben Sie in Sicht«, funkte der Pilot des Blackhawk zurück. »Laufen Sie weiter in unsere Richtung.« Direkt vor sich und keine zehn Meter über Grund erspähte Charlie den Black Hawk, der direkt auf die Pick-ups zuhielt.

»Sie haben ein schweres Maschinengewehr«, funke Charlie. »Brechen Sie ab!«

»Laufen Sie einfach weiter«, antwortete der Pilot so seelenruhig und gelassen, als würde er gerade an seinem Bier nippen. Augenblicke darauf schoss der Blackhawk mit einer Geschwindigkeit von mehr als achtzig Meilen in der Stunde über sie hinweg.

Charlie konnte das Maschinengewehr das Feuer eröffnen hören, wurde aber nicht getroffen. Feuerten sie etwa auf den Hubschrauber? Sie mussten über Nachtsichtgeräte verfügen, um ihn sehen zu können! Just in diesem Augenblick sah sie ein lichthelles Aufflackern, ähnlich dem Mündungsfeuer des Maschinengewehrs, allerdings war dieses nach *unten* gerichtet, zum Boden. Augenblicke darauf erblickte sie am Himmel einen Feuerstoß, gefolgt von einer kurzen Feuerspur und lauten Einschlägen in Metall. Das Triebwerksdröhnen des Blackhawk schien anzuschwellen, dann kurz auszusetzen, dann erneut anzuschwellen. »Alles in Ordnung bei euch?«, funkte sie.

»Haben ein paar Treffer abbekommen, der letzte fühlte sich an wie eine Rakete oder Panzerfaust«, gab der Pilot per Funk zurück, immer noch genauso ruhig wie zuvor, »aber ich hab's, ich hab's … ich …« Und in derselben Sekunde gab es ein grelles Aufblitzen, eine ohrenbetäubende Explosion und eine heftige Erschütterung, die sich durch den Boden unter Charlies gepanzerten Füßen fortsetzte. Sie drehte sich um und sah einen gewaltigen Feuerball am Himmel aufblühen.

»O Gott …« Sie rannte los, in die Richtung des weniger als eine halbe Meile entfernten Absturzes, obwohl die ersten Warnmeldungen eingingen: ENERGIERESERVE BEI 50 PROZENT. Im Näherkommen konnte sie sehen, dass der Blackhawk vollständig von Flammen umhüllt war. Kurz darauf umringten mehrere Pick-ups das Wrack, und Männer stießen Freudenschreie aus und ballerten zur Feier mit ihren Automatikwaffen in den Himmel.

»Ein Kanonenrückenaufsatz – das ist alles, was ich bräuchte«, murmelte Charlie. Verärgert kehrte sie widerstrebend Wrack und Extremisten den Rücken und brachte sich quer durch die Wüste in Sicherheit.

WASHINGTON D. C.
Am nächsten Morgen

»Dies ist ohne jeden Zweifel der eklatanteste und ungeheuerlichste Fall von Machtmissbrauch seit den japanischen Internierungslagern während des Zweiten Weltkriegs«, erklärte der ehemalige Präsident Joseph Gardner. Gardner, ein groß gewachsener, unverschämt gut aussehender Kerl und wie geschaffen für das politische Geschäft, war ein langjähriger Spieler an den Hebeln der Macht. Als Marineminister und glühender Verfechter der amerikanischen Überlegenheit zur See hatte er aus seinem forcierten Aufbau der Marinestreitkräfte nach dem Amerikanischen Holocaust Kapital geschlagen und sich, auf einer starken Basis der nationalen Verteidigung, erfolgreich um das Amt des Präsidenten der Vereinigten Staaten beworben.

»Wer hätte für möglich gehalten«, fuhr Gardner fort, »dass Kenneth Phoenix das FBI anweisen würde, militärisches Gerät für das verdeckte Ausspionieren amerikanischer Bürger oder amerikanischen Bodens einzusetzen?«

Wann immer er von Phoenix sprach, vermied er es bewusst, dessen Titel zu benutzen. »Und dann schicken sie, was einen noch schwerer wiegenden Angriff auf die persönlichen Freiheitsrechte darstellt, zwei dieser Roboter los, um diese Kommune anzugreifen. Das ist ungeheuerlich!«

»Wieso sprechen Sie von militärischem Gerät, Mr. President?«, fragte der Moderator der Talkshow. »Unbemannte Flugzeuge werden doch auch von der Polizei und den Grenzschutzbehörden eingesetzt, nicht nur vom Militär.«

»Beide Drohnen wurden von einer Firma mit Namen Sky Masters Inc. gebaut, bei der es sich um einen kleinen, aber bestens beleumundeten Entwickler von militärischem Gerät aller Art handelt, darunter auch Waffensysteme, Satelliten und Flugzeuge«, erklärte Gardner. »Die abgestürzten Drohnen trugen die Bezeichnung MQ-15 Sparrowhawk. Sie sind imstande, Sensoren und Waffensysteme, also auch lasergelenkte Raketen, bis zu einem Gewicht von einer Tonne mitzuführen, und sie sind bereits in Afghanistan, Pakistan und im Irak zum Einsatz gekommen. Dass Kenneth Phoenix dem FBI tatsächlich den Befehl erteilt hat, waffenfähige Flugzeuge über den Vereinigten Staaten einzusetzen, um unschuldige amerikanische Bürger ins Visier zu nehmen, ist kriminell. Zumal diese Roboter Eigentum der U.S. Army und mit Kanonen und Raketenstartgeräten bestückt sind, alles eindeutig für das Töten entwickelte Militärtechnik. Jemand muss für diesen Skandal zur Verantwortung gezogen werden, und der Schwarze Peter liegt eindeutig auf Mr. Phoenix' Schreibtisch.«

»Ein Sprecher des Justizministeriums erklärte, die verdächtigen Bewohner des Geländes, wo die Drohne abgestürzt ist, stünden mit den jüngsten Angriffen in Reno und dem südlichen Nevada in Verbindung«, sagte der Moderator. »Sollten wir nicht alle verfügbaren Mittel einsetzen, um derartige extreme terroristische Aktivitäten zu untersuchen, Mr. President?«

»Wo sind denn die Beweise, die diese Behauptung untermauern?« Gardner breitete theatralisch die Hände aus. »Zudem verfügt das FBI bei der Verbrechensermittlung über seine eigenen Mittel und Wege, *legale* Mittel und Wege. Wieso hat Phoenix dem FBI militärisches Gerät an die Hand gegeben?«

»Sie sind also gegen den Einsatz von Drohnen und diesen bemannten Robotern bei der Überwachung verdächtiger Terroristen?«, hakte der Moderator nach. »Wie ich es sehe, widerspricht es nicht der US-Militärgesetzgebung, bei der Durchsetzung von Gesetzen Unterstützung zu leisten – solange das Militär keine Verhaftungen vornimmt oder Zivilisten attackiert.«

»Wie würde es Ihnen gefallen, wenn ein Spionageflugzeug des Militärs über Ihr Haus hinwegfliegt, Aufnahmen macht und diese an die Schnüffler von FBI und Weißem Haus weitergibt?«, fragte Gardner. »Und was, glauben Sie, haben diese Roboter da draußen gemacht – etwa Fotos geschossen? Das ist doch Wahnsinn. Wir sind hier in Amerika, nicht in Sowjetrussland. Und wo ist überhaupt die richterliche Anordnung für diesen Drohneneinsatz? Wer war der Richter, der sie unterzeichnet hat? Oder hat Phoenix die Überwachung etwa höchstpersönlich angeordnet – ohne richterliche Anordnung? Und angenommen, es kam *tatsächlich* zu einer Kollision in der Luft, wie die Bewohner dort behaupten. Hat Phoenix bei dieser gefährlichen und möglicherweise illegalen Überwachungsaktion unschuldige Zivilisten getötet? Auf all diese Fragen benötigen wir dringend Antworten, die uns die Phoenix-Administration bislang schuldig geblieben ist.«

»Das ist absoluter Blödsinn, Gardner«, sagte Vizepräsidentin Ann Page säuerlich in Richtung des Fernsehgeräts, auf das ihr Blick im Oval Office gerichtet war. Sie stellte den Ton stumm, sah aber weiter hin, als auf CNN eine Restlichtkameraaufnahme des CID-Roboters gezeigt wurde, wie er, einen weiteren Roboter über der Schulter, quer durch die Wüste trabte. »Ich habe eine Presseerklärung herausgegeben, in der die gesamte Operation detailliert geschildert wird, inklusive des Namens des Richters am Bundesbezirksgericht, der die Anordnungen unterschrieben hat.«

»Ich weiß, Ann, ich weiß«, sagte Präsident Ken Phoenix. »Gardner redet nur so daher. Weisen Sie beim Briefing für die Tagespresse auf alle seine Ungenauigkeiten hin, und schon werden die Leute ihn nicht länger beachten.«

»Keine Sorge, das werde ich tun«, erwiderte Ann hitzig.

Der Computer auf dem Schreibtisch des Präsidenten fiepte, und Phoenix tippte auf einen Knopf, um den Aufruf auf dem sicheren Bildtelefon auf Lautsprecher zu stellen. Der Bildschirm war geteilt, mit Justizministerin Jocelyn Caffery auf der einen Seite und FBI-Direktor Fuller auf der anderen. »General Attorney Caffery, Direktor Fuller, hier Präsident Phoenix. Wie geht es Ihnen?«

»Gut, vielen Dank, Sir«, antwortete die Justizministerin. »Direktor Fuller wird Sie auf den neuesten Stand bringen.«

»Legen Sie los, Justin.«

»Vielen Dank, Sir«, antwortete FBI-Direktor Fuller. »Ich bin derzeit auf dem Weg nach Nevada, um die Ermittlungen zu den beiden Drohnenabstürzen und dem Angriff auf den Black Hawk zu leiten. Das Neueste: Es gibt fünf

Opfer. Bei dem Absturz des Black Hawk sind zwei Piloten der Nationalgarde der Armee, ein Gruppenleiter der Nationalgarde – alles freiwillige Helfer des FBI – sowie ein FBI-Agent ums Leben gekommen. Ein weiterer FBI-Agent, der das Kybernetische Infanteriegerät steuerte, ist vor ungefähr dreißig Minuten den Verletzungen erlegen, die er sich bei seinem Sturz vom Helikopter zugezogen hat, sowie seinen Wunden durch das schwere Maschinengewehrfeuer, das seine Panzerung durchschlagen hat. Der Pilot hatte einem der CIDs gemeldet, er sei vermutlich von einer Rakete oder Panzerfaust getroffen worden. Armee und FBI sind an der Absturzstelle des Helikopters vor Ort, und die Bewohner des Geländes halten sich zurück. Dennoch habe ich alle Ermittler angewiesen, sich von dem Gelände fernzuhalten.«

Der Präsident nickte zustimmend.

»Das Wrack der nahe der Interstate abgestürzten Drohne wurde für die kriminaltechnische Untersuchung zur Joint Air Base Battle Mountain verbracht«, fuhr Fuller fort. »Mit Ihrer Erlaubnis, Sir, habe ich die US-Flugsicherheitsbehörde angewiesen, keinen Untersuchungsausschuss zu dem Unfall einzuberufen, ehe das FBI nicht seine Ermittlungen abgeschlossen hat.«

»Einverstanden«, sagte der Präsident. »Dennoch möchte ich Sie bitten, sämtliche nicht der Geheimhaltung unterliegenden Funde so bald wie möglich der NTSB zu übergeben.«

»Jawohl, Mr. President. Hinsichtlich der ersten Drohne gibt es in der Tat eine überaus interessante Entwicklung: Ein Augenzeuge, der in der unmittelbaren Umgebung südlich der Absturzstelle auf der Jagd war, behauptet, er habe einen Kondensstreifen beobachtet.«

»Kondensstreifen?«, fragte Ann. »Sie meinen, von einer Rakete?«

»Da war sich der Zeuge nicht sicher. Er meinte, der Streifen sei ziemlich gerade gewesen, was auf die Triebwerksabgase von tragbaren Luftverteidigungsraketen gewöhnlich nicht zutrifft. Wir untersuchen das noch. Sobald wir einen Blick auf das Wrack werfen konnten, sollte sich das klären lassen.«

»Heimische Terroristen, bewaffnet mit radioaktivem Material … und jetzt möglicherweise auch noch mit Flugabwehrraketen?« Ann seufzte. »Die Vorstellung ist überaus besorgniserregend.«

»Lassen Sie uns hier keine vorschnellen Schlüsse ziehen«, sagte Phoenix. »Direktor Fuller, wer hat den Robotereinsatz gegen die Extremisten genehmigt?«

»Special Agent Philip Chastain, für Terrorermittlungen verantwortlicher Sonderermittler im Büro San Francisco.«

»Er hätte für den Einsatz der Roboter eine Genehmigung einholen müssen.«

»Er hat eine taktische Entscheidung getroffen, Sir«, sagte Fuller. »Man hatte ihm die Roboter als Teil seiner Ermittlungen gegen Extremistengruppen überlassen. Ich kann ihn dafür nicht kritisieren, Sir. Ich stehe hinter seiner Entscheidung.«

Phoenix überlegte einen Augenblick, nickte dann. »Na schön. Sie haben recht, wir erwarten von diesen Männern, dass sie Entscheidungen treffen und handeln. Gut, dass Sie zu ihrem Mann stehen.«

»Sir, Chastain zählt zu unseren Besten.«

»Dann werden wir also nie erfahren, ob die Drohne an einer Kollision beteiligt war, wie die Extremisten behaupten?«

»Wir stehen in Kontakt zur FAA, und dort heißt es, dass sich kein anderes Flugzeug in unmittelbarer Nähe zur zweiten Drohne befunden hat, Sir«, sagte Fuller. »Wegen der eingeschränkten Radarfunktion ist das jedoch wenig aussagekräftig, ein kleines oder tief fliegendes Flugzeug hätten sie womöglich gar nicht gesehen. Andererseits könnte es sich bei der Behauptung, dass es einen Zusammenstoß in der Luft gegeben habe, um eine Falschaussage handeln. So etwas kommt selbst bei unbemannten Flugzeugen extrem selten vor. Gewissheit werden wir erst nach Untersuchung der Wrackteile haben.«

»Was uns zu der großen Frage führt, Sir: Wie sollen wir gegen diese Extremisten vorgehen?«, äußerte Caffery. »Sie haben sämtliche Wrackteile der zweiten Drohne auf ihr Gelände geschleppt, sie haben mit schweren Automatikwaffen auf unseren Helikopter geschossen und womöglich Flugabwehrwaffen gegen unsere Überwachungsflugzeuge eingesetzt.«

»Ich habe zwei Spezialeinsatzkommandos bereitstehen, um auf das Gelände vorzudringen und Verhaftungen vorzunehmen, zwei weitere sind zu ihrer Unterstützung unterwegs«, erklärte Fuller. »Wir haben eine bodengestützte weiträumige Überwachung des Geländes eingerichtet und werden in ein paar Tagen ein ziemlich klares Bild davon haben, womit genau wir es dort zu tun haben.«

»Ich will nicht, dass irgendjemand dieses Gelände betritt«, sagte der Präsident. »Umzingeln Sie es, verhindern Sie, dass dort irgendjemand ein oder aus geht, es sei denn, es handelt sich um eine humanitäre Notlage. Sammeln Sie Informationen, und beginnen Sie mit den Verhandlungen für eine Auslieferung der für den Abschuss des Hubschraubers Verantwortlichen. Ich werde nicht zulassen, dass noch so ein Desaster wie mit dem Davidianischen Ast weltweit im Fernsehen übertragen wird.«

»In Ordnung, Mr. President.«

»Ich erwarte, mehr über die Ergebnisse der Ermittlungen zur ersten Drohne zu hören«, sagte der Präsident. »Sonst noch etwas für mich?«

Justizministerin Caffery wirkte ein wenig unsicher, sagte aber dann: »Wegen des früheren Präsidenten Gardner, Sir.«

»Ich habe ihn heute Morgen gehört.« Phoenix rieb sich erschöpft die Augen. »Er hat ein Recht auf eine eigene Sicht der Dinge.«

»Aber nicht auf seine eigenen Fakten, Sir«, widersprach Caffery. »Was er sagt, ist nicht nur unwahr, es könnte, fürchte ich, auch zu weiterer Gewalt führen, wenn er nämlich das amerikanische Volk so sehr in Angst und Schrecken versetzt, dass es tatsächlich glaubt, die Regierung setze das Militär gegen es ein.«

»Damit werden wir uns befassen, wenn und falls es erforderlich ist«, sagte der Präsident. »Allerdings werden wir die Unwahrheiten des ehemaligen Präsidenten bei der täglichen Pressekonferenz bloßstellen. Je mehr er sich die Tatsachen zurechtbiegt, desto schneller wird er sich selbst ins Abseits manövrieren.«

JOINT AIR BASE BATTLE MOUNTAIN
Zur selben Zeit

Als Patrick McLanahan an dem vom FBI genutzten Hangar vorbeifuhr, sah er Special Agent Chastain aus seinem Wagen steigen. Patrick hielt an und stieg ebenfalls aus, womit er augenblicklich Chastains Aufmerksamkeit erregte. »Tut mir sehr leid wegen Ihrer Männer, Agent Chastain«, sagte Patrick. »Sich auf diesen Einsatz einzulassen war unglaublich mutig von Agent Savoy.«

»Er hat seinen Job gemacht«, entgegnete Chastain ausdruckslos, ging auf Patrick zu und musterte ihn gründlich. »Ich bin sicher, Sie wissen es bereits«, sagte er, »aber der Generalstaatsanwalt hat entschieden, Sie nicht unter Anklage zu stellen.«

»Ja, habe ich gehört.«

»Aber ich werde Sie trotzdem noch drankriegen, General«, sagte Chastain. »Ich habe mit dem Pentagon gesprochen. Dort heißt es, Sie sind im Ruhestand, Punktum. Laut Sicherheitsüberprüfung haben Sie noch immer Einblick in geheimes Material, allerdings nur auf der Stufe ›vertraulich‹, wie die meisten Flaggoffiziere im Ruhestand. Sie haben auf dem gesamten Stützpunkt nahezu uneingeschränkten Zugang, nicht etwa, weil Sie irgendwelche offiziellen Aufgaben hätten, sondern aufgrund Ihres Dienstgrads und weil Sie früher hier Standortkommandant waren. Zusammen mit Ihrer Vergütung als Pensionär wird Ihnen auf dem Stützpunkt vorübergehend eine Unterkunft gestellt, und zwar anstelle eines Lebenshaltungskostenausgleichs, und nicht etwa, weil Sie der Belegschaft angehören. Doch sie wollten mir und allen anderen weismachen, dass Sie als eine Art Verbindungsmann oder Verwalter für die Space Defense Force arbeiten.«

Patrick zuckte mit den Schultern. »Schätze, tief in meinem Innern spüre ich, dass ich hier eine Funktion habe. Offen gesagt, das Leben als Ruheständler ist ziemlich öde. Kann ich niemandem empfehlen. Was ich hier tue, ist eine Möglichkeit, mich weiterhin für die Air Force und die Weltraumoperationen zu engagieren und gleichzeitig genug Zeit mit meinem Sohn zu verbringen.«

»Wie bei dieser Civil-Air-Patrol-Geschichte«, sagte Chastain.

»Genau«, bestätigte Patrick. »Ich bekomme die Chance zu fliegen, bringe meine Fähigkeiten ein und trage eine grüne Kappe wie in alten Zeiten. Ich habe Umgang mit einer tollen Truppe von Einheimischen, wir erzählen uns gerne Geschichten und bringen den Kadetten alles über das Militär und den Dienst für Allgemeinheit und Vaterland bei.« Chastain nickte bloß, und Patrick dachte, der Mann würde sich schlichtweg nicht dafür interessieren. »Noch einmal, tut mir leid wegen Ihrer Leute.« Sie gaben sich die Hand, und Patrick fuhr davon.

Drinnen im Hangar traf Chastain Brady und Renaldo, die am Steuerterminal des Sparrowhawk die bei den Aufklärungsflügen aufgenommenen Videos sowie die von den Ermittlern des FBI unter Verwendung von hochauflösenden Teleskopkameras gemachten Aufnahmen des Geländes durchgingen. »Was haben Sie?«, fragte er.

»Die Ritter werden allmählich regelrecht dreist«, sagte Brady. »Sie sind noch immer draußen und feiern, präsentieren sich den Medien, um die ganze Welt wissen zu lassen, wie böse FBI und US-Militär sind. Sie errichten Verteidigungsanlagen und veranstalten Zielschießübungen mit Automatikwaffen. Die müssen da draußen über eine Unmenge von Waffen und Munition verfügen, denn schon seit Stunden veranstalten mehrere Dutzend von ihnen diese Schießübungen, mit einem ganzen Sammelsurium unterschiedlicher Waffen. Im Augenblick identifizieren wir jede Stunde ungefähr ein halbes Dutzend neuer Bewohner.« Er bemerkte Chastains verwirrten Gesichtsausdruck. »Was ist?«

»Ich habe gerade mit McLanahan gesprochen.«

»Tatsächlich?«, sagte Cassandra Renaldo. »Wollen Sie damit sagen, er hat sich tatsächlich mit Ihnen *unterhalten?*«

»Hat mir sein Beileid für Savoy und Eberle ausgesprochen«, sagte Chastain, »aber danach wurde er richtig gesprächig. Ich habe ihm gesagt, ich hätte ihn überprüft und herausgefunden, dass er nicht Manager von irgendetwas hier ist, aber es schien ihm nichts auszumachen. Er machte einen … ziemlich gelassenen Eindruck in Anbetracht des Desasters, das hier gestern Abend passiert ist.«

»Das ist merkwürdig«, sagte Brady. Er wies mit einem Nicken auf die Darstellungen auf den Laptopbildschirmen. »Ein bisschen wie diese Wichser hier, die den Umstand feiern, dass sie fünf amerikanische Mitbürger getötet und drei Flugzeuge abgeschossen haben und ihre illegalen Automatikwaffen ganz offen vor den Vertretern von Staat und Bund zur Schau stellen.«

Chastain warf einen Blick auf die Bilder und bekam große Augen. »Stellen Sie etwa Akten über diese Leute zusammen?«

»Selbstverständlich.«

»Wie viele von denen gehören der Civil Air Patrol an?«

»Bis zu den nicht politischen Zugehörigkeiten bin ich noch nicht vorgedrungen«, sagte Brady. »Der Unterstützerstab bearbeitet gerade Basishintergründe, Decknamen, Vorstrafen und militärische Erfahrung von ungefähr einhundertvierzig Personen, und das sind längst nicht alle.«

»Beginnen Sie mit der Prüfung der Mitgliedschaft bei der Civil Air Patrol«, sagte Chastain. »Ich habe schon von dem Augenblick an, als er die Aussage verweigert hat, ein schlechtes Gefühl wegen dieses McLanahan gehabt, nur konnte ich mir keinen Reim darauf machen, warum ein Mann wie er etwas mit heimischen Terroristen zu tun haben sollte. Die Civil Air Patrol könnte der gemeinsame Nenner sein. Jede Menge ehemalige Militärs, jede Menge patriotisch Fahnen schwenkende Phrasendrescher, jede Menge alter Knacker in militärähnlichen Uniformen …«

»Bin schon dran«, sagte Brady aufgekratzt.

»Ich bin da nicht so sicher«, mischte sich Renaldo ein. »Was McLanahan betrifft, empfinde ich anders. Also, ein paar der Typen in dieser CAP-Einheit, die ich verhört habe, wie Fitzgerald, Slotnick und de Carteret … ja, bei denen könnte es sich um Extremisten handeln. McLanahan – nein.«

»Ich möchte dem aber nachgehen«, entschied Chastain. »Mein Radar schlägt Alarm, und es ist noch immer direkt auf McLanahan und jetzt auch auf seine Civil-Air-Patrol-Einheit gerichtet. Was ist mit dem Sohn?«

»Der steht kurz davor zu platzen – und seine Hose auch«, sagte Renaldo lächelnd. Brady bedachte sie mit einem anzüglichen Grinsen und zwinkerte ihr zu. »Keine Sorge, er ruft mich bald an.«

KAPITEL 7

Von allen Kriegern sind diese zwei die stärksten –
Zeit und Geduld.
– Leo Tolstoi

NORTH PEAK, WESTLICH VON BATTLE MOUNTAIN
Am nächsten Morgen

»Denk daran, du suchst nach nichts Bestimmtem, Brad«, sagte John de Carteret. Als Einsatzbeobachter saß er auf dem rechten vorderen Sitz der CAP Cessna 182, Brad McLanahan als auszubildender Einsatzscanner auf dem linken hinteren Platz, und der Einsatzpilot war sein Vater. »Feldlager sind vermutlich am schwersten zu finden, besonders aus einer Höhe von eintausend Fuß über Grund.«

»Sieht alles gleich aus«, meinte Brad. Er bediente sich der Scantechniken, veränderte ständig den Blickwinkel, verharrte kurz auf einer Stelle, ehe er wechselte und den nächsten Punkt fixierte, und ließ den Blick von oben nach unten bis zur Blickachse hinausschweifen. Aber es schien nichts zu nützen. Zu allem Unglück hatte er auch noch ein ungutes Gefühl im Magen. »Ich meine, es ist, als würde ich gleichzeitig alles und nichts sehen.«

»Wenn man nach Feldlagern sucht, hält man am besten danach Ausschau, wie die Kampierenden zu der Stelle gelangt sind, nicht unbedingt nach dem Lager selbst«, erklärte John. »Reifenspuren, frisch ausgetretene Pfade, aufgewühlter Boden, offene Gatter, beschädigte Zäune … das alles ist aus der Luft leichter zu erkennen.«

Brad verlagerte sein Augenmerk auf diese Dinge, doch dergleichen schien es nirgendwo zu geben.

»Brauchst du eine Pause, Brad?«, fragte Patrick. »Ich kann abdrehen und aus der anderen Richtung eine Kontursuche am Berg durchführen, um John ein wenig scannen zu lassen.« Sie hatten den Auftrag, North Peak, westnordwestlich von Battle Mountain, nach Anzeichen einer Raketenabschussbasis abzusuchen. Die Ermittler des FBI hatten eindeutig herausgefunden, dass der erste Sparrowhawk von einer Rakete getroffen worden war. Weil es sich um einen von der Air Force zugewiesenen Einsatz handelte, hatte Brad Gelegenheit erhalten, den ersten von zwei erforderlichen echten Einsätzen zu fliegen, ehe er zum Einsatzbeobachter befördert werden konnte. Ein Bodenteam unter der Leitung von Michael Fitzgerald, mit Ron Spivey als Führer der Kadetten, befand sich in dem Gelände unten und beteiligte sich ebenfalls an der Suche.

»Nein, ich komme schon klar, Dad.« Auch wenn seinem Magen dieses Umkreisen des Berges eindeutig nicht behagte.

Eine Kontursuche begann eintausend Fuß oberhalb des höchsten Gipfelpunkts, gefolgt von zwei Umkreisungen nach links. Anschließend würden sie auf fünfhundert Fuß runtergehen und zwei weitere Umkreisungen fliegen und dabei etwa eine halbe Meile Abstand zur Bergflanke halten. Danach würden sie weitere fünfhundert Fuß runtergehen und den Vorgang wiederholen.

Die Arbeit in der unmittelbaren Umgebung von Bergen

und Höhenrücken ging stets mit Turbulenzen und unberechenbaren Winden einher, insbesondere im Sommer, und jedes Rucken war Brads Magen nicht eben zuträglich. Mittlerweile wünschte er, er hätte vor dem Einsatz etwas gegessen – und eine Kotztüte mitgenommen. Soweit er erkennen konnte, waren die einzigen Behältnisse in Reichweite seine nagelneue Fliegertasche und der Koffer für die Digitalkamera, und in keines der beiden mochte er sich übergeben.

»Ich bin wirklich froh, dass Colonel Spara uns zusammen fliegen lässt, Brad«, sagte Patrick.

»Ich auch«, sagte Brad mit einem mulmigen Gefühl. Er trank einen Schluck Wasser, doch der half seinem Magen auch nicht viel.

»Ich denke, er hat es deswegen getan, weil nach dem Angriff auf die Leute vom FBI derzeit sehr viel weniger Jungs bei der Staffel herumhängen«, meinte John. »Es wird mit jedem Tag schwieriger, eine Crew zusammenzubekommen. Und Leo hat bei der Highway Patrol immer mehr zu tun. Ich glaube, abgesehen von Rob und dir habe ich nur noch einen einzigen weiteren Piloten bei uns gesehen.«

Sie umflogen gerade die Nordostflanke des North Peak, als Brad es sah – zwei schwarze Kreise, einer klein und wie der Bereich rings um ein Lagerfeuer, der andere deutlich größer. »Ich glaube, ich sehe etwas, Dad – auf neun Uhr.«

»Such dir ein paar Dinge in der Umgebung, die dir helfen, deinen Blick wieder dorthin zurückzulenken«, sagte Patrick. »Was siehst du?«

»Ein paar dunkle Stellen am Boden, unmittelbar neben einem Pfad.« Brad musste steiler nach unten und hinten schauen, um sie im Blick zu behalten, was sogar noch desorientierender war.

Patrick ließ den Blick suchend aus seinem Seitenfenster

schweifen, wusste aber, dass er sich nicht allzu sehr vom Fliegen des Flugzeugs ablenken lassen durfte. »Ich hab es nicht gesehen«, sagte er. »Ich habe nicht genug Platz, um den Linksschwenk fortzusetzen, werde aber eine Rechtsschleife fliegen, um dich auf demselben Kurs wieder zu der Stelle zurückzuführen. Rechtsschwenk jetzt.« Er flog eine Rechtskurve, fort von dem Berg, vielleicht ein wenig schärfer als beabsichtigt …

… doch Brad war nicht darauf vorbereitet, und als Patrick den Schwenk ausführte, konnte er es nicht mehr zurückhalten. Er steckte den Kopf zwischen die Beine, riss sich gerade noch rechtzeitig das Mikrofon des Headsets von den Lippen und erbrach sich auf den Fußboden der Cessna.

»Brad!«, rief Patrick und brachte das Flugzeug in die Waagerechte. »Geht es dir gut?« Seine Frage wurde von einem weiteren Würgen beantwortet. »Brad?«

»Ich … es geht schon.« Trotzdem ließ Brad seinen Worten ein drittes Würgen folgen.

Patrick und John rissen beide ihre Überkopfentlüftungen auf, um so viel Frischluft wie möglich reinzulassen, doch es hatte keinen Zweck. Der Geruch breitete sich im Cockpit aus und war überall, unmöglich, ihn zu ignorieren. Patrick sah hinüber zu John, der bereits ein wenig blass zu werden begann. »John …?«

»Schätze, ich bin ebenfalls für eine Weile außer Gefecht, Patrick«, sagte er unbehaglich.

»Tut mir leid, Dad«, sagte Brad. »Ich hätte etwas essen sollen. Dieses ständige Drehen, das nach unten und zur Seite Schauen, dazu die Turbulenzen …«

»Mach dir nichts draus, Brad«, sagte Patrick. »Das ist jedem Piloten schon passiert, und wenn nicht, wird es noch passieren. Wir sind schon auf dem Rückweg zum Stützpunkt.«

Patrick funkte Rob Spara bei der Staffel an, um ihm zu melden, dass sie das Suchraster verließen, und teilte ihm ihre voraussichtliche Ankunftszeit auf dem Stützpunkt mit.

Als sie sich der Platzrunde näherten, schaute John hinaus und erblickte eine Gruppe von etwa zehn Fahrzeugen zu beiden Seiten der zum Stützpunkt führenden Straße. »Was ist denn da unten los?«

Patrick schaute selbst. Zwei Gruppen von Personen mit Transparenten in den Händen zogen die Straße Richtung Haupteingang des Stützpunkts entlang. »Also, sieht für mich aus wie ein Protestmarsch!«, rief er. »Anscheinend wollen sie vor dem Stützpunkt demonstrieren!«

»Ich hoffe, sie bleiben *draußen*«, sagte John. So etwas wie ein äußeres Tor der Joint Air Base Battle Mountain gab es eigentlich gar nicht, nur einen Maschendrahtzaun, dafür gedacht, Steppenroller aufzuhalten, sowie ein im Boden eingelassenes Viehgitter auf der Straße für verirrte Nutztiere von dem umliegenden offenen Weideland. Die Sicherheitsvorkehrungen des Stützpunkts waren ausnahmslos elektronisch und bedienten sich Laser-, Infrarot- und Millimeterwellensensoren für allwettertaugliches Präzisionsscanning, und bei einem Alarm folgte eine Reaktion zunächst durch unbemannte und anschließend durch bemannte Flugzeuge. »Seit der Zeit des Vietnamkriegs habe ich keine Protestmärsche mehr gesehen.«

Patrick landete das Flugzeug, lenkte es zum Hangar und half anschließend mit, den hinteren Teil zu säubern. Danach meldeten sie sich bei Rob Spara und beschrieben, was sie gesehen hatten, einschließlich der Demonstranten vor dem Haupteingangstor.

»Ja, davor hat man uns gewarnt«, sagte Rob. »Beim Sicherheitsdienst hieß es, wenn sich die Geschichte ausweitet, müssten sie die Leute hier hinein- und hinausgeleiten.« Er wandte sich an Brad. »Fühlst du dich wieder halbwegs, Brad?«

»Schon viel besser.« Brad hielt eine Packung Käse- und Erdnussbuttercracker und ein Gingerale in Händen. »Ich musste einfach was essen. Ich hab praktisch nicht gefrühstückt. Ich war zu aufgeregt.« Er wandte sich an Patrick. »Tut mir leid, dass ich das Flugzeug vollgesaut hab. Tut mir leid, Dad«, sagte er noch einmal.

»Muss es nicht. Ist schon in Ordnung. Was meinst du, möchtest du es gleich noch einmal versuchen?«

»Aber klar!«

»Bist du sicher, dass du es darauf ankommen lassen willst, Brad?«, fragte Rob. »Es wird kaum weniger unruhig werden.«

»Ich will es trotzdem tun«, sagte Brad.

Rob besah ihn sich gewissenhaft, sah dann kurz Patrick an, doch der legte seinem Sohn eine Hand auf die Schulter. »Er ist erwachsen und jetzt ein vollwertiges Mitglied, Rob«, sagte er, ein Lächeln auf den Lippen. »Er ist imstande, seine Entscheidungen selbst zu treffen.«

Rob war unschlüssig. »Ich würde sagen, laut IMSAFE-Prüfliste gilt Flugkrankheit als ›Krankheit‹, die es dir nicht erlaubt zu fliegen, Brad. Allerdings habe ich ein Bodenteam vor Ort und keine anderen Crews, die die 182 fliegen könnten.« Er wandte sich John zu. »Fühlen Sie sich wieder besser, John?«

»Ja«, antwortete der. Auch er kaute Cracker und spülte sie mit Gingerale hinunter, beides angeblich gute Hausmittel gegen Flugkrankheit. »Ich bin ein wenig grün um die

Kiemen geworden, als mir anfangs der Geruch in die Nase stieg, aber jetzt geht's mir wieder gut.«

Rob überlegte noch ein wenig länger, aber schließlich nickte er. »Also gut, Leute«, sagte er und gab die Flugfreigabeinfos in seinen Computer ein. »Ihr habt die Freigabe. Nehmt Verbindung mit dem Bodenteam auf und seht zu, dass ihr sie zu diesem Ziel führt, das ihr gesichtet habt.« Nachdem sich auch Patrick einen Bissen zu essen besorgt hatte – ebenfalls begleitet von einer Flasche Gingerale, für alle Fälle – tankten sie das Flugzeug auf, führten die Vorflugkontrolle durch, beluden es und waren kurz darauf in der Luft.

Doch schon wenig später wurde deutlich, dass Brads Magen nicht mitspielen würde. Sie befanden sich noch im Steigflug, aber noch nicht auf Platzrundenhöhe und in ruhiger Luft, als Brad sagte: »Mir ist schon wieder nicht besonders, Dad.«

Beide Lüftungsschlitze waren bereits weit geöffnet. Patrick ging bei fünfhundert Fuß über Grund in den Horizontalflug und verringerte die Luftgeschwindigkeit, um den Flug ruhiger zu gestalten. »Versuch, eine Weile durch die Windschutzscheibe statt durch die Seitenfenster zu schauen, Brad«, schlug John vor.

»Hab ich schon«, sagte Brad. »Ich glaub, es liegt daran, dass ich hinten sitze. Ich fühle mich total eingepfercht hier. Wenn ich vorn sitze oder selbst fliege, werde ich nie luftkrank.«

John drehte sich herum, um Brad anzuschauen. Der Junge sah elend aus. »Ich denke, wir bringen sie besser runter, Patrick«, sagte er. »Brad geht's nicht …« Und in diesem Moment vernahmen sie ein lautes PRRRING! und verspürten eine scharfe Kontaktvibration von der linken Tragfläche. »Was war das? Sind wir mit einem Vogel kollidiert?«

»Wie ein Vogel hat sich das nicht angefühlt«, sagte Patrick. »Halten Sie mich über die Flughöhe auf dem Laufenden, während ich nachsehe, John.«

»Roger.«

Patrick suchte die Vorderkante der Tragfläche nach einer Ursache für das Geräusch ab. »Ich sehe keine …«

»Ich sehe ein Loch in der Tragfläche!«, rief Brad plötzlich. »Vorn, an der Spitze, unmittelbar vor dem Querruder! Es tritt Treibstoff aus!«

Einen Augenblick darauf sah es auch Patrick. »Also, wie, zum Teufel, ist denn das passiert?« Seine Frage war an niemanden im Besonderen gerichtet. Er drehte leicht am Bedienungshandrad, überflog dann das Armaturenbrett. »Dem Gefühl nach ist alles in Ordnung, und die Triebwerksanzeigen scheinen …« In diesem Augenblick fühlten und vernahmen sie ein weiteres scharfes Pochen gegen das Flugzeug, diesmal irgendwo vom Heck und der hinteren Rumpfpartie. »Was zum …?«

»He, das hintere Fenster ist kaputt!«, rief Brad. Alle drehten sich um und sahen, dass das Plexiglasfenster von zahllosen spinnwebartigen Rissen durchzogen war, die alle von einem runden Loch nahe dem Oberrand ausgingen! »Sieht aus wie ein Einschussloch!«, sagte Brad.

»Verdammter Mist, ich glaube, jemand schießt auf uns!«, schrie Patrick. Er hämmerte auf den Mikroknopf: »Battle Mountain Tower, hier CAP Zwo-Sieben-Zwo-Zwo, melde Notfall, erbitte sofortige Landefreigabe.«

»CAP Zwo-Zwo, hier Battle Mountain Tower. Roger, Sie haben Freigabe für Landung und Rollbahn«, antwortete der Fluglotse im Tower augenblicklich. »Nennen Sie Treibstoff, Seelen an Bord und Art Ihrer Notlage.«

»CAP Zwo-Sieben-Zwo-Zwo, drei Seelen und Treibstoff

für vier Stunden an Bord«, gab Patrick durch, während er in steiler Schräglage auf die Nordost-Südwest-Landebahn zuhielt. »Ich denke, jemand hat mit einem Gewehr auf uns geschossen.«

Es entstand eine kurze Verzögerung, dann: »CAP Zwo-Zwo, *bitte wiederholen!*«

»Ich denke, jemand am Boden hat uns mit mehreren Schüssen getroffen«, sagte Patrick. »Sie haben unsere linke Tragfläche und das hintere Fenster durchlöchert.«

»Roger«, sagte der Fluglotse, der offenkundig Mühe hatte, ruhig zu bleiben. »Benötigen Sie Bodenpersonal und Gerät?«

»Positiv«, sagte Patrick. »Ich werde auf Landebahn null-drei landen. Benachrichtigen Sie alle anderen Flugzeuge, sie sollen sich von den Demonstranten draußen vor dem Haupttor fernhalten. Ich glauben, einer von ihnen hat ein Gewehr.«

VOR DEM HAUPTTOR DER JOINT AIR BASE BATTLE MOUNTAIN
Kurze Zeit später

Das Erscheinen von zwei gedrungenen, ferngesteuerten und gepanzerten Avenger-Luftverteidigungsfahrzeugen, die ihre Abschussbasen für Sidewinder-Luftabwehrraketen sowie die 20-Millimeter-Geschütze nach vorn und in eindeutig bedrohlicher Weise aufgerichtet hatten, bewirkte lediglich, dass die Demonstranten noch mehr in Rage gerieten. *»Ha, ho, he, Killerroboter ade!«*, wurde in Sprechchören gerufen, und: *»Spionageflieger, was seht ihr – freie Bürger, das sind wir!«*

Just in diesem Moment vernahmen sie Sirenen hinter ihrem Rücken. Ein Konvoi aus sechs Fahrzeugen der Nevada Highway Patrol, angeführt von einem Gefährt, das eine gewisse Ähnlichkeit mit den Panzerfahrzeugen auf dem Gelände des Stützpunkts hatte, rollte mit Blaulicht und Sirene langsam die Straße entlang bis vor das Haupttor. »*Hier spricht die Nevada Highway Patrol*«, plärrte eine Stimme über Lautsprecher. »*Sie versperren ohne Genehmigung eine öffentliche Straße und behindern den Straßenverkehr. Gehen Sie augenblicklich auseinander. Vielen Dank für Ihre Kooperation.*« Nur wenige Meter vor der Menge kam der Konvoi zum Stillstand.

»Wir gehen nirgendwohin, solange die nicht die Roboter und Spionageflugzeuge abziehen!«, brüllte jemand.

»*Ihre Beschwerde wird an das Verteidigungsministerium und den Gouverneur und Generalstaatsanwalt des Staates Nevada weitergeleitet*«, verkündete die Lautsprecherstimme. »*Seien Sie versichert, dass man sich unverzüglich all Ihrer Beschwerden annehmen wird. Aber Sie versperren noch immer eine öffentlich zugängliche Verkehrsstraße und stören die öffentliche Ordnung. Bitte kehren Sie zu Ihren Fahrzeugen zurück, und verlassen Sie das Gelände, damit der freie Zugang zu dieser öffentlichen Straße wieder gewährleistet ist. Vielen Dank für Ihre Kooperation.*«

»Wir gehen nirgendwo hin, solange nicht der Gouverneur oder der Präsident befiehlt, dass alle Spionageflugzeuge und Roboter Nevada zu verlassen haben!«, schrie jemand in der Menge. »Das ist doch Bockmist! Sie lassen hier, von diesem Stützpunkt aus, zu Waffen umgerüstete Flugzeuge und bewaffnete Roboter auf unbescholtene Bürger los, um sie zu terrorisieren! Woher sollen wir wissen, dass Sie nicht genau jetzt, in diesem Augenblick, mich oder meine Kinder ausspionieren? Wir verlangen, dass Schluss damit ist – *jetzt sofort! Sofort! Sofort!*« Und erneut wurden Sprechchöre laut.

»*Bitte gehen Sie zu Ihren Fahrzeugen zurück, und verlassen Sie dieses Gelände*«, übertönte die Stimme aus dem Lautsprecher die Sprechchöre. »*Diese öffentliche Straße muss frei bleiben. Vielen Dank für Ihre Kooperation.*«

»Ach ja?«, rief ein anderer. »Was wollen Sie denn tun? Uns etwa mit dieser Kanone oder diesen Raketen zusammenschießen, Cop? Eine Bombe auf uns schmeißen, von einem dieser CAP-Flugzeuge aus, die Sie hier herumfliegen lassen?«

»*Vielen Dank für Ihre fortgesetzte Unterstützung unserer Gemeinde*«, sagte die Stimme. »*Die Nevada Highway Patrol ist hier, um Ihnen zu helfen. Bitte gehen Sie zu Ihren Fahrzeugen zurück. Vielen Dank für Ihre Kooperation.*«

Es dauerte mehrere Minuten, dann schien der Elan der Demonstranten zu erlahmen, und sie machten einer nach dem anderen kehrt und entfernten sich vom Haupttor. Ein paar von ihnen droschen mit ihren Protestschildern auf die gepanzerten Fahrzeuge ein und spuckten auf die Windschutzscheibe des Streifenwagens der Highway Patrol, worauf die Beamten jedoch nicht reagierten.

»Tja, das ist mal definitiv was Neues«, meinte Nevada Highway Patrol Sergeant Leo Slotnick. Er stand neben seinem Wagen, dem zweiten in der Kolonne hinter dem Panzerfahrzeug, und unterhielt sich mit seinem Partner. Er trug eine kugelsichere Weste, auf der in gelben Großbuchstaben NHP und POLICE zu lesen war, einen Kevlar-Schutzhelm mit durchsichtigem Gesichtsschutz sowie schwere Handschuhe aus Kevlar. Sein Schlagstock und seine Dosen mit Pfefferspray lagen unsichtbar, aber jederzeit griffbereit im

Streifenwagen. Die meisten der Vorübergehenden grüßten ihn mit einem Wink, keiner schien ihm persönlich etwas übel zu nehmen. »Ein Protestmarsch, hier draußen in Battle Mountain? Ich finde das ziemlich komisch. Ich musste meine Schutzausrüstung abstauben – *buchstäblich* abstauben.«

»Was ist eigentlich mit dem Sheriffbüro?«, fragte Leos Partner, Bobby Johnson, der noch relativ frisch bei der Nevada Highway Patrol war. Er war genauso ausstaffiert wie Leo, hatte allerdings zusätzlich einen kleinen digitalen Videorekorder an seinem Helm befestigt. Leo war während der ersten sechs Monate seiner Probezeit sein Ausbildungsoffizier. »Lassen die sich überhaupt nicht blicken?«

»Es hieß dort, sie hätten nicht genug Leute«, sagte Leo. »Genau genommen ist diese Straße hier eine Staatsstraße, also sind wir zuständig, trotzdem sollten sie eigentlich auch hier draußen sein. Bei der Suche der Civil Air Patrol nach dem abgestürzten Flugzeug haben sie sich ebenfalls nicht blicken lassen.«

»Hab gehört, einer eurer Leute glaubt, dass er von jemandem aus der Menge hier beschossen wurde«, sagte Bobby. »Diese Mistkerle haben auf ein Flugzeug geschossen? Sind die bescheuert? Ich finde, wir sollten jeden Einzelnen von denen mit vorgehaltener Waffe durchsuchen.«

»Überleg doch mal, Bobby, das sind dreißig Leute, und wir sind gerade mal zu zwölft«, entgegnete Leo. »Sollte jemand in der Menge dort ein Gewehr haben, wollen wir nicht, dass er es hier einsetzt, oder? Wenn sie jetzt nach und nach abziehen und nach Hause gehen, ohne dass ein weiterer Schuss fällt, ist doch alles gut. Beim nächsten Protestmarsch sind wir dann vorbereitet und bringen mehr Leute mit.« Als er seinen Blick über die abziehenden Demonstranten schweifen ließ, fielen ihm zwei Männer auf, die, in gewissem Abstand zueinander, aber eindeutig zusammengehörend, mit der Menge zu den Autos zurückgingen, dabei aber anscheinend ebenfalls die Menge absuchten. »Mach mal eine Aufnahme von den beiden großen Typen dort auf zwölf Uhr.«

Bobby drehte sich in diese Richtung, konnte aber nicht wirklich erkennen, wen Leo meinte. »Was ist denn?«

Leo schüttelte den Kopf. »Nur so eine Ahnung. Weißt du noch, was man uns auf der Akademie über Personen erzählt hat, die Krawalle auslösen?«

»Scharfmacher, Aufwiegler, Aggressoren und …«

»Und die Lemminge laufen ihnen blindlings hinterher«, sagte Leo. »Und wer sind hier die Scharfmacher?«

»Der Typ, der den Protestmarsch organisiert hat.«

»Richtig«, sagte Leo, »aber könnte man nicht ebenso gut sagen, es war die Air Force, weil sie die Panzerfahrzeuge hier hat auffahren lassen? Vielleicht wäre die Menge ja nicht so aufgebracht, wenn man sie im Depot gelassen hätte.«

»Na ja, könnte man dann nicht auch sagen, dass *wir* die Scharfmacher sind, weil wir unser Panzerfahrzeug mitgebracht haben?«

»Gutes Argument«, räumte Leo ein, »obwohl man dabei auch über die Sicherheit der Beamten nachdenken müsste, und das wird an höchster Stelle entschieden. Also, Aufwiegler ist, wer die erste aggressive Handlung begeht – in diesem Fall vielleicht diejenigen, die mit ihren Transparenten auf den Panzerwagen eingeschlagen haben. Allerdings sind das nicht die Verursacher der Ausschreitungen. Es sind die Aggressoren, auf die man achten muss, diejenigen, die darauf warten, dass etwas passiert, und dann alle Umstehenden zu einer übertriebenen Reaktion aufstacheln. Anschließend werden die Lemminge tun, was immer die Aggressoren und der Rest der Menge tut, und das Ganze schlägt in einen handfesten Krawall um.«

»Wenn man also die Aggressoren ausfindig machen kann, hat man möglicherweise eine Chance, einen Aufruhr noch zu unterbinden.«

»Genau«, sagte Leo. »Scharfmacher sind Hitzköpfe, aber gewöhnlich veranstalten sie bloß einen großen Wirbel, ohne wirklich aggressiv zu werden. Mit einer für alle sichtbaren Handlung ziehen sie die Aufmerksamkeit der Menge auf sich, die sich aber noch nicht in Lemminge verwandelt hat. Erst die Aggressoren begehen jene exzessiven Handlungen, die die Menge umkippen lassen.«

Bobby suchte weiter die Menge ab, konnte aber immer noch nicht erkennen, auf wen Leo sich bezog. »Erwischt.«

Leo stellte Augenkontakt mit einem der großen Kerle her, die er beobachtete, löste den Blick wieder und ließ ihn ein paar Sekunden lang über die Menge schweifen, ehe er wieder zu ihm zurückkehrte. Und wieder stellten beide Augenkontakt her. »Wie lautet die erste Regel beim Observieren?«

»Gegenobservation«, sagte Bobby. »Sicherstellen, dass man nicht selbst beobachtet wird.«

»Entweder wir werden beobachtet, was ich bezweifle«, sagte Leo, »oder diese Typen waren gerade im Begriff, irgendetwas anzustellen und haben jetzt gemerkt, dass *sie* erkannt worden sind. Sie haben Verdacht geschöpft, laufen aber nicht weg, weil sie wissen, dass sie damit die Aufmerksamkeit auf sich ziehen würden.« Er sah hinter sich und musterte ein paar Demonstranten, die einen großen Bogen um seinen Wagen machten, konnte aber sonst niemanden ausmachen, der aus der Menge hervorstach. Gut möglich, dass es hinter seinem Rücken ein weiteres Duo gab, das er aber nicht erkennen konnte. »Merkwürdige Stimmung hier, so viel steht fest.«

Als er sich erneut zu dem Duo herumwandte, waren die beiden nicht mehr zu sehen. Niemand lief, niemand drängte sich durch die Menge – sie waren buchstäblich verschwunden.

Einige Stunden später

»Ich weiß nicht, was ich sagen soll, Brad«, sagte Patrick, als sie die Cessna der Civil Air Patrol untersuchten. Sie hatten Töpfe und Eimer unter das Loch in der linken Tragfläche gestellt, um das auslaufende Flugbenzin aufzufangen. Leute vom Wartungstrupp hatten das zersplitterte Fenster bereits herausgenommen und gingen nun daran, Teile der Verkleidung mitsamt Nieten zu entfernen, um die beschädigten Abschnitte der linken Tragfläche auszuwechseln. »Du hast insgesamt etwa dreißig Flugstunden auf der C-172 und der P210 absolviert, und ich kann mich nicht erinnern, dass du jemals flugkrank geworden wärst. Ich weiß, als Gia noch bei uns war, bist du ein paar Mal hinten im Aerostar mitgeflogen, aber da warst du noch sehr viel jünger und hast auch nicht aus dem Fenster geschaut, gewöhnlich hast du geschlafen. Bist du jemals auf den Orientierungsflügen für Kadetten flugkrank geworden?«

»Ich glaube nicht, dass ich jemals hinten geflogen bin«, sagte Brad. »Sonst ist nie jemand mitgeflogen.«

»Dann war es heute also das erste Mal, dass du hinten in einem Leichtflugzeug geflogen bist, mit offenen Augen und suchendem Blick aus dem Fenster«, fasste Patrick zusammen, »und bist dabei jedes Mal flugkrank geworden.«

»Aber was bedeutet das jetzt, Dad?«, fragte Brad. »Wenn ich nicht hinten fliegen kann, ohne dass mir schlecht wird, kann ich nicht Einsatzscanner werden, und wenn ich das nicht werden kann, auch nicht Einsatzpilot. Aber genau das will ich!«

»Wir sollten keine vorschnellen Schlüsse ziehen, Großer«, meinte Patrick. »Wir werden dir ein paar Flüge beschaffen, auf denen du keine Aufgaben als Scanner übernimmst, sondern einfach nur hinten sitzt, um dich daran zu gewöhnen. Und wir werden uns über erprobte Medikamente oder andere Hilfsmittel informieren. Du kannst immer noch als Pilot für Transporteinsätze arbeiten – Flugzeuge überführen, Kadetten auf Orientierungsflüge mitnehmen, Gleitsegler hochschleppen – oder als Einsatzbeobachter. Und vielleicht gibt es sogar eine Möglichkeit, dass du Einsatzpilot werden kannst, ohne vorher Scanner zu sein. Ich denke, der Grund, dass man euch zunächst als Scanner ausbildet, ist, dass man sehen möchte, wie gut ihr in einem Leichtflugzeug zurechtkommt. Andererseits wissen wir, dass du imstande bist, ein Flugzeug zu fliegen, ohne flugkrank zu werden. Das passiert dir nur, wenn du hinten sitzt. Wir fangen sofort damit an, alle Möglichkeiten zu prüfen. Aber vergiss nicht, die Civil Air Patrol besteht nicht aus Fliegen allein. Du kannst Bodensuchteams führen, und du kannst einen Einsatzleitstand besetzen und Einsatzmaßnahmen zusammenstellen …«

»Aber ich will *fliegen*, Dad. Ich will Pilot werden, die Verantwortung für eine Crew übernehmen.«

»Und das wirst du auch … Aber vielleicht nicht gerade als Einsatzpilot bei der Civil Air Patrol. Wir werden abwarten müssen, wie sich die Dinge entwickeln. Die Welt geht nicht unter, wenn du nicht Einsatzpilot werden kannst. Es gibt eine Menge Möglichkeiten, seinen Militärdienst zu leisten. Du wirst feststellen, das Leben legt dir immer wieder jede Menge Hindernisse in den Weg. Du wirst lernen müssen, sie zu überwinden. Das ist ja der Spaß am Erwachsensein.«

»Also, bis jetzt ist es eher beschissen«, sagte Brad, machte kehrt und stapfte davon.

»Das kannst du laut sagen.« Patrick wandte sich herum und sah Jon Masters neben sich stehen und die Schäden an der Cessna betrachten.

»Sie sind also der Ansicht, jemand hat auf Sie geschossen, ja? Muss ein verdammt guter Schütze sein. Sie waren fünfhundert Fuß hoch, bei einer Fluggeschwindigkeit von etwa achtzig Knoten?« Masters begutachtete das Loch in der Tragfläche. »Das ist recht groß. Ein Jagdgewehr vielleicht?«

»Oder ein Sturmgewehr«, sagte Patrick.

»Ein Militärschütze? Ein Präzisionsschütze, der über ernst zu nehmendes militärisches Gerät verfügt? Sie meinen, jemand vom Stützpunkt?«

Darauf wusste Patrick nichts zu erwidern.

Jon schwieg einen kurzen Moment, dann fragte er: »Und weswegen ist Brad eingeschnappt?«

»Er ist flugkrank geworden, als er als Scanner hinten in der Cessna saß«, sagte Patrick. »Vorn kommt er gut zurecht, nur hinten nicht.«

»Ich werde auch gelegentlich flugkrank, wenn ich hinten sitze, aber dann nehm ich ein Dimenhydrinat, und es geht mir wieder gut. Ich fürchte nur, als Crewmitglied ist das keine Option.«

»Damals, in meinen Tagen in der B-52, hatte ich Bordschützen und EWOs, die mit Blick nach hinten flogen und ständig flugkrank wurden, vor allem im Tiefflug«, sagte Patrick. »Gegen die Flugkrankheit haben sie sich Scopolaminpflaster hinter die Ohren geklebt, ich weiß aber nicht, ob man das heute noch macht. Es gibt Arm- und Halsbänder gegen Seekrankheit, aber gut möglich, dass das nur eine Spielerei ist. Bei mir haben Ingwerwurzeltabletten immer gut geholfen, sofern ich sie vor einem Raumflug eingenommen habe. Wir werden sehen. Nur möchte ich nicht erleben, dass Brad nach jedem Rückschlag mit Jammermiene herumläuft. Er muss lernen, die Dinge so zu nehmen, wie sie sind.« Er sah Jon an. »Und, was gedenken Sie jetzt zu tun?«

»Nach meinem letzten Rückschlag mit Jammermiene herumlaufen. Ich hab in einer einzigen Nacht Flugzeuge im Wert von zwanzig Millionen Dollar verloren. Der Vorstand bei Sky Masters Inc. ist an die gottverdammte Decke gegangen.«

»Warum? Dafür sollte doch die Regierung geradestehen. Das könnte ein Weilchen dauern, aber …« Er musterte Jon, und seine Augen verengten sich. »Raus damit, was haben Sie angestellt?«

»Wir … vor dem Einsatz der Sparrowhawks hatten wir die Einzelheiten des Vertrags noch nicht im Detail ausgearbeitet«, gestand er.

»Oh-oh …«, sagte Patrick »Sie hatten vor der Bereitstellung keinen unterzeichneten Vertrag? Sie haben Ihre Sparrowhawks der Regierung sozusagen gespendet?«

»Ich bin im Besitz eines Vertrags*entwurfs*«, wandte Jon ein. »Wir können also argumentieren, dass sie nicht als Spende *gedacht* waren.«

Patrick schmunzelte, schüttelte gleichwohl reuig den Kopf.

»Das FBI meinte, sie hätten es eilig, und ich wollte ein Flugzeug dort draußen haben, bevor der Auftrag öffentlich ausgeschrieben wird. Es wird sich eine Lösung finden, seien Sie unbesorgt.«

»Klar … in fünf Jahren«, sagte Patrick. »Na ja, schätze, das ist der Grund, warum viele der von uns angeheuerten Privatpartner Anwälte sind.«

»Vollkommen richtig«, sagte Jon. »Unser Job ist es, Dinge zu erledigen, und nicht, uns den Kopf über dämliche Verträge zu zerbrechen. Sollen sich die Anzugtypen mit den Details herumschlagen.«

»Genau«, sagte Patrick. »Außerdem haben Sie die Sparrowhawks doch versichert, oder?« Er sah Jons bedrückten Blick, und seine Augen weiteten sich überrascht. »Sie waren nicht versichert, Jon …?«

»Versicherungen für die Forschungs- und Entwicklungsabteilungen habe ich in Hülle und Fülle«, sagte Jon, »aber … Na ja, ich hatte ja keinen Regierungsvertrag, jedenfalls noch nicht … und Sie werden nicht glauben, was die Versicherungsgesellschaften für diese unkomplizierten, kleinen Einsätze verlangen. Man könnte meinen, wir würden wieder bewaffnete Kampfeinsätze über dem Irak fliegen!«

»Eine solche Nummer können Sie nicht bringen, Jon«, sagte Patrick. »Günstigstenfalls könnte man Sie feuern. Und im schlimmsten Fall könnte man Sie feuern, verklagen und selbst für die Sparrowhawks aufkommen lassen!«

»Sieh an, ausgerechnet Sie kommen mir mit Vorschriften! Praktisch Ihre ganze Karriere gründet darauf, dass Sie die unentwegt umgangen haben!«

»Das habe ich getan, als ich als taktischer Kommandant vor Ort die Verfügungsgewalt hatte«, sagte Patrick. »Und wenn ich es in anderen Fällen getan habe, bin ich entweder gefeuert, zum Rücktritt gezwungen oder verklagt worden. Sie arbeiten für eine Privatfirma. Die Entscheidungen treffen die Direktoren und Offiziere, nicht Sie.«

»Tja, da würde ich mir allerdings Sorgen machen … wenn ich nicht der klügste Kopf in diesem Unternehmen wäre«, meinte Jon gönnerhaft. »Man kann mich nicht feuern oder verklagen – dann würden die Aktien in den Keller rauschen, und wir könnten uns glücklich schätzen, wenn wir einen Vertrag über Propellerkappen für Jungpfadfinder bekämen. Machen Sie sich keine Sorgen deswegen.« Er hielt inne und sah in die Richtung, in die Brad gegangen war. »Der Junge tut mir leid«, sagte er. »Was genau macht eigentlich ein Scanner?«

»Sein Job ist es, nach Einsatzzielen oder Gefahren Ausschau zu halten«, erklärte Patrick. »Offenbar hat Brad Probleme damit, bei einem Schwenk seitlich aus dem Fenster zu schauen oder wenn er steil nach unten oder hinten schauen muss. Wir wissen noch nicht genau, was die Bewegungskrankheit auslöst.«

»Er sieht aus dem Fenster? Das ist alles?«

»Außerdem macht er Aufnahmen, fertigt ein Protokoll über die Vorkommnisse während eines Einsatzes an, geht Checklisten durch und spricht gegebenenfalls über Funk mit der Einsatzbasis oder den Bodenteams. Im Wesentlichen aber besteht seine Aufgabe darin, aus dem Flugzeug heraus Ausschau zu halten, und zwar vom Anlassen des Triebwerks bis zu dessen Abschalten.«

»Wir haben Geräte, die weit mehr können als so ein Scanner«, sagte Jon. »Wir haben Sensorkuppeln, die locker auf den Tragflächen von kleinen Fliegenvernichtern wie Ihrer Cessnas Platz finden. Sie sind viermal kleiner als die Sensorkuppeln einer Predator, dabei sogar noch vielseitiger und leistungsstärker. Darüber hinaus kann der Scanner diese Sensoren vom Boden aus bedienen. Das spart Gewicht, die Leistungsdaten des Flugzeugs verbessern sich, und Sie bringen weniger Crewmitglieder in Gefahr. Des Weiteren können wir einen Videodatenlink einrichten, Sie können Sprache, Daten und Telemetrie – praktisch alles – herauf- und herunterladen.«

»Wissen Sie«, sagte Patrick, »die Civil Air Patrol fliegt Einsätze, die unter der Bezeichnung ›Predator-Ersatz‹ laufen. Die Sensorkuppel einer Predator-Drohne wird auf den Cessnas montiert, und dann überfliegt man die zur Nellis Air Force Base gehörenden Gebiete. Das Army and Marine Corps verwendet sie bei der Ausbildung von Sensoroperatoren. Dadurch wird das Problem des ›Ausweichens bei Sichtkontakt‹ sowie der Kontrollverlust, wie man ihn bei unbemannten Flugzeugen hat, vermieden. Sie haben zwei Mann im Flugzeug, die nach Verkehr Ausschau halten können, und sie können das Steuer übernehmen, falls die Verbindung zwischen dem Flugzeug und seinen Operateuren am Boden abreißt.«

»Aber unsere Sensorkuppeln sind für den Job sehr viel besser geeignet als die der Predator«, hielt Jon dagegen. »Wir brauchen nichts weiter zu tun, als einen davon auf der Cessna zu befestigen, einen auf jede Tragfläche vielleicht, um eine bessere Deckung zu erzielen und den Luftwiderstand auszugleichen. Selbst mit zweien wäre das Gewicht geringer und die Leistungsdaten besser …«

»Jon, wir reden hier über die Civil Air Patrol, nicht die U.S. Air Force oder die Space Defense Force«, sagte Patrick. »Das Konzept der Civil Air Patrol beruht im Wesentlichen darauf, dass freiwillige Zivilisten ihrem Land helfen, indem sie ihre eigenen Flugzeuge und Fähigkeiten einbringen. Würden wir dazu übergehen, die Flugzeuge wie Militärmaschinen auszurüsten, würde das den Grundgedanken der Organisation verfehlen. Sie sind …« Patrick hielt plötzlich inne ... denn auf einmal klang der Gedanke für ihn vollkommen logisch. »Aber ... es würde Jahre dauern, eine Genehmigung für eine Montage der Sensoren auf den Cessnas zu bekommen.«

»Schon möglich«, sagte Jon. »Also ... tun wir's einfach, und zwar auf *Ihrer* Cessna. Das CAP-Flugzeug hier mit den Einschusslöchern ist nicht einsatzbereit, richtig? Benutzen wir also Ihr eigenes Flugzeug, sowie die all derer, die irgendetwas wollen, mit dem sie herumspielen können.«

»Was?« Patrick schüttelte den Kopf. »Es würde Monate, wenn nicht Jahre dauern, für eine derart bedeutende Umrüstung eine Einsatzgenehmigung der FAA zu erhalten. Wir müssten technische Zeichnungen anfertigen, Steuerbarkeits- und Flattertests durchführen, eine Zulassung bekommen für ...«

»Bla, bla, bla«, sagte Jon Masters. »Du lieber Himmel, das Leben hier hat Sie *wirklich* weich geklopft. Dann dezertifizieren Sie Ihr Flugzeug eben und wandeln es um in ein Versuchsflugzeug. Sie sorgen sich wegen der FAA? Haben Sie die hier draußen auf Battle Mountain jemals zu Gesicht bekommen? Haben die überhaupt noch Inspektoren, die vor Ort tätig werden? Wie stehen heutzutage die Chancen für eine Überprüfung auf dem Flugvorfeld? Und überhaupt, angenommen, Sie werden erwischt ... Na und? Man wird Sie zwingen, die Sensoren wieder abzumontieren, also nehmen wir sie wieder ab. Es gibt jede Menge Möglichkeiten, Patrick. Mir scheint, Sie erfinden mehr Ausflüchte, es *nicht* zu tun, als dass Sie Ideen entwickelten, *wie* man es bewerkstelligen könnte.«

Patrick erkannte, dass es *genau* das war, was er tat, und er nickte. »Sie haben recht«, sagte er. Doch dann sah er Jon ernst an und fügte hinzu: »Aber sollen wir uns einfach zwei Sensorkuppeln von der Gesellschaft unter den Nagel reißen – so wie diese Sparrowhawks? Das können wir unmöglich tun.«

»Sie haben recht, das sollten wir nicht«, sagte Jon. Er hielt ihm die Hand hin. »Haben Sie eine Kreditkarte dabei? Wir werden es ganz offen als Einkauf deklarieren. Die Gesellschaft wird glücklich sein.«

»Aber ich habe nicht genug Geld, um …«

»Jetzt haben Sie es schon wieder mit den negativen Schwingungen, Patrick«, sagte Jon lachend. »Immer finden Sie einen Grund, etwas *nicht* zu tun. Kommen Sie, das klappt schon. Ich benötige lediglich die Kontonummer. Ich werde ihr Konto nicht belasten. Wenn es funktioniert, werden wir uns etwas überlegen, was das Geld betrifft. Ich fordere die Teile an, lasse einen Mechaniker von Las Vegas raufkommen, und im Handumdrehen haben wir Sie in der Luft.«

Brad zog sich um, tauschte seinen Fliegeroverall gegen seine Zivilkleider und saß anschließend allein draußen an einem Picknicktisch neben dem Hangar. Sein erster Flug als Einsatzscanner, und das auch noch während eines echten Einsatzes, und er kam nicht damit klar, hinten zu sitzen. Das war im wahrsten Sinne des Wortes zum Kotzen.

Er hatte den ganzen Tag für das Fliegen eingeplant, und nun hatte er nichts zu tun. Er zog sein Handy hervor und wollte gerade damit anfangen, seine Kumpel anzurufen, um zu hören, was die so vorhatten, als er Cassandra Renaldos Visitenkarte fand.

Soll ich es tun?, fragte er sich. Schon richtig, sie war um einiges älter als er, aber noch immer verdammt heiß. Ließ sie ihn nur zappeln, indem sie ihm falsche Hoffnungen machte oder ihn zum Narren hielt, oder war das ernst gemeint, dass sie ihn wiedersehen wollte? Er wünschte, er hätte ein wenig mehr Erfahrung mit Frauen, so wie Ron Spivey – der schien jede Woche ein anderes Mädchen zu haben, und selbst wenn er sie wie den letzten Dreck behandelte, schienen sie stets wieder auf der Matte zu stehen. Wie lernte man bloß, das hinzukriegen?

Vermutlich war dies eine Möglichkeit, überlegte Brad, als er ihre Nummer einzutippen begann …

»Renaldo.«

»Ich bin's. Brad.«

Cassandra blickte hoch zu Special Agent Chastain und nickte. »Lass mich das hier gerade fertig machen und irgendwo hingehen, wo ich sprechen kann. Bleib dran.« Sie legte den Anruf auf die Warteschleife.

»Wer ist dran?«, wollte Chastain wissen.

»Bradley McLanahan«, sagte sie mit einem boshaften Lächeln. »Hab doch gesagt, der ruft an.«

Chastain lächelte zurück. »Ziehen Sie ihn an Land.«

Ein paar Augenblicke darauf nahm sie den Anruf entgegen. »Ich freue mich so, dass du angerufen hast, Brad«, sagte sie in ihrem süßesten, liebenswürdigsten Tonfall. Chastain schüttelte bloß lächelnd den Kopf über ihren Auftritt. »Ich hab dich schon vermisst. Wie geht es dir?«

»Ging schon mal besser.«

»Was ist los?«

»Es ist … es hat etwas mit Flugkrankheit zu tun. Wenn ich selbst fliege, komm ich klar. Allerdings nicht so gut, wenn ich hinten sitze.«

»O nein«, sagte Renaldo. »Aber jetzt geht es dir wieder besser?«

»Ja, jetzt ist alles in Ordnung.«

»Und, wann kann ich dich sehen?«

Er zögerte, bevor er antwortete: »Na ja, eigentlich hätte ich den ganzen Tag fliegen sollen, aber das wurde abgeblasen …«

»Ich hab gehört, jemand hätte auf ein Flugzeug der Civil Air Patrol geschossen«, sagte sie. »Warst du etwa *an Bord* dieses Flugzeugs?«

»Ja.«

»Mein Gott, Brad! Wie schrecklich.«

»Also, ich … für den Rest des Tages habe ich noch nichts vor.«

»Ist doch perfekt«, sagte Renaldo und zwinkerte Chastain dabei zu. »Bist du jetzt am CAP-Hangar?«

»Ja.«

»Perfekt. Du gehst die Powell Avenue entlang, Richtung Telefonvermittlung des Stützpunkts, und ich hol dich dort in ungefähr zehn Minuten ab. Wir können zu mir gehen. Wie hört sich das an?«

»Okay.«

»Prima. Dann bis gleich, Kleiner.« Sie unterbrach die Verbindung. »Er hat angebissen. Jetzt brauche ich ihn nur noch an Land zu ziehen«, sagte sie zu Chastain. Sie überlegte einen Moment, fügte dann hinzu: »Wie scharf sind Sie darauf, seinen Dad dranzukriegen?«

»Sehr.« Chastain nahm den jüngsten Bericht von Bradys Ausspähung des mutmaßlichen Terroristengeländes zur Hand. »Die bisherige Untersuchung hat ergeben, dass neunzehn Bewohner auf dem Gelände der Ritter aktive Mitglieder der Civil-Air-Patrol-Fliegerstaffel in Battle Mountain sind. Bis auf zwei alles Exmilitärs. Acht sind Irak- und Afghanistanveteranen, Mehrfacheinsätze eingeschlossen, vier waren bei Desert Storm dabei, zwei in Vietnam. Alle verfügen über Kampferfahrung. Derzeit bemühen wir uns um ihre Patientenakten, und ich wäre nicht überrascht, wenn wir auf mehrere Fälle von posttraumatischen Belastungsstörungen oder Schlimmerem stoßen. McLanahan könnte seine eigene kleine Kampftruppe bei dieser CAP haben.«

»Für den Fall habe ich mit dem Sohn etwas vor, das ihn endgültig hinter Gitter bringen könnte. Ich werde mir eine Kleinigkeit aus unserem Fundus ausborgen, in Ordnung?«

Chastain musterte sie mit ernstem Blick. »Jetzt wird mir vollkommen klar, warum man Sie die ›Schwarze Witwe‹ nennt, Renaldo.«

»Nichts Schlimmes, seien Sie versichert«, sagte sie. »Ich werde ihm nicht wehtun. Na ja, vielleicht ein kleines bisschen. Aber wenn Sie ihn und seinen Dad drankriegen wollen, dann werde ich die beiden für Sie festnageln.«

Chastain ließ sich das einen Moment durch den Kopf gehen, dann nickte er. »Viel Spaß.«

»Oh, den werde ich haben«, sagte Renaldo mit einem breiter werdenden Reptilienlächeln. »Den werde ich haben.«

BEREICH DER BEHELFSUNTERKÜNFTE, JOINT AIR BASE BATTLE MOUNTAIN

Zur selben Zeit

Der Tag war auf dem besten Weg, sich als ziemlich mies zu entpuppen, dachte Patrick auf dem Weg zu seinem Trailer. Wie Jon hatte er Mitleid mit Brad, auch wenn der sich eher wie ein Zehnjähriger denn wie ein Achtzehnjähriger benahm. Er würde mit ein paar Leuten von der Luft- und Raumfahrtmedizin bei der Air Force telefonieren müssen – denselben, die ihm auch ein Herzüberwachungsgerät eingesetzt hatten, als er während seiner Raumfahrteinsätze unter Herzrhythmusstörungen zu leiden begonnen hatte – und sich nach der bestmöglichen Behandlung für Brad erkundigen. Aber was immer dabei herauskam, er war entschlossen, dem Jungen abzugewöhnen, in Gejammer und Selbstmitleid zu verfallen, sobald …

Genau in diesem Moment, kurz bevor er neben seinem Trailer in seine Zufahrt aus hartem, festgebackenem Morast einbog, bemerkte er, dass die vordere Eingangstür zu seinem Trailer ein Stück weit offen stand.

Es war durchaus möglich, dass er oder Brad die Tür nicht richtig zugezogen und abgeschlossen hatten. Trotzdem schrillten die Alarmglocken in seinem Kopf, und bereits vor vielen Jahren hatte er gelernt, dass es überaus unklug war, sie zu ignorieren.

Patrick aktivierte seinen intraokularen Computermonitor und rief die Aufnahmen der Überwachungskameras aus dem Innern seines Trailers auf. Laut den Anzeigen seines Sicherheitssystems war die Tür gerade mal vor ein paar Minuten per Schlüssel aufgeschlossen worden. Er sah eine Person in Cowboyhut, Bluejeans und einem weißen, über der Hose hängenden Hemd und mit einem langen schwarzgrauen Pferdeschwanz, die mit dem Rücken zur Kamera stand und Post sowie andere Gegenstände auf dem Esszimmertisch durchforstete. Die anderen Kameras zeigten keine weiteren Eindringlinge.

Patrick holte einen Gegenstand unter dem Sitz seines Wrangler hervor, der Ähnlichkeit mit einer Stablampe hatte, bei dem es sich in Wahrheit aber um ein Abschussgerät für ein drahtloses Projektil handelte, das wie ein Elektroschocker wirkte – es verankerte Sonden unter der Haut einer Person und setzte diese mit einem allerdings nicht tödlichen Starkstromstoß außer Gefecht.

Mit schnellen Schritten trat er auf die Veranda, übersprang die Stufen, stieß die Tür auf, richtete das Abschussgerät auf den Eindringling und rief: »Keine Bewegung!«

Der Eindringling fuhr zusammen, wobei ihm ein kleiner Stoß Postsendungen aus den Händen glitt, und wirbelte zu ihm herum. »Patrick! Hast du mich erschreckt!«

»Du meine Güte – Gia!« rief Patrick. Er ließ das Abschussgerät sinken und eilte in ihre Arme. Schluchzend vergrub Gia Cazzotto ihr Gesicht an seiner Schulter. »Du bist zurück, endlich bist du wieder da!«

»Oh, Patrick, es tut mir so leid, dass ich auf diese Weise weggegangen bin«, sagte Gia, nachdem mehrere Augenblicke verstrichen waren, »und dass ich mich überhaupt nicht gemeldet habe. Aber … ich wollte erst wieder gesund werden, bevor ich zu dir zurückkehre.« Sie sah hoch zu ihm, der Blick ihrer braunen Augen auf der Suche nach Anzeichen von Ablehnung und Misstrauen. Ihr dunkles Haar war sehr viel länger und sehr viel stärker von Grau durchzogen als in seiner Erinnerung, außerdem schien sie abgenommen zu haben. Er roch keinen Alkohol in ihrem Atem, was schon mal eine entscheidende und offenkundige Veränderung war. »Möchtest du … Soll ich wieder gehen, oder …«

»Natürlich nicht, Gia!«, sagte Patrick und schloss sie erneut fest in die Arme. »Ich habe darauf gewartet, dass du nach Hause zurückkommst! Ich wusste, du hast einen Schlüssel, deshalb habe ich das Schloss nicht ausgewechselt. Setz dich, so setz dich doch, um Himmels willen!« Er führte sie zum Sofa, nahm vor ihr auf dem Sitzkissen Platz und nahm ihre Hände. »Geht es dir gut? Wo bist du überhaupt gewesen?«

»In Südkalifornien«, sagte Gia. »Ich bin nach Palmdale zurückgegangen, um zu sehen, ob ich einen Job bekomme. Aber jetzt, während der anhaltenden Wirtschaftskrise, stellt niemand Leute ein.« Sie senkte den Blick und setzte dann hinzu: »Nicht einmal für Jobs, für die keine Sicherheitsüberprüfung erforderlich ist.«

»Ich hab's dir doch schon erklärt: Warte einfach noch vier Jahre ab, dann kannst du einen Antrag auf vollständigen Straferlass stellen«, sagte Patrick, »sofern du nicht noch wegen irgendwelcher anderer Geschichten verurteilt wirst. Das hat der Präsident mir immer wieder zugesichert.« Er betrachtete sie aufmerksam. »Ist, was das betrifft, alles in Ordnung, Gia?«

»Ja«, antwortete sie leise. »Es gibt keine weiteren Verurteilungen.« Ihre Stimme verriet ihm jedoch, dass dies nicht alles war. Nach ein paar Augenblicken sah sie auf und sagte: »Ich hab jemanden kennengelernt.«

Patrick war, als würde ihm das Herz in der Brust zerspringen. »Jemanden kennengelernt?«

»Während der Entziehungskur«, sagte Gia. »Er ist wie ich Alkoholiker. Ein Bauunternehmer. Er ist schon seit ein paar Jahren trocken und hat mir geholfen, hat darauf geachtet, dass ich zu den Treffen gehe, hat dafür gesorgt, dass ich mich um Arbeit bewerbe, Sozialhilfe beantrage, und mir ab und zu ein paar Nebenjobs verschafft.«

Da war noch immer etwas in ihrer Stimme, das verriet, dass es noch mehr zu erzählen gab, sehr viel mehr. »Und weiter?«, hakte er nach, deutlich schroffer als beabsichtigt.

»Das ist alles.« Er glaubte ihr nicht, sie konnte es an seinem Blick erkennen, weshalb sie gar nicht erst den Versuch einer Rechtfertigung unternahm. »Ich habe ihm von dir erzählt, und er meinte, ich müsse mich entscheiden, denn er wisse, dass ich noch nicht über dich hinweg sei. Und dann meinte er, ich müsse zurückgehen und mich mit dir treffen und …«

»Und was? Um dich zwischen uns zu entscheiden?«, fuhr Patrick sie an. »Um uns zu vergleichen?«

»Um herauszufinden, ob du mich noch liebst, Patrick«, sagte Gia. »Ich weiß, ich war nicht da für dich. Ich hab versucht, meine eigenen Probleme in den Griff zu bekommen. Ich wollte mit dir zusammen sein, aber ich musste fortgehen, um mir darüber klar werden zu können, ob ich nüchtern sein wollte oder nicht.«

»Du musstest dir darüber klar werden, ob du nüchtern sein willst?«

»Du weißt nicht, wie das ist, Alkoholiker zu sein, Patrick«, sagte Gia. »Ich trinke gern. Ich mag es, die Wut und die Verzweiflung einfach mit einem kleinen Cabernet Sauvignon hinunterspülen zu können. Es war mir egal, dass ich nicht voll einsatzfähig war, solange ich nur diesen Zorn und diese Hilflosigkeit nicht spüren musste.« Sie hielt inne, sagte dann: »Aber jetzt begreife ich, wer ich bin, Patrick. Ich bin Alkoholikerin. Jetzt weiß ich, dass ich mein Leben damit vergeudet habe, meinen Zorn mit Alkohol zu ertränken, und das möchte ich ändern. Nein, das *werde* ich ändern.«

Patrick ließ ihre Hände los und stand auf. »Und … zu dieser Erkenntnis hat *er* dir verholfen«, sagte er.

»Das Rehaprogramm hat mich in die Lage versetzt, mit dem Trinken aufzuhören und mit meinem Zorn auf positive Weise umzugehen. Aber er war da, bei den Treffen, und er wusste, dass ich arbeitslos war, und meinte, er könnte mir helfen. Und das hat er getan. Und jetzt möchte er … den nächsten Schritt machen. Aber er meint, was dich betrifft, müsste ich eine Entscheidung treffen. Nur weiß ich nicht, was du für mich empfindest.«

»Wie konntest du jemals daran zweifeln, dass ich dich liebe, Gia?«, sagte Patrick beinahe flehentlich. »Jedes Mal, wenn du fortgegangen bist, haben Brad und ich dich mit offenen Armen wieder aufgenommen, ohne zu zögern, ohne ein Wort. Ich hab dir geholfen, hier Entzugsprogramme zu finden. Dann ging es dir ein paar Wochen lang gut, und anschließend warst du wieder fort. Aber wenn du zurückgekommen bist, haben wir dich immer wieder bei uns aufgenommen.«

»Ich weiß, ich weiß«, sagte sie. »Tut mir leid. Aber du und Brad, ihr wart … ständig unterwegs, und ich saß hier allein in diesem Wohnwagen. Ich hab versucht, ihn für uns alle zu einem Heim zu machen, aber dann wusste ich nicht, wie ich den Zorn anders als mit Alkohol unterdrücken soll, und ich wollte nicht in deiner – und vor allem nicht in Brads – Nähe sein, wenn ich betrunken war, also bin ich fortgegangen. Und dann habe ich euch so sehr vermisst, meinen Mut zusammengenommen, um zurückzukommen, und danach fing das Ganze wieder von vorn an.«

Patrick nahm wieder auf dem Sitzkissen Platz und ergriff erneut ihre Hände. »Das kann sich jetzt ändern«, sagte er. »Ich bin im Ruhestand, Gia. Vielleicht musste ich erst erwachsen werden und erkenne das jetzt endlich. Ich habe so getan, als hätte ich hier eine Arbeit und eine Funktion, aber jetzt weiß ich, dass das nicht stimmt. Ich kann dir also zur Seite stehen und dir helfen, auf jede mir mögliche Weise und wie immer du es brauchst.«

Gia blickte auf, berührte den Kragen seines salbeigrünen Civil-Air-Patrol-Fliegeranzugs im Air-Force-Stil und unterdrückte lächelnd ein Schluchzen. »Ich finde das ein wenig schwer zu glauben«, sagte sie mit einem schiefen Lächeln. »Irgendwie kann ich mir nicht recht vorstellen, dass du zur Ruhe kommst. Wenn es nicht die Civil Air Patrol ist, die Wohltätigkeitseinrichtung Angel Flight West, der Flugunterricht oder die Treffen mit deinen Kumpeln aus dem Weltraumprogramm, dann irgendetwas anderes.«

»Gut, Gia, irgendwas in dieser Richtung werde ich vermutlich immer tun«, gestand Patrick ehrlicherweise, »aber wenn wir beide, du und ich, zusammen sind, kann das anders sein. Wir ziehen vom Stützpunkt fort, mieten etwas, bis wir ein wenig gespart haben, und wenn Brad dann seinen Highschoolabschluss macht und aufs College geht, können wir uns zusammen etwas suchen und umziehen.«

»Vom Stützpunkt fortziehen?«, fragte Gia. »Und was ist mit den – du weißt schon – den Russen?«

»Meiner Einschätzung nach hat das FBI diese Gefahr vollständig ausgeschaltet«, sagte Patrick. »Diese Leute haben Wichtigeres zu tun, außerdem bin ich schon viel zu lange abgetaucht.«

»Ich habe dich im Fernsehen gesehen, in den Nachrichten, als Teil eines Teams, das diesen Jungen aus der Wüste geborgen hat«, sagte Gia. »Ich denke, man hat dich wieder im Visier.«

»Darüber zerbreche ich mir nicht den Kopf«, sagte Patrick. »Du bist mir viel wichtiger als irgendeine mutmaßliche Gefahr, die sich dieser junge Agent Dobson ausgedacht hat.«

CIA Agent Timothy Dobson war einer der Berater von Kenneth Phoenix gewesen, als dieser Vizepräsident war.

Er hatte Patrick vor der Bedrohung durch russische Killerkommandos gewarnt, die man als Vergeltung für die Angriffe im Golf von Aden und im Jemen im Jahr zuvor gegen ihn ausgesandt hatte, und vorgeschlagen, Patrick solle nach Battle Mountain ziehen, um es CIA und FBI zu erleichtern, ihn zu schützen.

Gia sah ihm in die Augen, erkannte, dass es ihm ernst war, und lächelte. »Danke, Patrick«, sagte sie. »Wir sollten uns ein wenig Zeit für einen Neuanfang nehmen und herausfinden, was Bradley von alldem hält. Und der erste Punkt meiner Tagesordnung wäre, einen Treffpunkt der AA hier auf dem Stützpunkt oder im Ort zu finden.«

»Das kann ich für dich herausfinden, sprichwörtlich mit einem einzigen Wimpernschlag«, sagte Patrick. Er aktivierte seine intraokularen Monitore, seine virtuelle Tastatur und das Computernetzwerk …

… doch Gia legte ihm die Hand auf den Arm. »Lass uns die Möglichkeiten eines neuerlichen Zusammenlebens ausprobieren … indem wir als Erstes ein wenig öfter auf all diese Hightechspielereien verzichten«, sagte sie mit einem Lächeln. »Ganz ehrlich, was du da tust, macht mir Angst.«

JOINT AIR BASE BATTLE MOUNTAIN
Einige Tage später

Es entwickelte sich zu einem fast täglichen Ereignis: Jeden Morgen gegen acht Uhr kehrten die Demonstranten vor das Haupteingangstor zurück. Ihre Zahl wuchs, aber ihr Auftreten wurde gesitteter. Die Streifenwagen der Nevada Highway Patrol wurden auf gerade mal zwei reduziert, Panzerfahrzeuge und Schutzanzüge entfielen ganz. Und auch die Avenger-Einheiten der Air Force waren innerhalb des Stützpunkts nicht mehr zu sehen, auch wenn sie nicht weit entfernt standen.

Die Proteste verliefen geordnet, beinahe routinemäßig und vergleichsweise harmlos. Umringt von Fotografen und den Teams der Nachrichtenagenturen aus aller Welt, marschierten die Demonstranten – etwa einhundert waren es an diesem Tag, die bislang größte Anzahl – Sprechchöre skandierend und Schilder und Transparente schwenkend bis vor das Tor, woraufhin ein Streifenpolizist der Highway Patrol sie zum Verlassen der Straße aufforderte. Jemand mit einer Flüstertüte verlas eine Liste mit Forderungen, für gewöhnlich direkt in das Gesicht des Streifenpolizisten. Der wiederholte seine Aufforderung. Die Demonstranten setzten ihre durch Megafone verstärkten Sprechchöre fort, und etwa ein halbes Dutzend von ihnen ließ sich direkt vor dem Tor nieder. Daraufhin legte der Streifenbeamte einen von ihnen in Handschellen, umringt von der Menge, die das Abführen dieser einzelnen Person mit lauten Rufen und Gebrüll begleitete. Anschließend wurden die Blaulichter und Sirenen des einen Streifenwagens eingeschaltet, worauf die Menge gemächlich zu beiden Seiten der Straße hin zurückwich. Dort harrte sie noch etwa ein bis zwei Stunden aus, ehe man schließlich abzog. Kaum waren keine Kameras mehr in Sichtweite, erlaubte man dem einen in Gewahrsam genommenen Demonstranten, sich ebenfalls zu entfernen. Gegen halb zehn, zehn Uhr spätestens, war der Spuk vorbei.

An diesem Tag hatte Leo Slotnick Schicht am Eingangstor. Für die Tageszeit war die Luft bereits ziemlich heiß und feucht, dennoch trug er noch immer seine langärmlige Uniformjacke mit der Panzerweste darunter und war bereits schweißgebadet. Sicherheitshalber hatte er sich Ohrstöpsel aus Schaumstoff eingesetzt, um sein Gehör besser vor der lärmenden Menge mit ihren Megafonen zu schützen, außerdem trug er ein Paar schwarze messerfeste Handschuhe aus Kevlar mit einem Knöchelschutz aus Stahl. Sein Azubi, Bobby Johnson, stand hinten beim Streifenwagen, bereit, den für den heutigen Tag ausersehenen freiwilligen Arrestanten in Gewahrsam zu nehmen.

Als die Demonstranten näher rückten, ließ Leo sie etwa fünfzehn Minuten ihre Sprechchöre skandierten. Er meinte, einige von ihnen tatsächlich auf ihre Uhren schauen zu sehen, vermutlich weil sie ich fragten, wieso er sich heute so lange Zeit ließ, ihnen entgegenzutreten. Schließlich füllte er seine Lunge mit Atemluft und brüllte: »Meine Damen und Herren, ich bitte um Ihre Aufmerksamkeit. Ich bin Sergeant Slotnick von der Nevada Highway Patrol. Ich bin hier, um Sie davon in Kenntnis zu setzen, dass Sie unerlaubterweise eine staatliche Verkehrsstraße blockieren und den Verkehr behindern, was ein Verstoß gegen die Neufassung des Gesetzes 484-B.920/1 des Staates Nevada darstellt. Sie werden hiermit angewiesen, die Straße zu räumen und dem Verkehr die Weiterfahrt zu ermöglichen. Die Nichtbeachtung der Anweisungen eines Verkehrspolizisten stellt ebenfalls einen Verstoß dar, und zwar gegen die Neufassung des Gesetzes 484-B.100 des Staates Nevada, und könnte eine Verhaftung und Haftstrafe nach sich ziehen. Bitte räumen Sie augenblicklich die Straße. Vielen Dank.«

Nun war der Zeitpunkt für die Beschimpfungen und Forderungen gekommen. Leo verschränkte die Arme vor dem Körper – diese Leute waren größtenteils harmlos, dennoch musste er darauf vorbereitet sein, sich zu schützen – und wappnete sich gegen das megafonverstärkte Gebrüll und

Geschrei, das jeden Moment anheben würde. Und tatsächlich, der Knallkopf mit der Flüstertüte begann gerade mal wenige Meter von seinem Ohr entfernt loszuplärren, und selbst mit fest eingesetzten Ohrstöpseln bescherte ihm der Mistkerl hämmernde Kopfsch…

In dem Moment sah er sie: dieselben zwei groß gewachsenen Kerle, die ihm schon bei der ersten Demonstration aufgefallen waren. Diesmal jedoch standen sie ganz vorn, in der vordersten Reihe der Menschenmenge.

Er wandte den Kopf, um in sein auf der Schulter befestigtes Mikro zu sprechen: »Bobby, Leo hier. Kommen Sie her, und geben Sie mir Deckung, ja?«

»Roger«, erfolgte augenblicklich die Antwort.

Leo sah den größeren der beiden Männer direkt an. Diese erwiderten den Blick, unternahmen aber nicht einmal den Versuch, sich zurückzuziehen oder abzutauchen. Über das plärrende Megafon neben ihm hinweg winkte er den Mann mit zwei Fingern zu sich. »Sie, Sir, würden Sie bitte herkommen?« Der Mann rührte sich nicht. »Ich sagte: Sie dort, Sir, kommen Sie her!« Die Menge spürte, dass sich eine ungekannte Entwicklung abzeichnete, und schien von der direkten Verbindungslinie zwischen den beiden Männern zurückzuweichen. »Kennt hier jemand diesen Mann?«, rief Leo.

»Er hat ein Recht darauf, hier zu sein!«, brüllte der Kerl mit dem Megafon. »Was hast du für ein Problem, Mann?«

»Ich möchte mit Ihnen sprechen, Sir«, sagte Leo zu dem Fremden. »Ich möchte, dass Sie herkommen.«

»Was, zum Teufel, läuft hier, Leo?«, wollte der Kerl mit dem Megafon wissen. Leo erkannte ihn wieder, es war der Angestellte der Nachtschicht des 7-Eleven im Ort. »Wieso machst du den Mann blöd an?«

»Weißt du, wer das ist, Tommy?«, fragte ihn Leo. »Bist du ihm schon einmal begegnet? Ist er hier aus der Gegend?«

Der Typ mit dem Megafon musterte den Fremden mit leerem Gesichtsausdruck, wandte sich dann aber herum zu Leo und sagte: »He, Leo, ich kapier's nicht. Ich kenn den Typen nicht, aber er tut doch nichts. Wir wollen hier keinen Ärger, Kumpel. Er ist nicht der, den wir euch heute verhaften lassen, also macht uns nicht …«

»Ich will, dass Sie herkommen, Sir, *jetzt sofort!*«, rief Leo mit erhobener Stimme und legte eine Hand auf seine Waffe …

… und was genau im Anschluss daran passierte, wusste später niemand mehr ganz genau zu sagen.

Das Krachen von Schüssen war zu hören, vier in schneller Folge. Schreie, überraschte und verängstigte Rufe sowie ein plötzlicher Rückzug von Dutzenden von Menschen, die sich um Leo und den Fremden am Haupttor gedrängt hatten, so als wären sie von einem heftigen Windstoß zur Seite geweht worden. Dann entluden sich mehrere laute Explosionen im Rücken der Menge, gefolgt von einer gewaltigen pilzförmigen Wolke aus grünem, die Haut verätzendem Gas.

Die Menge der Demonstranten wogte nach vorn, fort von der nach Chlor riechenden Wolke, direkt auf das Haupteingangstor des Stützpunkts zu. Fast die gesamte Menschenansammlung von über einhundert Personen drängte auf den Stützpunkt und trampelte dabei jeden nieder, der von dem Gas überwältigt worden war oder schlicht nicht schnell genug sein konnte, um noch rechtzeitig aus dem Weg zu gehen.

NORDNEVADA-VETERANEN-GEDENKFRIEDHOF, FERNLEY, NEVADA

Drei Tage später

Dem Leichenwagen und der Limousine, in der die Familienangehörigen von Nevada-Highway-Patrol-Sergeant Leo Slotnick saßen, folgten drei dunkelblaue gepanzerte Suburbans sowie mehrere weitere Limousinen. Hinter diesen bot sich ein wahrhaft Ehrfurcht gebietender Anblick: Eine lange Kolonne von Streifenwagen aus den gesamten Vereinigten Staaten erstreckte sich meilenweit über die Interstate 80 und hielt mit eingeschalteten Blaulichtern auf den Friedhof zu. Den Einsatzfahrzeugen der Polizei folgten Hunderte weiterer Fahrzeuge, manche davon mit am Wagendach befestigten Fahnen der Civil Air Patrol. Die Polizisten der Nevada Highway Patrol, die die Seitenstraßen absperrten und die unglaublich lange Prozession aus Autos leitete, salutierte vor dem Sarg, als er vorübergefahren wurde. An der Ausfahrt 48 rollte die führende Gruppe weiter auf den Nordnevada-Veteranenfriedhof, während die Hunderte von Streifenwagen und Angehörigen der Civil Air Patrol, die an der Prozession teilnahmen, sich aufreihten und auf der linken Fahrbahn stehen blieben. Die Insassen stiegen aus ihren Fahrzeugen und salutierten oder hielten ihre Hand aufs Herz, bis der Leichenwagen nicht mehr zu sehen war.

Begleitet von einer Ehrengarde, bestehend aus Offizieren und Kadetten von Air Force, Highway Patrol und Civil Air Patrol, wurde der mit einer Fahne geschmückte Sarg in die Mitte des Besucherzentrums gebracht. Wegen der begrenzten Räumlichkeiten dort konnte nur ein kleiner Teil der Trauergäste im Inneren des Gebäudes Platz nehmen, Hunderte weitere standen draußen und folgten dem Gottesdienst über Lautsprecher. Die Familienangehörigen – Leos Frau, seine drei kleinen Kinder, seine Eltern sowie die seiner Frau – wurden zu ihren Plätzen geleitet, gefolgt von den geladenen VIP-Gästen: der Vizepräsidentin der Vereinigten Staaten, dem zivilen Leiter der Air Force, dem Gouverneur von Nevada, dem Kommandanten der Nevada Highway Patrol, dem nationalen Kommandanten der Civil Air Patrol sowie einer Reihe weiterer Würdenträger.

Nachdem der Gottesdienst vorbei war, entfernte sich als Erstes die Wagenkolonne der Vizepräsidentin. Eskortiert von zwei gepanzerten Suburbans als Geleitschutz, fuhr sie in westlicher Richtung über die Interstate 80 nach Reno, wo ihr C-32-Transportflugzeug, eine für VIP-Zwecke umgerüstete Boeing 757-200, auf dem Reno-Tahoe International Airport wartete. »Patrick, schön, Sie wiederzusehen«, sagte Vizepräsidentin Anne Page. »Sie müssen viel öfter nach Washington kommen. Fast scheint es, als würde ich Sie nur auf Beerdigungen zu Gesicht bekommen.«

»Vielen Dank, Madam Vice President«, sagte Patrick McLanahan. »Ich freue mich ebenfalls, Sie zu sehen.«

»Den jungen Bradley hier hätte ich beinahe nicht wiedererkannt«, wandte sich die Vizepräsidentin an den neben seinem Vater sitzenden Brad, »obwohl du bestimmt gar nicht mehr so jung bist. Meinen Glückwunsch zu der Rettungsaktion bei der Civil Air Patrol.«

»Vielen Dank, Ma'am.«

»Du weißt doch, wer Mr. Dobson ist, Brad?«, fragte die Vizepräsidentin und wies auf den neben ihr sitzenden Mann.

»Denke schon«, sagte Brad. Es war jedoch offenkundig, dass er sich nicht erinnerte – und genau so hatte Patrick es gewollt, damals, als Dobson die Nachricht überbrachte, dass russische Auftragskiller entsandt worden waren, um seinen Vater als Vergeltung für die Angriffe auf russische Einrichtungen im Mittleren Osten und Ostafrika ins Visier zu nehmen. Kurz nach Präsident Kenneth Phoenix' Amtsantritt hatten sie Henderson, Nevada, verlassen, sich eine Wohnung in Washington genommen, um Gia Cazzotto bei ihrer Gerichtsverhandlung zur Seite zu stehen und Patricks Verhandlung abzuwarten, und waren anschließend, nachdem man Gias Strafe abgemindert hatte und Patrick begnadigt worden war, nach Battle Mountain gezogen.

»Mr. Dobson hat einige Informationen für deinen Vater«, sagte Ann. »Ich hielt es jedoch für vertretbar, wenn du sie ebenfalls hörst, da sie euch beide betreffen. Zumal ich denke, dass du alt genug bist, um über alles informiert zu sein. Tim?«

»Vielen Dank, Ma'am«, sagte Timothy Dobson. Dobson, ein alter Hase und schon seit fünfzehn Jahren bei der Central Intelligence Agency, hatte unter dem damaligen Vizepräsidenten Ken Phoenix in einem Ausschuss zur Neuformulierung der nationalen Weltraumpolitik mitgearbeitet. Doch als sich China und Russland zusammenschlossen, um die amerikanische Weltraumverteidigung zunichtezumachen, hatte Phoenix Dobson abgestellt, um zusammen mit Patrick einen geheimen Angriffsplan zur Zerstörung der chinesischen Antisatelliten sowie der russischen Nachrichtensatellitenanlagen auszuarbeiten, die im Begriff waren, die amerikanischen Servicestationen für Antisatellitenwaffen auszuschalten. In der Folge hatte Dobson herausgefunden, dass Russland Killerkommandos in die Vereinigten Staaten entsenden wollte, um als Vergeltungsmaßnahme Patrick umbringen zu lassen.

»Wir haben die bei den Demonstrationen vor dem Luftwaffenstützpunkt Battle Mountain gemachten Fotos und Videoaufnahmen analysiert«, erklärte Dobson. »Dabei hat mein Team zwei, möglicherweise sogar vier ausländische Agenten identifiziert, die immer näher an den Luftwaffenstützpunkt in Battle Mountain herangerückt sind.«

»Diese Kerle werden immer dreister«, bemerkte die Vizepräsidentin. »Jetzt wagen sie sich schon bis vor unsere Haustür. Sie sind in Gefahr, Patrick.«

»Wir glauben, dass Sergeant Slotnick die Agenten vor ungefähr zwei Wochen bei einer der Demonstrationen bemerkt hat und am Tag seiner Ermordung tatsächlich einen von ihnen zur Rede stellen wollte«, fuhr Dobson fort. »Höchstwahrscheinlich handelte es sich um einen der Agenten, die Slotnick getötet haben. Sein Helfer hat inmitten der Menge jene Gasgranaten gezündet, was die Demonstranten in Panik versetzte und sie zum Sturm auf den Stützpunkt veranlasste.«

»Sie sind auf dem Stützpunkt nach wie vor sicher«, bemerkte die Vizepräsidentin. »Die Sicherheit dort ist landesweit unübertroffen. Allerdings wird er in Kürze geschlossen, weshalb Sie diesen Schutz verlieren werden. Außerdem mache ich mir Sorgen wegen des jungen Brad hier. Du besuchst die Highschool außerhalb des Stützpunkts, und ich weiß, dass du außerhalb des Stützpunkts jobbst und auch deine Freizeit verbringst. Dort könnten sie an dich herankommen. Zudem wäre ein auf den Stützpunkt beschränktes Leben nicht eben attraktiv. Deshalb möchte ich Ihnen den Vorschlag machen, nach Washington umzusiedeln, Patrick.«

»Ma'am …«

Page hob eine Hand. »Ich bin über Colonel Cazzotto informiert und weiß, wie erbost sie über Präsident Phoenix' Weigerung war, sie zu begnadigen. Aber haben Sie sie in der letzten Zeit überhaupt gesehen?«

»Ja, habe ich, Ma'am«, sagte Patrick. »Tatsächlich befindet sie sich in diesem Moment in meinem Wohnwagen.«

Mit entsetzter Miene wandte sich Ann herum zu Tim. Der hatte einen besorgten Ausdruck auf dem Gesicht, der Patricks Fingerspitzen kribbeln ließ. »Das FBI hat sie unter Beobachtung, seit sie damit begonnen hat, sich bei privaten Auftragnehmern in Südkalifornien um Arbeit zu bemühen, General. Aufgrund ihrer Verurteilung wegen eines Kapitalverbrechens ist es ihr unmöglich, eine Geheimhaltungseinstufung zu erhalten, zumal wegen der schlechten Wirtschaftslage ohnehin kaum jemand Personal einstellt.«

»Das hat sie mir erzählt«, sagte Patrick.

»Eine prominente Persönlichkeit mit außerordentlichen Fähigkeiten und Können, früher im Besitz einer hohen Geheimhaltungseinstufung, derzeit allerdings arbeitslos, dazu eine Verurteilung wegen eines Kapitalverbrechens, über Kreuz mit der Regierung, Alkoholprobleme und möglicherweise auch psychische – das Paradebeispiel eines unzufriedenen Mitarbeiters«, sagte Ann. »Und obendrein noch eine Frau. Ein perfektes Ziel für die Anwerbung durch eine ausländische und vielleicht feindliche Macht.«

»Was?«, stieß Patrick hervor.

»Sie hat bei einem der Treffen ihres Zwölf-Schritte-Programms einen Mann kennengelernt, der ihr unter die Arme gegriffen, sich mit ihr angefreundet und sie stundenweise eingestellt hat, und möglicherweise … *möglicherweise* auf intimere Weise mit ihr zusammengekommen ist«, sagte Dobson zögernd.

»Alles das hat sie mir ebenfalls erzählt«, erklärte Patrick verwirrt. Als Dobson zögerte, forderte er: »Raus damit, Tim!«

»Die Identifizierung dieses Mannes, Sir, erweist sich als … schwierig, kompliziert«, sagte Dobson mit Unbehagen. »Seine Nachbarn und Bekannten erzählen alle dieselbe Geschichte über ihn: Er ist Bauunternehmer, wohnt seit Jahren in der Gegend, ist verlässlich, ein netter Kerl. Seine Lizenz ist echt. Aber sobald wir ein, zwei Schichten tiefer graben, zeigen sich die ersten Unstimmigkeiten. So korreliert zum Beispiel seine Sozialversicherungsnummer nicht mit seinem Antrag für eine Unternehmerlizenz.«

»Und was wollen Sie damit sagen, Tim?«, fragte Patrick.

»Unser Agent Dobson hier versucht Ihnen auf überaus höfliche Weise klarzumachen, dass der neue Freund Ihrer Partnerin einer Überprüfung nicht standhält und dass er ihn für einen für das russische Sicherheitsbüro arbeitenden Schläfer hält, der Cazzotto ins Visier genommen hat, um an Sie, Patrick, heranzukommen und Sie für einen Anschlag in eine Falle zu locken«, erklärte Vizepräsidentin Page ungeduldig. »Kommen Sie, Patrick, sehen Sie den Tatsachen ins Auge. Jemand hat sich an Ihre Alkoholikerfreundin herangemacht, aber das erklärte Ziel sind *Sie*. Halten Sie sich an das übliche Verfahren, wenn Sie die Güte hätten, ja? Sie sind ein ehemaliger Nachrichtendienstchef der Air Force, Herrgott noch mal.« Sie sah es in Patricks Augen empört aufflackern, was sie lediglich weiter anstachelte. »Kommen Sie mir jetzt nicht mit dieser ›Ich bin schockiert, wirklich schockiert‹-Miene, McLanahan«, versetzte Ann, ehe er etwas sagen konnte. »Und versuchen Sie nicht, mir weiszumachen, Sie hätten nicht ebenfalls Verdacht geschöpft, als diese Frau plötzlich vor Ihrer Haustür stand, nachdem sie sieben Wochen lang abgetaucht war.«

»Ich dachte, sie wäre einfach wieder nach Hause gekommen«, sagte Patrick. »Seit ihrem Ausscheiden aus dem Dienst ist das ihr Zuhause …«

»Und Sie dachten, sie würde in dieses Dreckskaff zurückkehren, bei vierzig Grad Wüstenhitze auf der Veranda Ihres kleinen, erbärmlichen Trailers sitzen und darauf warten, dass Sie von Ihren heldenhaften Civil-Air-Patrol- und Angel-Flight-West-Einsätzen heimkommen und sich an sie ankuscheln«, erwiderte Ann scharf. »Ist es wirklich möglich, dass Sie dermaßen blind sind, Patrick? In Cazzottos Augen hat Phoenix *sie* gelinkt, aber *Sie,* Patrick, gerettet. Was in ihrem verdrehten, verrückten und fieberhaften Hirn bedeutet, *Sie* haben *sie* gelinkt. Mit dieser Geisteshaltung würde sie sich mit jedem zusammentun, der an Sie heranzukommen versucht, aus welchem erdenklichen Grund auch immer. Wachen Sie auf, verdammt. Die Sache ist ernst. Hören Sie mir zu, General?«

Patrick antwortete nicht, für Vizepräsidentin Page das sichere Zeichen, dass er es tat. »Ich habe Sie gebeten, mit mir zu fahren, denn genau genommen ist dies eine Entführung – und zwar von Ihnen beiden«, sagte sie. »Battle Mountain ist für Sie und Brad ein zu heißes Pflaster geworden. Ich denke, in Washington sind Sie beide sicherer. Im gesamten District of Columbia geht es ausschließlich um Gegenspionage und Gegen-Gegenspionage. Außerdem beabsichtigt der Präsident, das Space-Defense-Programm wieder anlaufen zu lassen, und er möchte, dass Sie dabei die Leitung übernehmen, als derjenige, der es nach außen hin vertritt und dem militärischen Vorstoß ins All ein Gesicht gibt. Von einem Stützpunkt aus, der sich in ein paar Monaten in eine Geisterstadt verwandeln wird, können Sie das nicht.«

»Mir missfällt die Vorstellung, vor diesen Auftragskillern wegzulaufen, Madam Vice President.« Patrick lehnte sich zurück, überlegte ein paar Augenblicke, sah dann Brad an. »Aber das Wichtigste ist deine Sicherheit, Junge.«

»Aber was wird aus meinen Freunden, meiner Mannschaft, der Staffel?«, fragte Brad. »Wir können doch nicht einfach von der Bildfläche verschwinden. Und wenn ich wirklich in Gefahr wäre, wären das meine Freunde dann nicht auch?«

Dobson sah die Vizepräsidentin an. »Er hat recht, Ma'am. Jeder Einzelne von Brads Freunden, womöglich gar deren ganze Familien, könnten zum Ziel werden.«

»Ein Problem nach dem anderen«, sagte Ann gereizt. »Ich möchte dir keine Angst machen, Brad. Es wäre jedoch ein horrender Schlag für das ganze Land, würden wir deinen Vater durch die Kugel eines Auftragsmörders verlieren. Ich weiß, dir würde dein Abschlussjahr auf der Highschool mit deinen Freunden entgehen, aber Mr. Dobson und ich sind der Ansicht, dass eine Rückkehr dorthin für dich zu gefährlich ist. Du kannst dich in einer Highschool in Washington einschreiben. Ich weiß, du bist mit den Umzügen des Militärs vertraut, es dürfte für dich also kein allzu großer Schock sein, oder?« Sie wartete keine Antwort ab, sagte stattdessen zu Patrick: »In Washington würden Sie wieder mit dem Weißen Haus zusammenarbeiten, als mein persönlicher Berater für Weltraumangelegenheiten. Leider wird der Posten nicht bezahlt, aber man würde für Ihre gesamte Unterbringung als auch für Ihren Lebensunterhalt aufkommen.« Sie betrachtete ihn aufmerksam. »Ich gehe davon aus, dass Sie nicht noch einmal nach Battle Mountain zurückkehren. Ich werde einige Leute damit beauftragen, Ihre Sachen abzuholen, aber

Sie und Brad kommen mit mir nach Washington, heute noch.«

Patrick überlegte einen Moment, schüttelte dann den Kopf. »Ich weiß Ihr Interesse zu schätzen, Madam Vice President. Aber Brad hat recht, wenn sie es nicht schaffen, über Brad an mich heranzukommen, werden sie es mit jemand anderem versuchen. Und wenn wir nach Washington zögen, würden sie die ganze Hatz von Neuem beginnen, und FBI und CIA müssten mit ihrer Suche ganz von vorn anfangen. Der Grund, weshalb man mich überhaupt erst nach Battle Mountain geschickt hat, war ja nicht, dass ich mich dort verstecken sollte, sondern die Killer an einen Ort zu locken, wo ihr Auftauchen leichter zu entdecken ist. Und bei allem Respekt, Ma'am, ich werde meine Freunde nicht im Stich lassen, um meine eigene Haut zu retten – und Gia schon gar nicht. Sie schwebt gleich nach Brad in der größten Gefahr, und sie ist am schutzlosesten.«

»Sie sind verrückt, General«, sagte Ann. »Sie glauben tatsächlich, dass Sie in Battle Mountain sicherer sind als in Washington?« Sie schüttelte den Kopf, sah ihn dann direkt an. »Ich könnte Ihnen den Befehl zum Abzug erteilen, im Interesse der nationalen Sicherheit.«

»Das würden Sie nicht tun, Ann«, sagte Patrick. »Außerdem wissen Sie, dass ich recht habe.« Sie antwortete ihm nicht. Er lächelte sie an, was sie lediglich bewog, ihre Stirn noch tiefer in Falten zu legen. »Aber ich weiß den Versuch zu schätzen.«

»Sie irren sich, Patrick, ich würde es tun, und das wissen Sie auch.« Sie beugte sich vor zu ihm. »Erlauben Sie, dass ich Ihnen eine einfache Frage stelle? Diese Frau, die Sie schon viele Male verlassen hat, die mit irgendeinem anderen Mann zusammengezogen ist und die möglicherweise im Begriff ist, ein Killerkommando herzulocken, damit es Sie ins Visier nimmt – haben Sie die eigentlich noch gern?«

»Ich habe sie nicht nur gern, Ann, ich liebe sie«, erwiderte Patrick. »Als sie mir von diesem anderen Mann erzählt hat, war ich zuerst wütend. Aber trotzdem ist sie zu mir zurückgekommen. Ich war mir nicht sicher, ob sie bleiben würde, vielleicht wäre sie ja glücklicher, wenn sie mich verlassen würde. Aber jetzt, nachdem Sie mir erzählt haben, dass es sich bei diesem Mann womöglich um einen Schläfer handelt, weiß ich, dass er sie nicht wirklich mag. Was meinen Wunsch, ihr zu helfen, nur noch verstärkt. Und sollte sie trotzdem wieder fortgehen … Nun, damit werden Brad und ich uns befassen, wenn es passiert.«

Ann Page nickte. »Sie sind ein guter Kerl, Patrick«, sagte sie. »Das sind Sie. Manchmal sind Sie dümmer als die Polizei erlaubt und rührseliger als ein Weihnachtslied, aber Sie sind ein guter Kerl.«

»Vielen Dank, Madam Vice President.«

»Sie können mich mal, McLanahan«, sagte sie mit einem angedeuteten Lächeln. »Und nach Washington kommen Sie trotzdem, der Präsident hat dies bereits angeordnet. Sie werden für mich arbeiten, im Weißen Haus, um den Vorstoß zur vollen finanziellen Absicherung und Wiedereinrichtung der Space Defense Force zu leiten und den Laden wieder ans Laufen zu bekommen. Präsident Phoenix hat eingewilligt, bis zum nächsten Sommer zu warten, sobald Brad aufs College geht.«

»Das hört sich ausgezeichnet an, Madam Vice President«, sagte Patrick. »Ich bin sicher, es wird mir ein Vergnügen sein, für Sie zu arbeiten.«

»Da haben Sie recht, wird es«, sagte Ann. »Da haben Sie verdammt recht.«

KAPITEL 8

Sei gut, und du wirst einsam sein.
– Samuel Clemens

JOINT AIR BASE BATTLE MOUNTAIN
Am nächsten Abend

»Tut mir leid, dass ich euch das mitteilen muss, Leute«, sagte Squadron Commander Rob Spara beim Treffen der älteren Mitglieder der Civil Air Patrol, »aber das Landeshauptquartier der CAP hat die Aktivitäten unserer Staffel bis auf Weiteres ausgesetzt.«

Ein ungläubiges, überraschtes Murren ging durch den Konferenzraum. »Warum, zum Teufel, tun die das, Rob?«, wetterte Michael Fitzgerald.

»Ihrer Ansicht nach ist es zu gefährlich geworden, den Stützpunkt zu betreten«, sagte Rob. »Die Demonstranten, die Schüsse … Offen gesagt, ich kann ihnen da nicht widersprechen. Der Abflug der Flugzeuge steht bereits fest: Sobald die 182 flugtauglich ist, wird sie nach Winnemucca gebracht, der ARCHER befindet sich bereits in Minden, und die 206 wird nach Elko überwechseln. Der Kommunikationstrailer wird wahrscheinlich ebenfalls nach Winnemucca gehen.«

»Also, das ist doch idiotisch«, knurrte Fitzgerald. »Was

wird aus den Kadetten? Sollen wir etwa sämtliche Notfalldienste und die Kadettenausbildungsprogramme einfach so einstellen?«

»Sämtliche Notfalldienste werden ausgesetzt«, sagte Rob, »aber die Luft- und Raumfahrt-, Militär- und Sportprogramme können abseits des Stützpunkts weiterlaufen, solange die Kadetten keine Kampfanzüge oder Uniformen im Stil der Air Force tragen oder beim Mannschaftsdrill oder bei Exerzierübungen gesehen werden. Sportbekleidung und Bekleidung nach Klasse-B gehen in Ordnung.«

»Wir sollen keine Uniform tragen?«

»Das Nationale HQ befürchtet, Extremisten könnten denken, das Militär rücke in ihre Gemeinden ein, wenn sie außerhalb des Stützpunkts Kadetten in Uniform sehen«, sagte Rob. »Und wenn sich die Gewalt dieser Extremisten gegen die CAP richtet, könnten auch die Kadetten in Gefahr geraten. Ich möchte, dass Sie und David sie zusammentrommeln, in der Kirche vielleicht oder bei Ihnen, Fid.«

»Nichts als rückgratlose Waschlappen«, murrte Fitzgerald erneut. »Wissen Sie, das sind auch *unser* Ort und *unser* Stützpunkt. Dieses Gebiet gehört nicht diesen durchgeknallten Spinnern allein. Wieso unternehmen die Cops nichts, um *uns* zu schützen?«

»Wann haben Sie das letzte Mal einen Vertreter des Sheriffbüros auf der Straße gesehen, Fid?«, wollte David Bellville wissen. »Wie es aussieht, sind die alle in Urlaub oder was weiß ich. Seit Leos Ermordung scheinen sich die Cops regelrecht unsichtbar zu machen.«

»Sollen sie doch alle zur Hölle fahren.« Fitzgerald klopfte an seine rechte Hüfte. »Ich werde die Dinge hier in die Hand nehmen.«

Weiter gab es nichts zu besprechen, sodass sich das Treffen wenig später auflöste.

Beim Hinausgehen holte Patrick John de Carteret ein. »He, John«, sagte er. »Hätten Sie ein paar Minuten Zeit?«

»Nach den Neuigkeiten, die man uns soeben mitgeteilt hat? Klar, *jede Menge*«, sagte John. Er folgte Patrick zu dessen Büro, wo Jon Masters und Gia Cazzotto an Patricks Schreibtisch vor zwei Laptops saßen.

»Ich glaube, die beiden kennen Sie noch nicht, John«, sagte Patrick. »Meine guten Freunde Gia und Jon. Und dies ist mein Einsatzbeobachter, John de Carteret.« Sie gaben einander die Hand. »Mit beiden habe ich bei der Air Force zusammengearbeitet. Gia ist eine ehemalige …«

»Ich erinnere mich an Sie«, sagte John. »Hat Präsident Gardner Sie nicht angeklagt wegen Kriegsver…« Er unterbrach sich, als er sah, wie Gia die Schultern hängen ließ und den Blick abwandte. »Tut mir leid, wenn ich Sie aus der Fassung gebracht habe, Miss. Jon, freut mich, Sie kennenzulernen.«

»Sehen Sie sich das mal an, John«, sagte Patrick und wies auf den Laptop. Aufmerksam besah sich John den Bildschirm. Darauf war das Gelände der Ritter der Wahren Republik aus der Vogelperspektive zu sehen, mit allerhand Symbolen im Innern des Geländes, sowie, in einem Extrafenster, eine Legende mit den dazugehörigen Erläuterungen. Die Auflösung war erstaunlich: Mühelos waren einzelne sich über das Gelände bewegende Personen zu erkennen, man konnte sogar sehen, was sie in der Hand hielten.

»Ist dies das Extremistengelände – von den Rittern der Wahren Republik oder wie immer sie sich nennen?«

»Ist es.«

»Ist das eine Aufzeichnung?«

»Nein, das ist live«, sagte Patrick.

»Woher bekommen Sie das?«

»Das wird via Downlink aus meiner Cessna P210 übertragen. Jon und ich haben zwei hochempfindliche Allwetter-Infrarot- und Millimeterwellen-Radarsensoren darauf montiert. Die P210 befindet sich auf einem Rundkurs in einer Flughöhe von viertausend Fuß über Grund, ungefähr fünf Meilen vom Gelände entfernt.«

»Und wer fliegt das Flugzeug?«

»Brad.«

»Brad? Nicht übel. Aber wieso macht er Aufnahmen von dem Gelände?«

»Weil das die Typen sind, die vermutlich die Demonstrationen vor dem Haupteingangstor organisiert, auf unser Flugzeug geschossen und wahrscheinlich Leo ermordet haben«, sagte Patrick, ohne zu erwähnen, dass Leos Mörder es möglicherweise auf *ihn* abgesehen hatten. »Das FBI lässt das Gelände visuell überwachen, allerdings ohne großen Erfolg.«

»Das FBI? Woher wissen Sie das alles?«

»Jon hier hat dem FBI einen Teil der für die Überwachung aus der Luft erforderlichen Technik zur Verfügung gestellt.«

»Sie meinen die Drohnen, die abgeschossen wurden? Von denen in den Nachrichten die Rede war?«

»Ja.«

»Das FBI hat Sie also gebeten, diese Sensoren auf Ihrem Flugzeug zu montieren und mit der Überwachung des Geländes zu beginnen?«, fragte John.

»Nicht ganz«, sagte Patrick. »Dies ist unser Projekt. Wir führen unsere eigene Überwachung durch.«

»Warum tun Sie das? Wieso überlassen Sie das nicht dem FBI?«

»Weil dies, wie Fid sagte, unsere Stadt und unser Stützpunkt ist«, sagte Patrick. »Wir verfügen über die dafür erforderliche Technik, also tue ich es.«

John schmunzelte. »Ich habe es schon einmal gesagt, und ich sage es noch mal: Das ist der Patrick McLanahan, von dem ich immer gehört und gelesen habe.«

Seine Miene wurde wieder ernst. »Und warum erzählen Sie mir das alles, Patrick?«

»Weil ich Ihnen von allen in der Staffel am meisten vertraue«, sagte Patrick. »Ich werde die Überwachung in dem gesamten Gebiet durchführen, nicht nur über dem Gelände der Ritter. Ich werde den Ordnungskräften helfen, unsere Gemeinde zu schützen, und wenn die Cops sich dem verweigern, werde ich es so einrichten, dass unsere Gemeinde dies selbst in die Hand nimmt.«

»Jetzt klingen Sie fast schon selbst wie diese Ritter der Wahren Republik, Patrick«, sagte John, einen besorgten Ausdruck im Gesicht. »Sind Sie sicher, dass diese Vorgehensweise klug ist?«

Patrick schüttelte den Kopf. »Ehrlich gesagt, nein, sicher bin ich nicht. Möglicherweise ist es illegal, vielleicht auch ethisch nicht vertretbar und nicht mein Recht als Bürger. Aber irgendetwas geschieht in dieser Gemeinde und im ganzen Land, John, und dagegen will ich etwas unternehmen. Ich dachte, die Civil Air Patrol sei ein guter Anfang, aber jetzt hat man mir selbst das genommen. Also bringe ich jetzt dies hier in Gang.«

De Carteret dachte einen Moment nach, nickte dann. »Hört sich gut an, finde ich. Wenn Sie Hilfe brauchen, ich bin dabei, Patrick.«

»Ausgezeichnet. Wer könnte Ihrer Meinung nach sonst noch Interesse haben?«

»Nun ja, ganz bestimmt alle ehemaligen Militärs in der Staffel: Rob, David, meine Frau Janet, David Preston, Kevan, Bill und Nancy Barton, Rick, Mark und ganz sicher Debbie. Fid … nichts für ungut, aber er ist ein wenig zu überdreht für meinen Geschmack.«

»Für den Anfang ist das eine ziemlich gute Truppe«, fand Patrick. »Sie fliegen doch noch immer Ihre Skyhawk, oder?«

»Nicht mehr so häufig derzeit.«

»Hätten Sie Lust, ein paar dieser Überwachungseinsätze zu fliegen?«

»In Ihrer P210? Aber sicher!

»In der P210 … und in Ihrer Skyhawk.«

»Sie meinen, ich soll diese Sensoren auf meiner Skyhawk montieren? Wollen Sie mich auf den Arm nehmen?«

»Ein Problem wäre das nicht«, meinte Jon Masters, ohne von seinen Laptops aufzusehen. »Allerdings werde ich ein paar Tage benötigen, plus einige Testflüge.«

»Mensch, das wäre wirklich ein Ding«, sagte John, der sich zunehmend wie ein kleiner Junge anhörte. »Werden Sie die Einsatzgenehmigung von den für die Flugstandards zuständigen Leuten bei der FAA in Elko bekommen?«

»Diese Maßnahme wird … nicht in unseren Logbüchern auftauchen, John«, sagte Patrick. »Wir lassen die Sensoren von Jons Firma anbringen, und ich werde dafür Sorge tragen, dass Ihr Flugzeug wieder richtig zusammengesetzt wird, wenn wir fertig sind.«

»Verdammt auch«, sagte John und streckte die Hand aus. »Kann es kaum erwarten loszulegen.« Seine Augen leuchteten vor Vorfreude. »Sagen Sie, Patrick, hat es sich auch so angefühlt, als Sie sich auf einige dieser supergeheimen Einsätze mit dem allerneuesten Hightechgerät vorbereitet haben? Denn eins sage ich Ihnen, es ist verdammt aufregend.«

»Richtig, genau so hat es sich angefühlt, John«, sagte Patrick, ergriff Johns Hand und schüttelte sie begeistert. »*Genau so* hat es sich angefühlt.«

Später am selben Abend

Etwa eine Stunde oder etwas mehr kreiste Brad über dem Gelände der Ritter der Wahren Republik, überflog dann etwa eine weitere Stunde lang bei Reisegeschwindigkeit auf einem suchschemaähnlichem Parallelkurs das Gebiet etwa fünfzig Meilen rings um die Ortschaft Battle Mountain, um Sensoraufnahmen von Aktivitäten am Boden zu erhalten, und absolvierte anschließend, wieder in Battle Mountain, drei Starts und Landungen, um einige seiner erforderlichen Nachtlandungen mit Zwischenstopp eintragen zu können. Vier Stunden in der Luft, davon drei bei Dunkelheit, und bislang nicht das geringste Grummeln in seinem Magen. Was für ein prächtiger Tag.

Nachdem er die Centurion wieder im Hangar abgestellt hatte, rief er seinen Vater an. »Flugzeug ist eingestellt, aufgetankt, die Windschutzscheibe gesäubert, die Insekten abgewischt«, sagte er. »Wie sind die Aufnahmen?«

»Ausgezeichnet«, sagte Patrick. »Besser, als wir erwartet haben. Die anderen Scans rings um das Gebiet werden vom Computer abgespeichert, und wir werden sie mit später aufgezeichneten Scans abgleichen, um auf diese Weise nach ungewöhnlichen Aktivitäten zu suchen.«

»Prima.«

»Wie geht es deinem Magen?«

»Nicht mal ein Aufstoßen.«

»Ich war ein wenig in Sorge, weil du nachts geflogen bist. Ich habe befürchtet, ohne sichtbaren Horizont könnte deine Übelkeit erneut auftreten. Aber bei den Nachtlandungen gestern Abend bist du ja anscheinend ganz gut zurechtgekommen.«

»Es geht mir bestens, Dad.«

»Kommst du nach Hause?«

»Ich schau noch auf der Bowlingbahn vorbei.«

»Das Mindestalter für Alkoholkonsum ist …«

»Ich weiß, ich weiß, kein Alkohol, bis ich einundzwanzig bin. Ich mag das Zeug sowieso nicht, und jetzt, wo Gia wieder da ist, möchte ich erst recht nichts damit zu tun haben. Ich will nur kurz reinschauen, um zu sehen, was läuft, vielleicht ein bisschen flippern.«

»Ich kann kaum glauben, dass der Flipper ein Comeback feiert«, sagte Patrick. »Früher haben wir stundenlang an den Dingern gespielt, wenn wir in den B-52ern Alarmbereitschaft hatten.« Er fing wieder an, in Erinnerungen zu schwelgen, erkannte Brad. Das passierte mit zunehmendem Alter immer häufiger. »Viel Spaß. Und sei vor Mitternacht zurück.«

»So lang werde ich gar nicht bleiben, ich hab Training morgen früh, und anschließend will ich die P210 fliegen.«

»Ich werd morgen mit Captain de Carteret und vielleicht auch Colonel Spara fliegen, um sie auf der P210 zu testen. Möglicherweise wird das noch warten müssen.«

»Sie werden mit uns zusammen Patrouille fliegen?«

»Ja.«

»Prima. Das ist, als hätten wir unsere eigene geheime kleine CAP-Staffel.«

»Das Schlüsselwort hier ist *geheim,* Brad.«

»Kein Problem. Also gut, bis später.«

Sein nächster Anruf galt Cassandra Renaldo. »Ich bin's«, sagte er, als sie ranging.

»Ich bin so froh, dass du anrufst, Süßer. Es war ein langer Tag. Ich bin noch immer bei der Arbeit.«

»Ich bin am Hangar meines Dads. Bin gerade vom Fliegen zurückgekommen.«

»Ach ja? Du bist nachts geflogen?«

»Für meinen Prüfflug muss ich mindestens zehn Stunden nachweisen, außerdem zehn Nachtlandungen.«

»Und wie fühlst du dich?«

»Ausgezeichnet. Keine Probleme.«

»Du musstest nichts von dem Mittel nehmen, das ich dir gegeben habe?«

»Nö. Ich hatte es dabei, habe es aber nicht gebraucht.«

»Du solltest es behalten, für den Fall, dass du noch einmal hinten im Flugzeug sitzen musst.«

»Geht klar. Kann ich Sie heute Abend sehen?«

»Ich würde dich sehr gern sehen, aber ich bin noch in der Arbeit.« Sie zögerte, dann sagte sie: »Anderseits … ich denke, es wird schon gehen, es ist sonst niemand hier. Weißt du, welcher Hangar unserer ist?«

»Denke schon. Einer von denen auf der Ostseite des Flugplatzes, mit einem hohen Zaun darum, richtig?«

»Genau. Vor einem der Hangars außerhalb des Zaunes steht mein Wagen geparkt. Sollte dort noch ein weiteres Auto stehen, werden wir uns ein anderes Mal treffen. Aber wenn dort keine anderen Autos stehen, bin ich allein. Das Tor werde ich ein Stück öffnen, sodass du nur ein paar Mal dagegenstoßen musst, um es zu öffnen. Das Gleiche mit dem Hangartor, einfach ziehen, dann ein paar Mal dagegenstoßen, und es lässt sich öffnen. Komm einfach rein.

Gut möglich, dass ich im Aufenthaltsraum bin, aber ich werde dich erwarten, mein Lieber. Vielleicht treiben wir's ja gleich hier auf dem … Na ja, wir werden sehen. Bis gleich.«

Mann, dachte Brad, als er die Verbindung unterbrach, sie hatte diese Telefonsexstimme, die ihm stets das Blut aus dem Hirn in andere Körperteile schießen ließ. Er musste sich sehr konzentrieren, um nicht die Geschwindigkeitsbeschränkung auf dem Stützpunkt zu überschreiten, als er zur Ostseite des Flugfeldes fuhr.

Er entdeckte ihren Wagen auf dem Parkplatz vor der Reihe besonders gesicherter Flugzeughallen, und tatsächlich stand er dort allein. Das Öffnen des Tores erforderte deutlich mehr als einen leichten Stoß, aber davon ließ er sich nicht aufhalten. Dasselbe beim Hangartor, doch nachdem er seine Schulter dagegengestemmt hatte, ließ es sich schließlich aufschieben.

Im Hangar war es dunkel bis auf einen von mehreren Schreibtischlampen beleuchteten Schreibtisch mit mehreren Laptops darauf.

»Cassandra?«

Keine Antwort.

Er ging zu dem Schreibtisch hinüber. Es war eindeutig ihrer, er konnte ihr Parfüm riechen … Oder war das Einbildung, hervorgerufen von seiner chronischen Geilheit und dem Blutmangel in seinem Hirn?

»Cassandra, wo sind Sie?«

Brad beschloss zu warten. Er warf einen Blick auf die Darstellungen auf den Laptops: elektronische Karten, Schaubilder eines Geländes, das aussah, als könnte es das der Ritter der Wahren Republik sein, sowie Standbilder von Personen, offenkundig aus sehr großer Entfernung aufgenommen. Jedes Bild war mit GEHEIM gekennzeichnet, doch soweit er erkennen konnte, war nichts GEHEIM daran, bei keinem von ihnen …

Plötzlich wurden ihm die Arme so brutal auf den Rücken gebogen, dass er glaubte, sie würden ihm vom Oberkörper abgerissen, und sein Kopf wurde so hart auf den Schreibtisch geknallt, dass ein ganzes Sternenfeld vor seinen Augen explodierte. »Keine Bewegung! FBI!«, vernahm er durch das plötzliche Tosen in seinen Ohren. »Wagen Sie nicht, sich zu bewegen!« Die Hände wurden ihm brutal verdreht, und jemand trat die Beine hinter ihm weg, sodass der Druck auf Gesicht und Kopf noch zunahm. Er konnte fühlen, wie stählerne Handschellen um seine Handgelenke einrasteten, und anschließend tasteten ihn derbe Hände von Kopf bis Fuß ab.

»Au! Sie tun mir weh!«, protestierte er.

»Klappe halten!«, schrie jemand. »Haben Sie irgendwelche Waffen in Ihren Taschen? Irgendwelche Messer oder Nadeln?«

»Nein! Hören Sie auf, mir die Handgelenke zu verdr…«

»Ich sagte, Klappe halten!« Er fühlte, wie sein Hemd aus der Hose gerupft wurde, dann suchten grobe Hände seinen Körper bis auf die Haut ab. Anschließend machte sich der Kerl daran, seine Taschen zu filzen und sie von innen nach außen zu stülpen.

»Hab was gefunden!«, rief er, ehe er seine Suche in Brads Hose und anschließend direkt im Schritt wieder aufnahm. Dann wurde Brad herumgewirbelt und auf einen Stuhl gestoßen, sodass die Schreibtischlampe ihm direkt ins Gesicht schien und ihn blendete. Er fühlte, wie ihm Blut aus der Nase rann, und eine Schulter schien ausgekugelt zu sein.

»Warum bist du hier eingebrochen, McLanahan?«, schrie der Kerl ihn an.

»Ich bin nicht eingebrochen!«

»Wir haben alles auf den Überwachungskameras, McLanahan«, schrie der Kerl. »Du hast das Außentor aufgebrochen, anschließend das Tor zum Hangar. Ist alles auf Video. Das nennt man Einbruch, McLanahan, und da dies eine Einrichtung des Bundes ist, handelt es sich um ein Verbrechen, das nach Bundesstrafgesetz geahndet wird. Allein dafür könntest du fünf Jahre bekommen. Was hast du hier zu suchen?«

Brad schwieg.

Der Kerl schlug ihm seitlich gegen den Kopf, dass er fast vom Stuhl fiel. »Antworte mir, Dreckskerl! Was tust du hier drinnen?«

Die Wahrheit konnte Brad ihm nicht sagen – Cassandra würde mit Sicherheit gefeuert werden.

»Bist du hier eingedrungen, um unsere Computer zu stehlen?«, brüllte der Kerl. »Das ist Einbruchsdiebstahl, McLanahan – macht weitere zehn Jahre Knast. Außerdem bist du hier reinspaziert und hast geheimes Material gesichtet – noch mal zehn bis fünfzehn Jahre, zusätzlich zu ungefähr einer Million Dollar an Geldstrafe. Du siehst schweren Zeiten entgegen, Freundchen, und das nicht gerade bei minimaler Sicherheitsstufe. Vielmehr wird es da ein paar sehr große, sehr böse Männer geben, die ganz scharf darauf sein werden, dich persönlich und aus nächster Nähe kennenzulernen.« Der Mann hielt ein winziges Tütchen mit weißem Pulver in die Höhe. »Was, zum Teufel, ist das?«, brüllte er.

»Gar nichts!«

»Was soll das heißen, gar nichts?« Er reichte es nach hinten, jemandem, der hinter ihm stand, und brüllte erneut: »Was ist das?«

»Nichts weiter. Das ist ein Medikament gegen Flugkrankheit.«

»Ein Mittel gegen Flugkrankheit, ja? Das ist mal was Neues.« Ein paar Minuten später hielt er ein winziges, mit einer blauen Flüssigkeit gefülltes Röhrchen in die Höhe, das ihm jemand aus dem Dunkeln gereicht hatte. »Das hier, McLanahan, ist ein Kobalt-Thiocyanat-Test, und das Zeug in dem Tütchen, das wir gefunden haben, ist Kokain. Du bist also hier eingebrochen, um Geräte zu stehlen und dafür Kokain zu kaufen, ist es das, McLanahan?«

»Nein!«, rief Brad.

»Willst du mir erzählen, das Zeug gehört dir nicht?«

»Nein … nein, es gehört mir schon, aber es ist kein Kokain, es ist ein Mittel gegen Flugkrankheit.«

»Wer hat dir das erzählt?« Brad antwortete nicht. »Du bist ein Einbrecher, ein Lügner und nimmst Drogen, McLanahan«, sagte der Kerl. »Du wirst für sehr, sehr lange Zeit ins Kittchen wandern. Ich hoffe, man unterzieht dich einer harten Entziehungskur, während du in deiner Zelle verrottest, du kleiner mieser …«

»Das reicht, Brady«, ging eine andere Stimme dazwischen. Die Schreibtischlampe wurde von seinem Gesicht weggebogen, sodass er mehr erkennen konnte. Als sich seine Augen an die Lichtverhältnisse gewöhnt hatten, sah er den Special Agent in Charge vor sich sitzen. »Guten Abend, Mr. McLanahan. Ich bin Special Agent Philip Chastain vom FBI. Wir sind uns bereits kurz begegnet, wenn Sie sich erinnern.« Er wandte sich herum. »Wischen Sie ihm das Gesicht ab, Brady, Sie haben ihm die Nase blutig geschlagen. Hoffentlich haben Sie sie ihm nicht gebrochen. Und nehmen Sie diese Handschellen nach vorn, und lockern Sie sie, seine Hände werden schon ganz lila.« Der erste Agent wischte ihm mit einem feuchten Handtuch grob durchs Gesicht, nahm dann eine der Handschellen ab, brachte seine Hände vor seinen Körper und ließ sie, ein wenig gelockert, wieder einrasten.

»Sie stecken in ernsthaften Schwierigkeiten, Mr. McLanahan«, sagte Chastain mit ruhiger Stimme. »Agent Brody hat in keinem der genannten Punkte die Unwahrheit gesagt: Wir haben das Video, auf dem zu sehen ist, wie Sie das Gatter und das Hangartor aufbrechen, wir haben das Video, wie Sie sich für die Computer interessieren, und bei dem Zeug in Ihrer Tasche handelt es sich tatsächlich um Kokain. Wir haben die gesamte Durchsuchung sowie den Kobalt-Thiocyanat-Test ebenfalls auf Video aufgezeichnet, sodass Sie nicht behaupten können, man hätte es Ihnen untergeschoben.« Er beugte sich ein wenig näher zu Brad und senkte die Stimme. »Sogar über Sie und Agent Renaldo vom Heimatschutzministerium bin ich im Bilde.« Überrascht schnellte Brads Kopf hoch. »Ja, ich fürchte, sie steckt in einigen Schwierigkeiten, aber nicht annähernd in so vielen wie Sie derzeit.«

»Cassandra hätte mir niemals Kokain gegeben«, presste Brad mit brechender Stimme hervor.

»Demnach muss es also Ihres sein.«

Brad ließ den Kopf sinken, nickte dann. »Ja, es gehört mir«, log er.

»Haben wir uns gedacht«, sagte Chastain. »Besitz von Betäubungsmitteln in für den Weiterverkauf geeigneten Mengen … Möglicherweise gibt man Ihnen noch eine Chance, sofern dies Ihr erstes Delikt ist, aber selbst dann sehen Sie angesichts der anderen Anklagepunkte einer schweren Strafe in einem Bundesgefängnis entgegen. Und Agent Cassandra Renaldo wird auch Schwierigkeiten bekommen …«

Er machte eine Kunstpause, ehe er mit leiser Stimme, fast im Flüsterton, hinzufügte: »Falls sonst noch jemand jemals hiervon erfährt.«

Es dauerte einen Moment, bis die Worte in Brads Bewusstsein drangen, dann hob er den Kopf. »Wa-was …?«

»Ich bin in der Lage, dir einen Handel anzubieten, Brad«, sagte Chastain. »Und der gilt nur jetzt, nur heute Abend. Wenn ich jetzt zum Hörer greife, in meinem Büro anrufe und den Leuten dort sage, dass ich einen Gefangenen mitbringe, werden künftige Abmachungen mit mir nicht mehr möglich sein. Es ist entweder ein Ja oder ein Nein, genau jetzt und hier. Hast du das begriffen?«

Brad nickte. »Und was ist das für ein Handel?«

»Zunächst einmal wirst du einen Vertrag unterschreiben«, erklärte Chastain mit fester Stimme. »Darin wirst du alle deine Taten gestehen und dich bereit erklären, alles zu tun, was ich dir befehle. Als Gegenleistung werde ich darauf verzichten, Anzeige gegen dich oder Agent Renaldo zu erstatten. Unter bestimmten Bedingungen. Es handelt sich um einen Bundesvertrag, gegengezeichnet vom Bundesstaatsanwalt sowie einem Bundesrichter. Du wirst einige Aufgaben für mich übernehmen. Diese wirst du exakt so ausführen, wie ich es dir auftrage. Du wirst mir genau die Informationen liefern, die ich von dir verlange, und das exakt zum gewünschten Zeitpunkt, ohne Ausflüchte. Solltest du in einem dieser Punkte versagen, wird man dich erneut verhaften, offiziell anklagen und bis zum Verhandlungsbeginn in Untersuchungshaft nehmen.«

Brads Augen flackerten auf, als er das Wort *Untersuchungshaft* hört, was Chastain sofort bemerkte. Der Agent holte ein bedrucktes Blatt Papier mit dem FBI-Siegel im Kopf hervor – Brad war viel zu eingeschüchtert, um zu bemerken, dass der Vertrag bereits aufgesetzt war. »Unterschreib hier unten.«

»Was soll ich denn für Sie tun?«

»Unterschreib zuerst den Vertrag, Brad«, sagte Chastain. »Tust du es nicht, wirst du unter Arrest gestellt und noch heute Abend meinem Büro in San Francisco überstellt. Es wird ein Verfahren gegen dich eingeleitet, du wirst inhaftiert und schließlich einem Bundesrichter vorgeführt und offiziell angeklagt werden. Du bist kein Jugendlicher mehr, dein Vater wird also erst nach deiner Vernehmung erfahren, wohin man dich gebracht hat, was einige Tage dauern kann.«

Brad wich alle Farbe aus dem Gesicht, und der Schock ließ ihn den Mund aufklappen. »Wenn du dann auf Kaution freigelassen wirst, wird Agent Renaldo ihren Job verloren haben, und ich werde sie wegen verschwörerischer Umtriebe, der Duldung von sowie der Beihilfe zu mehreren schweren Straftaten anzeigen und sie ebenfalls ins Gefängnis werfen. Mit Sicherheit werden wir zu dem Ergebnis kommen, dass Sie dir geholfen hat, hier einzudringen, damit du Computer sowie Verschlusssachen stehlen kannst, und dass sie dir auch das Kokain gegeben hat.«

»Nein! Sie … Sie hat überhaupt nichts getan …«

»Das zu entscheiden, ist Aufgabe eines Richters und der Geschworenen, Brad«, sagte Chastain leichthin. »Wenn du diesen Vertrag nicht unterschreibst, bleibt mir in dieser Sache keine Wahl. Du wirst im Gefängnis sitzen, ich kann nichts weiter tun, und dein Leben wird sich unwiderruflich ändern. Dein Dad wird dir nicht helfen können.«

Brad zögerte, versuchte einen klaren Gedanken zu fassen.

Chastain wartete einige Sekunden, schüttelte dann den Kopf und sah über seine Schulter. »Brady, fesseln Sie ihm die Hände wieder auf dem Rücken, und lesen Sie ihm seine Rechte vor«, sagte er und seufzte. »Anschließend verhaften Sie Renaldo und informieren das Büro, dass wir heute Abend zwei Gefangene reinbringen, getrennt voneinander. Dazu benötige ich die …«

»Nein, warten Sie, ich unterschreibe«, sagte Brad, griff sich den Stift und kritzelte seine Unterschrift unten auf das Blatt, während Agent Brady diesen Vorgang mit einem Foto festhielt. »Also gut, ich bin einverstanden. Ich werde tun, was immer Sie verlangen. Nur verhaften Sie Cassandra nicht.«

»Eine kluge Entscheidung, Brad«, sagte Chastain. »Damit wären deine Zukunft und die Karriere von Agent Renaldo gerettet – solange du genau tust, was ich dir sage.«

»Was wollen Sie, dass ich tue?«

»Ganz einfach«, sagte Chastain. »Du wirst mir exakt berichten, was dein Vater tut, wohin er geht, mit wem er sich trifft und mit wem er spricht. Du wirst ihn, wann immer möglich, begleiten und mir sagen, mit wem er sich trifft, wo er dies tut und wann.«

»Mein … Vater …?«

»Der Punkt steht nicht zur Diskussion, Brad«, sagte Chastain. »Entweder du tust, was ich von dir verlange, oder du wanderst ins Gefängnis, *Punkt.* Wohin er auch geht und wen er auch trifft, du begleitest ihn, wann immer es möglich ist.« Er reichte Brad eine Karte. »Dies ist meine sichere SMS- und E-Mail-Adresse. Ich erwarte mindestens dreimal täglich einen detaillierten Bericht. Bekomme ich den nicht, wanderst du ins Gefängnis, und sämtliche Beweismittel in meinem Besitz werden, zusammen mit Cassandra, dem Bundesstaatsanwalt überstellt.« Er gab Brady einen Wink, worauf der die Handschellen abnahm. »Und jetzt raus mit dir. Du wirst niemandem hiervon erzählen,

Renaldo nicht mehr wiedersehen und dieses Gebäude nie wieder betreten.«

Brad schnellte vom Stuhl hoch und stolperte zum Hangartor. Seine Beine wollten sein Gewicht kaum noch tragen.

»Von wegen harter Footballspieler«, sagte Brady lachend. Theatralisch schnuppernd sog er die Luft in Schreibtischnähe ein. »Also, ich finde, hier riecht es ein bisschen so, als hätte jemand die Hosen gestrichen voll gehabt.«

»Er mag vielleicht achtzehn sein, trotzdem ist er noch ein Junge«, sagte Chastain. »Er ist sein Leben lang von seinem Vater, dem Kriegshelden, verhätschelt und wie ein kleines Kind behandelt worden.«

»Er ist vielleicht ein Junge, aber ein sehr *großer* Junge«, sagte Cassandra Renaldo, als sie zu den anderen herüberkam.

»Gute Arbeit, Renaldo«, sagte Chastain. »Tut mir leid, dass ich Ihnen Ihr neues Spielzeug weggenommen hab, aber auf diese Weise lässt sich am besten beurteilen, ob da irgendeine Verbindung zwischen dem General, den Rittern und der Civil Air Patrol besteht.«

»Hat Spaß gemacht mit ihm«, sagte Renaldo abschätzig und zündete sich eine Zigarette an, »aber Job ist Job. Ich bin nach wie vor nicht der Ansicht, dass der General irgendetwas im Schilde führt, aber das wird uns dieser junge Schürzenjäger Brad schon sagen.«

»Und wenn er seinem Vater erzählt, was passiert ist?«, wollte Brady wissen. »Der General hat ein paar ziemlich mächtige Freunde.«

»Wenn dem so ist, was tut er dann hier in Battle Mountain, Nevada?«, meinte Chastain. »Das ist nur eine Frage von vielen, auf die ich eine Antwort will, und ich denke, der Junge wird sie uns beschaffen.«

JOINT AIR BASE BATTLE MOUNTAIN

Am nächsten Morgen

Zum Glück war niemand in der Nähe, als Brad aufstand. Er zog seine Sportsachen an, nahm ein leichtes Frühstück zu sich und griff zu seinem Handy. »Hi, Dad.«

»Hi, Großer.«

»Ich geh zum Training. Was machst du gerade?«

»Ich werde heute Morgen Captain de Carteret in der P210 mitnehmen, ein paar Patrouillenflüge absolvieren und weitere Sensoraufnahmen machen, und später dann Colonel Spara mit raufnehmen«, antwortete Patrick. »Für heute Abend sind Gewitter vorhergesagt, ich denke also, heute Abend werde ich nicht fliegen. Wann bist du gestern Abend nach Hause gekommen?«

»Um halb elf.« Brad schluckte, dann sagte er: »Ich … ich bin da gestern Abend in eine kleine Rauferei hineingeraten, vor der Bowlingbahn.«

»Was? Eine Schlägerei?«

»Keine große Sache. Ein Typ hat behauptet, er hätte Geld in den Automaten gesteckt, an dem ich gerade spielte, was aber nicht stimmte, und er und sein Freund haben mir draußen aufgelauert.«

»Und? Geht es dir gut?«

»Nur ein paar blaue Flecken. Zum Training werde ich trotzdem gehen.«

»Hast du es dem Sicherheitsdienst des Stützpunkts gemeldet?«

»Nein. Ich … ich hab das Ganze sozusagen angefangen.«

»Du hast es *angefangen?*«

»Hör zu Dad, es war blöd, und ich hab gekriegt, was ich

verdient hab. Ich würd das Ganze lieber auf sich beruhen lassen.«

»Kennst du die Typen? Waren es Militärangehörige?«

»Schätze ja.«

»Und mit dir ist bestimmt alles in Ordnung?«

»Ja.«

»War Alkohol im Spiel, Brad?«

»Nein, Dad. Ich hab dir doch gesagt, dass ich nichts trinke.«

»Schau kurz im Büro vorbei, sobald du mit dem Training fertig bist, und lass mich einen Blick auf dich werfen.«

»Es geht mir gut, Dad. Ich geh jetzt trainieren und anschließend zur Arbeit.«

»Ich komme vorbei und bringe dir den Wrangler«, sagte Patrick. »Ich nehm den Roller.«

»Ich komm schon klar, Dad. Falls ich mich nicht gut genug fühle, um in die Stadt zu fahren, komm ich rüber, und wir tauschen. Aber ich komme noch zu spät.«

Es entstand eine lange Pause, dann sagte sein Dad: »Also gut, wir sehen uns heute Abend. Ruf an, wenn du dich nicht gut fühlst. Und fahr vorsichtig.«

»Okay.« Brad unterbrach die Verbindung, verfasste dann eine SMS: FLT WEIST BIS ABENDESSEN DE CARTERET UND SPARA EIN. Ein schickte sie an Chastains Nummer. Dann zog er eine Jacke, den Helm, Handschuhe und die reflektierende Sicherheitsweste an, schlang seine Tasche mit den Sportsachen über seine gepeinigten Schultern, stieg unter Schmerzen auf seinen Genuine-Buddy-Motorroller und fuhr los, zum Footballtraining in der Senior Highschool.

»Was, zum Teufel, ist denn mit dir passiert?«, fragte Ron Spivey, als Brad zur Mannschaft herübergejoggt kam. Brads

Gesicht war arg lädiert, seine Augen geschwollen, und er konnte kaum die Arme bewegen. »Bist du in eine Schlägerei geraten oder was?«

»Ein paar Typen bei der Bowlingbahn«, log Brad.

»Und? Hast du es deinem Dad gebeichtet?«

»Klar.«

»Ich hoffe, die anderen Typen sehen schlimmer aus als du«, meinte Ron. »Kannst du überhaupt trainieren? Wir wollten heute mit den leichten Polstern üben.«

»Gib mir ein rotes Trikot«, sagte Brad.

Ron warf ihm ein rotes Leibchen aus der Gerätetasche zu, das signalisierte, dass keiner der anderen Spieler ihn während des Trainings blocken oder hart angehen durfte. »Das ist das erste Mal, dass ich dich im roten Leibchen sehe.«

»Ist ja auch das erste Mal, dass ich so zusammengeschlagen wurde.«

»Weißt du, wer die Typen waren?«

»GIs. Marines, glaube ich, aber ich hab sie vorher nie gesehen.«

»Wir sollten ein paar Jungs zusammentrommeln und *denen* auflauern.«

»Vergessen wir's einfach, ja?«, sagte Brad, und sie begannen mit ihrer Trainingseinheit. Hatte Brad gedacht, die Fahrt auf dem Motorroller sei schmerzhaft gewesen, so hatte er jetzt, als er loslief, das Gefühl, seine Arme würden abfallen. Aber kurz darauf begann die Doppeldosis Aspirin, die er eingenommen hatte, zu wirken, und er vergaß die Schmerzen.

Brad konnte sich nicht erinnern, jemals eine härtere Trainingseinheit mitgemacht zu haben, seit er mit dem Footballspielen angefangen hatte, trotzdem hielt er bis zum Ende durch. Humpelnd kehrte er zu seinem Roller zurück und verstaute sein Zeug. Er spielte ernsthaft mit dem Gedanken blauzumachen, andererseits brauchte er das Geld. Wahrscheinlich würden ein paar weitere Aspirin die schlimmsten Schmerzen so weit lindern, dass er die Arbeit durchstand.

Er ließ den Motorroller an, rückte seine Tasche mit dem Sportzeug auf dem Rücken noch einmal zurecht, um eine bequemere Stellung zu finden, verließ den Parkbereich und hielt auf die Ausfahrt zu …

… und bevor er überhaupt reagieren konnte, schoss ein Wagen rückwärts mit kreischenden Reifen aus seiner Parklücke und prallte mit einer Geschwindigkeit von vielleicht zehn Meilen in der Stunde gegen die Front seines Motorrollers. Brad wurde von dem Gewicht seiner Sportasche rücklings vom Sattel gerissen. Der Wagen setzte einfach weiter zurück und überrollte den Motorroller glatt.

»He, du Arschloch!«, rief Ron Spivey und lief hin zu Brad. Der Wagen war etwa fünf Meter entfernt, und sein Motor heulte auf. Ron erblickte zwei Typen auf den Vordersitzen, beide mit Sonnenbrillen und aufgesetzten Baseballkappen. Der Typ auf dem Beifahrersitz schrie irgendwas, das Ron nicht verstehen konnte, und gestikulierte dazu mit der rechten Hand, als hielte er eine Messerklinge und würde auf den Fahrer einstechen.

»Jemand soll die Cops rufen!«, brüllte Ron und schleuderte seinen Footballhelm nach dem Wagen, der einen Sprung in der Windschutzscheibe hinterließ.

Weitere Mannschaftskameraden kamen angelaufen. Plötzlich legte der Fahrer den Gang ein, und der Wagen schoss röhrend vom Parkplatz.

»Herrgott, Brad, bei dir alles in Ordnung?«

»Ich weiß nicht …« Bad hielt sich das linke Bein.

»Bleib liegen, Brad. Ich rufe 911.« Ron holte sein Handy hervor. »Mann, diese Typen sind wie die Irren aus der Parklücke geschossen. Was, zum Teufel, sollte das? Und Nummernschilder hatte er auch keine!«

Brad verspürte ein Knirschen und Mahlen, als er sein linkes Bein zu bewegen versuchte, und der Schmerz schoss ihm durch den ganzen Körper bis hinauf unter die Schädeldecke. »Mist, ich hoffe, es ist nicht gebrochen«, presste er zwischen zusammengebissenen Zähnen hervor.

»Ist einfach nicht dein Tag heute, hombre«, sagte Ron. »Erst wirst du zusammengeschlagen und anschließend überfahren. Was blüht dir wohl als Nächstes, Kumpel?«

Darüber mochte Brad nicht einmal nachdenken …

ANDORSEN MEMORIAL HOSPITAL, BATTLE MOUNTAIN, NEVADA

Kurze Zeit später

Timothy Dobson kam in das Krankenzimmer und sah, dass außer Patrick und Brad niemand im Raum war. Patrick saß an Brads Seite auf der Bettkante. Brads linkes Bein, in einem provisorischen Gipsverband, war leicht hochgebettet, und sein linker Arm war ebenfalls mit einem provisorischen Gipsverband versehen, sein Oberkörper bandagiert. Patrick sah Dobson hereinkommen, und sofort nahm sein Gesicht einen besorgten Zug an. »Hallo, General«, sagte Dobson. »Hi, Brad.«

»Tim? Was geht hier vor?«

Dobson drehte sich um und schloss die Tür. »Wie geht es dir, Brad?«

»Ganz gut.«

»Er hat Glück gehabt – nichts gebrochen, nur Verstauchungen, Blutergüsse und Kratzer«, erklärte Patrick. »Sie werden ihn zur Beobachtung über Nacht hierbehalten. Im Augenblick warten wir gerade auf die Röntgenaufnahmen, ob er irgendwelche inneren Verletzungen erlitten hat. Was gibt es denn, Tim? Haben Sie schon Informationen, wer Brad so zugerichtet hat?«

»Noch nicht«, sagte Dobson. »Von Augenzeugen haben wir eine brauchbare Beschreibung des Wagens, außerdem überprüfen wir die Schnellstraßen-, Kreuzungs- und Überwachungskameras. Bald werden wir mehr wissen.« Er betrachtete Brad. »Irgendeine Idee, wer das getan haben könnte, Brad? Hast du den Wagen schon mal gesehen?«

»Nein.«

Dobson nickte, einen betont düsteren Ausdruck im Gesicht. »Während man die Röntgenaufnahmen von dir gemacht hat, Brad, hat mir dein Dad von der Schlägerei in der Bowlingbahn gestern Abend erzählt. Ich habe mich umgehört, weil ich dachte, möglicherweise haben dieselben Kerle, die dich verprügelt haben, dich auch angefahren. Nur hat dich gestern Abend niemand bei der Bowlingbahn gesehen.«

»Wozu diese Geschichte, Brad?«, wollte Patrick wissen. »Wo warst du gestern Abend?« Brad hüllte sich in Schweigen. »Ich hab gefragt: Wo bist du gewesen?« Patrick wurde mit jedem Augenblick wütender. »Verdammt, Brad, antworte mir! Was, zum Teufel, geht hier vor?«

»Das kann ich dir nicht sagen.«

»Warum nicht, verdammt noch mal?« Brad wagte es nicht mal mehr, seinen Vater anzusehen. Patrick wandte sich an Dobson. »Und jetzt?«

»Das ist eine Sache zwischen Ihnen beiden, Sir.«

»Wo hat er gesteckt, Dobson?«

Einen Moment lang zögerte der Agent, dann sagte er: »Wir haben seine Handysignale von Ihrem Hangar aus zurückverfolgt und zu jenem Hangar, den das FBI auf dem Stützpunkt nutzt.«

»Was?«, stieß Patrick hervor. Er wirbelte herum und blickte fassungslos seinen Sohn überrascht an. »Was, zum Teufel, wolltest du dort?« Immer noch keine Antwort. »Verdammt, Brad, ich würde es lieber von dir als von Mr. Dobson hören, aber so oder so, ich werde herauskriegen, was los ist. Wurdest du festgenommen? Was hast du dort gemacht?« Keine Antwort. Patrick sprang auf und schrie: »Antworte mir, verdammt!«

»Man hat mir erklärt, ich dürfe dir nichts sagen«, erklärte Brad mit leiser, schwacher Stimme. »Die meinten, man würde mich verhaften und nach San Francisco ins Gefängnis stecken, wenn ich dir davon erzähle.«

»Gefängnis? Was redest du denn da? Mir was erzählst?«

Brad schluchzte. Patrick, die Fäuste geballt, hatte Mühe, seinen Zorn im Zaum zu halten. Er fuhr wieder herum zu Dobson. »Nun?«

»In den Verbindungsprotokollen seines Handys ist ein Anruf bei Special Agent Cassandra Renaldo vom Heimatschutzministerium gestern Abend verzeichnet.«

»Renaldo? Du wolltest dich mit Renaldo treffen? Wozu denn das?«

Brad antwortete nicht, aber das war auch nicht nötig. Plötzlich wurde Patrick die ganze Geschichte klar.

»Himmel, Brad, du hattest etwas mit Renaldo?«

Brad nickte.

»Aber gestern Abend hast du dich nicht mit ihr getroffen, oder?«

Brad fing an zu weinen, seine Schultern zuckten.

»Chastain und Brady? Haben die dir das angetan?« Sein Sohn schluchzte, und Patrick brach es fast das Herz. Glühender Zorn schoss ihm durch die Adern. »Was haben sie mit dir gemacht?«

»Sie dachten, ich wäre in den Hangar eingebrochen, um ihre Computer zu stehlen«, sagte Brad unter heftigem Schluchzen. »Sie haben mir Handschellen angelegt und mich durchsucht. Dann fanden sie das Mittel gegen Flugkrankheit, das Cassandra mir gegeben hatte, und sagten mir, dass es Kokain ist.« Patrick schlug entsetzt die Hände vors Gesicht. »Sie meinten, wenn ich nicht tue, was sie sagen, würden sie mich festnehmen und mich in San Francisco ins Gefängnis werfen, und dass du mehrere Tage nicht erfahren würdest, wo ich bin. Sie sagten, ich würde für sehr lange Zeit ins Gefängnis gehen.«

Patrick ließ sich wieder auf die Bettkante sinken, nahm seinen Sohn in die Arme und ließ ihn sich eine ganze Weile ausweinen. »Was haben sie gesagt, sollst du für sie tun, Brad?«, fragte er schließlich.

»Sie … haben verlangt, dass ich ihnen sage, was du so machst«, sagte Brad. »Ich sollte dich ausspionieren. Ich wollte das nicht, Dad, aber ich wollte nicht ins Gefängnis, und ich wollte auch nicht, dass Cassandra Ärger bekommt.«

»Schon gut, Brad, schon in Ordnung«, sagte Patrick. »Du kommst nicht ins Gefängnis.«

»Ich bin nicht in den Hangar eingebrochen«, sagte Brad. »Ich hab nicht versucht, den Hagar auszuräumen. Und das war auch kein Kokain, das schwöre ich!«

»Ich sagte doch, mach dir keine Sorgen, Brad«, sagte Patrick. »Zerbrich dir wegen Chastain, Renaldo oder Brady nicht den Kopf. Sie werden schon bald nicht mehr hier sein, du musst dir ihretwegen keine Gedanken mehr machen.«

»Cassandra?« Brad blickte auf und sah seinen Vater an. »Sie … sie hängt auch mit drin, stimmt's? Sie hatte mich überhaupt nicht gern, das Ganze war ein abgekartetes Spiel, um mich dazu zu bringen, dich auszuspionieren.« Wieder brach er in Tränen aus. »Wieso bin ich bloß so ein Dummkopf, Dad?« Er vergrub sein Gesicht an Patricks Brust. »Ich hab null Ahnung, von gar nichts.«

»Es ist nicht deine Schuld, Großer.« Patrick zog seinen Sohn abermals fest an sich. »Da draußen gibt es Leute, Brad, die andere schikanieren und für ihre eigenen Zwecke missbrauchen, ganz gleich, was sie ihnen damit antun. Wir müssen lernen, den Blick für diese Leute zu schärfen und ihnen Einhalt zu gebieten, wann immer wir können.« Er atmete einmal tief durch, dann sagte er: »Ich weiß, während meiner Zeit bei der Air Force und im Ausland war ich oft nicht da für dich, und selbst nachdem wir hierhergezogen sind, war ich nicht so oft für dich da, wie ich es hätte sein sollen. Ich habe Einsätze für die Civil Air Patrol und Angel Flight West geflogen und so getan, als wäre ich noch immer bei der Air Force, dabei hätte ich eigentlich für dich da sein sollen, um dich vor Abschaum wie Chastain, Brady und Renaldo zu warnen. Aber das wird sich jetzt alles ändern.«

Er erhob sich, strich Brad übers Gesicht und bettete ihn wieder auf sein Kissen. Zu Dobson gewandt sagte er: »Können Sie dafür sorgen, dass jemand Brad beschützt?«

»In ein paar Stunden sollten US-Marshalls hier eintreffen. Bis dahin kann ich bei ihm bleiben. Die Vizepräsidentin möchte ihn verlegen lassen, und zwar nach …«

»Wir gehen hier nicht fort«, sagte Patrick. »Wir gehen

auf die Jagd.« Er nahm sein Handy und begann herumzutelefonieren.

JOINT AIR BASE, BATTLE MOUNTAIN

Am selben Abend

Brady und Renaldo saßen an ihrem Schreibtisch im Hangar des FBI und sahen sich auf ihren Laptops das jüngste Bildmaterial jener Agenten an, die mit der Überwachung des Geländes der Ritter der Wahren Republik betraut waren. Chastain befand sich in der Nachrichtenzentrale und machte ein Nickerchen.

Auf einmal hörte Brady ein Rattern am Haupttor des Hangars. »Was war das?«

»Hört sich an, als würden die Gewitterstürme aufziehen«, sagte Renaldo. »Heute Nacht sollen wir ja ein paar heftige bekommen.«

»Als ich dem Büro in Dallas zugeteilt war, hatten wir es mit allen möglichen Unwettern zu tun«, sinnierte Brady. »Schneestürmen, Orkanen, Tornados und diesen gewaltigen, sich auftürmenden Wärmegewittern, die mitunter tagelang …«

Plötzlich vernahmen sie das ohrenbetäubende Kreischen von zerreißendem Metall, und im Nu waren die beiden aufgesprungen und wandten sich herum zum Hangartor. Dort, genau in der Mitte, öffnete sich, einem sich teilenden Vorhang gleich, eine gewaltige, sechs Meter hohe Nahtstelle. Der Riss platzte weiter auseinander – und durch die neu geschaffene Öffnung trat der CID-Roboter.

»Was, zum Teufel, tun Sie da?«, brüllte Brady. »Wer ist da drin?«

Mit unfassbarer Geschwindigkeit stürzte der Roboter nach vorn. Als Brady und Renaldo beim Versuch, ihm auszuweichen, übereinanderfielen, streckte er die Arme vor, packte den Schreibtisch mit den Händen an beiden Seiten und drückte zu, sodass Schreibtisch und Laptops zusammengequetscht wurden. Anschließend packte er Brady und Renaldo an der Kehle und hob sie von den Füßen.

»Was geht denn hier vor?«, tobte Philip Chastain, der aus der Nachrichtenzentrale gelaufen kam. »Was hat dieser Roboter hier drinnen verloren? Der nimmt ja alles auseinander!«

In diesem Augenblick flog das Hangartor aus den Angeln und segelte quer durch den Hangar, und durch die Öffnung trat ein Mann, den Chastain noch nie zuvor gesehen hatte, in einem grauen Aufzug mit facettiertem Helm und Geräten an der Hüfte. Er ging auf Chastain zu. Der Sonderermittler des FBI zog seine halb automatische Pistole und gab drei Schüsse auf ihn ab, doch der Mann ließ sich damit nicht stoppen. Chastain feuerte weiter, bis das Magazin leer war, doch die Gestalt rückte immer weiter vor. Es schien, als würde sie an ihm vorbeigehen, stattdessen packte sie Chastain im Nacken, hob ihn hoch und trug ihn hinüber zu dem CID, wo er ihn zwei Fuß über dem Hangarboden in der Luft baumeln ließ. Die beiden Gestalten standen da mit ihren sich sträubenden Gefangenen, deren Gesichter dem zerstörten Hangartor zugewandt waren …

… als Patrick McLanahan durch die frisch geschaffene Öffnung trat.

»McLanahan!«, ächzte Chastain trotz des Würgegriffs um seinen Hals, während sich die anderen mit verzweifelten Klimmzügen nach Kräften bemühten, nicht erdrosselt zu werden. »Was, zum Teufel, glauben Sie eigentlich, das Sie hier tun?«

»Ihnen einen Denkzettel verpassen.« Patrick ging auf Chastain zu, während die gepanzerte Gestalt ihren Gefangenen so weit herunterließ, dass Patrick und Chastain auf Augenhöhe miteinander waren. »Ihr Einsatz hier ist beendet. Sie werden diesen Staat verlassen – oder Sie werden sterben!«

»Sterben? Sie drohen mir, mich umzubringen? Sind Sie *verrückt* geworden? Ich werde dafür sorgen, dass Sie für den Rest Ihres Lebens ins Gefängnis wandern!«

»Das denke ich nicht«, sagte Patrick. Der Tin-Man-Kommandosoldat erhöhte ein wenig den Druck auf Chastains Hals, sodass diesem der Mund aufklappte und die Zunge zum Vorschein kam, wie bei einem Ertrinkenden, der japsend Luft zu bekommen versucht. Patrick schob ihm eine kleine Kapsel in den Mund, und als der Tin Man den Griff um seinen Hals lockerte, schluckte Chastain sie unfreiwillig mit dem ersten tiefen Atemzug hinunter. Mit Brady und Renaldo verfuhr Patrick in derselben Weise.

»Was, zum Teufel, war das, McLanahan?«, schrie Chastain. »Wollen Sie uns etwa vergiften?«

»Ich habe Sie alle einen Nanotransponder schlucken lassen«, erklärte Patrick. »Den gleichen, den auch legale Gastarbeiter in den Vereinigten Staaten bekommen. Was mich befähigt, jederzeit ihren Aufenthaltsort festzustellen, während Sie nichts dagegen tun können, da Ihr Körper voller mikroskopisch kleiner elektronischer Sendeempfänger ist, die für die Dauer Ihres Lebens Ihren Standort melden.« Er trat näher an Chastain heran. »Sie werden Nevada verlassen und die Überwachung des Geländes der Ritter einstellen.«

»Den Teufel werde ich!«, brüllte Chastain. »Ich habe einen Einsatz laufen …

»Und den werden Sie Stand heute Abend beenden«, fiel Patrick ihm ins Wort. »Alle Ihre Agenten werden Nevada verlassen. Für den Fall, dass jemand Fragen stellt, werden Sie ihm erklären, dass die Ritter keine Bedrohung darstellen.«

»Den Teufel werd ich!«

»Tun Sie es nicht, Agent Chastain, werde ich Sie umbringen, und ebenso Brady und Renaldo«, sagte Patrick schlicht. »Es wird Monate, vielleicht Jahre dauern, bis man Ihre verwesenden Leichen in der Wüste findet, vielleicht geschieht das auch nie. Irgendwann wird das FBI die Morde zu mir zurückverfolgen, doch zu diesem Zeitpunkt werden Sie bereits lange tot sein.«

Patrick trat so dicht vor ihn hin, dass er Chastains Atem in seinem Gesicht spüren konnte. »Sie haben meinen Sohn angefasst, Sie Dreckschwein, Sie haben ihn bedroht und geschlagen«, sagte er, die Augen vor Wut weit aufgerissen, die Adern an seiner Schläfe geschwollen. »Allein dafür sollte ich Sie auf der Stelle umbringen. Ich bin ganz knapp davor, dem Tin Man den Befehl zu geben, Sie zu einem winzigen roten Klumpen aus blutigem Schleim zusammenzupressen und Sie mit einem Fußtritt bis auf die andere Seite des Stützpunkts zu befördern. Für das Privileg, ihm dabei zuzusehen, würde ich mit Kusshand zehn Jahre Knast auf mich nehmen. Und eins versichere ich Ihnen, er hat so etwas schon gemacht, und zwar mit größter Begeisterung und aus weit nichtigerem Anlass. Oder ich könnte die Videoaufnahmen von Ihnen und meinem Sohn, die sich angeblich in Ihrem Besitz befinden, dem Staatsanwalt übergeben und sehen, was dann mit Ihnen geschieht. Damit würde ich ihn und den Generalbundesanwalt derart unter Druck setzen, dass man Sie feuert oder sogar Anklage gegen Sie erhebt.

Aber ich werde nichts dergleichen tun, Chastain«, fuhr Patrick fort. »Ich ziehe es vor, diese Sache mit Ihnen dreien persönlich auszutragen. Die Sache ist ganz einfach: Sie verlassen den Staat und lassen mich und meinen Sohn in Frieden, *und zwar für immer.* Oder wir kommen zurück. Und dann wird es für Sie nicht so glimpflich verlaufen wie jetzt.«

Patrick nickte dem CID und dem Tin Man zu, woraufhin sie die drei Agenten zu Boden fallen ließen. »Sie werden niemanden umbringen«, krächzte Chastain heiser und rieb sich den Hals. »Dafür fehlt Ihnen der Mumm.«

»Vielleicht nicht heute Abend, Chastain«, sagte Patrick. »Aber wenn Sie drei nicht augenblicklich diesen Staat verlassen oder Sie mir oder meinem Sohn irgendetwas antun wollten – ganz gleich, was –, werde ich Sie ausfindig machen. Irgendeines schönen Abends werden Sie zu Bett gehen und gerade lange genug wieder aufwachen, um zu merken, dass ich über Ihnen stehe, und das war's dann. Verlassen Sie sich darauf.«

»Sie labern Scheiße, McLanahan«, keuchte Brady.

Der Tin Man streckte die Hand aus und tippte Brady mit zwei Fingern auf die Schulter, doch Bradys Körper reagierte, als hätte ihn ein Vorschlaghammer getroffen. »Was, zum … Verflucht, Sie haben mir die Schulter gebrochen!«

Der Tin Man hob Brady am Nacken hoch, schüttelte ihn und schaute zu, wie er sich vor Schmerz wand. »Ich versichere Ihnen, der General hat seine Feinde schon viele Male von Angesicht zu Angesicht getötet«, sagte der Tin Man mit seiner elektronisch generierten Stimme. »Doch sollte er bei Ihnen auch nur den Bruchteil einer Sekunde zögern, werde ich das gern für ihn übernehmen, und zwar auch ohne diesen Aufzug hier.« Er ließ den Agenten wieder auf den Hangarboden fallen, wo er sich vor Schmerzen winselnd wand.

»Wie lautet Ihre Entscheidung, Chastain?«, fragte Patrick.

»Sie feiger Bastard!«, jammerte Chastain. »Sie holen Ihre Hightechschläger hinzu, um uns zu malträtieren und uns zu drohen. Sie haben ja nicht mal den Mumm, es selbst zu tun.« Er stieß einen Finger in Patricks Richtung. »Mit Ihnen bin ich noch nicht fertig, Freundchen. Ich werde einen Weg finden, Sie mir vorzunehmen, und dabei werde ich mich nicht hinter meiner Dienstmarke verstecken.« Damit schlich er zur Seitentür und überließ es Renaldo, Brady aufzuhelfen.

»Mich haben Sie überzeugt«, sagte Brigadegeneral Kurt Givens, nachdem er den drei Agenten beim Hinausgehen hinterhergesehen hatte. Neben ihm standen Jason Richter und Jon Masters. »Aber ich denke, Sie haben sich einen ziemlich mächtigen Mann zum Feind gemacht. Ich habe die Sicherheitskräfte angewiesen, sie vom Stützpunkt zu begleiten. Was gedenken Sie jetzt zu tun?«

»Sicherstellen, dass Chastain und das FBI von hier verschwinden«, sagte Patrick, »und anschließend werde ich die Überprüfung des Gebiets wieder aufnehmen. Dort draußen gibt es noch mehr Extremistengruppen, und ich will Bildaufnahmen und Bewegungshistorien von so vielen wie nur irgend möglich.«

»Sie verfügen offenbar über unbegrenzte Mittel, mein Freund«, bemerkte Kurt.

»Ich borge es mir von einem Freund«, gestand Patrick und nickte in Jons Richtung, »und ich werde einen Weg finden, es ihm zurückzuzahlen, irgendwann.« Zu Jon sagte er: »Können Sie ein paar Waffenrückenaufsätze und elektromagnetische Gewehre für den CID und den Tin Man herschaffen?«

»Wie viele wollen Sie, Patrick?«, fragte Jon.

»Das alles habe ich nicht gehört, Leute«, sagte Kurt. »Und reißen Sie heute Abend nach Möglichkeit nicht noch mehr von meinen Hangars auf, ja?« Er blickte hoch zu dem ihn überragenden Kybernetischen Infanteriegerät. »Sind Sie so gut und setzen die Tore wieder ein?«

»Jawohl, Sir«, antwortete der CID-Roboter mit seiner elektronischen Stimme. CID und Tin Man machten sich an die Arbeit und reparierten die Hangartore, formten das Metall durch Drücken und Kneifen wieder zu einer Art stabiler Oberfläche und benutzten ihre Finger wie Nietpistolen, um die Seitentür wieder in ihre Angeln einzuhängen. Dann nahm der CID-Roboter seine Ausstiegshaltung ein, und Charlie Turlock kletterte heraus. »Mann, hat das Spaß gemacht!«, rief sie.

»Agenten des FBI aus persönlichen Beweggründen zu verprügeln, dafür wurde der CID-Roboter nicht geschaffen, Charlie«, bemerkte Jason Richter. »Er ist Eigentum der U.S. Army und eine Leihgabe an das FBI.«

»Also, bis jetzt haben sie keinen so tollen Job mit ihnen gemacht«, stellte Charlie klar.

»Unser General hier scheint zu glauben, der CID wäre sein persönliches Eigentum«, sagte Jason und sah dabei Patrick an. »Ich versichere Ihnen, das ist er nicht.«

Patrick beachtete ihn gar nicht. »Charlie hat recht, was wir brauchen, ist eine geeignetere Herangehensweise hinsichtlich dieser Ritter der Wahren Republik, als das FBI sie verfolgt hat. Wir werden diese Leute weiterhin beobachten und ihre Bewegungen aufzeichnen, allerdings sind wir nicht befugt, sie zu verhaften oder gar zu töten, und offenbar gibt es auch keine örtliche Strafverfolgungsbehörde, die willens oder fähig wäre, uns in irgendeiner Weise zu unterstützen. Außerdem müssen wir unsere Gruppe organisieren und mit der Auswertung der bislang gesammelten Sensorbilddaten beginnen. Ich schlage vor, wir ruhen uns ein wenig aus und kommen morgen früh wieder zusammen, um einen Aktionsplan zu besprechen.«

Als sich bereits alle zum Gehen wandten, sagte Patrick zu Richter: »Augenblick noch, Colonel.«

Jason kam noch einmal zurück und sah Patrick direkt an, die Hände hinter dem Rücken in einer Haltung, die gleichermaßen respektvoll wie abschätzig wirkte.

»Habe ich irgendetwas getan, das Sie verärgert hat, Colonel?«, wollte Patrick wissen.

»Bei allem gebührenden Respekt, Sir: Ich lehne es ab, wie Sie sich Gerät und Personal zu eigen machen und nach Gutdünken handeln, ganz so, als wären Sie keiner anderen Autorität zu Rechenschaft verpflichtet als sich selbst«, erklärte Jason so sachlich-nüchtern, als würde er einen sonnigen Tag beschreiben. »Dr. Masters' Sensoren und Computer, den CID-Roboter und den Tin Man, Charlie Turlock und Macomber, dazu all die Mitarbeiter bei der Civil Air Patrol … Sie behandeln sie, als wären sie Ihnen unterstellt und als hätte man Ihnen ein unbegrenztes Budget zur Verfügung gestellt, um sie nach Belieben herumzukommandieren. Zudem haben Sie diese Agenten mithilfe von CID und Tin Man misshandelt, um sie einzuschüchtern, ganz zu schweigen daran, dass Sie eine Morddrohung gegen Bundesagenten ausgesprochen haben. Im Augenblick versuche ich mir darüber klar zu werden, ob es nicht meine Verantwortung und Pflicht wäre, Sie zu melden, damit man Ihr

Vorgehen an zuständiger Stelle bewerten und dem einen Riegel vorschieben kann.«

Einen Augenblick lang überlegte Patrick, hielt dabei Jasons unverblümtem Blick stand, und sagte dann: »Verraten Sie mir eins, Colonel: Wo wohnen Sie?«

»Ich bin derzeit dem Army Infantry Transformational Battle Lab unterstellt in …«

»Nein, ich meinte, was ist Ihre Heimatstadt?«

Die Frage ließ Richter verwirrt zwinkern, wenn auch nur kurz. »Ich stamme aus dem Westen Pennsylvaniens, General.«

»Sie weichen der Frage nach Ihrem Heimatort noch immer aus«, stellte Patrick fest. »Ich denke, das erklärt, warum Sie nicht begreifen, was ich zu tun versuche, Colonel. So etwas wie einen Heimatort scheinen Sie gar nicht zu haben.«

»Ich bin Angehöriger der U.S. Army, General«, sagte Jason. »Dreihundert Tage im Jahr bin ich zwischen Stützpunkten und Forschungseinrichtungen auf der ganzen Welt unterwegs, jeden Monat besuche ich ein halbes Dutzend Waffenlieferanten und Maschinenbaufirmen, und die übrige Zeit arbeite ich mindestens zwölf Stunden am Tag in meinem Labor.«

»Und Ihre Familie?«

»Die lebt in Wilmington, North Carolina, inmitten von Kindern und Enkelkindern«, sagte Jason. »Ich war noch nie dort.«

»Das ist interessant. Demnach haben Sie in Wirklichkeit gar kein Zuhause, richtig?«

Jason erwiderte nichts.

»Aber wenn Fort Polk von Extremisten angegriffen würde, würden Sie es doch gewiss verteidigen, oder?«

»Selbstverständlich, Sir. Das liegt auf der Hand. Worauf wollen Sie hinaus?«

»Und wäre zu Beginn des Angriffs keine Militärpolizei vor Ort, würden Sie ein Gewehr zur Hand nehmen und alles in Ihrer Macht Stehende tun, um die Angreifer zurückzuschlagen, richtig?«

»Jawohl.«

»Sie würden sogar in ein Kybernetisches Infanteriegerät klettern und mit dessen Hilfe den Stützpunkt verteidigen, sehe ich das richtig? Vielleicht sogar einen Waffenrückenaufsatz anlegen, wenn Sie das Gefühl hätten, ihn zu benötigen?«

»Jawohl, Sir.«

»Auch ohne ausdrücklichen Befehl der Armee?«, fragte Patrick. »Auch wenn die Militärpolizei bereits zu reagieren begonnen hätte?«

Jason überlegte einen Moment, dann: »Wenn der CID-Roboter der Aufgabe gewachsen und imstande wäre, den Verlust von Menschenleben und Eigentum zu verhindern – jawohl, Sir, ich würde es tun. Es wäre verrückt, ein Waffensystem zu besitzen und es in einer Notlage nicht einzusetzen.«

»Nur ist der CID-Roboter nicht Ihr *Eigentum*«, strich Patrick heraus. »Sie haben Zugriff auf ihn, aber er *gehört* Ihnen nicht.« Wiederum schwieg Jason. »Was also ist der Unterschied zwischen Ihnen und mir, Colonel? Battle Mountain ist mein Zuhause. Ich wohne auf dem Stützpunkt, mein Sohn geht im Ort zur Schule, und meine Freunde und Kollegen von der Civil Air Patrol leben überall hier in der Gegend. Ganz sicher würde ich alles in meiner Macht Stehende tun, um mein Heim zu verteidigen – genau wie Sie –, und sogar meine Nachbarn überreden, sich mir anzuschließen, um alles zu tun, was wir können, um den Aggressoren Einhalt zu gebieten.«

Da Jason immer noch nichts erwiderte, trat Patrick einen Schritt auf ihn zu. »Also kriegen Sie Ihren Arsch hoch, und machen Sie mit, Colonel«, fuhr er ihn an. »Das hier ist eine reale Situation, und die Lage ist ernst. Es ist nicht irgendjemandes Problem, sondern unseres. Und jetzt können Sie, wenn Sie wollen, jeden anrufen, den Sie meinen, anrufen zu müssen, und ich werde das Gleiche tun«, fuhr Patrick fort. »Nehmen Sie ruhig den CID-Roboter und gehen Sie, ich werde schon einen Weg finden, den Job hier ohne ihn zu erledigen. Aber solange er hier ist, werde ich mich seiner bedienen, und zwar, weil ich es *kann.* Und weder von Ihnen noch von sonst jemandem unterhalb des Präsidenten der Vereinigten Staaten werde ich mich daran hindern lassen – und sogar mit ihm würde ich es vielleicht noch ausdiskutieren. Haben Sie das verstanden?«

Jason starrte Patrick an, hielt seinem entschlossenen Blick stand, doch nach ein paar Augenblicken nickte er. »Jawohl, General, habe ich.«

»Gut. Also, wie wär's, wenn Sie sich mit uns morgen früh in meinem Büro treffen und Vorschläge machen, wie wir den CID-Roboter am besten nutzen können? Sollten Sie das nicht wollen, dann laden Sie den CID ein und gehen Sie mir verdammt noch mal aus den Augen, damit ich den Job erledigen kann.«

JOINT AIR BASE BATTLE MOUNTAIN

Einige Tage später, früher Morgen

Nachdem er eine weitere Sensorschicht über dem Gebiet geflogen hatte, betrat Patrick den Konferenzraum der Civil-Air-Patrol-Staffel. Um den Tisch saßen sechs Kadetten, die, Dosen mit Mineralwasser oder Energydrinks griffbereit neben sich, mit Laptops und Trackball arbeiteten. Auf der Weißwandtafel waren Zeichnungen verschiedener Dinge zu sehen, nach denen es Ausschau zu halten galt: Reifenspuren, aufgewühlte Erde, mehrere Tage alte Feuerstellen sowie typische Verteilungsmuster von Trümmerteilen oder weggeworfenen Gegenständen.

Auch Brad war da. Er saß vor seinem Laptop und bekleidete die Funktion des zweiten Ranghöheren, der in jeder Kadettengruppe vorgeschrieben war. »Wie läuft's, Großer?«, fragte Patrick seinen Sohn.

»Prima«, meinte Brad. »Ich habe hier ein paar interessante Beobachtungen.«

»Wie fühlst du dich?«, fragte Patrick.

»Gut genug, um ein paar Scans zu fliegen.« Die Blutergüsse in seinem Gesicht waren nahezu abgeklungen, im Haus jedoch, wenn er glaubte, sein Vater würde nicht hinschauen, konnte Patrick ihn immer noch humpeln sehen.

»Das habe nicht ich zu entscheiden, sondern der Fliegerarzt«, sagte Patrick. »Wir werden dir so bald wie möglich einen Flug besorgen. Bis dahin weiß ich zu schätzen, dass du hier aushilfst.«

»Onkel Jons Sensoren und Analysegeräte sind schon ziemlich toll«, räumte Brad ein, »trotzdem, ich will *fliegen,* Dad. Ich bin Pilot. Vielleicht noch einer ohne Lizenz, aber ich *will* fliegen.«

»Und das wirst du auch, Großer«, sagte Patrick, »Sobald der Doc sein Okay dazu gibt.« Tatsächlich aber unterstützte er keineswegs, dass Brad seine Flugerlaubnis zurückerhalten sollte.

»Wie war das Fliegen?«

»Gut«, befand Patrick. »Wir haben sechs Piloten für das Pilotieren der P210 Centurion und der C-172 Skyhawk ausgebildet. Sobald der Doc dir die Freigabe erteilt, wirst du Nummer sieben sein. Im Augenblick wird Bill Bartons C-182 Skylane mit Sensoren von Sky Masters ausgerüstet, sodass uns drei Flugzeuge zur Verfügung stehen. Dave Preston hat ebenfalls Interesse, seine G36 Bonanza bestücken zu lassen.« Er wies auf die Darstellungen auf Brads Laptop. »Was siehst du dir gerade Interessantes an?«

»Ich habe den Auftrag, das Gelände der Ritter zu scannen«, antwortete Brad, »und wie es aussieht, versammeln sich gerade jede Menge Leute auf dem Hauptgelände, deutlich mehr als üblich außerhalb ihrer Gebetsveranstaltungen und Versammlungen. Außerdem glaube ich, dass auf einigen ihrer Kornfelder das Bewässerungssystem ausgefallen ist. Ich frage mich, was da vorgeht.«

»Ich weiß es nicht«, meinte Patrick, »aber gut klingt das nicht. Rob Spara und David Bellville haben versucht, die Führer der Gruppe telefonisch zu erreichen, aber bislang geht niemand ran. Was hast du für den Rest des Tages vor?«

»Da du nicht willst, dass ich zum Training oder jobben gehe, und ich noch nicht wieder fliegen darf, werde ich hierbleiben, sofern man mich braucht«, sagte Brad. »Da kann ich mich ebenso gut nützlich machen.« Er zögerte einen Moment, fragte dann: »He, Dad, hättest du was dagegen, wenn ich Colonel Richter und Miss Turlock bitte, mich in den CID-Roboter einzuweisen?«

»Du willst den Roboter pilotieren?«, fragte Patrick. »Warum?«

»Ich weiß nicht«, gestand Brad. »Er ist noch immer hier, oder?« Patrick nickte. »Und niemand benutzt ihn. Da dachte ich, ich versuch es mal.«

Patrick war unschlüssig, aber nur für einen Moment. »Klar. Ich werde Colonel Richter anrufen und ihn fragen – das Gerät untersteht ihm, nicht mir –, und anschließend rufe ich Charlie an und frage sie, ob sie einverstanden ist.«

»Danke, Dad.«

»Viel Spaß«, sagte Patrick. »Ich werde heute Abend die Centurion fliegen, vorausgesetzt, das Wetter hält. Wir sehen uns morgen früh.«

Er ging zu einem älteren Mann hinüber, der um den Tisch herumlief, bereit, wenn nötig, helfend einzugreifen, und schüttelte ihm die Hand. »Wie läuft es, Todd?«

»Wie geschmiert, General«, antwortete Todd Bishop bester Dinge. Obwohl schon einundachtzig, gehörte Todd zu den aktiveren älteren Staffelmitgliedern. Er leistete seinen Dienst im Einsatzbefehlszentrum, im Kommunikationstrailer sowie als Gleitfliegerlehrer und Orientierungspilot für die Kadetten. »Diese Sensoren sind verdammt erstaunlich. Eben gerade habe ich mitbekommen, wie einer der Kadetten durch das Fenster von irgendwem eine Zeitung gelesen hat! Hab ich natürlich sofort unterbunden. Sie wissen schon, die Zeitungsüberschriften haben ihn gewiss nicht interessiert. Aber es verblüfft mich, dass wir das überhaupt können.«

Patrick schaute einer fünfzehnjährigen Kadettin namens Roxanne zu, die das am Vortag aufgenommene Bildmaterial durchsah. Sie begann mit einer Weitwinkelaufnahme eines etwa dreißig Meilen südöstlich des Stützpunkts gelegenen Gebiets, tippte dann auf eine Funktionstaste, und augenblicklich erschien eine Reihe rot blinkender Icons. In der oberen linken Ecke des Bildschirms beginnend, schob sie den Cursor auf eines der Icons und drückte eine Taste. Der Bildschirm zoomte heran, und man sah eine Staubstraße, die sich von einem Ranchhaus nach Westen erstreckte, bis sie eine asphaltierte Straße kreuzte, die bis zur Ortschaft Crescent Valley führte. »Was hast du da, Roxanne?«, erkundigte sich Patrick.

»Jede Menge unbekannter Aktivitäten auf dieser Staubstraße während der letzten paar Tage, Sir«, erläuterte sie und trank dann einen Schluck Red Bull. »Das hier ist die Kellermann-Ranch, nur dass Mr. Fitzgerald behauptet, die würde schon eine ganze Weile nicht mehr genutzt. Ich hab mir das Wohnhaus angesehen. Es macht nicht den Eindruck, als wäre es verwüstet oder so.«

»Zeigt sich irgendein Muster bei den Aktivitäten?«, fragte Patrick. »Bei den Fahrzeugtypen oder den Zeiten, wann sie ankommen oder wieder fahren?«

»Nicht wirklich, Sir«, antwortete Roxanne. Sie drückte eine weitere Funktionstaste, und die Darstellung veränderte sich leicht. »Das ist jetzt Echtzeit. Der größte Teil der Aktivitäten spielt sich nachts ab, und es gibt alles, von Motorrädern bis hin zu Geländewagen und Pick-ups. Niemand scheint lange dortzubleiben. Es ist, als würden sie jemanden besuchen oder dort rausfahren, um irgendwas abzuholen. Im Haus selbst kann ich aber keine Aktivitäten ausmachen. Die Gehege und Scheunen stehen ebenfalls leer.«

»Und, was meinst du, Roxanne?«, wollte Patrick wissen.

Sie überlegte einen Moment, dann antwortete sie: »Es könnten Jugendliche sein, die nur zum Spaß in der Gegend rumfahren, oder vielleicht jemand auf der Suche nach den Kellermanns. Nichts deutet auf ein Verbrechen hin. Wir sollten im Sheriffbüro anrufen, damit sich jemand dort das Gelände mal ansieht, am besten in der Zeit zwischen elf Uhr abends und zwei Uhr morgens. Ich glaube allerdings nicht, dass der Sheriff jemanden für so lange dorthin schicken wird – für den unwahrscheinlichen Fall, jemanden zu erwischen.«

Patrick, beeindruckt von ihrer Analyse und Empfehlung, nickte. »Ich werde dem Sheriffbüro trotzdem auf die Nerven gehen«, sagte er, »allerdings scheint man sich dort tatsächlich nicht sonderlich für unsere Beobachtungen zu interessieren.« Er wies mit einem Nicken auf den Energydrink. »Wie lange bist du heute schon hier, Roxanne?«

»Seit acht Uhr.«

»Fünf Stunden schon?«

»Ja, Sir.«

»Und wann machst du für gewöhnlich Schluss?«

»Um vier muss ich wieder zu Hause sein, damit ich um sechs mit der Fütterung der Tiere und dem Saubermachen der Ställe und Gehege fertig bin«, sagte sie. »Dad will, dass immer pünktlich um sechs zu Abend gegessen wird.«

»Und was sagt deine Familie zu alldem hier?«

»Ich glaube, es interessiert sie nicht sonderlich. Solange ich meine häuslichen Pflichten nicht vernachlässige und mir keinen Ärger einhandele, finden sie das ganz okay.«

»Und was halten sie davon, dass du Drohnenbildmaterial auswertest?«

»Ich glaube, davon wissen sie gar nichts, und wenn doch, ist es ihnen egal. Ich erzähle ihnen, ich gehe zur Fliegerstaffel, um mit Ihnen zu arbeiten, und sie sagen einfach: Viel Spaß.«

»Und, wie gefällt es dir?«

»Ich find's schon toll«, antwortete Roxanne. »Mr. Bishop hat eine Art Wettbewerb daraus gemacht: Wer die meisten detaillierten Analysen abliefert, gewinnt einen Geschenkgutschein von Baskin-Robbins. Die Jungs denken, sie würden gewinnen, einfach weil sie häufiger Videospiele spielen. Aber ihre Berichte sind der reinste Müll – sie versuchen bloß, die meisten abzuliefern.«

Interessant, dachte Patrick. Das hier ist keine Arbeit, sondern ein Spiel. »Danke, dass du mir das alles erklärt hast, Roxanne«, sagte er. »Gute Arbeit. Mach weiter so.«

»Geht klar«, antwortete Roxanne, doch sie war längst wieder damit beschäftigt, am Trackball herumzudrehen und sich auf das nächste rot blinkende Icon zu konzentrieren, und achtete nicht auf den neben ihr stehenden älteren Mann.

Er ließ den Blick suchend durch den Raum wandern. »Sag mal, habt ihr hier auch einen Ralph Markham?«, wandte er sich an Brad.

»Der Junge ist ein Computerfreak, Dad«, sagte Brad. »Onkel Jon musste ihm kaum etwas erklären – er hat sich einfach vor den Computer gesetzt und angefangen zu arbeiten. Er ist seit sieben Uhr morgens hier. Und er hat tatsächlich eine bislang unentdeckte Absturzstelle gefunden. Mr. Fitzgerald ist zu der Stelle rausgegangen und hat einen Verunglückten gefunden, der seit *sechs Jahren* vermisst gemeldet war. Was sagst du dazu?«

»Ralph ist ein Naturtalent, was die Civil Air Patrol angeht, so viel steht fest.« Patrick ging hinüber zur Workstation des Jungen. »Hi, Ralph.« Sofort wollte Ralph aufspringen, doch Patrick hob abwehrend eine Hand. »Mach weiter, Ralph. Das hier ist nicht die Civil Air Patrol, wir sind hier unter uns.«

»Jawohl, Sir.«

»Was siehst du dir gerade an?«

»Die Las-Vegas-Rasterfelder sechs und sieben, Sir«, antwortete Ralph. »Genau auf der Grenze zwischen den Countys Central Lander und Eureka.«

»Also ungefähr so weit südlich, wie die Patrouillen bislang fliegen«, bemerkte Patrick. »Und, tut sich was?« Er warf einen Blick auf Ralphs Monitor. »In dem Gebiet blinken jede Menge roter Icons.«

»Dort sind Minen, Sir«, sagte Ralph. »Jede Menge Lastwagen, die dort ein und aus fahren.« Er tippte auf ein paar Funktionstasten, und die Darstellung wechselte. »Im Augenblick haben wir kein Flugzeug über diesem Gebiet, dies ist also nicht Echtzeit, aber weniger als eine Stunde alt, von Ihrem letzten Patrouillenflug.« Zu sehen war ein riesiger terrassenförmiger Tagebau, vermutlich eine Meile im Durchmesser und mehrere hundert Fuß tief.

»Das ist eine von Jonah Andorsens Minen«, bemerkte eine Stimme neben ihm. Sie gehörte Michael Fitzgerald, der einen Anzug für die Rotwildjagd trug. »Könnte Freedom-7 sein. Für mich sehen die alle gleich aus.« Er schüttelte Patrick die Hand. »Wie geht es Ihnen, Sir?«

»Ausgezeichnet, Fid. Und Ihnen?«

»Bin immer noch auf Arbeitssuche«, sagte Fitzgerald. »Ich hatte gehofft, hier am Stützpunkt würde sich etwas ergeben.«

»Ich habe gehört, Sie wurden freigestellt. Ich kann mal beim Personalbüro des Stützpunkts nachfragen. Wie ich hörte, beabsichtigt man, einen Teil der Trailer auf Fundamente zu stellen, um sie in dauerhaftere Unterkünfte umzuwandeln. Wäre das etwas?«

»Solange es bares Geld dafür gibt, Patrick, werde ich die

Trailer mit bloßen Händen in die Höhe wuchten. Vielen Dank, General.« Fitzgerald wies mit einem Nicken auf die Monitore. »Wie läuft es mit der Überwachung?«

»Ganz gut. Meinen Glückwunsch zu dem Fund vor ein paar Tagen.«

»Fündig geworden sind die Jugendlichen, ich bin zu der von ihnen angegebenen Stelle rausgegangen. Gibt es noch mehr Ziele, die Sie überprüft haben wollen? Roxanne erwähnte die Kellermann-Ranch. Möchten Sie, dass wir uns die vornehmen?«

»Sofern der Sheriff niemanden schickt, ist es gut möglich, dass ich Sie bitte, dort rauszugehen. Sie macht auf jeden Fall einen verdächtigen Eindruck.«

In diesem Augenblick wurde Patrick durch seinen intraokularen Monitor auf einen hereinkommenden Anruf aufmerksam gemacht und fasste sich ans rechte Ohr, um ihn entgegenzunehmen. Er sprach nur wenige Worte, beendete dann die Verbindung. »Ralphs Mutter steht am Haupttor und bittet, nein, *besteht* darauf, eingelassen zu werden. Ich werde sie hereinbegleiten.«

Einige Minuten darauf wurde Ralphs Mutter, Amanda, ins Konferenzzimmer der Staffel geleitet. Sie ging sofort zu Ralph hinüber.

»Hi, Mom«, begrüßte der sie. »Ich helfe hier gerade beim …«

»Helfen *wobei,* Ralph?«, verlangte sie zu wissen. Sie warf einen Blick auf die Darstellungen auf dem Laptop. »Dann stimmt es also. Du *spionierst* die Leute in Lander County aus?«

»Ich spioniere niemanden aus, Mom«, sagte Ralph. »Wir führen eine Überwachung des Geländes rings um Battle Mountain durch und suchen nach …«

»Wie die Militärpropaganda das nennt, interessiert mich nicht, Ralph. Was du hier *tust,* ist, amerikanische Bürger *auszuspionieren.«* Sie fuhr herum zu Patrick. »Dafür habe ich Ralph nicht bei der Civil Air Patrol angemeldet, General McLanahan«, sagte sie wütend. »Wie können Sie von *Kindern* so etwas verlangen?«

»Mrs. Markham, zunächst einmal handelt es sich hierbei nicht um eine Maßnahme der Civil Air Patrol«, antwortete Patrick. »Wir haben die Kadetten gefragt, ob sie sich beteiligen wollen, aber diese Aktion ist weder von der Civil Air Patrol genehmigt, noch wird sie von ihr unterstützt. Zweitens: Es geht hier nicht um die Bespitzelung einer bestimmten Person, sondern darum, eine Überwachung großer Gebiete der Countys Lander, Humboldt, Pershing, Eureka und Elko durchzuführen und dabei nach Hinweisen für terroristische und extremistische Aktivitäten zu suchen. Wir beobachten lediglich und machen Meldung. Betrachten Sie es als ein Hightechprogramm zur Nachbarschaftswache.«

»Bei allem gebührenden Respekt, General … meinen Sie das etwa *ernst?«*, sagte Amanda. »Das klingt ja wie eine Geschichte aus Nazideutschland – von Kindern zu verlangen, sie sollen ihre Nachbarn denunzieren und sie der Gestapo melden, damit sie für den Abtransport in die Vernichtungslager zusammengetrieben werden können.«

»Ma'am, dies hier ist absolut nichts dergleichen«, mischte sich Fitzgerald ein. »Hier helfen Privatpersonen ihrer Gemeinde, indem sie die Augen offen halten. Sie sollten ihnen dankbar sein.«

»Ihnen *dankbar sein?«*, fragte die Frau fassungslos. Das hier ist … Spionage gegen amerikanische Mitbürger! Eine Verletzung der Privatsphäre! Mein Sohn soll absolut nichts damit zu tun haben! Ralph, wir *gehen.«*

»Aber, Mom – ich habe noch zwei Rasterfelder, die ich analysieren muss, bevor …«

»Ralph, wir gehen – *jetzt sofort!*« Und damit verließ Amanda Markham den Konferenzraum, ihren Sohn im Schlepp.

Patrick begleitete sie bis zum Haupttor, kehrte dann zur Staffel zurück. »Tja, das ist jetzt schon der zweite Erziehungsberechtigte heute Morgen, der seinen Spross abgeholt hat«, sagte er, »und der zehnte, seit wir mit der Überwachung angefangen haben. Ich frage mich, woher die Leute wissen, was wir hier tun. An die große Glocke hängen wir es ja nun wirklich nicht, zumal wir unrechtmäßig umgerüstete Flugzeuge einsetzen.«

»Wir tun unser Bestes, General«, sagte Todd Bishop. »Aber Ralph war einer unserer fähigsten Leute. Der Junge hat einen sechsten Sinn.«

»Manche Leute haben einfach keinen blassen Schimmer«, murrte Fitzgerald. »Von der Regierung erwarten sie, dass die sie umhätschelt, und die Bürger sollen nichts weiter tun, als sich auf den Rücken zu wälzen und tot zu stellen. Tja, da können sie sich auf ein böses Erwachen gefasst machen.« Er und Patrick gaben sich die Hand. »Noch mal vielen Dank, dass Sie sich nach Arbeit für mich erkundigt haben, General. Ich weiß das sehr zu schätzen. Geben Sie mir Bescheid wegen der Kellermann-Ranch. Ich war früher schon öfters dort.« Und damit stapfte er davon.

Patrick überlegte ein paar Augenblicke lang, ging dann noch einmal zu Brads Workstation. »Donnerwetter, war Mrs. Markham geladen«, sagte Brad. »Ich könnte Ron anrufen und fragen, ob er einspringen kann.«

»In Ordnung«, sagte Patrick. Er betrachtete Brads Monitor. »Und, hast du die Verteidigungsstellungen der Ritter eingetragen?«

»Klar, sie werden nach jedem Flug auf den neuesten Stand gebracht«, antwortete Brad. »Zwei Mann in jedem Nest, Wechselschichten von jeweils vier Stunden, und mit jeder Schicht wird das Nest gewechselt. Wir haben Jugendliche beobachtet, die diese Nester bemannen. Das große Problem sind aber nicht die Maschinengewehrnester, sondern die Typen auf den Pick-ups mit den schwereren Automatikwaffen. Sie sind mobil, sie sind schnell und fahren Patrouille auf ständig wechselnden Routen …«

»Und sie stellen eine tödliche Gefahr dar«, sagte Patrick. Er überlegte noch einen Moment, sprach dann in seinen subkutanen Sendeempfänger: »Whack? Charlie? Patrick hier. Hättet ihr ein paar Minuten … Ja, drüben bei der Staffel, wo wir die Workstations für die Überwachung eingerichtet haben. Danke, Leute.« Zu Brad sagte er: »Ich werde Mr. Macomber und Miss Turlock einen Blick auf deine Ergebnisse werfen lassen. Würde es dir etwas ausmachen, ihnen deine Beobachtungen zu erläutern, sobald sie hier eintreffen?«

»Überhaupt nicht, Dad. Wieso?«

»Ich denke, der Zeitpunkt ist gekommen, sich mal mit diesen Rittern der Wahren Republik zu unterhalten«, sagte Patrick. »Das FBI hat ihnen gegenüber von Anfang an einen konfrontativen Ton angeschlagen, und diesen Stil haben wir mit dem Einrichten unserer eigenen Überwachung blindlings übernommen. Ich finde, es ist an der Zeit, das zu ändern.«

Als Ron Spivey ein paar Stunden später in den Konferenzraum der Staffel spazierte, war Brad der Einzige, der an den

Laptops arbeitete. »He, Bro«, begrüßte ihn Brad. »Wo hast du gesteckt? Im Augenblick sehe ich dich nur beim Training. Wir könnten hier ein wenig Hilfe gebrauchen.«

»Ich war arbeiten«, sagte Ron müde. »Und in ein paar Minuten muss ich schon wieder los, zum Minimarkt in Elko. Ich arbeite da eine Zwölfstundenschicht heute Abend.«

»Du schuftest dir wirklich einen ab zurzeit.«

»Stimmt. Eigentlich bin ich ganz froh, dass sie die Aktivitäten der Staffel ausgesetzt haben, dadurch hab ich ein wenig Zeit, mal ein bisschen zur Ruhe zu kommen.« Er setzte sich neben Brad, vermied es aber, auf den Laptopmonitor zu schauen. Nach einer Weile sagte er: »Brad?«

»Ja?«

Ron schwieg, bis Brad ihn ansah, dann sagte er: »Marina ist schwanger.«

»*Was?*«

Ron nickte. »Wir … genau genommen, haben wir es schon vor zwei Monaten herausgefunden«, sagte er mit ruhiger Stimme, »aber ich wollte, dass ein Vaterschaftstest gemacht wird. Gerade heute haben wir es erfahren: Aller Wahrscheinlichkeit nach bin ich der Vater. Mit hundertprozentiger Gewissheit können sie dir das nicht sagen, die nennen dir nur eine Prozentzahl, aber die ist ziemlich hoch.« Er seufzte, sagte dann: »Schätze, ich hab die ganze Zeit gewusst, dass es von mir ist. Marina war treu, ich weniger.«

»Ist das der Grund, warum du dir mit einem halben Dutzend Jobs den Arsch abschuftest?«

Ron nickte, blickte dann auf zu Brad. »Marina möchte es behalten«, sagte er, und die Angst in seiner Stimme war unüberhörbar. »Sie hat es ihren Eltern erzählt – denen war ihre Morgenübelkeit aufgefallen –, und sie sind *völlig ausgerastet,* und jetzt weiß es meine Mom auch. Ich hab noch nicht mit ihr gesprochen, aber sie ruft mich alle zehn Minuten an. Was, zum Teufel, soll ich bloß tun, Brad?«

»Für mich klingt das so, als hättest du schon einen Schlachtplan, Bro – du arbeitest dir den Arsch ab, sparst Geld für die Zeit, wenn das Baby kommt.« Er betrachtete seinen Freund aufmerksam. »Das *ist* es doch, was du tun wirst, oder?«

»Na ja, klar ist es das, Klugscheißer«, feuerte Ron zurück. »Was dachtest du denn, was ich tun würde – die Stadt verlassen?«

»War mir in den Sinn gekommen«, gestand Brad. Er bemerkte den gekränkten, ungläubigen Ausdruck auf Rons Gesicht. »Mann, jetzt mach mal halblang, Blödmann. Ich sehe dich fast jeden Tag mit einem anderen Mädchen. Mag sein, dass du die meiste Zeit mit Marina verbringst, aber dass du exklusiv bist, kannst du wirklich nicht behaupten.«

Ron machte ein niedergeschlagenes Gesicht, ließ dann verschämt den Kopf sinken. »Schätze, ich hab mich blöd benommen«, sagte er. »Marina ist nicht mit anderen ins Bett gestiegen – ich schon.«

»Tja, möglicherweise hat dir der launische Finger des Schicksals doch noch den rechten Weg gewiesen.«

»Der was?«

»Vergiss es. Was ich damit sagen will, ist: Von all den Hühnern, die dir vor die Flinte gelaufen sind, hat es wohl die Richtige erwischt.«

Das schien Rons Gemüt zum ersten Mal seit vielen Tagen ein wenig aufzuheitern. »Ja, vielleicht hast du recht.« Er brachte tatsächlich ein Lächeln zustande. »Wusstest du, dass Marina halb griechischer und halb indianischer Abstammung ist? Kannst du dir vorstellen, wie es eine Griechin mit einem Apachen treibt? Auf jeden Fall ist sie im

Bett eine heiße Nummer, so viel steht mal fest. Und sie kann sogar *kochen* – nicht nur Essen aufwärmen, sondern richtige Mahlzeiten zubereiten, aus dem, was sich zufällig in den Schränken findet. Sie will auf die Krankenpflegeschule gehen.« Er verstummte. »Mist. Schätze, dann ist es wohl Essig mit dem Footballstipendium am College.«

»Kann man nie wissen«, sagte Brad. »Wie heißt es doch: Wenn eine Tür sich schließt, öffnet sich eine andere.«

Ron zuckte mit den Achseln. »Ja, kann schon sein. Ich dachte immer, Marina wär auch nur so eine Bettgeschichte – du weißt schon, mit dem Kapitän der Highschool-Footballmannschaft gehen und so.« Er schwieg einen Moment, sah dann auf seine Uhr. »Ich muss los.«

Brad gab seinem Freund einen Klaps auf den Rücken, so fest, wie er sich gerade eben traute. »Glückwunsch, du Mistkerl. Du wirst Vater. Und du hast sogar einen Plan.«

»Darauf würde ich mir nicht allzu viel einbilden«, sagte Ron und steckte den brennenden Schmerz auf seinem Rücken gelassen weg. »Vor langer Zeit hat mein Dad meine Mom sitzen lassen. Ich weiß, wie hart es für sie war, zwei Jungs allein großzuziehen. Das möchte ich meinem eigenen kleinen Kind wirklich nicht antun.« Er und Brad gaben sich die Hand. »Danke fürs Zuhören, Bro.«

»Klar. Wir sehen uns beim Training.«

Er sah, wie Ron die Miene verzog. »Ich … ich weiß nicht recht. Ich kann vielleicht eine volle Stelle bekommen, im Auslieferungslager dieses 24-Stunden-Lieferservice in Elko. Sobald ich achtzehn bin, in ein paar Monaten, lasse ich die Schule vielleicht ganz sausen.«

Brad war wie vom Donner gerührt. »Bist du dir wirklich sicher, dass du das willst?«

Ron zuckte mit den Schultern. »Ich kann die Schule nicht

ausstehen, Brad, das weißt du doch. Der einzige Grund, weshalb ich hier bin, sind Football und die Mädchen. Bei dem Lieferservice kriege ich ein ordentliches Gehalt, bin krankenversichert, krieg irgendwann eine Rente, und sie helfen einem dabei, die Hochschulreife zu erlangen und einen Bachelorabschluss zu machen. Nach einem Jahr könnte ich leitender Angestellter werden. Außerdem macht mir die Arbeit hier wirklich Spaß. Ich würde nicht bloß Kurzstreckenflieger be- und entladen, sondern auf eine richtige Karriere im Expressversandgeschäft hinarbeiten.« Er verstummte, dann nickte er. »Ich denke, das ist genau das Richtige für mich.«

Brad schüttelte den Kopf. »Mann, du kannst einen ganz schön wahnsinnig machen, Kerl. Verwandelst dich vor meinen Augen in einen … stinknormalen Typen.«

»Ja, ich weiß – für euch gewöhnliche Sterbliche ist es schwer, in Kerlen wie mir etwas anderes als einen Adonis zu sehen.« Darüber mussten beide lachen. »Also bis bald, Bro.«

»Nochmals meinen Glückwunsch … Dad.«

KAPITEL 9

Pflichtgefühl kann es nicht geben ohne Vertrauen.
– Benjamin Disraeli

Später am selben Nachmittag

Auf Patricks PC-Bildschirm erschien das Siegel des Präsidenten der Vereinigten Staaten. »Bleiben Sie bitte in der Leitung für den Präsidenten«, sagte die Telefonistin des Weißen Hauses, nachdem sie auf sichere Videokonferenz geschaltet hatte. Ein paar Augenblicke darauf erblickte Patrick Präsident Ken Phoenix, der an seinem Schreibtisch im Privatbüro gleich neben dem Oval Office saß. Neben ihm stand, freundlich lächelnd, Vizepräsidentin Ann Page. »Patrick, wie geht es Ihnen, alter Freund?«

»Ausgezeichnet, Mr. President. Freut mich, Sie zu sehen. Sie auch, Madam Vice President.«

»Ist schon viel zu lange her, Patrick.« Phoenix' Gesicht wurde ernst. »Ich werde gleich zur Sache kommen, Patrick. Heute Morgen erreichte mich aus dem Justizministerium eine überaus ernst zu nehmende Anschuldigung. Irgendeine Geschichte, bei der es um die FBI-Agenten ging, die die Überwachungsaktion gegen die Extremisten dort bei Ihnen leiten.«

»Diese Anschuldigungen sind zutreffend, Sir.«

Phoenix' Augen weiteten sich. »Sie haben drei Bundesbeamte *mit dem Tod bedroht?*«

»Jawohl, Sir.«

Phoenix, völlig schockiert, lehnte sich in seinem Sessel zurück. »Der Generalbundesanwalt ist völlig außer sich, Patrick. Sie haben den CID-Roboter und einen Tin Man benutzt, um diesen Beamten zu bedrohen? Wieso tun Sie so etwas?«

»Die Ermittlerin vom Heimatschutzministerium hat Brad verführt und ihn in einen Hinterhalt des FBI gelockt«, erläuterte Patrick. »Anschließend haben die Ermittler des FBI Brad eine Straftat angehängt, um ihn zu zwingen, mich zu denunzieren. Ich nehme an, davon haben sie nichts erwähnt.«

Der Präsident rieb sich die Schläfen. »Hat die ganze Welt den Verstand verloren?«, murmelte er. »Warum sollte das FBI Sie ausspionieren wollen?«

»Das weiß ich nicht, Sir.«

»Sie meinten, Sie hätten sich seit dieser Verletzung des gesperrten Luftraums vor einer Weile unkooperativ gezeigt.«

»Meine Anwältin hat mir geraten, keine Fragen zu beantworten.«

»Stammt dieser Rat von Generalbundesanwältin Horton?«

»So ist es, Sir.«

Der Präsident beugte sich vor und sah direkt in die Kamera seines PCs. »Hören Sie genau zu, was ich Ihnen jetzt sage, General. Sie werden diese *Todesdrohung* sofort widerrufen, und Sie werden mir persönlich das Versprechen geben, dass diese Agenten weder von Ihnen, dem CID-Roboter, dem Tin Man oder sonst irgendwelchen Waffen und Technologien, über die Sie verfügen, etwas zu befürchten haben.«

»Solange es mir freisteht, meine Familie, meine Gemeinde und mich selbst zu schützen …«

Der Präsident hob einen Finger. »Keine Bedingungen, Patrick. *Nicht eine.* Entweder Sie willigen ein, oder ich schicke die Marines, um Sie, diesen Roboter und den Tin Man abzuholen. Ich werde nicht zulassen, dass ein Bundesbeamter von irgendjemandem bedroht wird, auch nicht von Ihnen.«

Patrick zögerte noch immer.

»Ich meine das ernst, mein Freund. Sollten Sie im Besitz von Hinweisen sein, dass diese Agenten etwas Unrechtmäßiges getan haben, übergeben Sie diese mir, und ich werde dafür sorgen, dass die Abteilung für Innere Angelegenheiten des Justizministeriums sie prüft. Aber solange ich Präsident bin, werden Sie nicht herumlaufen und Bundesbeamte bedrohen.« Er hielt kurz inne. *»Nun?«*

»Ich garantiere Ihnen, dass keine Bundesbeamten zu Schaden kommen werden, Sir«, erklärte Patrick schließlich.

Der Präsident lehnte sich zurück. »Schon besser«, meinte er nach ein paar Augenblicken. »Warten Sie nur ab, bis Gardner Wind davon bekommt. Dann wird es im Handumdrehen überall auf der ersten Seite zu lesen sein – weltweit. Dass ich Sie nicht gleich jetzt auffliegen lasse, Patrick, hat nur einen einzigen Grund: Ich vertraue darauf, dass Sie mir eindeutige und überzeugende Beweise dafür zukommen lassen, was diese Beamten Brad angetan haben und dass diese damit ihre Amtsbefugnis überschritten haben. Ich war Justizminister, Patrick, Sie erinnern sich? Ich bin der festen Überzeugung, dass das FBI die fähigste Strafvollstreckungs- und Ermittlungsbehörde der Welt ist. Ich werde nicht zulassen, dass irgendjemand einen ihrer Agenten bedroht, auch nicht Sie.«

»Ich werde Darrow Horton bitten, Ihnen die Aufzeichnungen zukommen zu lassen, Sir. Ich habe alles ihr übergeben.«

»Tun Sie das baldmöglichst.«

»Sie hat um eine Befragung von Special Agent Renaldo vom Heimatschutzministerium gebeten, zur Überprüfung ihres Plans, meinem Sohn etwas anzuhängen«, sagte Patrick. »Worauf diese sich auf den fünften Verfassungszusatz berufen und jede Kooperation verweigert hat.«

»Überlassen Sie das denen«, sagte der Präsident. »Nächster Punkt: Sie haben bei Ann eine Nachricht hinterlassen, dass Sie eine Frage an mich hätten?«

»Richtig, Sir. Ich habe eine Überwachung von Grundstücken mutmaßlicher Extremisten in Battle Mountain durchgeführt und …«

»Sie haben *was* getan?«, fiel der Präsident ihm ins Wort. »Was für eine Art von Überwachung?«

»Exakt jene, die eigentlich Special Agent Chastain hätte durchführen sollen. Der hat es jedoch vorgezogen, meinen Sohn durch eine hinterlistige Täuschung dazu zu bringen, *mich* zu denunzieren.«

»Hat die Wüstenhitze Ihnen das Gehirn verbrannt, Patrick? Womit haben Sie das getan? Mit dem CID oder dem Tin Man?«

»Weder noch, Sir – mittels Sensoren der Firma Sky Masters, montiert auf einem Privatflugzeug.«

»Erst die Iraner, dann die Türken und die Russen und jetzt auch noch Amerikaner«, murmelte der Präsident. »Vermutlich werden Sie als Nächsten *mich* ausspionieren? Ich bereue jetzt schon, dass ich Sie und Masters wieder in derselben Landeshälfte eingesetzt habe – die Schwierigkeiten, in die Sie beide hineingeraten, bereiten mir stets Ärger ohne Unterlass.« Er dachte einen Augenblick nach, dann sagte er: »Mir fallen ungefähr ein Dutzend Gesetze ein, gegen die Sie verstoßen haben, aber wenn irgendjemand verhindern kann, dass Sie ins Gefängnis wandern, dann Darrow Horton.«

»Auf die Gefahr hin, vom Baum der verbotenen Früchte zu kosten«, fragte Vizepräsidentin Page jenseits der Kamera, »was haben Sie eigentlich herausgefunden, Patrick?«

»Dass sich das FBI auf dem Holzweg befindet, Ma'am«, sagte Patrick. »Ich habe bereits einen Plan, die Situation zu bereinigen, Mr. President. Für ein paar Dinge benötige ich allerdings Ihre Erlaubnis.«

Zur selben Zeit

»Also, der Deal läuft folgendermaßen: Ich zeige dir, wie man mit dem CID umgeht, und du bringst mir das Fliegen bei«, sagte Charlie Turlock. Sie, Jason Richter und Brad befanden sich im FBI-Hangar, zusammen mit dem verstauten Kybernetischen Infanteriegerät. »Abgemacht?«

»Ich bin noch kein zugelassener Pilot«, entgegnete Brad, »geschweige denn ein Fluglehrer. Aber sobald ich meine Lizenz habe, werde ich Sie jederzeit zum Fliegen mitnehmen, und sobald ich staatlich geprüfter Fluglehrer bin, fangen wir mit dem Unterricht an.«

»Faires Angebot«, sagte Charlie. »Also, bevor wir loslegen, gibt es noch einiges zu programmieren, damit das CID auf deine …«

»Das habe ich schon heute Morgen mit Colonel Richter erledigt, unmittelbar bevor ich Sie gefragt habe, ob wir zusammen üben könnten«, unterbrach Brad sie. »Stimmerkennung und Gehirnscan ebenfalls. CID eins, einsatzbereit machen.« Zu Charlies Erstaunen faltete sich der CID-Roboter aus seinem verstauten Zustand auseinander, und Sekunden später hatte er seine tief gebückte Stand-by-Position eingenommen.

»Das alles hast du in zwei Stunden geschafft?«, bemerkte Charlie. »Normalerweise braucht man einen vollen Tag und mehrere Probeläufe, bis er korrekt reagiert.«

»Wir haben es in weniger als *einer* Stunde geschafft«, sagte Brad.

Charlie wandte sich überrascht herum zu Jason, der zuckte mit den Achseln. »Ich konnte es selbst nicht glauben«, sagte er. »Ich dachte, wir würden lediglich einen Vorabscan durchführen, um die Inputparameter festzulegen. Und am Ende sind wir das ganze Programm durchgegangen.«

»Dann wollen wir mal sehen, ob was hängen geblieben ist. Fahr fort.«

»CID eins, Piloteneinstieg vorbereiten«, sagte Brad.

Augenblicklich nahm der Roboter die Einstiegshaltung ein, und auf seinem Rücken öffnete sich die Einstiegsluke. Brad kletterte hinauf und schlüpfte hinein, so als hätte er sein ganzes Leben nichts anderes getan. Die Luke auf dem Rücken des Roboters schloss sich, als die Haptikschnittstelle Brads Gehirn mit den Rechnern und Sensoren im Innern des Roboters verlinkte. Augenblicke darauf hatte der Roboter sich aufgerichtet. Brad betrachtete seine Hände und seinen Körper wie ein Frosch, der soeben in einen Prinzen verwandelt worden war. »Mann, das ist ja *unglaublich!*«

»Nicht so laut, Brad«, sagte Charlie schmunzelnd. »Also, das ist ein echter Meilenstein. Savoy hat für die Schnittstellenverlinkung zwei Tage gebraucht. Stell dich in die Mitte des Hangars, damit du nicht irgendwo gegen stößt.«

Brad machte einen Schritt nach vorn, und Charlie vermochte keinerlei Anzeichen dafür zu erkennen, dass er gleich über seine eigenen Beine oder Füße stolpern würde, wie das bei neuen CID-Piloten üblich war.

»Die Haptikschnittstelle braucht eine Weile, um sich auf die unterschiedlichen Positionen, wo du deine Hände vermutest und wo sich die Roboterhände tatsächlich befinden, einzustellen …«

»Dann wollen wir doch mal sehen, Charlie, ob es einfach nur ein Glückstreffer war oder ob es wirklich geklappt hat.« Jason ging hinüber zur Hangarwand und holte einen Wagen mit vier Bowlingkugeln darauf. »Das ist meine Lieblingsdemonstration des CID, Brad. Möchtest du es mal versuchen?«

»Und ob, Sir.« Brad kam zu ihm herüber, und Jason warf ihm eine der Bowlingkugeln zu. Sie landete auf seiner rechten Hand, entglitt dieser aber wieder, ehe er es schaffte, seine gepanzerten Finger aus Verbundwerkstoff darum zu schließen.

»Füße und Beine sind eine Sache, eine ganze andere die Finger«, sagte Charlie. »Wir haben ein Übungsprogramm, das dir helfen wird, die Haptikschnittstelle so zu programmieren, dass …«

»Warten Sie, Sekunde … Ich rufe ›Erneuter Versuch‹ auf«, sagte Brad. Er hob die Bowlingkugel mit den Fingern vom Hangarboden auf.

»Nicht zu fest zudrücken«, warnte ihn Charlie.

Doch Brad war eindeutig drauf und dran, die Sache in den Griff zu bekommen. Er warf die Bowlingkugel in die Luft und fing sie mit einer Hand wieder auf.

»Nicht übel. Jetzt versuch …«

Doch Brad begann bereits damit, den Ball von einer

Hand in die andere zu werfen, dann schneller und schließlich immer höher. Dann nahm er eine zweite Bowlingkugel hinzu und jonglierte einhändig mit den beiden, indem er die eine in die Höhe warf, bevor er die andere fing.

»Schaffst du das auch mit drei Kugeln, Brad?«, fragte Jason.

»Nein … Aber ich kann Hacky Sack spielen«, sagte Brad … und ließ, zu Jasons und Charlies Verblüffung, eine der Bowlingkugeln auf den Spann seines rechten gepanzerten Fußes fallen, fing sie abfedernd auf und ließ sie dort einen Moment liegen, ehe er sie in die Höhe schnellen ließ und erneut auffing.

Die zweite Bowlingkugel immer noch in der Hand, ging er dazu über, die Kugel zwischen seinen Füßen hin und her zu kicken, sie mit der Brust anzunehmen und von dort wieder auf die Füße springen zu lassen, sie sich auf den Kopf zu kicken und sie dort einen Moment zu balancieren. Schließlich trat er sie sogar über seinen Kopf nach hinten, wirbelte herum und fing sie mit dem Fuß wieder auf. Nicht lange, und Brad tänzelte kreuz und quer durch den Hangar und ließ die Kugel in der Bewegung von den Füßen abprallen, von seiner Hüfte, seiner Brust und seinem Kopf.

»Ich bin *baff*«, sagte Jason leise. »Der Junge ist ein Naturtalent.«

»Was hatten Sie erwartet? Er ist ein McLanahan«, sagte Charlie. »Eindeutig seines Vaters Sohn. Er kann Flugzeuge fliegen, und er ist verrückt nach Technikspielzeug.«

»Packen wir ihn wieder ein, Brad«, sagte Jason.

»Können wir heute Abend ein wenig Outdoortraining machen?«, fragte Brad mit seiner elektronisch generierten Stimme. »Ich möchte sehen, was das Ding hier wirklich draufhat.«

»Wir werden *das Ding* heute Abend einsetzen«, erklärte Charlie. »Außerdem wirst du dich noch eingehend mit der Elektronik, dem Stromversorgungssystem, der Mikrohydraulik, den Sensoren und dem Kommunikationssystem befassen müssen.«

»Na gut …« Brad blieb an der Stelle stehen, wo sich das CID wieder einklappen sollte, warf die Bowlingkugel ein letztes Mal in die Luft, streckte seine Arme, die zweite Kugel in seiner linken Hand, zu den Seiten hin aus, und fing die erste mit seiner rechten, ohne auch nur hinzusehen. »Ta-*taaa!*«, macht er – und zerquetschte beide Bowlingkugeln dann mit seinen Panzerhänden, dass sie mit lautem Knall zu Wolken von Staub zerplatzten.

»Eindeutig ein McLanahan«, meinte Jason.

AUF DEM GELÄNDE DER RITTER DER WAHREN REPUBLIK

Am selben Abend

»Eindringling! Eindringling!«, plärrten die Lautsprecher auf dem gesamten Gelände. Männer, Frauen und sogar Kinder begaben sich hastig auf vorab festgelegte Verteidigungspositionen innerhalb und außerhalb des umzäunten Innenbereichs des Geländes, und Männer, Frauen und ältere Jungen schleppten Waffen aller Art herbei, von Revolvern bis hin zu schweren Maschinengewehren. Kinder halfen beim Tragen von Munition, Lampen, Funkgeräten und sogar Wassereimern, für den Fall, dass man ein Feuer bekämpfen musste.

Ein einsamer, drei Tonnen schwerer viertüriger Pick-up mit Doppelkabine rollte die zum Haupteingang des Geländes führende Staubstraße entlang und blieb dann vor dem im Boden eingelassenen Viehgitter an der äußeren Umzäunung stehen. Patrick McLanahan stieg auf der Fahrerseite aus. Mehrere Punktstrahler richteten sich auf ihn. »Sie befinden sich auf Privatgelände«, sagte ein Mann mit Megafon. »Sie betreten widerrechtlich dieses Land. Kehren Sie um, und fahren Sie augenblicklich zur Hauptstraße zurück.«

»Mein Name ist Patrick McLanahan. Ich möchte mit Reverend Paulson sprechen.«

»Reverend Paulson spricht nicht mitten in der Nacht mit Fremden. Verschwinden Sie.«

»Richten Sie dem Reverend aus, dass ich für die Beendigung der Überwachung Ihres Grundstück durch das FBI verantwortlich war«, entgegnete Patrick. »Sagen Sie ihm, ich möchte verhandeln und den Bewohnern dieses Geländes ein Angebot zur Beendigung der Feindseligkeiten zwischen Ihnen und der Regierung unterbreiten.«

Mehrere Minuten lang war es still, schließlich sagte eine andere Stimme über Megafon: »Wiederholen Sie noch einmal Ihren Namen, Fremder.«

»McLanahan. Patrick McLanahan.«

Wieder entstand eine Pause, dann sagte die erste Stimme. »Ist außer Ihnen noch jemand im Wagen?«

»Ja.« Patrick wandte sich herum zum Pick-up. Brigadegeneral Kurt Givens schälte sich aus dem rechten hinteren Sitz, und vorn auf der Beifahrerseite stieg Wayne Macomber aus, im Tin-Man-Anzug.

»Nehmen Sie die Hände hoch, Sie alle!«, rief der erste Sprecher. Patrick, Kurt und Whack kamen dem nach. »Entspricht das Ihrer Vorstellung von einem Gespräch, Freundchen, uns einen weiteren Roboter auf den Hals zu hetzen?«

»Wayne bestand darauf, mich zu begleiten, als mein Leibwächter«, entgegnete Patrick. »Außerdem wartet draußen noch ein Kybernetisches Infanteriegerät, ein bemannter Roboter. Seine Aufgabe ist es, im Falle einer gewaltsamen Auseinandersetzung die Kampffahrzeuge und Maschinengewehrstellungen auszuschalten. Dies hier ist General Givens, der Standortkommandant der Joint Air Base Battle Mountain.«

»Wenn Sie einen Krieg vom Zaun brechen wollen, sind sie hier genau an der richtigen Stelle! Ansonsten verschwinden Sie besser!«

»Kein Mensch will einen Krieg vom Zaun brechen. Ich möchte mit Reverend Paulson über einen Zusammenschluss unserer beiden Kommunen reden.«

Wieder entstand eine lange Pause, dann sagte die zweite Stimme: »Der Roboter soll herkommen und am Eingang zu Ihnen stoßen.« Einige Augenblicke später vernahmen sie den Lärm von Autohupen, und rings um den Nordrand des Geländes flammten Punktstrahler auf, als Charlie Turlock an Bord des CID den Umgrenzungszaun entlanglief und zu Patrick und Whack stieß.

»Ist das die Art, wie die Regierung ihre amerikanischen Mitbürger behandelt?«, plärrte die erste Stimme verärgert über Megafon. »Ist das die Art, wie …« Abrupt brach die Stimme ab.

Einige Minuten darauf sah Patrick ein Kampffahrzeug auf die Einfahrt des Geländes zuhalten. Es war ein Pick-up mit einem schweren, auf der Ladefläche montierten und mit einem stehenden Schützen bemannten Maschinengewehr. Ein Mann stieg auf der Beifahrerseite aus. Er war groß und sehr dünn, mit langem silbergrauem Haar. Er war mit einem schwarzen Anzug, einem weißem Hemd und einer schmalen Bolokrawatte bekleidet und hatte, wie Patrick bemerkte, offenbar eine Uzi über der Schulter hängen. »Mr. McLanahan?«, fragte er.

Patrick machte ein paar Schritte nach vorn. Wayne begleitete ihn. Patrick konnte Dutzende von Gewehrmündungen in seine Richtung schwenken spüren, und er konnte sehen, wie der Schütze auf dem Pick-up nervös zwischen ihm, dem CID und dem Tin Man hin- und herschwenkte. Er streckte seine Hand vor. »Schon in Ordnung, Whack.«

»So war das nicht abgemacht, General«, sagte Wayne. Seine elektronisch generierte Stimme dröhnte. »Wir waren uns einig, dass ich Sie die ganze Zeit begleiten würde, oder wir würden es ganz sein lassen.«

»General?«, rief der Neuankömmling. »General Patrick McLanahan?« Der Neuankömmling entfernte sich von der Geländeeinfahrt, ging hinüber zum Wrangler und hielt Patrick ebenfalls die Hand hin. »Freut mich, Sie kennenzulernen. Ich bin Reverend Jeremiah Paulson.«

Patrick schüttelte ihm die Hand. »Ganz meinerseits, Sir.«

»Ihr Ruf eilt Ihnen voraus, Sir.« Paulson reichte auch Givens die Hand. »Wir sind uns vor vielen Jahren schon einmal begegnet, General, damals, als Sie das Kommando über den Stützpunkt übernommen haben. Sie hielten zahlreiche Gemeindetreffen ab, um Streitpunkte zwischen dem Gemeindegebiet und dem Stützpunkt anzusprechen, und haben Tage der offenen Tür und andere Veranstaltungen für die Gemeinde ausgerichtet.«

»Ich finde, ein wichtiger Bestandteil der Aufgabe als Stützpunktkommandant ist ein offener und ständiger Dialog zwischen Stützpunkt und Gemeinde, Reverend«, sagte Givens, der ihm die Hand schüttelte. »Leider waren wir gezwungen, derartige Aktivitäten einzuschränken, als man uns die Mittel zusammenstrich, unsere Einsätze reduziert wurden und die Leute das Interesse an dem Stützpunkt verloren. Aber ich bin fest entschlossen, das rückgängig zu machen.«

»Das ist längst überfällig, General Givens.« Paulson blickte hoch zu dem CID und schüttelte den Kopf. »Was für eine unglaubliche Technik«, sagte er mit leiser Stimme. »Nur bedauerlich, dass sie gegen unbescholtene amerikanische Bürger eingesetzt wird.«

»Das war die Idee des FBI, Sir«, erklärte Patrick. »Das Weiße Haus hat ihren Einsatz wegen der Angriffe mit schmutzigen Bomben in Reno genehmigt. Aber das FBI ist mittlerweile nicht mehr hier.«

»Doch der Roboter und dieser Mann bleiben?«

»Richtig. Unter meinem Kommando.«

»Und worin besteht Ihr ›Kommando‹, General?«, wollte Paulson wissen. »Wieso hat man Sie nach Nevada geschickt, um mit mir zu sprechen?«

»Ich wurde nicht *geschickt,* Sir, ich lebe hier«, widersprach Patrick. »Ich wohne seit Januar auf dem Stützpunkt. Davor habe ich die Fliegerstaffel hier kommandiert.«

»Tatsächlich. Das war mir nicht bewusst. Ein Mann wie Sie, der hier draußen in aller Abgeschiedenheit lebt … Interessant. Was genau tun Sie auf dem Stützpunkt?«

»Ich bin im Ruhestand«, sagte Patrick. »Ich fliege Freiwilligeneinsätze für die Civil Air Patrol, größtenteils Bergungs- und Rettungseinsätze, und ich fliege freiwillige Wohltätigkeitseinsätze für Angel Flight West und ziehe meinen achtzehnjährigen Sohn groß.«

»Sehr gut«, meinte Paulson. »Ein verantwortungsbewusster und gottesfürchtiger Vater zu sein und seiner Gemeinde zu dienen, sind zwei der nobelsten Dinge, die ein Mann tun kann. Aber wieso überlässt man einem aus dem Dienst ausgeschiedenen Offizier des Militärs Gerät wie dieses hier? Aufgrund welcher Befugnis setzen Sie es ein?«

»Zunächst hatte ich keine Befugnis, sie einzusetzen, Reverend Paulson«, antwortete Patrick. »Sie befanden sich bereits hier. Meine Gemeinde und meine Freunde waren in Gefahr, und ich bin mit ihren Einsatzmöglichkeiten vertraut, also habe ich gehandelt. Erst vor Kurzem erhielt ich vom Präsidenten der Vereinigten Staaten die eingeschränkte Befugnis, sie zum Einsatz zu bringen.«

»Gegen die Bewohner dieser Gemeinde?«

»Gegen jede Gefahr für *unsere* Gemeinde, Sir«, stellte Patrick klar. »Und als solche sieht das FBI Sie. Ich nicht. Jetzt muss ich dem Präsidenten beweisen, dass ich mit meiner Einschätzung richtigliege.«

»Andernfalls wird der Krieg zwischen uns fortgesetzt.«

»Reverend Paulson, ich bin gewillt und bereit, alles Erforderliche zum Schutz meines Heims zu tun«, sagte Patrick, »und ich bin bereit, jeden zu bekämpfen, der uns unsere Freiheit nehmen will. Bislang konnte ich aber keinerlei Hinweis darauf entdecken, dass Sie ein Feind sind. Sie besitzen Waffen, haben eine Festung, Sie haben Anhänger, die bereit sind, zu den Waffen zu greifen und ihr Zuhause zu verteidigen … Nun, nichts anderes tun wir auf der Joint Air Base Battle Mountain auch, und wir sind ebenfalls keine Feinde der Gemeinde. Wir müssen uns zusammentun, um den gemeinsamen Feind zu finden und ihn auszuschalten.«

»Ich bin ein Mann der Kirche, ein ausschließlich geistlicher Führer«, sagte Paulson. »Die Menschen dieser Gemeinde sind hierher, an diesen Ort, gekommen und haben ihre Häuser im Umfeld meiner einstigen Kirche errichtet, weil ihnen das Zusammenleben ein größeres Gefühl von Sicherheit gibt. Wir alle hier sind unabhängige Bürger, Anhänger der Verfassung der Vereinigten Staaten und der Gesetze Gottes. Ich erteile niemandem hier Befehle.«

»Ich habe keine Anhänger, Reverend«, erklärte Patrick. »Wie ich bereits sagte, bin ich im Ruhestand. Ich bekleide hier keinerlei Amt. Aber ich werde alle mir zur Verfügung stehenden Mittel einsetzen, um meine Familie, mein Heim und meine Gemeinde zu beschützen. Dieses Ziel haben wir gemeinsam. Daher sollten wir für das Erreichen dieses Ziels zusammenarbeiten.«

Paulson musterte Patrick von Kopf bis Fuß, dann nickte er: »Was schlagen Sie vor, General McLanahan?«

Patrick wandte sich an Givens. »Kurt?«

»Kommen Sie und wohnen Sie bei uns«, sagte Givens zu Paulson.

»Wir sollen bei Ihnen wohnen? Auf dem Stützpunkt?«

»Es gibt reichlich Platz für alle«, erklärte Givens. »Früher waren auf dem Stützpunkt nahezu sechstausend Mann stationiert, zudem waren wir im Begriff, die Zahl auf siebentausend zu erhöhen. Jetzt sind wir nicht einmal mehr eintausend. Wir verfügen über medizinische Einrichtungen, Einkaufsmöglichkeiten, ein Fitnesscenter sowie Freizeiteinrichtungen, die kaum genutzt werden.«

»Ich finde, das ist ein überaus großzügiges Angebot, General Givens«, meinte Paulson. »Allerdings misstrauen die meisten Mitglieder dieser Gemeinde der Regierung bereits jetzt schon – da werden sie sich kaum unter ihre Fittiche begeben, indem sie auf einen Militärstützpunkt umziehen.«

»Für alle, die nicht umzuziehen wünschen, besteht die Möglichkeit hierzubleiben«, sagte Givens, von seinen Freunden »Buzz« genannt. »Aber für diejenigen, die derzeit in Zelten leben oder kleine Kinder haben, wären die Einrichtungen auf dem Stützpunkt womöglich geeigneter, zumindest vorübergehend. Und sollten Sie sich gegen einen Umzug entscheiden: Die Einrichtungen des Stützpunkts stehen *allen* offen.«

»Aber … wie soll das möglich sein?«, sagte Paulson. »Wir haben für das alles überhaupt kein Geld.«

»Präsident Kenneth Phoenix hat einen präsidialen Erlass verfügt, demzufolge bis zum Ende der ökonomischen Krise alle Kommandeure militärischer Einrichtungen weltweit gehalten sind, die Menschen in Not vor Ort nach Kräften zu unterstützen, sofern dies im Einklang mit ihrem militärischen Auftrag und den Sicherheitsinteressen steht«, erklärte Patrick. »Die Joint Air Base Battle Mountain wird eine der ersten sein, die diese Politik umsetzt.«

»Wer arbeitsfähig ist, den wird man bitten, seinen Beitrag zu leisten«, fuhr Givens fort. »Sollte die Möglichkeit bestehen, die Arbeit zu bezahlen, wird dies geschehen und ein Teil des Geldes zur Deckung der Kosten verwendet werden. Ansonsten wird jeder, der arbeitsfähig ist, aufgefordert, mit seinen Talenten und seinen Fertigkeiten an der Durchführung dringend erforderlicher Arbeiten auf dem Stützpunkt mitzuwirken. Das Verteidigungsministerium wird bezuschusste Lebensmittel und Unterkünfte, sonstige Leistungen, Schulen sowie Ausbildungs- und medizinische Einrichtungen zur Verfügung stellen.«

»Wir werden zu der Vorstellung einer einzigen Gemeinschaft anstelle von getrennten zivilen und militärischen übergehen müssen«, erklärte Patrick. »Eine solche Unterscheidung fördert lediglich Misstrauen und Ressentiments.«

»Werden sich nicht manche Soldaten gestört fühlen, wenn es auf ihrem Stützpunkt Außenstehende gibt, die ihre Lebensmittel verzehren und ihre Einrichtungen benutzen, ohne dass sie einen Eid geleistet haben, eine Uniform tragen oder im Ernstfall zur Waffe greifen?«, fragte Paulson.

»Mag sein«, meinte Patrick. »Ich betrachte die Menschen in Ihrer Gemeinde jedoch nicht als Drückeberger. Wenn Not am Mann ist, scheinen sie mir bereit zu sein, mit anzupacken. Harte Arbeit und Engagement genießen hohes Ansehen beim Militär. Wenn alle am gleichen Strang ziehen, könnte es funktionieren.«

Paulson wandte sich halb zu dem Kampffahrzeug hinter seinem Rücken herum. »Ich nehme an, solche Dinge werden dann nicht gestattet sein.«

»Man wird Sie wie jeden anderen Soldaten und Zivilangestellten auf dem Stützpunkt behandeln«, sagte Givens. »Legale Schusswaffen müssen auf unserem Stützpunkt registriert und in der Waffenkammer eingelagert werden, außerdem werden sie mit einer Kennzeichnung zur Identifizierung und Rückverfolgung versehen, um sicherzustellen, dass sie auf dem Stützpunkt weder mitgeführt oder anderweitig aufbewahrt werden. Sie erhalten jederzeit Zugriff auf Ihre Waffen, sofern diese umgehend vom Stützpunkt entfernt werden und dies anhand der ID-Kennung überprüft werden kann.«

»Welche Einschränkungen der persönlichen Freiheitsrechte gedenkt die Regierung uns außerdem noch aufzuerlegen?«, fragte Paulson.

»Das weiß ich nicht, Reverend – dieses Programm läuft erst heute Abend an«, gestand Givens ehrlicherweise. »Dabei gehen wir von der grundsätzlichen Annahme aus, dass allen zivilen Bewohnern des Stützpunkts dieselben Rechte und Pflichten auferlegt werden wie den militärischen. Im Interesse der Sicherheit auf dem Stützpunkt sowie des Erfolgs dieses Programms werden unsere Militärangehörigen auf eine Reihe ihrer verfassungsmäßig garantierten Freiheiten verzichten.«

»Es wird dabei um ein laufendes Programm gehen, Reverend«, sagte Patrick. »Die Idee ist jedoch nicht, Ihre Freiheit einzuschränken, sondern Sie in wirtschaftlich schwierigen Zeiten zu unterstützen. Es steht Ihnen jederzeit frei, zu gehen, wenn Sie den Eindruck haben, die Einschränkung Ihrer Rechte wiegt schwerer als die Ihnen seitens der Regierung zugestandenen Vergünstigungen.«

»Ich glaube nicht, dass dies für die Mitglieder dieser Gemeinschaft sonderlich von Interesse sein wird«, sagte Paulson. »Das Leben hier draußen bedeutet Freiheit für diese Menschen, selbst wenn die Bedingungen gelegentlich schwierig sind.«

»Wir sind der Meinung, dass sie mehr als schwierig werden können, Reverend. Wir haben beobachtet, dass zwei Ihrer Kornfelder eingehen.«

»Woher wollen Sie das wissen, General?«

»Ich habe in einem Gebiet von etwa dreitausend Quadratmeilen rings um den Stützpunkt eine Luftüberwachung durchgeführt, dieses Gelände eingeschlossen«, antwortete Patrick. »Dabei haben meine Sensoren die absterbenden Feldfrüchte wie auch die fehlerhaften Berieselungsanlagen entdeckt.«

»Auch wieder so ein Einsatz von praktischerweise vorhandenem Gerät zu Ihren persönlichen Zwecken, General McLanahan?«, fragte Paulson voller Argwohn. »Damit bin ich ganz und gar nicht einverstanden, Sir, und mit Ihnen ebenso wenig«, sagte er unfreundlich. »General Givens, ich danke Ihnen und Ihrem Präsidenten für Ihr Angebot. Morgen früh, beim gemeinschaftlichen Frühstück, werde ich die Idee den Menschen dieser Gemeinde vorstellen. Sollte jemand den Wunsch haben umzuziehen, so kann er dies jederzeit tun. Ich werde den Kontakt zu Ihnen herstellen und einen Zeitpunkt für den Transfer vereinbaren. Darüber hinaus werde ich sie allerdings auch über General McLanahans Verwendung von Gefechtstechnik und seine Überwachungseinsätze informieren«, fuhr Paulson fort, »und dabei ganz offen zu ihnen sein: Ich halte Sie, General McLanahan, für einen ebensolchen Extremisten wie jene, die durch diesen Bundesstaat ziehen und gesetzestreuen Bürgern Schaden zufügen. Und ich finde, die Unterwerfung unter dieses Programm kommt einer Billigung seines verfassungswidrigen Vorgehens gleich. Er bricht seinen Eid, der Verfassung zu dienen und sie zu verteidigen, und hat in dicsem Sinne in den Augen Gottes und der Menschen als Straftäter zu gelten. Sollte jemand den Wunsch haben, diesen Ort zu verlassen, so mag er dies gern tun. *Sie* jedoch, General McLanahan, sind in meinen Augen ein Affront gegen die Verfassung der Vereinigten Staaten und die Gesetze Gottes, und wer uns verlässt und sich Ihnen anschließt, wird als Verräter an unserer Gemeinde und unserem Glauben betrachtet werden. Kommen Sie nie wieder hierher zurück, General McLanahan. Ich erkläre Sie hiermit zum Feind der Ritter der Wahren Republik. Sie haben fünfzehn Minuten Zeit, diesen Boden zu verlassen, andernfalls werden Sie als unbefugte Eindringlinge angesehen und dementsprechend behandelt werden.« Damit wandte sich Paulson abrupt ab und ging zurück zu dem Kampffahrzeug.

»Tja, ich finde, das lief doch wie geschmiert«, meinte Charlie Turlock trocken mit ihrer elektronisch generierten Stimme aus dem Innern des Kybernetischen Infanteriegeräts.

Nachdem Paulson und das Kampffahrzeug abgezogen

waren, nahm der CID-Roboter seine Ausstiegshaltung ein, Charlie kletterte heraus und gab dem CID den Befehl, sich transportbereit zusammenzufalten.

»Was meinen Sie, ob wohl jemand unser Angebot annehmen wird?«

»Und sich aus Paulsons Kirche verstoßen lässt? Das glaube ich kaum.« Whack half Charlie, das CID auf der Ladefläche des Pick-ups zu verstauen. »Sind Sie sicher, dass sich das FBI in diesen Leuten getäuscht hat, Patrick? Dieser Paulson denkt unzweifelhaft einspurig – und diese Spur führt nicht zum Frieden.«

»Ich bin kein Polizist, also könnte ich vollkommen falschliegen, was diese Leute betrifft«, gestand Patrick. »Paulson mag ein religiöser Eiferer sein, ja sogar ein Extremist, aber ein irrer Selbstmordattentäter, der Anschläge mit Flugzeugen und schmutzigen Bomben durchführt? Ich weiß nicht.«

»Er könnte eine Splittergruppe innerhalb seiner Gemeinde haben, die diese Angriffe durchführt – mit seinem Segen«, gab Whack zu bedenken.

»Ich schlage vor, wir machen, dass wir von hier verschwinden, ehe wir noch herausfinden, dass Paulsons Uhr vorgeht«, sagte Buzz.

Sie kletterten auf den Pick-up und fuhren zurück nach Battle Mountain.

ELKO, NEVADA
Später am selben Abend

Ron Spivey machte ausgiebig Gebrauch von seinem Angestelltenrabatt, als er sich mit Energydrinks eindeckte, um während seiner Nachtschicht im außerhalb des Ortes gelegenen Minimarkt wach zu bleiben. Was soll's?, dachte er. Ich mache das nur noch ein paar Monate, dann konzentriere ich mich ganz auf mein neues Leben.

Die Abteilungsleiterin der Nachtschicht, eine Frau namens Matilda, stand hinter dem Tresen. Ron schnappte sich einen Besen mitsamt Schaufel und ging zur Tür. »Ich mach meine Kontrollrunde über den Parkplatz, Matilda«, rief er.

»Die Toiletten sind als Nächstes dran«, gab sie zurück.

»Geht klar.«

Matilda bestand auf blitzblank geputzte Waschräume, also wurde er praktisch nach jedem Kunden, der sie benutzt hatte, nach hinten geschickt, um dort sauber zu machen. Noch ein guter Grund, sich einen *richtigen* Job zu suchen. Seit Neuestem hatte er jede Menge Respekt vor Leuten, die sich den Lebensunterhalt mit Kloputzen verdienten.

Es war ein perfekter Sommerabend – vollkommen klar, nicht zu heiß, nicht zu kalt, dazu eine sanfte Brise. Im Laden war es ziemlich ruhig, aber in der Fernfahrerkneipe ungefähr eine Viertelmeile weiter die Servicestraße hinunter war offenbar mehr los als sonst. Ein weiteres Anzeichen dafür, dass es mit der Wirtschaft aufwärtsging? Am Betrieb im Minimarkt war das nicht abzulesen, allerdings schienen zurzeit deutlich mehr Fernfahrer unterwegs zu sein. Im Expresstransportgeschäft wurden jedenfalls Leute eingestellt, vielleicht ging es ja tatsächlich bergauf.

Ron lachte leise. Du lieber Himmel, wann hatte er sich jemals zuvor über Dinge wie die wirtschaftliche Lage den Kopf zerbrochen? Aber offenbar änderte sich die Sicht auf solche Dinge, wenn man Vater wurde und bald verheiratet war – selbst wenn man ein gedankenloser Nichtsnutz war, der jedem Rock nachlief.

Endlich, ein Kunde. Der Wagen hielt vor der am weitesten vom Laden entfernten Zapfsäule, der, bei der die Leuchtstofflampe oben ausgebrannt war. Er würde die große Leiter rausholen müssen, um sie auszuwechseln. Ein Typ stieg aus, der andere blieb im Wagen sitzen. Sie unterhielten sich durch die Seitenfenster, Ron konnte aber nicht verstehen, was sie sagten. Der Parkplatz war in ganz passablem Zustand, keine zerbrochenen Bierflaschen oder die – allerdings eher am Wochenende üblichen – Lachen von Erbrochenem. Die Stimmen der beiden Typen drüben an der Zapfsäuleninsel wurden etwas lauter. Oho, dachte Ron, zwei Freunde, die sich spät am Abend ein wenig in den Haaren hatten? Endlich ein bisschen Unterhaltung …

Dann, aus dem Augenwinkel, sah er es – die Geste, die der Typ, der den Wagen betankte, mit der Hand machte, als würde er ein Messer halten, mit dem er auf den im Wagen sitzenden Typ einstach … genau wie dieser Typ in dem Auto, das Brad angefahren hatte! Heilige Scheiße, schoss es ihm durch den Kopf, war es möglich, dass es dieselben Kerle waren, derselbe Wagen?

Beim Gehen ganz zwanglos den Besen schwingend, bewegte sich Ron die Vorderfront des Minimarkts entlang, zwang sich dazu, sich nicht zu hastig zu bewegen, obwohl er unbedingt einen Blick auf die beiden Männer erhaschen wollte, bevor sie wieder davonfuhren. Fast zwei Minuten brauchte er, bis er auf der anderen Seite war. Wegen der ausgebrannten Leuchtstoffröhre war es nicht leicht, etwas zu erkennen, dann aber sah er sie – die Risse in der Windschutzscheibe, wo er sie mit seinem Footballhelm getroffen hatte! Himmel, sie sind *hier!*

Rasch begab er sich zurück zum Eingang des Minimarkts und nahm dabei sein Handy aus der Tasche.

»Hallo?«

»Brad, ich bin's.«

»Ron? Es ist fast drei Uhr morgens, du Penner. Was ist …«

»Klappe halten, Alter. Diese Typen, die dich nach dem Training angefahren haben, die sind *hier*, Mann.«

Brad war auf einmal hellwach. »Tatsächlich? Bist du sicher?«

»Ich hab die zersprungene Windschutzscheibe gesehen, wo ich sie mit meinem Helm getroffen hab!«

»Heilige Scheiße. Hast du die Polizei gerufen?«

»Nein, noch nicht. Mach ich gleich, sobald … Oh, Scheiße, Scheiße, Brad – sie kommen in den Laden!«

»Was?«

»Sie tragen Hüte und Sonnenbrillen, und sie …« Mittlerweile schrie Ron, in einer Stimmlage, wie Brad sie noch nie bei ihm gehört hatte: »Warte mal, Moment, nein, nein, *nicht …!*« Und in diesem Augenblick vernahm Brad zwei Schüsse, das Klappern des zu Boden fallenden Handys, den Schrei einer Frau, dann zwei weitere Schüsse. Kurz darauf hörte er Schritte, gedämpfte Stimmen in einer unverständlichen Sprache und schließlich ein lautes, knirschendes Geräusch, gefolgt von einer unheimlichen Stille.

JOINT AIR BASE BATTLE MOUNTAIN

Einige Tage später

»Jeden Tag begeben sich Dutzende von Familien aus ganz Nordnevada, aus Kalifornien, Utah und dem südlichen Oregon hierher zur Joint Air Base Battle Mountain in der Hochwüste des zentralen Nordnevadas, um an einem neuen Programm der Regierung teilzunehmen, das den Bedürftigsten unter uns Lebensmittel, medizinische Versorgung und Arbeit bietet«, sagte der Fernsehreporter, während die Zuschauer sahen, wie sich drei Schulbusse dem Haupteinfahrtstor des Stützpunkts näherten. »Dies ist Tag drei nach der umstrittenen Verfügung des Präsidenten, für Zivilisten in verzweifelter Not die Tore und Kassen von Militärstützpunkten weltweit zu öffnen.«

Patrick sah sich die Sendung in seinem Büro an, Brad saß neben ihm. Er mochte seinen Sohn nicht länger als ein paar Minuten aus den Augen lassen. Ron Spiveys Beerdigung – noch ein Mitglied der Civil Air Patrol, das während der vergangenen gerade mal zwei Wochen von unbekannten Killern niedergeschossen worden war – war allen an die Nieren gegangen, ganz besonders aber Brad. Sein Sohn sprach nur selten ein Wort und saß meistens, so wie jetzt, einfach nur da, den Blick starr in die Ferne gerichtet. Appetit hatte er überhaupt keinen mehr, und in ihrem Trailer verkroch er sich meist in seinem Schlafzimmer und lag auf dem Bett, ohne jedoch zu schlafen.

An der Bürotür klopfte es, und Timothy Dobson kam herein. Vor Patricks Schreibtisch blieb er stehen. »Es tut mir so leid, Brad«, sagte er mit ruhiger Stimme. »Ich wünschte, ich hätte sie aufhalten können.«

Brad rührte sich nicht.

»Konnten Sie sie identifizieren, Tim?«, erkundigte sich Patrick.

Dobson nickte. »Offiziell handelt es sich um Sicherheitsoffiziere, die dem russischen Konsulat in Vancouver, British Columbia, unterstellt sind. Interpol sagt aber, es seien Sonderagenten eines Einsatzkommandos der *Glavnoye Razvedyvatel'noye Upravleniye* oder GRU, des russischen Auslandsmilitärgeheimdienstes. Das russische Außenministerium streitet alles ab. Auf die Frage ihres gegenwärtigen Aufenthaltsortes gab der Minister an, die Männer befänden sich wie geplant auf dem Rückweg nach Russland.«

Patrick nickte, einen hasserfüllten Blick in den Augen.

»Sie stehen auf sämtlichen Fahndungs- und Flugverbotslisten«, fuhr Dobson fort. »Aber bislang waren sie recht erfolgreich darin, sich zu verstecken und abzutauchen.« Er sah Brad an. »Sie beide sind außerhalb des Stützpunkts nicht mehr sicher, und angesichts all der hereinkommenden Zivilisten derzeit womöglich nicht einmal hier. Die Vizepräsidentin drängt darauf, dass Sie ...«

»Ich gehe nicht fort«, unterbrach ihn Patrick. »Das ist mein letztes Wort. Ich laufe nicht weg. Ich werde einen Weg finden, diese Kerle aufzuspüren, ich werde sie jagen und persönlich aus dem Verkehr ziehen.«

»Das sind Profikiller, General«, sagte Dobson. »Die sind in der Lage, sich beinahe nach Belieben zu bewegen und unter die Leute zu mischen ...«

»Es mögen Profis sein, aber sie haben einen amateurhaften Fehler gemacht, als sie sich an besagtem Abend von einem halben Dutzend Überwachungskameras haben erfassen lassen«, sagte Patrick. »Ihre Gesichter befinden sich auf Tausenden von Computerbildschirmen und Fahndungspostern in ganz Nordamerika. Sie haben ihre Zielperson verfehlt und sich dadurch in Handlungsdruck gebracht, und das wird sie nachlässig und angreifbar machen.«

»Mag sein, Sir«, sagte Dobson, »dennoch brauchen die Russen nichts weiter zu tun, als ein anderes Kommando hinzuzuziehen, und die Hatz beginnt erneut, aber mit anderen Gesichtern.«

»Das würde auch nicht anders laufen, wenn wir uns in Washington befänden«, war Patrick überzeugt. »Nein, ich werde einen Weg finden, diese Kerle aufzuhalten.« Er richtete den Blick wieder auf den Fernseher.

Dobson hatte weiter nichts zu sagen, also verließ er den Trailer. Ein paar Minuten später erhob sich Patrick. »Ich werde mich jetzt mit der neuen Truppe treffen und ihnen helfen, sich einzurichten«, sagte er zu Brad. »Komm mit.«

Nach einigen Augenblicken des Zögerns erhob sich Brad, wenn auch immer noch mit hängendem Kopf. Just in diesem Moment klopfte es erneut an der Tür.

»Herein!« Patrick war überrascht, Judah Andorsen durch die Tür treten zu sehen, und sagte: »Mr. Andorsen. Welch eine Überraschung!«

»Hoffe, ich störe nicht, General«, sagte Andorsen mit seiner lauten, volltönenden Stimme. Er trug seinen üblichen Aufzug, den einzigen, in dem Patrick ihn jemals zu Gesicht bekommen hatte: Fliegerjacke aus Leder, Jeans, Stiefel, Cowboyhut und lederne Arbeitshandschuhe. Er und Patrick gaben sich die Hand, dann richtete Andorsen den Blick auf Brad. »Das ist Ihr Sohn, richtig? Der den Überlebenden des Flugzeugabsturzes gefunden hat?«

»Ich glaube, Sie haben ihn noch nicht kennengelernt, Sir«, sagte Patrick. »Ja, Mr. Andorsen, das ist mein Sohn Brad. Brad, dies ist Mr. Judah Andorsen.«

Brad erwachte gerade lange genug aus seiner Lethargie, um Andorsen die Hand zu schütteln.

»He, mein Junge, das mit deinem Freund tut mir leid«, sagte Andorsen. »In den Nachrichten war von einem Raubüberfall die Rede und dass die Kerle durchgedreht sind, als dein Freund versucht hat, die Polizei anzurufen.« Irgendwie hatte es Dobson geschafft, die Videobänder der Überwachungskameras in seine Hand zu bringen, daher wusste niemand, dass es in Wahrheit eiskalter Mord und kein fehlgeschlagener Raubüberfall gewesen war. »Kommst du zurecht, Junge?«

»Tu ich, Sir«, sagte Brad.

»Wir wollten gerade gehen und die Neuankömmlinge begrüßen, Mr. Andorsen«, sagte Patrick.

»Ich will Sie nicht aufhalten, General«, erwiderte Andorsen. »Ich wollte nur kurz vorbeischauen und Ihnen sagen, wie stolz ich bin, Ihre Bekanntschaft gemacht zu haben. Gerüchten zufolge war dieses Programm zur Öffnung der Stützpunkte, um die Menschen aus diesen Lagern aufzunehmen, Ihre Idee.«

»Der Stützpunktkommandant Kurt Givens und ich haben uns das ausgedacht«, sagte Patrick. »Weißes Haus und Verteidigungsministerium haben sich dem kurzerhand angeschlossen.«

»Das war gute Arbeit, General, wirklich gute Arbeit«, meinte Andorsen. »Ich möchte gern helfen und ein paar der Männer einstellen, die hier unterkommen. Minenarbeiter, Farmarbeiter, Fahrer, Arbeiter überhaupt – ich bin sicher, für einen Großteil von ihnen lässt sich eine Beschäftigung finden, wenigstens vorübergehend.«

»Das wäre fantastisch, Sir. Vielen Dank.«

»Nicht der Rede wert, General. Ich weiß, dass viele dieser Männer in stark religiös geprägten Lagern und Gemeinden gelebt haben. Nicht, dass ich etwas gegen Gott und Religion und das alles hätte, aber für diese wirklich hartgesottenen Sektenfritzen hab ich nicht viel übrig, wenn Sie wissen, was ich meine. Illegale kommen ebenfalls nicht infrage. Nichts gegen Mexikaner oder andere hart arbeitende Leute aus Guatemala oder woher auch immer. Aber wenn sie heimlich die Grenze überquert haben, ohne sich die Mühe zu machen, sich, wie es sich gehört, registrieren zu lassen, können sie von mir aus hier verhungern.«

»Sie sind der Boss, Mr. Andorsen«, sagte Patrick, obwohl er diese Ansicht nicht teilte. »Stellen Sie ein, wen immer Sie wollen. Jede Unterstützung Ihrerseits wäre großartig.«

»Wenn ich von Ihnen eine Liste mit den Namen und der entsprechenden Berufserfahrung bekommen könnte, General, könnte ich womöglich schon innerhalb der nächsten ein oder zwei Wochen Arbeit für eine Menge Leute organisieren. Versprechen kann ich zwar nichts, aber ich bin zuversichtlich, dass ich behilflich sein kann. Selbstverständlich werden wir den Transport zu und von der Arbeitsstelle sowie Mahlzeiten dort bereitstellen und können wahrscheinlich auch noch einen kleinen Zuschuss für Arbeitskleidung drauflegen.«

»Ich werde sofort mit der Zusammenstellung einer Liste der Arbeitswilligen beginnen und sie Ihnen so schnell wie möglich zukommen lassen«, versprach Patrick. Sie gaben sich die Hand. »Noch einmal vielen Dank.«

»Nicht der Rede wert, General. Freut mich, wenn ich helfen kann.« Andorsens Aufmerksamkeit wurde auf den TV-Bildschirm gelenkt. »Wie es scheint, hat jemand einen Krankenwagen gerufen.« Patrick verfolgte, wie ein Rettungswagen des Andorsen Memorial Hospital mit Blaulicht und Sirene auf der falschen Seite der Schnellstraße Richtung Stützpunkt raste. Unmittelbar dahinter folgte ein Fahrzeug des Einsatzleiters der Feuerwehr von Battle Mountain. Der Krankenwagen hielt neben drei Schulbussen, das Feuerwehrfahrzeug blieb etwa dreißig Meter hinter dem Krankenwagen stehen. Die Fahrgäste, die gerade im Begriff waren auszusteigen, hielten neugierig inne, um aus den Fenstern zu schauen.

Patrick griff zum Telefon und drückte einen Knopf. »Einsatzleitstelle, hier Sierra-Alpha-Sieben«, sagte er. »Wer hat hier einen Krankenwagen gerufen? Was ist passiert?«

»Wo laufen diese Deppen denn bloß alle hin?«, fragte Andorsen. Die Fernsehkameras zeigten zwei aus dem Krankenwagen stürzende Rettungssanitäter, die zum Wagen des Einsatzleiters der Feuerwehr zurückrannten. »Was denn, müssen die etwa erst ihren Boss um Erlaubnis fragen, ehe sie … He, wo will der jetzt hin?« Sie sahen den Wagen des Einsatzleiters herumschleudern und weg vom Stützpunkt rasen. »Was, zum Teufel, geht da vor? Wieso haben sie …?«

Und in diesem Augenblick sah man einen grellen Lichtblitz, dann einen Feuerball, der zu einer Wolke tiefschwarzen Rauchs verglühte und das Fernsehbild verdunkelte. Der mittlere Schulbus wurde in Stücke gerissen, während die beiden anderen wie Spielzeuge zur Seite geschleudert wurden und in Flammen aufgingen.

GELÄNDE DER RITTER DER WAHREN REPUBLIK

Am selben Abend

Jeder der Bordschützen und Fahrer der zu Kampffahrzeugen umgerüsteten Pick-ups sah, hörte und spürte dasselbe, bevor für ihn die Lichter ausgingen: einen harten, dumpfen Schlag neben dem Laster, eine verschwommene Bewegung, gefolgt von einem harten Schlag seitlich gegen den Schädel.

»Das wäre das letzte Kampffahrzeug«, gab Charlie Turlock im Innern des Kybernetischen Infanteriegeräts über Funk durch, nachdem sie sowohl den Bordschützen als auch den Fahrer ausgeschaltet hatte. Dabei verbog sie den Lauf des auf dem Kampffahrzeug montierten Maschinengewehrs so mühelos wie einen Strohhalm.

»Maschinengewehrnester ebenfalls ausgeschaltet«, funkte Wayne Macomber im Tin-Man-Anzug. »Sie waren nur halb besetzt, meist mit älteren Männern.«

»Wir haben zwei Kampffahrzeuge weniger als zuvor festgestellt«, sagte Rob Spara im Funk, der vor den Laptops der Staffel saß. John de Carteret kreiste auf einer Flughöhe von neuntausendfünfhundert Fuß über dem Gelände der Ritter der Wahren Republik, hielt die Echtzeitüberwachung aufrecht und fungierte bei diesem Einsatz als Kommunikationsschaltstelle. Die Sensordarstellungen wurden sowohl zu Charlie Turlock als auch zu Rob übermittelt. »Sie müssen mehr Bewohner verloren haben, als wir dachten.«

»Ich geh jetzt rein«, funkte Patrick. Er saß in dem von David Bellville gesteuerten Pick-up mit Doppelkabine und fuhr die Staubstraße zu dem Gelände entlang. »Für alle gilt höchste Aufmerksamkeit.«

Doch schon kurz darauf wurde offenkundig, dass die gestaffelten Verteidigungslinien rings um das Gelände verschwunden waren. Stattdessen hielten dort Bewohner mit wenig mehr als Walkie-Talkies und Taschenlampen Wache. Niemand stellte sich Patrick und David in den Weg – tatsächlich verließen mehrere Bewohner sogar ihren Posten und folgten Patricks Pick-up bis in den Innenbereich des Geländes.

Die Tore zum Innenbereich standen weit offen, und David fuhr durch bis vor die Kirche und dem unter freiem Himmel liegenden Versammlungsbereich. Einige Streifenwagen des Sheriffs standen bereits dort. Patrick und David stiegen aus dem Pick-up und wurden Augenblicke später von Whack begrüßt. Der Versammlungsbereich war zur Hälfte gefüllt. Die Bewohner, die dort in den Stuhlreihen Platz genommen hatten, schwiegen und rührten sich nicht, niemand wandte sich zu ihnen herum.

»Es ist unheimlich hier, ein bisschen wie in Jonestown«, sprach Whack ins Funkgerät.

Die drei schritten den Mittelgang entlang zum Podium. Wieder machte niemand Anstalten, sie aufzuhalten. Reverend Jeremiah Paulson, ganz in Schwarz gekleidet, stand am Rednerpult, seine Uzi immer noch über die Schulter geschlungen.

»Kommen Sie heraus und zeigen Sie sich, Charlie«, funkte Patrick. Wenige Augenblicke darauf näherte sich der CID-Roboter von der gegenüberliegenden Seite dem Versammlungsbereich und trat bis vor die letzte Stuhlreihe, doch wieder drehte sich niemand herum, niemand würdigte ihn eines Blicks. Man hörte Babygeschrei und hier und dort ein Schluchzen, aber niemand sprach oder wandte auch nur den Kopf.

Patrick trat vor bis an den Rand der Plattform, auf der Paulson stand. »Was geht hier vor, Reverend Paulson?«

»Dies ist ein Gedenkgottesdienst für unsere ermordeten Familienmitglieder«, erklärte Paulson. »Wir sind in tiefer Trauer und halten eine Mahnwache ab, die bis Tagesanbruch dauern wird.«

»Familienmitglieder?«, fragte Patrick. »Auf einmal sind sie keine Verräter an Ihrer Gemeinde mehr?«

»Verräter waren sie zu keiner Zeit, General«, sagte Paulson. »Sie waren stets Mitglieder unserer Familie. Nun sind sie Märtyrer in diesem Bruderkrieg, der im Begriff ist, dieses Land und seine Verfassung zu zerreißen.«

»Wie viele haben Sie verloren, Reverend?«

»Siebenundzwanzig wurden getötet oder verwundet, darunter elf Kinder. Wer immer dies getan hat, ist ein Unmensch und gehört vernichtet.«

»Reverend, das FBI war der Meinung, Sie hätten die Angriffe in Reno und Pahrump durchgeführt und auch die Drohnen vom Himmel geholt, die Ihr Gelände überwachen sollten.«

Paulson schwieg.

»Viele glauben auch, dass Sie für den heutigen Bombenanschlag vor dem Stützpunkt verantwortlich sind.«

Immer noch keine Reaktion.

»Sie waren an keinem der Zwischenfälle beteiligt, oder?«

»Wir sind eine friedliebende Gemeinde, General«, sagte Paulson. »Ja, wir haben Waffen, aber diese dienen ausschließlich unserer Verteidigung. Unbescholtenen Bürgern würden wir niemals Schaden zufügen – nur jenen, die unsere Gemeinde angreifen. Es schert uns nicht im Mindesten, ausspioniert zu werden, solange man uns in Frieden ein Leben führen lässt, wie Gott und die Väter unserer Verfassung es vorgesehen haben.«

»Wieso haben Sie dann gegen dies alles nicht Ihre Stimme erhoben, Reverend?«, wollte Patrick wissen. »Wieso haben Sie dem FBI die Kooperation verweigert und ihnen nicht erlaubt, das Gelände zu durchsuchen? Sie hätten ihre Mittel auf die eigentlichen Extremisten konzentrieren können.«

»Ich denke, Sie wissen ganz genau, weshalb ich das nicht getan habe, General.« Paulson sah Patrick nun zum ersten Mal direkt an. »Wegen des vierten Zusatzartikels der Verfassung der Vereinigten Staaten von Amerika. Das FBI war nicht im Besitz einer richterlichen Anordnung für die Durchsuchung unserer Heime – man wollte sie durchsuchen, einfach *weil* man dies wollte, und das ist laut Verfassung der Vereinigten Staaten nicht zulässig. Dass ein schauderhaftes Verbrechen geschehen ist, ist noch lange kein Grund, die Verfassung außer Kraft zu setzen. Stimmen Sie mir da zu, General?«

»Ja, das tue ich, Reverend«, sagte Patrick. »Ich habe mich geweigert, in Abwesenheit meiner Anwältin mit dem FBI zu sprechen, und das während eines landesweiten Ausnahmezustands und obwohl nahezu alle Mitglieder meiner Fliegerstaffel bereits kooperiert hatten. Man hat sogar versucht, meinen Sohn zu erpressen, damit er mich ausspioniert.«

»Dann werden Sie dies voll und ganz verstehen«, sagte Paulson. »Wir sind als Person mitsamt unserer gesamten beweglichen wie unbeweglichen Habe vor unangemessenem Zugriff und Durchsuchung vom Gesetz geschützt. Es gibt keine Einschränkung, keine Ausnahme und keine Klausel, die besagt: ›Vorbehaltlich einer anders lautenden Verfügung des FBI.‹« Er seufzte. »Aber es gibt in unserer Gemeinschaft zu viel Misstrauen, und das zerreißt uns. Also haben wir beschlossen, uns aufzulösen.«

»Sie lösen die Ritter der Wahren Republik auf?«

»Ich denke, die wahren Gläubigen werden sich auch weiterhin mit Nachdruck für die wahre Freiheit einsetzen: weniger Regierung und mehr Persönlichkeitsrechte. Aber die Vorstellung, dass wir, von unseren Nachbarn abgesondert, in unserer eigenen puristischen Gesellschaft leben können, ist unrealistisch. Anstatt uns selbst Glück und Sicherheit zu bescheren, hat es unsere Nachbarn gegen uns aufgebracht. Das war nicht unser Ziel.«

»Und wie wird es nun weitergehen?«, fragte Patrick.

»Die meisten werden Ihren Stützpunkt aufsuchen, sich dort um Arbeit bemühen und sich mit den anderen für die Bildung einer stärkeren, geschlosseneren Gemeinschaft zusammentun – mit Unterstützung der Föderalregierung und des Militärs«, sagte Paulson. »Einige werden sich vermutlich anderen unabhängigen Gemeinden anschließen, einige wenige werden versuchen, eigene Zellen gleich gesinnter Idealisten zu gründen. Es steht jedem frei, nach seinem oder ihrem Gutdünken zu handeln. Und was diese Gemeinde anbelangt: Einige werden hierbleiben und versuchen, ihren Fortbestand zu sichern. Letztendlich jedoch garantieren nicht Abschottung und Anonymität den Erfolg, sondern Kooperation und Gemeinsinn. Diese Wahrheit haben wir schon vor Jahren aus dem Blick verloren, und das war schmerzlich für uns. Es ist an der Zeit, wieder die größere Allgemeinheit zu unterstützen.«

Paulson langte vom Podest herunter und streckte die Hand aus. »Es war mir eine besondere Ehre, Sie kennenzulernen, General McLanahan.« Er schüttelte Patrick die Hand. »Sie sind ein wahrer Patriot. Ich war der Meinung, Sie wollten sich Ihrer Technik bedienen, um unsere Gemeinschaft zu vernichten. Jetzt begreife ich, dass ich mich getäuscht habe. Trotzdem ein Rat von mir: Verlassen Sie sich nicht zu sehr auf die Technik. Sie haben hier ein paar hervorragende Menschen, die Ihnen helfen möchten, sich dieser Extremisten zu entledigen – zählen Sie auf *sie.*«

»Das werde ich, Reverend«, sagte Patrick. Er wandte sich herum und machte Anstalten, zu gehen …

… als Whack plötzlich nach vorn stürzte, zwischen Patrick und das Podium, und schrie: *»Runter, General!«* Paulson hatte seine Bibel fallen lassen, die Uzi hochgerissen und richtete diese … nicht etwa auf Patrick, sondern nach oben, auf die Unterseite seines Kinns. Er schloss die Augen und rief: »Gott segne die Wahre Republik!« Dann drückte er den Abzug.

Mit Ausnahme einiger Kinder, die wegen des Schusses aufschrien, rührte sich niemand in der Menge, niemand sagte ein Wort, als der leblose Körper auf das Podium fiel.

JOINT AIR BASE BATTLE MOUNTAIN

Kurze Zeit später

Patrick führte die anderen in den Hangar des FBI, wobei Whack die zusammengefaltete CID-Einheit trug. Zu Patricks Überraschung traf er dort Michael Fitzgerald an, der gerade das von Kugeln durchsiebte Wrack des zweiten Kybernetischen Infanteriegeräts untersuchte.

»He, Fid«, begrüßte ihn Patrick.

Verwundert betrachtete Fid den Tin Man, der die zusammengefaltete CID-Einheit in seiner Transportkiste verstaute. »Wer, zum Teufel, sind denn *Sie?*«, stieß er hervor.

Statt einer Antwort nahm Whack den Helm ab, entledigte sich dann der Batteriesätze an seiner Hüfte und stöpselte sie in ihre Aufladegeräte.

»Ein bisschen spät für eine Erklärung, Fid«, sagte Patrick müde. »Was ist denn los?«

»Ich war gerade drüben bei der Staffel, um zu sehen, ob Sie bei der Überwachung vielleicht Hilfe benötigen«, sagte Fitzgerald. »Da meinte Rob, Sie wären hier. Was ist passiert? Wo haben Sie alle gesteckt?«

»Draußen auf dem Gelände der Ritter.«

»Haben Sie's ausgefochten mit denen? Hab gehört, dass sie dort alle möglichen Waffen haben.«

»Nein.«

»Konnten Sie denn mit Reverend Paulson sprechen? Der Kerl ist ein wahres Prachtexemplar. Er ist eindeutig durchgeknallt genug, diesen Krankenwagen mit Sprengstoff vollzuladen und all diese Leute umzubringen.«

Patrick, emotional völlig ausgelaugt, ließ sich auf einen Stuhl fallen. »Paulson ist tot«, sagte er.

»Tot?« Fitzgeralds Blick glitt zu Whack. »Wie das?«

»Selbstmord«, erklärte Whack mit gesenkter Stimme.

»Sagen Sie bloß«, murmelte Fitzgerald. »Ich wette, morgen sind die Ritter auf dem Kriegspfad.«

»Sie kommen hierher, auf den Stützpunkt«, sagte Patrick. »Die Ritter haben sich aufgelöst, und das Gelände steht weit offen und wird nicht mehr bewacht.«

»Donnerwetter … Die Ritter, aufgelöst …« Fitzgerald schüttelte ungläubig den Kopf. »Dann können die Cops jetzt dort rein und nachsehen, ob es dort noch mehr von diesem radioaktiven Dreckszeug gibt, mit dem sie die Regierungsgebäude angegriffen haben.«

»Wir haben uns bereits umgesehen«, sagte Patrick. »Gefunden haben wir nichts. Kein Sprengstoff, kein radioaktives Material, keine schultergestützten Boden-Luft-Raketen. Nur jede Menge Gewehre und ein paar alte leichte Granatwerfer zur Panzerabwehr.«

»Und … was heißt das jetzt?«

»Das heißt, wir werden weitersuchen«, sagte Patrick. »Gleich morgen früh werden wir noch einmal ganz von vorn anfangen.«

»Nun, möglicherweise sind Sie bei dem Kellermann-Gelände einer Sache auf der Spur«, sagte Fitzgerald. »Ganz sicher ist dort draußen jemand gewesen. Wie es aussieht, hat man Vorräte dorthin geschafft, Lebensmittel und Wasser, und auch der Strom wurde wieder eingeschaltet. Aber nichts deutet darauf hin, dass dort eingebrochen wurde.«

»Danke, Fid.« Patricks Verstand war einfach noch zu ausgelaugt, um die Information zu verarbeiten. »Wir treffen uns morgen und besprechen, wie wir als Nächstes vorgehen wollen.«

»Bis morgen, General.« Im Hinausgehen warf Fitzgerald

einen letzten Blick auf den Tin Man, den verstauten CID-Roboter und das schwer beschädigte CID.

»Einer von Ihren Leuten bei der Civil Air Patrol?«, erkundigte sich Whack, als er Fitzgerald beim Hinausgehen hinterhersah.

»Michael Fitzgerald«, sagte Patrick. »Hat seinen Job beim Nevada Department of Wildlife verloren, nur wenige Monate vor seiner Pensionierung, und schuld daran ist möglicherweise das FBI.«

»Wie ein ehemaliger Militär sieht er jedenfalls nicht aus.«

»Man muss nicht beim Militär gewesen sein, um der Civil Air Patrol beizutreten. Sein Spezialgebiet sind aus Kadetten bestehende Bodeneinsatzteams. Er ist ein guter Kerl.« Patrick erhob sich. »Ich gehe nach Hause, Leute. Wenn irgend möglich, möchte ich Brad nicht zu lange allein lassen. Er ist ziemlich niedergeschlagen wegen seines Freundes Ron.«

»Warum bleiben Sie nicht ein paar Tage zu Hause bei Brad oder fliegen mit ihm einfach mal raus, um Ihre Mom in Scottsdale zu besuchen?«, schlug Charlie Turlock vor. »General Givens hat bereits die Versorgung der zu uns kommenden Gemeindemitglieder veranlasst, für den Fall, dass wir wegen des Anschlags heute noch mehr von ihnen hereinbekommen sollten, und bei der Überwachung helfen wir weiter aus. Sollte sich irgendetwas ergeben, rufen wir Sie an, dann können wir gemeinsam entscheiden, wie wir vorgehen sollen.«

Patrick schwieg eine Weile, dann nickte er. »Das klingt wirklich gut, Charlie. Ich verliere nur ungern ein Flugzeug für die Überwachung, aber die Bonanza sollte bald einsatzbereit sein, dann stünden uns wieder zwei Flugzeuge zur Verfügung. Außerdem, ein Besuch bei seiner Großmutter und seinen Tanten würde Brad guttun. Ich werde sehen, wie er sich fühlt. Wir können das als seinen begleiteten Überlandflug deklarieren, und vorausgesetzt, er fühlt sich dem gewachsen, kann er seine Solo-Überlandflüge von Scottsdale aus absolvieren. Das ist alles, was er noch für seinen Prüfflug benötigt.«

»Anschließend darf er mir das Fliegen beibringen, richtig?«, hakte Charlie Turlock nach. »Das hat er mir versprochen, sobald er seinen privaten Pilotenschein hat.«

»Klar. Er ist ein guter Junge, und die Centurion mit Turbinenantrieb lässt sich entspannt fliegen.«

»Prima. He, wo wir gerade vom Pilotieren sprechen – hat Jason Ihnen gesagt, dass Brad das CID gesteuert hat?«

»Was?« Mit einem Mal war alle Mattigkeit aus Patricks Gesicht verschwunden und Überraschung und Besorgnis gewichen. »Nein! Brad hat im CID gesteckt? Wann?«

»Am Nachmittag vor unserem ersten Besuch auf dem Gelände der Ritter.« Als Charlie sah, wie sich Patricks Miene verfinsterte, fügte sie rasch hinzu: »Er meinte, er hätte Ihre Erlaubnis, Jason und mich zu fragen. Er hatte doch Ihre Erlaubnis, oder?«

»Schon, aber … ich möchte nicht, dass er weiter das Pilotieren des CID trainiert.«

»Nun gut …«, meinte Charlie, einen leicht verwirrten Ausdruck im Gesicht. »Aber er ist richtig gut darin, ein echtes Naturtalent. Sie hätten sehen sollen, wie er Hacky Sack spielt mit einer …«

»Kein Aber, Charlie«, sagte Patrick. »Das CID wurde als eine Einmannkillermaschine konzipiert, und Brad soll nicht noch mehr zu tun bekommen mit Mord und Totschlag.« Er musste an seinen guten Freund Hal Briggs denken und wie dieser normalerweise so kühle, ruhige und gefasste Sicherheitsexperte der Air Force sprichwörtlich ausgerastet war, als er in einem der Kybernetischen Infanteriegeräte in eine Gefechtssituation geraten war. Er war in einen massierten Angriff der iranischen Revolutionsgarden hineingelaufen und bei dem Versuch, iranische Atomraketen zu vernichten, im Kampf getötet worden. »Keine weitere Ausbildungseinheiten im CID.«

»In Ordnung, Patrick.«

Ohne ein weiteres Wort drehte sich Patrick herum und ging.

»Er macht einen absolut gestressten Eindruck«, sagte Charlie zu Whack.

»Er setzt sich selbst gewaltig unter Druck. Er wird sich noch völlig verausgaben, wenn er nicht aufpasst. War ein guter Vorschlag, Charlie, dass er mit seinem Sohn mal die Stadt verlassen soll. Ich hoffe, er ist klug genug, ihn zu befolgen.«

SCOTTSDALE, ARIZONA
Einige Tage später

Der Flug von Battle Mountain zum Sacramento Executive Airport war absolut spektakulär für Patrick, Gia und Brad. Patrick hatte ihn als begleiteten Überlandflug geplant: Brad musste an drei unterschiedlichen, wenigstens einhundert Meilen auseinanderliegenden Flugplätzen, von denen mindestens einer über einen Tower verfügte, Zwischenstopps einlegen, des Weiteren musste er einen Flugplan erstellen und die Flugstrecke, sichtbare Kontrollpunkte sowie Zeitpunkte in einer Flugnavigationskarte vermerken. Zudem hatte er einen VFR-Flugplan einzureichen, musste sich umfassend telefonisch briefen lassen und sich mit der Flugbeobachtung EFAS über die Wetterbedingungen während des Fluges austauschen. Zwar war Brad mit dem reinen Instrumentenflug vertraut und beherrschte die moderne Bordelektronik der turbinengetriebenen P210 Centurion, doch er musste nachweisen, dass er auch imstande war, seine Position durch Koppelnavigation zu bestimmen, unter Verwendung von Uhrzeit, Kompass und Orientierungspunkten am Boden.

Patricks Schwestern Nancy und Margaret lebten noch immer in Sacramento, wo sie nach wie vor den kleinen Irish Pub in der Innenstadt betrieben, der sich schon seit drei Generationen im Familienbesitz der McLanahans befand. Nachdem Patrick, Gia und Brad dort untergebracht waren, statteten sie der historischen Familiengedenkstätte auf dem alten, gerade mal sechs Querstraßen vom Staatskapitol entfernten Stadtfriedhof zu fünft einen Besuch ab. Während der letzten einhundertfünfzig Jahre waren so viele McLanahans auf diesem Friedhof beigesetzt worden, dass viele ihn als »McLanahan-Friedhof« bezeichneten. In den vergangenen fünfzehn Jahren hatte der Friedhof keinen Platz mehr für weitere Beisetzungen gehabt, und so war Patricks Vater, ein pensionierter Sergeant der städtischen Polizei mit dreißig Berufsjahren auf dem Buckel, der letzte McLanahan, der dort beigesetzt worden war – die Plaketten der Urnenbeisetzung von Patricks Frau Wendy und seines Bruders Paul befanden sich in der historischen, auf dem Friedhof errichteten Urnenhalle der Familie. Dort gab es auch leer stehende Grabnischen für die übrigen Familienmitglieder.

Patrick und Brad ließen sich Zeit, berührten Wendys Plakette, wie Margaret und Nancy dies mit Pauls taten. Gia indes hielt sich respektvoll zurück. Zum Schluss küsste Patrick die Plaketten seiner Frau und seines Bruders.

»Ich finde es wirklich sehr nett von dir, dass du dich entschieden hast, Wendy hier statt auf dem Arlington National Cemetery beizusetzen«, bemerkte Margaret beim Verlassen des Friedhofs. »Welch eine Ehre, dass ihr zwei an einem solch historischen Ort hättet zur Ruhe gebettet werden können, hättet ihr euch dafür entschieden.«

»Ja, das ist es«, gestand Patrick, »nur möchte ich nirgendwo anders als hier begraben sein, bei all den anderen aus der Familie. Außerdem ist dieser Ort hier älter und nicht minder historisch als Arlington.«

Am nächsten Morgen flogen Patrick, Gia, Brad und seine beiden Schwestern in der P210 Centurion zusammen zum Deer Valley Airport bei Scottsdale, Arizona. Patricks Mutter Maureen lebte ganz in der Nähe in einer Einrichtung für betreutes Wohnen. Patricks Ankunft geriet zu einem größeren Ereignis, und das nicht nur für seine Mutter, sondern auch für alle anderen Bewohner des Wohnheims. Sie wurden eingeladen, mit den Bewohnern zu Abend zu essen, allerdings kam Patrick dabei kaum zum Essen, weil jeder sich mit ihm fotografieren lassen und jeder ein Autogramm des berühmten Fliegergenerals haben wollte.

Patrick hatte sie unter Verwendung seines zweiten Vornamens, Shane, im Scottsdale Princess Hotel eingeschrieben, sodass sie sich, als sie mit ihren Getränken draußen an der Poolbar saßen, einer deutlich größeren Anonymität erfreuen konnten. Brad war nach oben gegangen, um fernzusehen und mit seinen Freunden zu chatten, und Gia war unterwegs zu einem Zwölf-Schritte-Treffen in Scottsdale.

»Hier ist es wirklich schön«, bemerkte Patrick, als er es sich mit seinem zweiten Balvenie Single Malt gemütlich machte. »Luft und Temperatur sind gleich, aber etwas derart Prachtvolles hat Battle Mountain nicht zu bieten.«

»Wieso, in aller Welt, hast du nur Las Vegas den Rücken gekehrt – für so ein Kaff wie Battle Mountain?«, fragte seine Schwester Nancy. »Ich hab's nachgeschlagen, es ist nicht viel mehr als eine Bodenwelle an der Interstate, und war nie etwas anderes.«

»Ich bin nicht dort wegen dem, was Battle Mountain derzeit *ist,* sondern wegen seiner *Möglichkeiten*«, erklärte Patrick. »Der Stützpunkt bietet ein unglaubliches Potenzial. Er verfügt über eine Fläche von über siebentausend Morgen, davon einhundert unterirdisch.«

»Unterirdisch? Wie denn das?«

»Er ist eine der unglaublichsten technischen Leistungen auf diesem Planeten. Wir sind imstande, B-52-Bomber sechzig Fuß unter der Erde zu parken. Aber das ist noch nicht einmal das Beste an Battle Mountain. Es liegt zentral zwischen Salt Lake City, Portland, Reno, Sacramento, Phoenix, San Diego, Las Vegas, Seattle und Denver, sodass man auf ein riesiges Reservoir bestens ausgebildeter Talente in den fortschrittlichsten Forschungs- und Entwicklungseinrichtungen zugreifen könnte. Außerdem haben wir dort einen nahezu unbegrenzten Luftraum für das Flugtraining, es herrscht praktisch das ganze Jahr über gutes Wetter, und Bauland und Wohnraum sind billig.« Er hielt ein paar Augenblicke inne, dann fügte er hinzu: »Es braucht lediglich jemanden, der die Dinge dort in die Hand nimmt, der bereit ist, seinen Beitrag zu leisten.«

»Was redest du da, großer Bruder?«, fragte Margaret. »Du meinst doch nicht etwa dich damit, oder?«

Er nahm einen Schluck Whisky. »Ach, vergesst das alles. Der Luftwaffenstützpunkt wird dichtmachen, der

Flugplatz wird wahrscheinlich bald geschlossen, und ich bin gefragt worden, ob ich nicht zurück nach Washington möchte.«

»Wirklich? Um was zu tun?«

»Darüber darf ich noch nicht sprechen. Die Stelle ist nicht einmal bezahlt. Aber wir wollen, dass Brad weiter in Battle Mountain zur Schule geht und dort die Oberstufe abschließt. Sobald er aber das College hinter sich hat, werden Gia und ich nach Washington gehen.«

»Du und Gia«, sagte Nancy. »Gibt es denn ein ›du und Gia‹, Patrick?«

Achselzuckend sagte er: »Ich hoffe es. Gia hat derzeit ein paar große persönliche Schwierigkeiten, wo sie durchmuss.« Er stellte seinen Drink ab, beugte sich vor und sah seine beiden Schwestern an. »Aber ich liebe sie, wirklich. Sie ist stark, sie ist klug und …«

»Eine tolle Nummer im Bett, hab ich recht?«, warf Margaret ein.

»Ich hatte eigentlich ›warmherzig‹ sagen wollen, Mugs«, sagte Patrick. Sein subkutaner Sendeempfänger piepte, und sein intraokularer Monitor zeigte ihm an, dass es Brad war. Er nahm seinen Drink zur Hand und lächelte verschmitzt. »Aber klar, das auch.« Er hob einen Finger, um seinen Schwestern zu signalisieren, dass er im Begriff war, einen Anruf entgegenzunehmen. »He, Großer.«

»Siehst du gerade fern, Dad?«

»Nein. Ich bin hier unten mit …«

»Der frühere Präsident Joseph Gardner ist im Fernsehen und spricht über die Überwachungsoperation in Battle Mountain!«

»*Was?* Du nimmst mich doch auf den Arm!«

»Eben gerade hat er von *dir* gesprochen, Dad!«, sagte

Brad aufgeregt. »Bleib dran … Jetzt sagt er gerade, du hättest von Präsident Phoenix den Befehl erhalten, diese Leute bei Battle Mountain auszuspionieren, damit er das Gesetz umgehen kann. Das ist doch Wahnsinn!«

»Präsident Phoenix hat mit unserer Aktion nichts zu tun, Brad«, erklärte Patrick.

»Warte …« Er konnte Brad scharf einatmen hören, dann: »Dad, eben hat er diese FBI-Agenten erwähnt! Er behauptet, du hättest sie aus Battle Mountain verjagt und ihr Leben bedroht!«

»O Gott«, stöhnte Patrick. »Es geht los …« Sein Sendeempfänger piepte erneut, und sein intraokularer Monitor zeigte lediglich »Privat« an. »Ich muss abbrechen, Brad. Wir sprechen uns in ein paar Minuten.« Er nahm den zweiten Anruf entgegen. »McLanahan.«

»Gardner konnte nicht einmal die Morgennachrichten abwarten, bevor er die nächste Bombe platzen lässt«, sagte Vizepräsidentin Ann Page. »Ich werde im Justizministerium anrufen müssen, dort wird man uns dann erklären, was als Nächstes zu geschehen hat. Basierend auf deren bisherigen Äußerungen werden Sie Ihre Operation einstellen müssen, außerdem könnten alle, die diese Überwachungseinsätze geflogen sind, Ärger mit der FAA bekommen. Das FBI könnte Ihre Ausrüstung konfiszieren, um festzustellen, ob das, was Sie sich angesehen haben, einen Gesetzesverstoß darstellt. Der Präsident wird wegen dieser Geschichte gewaltig unter Beschuss geraten.« Sie hielt inne. »Und Sie wird man vermutlich vor ein großes Geschworenengericht bringen.«

»Meinetwegen, ich würde jedem Richter nur zu gern erklären, was sich da zugetragen hat«, meinte Patrick. »Dass der Präsident dafür seinen Kopf hinhalten muss, tut mir leid.« Die Bemerkung ließ Nancy und Margaret aufhorchen, sie unterbrachen ihr Geplauder und hörten zu.

»Wie ist das ans Licht gekommen, Patrick?«, wollte Ann wissen.

»Offensichtlich habe ich jemanden in meiner Gruppe, der mit der Presse oder dem FBI gesprochen hat.«

»Wo sind Sie im Augenblick?«

»In Scottsdale, Arizona.«

»Begeben Sie sich augenblicklich zurück nach Battle Mountain. Wir wollen vermeiden, dass es so aussieht, als würden Sie die Flucht ergreifen.«

»Ich bin in Begleitung meiner Schwestern«, gab Patrick gereizt zurück. »Wir besuchen gerade meine Mutter. Wieso sollte jemand auf die Idee kommen, ich würde versuchen, mich abzusetzen?«

Nancys und Margarets Augen weiteten sich vor Entsetzen, als sie das hörten.

»Wie schnell können Sie zurück sein?«

»Heute Abend kann ich nicht mehr fliegen«, sagte Patrick.

»Wieso nicht?«

»Ich habe etwas getrunken. Wenn ich einen Drink hatte, kann ich unmöglich noch fliegen.«

»Sie sorgen sich, Sie könnten das Gesetz brechen, *jetzt?*«, entgegnete die Vizepräsidentin schroff.

»Es geht mir nicht um das Gesetz, Madam Vice President, sondern um die Flugsicherheit.«

»Madam Vice President?«, stieß Margaret tonlos hervor. »Du sprichst gerade mit der Vizepräsidentin der Vereinigten Staaten?«

Patrick legte einen Finger an seine Lippen, um seine Schwester zum Schweigen zu bringen. »Morgen muss ich meine Schwestern in Sacramento absetzen, anschließend …«

»Setzen Sie die beiden morgen früh in ein Flugzeug, und kehren Sie dann unverzüglich nach Battle Mountain zurück«, forderte die Vizepräsidentin. »Wir müssen bei dieser Geschichte die Nase vorn haben. Haben Sie mich verstanden, General?«

»Jawohl, Ma'am«, sagte Patrick, und die Verbindung wurde beendet.

»Hast du wirklich gerade mit der Vize…«

Patrick hob eine Hand. »Nicht so laut, Schwesterherz. Ich muss gleich als Erstes morgen früh zurück nach Battle Mountain. Euch zwei werde ich einen Rückflug nach Sacramento besorgen.«

»Was ist denn los, Patrick?«, erkundigte sich Nancy im Flüsterton. »Wieso glaubt die Vizepräsidentin, du würdest zu fliehen versuchen?«

»Tut sie nicht, aber andere könnten das denken.« Er stand auf und küsste seine beiden Schwestern auf den Scheitel. »Ich bin sicher, in den Nachrichten morgen früh werdet ihr alles darüber erfahren.«

JOINT AIR BASE BATTLE MOUNTAIN
Am nächsten Morgen

Am nächsten Morgen sahen sie es, und das aus dreißig Meilen Entfernung: Über dem Stützpunkt stiegen mehrere dichte schwarze Rauchsäulen auf. Man riet Patrick, dem Rauch fernzubleiben, trotzdem erhielt er Landefreigabe.

»Es ist die Wohnanlage, Dad!«, sagte Brad, als sie auf die Platzrunde einschwenkten. Er sah genau hin und keuchte auf. »Durch den Rauch kann ich unseren Trailer nicht ausmachen, Dad. Aber es sieht ganz so aus, als wären Dutzende von Wohnwagen in Brand geraten!«

Patrick brachte das Flugzeug nach unten, ließ es zu seinem Hangar rollen, stellte die P210 Centurion ab und fuhr hinüber zum Hangar der Civil Air Patrol, in welchem sich mehrere Mitglieder der CAP versammelt hatten. »Ich hoffe, Sie hatten einen angenehmen Urlaub, Patrick«, begrüßte ihn Rob Spara. »Sie haben die Nachrichten gesehen?«

»Über unsere Überwachungsoperation? Allerdings«, erwiderte Patrick. »Was ist mit den Bränden?«

»Angeblich waren es rivalisierende Gruppen von Überlebenskämpfern oder Fundamentalisten – oder was immer diese Leute sind«, sagte David Bellville. »Genaues weiß niemand. Ausgebrochen ist es heute Morgen. Sämtliche Zivilisten werden in die Behelfsunterkünfte in der Schule untergebracht, bis sie verlegt werden können.« Er legte Patrick eine Hand auf die Schulter. »Ich glaube, Ihr Wohnwagen ist auch betroffen.«

»Ich hatte so ein Gefühl, dass er dabei sein könnte«, sagte Patrick. »Scheint in letzter Zeit mein Schicksal zu sein. Hat irgendjemand etwas vom Justizministerium oder dem FBI gehört?« Allgemeines Kopfschütteln. »Gestern Abend habe ich mit der Vizepräsidentin gesprochen. Sie befürchtet, man könne alles stilllegen und das FBI unsere Gerätschaften beschlagnahmen. Ich hätte gern eine Kopie sämtlicher Sensorscans aus der letzten Zeit.«

»Wieso löschen wir nicht einfach alles?«

»Weil wir uns nicht dem Vorwurf der Vernichtung von Beweismaterial aussetzen wollen«, sagte Patrick. »Außerdem wird das Bildmaterial vermutlich beweisen, dass wir niemandes Privatsphäre verletzt haben. Und das Anfertigen von Sicherheitskopien ist nicht illegal.«

»Ich werde mich darum kümmern«, sagte David Bellville und eilte davon.

»Sollen wir veranlassen, dass Dr. Masters die Sensoren von den Flugzeugen entfernt?«

»Jetzt nur nicht in Panik verfallen«, mahnte Patrick. »Je mehr wir unternehmen, das nach Vertuschung aussieht, desto schlechter für uns. Vertuschen ist immer schlimmer als die eigentliche Tat. Ich wäre mehr als froh, vor einen Richter und eine Geschworenenjury treten und ihnen erklären zu können, was wir getan haben.«

Patrick rief Jon Masters an. »Wo stecken Sie gerade?«

»Äh … ich denke, es ist besser, wenn Sie das nicht wissen, Patrick«, sagte Jon.

»Warum? Was ist los?«

»Gestern Abend hat man uns aufgefordert, unseren Kram zusammenzupacken und zu verschwinden«, sagte Jon. »Nicht etwa die Downlinks oder die Überwachungsausrüstung, sondern … Sie wissen schon, das *andere* Zeug.«

»Verstehe. Wer hat Ihnen gesagt, Sie sollten verschwinden.«

»Äh …«

»Schon verstanden. Wir sprechen uns in Kürze.«

Patrick, Gia und Brad fuhren hinüber zum Wohnbereich. Tatsächlich war ihr Trailer einer von Dutzenden, die es bei der Feuersbrunst erwischt hatte. Feuerwehrmänner vom Stützpunkt hinderten sie daran, näher heranzugehen. »Wie ist es ausgebrochen?«, fragte Patrick den Stellvertretenden Brandmeister am Checkpoint.

»Lässt sich noch nicht sagen, General. Gestern Abend wurde die Polizei wegen irgendwelcher Streitereien zwischen zwei oder drei Gruppen hierhergerufen, aber kurz nach ihrem Eintreffen hat sich alles wieder beruhigt. Ein paar Stunden später dann wurden wir gerufen. Allem Anschein nach befindet sich der Brandherd sehr nahe bei Ihrem Wohnwagen, Sir.«

»Bei *meinem* Trailer?«

»Gut, dass Sie nicht zu Hause waren. Was immer als Brandbeschleuniger gedient hat, war heiß und heftig, stärker als Dynamit, PETN etwa oder RDX. Wir werden in Kürze die Ermittlungen aufnehmen, zusammen mit dem Sonderermittlungsbüro der Air Force und dem FBI. Bedaure, Sir. Wir werden Sie über das weitere Geschehen auf dem Laufenden halten.«

Schweigend fuhren sie daraufhin zu Patricks Büro. Patrick holte Gia und Brad etwas zu trinken und machte sich selbst einen Kaffee. »Bei euch alles in Ordnung?«, fragte er, als alle versorgt waren.

»Ich seh's locker«, sagte Brad. »Schon komisch. Jetzt habe ich nur noch die Sachen für eine Nacht, die wir für den Flug mitgenommen hatten. Trotzdem bin ich nicht deprimiert. Außer vielleicht meinem Laptop ist mir nichts Wichtiges abhandengekommen. Liegt wohl daran, dass ich sowieso nicht viel hatte, schätze ich.«

»Gia?«

Sie hatte seit der Landung in Battle Mountain kein einziges Wort gesprochen und starrte jetzt mit leerem Blick auf eine Stelle auf Patricks Schreibtisch.

»Du hast nicht eben viel geredet, Schatz.« Patrick streckte die Hand aus und berührte sie am Arm. »Bist du …«

»Fass mich nicht an!«, stieß sie hervor und sprang so schnell von ihrem Stuhl auf, dass ihr Getränk und Patricks Kaffee auf dem Boden landeten. Gia schlang die Arme um

ihren Körper und fing an zu schluchzen. »Ich hätte umkommen können gestern Abend, wäre ich im Trailer gewesen.« Sie starrte Patrick und Brad verwundert an. »Ihr beide tut so, als wär nichts passiert! Erst sagt ihr, wir müssten sofort zurück, weil du möglicherweise mit dem FBI sprechen musst, dann wird dein Trailer in die Luft gesprengt – und keiner von euch beiden scheint darin irgendetwas Außergewöhnliches zu sehen! Was ist nur los mit euch beiden?«

Damit stürmte sie hinaus und stieß die Tür so heftig auf, dass sie von der Wand zurückprallte.

»Gia! Warte!«, rief Patrick. Er lief los, Richtung Tür …

… und stieß geradewegs mit niemand anderem als Special Agent Philip Chastain zusammen, begleitet von einem weiteren Mann, den er nicht kannte.

»Genau Sie wollte ich sprechen«, sagte Chastain und zückte seine Dienstmarke. »Wollen Sie irgendwohin, General?«

»Meine Freundin …«

»Ich denke, sie möchte im Augenblick allein sein«, sagte Chastain. »Ich werde einige Dinge von Ihnen benötigen.«

»Ich werde keine Fragen beantworten, ohne dass meine Anwältin dabei …«

»Ah, wieder die abgenudelte Schallplatte«, sagte Chastain. Patrick fiel auf, dass er ein Hemd mit sehr hohem Kragen trug – offenbar, um die blauen Flecken zu verdecken, die er durch die unsanfte Behandlung des Tin Man davongetragen hatte. »Ich hatte nicht die Absicht, Fragen zu stellen. Ich benötige einfach ein paar Dinge.«

Patrick warf einen Blick über Chastains Schulter und sah David Bellville, der sich mit schnellen Schritten vom Konferenzzimmer entfernte. Er bedachte Patrick mit einem Augenzwinkern.

Chastain hielt ein Dokument in die Höhe. »Dies ist eine richterliche Anordnung für die Beschlagnahmung von Computern, anderen Geräten für die elektronische Kommunikation, Festplatten sowie allen Dokumenten, die hier wie in Ihrem Flugzeughangar aufbewahrt werden. Wenn Sie mir die Schlüssel aushändigen würden? Ich möchte nur ungern die Schlösser an Ihrer netten kleinen Maschine aufbrechen.«

Patrick nickte Brad zu, der die Schlüssel von Hangar und Flugzeug hervorholte.

»Danke, Junge. Ich hab hier auch eine Anordnung für die Durchsuchung Ihres Trailers, aber ich denke, das wird warten müssen, bis der Brandinspektor und die Sonderermittler der Air Force dort fertig sind. Gibt es sonst noch abgeschlossene Sicherheitsfächer, für die ich Schlüssel benötige?«

»Nein.«

»Schön. Also, General, Sie stehen nicht unter Arrest – noch nicht –, aber ich fordere Sie hiermit auf, nirgendwohin zu gehen, ohne mich vorher zu benachrichtigen. Es würde vor dem Geschworenengericht wahrscheinlich keinen so guten Eindruck machen, wenn wir feststellen müssten, dass Sie untertauchen wollten.« Er winkte mit einem weiteren Dokument. »Hier habe ich eine richterliche Anordnung für die Durchsuchung von Jon Masters' Flugzeug sowie die Beschlagnahmung von bestimmten Ausrüstungsgegenständen, darunter der Roboter und der Panzeranzug, mit dem Sie mich und meine Agenten bedroht haben. Das Flugzeug befindet sich nicht im Hangar. Wo ist es?«

»Bevor ich irgendwelche Fragen beantworte, will ich meine Anwältin sprechen.«

»Sie sind nicht verhaftet, General«, sagte Chastain. Er

betrachtete Patrick aufmerksam, musterte jede Regung in seinem Gesicht. »Wo ist Masters hingegangen?« Keine Antwort. »Wann ist er gegangen?« Immer noch keine Antwort. »Ich werde die Aufzeichnungen des Towers überprüfen, trotzdem ist dies ein weiterer Beleg für Ihre mangelnde Kooperationsbereitschaft. Ich bin sicher, auch das wird das Geschworenengericht interessieren. Ich habe noch immer meine Zweifel, was Ihre Person betrifft, General. Sie sind nicht der Sir Lancelot in glänzender Rüstung, für den der Rest der Welt Sie hält.« Er trat näher an Patrick heran, bis sich ihre Nasen beinahe berührten. »Wissen Sie, dass dank Ihnen und Ihrem Kollegen Agent Brady seinen linken Arm nie wieder wird über seine Schulter heben können? Von nun an wird er hinter einem Schreibtisch sitzen, muss sich vielleicht aus gesundheitlichen Gründen pensionieren lassen, sofern man seine Schmerzen nicht in den Griff bekommt. Und wissen Sie was noch, Sie Mistkerl? Diese Pille, die zu schlucken Sie mich gezwungen haben … Man hat mir gesagt, wann immer sie ein Signal aussendet, erhöht dies das Krebsrisiko. Ich habe eine Frau und zwei kleine Kinder, Sie Hurensohn. Vielleicht hätten Sie mich besser umgebracht, McLanahan – denn ich werde Ihnen das Leben zur Hölle machen.«

Damit drehte er sich herum und verließ das Büro.

»Was sollen wir jetzt tun, Dad?«, fragte Brad. »Wohin sollen wir gehen?«

Mehrere Minuten lang verspürte Patrick eine Mischung aus Verwirrung und Argwohn, dann aber wandte er sich seinem Sohn zu. »Zuerst einmal möchte ich Gia suchen«, sagte er. »Sie war ziemlich aufgebracht, und das war mir völlig entgangen. Als Nächstes sollten wir etwas zu Mittag essen. Anschließend sollten wir zum Laden gehen und uns ein paar Vorräte besorgen. Wenn wir Gia finden, ziehen wir für die Nacht in die Übergangsquartiere, wenn nicht, übernachten wir einfach hier draußen im Büro auf Feldbetten. Einverstanden?«

»Klar. Ein paar Feldbetten und Schlafsäcke kann ich aus dem Lagerbestand der CAP besorgen.«

»Gut. Und wenn wir schon zum Laden gehen, möchte ich mir einen richtig guten Laptop besorgen. Ich muss mir ein paar Dinge näher ansehen.«

KAPITEL 10

Eine Gemeinschaft gleicht einem Schiff;
jeder sollte darauf vorbereitet sein,
das Ruder zu übernehmen.
– Henrik Ibsen

PATRICKS BÜRO, JOINT AIR BASE BATTLE MOUNTAIN
Später am selben Abend

Patrick war mit der Durchsicht von Hunderten Gigabyte von Sensordaten beschäftigt, die David Bellville noch auf USB-Sticks überspielt hatte, bevor ihre Laptops vom FBI beschlagnahmt worden waren. Nur wenige Meter entfernt lag Brad eingewickelt in einen Schlafsack auf einem Feldbett und schlief. Sechs Stunden lang hatte Patrick jetzt auf das Sensordatenmaterial gestarrt, und noch immer war ihm nichts ins Auge gesprungen. Im Moment hatte er die letzten zwölf Stunden Bildmaterial von zwei verschiedenen Sensorüberflügen vor sich. Der Computer markierte etwa zwölf interessante Punkte, doch als Patrick sie näher heranzoomte, war dort nichts zu sehen. Der Computer zeigte ihm zwar an, dass sich dort jeweils ein bestimmtes Detail verändert hatte, aber nicht, worum es sich dabei handelte.

Patrick aktivierte seinen subkutanen Sendeempfänger: »Jon?«

»He, Kollege«, antwortete Jon Masters wenige Augenblicke später. »Wie läuft's?«

»Das FBI ist aufgetaucht und hat sämtliche Laptops und Downlinks mitgenommen.«

»Sie haben zu jeder vollen Stunde angerufen, diese Dreckskerle. Sie würden sich gern mit mir, Charlie und Wayne unterhalten und behaupten, im Besitz einer richterlichen Anordnung zu sein, um mein Flugzeug, den CID-Roboter und den Tin Man zu beschlagnahmen. Ich habe diese Ärsche an die Rechtsabteilung verwiesen.«

»Das wird sie ein wenig hinhalten, aber nicht für lange. Wo sind Sie jetzt?«

»Pst! Ist geheim.«

»Wir sprechen über eine sichere Verbindung.«

»Glauben Sie das? Ich nicht.«

Patrick zögerte. »Diese Vergleichsanalyse, die Ihre Sensorsoftware durchführt … Die sucht doch nach *Veränderungen,* richtig?«

»Das hab ich Ihnen doch bereits erklärt. Sie markiert ungewöhnliche Veränderungen sowohl im Bewegungsmuster als auch im Zeitablauf. Wo stecken Sie gerade?«

»In meinem Büro. Wir haben hier für die Nacht unser Lager aufgeschlagen. Das von meinem Trailer haben Sie gehört?«

»In den Nachrichten«, sagte Jon. »Falls Sie irgendetwas brauchen, lassen Sie es mich wissen. Gia kommt klar damit, sich zusammen mit Brad in Ihrem Büro ein wenig aufs Ohr zu legen?«

»Sie ist MIA.«

»Schon wieder?«

»Schon wieder.«

»Tut mir leid, mein Freund.«

»Schätze, es war alles zu viel für sie.«

»Tja, wenn sie mit den McLanahans herumhängen will, wird sie sich zu manchen Dingen eine etwas härtere Einstellung zulegen müssen«, meinte Jon. »Ich hab fünfzehn Jahre mit Ihnen zusammengearbeitet und versuch immer noch, einen Gang zuzulegen.«

»Danke, Jon«, sagte Patrick nur.

»Wofür?«

»Dafür, dass Sie da sind. Und mir zur Seite stehen.«

»Das Einzige, wofür ich stehe, mein Freund, sind Wissenschaft und Profit. Alles andere ist … Ach, verdammt, ich weiß auch nicht. Wenn ich irgendwo stehe, dann mit ausgestreckter Hand und in Erwartung meines Honorars. Ideen, Technikspielereien und fette Verträge, das ist meine Welt. Wollen Sie irgendwas anderes – na schön, zahlen Sie erst mal, dann können wir darüber reden.«

»Klar«, sagte Patrick.

»Haben Sie irgendwas Interessantes auf diesem Sensormaterial entdeckt?«, erkundigte sich Jon.

»Nein, und ich kapier es nicht.« Patrick starrte mit gerunzelter Stirn auf den Laptop. »Ich meine, ich sehe die Markierungen, aber soweit ich erkennen kann, ist da nichts.«

»Wie meinen Sie das?«

»Na ja, die größte Anhäufung von Markierungen liegt um eine der Kupferminen hier in der Gegend, die Judah Andorsen gehört«, sagte Patrick. »Nennt sich Freedom 7. Aber weshalb die Markierungen? Es ist eine Mine, dort fahren ständig Lastwagen ein und aus. Sie transportieren Erz zu einer Bahnstrecke, die wiederum transportiert es zu einer Hauptbahnlinie, von wo es zu den Schmelzöfen weitergeht.«

»Vergessen Sie nicht, Patrick, der Computer verzeichnet

und vergleicht normale Bewegungsmuster und markiert anschließend Abweichungen davon.«

»Ich weiß. Verstehe schon.«

»Demnach haben Sie es dort draußen mit *abweichenden* Bewegungsmustern zu tun, mein Freund«, erklärte Jon. »Die normalen Bewegungen von Lastwagen und Zügen würden nach ein paar Überflügen nicht mehr markiert. Hören Sie auf, nach vernünftigen Erklärungen dafür zu suchen. Wenn der Computer es markiert hat, erst recht über einen Zeitraum von mehreren Tagen, dann passiert dort unten irgendwas, und das sollten Sie sich ansehen.«

»Das ist ein weiteres Problem. Man hat mein Flugzeug und alle anderen mit den Sensoren darauf beschlagnahmt.«

»Diese Dreckskerle. Können Sie mir ein paar der Bilder rüberschicken, damit ich mal einen Blick darauf werfe?«

»Sicher.« Es brauchte nur ein paar Mausklicks, um eine Serie von Sensoraufnahmen an Jons sichere E-Mail-Adresse zu schicken. »Und, was werden Sie jetzt tun?«

»Ich verhandle immer noch mit den Rechtsverdrehern, die allerdings sagen, dass ich mich letztendlich stellen muss, und das eher früher als später«, antwortete Jon. »Wahrscheinlich werde ich den Skytrain zusammen mit den anderen Geräten zurück nach Battle Mountain fliegen. Und Sie?«

»Ich kann nicht viel mehr tun, als hier herumzuhängen.«

»Na ja, wahrscheinlich sehe ich Sie schon bald da draußen, vielleicht sogar schon morgen, sofern die Rechtsabteilung es so schnell schafft, meine Kapitulation auszuhandeln«, meinte Jon. »Dann können wir zusammen rumhängen.«

»Also dann, bis bald.«

Die Verbindung wurde beendet.

Noch ein paar Minuten starrte Patrick auf die Sensorbilder, dann führte er ein weiteres Telefonat.

»Hallo?«

»Hi, David. Patrick McLanahan hier. Ich hoffe, ich rufe nicht allzu spät an.«

»Ganz und gar nicht, Sir«, sagte David Bellville. »Ich habe mir gerade die jüngsten Ausfälle Ihres Freundes Joseph Gardner im Fernsehen angesehen. Was treibt diesen Mann nur dazu, all diesen Unsinn von sich zu geben? Und warum hört man ihm überhaupt zu und verbietet ihm nicht das Maul?«

»Weil die Presse auf Krawall gebürstet ist und sich niemand mit einem Expräsidenten anlegen möchte«, vermutete Patrick. »Hören Sie, gerade habe ich die Sensorbilder durchgesehen und bin dabei auf eine Reihe von Markierungen gestoßen, die wir uns unbedingt ansehen müssen.«

»Wo?«

»Bei einer von Andorsens Minen, in der Nähe von Mount Callahan.«

»Freedom 7«, sagte David. »In der Nähe dort gehen Fid und ich jedes Jahr jagen. Ich habe morgen den ganzen Tag zu tun, aber ich werde Leif fragen, ob er vielleicht hinfahren möchte, er kennt die Gegend besser als ich. Ich werde ihn bitten, Fid mitzunehmen, sofern der abkömmlich ist. Der Mann hat überall im Ort nach Arbeit gefragt, eine Spritztour wird ihn vielleicht aufheitern.«

»Vielen Dank, David. Ich werde Leif die Bilder schicken, die der Computer markiert hat. Sagen Sie mir Bescheid, was er findet.«

»Mach ich. Tut mir leid wegen Ihres Trailers. Wenn Sie etwas brauchen, irgendwas, schreien Sie einfach.«

»Danke. Werde ich machen.«

Patrick war, als hätte er gerade mal ein paar Minuten geschlafen, als er an seiner Bürotür ein lautes Hämmern vernahm. Als er die Tür öffnete, erblickte er Special Agent Chastain sowie zwei weitere Agenten in schwarzen Jacken, auf denen groß die gelben Buchstaben FBI prangten. »Wir sind hier, um die Anordnung auf Durchsuchung Ihres Büros zu vollstrecken, McLanahan«, sagte Chastain und schob sich an Patrick vorbei ins Zimmer.

»Sie haben es bereits gestern durchsucht.«

»Dann durchsuche ich es noch mal.« Er trat an Brad vorbei und steuerte sofort auf den Schreibtisch zu. »Was ist das?«, fragte und wies auf den Laptop.

»Ohne meine Anwältin beantworte ich keine Fragen«, sagte Patrick.

»Die werden Sie brauchen, Freundchen.« Chastain entdeckte die Sammlung von USB-Sticks und starrte Patrick wütend an. »Sie halten Beweismittel zurück. Damit werde ich Sie aus dem Verkehr ziehen, McLanahan.« Er und die anderen Agenten sammelten den Laptop und die USB-Sticks ein, durchsuchten flüchtig den Schreibtisch und gingen dann.

»Was hat er mit ›Beweismittel zurückhalten‹ gemeint, Dad?«, fragte Brad.

»Wir haben überhaupt nichts zurückgehalten, Großer«, sagte Patrick. »Bei den USB-Sticks handelt es sich lediglich um Sicherungskopien – sie enthalten dieselben Daten wie die Laptops, die sie beschlagnahmt haben. Und der Laptop ist neu, gestern erst gekauft. Er versucht uns einzuschüchtern, Brad, das ist seine Masche. Er macht Leuten Angst, damit sie entweder reden, wenn sie es besser sein lassen sollten, oder aber anfangen zu lügen, und dann hat er sie.« Patricks Miene wirkte besorgt, doch Augenblicke später schüttelte er es ab und klatschte in die Hände. »Also, wo wir ohnehin wach sind, können wir uns auch aufmachen.«

Nach einem Frühstück in der nahezu menschenleeren Cafeteria der Vermittlungsstelle des Stützpunkts gingen sie am Haupteingangstor vorbei zurück zum Wohnbereich. Andorsens Bauarbeitertrupps waren damit beschäftigt, die Straße nach der heimtückischen Bombenexplosion zu reparieren, die eine Ewigkeit zurückzuliegen schien, dabei war sie gerade einmal zwei Tage her. Im hinteren Teil des Eingangsbereichs stand ein Streifenwagen der Sicherheitskräfte, und hinter dem ehemaligen Datenverarbeitungszentrum, etwa eine Viertelmeile entfernt, sah Patrick einen unbemannten Avenger stehen.

An dem mit Polizeiband abgesperrten Bereich, in dem die Spurensicherung ermittelte – ein paar Blocks von der Stelle entfernt, wo zuvor sein Trailer gestanden hatte –, stieß Patrick auf den stellvertretenden Brandmeister. »Irgendwelche Neuigkeiten bezüglich des Sprengstoffs, Chief?«

»Vorläufig heißt es, dass es sich um RDX gehandelt hat, General«, sagte der Brandmeister, nachdem er sich umgesehen hatte, ob sich womöglich jemand in Hörweite befand; offenbar war es ihm untersagt, anderen die Untersuchungsergebnisse mitzuteilen. »Ein beim Militär und in der Industrie recht gebräuchlicher Sprengstoff, ziemlich einfach in der Handhabung, leicht mit anderen Plastikwerkstoffen zu mischen, einfach zu lagern – bei Terroristen sehr beliebt. Es heißt, es sind ungefähr drei Pfund gewesen, ausgehend vom Radius der Druckwelle. Der Zündmechanismus wurde noch nicht gefunden, dürfte jedoch ein Fernzünder gewesen sein, wahrscheinlich unter Zuhilfenahme eines Handys. Möglicherweise wurde das aus einem Fahrzeug geworfen – die Überwachungsvideos werden gerade durchgesehen. Wie es aussieht, waren sie nicht sicher, welches Ihr Trailer war, denn die daneben stehenden waren zum Zeitpunkt der Explosion unbewohnt, und da auch Sie nicht da waren, waren sie womöglich verwirrt.« Er musterte Patrick mit unübersehbarer Besorgnis. »Es scheint, als hätte Sie ein paar ziemlich ernst zu nehmende Feinde, General.«

»Die Liste ist recht lang, Chief«, sagte Patrick. »Übrigens, Sie haben nicht zufällig die Frau gesehen, mit der ich gestern zusammen hier war, oder?«

»Bedaure, General.«

Patrick bedankte sich mit einem Nicken und ging.

Sie fuhren die zehn Meilen bis in den Ort, sahen am Busbahnhof nach, in den Kasinos, den Motels und im Krankenhaus, in der Hoffnung, Gia dort irgendwo zu finden, hatten aber kein Glück, weshalb sie zum Stützpunkt zurückfuhren. In seinem Büro angekommen, nahm er einen Anruf entgegen. »Hi, Patrick, Darrow hier«, sagte Darrow Horton. »Ich bin auf dem Weg nach Reno, um persönlich mit dem Generalstaatsanwalt zu sprechen, und sollte gegen sieben Uhr abends in Battle Mountain eintreffen. Ich werde ein paar Mitarbeiter mitbringen. Können Sie uns irgendwo Zimmer besorgen?«

»Aber ja – ich werde Sie gleich hier auf dem Stützpunkt in der Gästewohnanlage unterbringen. Dort ist es genauso nett wie in den Kasinohotels im Ort, der für alle offene Club serviert ausgezeichnetes Essen und kann Gäste gut gebrauchen. Ich freue mich auf Sie. Wie ist die Lage?«

»Der Generalstaatsanwalt ist, denke ich, geneigt, Sie nicht unter Anklage zu stellen. Mein Ziel ist Bewährung plus eine Geldstrafe im Tausch gegen das Eingeständnis eines geringfügigen Vergehens. Allerdings setzen ihn Leute wie der ehemalige Präsident Gardner unter Druck, die auf eine Anklage wegen eines Kapitalverbrechens bestehen. Ich werde also selbst ein wenig Druck ausüben müssen. Jon Masters hat Vorkehrungen getroffen, morgen früh nach Battle Mountain zu fliegen, um sein Gerät dem FBI zu übergeben. Ich habe eine Pressekonferenz mit Ihnen, mir selbst, Jon, Brad, dem Roboter und dem Tin Man einberufen, auf der wir unsere Sicht der Dinge darstellen werden. Wir werden darlegen, welcher verrückten, unverantwortlichen und möglicherweise illegalen Tölpeleien sich das FBI dort draußen schuldig gemacht hat. Ich beabsichtige die ganze Geschichte zu erzählen, von Anfang an – dass das FBI gegen die Extremisten hätte vorgehen sollen, letztendlich aber gegen *Sie* vorgegangen ist und Brad dafür missbraucht hat. Ich hoffe, wenn ich ihm erst einmal klargemacht habe, was ich zu tun gedenke, wird der Generalstaatsanwalt die Anklage noch heute fallen lassen. Tut er dies nicht, werden wir Chastain und seine Handlanger im Sondermeldungsteil sämtlicher TV-Kanäle landesweit durch den Kakao ziehen. Alle Sendergruppen und Kabelnachrichtensender werden vertreten sein.«

»Hört sich gut an, finde ich«, meinte Patrick. »Ich bin bereit. Ich kann es gar nicht erwarten, einem Richter meine Sicht der Dinge zu schildern, aber ich habe auch nichts dagegen, sie vor laufender Kamera darzulegen.«

»Das werden wir tun, darauf können Sie wetten«, sagte Darrow. »Wir werden sie damit fertigmachen und die möglichen Geschworenen bis zum Prozessbeginn damit zuschütten. Wir werden jeden in Amerika klarmachen, dass Gardner einen Rachefeldzug gegen Sie führt. Allerdings werde ich Sie höchstwahrscheinlich nicht davor beschützen können, was dieser Tin Man und der CID-Roboter den Agenten angetan haben. Möglicherweise sehen wir da sogar einer Anklage wegen eines Gewaltverbrechens entgegen. Dennoch denke ich, dass wir eine Haftstrafe vermeiden können. Mein Plan ist es, dass Sie zugeben, dass Tin Man und CID auf Ihren Befehl gehandelt haben, und auch der Generalstaatsanwalt wird sich lieber auf Sie konzentrieren, anstatt Macomber und Turlock einzubeziehen. Dennoch ist es gut möglich, dass auch sie eine Anklage wegen eines geringfügigen Vergehens erwartet.«

»Einverstanden«, sagte Patrick. »Sie haben eindeutig auf meinen Befehl gehandelt.«

»Ja, aber Sie haben sich nur selbst und Ihren Sohn Brad vor Chastain und Brady schützen wollen, und es wird ein Leichtes sein, die zwei als die Bösen dastehen zu lassen und den Roboter und den Tin Man als Beschützer. Und, wie geht es Gia? Werde ich die Gute jetzt endlich kennenlernen?«

»Sie ist irgendwann gestern Morgen verschwunden, nachdem wir aus Scottsdale zurückgekehrt sind. Ich glaube, als sie den zerstörten Trailer gesehen hat, war das zu viel für sie.«

»Das tut mir leid. Versuchen Sie, sich durch sie nicht zu sehr ablenken zu lassen. Morgen wird ein großer Tag.«

»In Ordnung. Rufen Sie mich an, sobald Sie in der Nähe sind, dann hole ich Sie am Haupteinfahrtstor ab.«

»Kann es gar nicht erwarten, Sie wiederzusehen, Patrick«, sagte Darrow, und das schien durchaus von Herzen zu kommen.

TOIYABE RANGE BEI MOUNT CALLAHAN, ZENTRALNEVADA

Zur selben Zeit

»Also, von hier aus kann ich überhaupt nichts erkennen«, sagte Leif Delamar, ein pensionierter Briefträger und begeisterter Jäger. Seine kräftige, über eins neunzig große Gestalt, sein faltenzerfurchtes Gesicht und seine wettergegerbten Hände waren der Beweis seiner lebenslangen Liebe für die freie Natur. Gerade betrachtete er durch einen Feldstecher die Umgebung von Jonah Andorsens Freedom-7-Mine. Er und Michael Fitzgerald saßen in Leifs Land Rover ungefähr eine halbe Meile von der Abbauzone entfernt vor einem Stacheldrahtzaun, der die Grenze von Andorsens Land markierte. Er reichte Michael den Feldstecher. »Was sehen Sie, Fid?«

Michael suchte ein paar Minuten lang, setzte den Feldstecher dann ab und gab ihn zurück. »Nichts. Sieht aus wie immer.«

Leif betrachtete den Ausdruck, den er von dem Computerbild gemacht hatte, und drehte das Blatt so, dass dessen Ausrichtung mit ihrer Blickrichtung übereinstimmte, dann zeichnete er die verschiedenen Straßen, die sich auf und ab über die Hänge der Tagebaumine schlängelten, mit dem Finger nach. »Also gut, ich sehe zwei hereinführende Hauptstraßen für Lastwagen und hier die westlichen Terrassen.«

»Sie werden ›Strosse‹ genannt«, sagte Michael.

»Aha, sind wir heute wieder mal der Minenexperte, ja?«, stichelte Leif. »Wie auch immer, ich sehe die Transportstraßen und die Strossen und …« Er griff zum Feldstecher und schaute noch einmal hindurch. »Und ein paar der Tunnel in die Flanke der Grube. Haben Sie eine Ahnung, wofür die gut sind?«

»Normalerweise handelt es sich um Entlastungsbohrungen, die verhindern, dass Wasser das Gestein unterspült«, erklärte Michael. »Manchmal werden die Seitenwände mit Spannseilen oder Spritzbeton im Inneren der Bohrlöcher verstärkt. Falls diese Mine künftig – wie die meisten – als Mülldeponie endet, wird man zusätzlich noch Entwässerungstunnel graben, um zu verhindern, dass die Grube zu einem See wird.«

»Sie sind heute Morgen ein wahrer Quell aufschlussreicher Informationen, Fid«, konstatierte Leif. Er stellte den Feldstecher auf eines der Bohrlöcher ein, die auf dem Ausdruck als Stelle mit ungewöhnlicher Aktivität markiert war. »Also, diese Bohrlöcher sehen ziemlich groß aus, fast wie Tunnel. Ich sehe tatsächlich eine Menge Wasser daraus hervorsprudeln und … He, ich glaube, neben einem dieser Bohrlöcher seh ich ein paar Autos stehen.« Er schaute angestrengter hin. »Also, ich glaub, eines davon ist ein Streifenwagen des Sheriffs.«

»Was?« Fid riss ihm den Feldstecher aus der Hand und sah selbst. »Allerdings. Was, zum Teufel, macht der Sheriff da unten in der Tagebaumine?«

»Seinen Job, hoffe ich doch«, meinte Leif. »Das ist seit Tagen der erste Streifenwagen, den ich zu Gesicht bekomme. Sehr merkwürdig.« Er nahm den Feldstecher wieder an sich. »Ansonsten kann ich überhaupt nichts Ungewöhnliches ausmachen. Vielleicht untersucht der Sheriff etwas, das sie in dem Bohrloch gefunden haben, oder sie … *Ach du Scheiße!*«

»Was?«

»Jetzt kommt ein Lieferwagen aus diesem Bohrloch gefahren!« Ein paar Augenblicke lang beobachtete Leif aufmerksam das Geschehen, verfolgte mit wachsamem Blick den Neuankömmling, dann rief er: »Das ist ein blaues Wartungsfahrzeug der Air Force!«

»Ein *was?*«, keuchte Michael.

»Einer dieser großen blauen Kastenwagen der Air Force, die man ständig im Servicebereich auf dem Flugplatz sieht. Und die normalerweise von einem Servicetechniker gefahren werden. Also, was zum Teufel sollte …?« In diesem Moment wurde Leif vom Geräusch eines Fahrzeugs unterbrochen, das die Staubstraße hinter ihnen heraufkam, einem zweitürigen Jeep Wrangler, in dem zwei Männer saßen.

»Sieht aus, als wären es ein paar von Andorsens Leuten«, sagte Michael. »Kein Problem – wir befinden uns hier nicht auf Andorsens Land.«

Leif setzte den Feldstecher ab, faltete den Computerausdruck zusammen, stopfte ihn in eine Tasche und sah, wie der Jeep näher kam. Wenige Meter entfernt kam er mit aufheulendem Motor zum Stehen, und der Beifahrer stieg aus, während der Fahrer in ein Funkgerät zu sprechen begann.

»He, Leute!«, rief Leif. »Wir sind hier draußen bloß auf der Suche nach Rotwildspuren. Was gibt's denn?«

Der Beifahrer trat auf Michael zu, zog aus einem verdeckten Holster eine Halbautomatikpistole Kaliber .45 und gab zwei Schüsse ab.

JOINT AIR BASE BATTLE MOUNTAIN

Am nächsten Morgen

Die Kameras richteten sich auf den C-57 Skytrain, der im Landeanflug hereinschwebte und anschließend zum Hangar der Civil Air Patrol rollte, wo man das Podium errichtet hatte. Die Triebwerke wurden heruntergefahren, das Fahrwerk weiter ausgefahren, um unter dem Flugzeug Platz zum Entladen der Fracht zu schaffen, und die Frachtraumluken öffneten sich.

Unterdessen trat Jon Masters aus der Rumpföffnung hervor und schritt zum Podium, gefolgt von Wayne Macomber im Tin-Man-Panzeranzug, wenn auch mit dem Helm in der Armbeuge. Hinter den beiden entluden Jason Richter und Charlie Turlock das zusammengefaltete Kybernetische Infanteriegerät und trugen es zum Podium hinüber.

»Meine Damen und Herren, darf ich vorstellen: Dr. Jonathan Masters von Sky Masters Inc., einem der großen amerikanischen in der Landesverteidigung engagierten Privatunternehmen und Technologiedienstleister«, sprach Darrow Horton in die Mikrofone. Neben ihr standen Patrick und Brad McLanahan. »Mit seinem Erscheinen hier kommt er einer Anordnung eines Bundesrichters in Reno nach, dieses Flugzeug, verschiedene elektronische Geräte, Computer und Speichermedien sowie diese beiden technischen Meisterwerke zu übergeben: das Panzersystem Tin Man, getragen von Wayne Macomber von Sky Masters Inc., sowie den bemannten Roboter, von dem Sie, denke ich, bereits gehört haben, nachdem ein Exemplar vor einigen Tagen während eines FBI-Einsatzes von Extremisten angegriffen worden ist.«

Darrow nickte Charlie zu, worauf diese zu sprechen begann: »CID eins, Einsatz vorbereiten.« In den großen Behälter kam Bewegung, und in Sekundenschnelle hatte er sich unter dem verblüfften Aufstöhnen der Reporter zu einem kauernden Roboter auseinandergefaltet. Charlie ergriff erneut das Wort: »CID eins, Piloteneinstieg vorbereiten!« Daraufhin nahm dieser die Einstiegsposition ein.

»Dies ist Miss Charlie Turlock, eine bei Sky Masters Inc. arbeitende Ingenieurin, die den Roboter pilotiert hat, als dieser General Patrick McLanahan gegen die Agenten Chastain, Brady und Renaldo zu Hilfe kam«, fuhr Darrow fort. »Sie alle sind hier, um das FBI bei seinen Ermittlungen zu unterstützen – sowohl hinsichtlich des Bombenanschlags vor diesem Stützpunkt als auch der gegen General McLanahan erhobenen Vorwürfe der unrechtmäßigen Spionagetätigkeit gegen ortsansässige Bürger und der verabscheuungswürdigen Beschuldigung des ehemaligen Präsidenten Gardner, der Präsident der Vereinigen Staaten habe General McLanahan den Befehl zu diesen Fliegereinsätzen erteilt. Aber täuschen Sie sich nicht, meine Damen und Herren: Wir sind keineswegs hier, um uns den albernen, auf Einschüchterung abzielenden Vorwürfen des FBI oder den wirren Anschuldigungen und unverhohlenen Lügen von Mr. Gardner auszusetzen und uns dadurch schikanieren zu lassen«, fuhr Darrow fort. »Angesichts der Vorfälle, die dazu führten, dass General McLanahan sich selbst und seinen Sohn Bradley gegen das heimtückische Vorgehen der Agenten Chastain, Brady und Renaldo verteidigen musste, werden wir als Erstes Beschwerde dagegen einlegen, dass Agent Chastain zur Durchführung dieser Untersuchung nach Battle Mountain zurückgekehrt ist. Er ist nur aus einem Grund hier: weil er sich an General McLanahan rächen will. Das ist inakzeptabel. Wir fordern das FBI auf, augenblicklich einen anderen leitenden Ermittler zu entsenden.«

Während Darrows Ansprache waren ein Avenger-Sicherheitsfahrzeug sowie ein Wartungsfahrzeug beim C-57 eingetroffen und parkten in der Nähe der Heckpartie des Skytrain.

Das Eintreffen der beiden Fahrzeuge erregte Jon Masters' Aufmerksamkeit – niemand gelangte ohne sein Wissen in die Nähe seiner Flugzeuge, und schon gar nicht, wenn die Fahrzeuge mit Geschützen und Raketen bestückt waren.

»Zweitens: Es ist vollkommen unklar, weshalb das FBI die Beschlagnahme von Dr. Masters' Flugzeug angeordnet hat«, fuhr Darrow fort. »Dr. Masters verkaufte und montierte lediglich jene Sensoren auf die *privaten* Flugzeuge von General McLanahan und dessen Freunden, die sie für *persönliche* Zwecke einsetzten. Auch hier will das FBI die Gelegenheit nutzen, um Dr. Masters, Mr. Macomber und Miss Turlock für frühere Handlungen abzustrafen, und das ist vollkommen inakzeptabel.«

Darrow machte eine kurze Pause, dann fuhr sie fort: »Ich möchte General McLanahan auffordern, eine Erklärung abzugeben. Wie Sie alle sehr wohl wissen, ist Lieutenant-General Patrick McLanahan ein Veteran im Ruhestand mit zwanzig Dienstjahren bei der Air Force der Vereinigten Staaten, während derer er zum Drei-Sterne-General aufgestiegen ist. Längst ist er zum Helden des amerikanischen Volkes geworden und hat sich als Vorkämpfer für die gerechte Sache in allen Winkeln der Welt hervorgetan. General McLanahan hat sich – selbst angesichts ungünstigster Chancen und übermächtiger Gegner – immer wieder den Feinden der USA und der demokratischen Welt gestellt und dieses Land und seine Menschen wie auch unsere Verbündeten vor der sicheren Auslöschung bewahrt. Jetzt, im Ruhestand, sieht es General McLanahan als seine wichtigste Aufgabe, seinen Sohn Bradley großzuziehen. Wie Bradley dient er zudem als freiwilliger Einsatzpilot bei der Civil Air Patrol, einer Hilfsorganisation der U.S. Air Force, wo sich beide um das Auffinden und die Bergung des Opfers eines

Flugzeugabsturzes verdient gemacht haben. Des Weiteren führt General Patrick McLanahan Flüge für die medizinische Wohltätigkeitseinrichtung Angel Flight West durch und sorgt dafür, dass bedürftige Patienten kostenfrei ihre lebensnotwendige Behandlung erhalten. Bis zum heutigen Tag dient er seinem Land und seiner Gemeinde. Meine Damen und Herren, voller Stolz stelle ich Ihnen meinen Klienten vor, einen wahren amerikanischen Helden: General Patrick McLanahan.«

Als Patrick das Podium übernahm, bewegte das Luftverteidigungsfahrzeug Avenger plötzlich seine Geschütz- und Raketenkuppel. Sie schwenkte aus der Verstaustellung in die aktive Stellung, dann rollte das Fahrzeug auf den C57 Skytrain zu. Jon Masters drehte sich um und ging Richtung Flugzeug.

»Jon, wo wollen Sie hin?«, raunte Charlie überrascht.

»Wieso bewegt sich dieses Ding auf mein Flugzeug zu?«, fragte Jon. »Wer immer da am Steuer sitzt, sollte sich besser in Acht nehmen.«

»Das kann warten, Jon.«

»Ich bin sofort wieder …«

Unvermittelt schoss der Avenger mit hoher Geschwindigkeit los, direkt auf den Skytrain zu.

»He!«, schrie Jon. »Passen Sie auf!«

Patrick wandte sich herum – und sah ein blaues Wartungsfahrzeug mit hoher Geschwindigkeit über die Rollbahn genau auf das Podium zurasen! »Was zum …?«

In diesem Moment eröffnete das 20-Millimeter-Gatling-Repetiergeschütz das Feuer auf den Kastenwagen, ein unfassbar lauter Lärm, der die nur wenige Meter entfernte Menge aufschreien ließ.

Mit den Armen winkend, versuchte Patrick, die Menge zurückzudrängen und rief: »Zurück! Gehen Sie zurück zum Hangar!«

»Jon, kommen Sie zurück!«, schrie Charlie und rannte los, ihm hinterher.

Mittlerweile hatte Jon die linke Tragflächenspitze des Skytrain erreicht, wo er den Avenger mit hektischen Armbewegungen aufzuhalten versuchte.

»Jon!«

»Was hat er vor?«, brüllte Jon. »Mein Flugzeug in Stücke reißen?«

Noch immer ratterten großkalibrige Geschosse aus dem Geschütz. In diesem Moment gewahrte er das immer schneller auf ihn zusteuernde Wartungsfahrzeug.

»He, was macht dieser Transporter da? Jemand soll diesem Idioten sagen, dass er sich fernhalten soll von …«

Die schweren Maschinengewehrgeschosse fraßen sich in den Kastenwagen. Reifen platzten, Glas zerbarst, und im Motorraum explodierte irgendetwas, das die Motorhaube vollständig absprengte.

»Runter! Alles auf den Boden!« Patrick packte Darrow und Brad und riss sie mit sich auf den Betonboden …

… als der Transporter, keine hundert Meter entfernt, in einem gigantischen Feuerball explodierte.

KRANKENSTATION, JOINT AIR BASE BATTLE MOUNTAIN

Mehrere Stunden später

Mit einem Arztkittel bekleidet, betrat David Bellville das Wartezimmer der kleinen Krankenstation des Stützpunkts, nahm seinen Mund- und Kopfschutz ab und zog seine Latexhandschuhe aus.

Das Zimmer war brechend voll mit Menschen. Einige, die Gesichter und Gliedmaßen bandagiert, schienen ernsthaft verletzt, andere dagegen wiesen weniger schwere Verwundungen auf. David ging zu Patrick, Brad, Whack und Darrow, die bei Rob Spara und John de Carteret standen, die unmittelbar nach der Explosion in der Krankenstation eingetroffen waren. Alle drei hatten ein paar Platzwunden und Kratzer abbekommen, ihre Kleidung war stellenweise verbrannt. Whack trug noch immer den Tin-Man-Anzug, hatte aber trotzdem einige Verbrennung im Gesicht erlitten.

»He, Patrick«, begrüßte ihn David.

»Wie ist der neueste Stand, David?«, erkundigte sich Patrick.

»Ihre Freundin Charlie hat ein paar Verbrennungen und eine Gehirnerschütterung«, sagte David. »Aber nichts Ernstes, sie war glücklicherweise weit genug entfernt.« Er sah Patrick direkt ins Gesicht. »Allerdings gab es einen Todesfall.« Patrick schloss die Augen, halb taumelte er, halb lehnte er sich gegen die Wand, um sich abzustützen. »Tut mir leid, Patrick.«

»Was ist?«, fragte Brad, dessen Blick verwirrt zwischen Patrick und David hin- und herpendelte. »Wer ist es?«

Patrick streckte seine Hand aus und zog seinen Sohn fest an sich. »Dein Onkel Jon, Junge.«

»Wa–*was*?«, stieß Brad hervor und begann an der Schulter seines Vaters zu schluchzen. »Onkel Jon ist tot?«

»Tut mir leid, Brad«, sagte David. Er wartete ein paar Augenblicke, ehe er hinzusetzte: »Da ist noch etwas, Patrick.« Er steckte den beiden ein weißes Plastiketikett ans Hemd. »An der Explosionsstelle wurde radioaktive Strahlung gemessen. Eine weitere schmutzige Bombe. Bislang wurden bei den Überlebenden keine tödlichen Dosen festgestellt. Offenbar war die Bombe so groß, dass sie das meiste von dem, was sich im Innern des Transporters befand, hat verdampfen lassen. Aber der Ort der Explosion selbst ist ziemlich kontaminiert. Derzeit wird der Stützpunkt gerade evakuiert und geschlossen. Die Verletzten werden wir ins Andorsen Memorial überführen. Alle anderen werden zu weiteren Untersuchungen in die Highschool gebracht.«

»Himmel …!«, stöhnte Patrick, dann schloss er Darrow und seinen Sohn in die Arme. »Ich schwöre bei Gott, ich werde diese Terroristenschweine finden und sie dafür bezahlen lassen, das *schwöre* ich.«

»Überlassen Sie das den Behörden, Patrick«, sagte Darrow. »Dies ist einfach … zu gewaltig, zu groß. Um diesen Terroristen Einhalt zu gebieten, wird die Army nötig sein. Im Augenblick braucht Ihr Sohn Sie. Sie haben getan, was Sie konnten. Lassen Sie jetzt die Behörden übernehmen.«

Patrick konnte nichts weiter tun, als seinen Sohn und Darrow festzuhalten. Wie Luft aus einem Ballon schien alle Kraft aus seinem Körper zu weichen.

»Was wird jetzt geschehen Dad?«, fragte Brad. »Was werden wir tun?«

»Wir werden damit fertigwerden, Junge«, sagte Patrick. »Das kriegen wir schon hin.« Er wandte sich herum, blickte zum Eingang der Krankenstation – und sah niemand anderen als Judah Andorsen im Gespräch mit Special Agent Chastain …

… und ein Stück seitlich versetzt hinter Andorsen stand Michael Fitzgerald! Mit gequälter, bestürzter Miene sah er hinüber zu Patrick, wandte dann den Blick ab.

Andorsen merkte, dass Patrick in seine Richtung sah, und trat vor. Fitzgerald rührte sich nicht von der Stelle und vermied es weiterhin, ihn anzusehen.

»Hallo, General«, grüßte Andorsen. Seine Stimme als auch seine Haltung waren vollkommen verändert – seine joviale, großväterliche Ranchertour hatte er völlig abgelegt. »Freut mich zu sehen, dass Sie wohlauf sind. Was für eine grässliche Geschichte, absolut grauenhaft. Und gerade höre ich, dass der Stützpunkt heute noch evakuiert und geschlossen wird. Gott, was für eine Sauerei. Ich werde Sie bestimmt alle vermissen, aber … ich denke, für die Gemeinde ist es am besten so. Offenbar wurde der Stützpunkt von Extremisten ins Visier genommen, und offenbar sehen sich selbst die besten Sicherheitskräfte der Air Force außerstande, deren Treiben Einhalt zu gebieten.«

Er machte einen Schritt auf Patrick zu. Patrick spürte die Gefahr, zog seinen Sohn von ihm fort und schob ihn in Darrows Arme, dann trat er einen Schritt auf Andorsen zu. Der Rancher blieb Auge in Auge vor Patrick stehen und sagte mit gesenkter Stimme: »Wie Sie wissen, General, mag ich Flugzeuge, und ich mag Flugplätze. Ich mag *diesen* Flugplatz – schöne, lange Startbahnen, jede Menge Platz, jede Menge Land und natürlich die fantastischen unterirdischen Hangars, die mein Vater und mein Großvater gebaut haben. Ich denke, ich würde diesen Flugplatz gern mein Eigen nennen, und ich denke auch, die Gemeinde wird ihn mir für 'n Appel und 'n Ei verkaufen, nachdem ihn die Air Force ihr überschrieben hat und er – natürlich – gesäubert und dekontaminiert worden ist. Ich könnte mir vorstellen, ins Erholungsort- und Jagdhüttengeschäft einzusteigen. Sie wissen schon, man fliegt die Reichen ein, bietet den Damen ein bisschen Golf, Tennis sowie ein wenig Wellness und serviert allen anschließend ein ausgiebiges Mahl in einem Fünf-Sterne-Restaurant.« An seinem Tonfall war zu hören, dass er sich über Patricks bestürzten Gesichtsausdruck amüsierte. »Die unterirdischen Hangars ließen sich zu einer ganzjährigen Schießanlage umbauen. Oder wie wär's mit einer gigantischen Liebesgrotte, wie die von Hugh Heffner? Dem weltgrößten Bordell? Hätten Sie Freude an so was? Wäre hier in Lander County natürlich alles absolut legal.«

Er sah Patrick direkt in die Augen. »Ist der Stützpunkt erst einmal dichtgemacht, brauchen wir die Space Defense Force, die Civil Air Patrol, Ihre Hightechspielereien und all Ihre knarzigen pensionierten Exmilitärs nicht mehr. Und ganz gewiss nicht solche Kanonen wie Sie, die glauben, das Militär wäre das Ein und Alles. Sie haben Ihre Zeit gehabt, General, aber die ist mit dem heutigen Tag vorbei. Ich mache Ihnen einen Vorschlag: Wieso gehen Sie nicht einfach dorthin zurück, wo Sie hergekommen sind, sobald Sie aus dem Bundesgefängnis entlassen werden, suchen sich einen hübschen, bequemen Schaukelstuhl und rühren sich nicht mehr von der Stelle? Sie sind hier unerwünscht. Hören Sie auf meinen Rat, um der Sicherheit Ihres Sohnes und Ihrer Freunde willen: Machen Sie verdammt noch mal, dass Sie aus Nordnevada verschwinden!«

Und damit ging er, dicht gefolgt von Fitzgerald.

»Wieso geht Mr. Fitzgerald mit Mr. Andorsen mit, Dad?«, fragte Brad.

»Das ist etwas, was wir herausfinden müssen, Brad.« Verwirrt schüttelte Patrick den Kopf, wandte sich dann David zu. »Ist Fid nicht zusammen mit Leif zur Freedom-7-Mine gefahren?«

»Stimmt«, sagte David. »Ich hab mit ihnen gesprochen, als sie auf dem Weg dorthin waren. Hat er Sie nicht angerufen, um Ihnen zu sagen, worauf sie gestoßen sind?«

»Ich habe von keinem der beiden gehört«, sagte Patrick. »Ich hab angenommen, sie hätten keine Gelegenheit gehabt loszufahren.« Er machte ein überaus besorgtes Gesicht. »Jetzt ist Fid wieder zurück, zusammen mit Andorsen – aber von Leif gibt's kein Lebenszeichen. Das ist nicht gut.« Er überlegte einen Moment. »Wir müssen etwas erledigen. Whack, ich brauche den CID-Roboter.«

»Er wurde durch die Explosion umgeblasen, sollte aber noch betriebsbereit sein«, sagte Whack.

»Er muss möglicherweise gereinigt und dekontaminiert werden, ist aber hoffentlich nicht beschädigt oder unbrauchbar«, sagte Patrick. »Überprüfen Sie das. Wir treffen uns am Gebäude der Air Defense Force.«

»Ich werde mich darum kümmern«, sagte Whack und eilte zur Tür.

Patrick wandte sich an Brad. »Du bleibst bei Miss Horton, ist das klar?«

»Ich möchte mit dir gehen, Dad.«

»Zu gefährlich.«

»Augenblick mal, Patrick«, mischte sich Rob Spara ein. »Wir alle wollen Sie begleiten.«

»Der Tin Man und der CID-Roboter sind unsere besten Waffen gegen sie«, erklärte Patrick. »Diese Kerle sind Killer.«

»Bei allem gebührenden Respekt, General – nein, das sind sie nicht«, sagte Rob. »Diese ›Kerle‹ sind unsere Nachbarn, vielleicht sogar unsere Freunde. Auf diese Situation ist die beste Waffe womöglich nicht die beste Antwort. Vielleicht sollten wir ihnen einfach von Nachbar zu Nachbar klarmachen, dass sie damit aufhören und wieder in die Realität zurückkehren sollen.«

»Wir werden die gesamte Staffel herschaffen«, sagte John de Carteret. »Ich weiß nicht, mit wie vielen Gegnern wir es zu tun kriegen, aber wir sollten imstande sein, ein paar Männer zusammenzutrommeln, die mit Ihnen dort rausfahren.«

Patrick ließ es sich einen Moment durch den Kopf gehen, dann nickte er. »Wir treffen uns draußen beim Gebäude der Space Defense Force und werden uns einen Plan überlegen.«

Er wandte sich herum zu Brad, wollte ihm gerade noch einmal erklären, dass er nicht mitkommen konnte. Doch dann blickte er seinem Sohn ins Gesicht und sah dort nicht etwa einen schüchternen Achtzehnjährigen, sondern den Ausdruck eines resoluten, zornigen jungen Mannes, der auf keinen Fall zurückbleiben würde und entschlossen war, zu tun, was getan werden musste.

Er fasste mit festem Griff Brads Schultern und nickte. »Du kommst mit mir, Brad.«

DIE ANDORSEN-FREEDOM-7-MINE BEI MOUNT CALLAHAN, NEVADA

Am selben Abend

»Die Schließung des Luftwaffenstützpunkts ist erst der Anfang«, eröffnete Judah Andorsen mit lauter Stimme den dreihundert Männern, Frauen und sogar Kindern, die sich vor ihm in der riesigen, in die Flanke des Tagebaus gegrabenen Höhle versammelt hatten. Ein Stück seitlich versetzt hinter ihm stand Michael Fitzgerald. »Dieser Stützpunkt war ein

Symbol für die Verschwendung, die Unwirtschaftlichkeit und Inkompetenz der amerikanischen Regierung. Sie hat darin versagt, sich selbst zu schützen, und sie hat darin versagt, jene Bürger zu schützen, die auf ihre Hilfe vertraut haben. Die Mitglieder der Ritter der Wahren Republik haben ihr Leben verloren, weil die Regierung ihnen Hilfe zugesagt, dieses Versprechen aber nicht gehalten hat. Diese Regierung kann euch nicht beschützen. Das können nur wir selbst, niemand außer uns selbst. Nur wir, das amerikanische Volk, sind in der Lage, uns zu schützen. Niemand sonst.«

Seine Zuhörer pflichteten ihm applaudierend und jubelnd bei.

»Sobald der Stützpunkt an seine rechtmäßigen Besitzer zurückfällt …« – woraufhin die Menge im Chor intonierte: *»An uns, das Volk! An uns, das Volk! An uns, das Volk!«* – »… werden wir die Art und Weise, wie wir in diesem Gebiet regiert werden, besser kontrollieren können. Wir werden den Feind kommen sehen. Weder wird er uns mit Flugzeugen überwachen noch weiterhin Waffen hierherschaffen können, die gegen uns gerichtet werden. Wir werden unseren Einfluss auf die verschiedenen sogenannten Regierungsorgane und die korrupten Bezirks- und Staatsregierungen festigen und der Welt beweisen, dass freie Bürger ihr Leben selbst in die Hand nehmen können und müssen, unabhängig von der zerrütteten und gestörten Washingtoner Bürokratenelite. Merkt euch diesen Tag, meine Freunde und Mitbürger, Patrioten: Dieser Tag markiert ein Ereignis, das man weltweit wahrnehmen wird, den Startschuss für den neuerlichen Kampf für die wahre Freiheit.«

An der Einfahrt zur Mine, unmittelbar innerhalb des geschlossenen Stahltors und Viehgitters, standen zwei Pick-ups, besetzt mit vier Männern, die mit Jagdgewehren und darauf montierten Nachtsicht-Zielfernrohren bewaffnet waren. Die Pick-ups standen Kühler an Kühler und blockierten die Straße, konnten aber im Bedarfsfall leicht rangiert werden.

»Ziemlich rege Beteiligung heute Abend, was?«, meinte einer der Posten. »Ich hab meinen Schwager und seine Teenagerkinder mitgebracht. Sie sollten Mr. Andorsen unbedingt mal persönlich erleben.«

»Gut möglich, dass wir schon bald eine größere Höhle brauchen«, meinte ein anderer.

»Wir ziehen doch bald auf den Stützpunkt um«, sagte ein weiterer Wachmann. »Hab gehört, sobald dort aufgeräumt ist, benutzen wir die …« Er hielt inne, machte sich dann daran, das Gelände vor dem Tor mit seinem Nachtsicht-Zielfernrohr abzusuchen. »Hast du nichts gehört?«

»Was denn? Ein Auto?«

»Nein. Es hörte sich an wie etwas Großes, und als würde es laufen, vielleicht ein Elch oder so was.« Er hielt inne, schwenkte dann zurück. »Moment … ich sehe … *Scheiße,* was, zum Teufel, ist denn *das?*«

Augenblicke später lief der CID-Roboter auf das Einfahrtstor zu »'n Abend, Leute«, begrüßte sie Brad McLanahan mit der elektronisch generierten Stimme aus dem Innern des CID. »Angenehme Nacht, heute, findet ihr nicht?« Brad rüttelte ein paarmal an dem schweren Stahltor, riss es dann aus der Verankerung, wobei Ketten, Riegel und Angeln zu Bruch gingen, und schleuderte es zur Seite, als handele es sich um eine Schaufel Erde.

»Ich werde hier ein wenig Platz benötigen, Leute.« Damit schob Brad beide Hände unter die vordere Stoßstange eines der beiden Pick-ups und wuchtete ihn mit solcher Kraft empor, dass er sich in der Luft überschlug und etwa zwanzig Meter entfernt zu Boden krachte. Zwei weiteren Posten riss er die Gewehre aus den Händen und schob dann den zweiten Pick-up zur Seite, ehe er die beiden anderen Posten entwaffnete.

Dann packte er die beiden soeben entwaffneten Posten und hielt sie dicht vor sein Gesicht. »Würde es euch etwas ausmachen, die Funkgeräte auf den Boden fallen zu lassen?« Sie zögerten, vor Angst wie benommen. »Lasst sie fallen, *jetzt sofort!*«, rief Brad.

Sie taten, wie ihnen befohlen, und Brad zertrat die Geräte unter seinen gepanzerten Füßen, ehe er mit denen der beiden anderen Posten ebenso verfuhr.

»Vielen Dank, Leute. In Kürze werden meine Staffelkameraden hier durchkommen. Lasst euch in der Dunkelheit nicht aus Versehen überfahren. Man sieht sich.«

Damit trabte er davon, zum nächsten Wachposten.

Während Andorsens Ansprache kam ein Mann zu ihm auf die Bühne und raunte ihm zu: »Sämtliche Wachposten haben sich nicht zurückgemeldet, Sir.«

»Verdammt.« Andorsen wandte sich herum zu Fitzgerald. »Wir gehen durch den Tunnel der nördlichen Entlastungsbohrung raus. Dadurch gelangen wir drüben bis zum Nordrand des Kamms, ungefähr eine Meile zu Fuß. Ich hab zwei Harleys draußen vor dem Tunnel stehen. Wir können zu meinem Flugplatz bei Austin fahren und mit dem Turbo Commander nach …«

In diesem Moment vernahm die gesamte Versammlung ein Rattern an den großen, schweren Stahltoren im rückwärtigen Teil der Höhle, so als hätte eine gewaltige Windbö sie erfasst. Es folgte ein metallisches Pochen – und dann wurden die beiden Stahltore aus ihren Angeln gerissen, und in die Höhle spazierte das Kybernetische Infanteriegerät.

»Ist es schon zu spät für die Eintrittstombola?«, fragte Brad mit elektronischer Stimme, die beiden Stahltore in den gepanzerten Händen.

»Ihr alle, seht ganz genau hin!«, überschrie Andorsen die angsterfüllten Stimmen, die durch die Höhle hallten. »Das ist es, was die Regierung schickt, um gegen uns vorzugehen! Sie setzen die schrecklichste Waffe im Arsenal der Armee gegen unbewaffnete, unbescholtene Bürger ein. Hier seht ihr ein perfektes Beispiel dafür, was die Föderalregierung zu tun bereit ist, um gegen unabhängige Bürger vorzugehen! Diese Regierung schreckt vor nichts zurück und setzt jedes ihr zur Verfügung stehende Waffensystem ein, um eure Freiheit mit Füßen zu treten!«

»Mit der Föderalregierung hat dies nichts zu tun, Andorsen«, verkündete eine Stimme – und in die Höhle trat, an Brad vorbei, Patrick McLanahan. »Hier geht es darum, dass *Ihre Mitbürger* Ihrem Amoklauf einen Riegel vorschieben.«

Hinter ihm folgten Rob Spara, David Bellville, John de Carteret sowie fünfzig weitere Mitglieder der Battle-Mountain-Staffel der Civil Air Patrol.

»Das sind die Verbrecher, die euch ausspioniert haben!«, schrie Andorsen. »Die Leute, die die Ritter der Wahren Republik erst umzubringen versucht und anschließend auf ihren Stützpunkt gelockt haben, um sie dort abzuschlachten! Sie sind es, die schmutzige Bomben zünden. Hört nicht auf sie!«

»Mein Name ist General Patrick McLanahan«, erklärte Patrick mit lauter Stimme. »Sie wissen, wer ich bin. Ich bin ein Lieutenant-General der United States Air Force im Ruhestand und Mitglied der Civil Air Patrol – und zudem Ihr Nachbar. Wir alle sind Ihre Nachbarn. Ich bin hier, um Ihnen mitzuteilen, dass Judah Andorsen Sie belogen hat. Er hat keineswegs die Absicht, Sie zu beschützen. Er hat keineswegs die Absicht, eine friedliebende, sich selbst verwaltende Gemeinde zu schaffen. Er ist ein Anarchist. Er will hier, im Herzen Nevadas, sein eigenes Reich schaffen, indem er in Menschen, in unseren gewählten Vertretern sowie den Ordnungskräften Ängste schürt. Ängste, die er selbst erzeugt und für die er auch gleich die Lösung parat hat: Sie sollen sich zusammenrotten, sich ihm anschließen, dann wird er Sie erretten. Doch das ist eine Lüge!«

»Und wer erzeugt jetzt Ängste, McLanahan?«, rief Andorsen. »Wer reißt hier Tore in Stücke und tötet dort draußen unsere Freunde? Die wahre Bedrohung hier sind Sie, McLanahan, nicht ich. Sie können uns nicht aufhalten. Sie können uns nicht terrorisieren.« Er wies mit ausgestreckten Armen auf die Menge. »Was werden Sie jetzt mit uns machen, General? Die Polizei rufen? Die Armee? Die Nationalgarde? Wenn Sie das tun, beweisen Sie damit nur, dass die Regierung Freiheiten nimmt, anstatt sie zu gewähren. Sie sind ein Handlanger der Regierung, genau das, wofür wir Sie stets gehalten haben.«

»Warum haben Sie Leif Delamar umgebracht, Andorsen?«

»Sie meinen den Kerl, der uns gestern Morgen ausspioniert hat?«, fragte Andorsen zurück. *»Ihren* Spion? Er hatte den Tod verdient.«

»Er war unbewaffnet.«

»Er war ein Spion und Verräter, und Spione und Verräter gehören hingerichtet – das ist das Gesetz des Krieges.«

»Und warum haben Sie all die Mitglieder der Ritter der Wahren Republik getötet?«, fragte Patrick. »Weitere Unschuldige, die *Sie* ermordet haben.«

»Das waren feige Mitläufer, von ihrem Anführer hintergangen, die auf Ihren Stützpunkt umziehen wollten«, entgegnete Andorsen. »Tot sind sie besser dran, als sich der Regierung zu ergeben!«

»Und wen gedenken Sie noch mit Ihren schmutzigen Bomben umzubringen, Andorsen?«, rief Patrick. »Welche Unschuldigen werden dadurch noch umkommen?«

»Ich habe mich niemals schmutziger Bomben bedient, gegen niemanden!«, kreischte Andorsen. Mittlerweile bedachte die Versammlung *ihn* statt Patrick oder den Roboter mit argwöhnischen Blicken. »Das ist eine Lüge! *Beweisen Sie,* dass ich jemals schmutzige Bomben eingesetzt habe! Ja, ich bin im Besitz von Sprengstoff, und ich habe mich gegen Feinde dieser Gemeinde zur Wehr gesetzt! Aber zu keinem Zeitpunkt habe ich schmutzige Bomben …«

»Sie sind ein Lügner, Andorsen«, rief eine Stimme in seinem Rücken. Sie gehörte Michael Fitzgerald, der soeben einen Handwagen mit einer großen Holzkiste mit der Aufschrift J. ANDORSEN BAUUNTERNEHMEN in schwarzer Schablonenschrift darauf hereinschob. »Wenn Sie niemals schmutzige Bomben eingesetzt haben, was ist dann *das hier?*« Mit einem Fußtritt öffnete Fitzgerald die Holzkiste …

… und man erblickte einen großen Behälter aus Metall und Beton, der mit dem Symbol für radioaktives Material gekennzeichnet war.

»Den haben Sie mir untergeschoben!«, schrie Andorsen. »Das ist ein Trick! Sie versuchen, mir etwas in die Schuhe zu schieben!«

»Sie haben meinen Freund umgebracht, vor meinen Augen, Sie mieser Bastard!«, schrie Fitzgerald. »Sie haben mich gezwungen, meine Freunde auszuspionieren und sie gegenüber dem FBI zu denunzieren! Alles, was ich wollte, war ein Job, Andorsen, und Sie haben mich zum Verräter gemacht!«

»Niemand wird dir auch nur ein Wort glauben, du mieser Verlierer!«, brüllte Andorsen zurück. »Erst recht nicht, wenn du tot bist!«

Damit griff er in seine Tasche und hielt auf einmal einen Smith-&-Wesson-357-Magnum-Revolver in der Faust …

Doch Fitzgerald war schneller. Er zog eine Browning-M1911-Halbautomatik und gab drei Schüsse ab, noch ehe Andorsens Revolver ganz aus der Fliegerjacke heraus war.

»Mag sein, dass ich ein Verlierer bin«, zischte Fitzgerald, »aber ziehen und schießen kann ich immer noch besser als Sie.«

Er stieg über den Leichnam hinweg, kletterte von der Bühne und ging hinüber zu Patrick, Rob, David und John.

»Tut mir leid, Leute«, sagte er. »Ich hab Andorsen von Ihrer Überwachung erzählt, von dem Tin Man, dem Roboter und den Sicherungskopien, und er hat es an das FBI weitergegeben. Ich wollte mich lediglich bei ihm einschmeicheln, damit er mir einen Job verschafft. Ich habe Leif an die Wachen verraten, aber … ich konnte doch nicht ahnen, dass die ihn umbringen! Dann hab ich geholfen, den Transporter auf den Stützpunkt zu schmuggeln. Mann, ich hab wirklich Mist gebaut.«

»Machen wir, dass wir hier rauskommen«, sagte Patrick. Er wandte sich herum zur Menge. »Gehen Sie nach Hause, Sie alle!«, forderte er sie mit lauter Stimme auf. »Gehen Sie nach Hause, schließen Sie Ihre Familien in die Arme, und versuchen Sie wieder Vertrauen in die Regierung zu fassen. Sie mag nicht perfekt sein, aber es ist *unsere* Regierung. Und wenn Ihnen etwas nicht passt, ändern Sie's. Versuchen Sie nicht, es zu zerstören!« Er sah hoch zum CID. »Gehen wir, Großer.«

Als Brad daraufhin »Okay, Dad« sagte, meinte Patrick, Brads eigene Stimme zu hören, nicht die elektronische.

EPILOG

Nirgends im ganzen Universum sehe ich Anzeichen für Gut oder Böse, für Segnung oder Verdammung; alles, was ich entdecke, ist unbedingte Notwendigkeit.
– James Thomson

ORTSZENTRUM VON BATTLE MOUNTAIN
Tage später

Hand in Hand mit Darrow Horton trat Patrick aus dem Hotel und ging zum Parkplatz. »Bist du sicher, dass du nicht noch eine Nacht bleiben kannst?«, fragte er. »Ich kann dich in der Centurion nach Reno fliegen, damit du deinen Flug bekommst.«

»Schaff dir ein *richtiges* Flugzeug an, Patrick, dann fliege ich mit dir«, stichelte Darrow. »Wie auch immer, das Büro des Generalstaatsanwalts hat sämtliche Anschuldigungen gegen dich und die anderen fallen lassen, und es heißt, sie würden mit der FAA wegen dieser Sensoren verhandeln, die du auf die Flugzeuge montiert hast. Wie es aussieht, ist die Civil Air Patrol interessiert, sie in alle ihre Flugzeuge einzubauen.«

»Großartig«, sagte Patrick. »Das wäre ein schönes Geschäft für Sky Masters.«

Einige Augenblicke schwiegen sie, dann wollte sie wissen: »Bist du dir wegen alldem sicher, Patrick? Du willst auf die Ernennung zum Berater der Vizepräsidentin in Sachen Raumfahrtpolitik verzichten?«

»Ja«, sagte Patrick. »Ich war bereits in Washington und im Weißen Haus, und es hat mir nicht wirklich gefallen.«

»Aber … *ich* bin in Washington«, sagte sie. »Du und Brad, ihr könntet bei mir wohnen, und wir könnten … sehen, wie es danach weitergeht?«

Er erwiderte nichts darauf, und das sagte ihr alles, was sie wissen musste.

»Also, was gedenkst du zu tun?«, fragte sie. »Wirst du nach Sacramento gehen? Nach Arizona? Las Vegas?«

»Nein, ich werde bleiben, und zwar genau hier.«

»Hier? Um was zu tun? Der Stützpunkt ist geschlossen worden. Und durch seine Schließung wird Battle Mountain jetzt praktisch zu einer Geisterstadt.«

»Ich habe eine Stelle angenommen«, sagte Patrick. »Ich werde Vizepräsident von Sky Masters Inc. und übernehme Jons Position. Und der erste Punkt auf meiner Agenda wird sein, dass die Firma nach Battle Mountain übersiedelt.«

»Was?«

»Ich war schon immer der Meinung, dass eine Menge für diesen Standort spricht – die weit offene Landschaft, die freundlichen Leute, die abgeschiedene, aber für viele Talente aus den Großstädten zentrale Lage, die frische Luft und die niedrigen Kosten«, sagte Patrick. »Alles, was dieser Ort braucht, ist, dass man sich für ihn einsetzt. Ich habe es mit dem Luftwaffenstützpunkt versucht, jetzt versuche ich es eben mit Sky Masters. Ich werde die besten jungen hellen Köpfe des Landes unter Vertrag nehmen und die nächste Generation von Bombern, Raumfahrtsystemen, Waffen und Satelliten bauen, und zwar genau hier, an diesem entlegenen Winkel. Und in zehn Jahren wird dies die Raumfahrt- und Technologiehauptstadt der Welt sein.«

»Ich fass es nicht«, sagte Darrow – und küsste ihn auf die Wange. »Also, wenn irgendjemand das schaffen kann, dann du. Auf Wiedersehen, Patrick. Ruf mich an, wenn du mich brauchst.«

Dann fuhr sie davon …

Patrick steuerte den Wrangler eine lange Staubstraße hinab, dann eine kleine Steigung hinauf zu seinem gemieteten Wohnwagen. Im schwindenden Licht der untergehenden Sonne betrachtete er die Baugrube für das Fundament seines neuen Heims. Es würde einen hervorragenden Ausblick auf die wachsende Ortschaft und den zukünftig hoch frequentierten Flughafen bieten und jede Menge Platz für seine Schwestern, wenn sie mit ihren Familien, Hunden und womöglich Pferden – und natürlich den Enkeln – zu Besuch kamen. Er konnte es gar nicht erwarten loszulegen.

Er ging hinein und schenkte sich einen Balvenie auf Eis ein. Als er sich hinsetzte und seinen intraokularen Monitor einschaltete, erkannte er, dass er eine E-Mail bekommen hatte – von Gia. Sie lautete: *Hab gehört, du würdest nach Washington gehen und im Weißen Haus arbeiten. Das ist kein Ort für mich. Ich werde wieder gesund werden und versuchen, mir hier draußen im Westen ein Leben aufzubauen. Wenn du so weit bist, dich niederzulassen, ruf mich bitte an. Alles Liebe, Gia.*

Sofort drückte Patrick auf »Antworten« und machte sich daran, eine Nachricht zu verfassen, in der er ihr erklärte, dass er nicht nach Washington gehen würde, dass er sie liebe, sie wieder bei sich haben wolle und er hierbleiben werde … Doch dann löschte er sie. Gia muss wieder gesund werden, dachte er, und ich bin nicht wirklich bereit, ihr dabei zu helfen. Wenn wir beide so weit sind – vielleicht.

Er beantwortete einige andere E-Mails, darunter einige recht zornige von Präsident Phoenix und Vizepräsidentin Page, dann leerte er seinen Drink und ging früh schlafen.

Später in der Nacht fuhr ein viertüriges Crossover-SUV die Staubstraße zum Wohnwagen hoch und setzte dann rückwärts die kurze Steigung hinauf, sodass der Fahrer den Wagen Richtung Straße abstellen konnte. Die Scheinwerfer waren nicht eingeschaltet. Leise stiegen zwei Männer mit Nachtsichtgeräten und kugelsicheren Westen aus und huschten auf den Wohnwagen zu. Zwei weitere Männer blieben beim Wagen zurück und hielten Wache.

Mit gekonnter Leichtigkeit brachen die beiden Auftragskiller in Patricks Wohnwagen ein, schlichen bis zu den Schlafzimmern und begannen auf die Betten zu feuern. Dann hasteten sie zur Eingangstür zurück und wollten eine Brandgranate scharf machen, um den Wohnwagen abzufackeln …

… als sie geradewegs in eine einzelne dunkle Gestalt hineinliefen, die am Fuß der Treppe stand.

»Hallo, Leute«, sagte Wayne Macomber aus dem Innern der Tin-Man-Rüstung. »Dass ich euch hier treffe.«

Als die Meuchelmörder ihre Pistolen hochrissen, um zu feuern, streckte Whack beide Hände aus, packte ihre Waffenhände und drückte zu.

Mit lautem Aufschrei brachen die Auftragskiller zusammen, mit ihrer freien Hand eine Masse aus Knochen, Blut und Gewebe umklammernd, die mit zerdrücktem Metall vermischt war.

Als sie die Schreie hörten, starteten die beiden im Auto

zurückgebliebenen Auftragskiller den Motor, traten aufs Gas …

… und rasten in einen vier Meter hohen Roboter hinein, der genau vor ihnen aus dem Nichts aufgetaucht war!

»Hallo, Leute«, sagte auch Brad McLanahan. »Dass ich euch hier treffe.« Über den Funk des Roboters fragte er: »Wie war das, Onkel Wayne?«

»Denk dir mal 'nen eigenen coolen Spruch aus, Junge«, meinte Whack.

»Na gut. Wir wär's damit? Ich hab euch zum Knuddeln gern, Jungs.« Brad langte über das gesamte SUV, legte jeweils eine Hand auf die Tür zu beiden Seiten und presste sie zusammen. Die Flanken des SUV wurden eingedrückt wie ein Pappbecher und klemmten die schreienden Meuchelmörder im Innern ein.

»Kommt schon, Leute«, klagte CIA-Agent Timothy Dobson. »Jetzt haben die Cops die ganze Sauerei am Hals. Ihr Jungs gebt doch bloß an.«

»Nein, mir gefällt das«, sagte Patrick und kam mit einem weiteren Glas Balvenie auf Eis aus seinem Versteck hervor. »Gute Arbeit, Leute, gute Arbeit.«

DANKSAGUNG

Mein Dank gilt Jon und David Bellville, Rob und Shari Spara sowie Janet und John de Carteret für ihre Großzügigkeit.

Auch danke ich meinen Kollegen der Douglas County Composite Squadron der Civil Air Patrol, Minden, Nevada, für ihre Hilfe und ihren Zuspruch, insbesondere dem ehemaligen Staffelkommandeur und meinem Fluglehrer Arden Heffernan; dem Fluglehrer und stellvertretenden Kadettenkommandeur Russ Smith; Mike Allgaier, einem unermüdlichen und passionierten Mitglied der CAP, der mir eine Menge über die Arbeitsabläufe von Einsatzscannern und Einsatzbeobachtern beigebracht hat; sowie Brad Spires, dem Staffelkommandanten und meinem Mentor, der mich durch das Verfahren für die Erlangung einer Lizenz als Einsatzpilot führte.

ANMERKUNG DES AUTORS

Ihre Kommentare sind mir immer willkommen auf reader-mail@AirBattleForce.com! Ich lese alle E-Mails und beantworte so viele ich kann.

Obwohl ich Mitglied und Einsatzpilot bei der Civil Air Patrol bin, ist dieser Roman ohne die Billigung oder Zustimmung des US-Verteidigungsministeriums, der Air Force oder der Civil Air Patrol entstanden.

Die C-182 Skylane, die C-172 Skyhawk und die P210 Centurion werden hergestellt von der Cessna Aircraft Company, Wichita, Kansas. Die G36 Bonanza ist ein Produkt der Hawker Beechcraft Corp., Wichita, Kansas. Die MQ-1 Predator und die MQ-9 Reaper wurden entwickelt von General Atomics Aeronautical Systems, San Diego, Kalifornien.